上册 ▼

许我偷偷看向你

歌月 著

青岛出版社
QINGDAO PUBLISHING HOUSE

图书在版编目（ＣＩＰ）数据

　　许我偷偷看向你 / 歌月著. -- 青岛 ：青岛出版社，
2017.4

　　ISBN 978-7-5552-4811-8

　　Ⅰ．①许… Ⅱ．①歌… Ⅲ．①长篇小说－中国－当代
Ⅳ．①I247.5

　　中国版本图书馆CIP数据核字(2016)第259928号

书　　　名　许我偷偷看向你
著　　　者　歌　月
出版发行　青岛出版社
社　　　址　青岛市海尔路182号（266061）
本社网址　http://www.qdpub.com
邮购电话　010-85787680-8015　13335059110
　　　　　　0532-85814750（传真）　0532-68068026
责任编辑　那　耘
责任校对　贾松波
特约编辑　秋　山
装帧设计　千　千
照　　　排　孙顾芳
印　　　刷　北京市平谷县早立印刷厂
出版日期　2017年4月第1版　　2017年4月第1次印刷
开　　　本　16开（700mm×980mm）
印　　　张　32
字　　　数　500千
书　　　号　ISBN 978-7-5552-4811-8
定　　　价　55.00元
编校印装质量、盗版监督服务电话　4006532017　0532-68068638

建议陈列类别：畅销·青春文学

许我偷偷看向你

目录 [上]
CONTENTS

许我
偷偷
看向你

目录【下】
CONTENTS

第一章
我在爱情的转角遇到你

"你确定吗……1203？哼，我一定亲手把表白信交给他，肯定会说出'我喜欢你'这四个字，我还会拿手机录下来……别再对我用激将法了，我秦美盼一定愿赌服输！"

叮的一声，电梯到了12层，美盼看了一眼外面静悄悄的长廊："不说了，我到了。"

她挂了电话，走出电梯。

左手捏着手机，右手拿着一封准备好的表白信，看着自己面前一条铺着红地毯的长廊，秦美盼还是忍不住深呼吸，再深呼吸。

今天是她美好假期的第一天。结束了大二的第一学期，平常虽没什么太大的压力，不过放假，自然是免不了和几个舍友出去吃喝玩乐。结果大家兴致勃勃地玩起猜谜，要求输的那个人去向自己喜欢的男人表白。美盼这大学生活的一年半里暗恋的对象是谁，在那几个朋友之中是公开的秘密，不过她一直都心高气傲得很，所以始终都不曾动过主动表白的念头。

谁知道今天会这样，也不知是不是那几个臭丫头串通好的，偏偏输的人就是她。

半个小时之前，愿赌服输的她被迫写下了表白信，然后直接来到这里。

她喜欢了快两年的学长是A大的风云人物，成绩好，人长得帅，还是这个五星级酒店的少东，所以平常他没事都会住在这里。

美盼捏紧了信封，心里默念着：吴舜华，吴学长，等下怎么着你都得给我几分面子，当然，不拒绝我就最好了。

走到1203房门口，门把手上挂着一张牌子，美盼拿起来一看，是"请勿打扰"几个字，她转手就将那牌子翻了个身，变成了"请打扫"，然后拿出手机，开启了录音功能，准备去按门铃，手指却在半空中一顿。

好紧张。

怎么办？

要临阵退缩吗？

不行！她可是秦美盼，不就送一封表白信吗？不就是向自己暗恋了两年的学长表白吗？多大点儿事！再说，自己也不是拿不出手的长相。

美盼从手袋里拿出小巧的镜子，对着自己的脸照了一下，水灵灵的大眼睛、挺直的鼻梁，嘴唇也是饱满红润的，她就算没有倾国倾城的姿色，可也绝对算是一个小美女，怕什么？

敢作敢当，敢想就要表白！

不给自己犹豫的机会，她将镜子丢进了包里，抬手就摁了门铃，连续三下之后，她的心脏咚咚咚地开始狂跳起来，想要后悔却来不及了。不到30秒的时间，忽然就听到门锁咔嚓一声，有人从里面拉开了门。

美盼一口气卡在了嗓子眼里，在门被拉开的一瞬间，她还是很不争气地低下了头，硬着头皮就将手中的信封送了出去——

"吴学长你好，我是A大大二广告系的秦美盼，我有话想和你说，我想和你说的都写在这封信里面了，希望学长看了之后可以接受。"

……

对面似乎毫无动静，美盼垂着脑袋，大眼睛扑闪扑闪的，也不知道这是个什么情况，拒绝她？不接受？可也没有关门。

刚准备抬起头来，手中的信封忽然被人抽走，美盼心头一动，继而又听到信封被拆开的声音，她心里的大石头松了松，也下意识地抬起头来，可撞入眼帘的那张脸却让她瞠目结舌！

"你是谁？"

美盼完全蒙了，怎么不是吴学长？

站在自己面前的这个男人，高且瘦，五官精致，整张脸的轮廓深刻而清晰。美盼不矮，身高168cm，可现在看着这个男人需要仰起脖子，目测他的高度在185cm以上，身上那件浅蓝色的衬衣，衬得他气场沉稳之中又透出几分儒雅清俊。

"小姐，我没叫这个服务。"

苏晋庭垂下长睫，骨节分明的长指把玩着手中的那个冈本，指腹轻轻地摩挲那避孕套两边，那上面写着001，还是超薄的。

美盼的气血一下子冲上来，如同被雷劈了一般，脸上的表情精彩绝伦，可精彩过后，她几乎要晕过去了。

自己敲错门不说，信封里面的表白信，为什么会变成避孕套？

她也不傻，很快就明白过来，这事肯定是那三个臭丫头合起伙来算计自己的。

美盼的脑袋嗡嗡的，头皮阵阵发麻，比起刚刚敲门之前的那种紧张不安，此刻剩下的都是窘迫，那张水嫩嫩的脸蛋儿几乎已经充血了。

长这么大，她还真是第一次丢人到这样的程度，不过转念一想，幸亏是一个陌生的男人。美盼立刻反应过来，第一个动作就是劈手抢过那人手中的避孕套，拔腿就跑。

苏晋庭深邃的眸光始终凝视着那抹娇小的身躯，走道上格外安静，上面还铺着厚厚的地毯，可她落荒而逃的时候，后脑上的那个马尾一甩一甩的，在他的瞳仁里晃动着，她等不到电梯，又转身跑向了楼梯口，门砰的一声关上，他才收回视线。

男人垂眸，长长的睫毛遮住了眼底复杂的光芒。

避孕套她是拿走了，不过那个信封还在他的手上。

他将信封翻过来，正面写着几个娟秀的字：吴舜华亲启。右下角还有落款人：秦美盼。

苏晋庭握着门把儿的手轻轻一松，酒店套房的门就自动关上了。男人站在玄关处，头顶就是暖色的灯光，落在他那张本就倾城绝色一般的俊容上，硬是在沉稳之中透出了几分邪肆来。

他薄唇稍动，眸光再度落在"秦美盼"那三个字上，嘴角忽而一勾。

秦美盼，秦美盼。

整个C市，姓秦又叫秦美盼的，除了她，就不会有第二个了！男人稍稍扬起性感的脖子，玄关处上方的光线洒在他立体深邃的五官上，不暖不冷。

他脑海里有什么东西一闪而过。

薄唇轻启，苏晋庭默念了一句——真巧啊，秦美盼！

美盼一口气跑到酒店门口，看了眼那个避孕套，扬手就要丢弃，又察觉到这是公共场所，害怕别人瞧见了，连忙收起来，藏进了包里，可一想到刚刚的事，还是忍不住气得咬牙切齿。

她拿出手机来，拨了个电话出去。

手机响了不到两声就被人接起，那头响起熟悉的女声，兴致勃勃："美盼，成功了吗？不过你的吴学长是不是有点儿弱？这才不到30分钟啊……"

"不对不对，25分钟。"

"错了，减掉美盼坐车上电梯的时间，那才15分钟啊。"

……

三个人在手机那边叽叽喳喳地讨论着时间，美盼气得太阳穴阵阵犯疼："你们三个妖精，竟然掉包我的信，还给我塞这种东西，你们存心的？"

"美盼，你别不识好人心，我和你说，你的那个吴学长，光是情书每天都能收到五六

3

封,你是谁啊?我们的小美盼,要的就是不走寻常路,把自己送给他的同时,还要做好预防措施,那多特别啊!我们知道你不好意思,所以就帮了你一把,这才是好姐妹!"

"就是,你现在发脾气,那八成是代表你失败了,否则你现在被你的学长抱着,哪有时间打电话。"

"……"她能说自己敲错房门,还送错人了吗?

算了,什么都不想说了,美盼觉得自己倒霉透了,又在脑海里仔细回忆了一下那个男人的五官,长得是不错,听口音好像不是C市人,希望永远都不要再碰面了。

整整三天,美盼哪儿都没去,因为是寒假,距离春节还有半个月的时间,她每天都无所事事,上午在房间睡懒觉,下午就上上网——她这个年龄段,是最没有压力的时候。

不过她是秦家的千金小姐,说白了,不管处于任何时间段,都不会有生活上的压力。

这天下午,美盼正准备下楼去倒杯水,人刚走到房门口,忽然就听到有人在外面敲门。

"美盼。"是她的父亲黎展明。

黎展明叫了一声,就推门进来。美盼开口:"爸,什么事?"

"和我下去。"

黎展明看了一眼美盼手中的水杯,拿过放在了一旁的柜子上,拉着美盼就往外走,想了想又觉得不对,把女儿重新拉回了房间,将她带到了她的衣帽间前,说:"赶紧找一套像样的衣服换上,家里马上就要来人了,还有,把你的头发也梳一梳。"

秦家在C市是鼎鼎有名的豪门世家。美盼随自己母亲的姓,是因为黎展明当年是入赘秦家的。美盼从懂事开始就知道自己的爸爸生活在秦家有多压抑,他一直都是战战兢兢地过日子,而她的妈妈对她的关心远远不及这个爸爸。

也许别人看不起黎展明这样所谓攀龙附凤的小男人,可在美盼的心中,撇开别的不说,就父亲这么一个称呼,他对得起。

父女俩的感情一直都比母女俩的感情要好很多。

也正因为如此,美盼在这个有些叛逆的年龄段里,还是听黎展明的话多一些。

"谁要来啊?"她虽然才20岁,可生活在这样的大家庭之中,见得多了,听得多了,心思就比同龄人敏感许多,"还至于让我特地换套衣服吗?家里的客人估计也都是妈妈和爷爷的客人,和我有什么关系?"

美盼一边说着,一边挑了一套运动服。黎展明已经退出了衣帽间,顺手帮女儿关上了门,隔着门板说:"这次来的不是客人,是要住进秦家的人。"

"要住在我们家?谁啊?"

美盼套上裤子、系好裤腰带之后又穿上了外套,拉链刚拉上,就听到黎展明说:"你爷爷三年前出过车祸你应该知道,当时命悬一线,救他的人去世了,今天过来的是你爷爷救命恩人的儿子,这些年一直都在国外,前几天才回来的。"

美盼拧眉:"好复杂,爷爷的恩人的儿子?"

她拉扯了一下衣服的领口，把衣帽间的门打开："所以爷爷为了报恩，要让人家的儿子住家里吗？"

黎展明点头，避重就轻："可以这么说……不过美盼，他比你大了差不多十岁，你等下见到人要喊一声大哥，要懂点儿礼貌，知道吗？"

大哥？

美盼可没真当回事，换好衣服，就跟着黎展明下了楼。

父女俩这头刚刚走到了楼梯的转角处，就听到楼下传来一阵激烈的争执声。

黎展明当下就站住了，也拉住了女儿，示意她暂时不要下去。

能够住在本家的一共也就那么几个人，除了黎展明和美盼，剩下的就是美盼的母亲，还有秦家现在当家做主的人——美盼的爷爷秦齐林。

"爸，你刚刚说的话不是真的吧？我是不是听错了？"这话是秦媛说的，一副难以置信的语调。

秦齐林看了女儿一眼："你没听错。"

"那就是你在开玩笑吧？"

"这种事情有必要开玩笑？"

"那一定是你老糊涂了！"

"放肆，我做的决定，还轮得到你来反对？苏家对我们秦家有恩，晋庭这个孩子，我一直都拿他当自己人来看，他也一直都喊我爷爷，更别说人家晋庭能力比你强了不知多少倍，我就算是把公司送给他，那也不为过！"秦齐林一脸铁青，完全是一副为了报恩可以牺牲一切的样子。

站在楼梯口的美盼眉头稍稍一挑。

谁不知道，秦家的公司，从爷爷退休之后，就一直是由她妈妈秦媛来打理的，不过秦媛的商业手腕实在不怎么样，所以这些年来，公司根本就谈不上有多少的盈利。

美盼年纪不大，可从小生活在秦家，她还是能够稍稍琢磨出来自己亲人的心思的。

爷爷也不是真的那么大义凛然的人，秦氏价值连城不说，还是他的心血，他现在这样，可能就是为了通过别人的手来挽救公司，只是这种决定对妈妈来说，那必定就是重大的打击。

"爸，我看你真是疯了！那个苏晋庭又不是你的种……"秦媛果然是连脸色都变了，她本就是跋扈嚣张的个性，这时候嗓音都变了调子，"我才是你的女儿，如假包换！我知道我不是很争气，但我也在努力，你有必要这么着急，让一个外姓人进来分割属于我的东西吗？除非真是让我一语成谶，那个苏晋庭就是你……"

"闭嘴！"

秦齐林已从沙发上站起身来，沧桑的脸上都是愤怒："管好你的嘴，不该说的话，你瞎嚷嚷什么？这两年，你知道公司的亏损有多严重吗？你自己有几斤几两，需要我来帮你掂量掂量？展明也不是从商的料儿，商场如战场，还能让你一边打仗一边努力？现在的社会竞争多激烈，哪儿还有人等着让你学会了再去争取……好了，你别再说了，这事我已经决定了。晋庭来了之后，也会进秦氏，到时候你跟着他好好学。这是我给你的机会，你放心，属于你的，一分都不会少了你。"

"爸，你……"

秦媛气急败坏的话音未落，门口就传来了汽车引擎的声音，显然是有人来了。

果然，很快就见到家里的用人匆匆从外面跑进来："老爷，苏少爷来了。"

"谁让你叫少爷的？来我们秦家又不是秦家的人，还称得上是少爷？你这个吃里爬外的东西！"秦媛瞪着双眼怒骂了几句，把那用人吓得一脸苍白。

美盼站在楼梯口，实在是有些听不下去，不过她知道自己的妈是怎么样的，别说对用人了，就算是对她这个女儿，母亲的态度也好不到哪儿去。从美盼懂事开始，她能够体会到的就只是父爱，至于她的母亲，心中最爱的那个人始终都是她自己吧。

看来这个叫苏晋庭的来了，以后秦家会更热闹。

她看了一眼站在一旁脸色有些凝重的黎展明，低声说："爸爸，那个叫什么苏晋庭的来了，我们下去吧。"

黎展明点头。

父女俩从楼上下来的时候，门口正好传来一阵脚步声。

最近温度下降得有些多，前几天还下了雨，不过今天天气倒是格外地好，阳光灿烂，给这个寒冬添了几分暖意。美盼就穿了一件单薄的衣服，家里一年四季都是恒温的，她不觉得冷，可当她走到客厅，看到那个从外面踩着投射到了正门口的光圈进来的男人的时候，已经不知是冷还是热，只感觉头顶悬着的一个秤砣重重砸下来，落在了她的脑袋上，将她砸晕了。

"晋庭来了。"

秦齐林是第一个迎上去的人，他脸上挂着慈祥的笑，不过知道秦媛对苏晋庭肯定是充满敌意的，他索性就看向了家里最无害的美盼，拉过她就介绍："美盼，这是苏晋庭，算起来你们应该是同辈，不过他比你大不少，你得喊一声苏大哥。"

其实也不过就是三天而已，那天美盼自己弄的乌龙，虽是逃之夭夭了，可当时接她手中那个信封的男人，存在感还是过分强烈，所以哪怕是一眼，美盼依旧记得那张脸。

很深刻的五官，眼角眉梢染着一种气场——沉稳、内敛，却又有一种与生俱来的霸气，让人过目不能忘。

她真是做梦都没有想到，自己这一辈子还能和他再碰面。

他竟然还是以什么"苏大哥"的身份登场。

这简直不能更狗血。

不，哪还能用狗血来形容，对她来说，这是晴天霹雳吧！

美盼想要遮住自己的脸，当下第一个反应就是往边上侧了侧身。秦齐林见她有些僵硬的表情，还以为是秦嫒的关系，看了眼站在一旁以挑衅的目光看着苏晋庭的秦嫒，蹙眉轻咳了一声："秦嫒，我和你说过很多次了，自己有什么情绪都不要带给你的女儿，美盼才几岁。"

黎展明见话锋扯到了女儿的身上，连忙上前，轻轻地推了一把美盼："囡囡，叫人。"

囡囡是黎展明才会叫的小名，这是一个父亲给女儿的独一无二的爱，这样的小名，在秦家也就只有黎展明会叫。

美盼倒真想装成什么事都没有的样子，坦然地叫一声"苏大哥"，可一想到那个避孕套，一想到他当时那种似笑非笑的眼神，她哪还有什么勇气抬头喊人！

秦嫒见美盼梗着脖子，脸色虽是有些异样，不过死活不肯叫人的样子，却是深得她心，她这会儿上前，笑了一声，伸手拍了拍女儿的肩膀，对苏晋庭说："美盼这个丫头，年纪虽小，不过还是挺会看人的。爸，你瞧见了吧？美盼都不愿意叫他一声苏大哥，不是一家人，始终都陌生，勉强可没意思。"

黎展明脸色不太好看，动了动唇，似乎想要说什么。

不过秦齐林已快他一步，出声："美盼。"

简单的两个字，言下之意却已经不言而喻，就是要让她叫人。

"怕生？"对面站着的男人忽然开口，他的声音低沉而富有磁性，"没关系，以后有的是机会。"

苏晋庭说完，没多看秦嫒一眼，视线从美盼那张透着几分想要掩盖却又无法掩盖起来的红晕的脸蛋儿上移开，表情从容地看着秦齐林："爷爷，我带了点儿东西。"

外面站着用人，拿着他的行李箱。

秦齐林笑着说："三楼左转第一个房间就是你的，我让人打扫好了。"

苏晋庭看了一眼身后的用人，那人很快就提着他的行李箱上楼。黎展明想着自己也不好一直都不开口，这个时候开腔道："晋庭，我是美盼的爸爸，欢迎你来，以后我们就是一家人了，你吃饭了吗？"

黎展明对人一贯都挺温和的，可秦嫒觉得，自己的丈夫现在就是摆明不给自己面子，心里一阵怒火翻滚，伸手就掐了一把黎展明，低声呵斥："要你多事！"

美盼最见不得自己的妈妈对爸爸这种态度，爸爸本就在家里没有什么地位，现在又突然多出了一个男人，偏偏在这个突然多出来的人面前，妈妈还如此不给爸爸一个当男人的最基本的尊严，她忍受不了，可也不能当场就和秦嫒翻脸，脑袋一热，她抬起头来，看着苏晋庭就张嘴："苏大哥，你好，我叫秦美盼，欢迎你来到秦家！"

……

所有人都一脸的意外，美盼自己也愣住了。

刚刚还一脸认生的样子，此刻"苏大哥"这个称呼，她叫得自然又顺口。

美盼皱了皱眉头，说出口的话，如泼出去的水，也不过就是一声"苏大哥"，她很快就镇定下来。其实从刚刚开始，她的视线就没对上过苏晋庭的，她侥幸地想着，那天那么匆匆的一眼，这个男人，应该是一早就忘记了吧。

因为他刚刚看着自己的眼神，好像也没什么不寻常。

总之，不管他是真忘记还是装作不认识自己，怎么样都好，他只要闭口不说那件事，那么就当他识趣。

苏晋庭眉目轻轻一挑，薄唇缓缓勾起一个意味深长的弧度。

——苏大哥。

那柔软的嗓子，好似融合在那双澄澈又灵动的眸子里，所以连这么一个普通的称呼，竟也变得别有韵味儿。

"美盼……美目盼兮？"苏晋庭扬起俊眉，垂在腿侧的修长手指轻轻动了动，深邃的眸子一眨不眨地凝视着面前的小丫头，"名字倒是挺不错的，人也很乖。"

美盼心头轻轻一颤，不知是不是心虚，他在说"乖"的时候，她仿佛听到了那尾音里面渗着的几分嘲讽。

她咬紧银牙。

还是秦齐林插话："美盼今年20岁，上大二了，现在正好放假。"

"20岁，倒也成年了。"苏晋庭语气淡淡地抛出这么一句话来。

谈不上牛头不对马嘴，可就是让人没法正常接话。

这样的气氛，秦媛自然是看不惯，狠狠瞪了一眼美盼之后，她伸手拉扯过女儿，对苏晋庭一脸的傲然，言辞上也不留什么情面："别拿我女儿来说事，我可以很明确地告诉你，秦家不欢迎你！"

"是吗？"苏晋庭丝毫没有被秦媛的怒气感染，他扯了扯嘴角，不以为然地扬起长眉，"没关系，我也不是很在意无关人士的想法。"

秦媛憋红了脸，她感觉自己就像是狠狠一拳砸过去，但却落在了坚硬的石头上，疼的是她，丢人的也是她。

因为太过愤怒又没有地方宣泄，本来捏着美盼肩膀的手不断地收紧。女人的指甲很尖锐，美盼穿的也不是很多，很快就感觉到皮开肉绽的疼痛，她惊呼了一声。苏晋庭蹙眉，垂在身侧的手刚要举起来的时候，一旁的黎展明比他更快，反手就抓住了秦媛的手。

他没有开口说什么，只是用力将秦媛的手从美盼的肩上扯开。

秦媛这才意识到了什么，脸上闪过一丝尴尬，苏晋庭的淡然表情反而衬得她今天这种情绪过激的行为很是愚蠢，她哼了一声，转身就走。

美盼咬唇，她不是第一天知道自己的妈妈是个怎么样的人，可在这种时候，肩膀上的疼痛，还是让她有一种透不过气来的感觉。

"晋庭，你先上去休息休息，我让厨房做点儿你喜欢吃的菜，一会儿晚饭的时候，我……"

"不用了。"

苏晋庭打断了秦齐林的话，寡淡的语气没多少起伏，只简单地说："不用太麻烦，一会儿我要出去一趟。"

秦齐林一愣，随后很快就说："好好好，家里有司机，一会儿让他送你。"

不知是不是美盼的错觉，她总觉得，这个苏晋庭嘴里虽是叫秦齐林一声爷爷，可态度却始终谈不上有多么热络。

可她爷爷，对苏晋庭却又好像特别迁就。

可能爷爷就是因为自己的关系，欠了人家父亲一条命，所以才会这样吧。

回到房间之后，美盼一脸颓然地坐在书桌前。

想来想去，她还是觉得不可思议，为什么会是他？

苏晋庭……

这是老天爷耍她玩呢？

美盼伸手托着自己的脑袋，手指有一下没一下地敲着自己的太阳穴，手机忽然叮咚一声，是微信提示音，她皱眉，有气无力地趴在桌子上，本不打算去看短信的，不过一时间，噼里啪啦进来好几条。美盼这才拿过手机，打开，是自己的几个同班好友的群里面的消息。

"盼盼，盼盼，赶紧上线！"这条是小优发的，小优是她的同桌，咋咋呼呼的，稍有点儿情况就会有大动静的人。

美盼没理会，刚要将手机锁屏，小优又发过来一条——

"熊猫！该死的，别说我没有给你情报，我现在人在夜色酒吧，你的学长，就在这里！"

美盼顿时来了精神，双眸放着光彩。

吴舜华现在人在夜色酒吧？

她从书桌上爬起来，开始输入——确定？

小优：果然只有吴学长才是你的死穴吗？算了，不和你这个重色轻友的人计较了，我给你的情报绝对准确，今天是学长的同学过生日，他就在这里。

群里不仅只有她们两个人，还有之前几个和美盼玩得不错的人，其中有三个，就是之前"好心干坏事"的舍友。

徐倩最喜欢凑热闹了，马上来了消息——

"国宝，我们和琳琳她们30分钟之后在夜色酒吧集合，你赶紧的，记得穿漂亮一点儿。"因为她的名字有个"盼"字，所以这几个好朋友总是喜欢喊她"熊猫"，或者"国宝"。

美盼拿着手机一阵无语，她们怎么比她还要着急？

在家里发霉有好几天了。最近放假了，一到晚上，酒吧之类的地方人气还是很高的。美盼倒不是一个经常泡吧的人，只是吴舜华不是在嘛，之前她闹了那么一个大乌龙，心里总是有些不太舒服，再说寒假也有不少时间，有机会能见到他，干吗不去？

思想斗争没有太久，反正今天家里也有她不想见到的人，美盼立刻换了套像样的衣服，还特地给自己化了个淡妆，整理了一下，准备出门。

在楼下她碰到了黎展明，见女儿要出门，他上前："这么晚还要出去？"

"和同学有约。"

"吃完饭再出去吧。"

"不吃了。"美盼看着客厅也没人，低声说，"爸，今天不是来了……那个谁吗，我也不太适应，就放我出去吧。一会儿你和爷爷说我出去了，晚上我会早点儿回家的，12点之前一定到家。"

黎展明还要说什么，美盼溜得快，一眨眼人就跑了。

去酒吧的路上堵了一会儿车，紧赶慢赶，美盼总算在一个小时之后到了。

她站在酒吧门口，看着时间快7点了。她已经饿得前胸贴后背，刚准备拿出手机给小优她们打电话，身后忽然传来一阵汽车引擎的声音，有黑色的车子停在了她的脚边。

美盼只扫了一眼那辆车子，很快就移开了视线，号码已经拨通了，车门也在这个时候被人推开。

小优喂了一声："亲爱的盼盼，就等你了，你学长现在出了点儿情况，你赶紧过来！"

"我到酒吧门口了，你们在哪儿？"

"就在一楼，我在舞池给你盯着人。"

美盼摁掉手机，丢进大衣口袋，扯了一下围脖，抬脚刚要朝着正门口走去，身后忽然有人叫了一声——

"晋庭，怎么不走了？"

美盼眼角重重一跳——晋庭？

苏晋庭？

应该不至于这么倒霉吧？前脚才离开了秦家，兜了一圈，还能在酒吧门口碰到那个男人？

她是不是应该转过身去瞧一眼？

可就算是苏晋庭，又能怎么样？

反正是各玩各的，她也没有必要觉得不自然吧？

就算现在他们同住一个屋檐下，可他们两人又没多少直接的关系，之前的那个乌龙，还指不定人家是不是忘了呢。

这么一想，美盼就觉得理所当然多了，头也不回就往酒吧正门口走去。

"看什么呢？"历承易穿着骚包的粉色衬衫，双手插在牛仔裤的口袋里，顺着边上身材挺拔的男人的视线望过去，"有美女？"

苏晋庭眸光微闪，他确定自己没有看错，刚刚那个背影，就是秦美盼。

男人吸了一口长指间夹着的烟，吞吐着云雾的时候，那双深邃的眸子中透着几分迷离，精致深刻的五官在酒吧门前那五光十色的光线照射下越发迷魅性感。

他转手，弹掉了指间的烟，挑眉："没什么，进去吧。"

酒吧里的气氛已经热烈得很。

美盼很快就找到了几个好友。小优是她们之中最八卦的，小道消息也最多，这会儿正压着美盼的肩膀，在震耳欲聋的音乐声中，扯着嗓子在美盼的耳边吃力地吼着："……千真万确！我保证，今天真的有人要勾引你的学长！"

徐倩也伸过脖子来："小优说的是那个和吴舜华同级的班花吧？美术系的，据说人长得可水灵！"

"那也没有我们美盼这么有魅力啊，我们美盼可是国宝级别的。"这话是美盼另一个好友崔惜梦说的，她是几个人之中和美盼相处得最亲密的一个。

剩下的一个叫伶伶，人如其名，伶牙俐齿得很："人家都说了近水楼台先得月，美盼，别说我们没有帮你，光是靠你两只眼睛盯着也没用，喜欢就赶紧上！你学长还有一个学期就要毕业了，我都帮你打听清楚了，他回头是要出国的，你得留住他。我说，你哪儿配不上他了？堂堂秦家的大小姐，对吧！"

美盼还没说什么呢，正跳得兴奋的吴舜华被人拉着出了舞池。

小优拍着大腿叫起来："学长走了，学长走了，盼盼，赶紧行动起来！"

美盼到底还是有些含蓄的："等等，我还没有想好要说什么……喂，你们……别推我啊……"

抗议无效，四个女人的力气，很容易就能够将她给控制住。美盼就这么被她们推着跟着那道背影一直走，等到了前面包厢的转角处，外面惊天动地一般的音乐声也变小了。四个人将她推到了这里，一溜烟儿就跑了，崔惜梦之前还没有忘记在她耳边叮嘱——

"今天拿不下吴舜华，可就真太逊了哦。"

美盼咬着唇，看着走道尽头站着的熟悉背影。这么多年来，她虽然暗恋这个学长，但是见过他最多的，还是他的背影。

很挺拔，看着他的背影，美盼总是渴望他可以转过身来，那样他一定能够发现自己的目光始终都凝视着他。

她动了动脚，刚要上前，边上的包厢门却忽然被人从里面拉开。

"……刚到这边没几天，我现在人在外面。"

美盼只觉得这声音有些熟悉，下意识地斜睨了一眼，愣住。

怎么又是苏晋庭？

苏晋庭刚刚在酒吧门口就已经认出了美盼，没想到自己接个电话的时间，竟然又碰到了她。

他挑了挑长眉，对着手机低声说："我回头再联系你。"挂了电话之后，男人深邃的眸子直接就对上了美盼的。

这样的地方，走道的光线昏暗，美盼却被他那犀利的眼神盯得下意识地想要回避。

这男人的这双眼睛十分幽暗，又好似两块巨大的磁石，能够将人给吸入里面不能自拔。

美盼轻咳了一声，想着自己也没有必要在这样的地方和他打招呼，毕竟本来就不熟，所以她没有任何的犹豫，转身就走。

美盼的脚步迈得还挺大，急急朝着来时的路折回，前面不远处就是洗手间，美盼侧身进了洗手间。

她是想着，等一会儿苏晋庭肯定就走了，到时候她再过去就好了，可美盼没有想到的是，自己刚进了洗手间的公共区域洗了个手，一抬头，就见到了镜子里倒映出来的那张精致的脸庞。

"苏晋庭，你……你该不会是故意跟着我进来的吧？"隔着镜子，两人的视线正好对上。

苏晋庭单手插在裤袋里，一手夹着烟，和几个小时之前在秦家见到的他不一样的是，他身上的那套衣服显然是换过了，休闲的上衣搭了一条牛仔裤，整个人少了那种深沉的味道，多了些儒雅。

白色的烟雾让他的眼神显得有几分迷离。美盼的秀眉慢慢地拧起来，苏晋庭倒是悠闲地吞吐着云雾，忽然，他扯了扯嘴角："你是不是应该喊我苏大哥？"

"你倒真是受得起。"她平常对人也不是这么尖锐的，就是因为第一次的那个乌龙，让她现在面对这个男人的时候，会很自然地竖起屏障，这大概是一种叛逆的心理。

"我怎么就受不起？"苏晋庭眸光流转，恨不得将人给吸进去。

美盼见他朝着自己走过来，本能地转过身去，苏晋庭长腿朝着她走了两步，两人的距离瞬间就被缩小。她想要回避的时候，男人长臂一伸，直接拦在了她左侧的大理石台面上，烟草味儿混合着男性荷尔蒙的气息扑面而来，逼得美盼侧开了脸。

苏晋庭眯着一只眼睛，将指间的烟含在了薄唇上："我出门之前你爷爷还特地吩咐了一声，让我有时间多看着你一点儿。"

"喂，你这人倒是很会自来熟，我在秦家喊你苏大哥，就真把你当苏大哥了吗？我当时会叫你，也只是……"

"只是什么？"

"没什么。"美盼梗着脖子，被他打断了话，反而更不高兴说了，"总之我要告诉你，家里归家里，外面归外面，我还没真当你是什么大哥不大哥的。"

"从现在开始，你真当就可以。"

苏晋庭高大健壮的身躯稍稍靠近了她一些，美盼顿时紧张得绷直了脊背，还没来得及说什么，就听他很是严肃地说："我让人送你回家，这种地方是你能来的？"

美盼一愣，这人怎么回事？是不是霸道得太过蛮不讲理了，他凭什么来管自己在哪儿玩什么这种鸡毛蒜皮的小事？

她嗤笑，反手一把推开了苏晋庭撑在她身侧的那只手臂："你凭什么管我？我爸都不这么对我说话，你以为你是谁？"

苏晋庭没有料到这个小丫头力气还挺大，而且性子更是倔得很，被她猝不及防地推了一下，身体下意识地跟跄了下。

美盼就趁着这个机会飞快闪身，离开了他的控制范围。

等到苏晋庭抬起头来的时候，只见到那小丫头娇小的背影已跑出了洗手间。男人伸手拢了拢外套的衣领，浓眉微蹙，迈开长腿也走了出去。

……

美盼就是觉得和他说太多也没有意义，想着能跑就跑，可她没想到，自己一步三回头地跑出洗手间时，一不小心就撞上了别人。卫生间的走道并不十分宽敞，她整个人撞上去的时候，疼痛感最明显的地方就是额头。

一手抱着自己的脑袋，美盼低呼了声，刚要说什么，头顶上方传来的男声，却是她心心念念太久的声音，以至于她都觉得有些不太真实。

"你没事吧？"

第二章
我在爱情的转角看向你

这是……吴学长的声音?

吴舜华是学生会主席,美盼不止一次在台下面听他的演讲,所以他的声音她是非常熟悉的。

心头重重一跳,刚刚被撞的时候,美盼的身体失去了平衡,就本能地拽住了男人腰部的位置,这会儿听到头顶的声音,美盼立刻就清醒过来,本是想要松开后退的,不想吴舜华这个时候反倒伸手拉住了她的手腕。

美盼本就跳得飞快的心脏,在被吴舜华抓住手腕的同时,恨不得从嗓子眼儿里蹦出来,她猛地抬头,正好就撞入了那双她再熟悉不过却从未有过如此近距离相视的眸子里。

一时,美盼的脸颊爬上了两朵可疑的红晕,那是一个20岁女孩儿情窦初开才会有的表情。

苏晋庭从洗手间出来的时候,瞥见的,就是这么一幕。

苏晋庭双手插在裤兜里,挺拔的身姿站在走道上,头顶就是昏黄的灯光,落下来,映衬着他的肤色,并不显黄,而是有些暗沉。

他五官本就深邃,不动声色的时候更是有一种不怒自威的气场,而现在,这种感觉似乎越发凌厉。

"咦,你好像是和我一个学校的。"吴舜华忽然出声,因为个子比美盼高,他稍稍低头看着美盼那四处闪烁的眼神,脸上带着温和又阳光的笑,目光总算是对上了她的,他嘴角的笑意更深了一些："真的是你，我没有记错的话，你应该是广告系二年级的秦美盼？"

他竟然……认识自己？

美盼一贯都对自己挺有信心，不过任何一个女孩儿在自己暗恋的对象面前，总会有点儿不一样的心态，可吴舜华丝毫不耽搁就叫出了她的名字，这对于她来说，简直如同做梦一般。

"我是秦美盼，学长，没想到你认识我。"此刻她嘴角有掩盖不住的开心。

"你不也认识我吗？"他意味深长地笑。

美盼也不知道是不是他的话还有点儿别的什么意思，总之她的心跳更快了，脸也更红了。

可这么美好的气氛，却被另一道低缓冰凉的男声打破——

"你是准备用我的司机，还是我让秦家的司机来接你？"

又是苏晋庭！

美盼脸色一变，磨着银牙在心中问候了他几十遍，不过不等她说什么，苏晋庭已经伸手过来，直接捏住了她的肩膀，将她整个人往自己的怀里重重一扯。

下一秒，她猝不及防地跌入了男人健壮的胸口处，成熟却又陌生的男性气息扑面而来。

"你干什么，松手！"她一挣扎，苏晋庭就反手捏住了她的腰，本来就贴在一起的两个身体骤然摩擦过彼此，美盼的心尖重重一跳，不知是不是因为近在鼻端的男性荷尔蒙太过惑人，她的脸色不自然地涨红，又害怕跌倒，两只手慌乱之中拽住了男人簇新的衣领。

结果两人的姿态就变得格外暧昧起来。

"这位先生，你——"吴舜华见美盼很不情愿的样子，上前刚要说什么，结果话还没说完，苏晋庭就已经拎着美盼转身朝着另一头走去。

吴舜华动了动唇，想要追上去，却忽然听到美盼在他怀里喊着："……苏晋庭，你蛮不讲理……"

苏晋庭？

吴舜华脚步一顿，这个苏晋庭，难道是他父亲经常提到的那个苏晋庭？

10分钟之后，酒吧门口。

美盼恼火地捶打着苏晋庭的肩膀，可她发现，这个挨打的男人丝毫不为所动，倒是她的手，拍得掌心都有些红了，一捏，还火辣辣地痛。

"你松手！苏晋庭，你凭什么啊？我让你松手！"打人结果疼的是自己，美盼识趣地不打了，不过再用力挣扎，男人就是不松手，力道的悬殊让她压根儿就没有任何反抗的余地。被他拖着到了酒吧门口，苏晋庭的司机隔着很远就看到了他们，主动将车子开了过来。

"苏先生。"

司机下车，苏晋庭蹙着眉峰，吩咐他把车门打开，强硬地将还在挣扎的美盼给塞进了车子里，刚准备关上车门的时候，男人动作一顿——后车座上正怒目而视的那个小丫头让他临时改变了主意，他索性拉开车门，跟着坐了进去。

车厢虽不算太小，可也不大，这么一个男人坐进来的时候，美盼瞬间就觉得整个空间都显得无比拥挤。

她虽然才20岁，不过因为从小在秦家那样的环境之中长大，还有一个处处喜欢挑剔自己的妈妈，看人的眼光总是和同龄的孩子有些不同。

就眼前这个男人来说，她看得出来，他身上带着一种神秘的危险气息。

"苏晋庭，你到底想干什么？我们也不是很熟吧，你有必要这样吗？"危险也不代表可以随便欺负她吧？

这人或许对爷爷而言是什么救命恩人的儿子，可对她来说什么都不是，是不是也太会使用他的"鸡毛箭"了？

苏晋庭脸上没有丝毫多余的表情，他的嗓音很淡，却带着几分压迫力："同样的话，我不想重复第二遍，开车，回秦家。"

"我不回家，我要下车！"

美盼的性子带着些小姑娘的娇蛮，现在面对的还是一个苏晋庭，就更是将她心底深处的那些叛逆因子全都给激发了出来。

美盼伸手就要去拉车门，却发现车子已经被锁上了，她气得拿手重重地拍着车门，恼火地低吼："给我把车门打开！听到没有？打开！"

边上的美盼又是拍车门，又是叫嚷，苏晋庭觉得聒噪，蹙眉点了一根烟之后，吸了两口，伸手一把拎住了美盼的衣领，让她坐正。

因为男人指间夹着烟，此刻他一动，烟头就正好对着美盼的脸，香烟的味道就在她唇边，美盼一吸气就感觉自己吸入了大量的二手烟，只能憋着一口气，气愤地扭着身体："我们家里的人都不抽烟，你赶紧把你的烟给我拿开，我讨厌烟味儿！"

"之前的避孕套是准备送给谁的？"苏晋庭置若罔闻，本是拎着她领口的手一转，直接就捏住了她的肩膀，男人的身体瞬间逼近，"就刚刚那个男的？"

美盼一愣，因为他的靠近，她下意识地僵硬着身躯，更是气得直发抖："你管得着吗？"

男人挑眉，嘴角勾起的弧度风情万种，可说出口的话却让美盼恨不得撕烂他那张嘴："送避孕套找人主动上你这种事情以后最好不要做，会丢秦家人的脸……别忘了，我现在也住秦家。"

美盼气蒙了，口不择言地反驳："那你就滚出去，寄人篱下还要来多管闲事！"

男人吸烟的动作一顿，忽然欺身向前，对着她白净柔嫩的脸蛋儿喷出一口烟圈："只知道送避孕套，书都不好好念，寄人篱下的意思你明白吗？现在怎么看，都是你们秦家在讨好我。"

美盼被他的烟味儿熏得眼冒金星，咳了两声之后才出声："你就往你自己的脸上贴金吧！我爷爷稀罕你，可不代表我秦美盼也要稀罕你。"

苏晋庭眸光沉沉地看着她，见她的小脸儿都皱成一团了，他不动声色地坐正了身体，然后放下车窗。

车厢里的烟味儿被外面的风一吹，很快就消弭了。

他的手肘撑在车窗口，寒风呼呼而过，吹得男人指间的半截烟燃得特别快，美盼侧过脸，正好可以看到男人精致的侧脸线条。在外面忽明忽暗的光线下，他脸上的表情仿佛全被隐匿了起来，可偏偏就是这种你想要看清却又看不清楚的感觉交错着，竟然陡生出一种极致的魅惑来，让人心神迷醉。

美盼心尖一颤。

疯了不成？

这个男人顶多也就是皮囊好看一些，你花痴什么？吴学长比他阳光多了，哪像他不讲道理，还这么阴暗！

她这头还在心里否认，忽然就见到边上的男人转过脸来，美盼来不及避开的视线之中还残留着一些迷离。苏晋庭眸光锋锐，原本冷峻的五官忽然染上了一丝邪魅，健壮的身躯再度逼近的时候，身上的烟味儿淡了不少，取而代之的，都是属于他的那种成熟性感的味道。

美盼身体僵硬，想要别开脸，却被他捏住了下巴。

"苏晋……"

"要不要摸一下，我脸上是不是有贴金？"男人的气息灼热又性感，逼近她的时候，她下意识地屏住了呼吸，"我看你瞧我瞧得眼睛都快直了，是在看贴没贴金吗？"

苏晋庭看着她憋着一口气又发泄不出来的样子，不知为何，心头竟无端有些痒，连带着半边身体都好似酥麻了，他有些情不自禁地想要逗她："不过你这个眼神是怎么回事？你知道在男人的车子里，用这种眼神看着一个身心健康的男人，是很容易出事的吗？"

美盼："……"

足足愣了几分钟，她才体会出来，这个男人的话里带着那种暧昧不清的含义，分明就是一种调戏。

她脸色一阵红一阵白，恼羞成怒，一把伸手拍过去："我看你真是病得不轻！"

车子缓缓停了下来，美盼往外看了一眼，竟已经到了秦家门口，边上的车窗分明是开着的，可她就是觉得气压低，让人透不过气。车子一停下，她就立刻拍着车门，叫着要下车。

苏晋庭点头，司机才开了锁，美盼急急忙忙地下了车。

可她那动作，在男人看来，怎么都有点儿落荒而逃的意思，不知为何，苏晋庭眯着眸子看着她的眼神，变得越发玩味起来。

……

手机响起的时候，他正好抽完了一根烟，拿出来看了眼，是历承易的。

"晋庭,你跑哪儿去了?我都给你准备好见面礼了!"那边的音乐声震耳欲聋,苏晋庭伸手捏了捏英挺的鼻梁,深邃的眸光追随着那个还站在秦家大铁门边上的娇小背影。

"有点儿事。"他心不在焉地应了一句。

"我靠,你晚上的时间不是已经挪出来了吗?到底什么事?"

前面那娇小的背影忽然俯身,偷偷摸摸地趴在了铁门上,苏晋庭只觉得刚刚才只是酥麻了半边的身体,这会儿是连带着另半边都跟着发痒,他眸光流转,挂电话之前留了两个字:"止痒。"

美盼本来是要进屋的,可她人刚走到了铁门口,还没有来得及按门铃让里面的人来开,就看到秦媛从正门口出来——她显然不是要出门,因为她身上穿着的是家居服,只是在家居服外面披了一件厚厚的外套。

她手里拿着手机,看样子是出来打电话的。

秦媛虽只有美盼这么一个女儿,可大概也因为她只是个女儿的关系,这个母亲对自己的孩子有着一种不近人情的严格。

偏偏美盼性子倔强,所以她对秦媛,从懂事开始就有了逆反心理。

只是排斥归排斥,她心里还是清楚的,这人到底是自己的妈妈,再不喜欢也是给予了自己生命的人,光是这点,就让她在面对她们母女正面冲突的时候,本能地选择回避,只要秦媛不是当着她的面对爸爸冷嘲热讽,她都可以选择视而不见。

美盼本想等着秦媛打完电话,然后再从后门进去,可她猫着身体躲在铁门口的时候,就听到了秦媛的声音。

也不意外,本来相隔的距离就不是太远,而且这么个大晚上的,周围的寂静就显得对方的声音格外清楚。

"……你说什么?"

秦媛的语气很不好:"饭桶,就这么点儿本事,你当初还信誓旦旦地和我保证个什么劲儿?这件事情你办不好,把吞掉的钱都给我吐出来!"

……

"我管你有什么难处,我要知道的,你一定要给我调查清楚,我要白纸黑字的证明文件,听清楚没有?"

……

不知道电话那边的人说了什么,秦媛的怒气似乎稍稍有些消退,又隔了一会儿,她降低了一点儿音调,可声音听上去比刚刚僵硬了不少,似乎是受了什么惊吓:"……什么?谁在调查美盼?"

美盼本是一只耳朵进、一只耳朵出地听着,可突然听到了自己的名字,她愣了一下,顿时紧张起来。

"……给我查清楚了，有了消息马上联系我。记住我的话，要出了什么事，和我没有任何关系，明白了吗？"

秦媛把电话给挂了，站在院子里片刻，转身就进了屋里。

美盼却怔忪着有些回不过神来。

刚刚说的，应该就是她吧？

有人在调查她？是谁？为什么要调查她？她身上有什么东西是值得别人调查的？

美盼咬着唇，想得出神，却不知道自己此刻撅着屁股的样子在别人看来有多搞笑。

苏晋庭双手插在裤袋里，站在她身后不到两步之遥的地方。身侧光线略略有些昏暗的路灯打在两人的身上，将他们的影子拉得长长的，肆无忌惮地交缠在一起。他眸色不自觉地暗沉了几分，性感的喉结上下滑动。

她这样子……

"还不进去？"男人蹙眉，视线好似带了黏性，却还是被他强迫地收回。

这突如其来的声音，在这样安静的夜色之中显得尤为突兀，美盼被吓了一跳，本是猫着的身体下意识地直了起来，却不想正好把自己撞入了身后男人坚硬的胸膛口。

又是头部的位置！

刚刚撞在学长的胸口，这次却是苏晋庭的，显然这个男人的胸肌比学长的要健壮许多。

美盼闷哼了一声，双手抱着自己的脑门儿，一张小脸都扭曲了，她恼恨地跺了跺脚："苏晋庭，你干什么？"

男人幽暗的眸光，近距离凝视着那张小脸儿，不知是不是刚刚她撞上来的力道有些大，以至于他现在觉得连自己的胸口也是麻麻的。

"我干了什么？不是你自己撞上来的？"他眯起眸子，说话的时候，身体却是倏地逼近美盼。

苏晋庭的突然靠近，让美盼还在犯疼的脑袋响起了警铃，她下意识地倒退，后背很快就抵在了铁门的栏杆上，娇小的身躯撞上去的时候并没有发出任何声响，身上的外套也挡住了铁杆的冰凉。

可面前那张渐渐放大的俊容，却让美盼的头皮阵阵发麻。

"……喂，你……不许你再靠近，走开！"

苏晋庭还真不准备干什么，不过就是想要去按门铃，可现在看着她那一脸紧张的样子，他眸底闪过一丝玩味的表情，本是要越过她去按铃的手，直接就落下了，捏住了她的肩膀。

美盼身体僵住，看着他的眼神，全都是自以为是的警告。

她对苏晋庭又不了解，谁知道这人是什么德行！心底深处那最基本的一点儿自我防范意识，让她磕磕巴巴地想要威胁他："你……你放开我，你干什么？我告诉你，这里可是秦家，你要敢对我做点儿什么，到时候就算是你十个爸爸救过我一个爷爷，也不够你折腾的！"

"你这么紧张做什么？"高大的身躯稍稍俯身，俊容越发靠近她。美盼避无可避，男人说话的时候，那薄唇好似快要贴上来，她吓得绷紧了脊背，一动不敢动。

苏晋庭突然笑了："你到底是怕我呢，还是怕我折腾你？"

"谁……谁怕你了？"美盼梗着脖子反驳，可她发现自己一说话，两人的气息就显得更加暧昧，只要再靠近那么一点点，四片唇就能贴上。

从未有男性敢这么肆无忌惮地靠近她，美盼一时心中又恼又恨，可心脏的位置却是在咚咚直跳："谁会怕你？我需要怕你吗？你以为你是我的谁？我不怕你！"

她像是在自我强调一样："我根本就不怕你！"

"不用连续说那么多句'不怕'，这样会显得你心虚。"他还是第一次发现，原来女孩子脸红紧张却又死撑着的样子竟是这般可爱。男人深邃的眸子闪烁着，在夜色之中，如同天边最耀眼的那颗星星。

"谁心虚？"美盼的底气越发不足，"我才没有！苏晋庭，你松开我，走远点儿！"

终于想起自己还有两只手，美盼拼命地往他的胸口推，结果掌心触到的都是男人结实的胸肌，不小心滑到了他的胸口左侧，似乎都能够感觉到他心脏跳动的频率。

美盼手一缩，乱糟糟的脑袋支配她身体的动作就是屈腿，朝着男人的裆部攻击。

苏晋庭此刻靠她很近，所以当美盼有动作的时候他就已经察觉到。没想到这个小丫头还挺狠的，他伸手一挡，控制着自己的力道，抬手就直接握住了她的大腿，将其往自己的胸口一拽。

美盼身体失控，瞪大双眸："啊——苏晋庭，你，你这流氓，你摸我哪儿？松开！"

"你说我摸哪里？"他邪肆地扬眉，嘴角勾起的弧度，分明就是不怀好意。

"你……"美盼只有一条腿立在地上，又不敢乱动，双手扣着身后的铁门，咬牙切齿，"流氓！我会告诉爷爷的，你轻薄我！"

"轻薄？你所谓的轻薄，这样才算——"

苏晋庭不以为然地嗤笑一声，拽着她的身体越发往自己的胸口拉。美盼一条腿被他提着，身体撞过去的时候，正好摩擦到了男人身体最敏感的地方……

美盼毕竟20岁了，虽然没有吃过猪肉，但是绝对见过猪跑。

那凸起的某个部位，肆无忌惮挑衅着她的底线，美盼一张脸都要燃起来了。

苏晋庭本是抱着几分逗弄她的态度，可当女孩儿那柔软的身体摩擦过他的时候，他就察觉有些不对劲，体内的气血开始沸腾起来，那种从未有过的对女性的冲动，竟都涌到了自己的小腹下方，连带着他的气息也不由得粗重了些。

美盼又气又急又无奈，挣扎的时候，身体一歪，竟是堪堪撞在了门铃上，身后的铃声骤然打断了两人之间那微妙又无比暧昧的气氛。

这声音倒也提醒了苏晋庭，因为是正面对着铁门的，这会儿眼光一闪就正好看到了从里面出来的秦家用人——应该是听到门铃来开门的。

他稳了一下自己的气息，就把美盼那条修长的美腿给放了下来。

美盼身体一得到自由，就怒火滔天地扬手，结果手臂伸到半空，却不出任何意外地被苏晋庭给捏住了。

"你——放开我！"她脸上的表情全都是倔强。

苏晋庭一贯坚硬的心此刻却柔软下来，美盼到底也不过一个孩子。他叹息，笑着说："是你先抬腿攻击我，我不过就是自我防备……当然，我是男人，没反应才不正常。至于现在，又是你先出手，我还是自我防备，嗯？"

"……"

"小姐？"

美盼一口气卡在嗓子眼儿里，这个男人衣冠楚楚的，眉目俊逸，气场又沉稳，太容易就让异性情动，可现在在她的眼中，就只能用"无赖"两个字来形容。她讨厌他！

"苏少爷也回来了？"

用人已经打开了铁门，苏晋庭很自然地松开了美盼的手，不过就是几秒钟的时间，他脸上的表情已经恢复如初，一派正人君子的样子："嗯，我送美盼回来，把她带进去吧，我还有事。"

用人自然不会多说什么，很快就对美盼说："小姐，饭吃了吗？要不要让厨房做一点儿？"

"不用。"哪还有胃口吃饭！她已经被气饱了。

不过人都在家门口了，美盼懒得和这个苏晋庭一般见识，恶狠狠地瞪了他一眼，嘴里无声地骂了句："虚伪！"转身挺直脊背，朝着里屋走去。

苏晋庭重新回到了车里，给自己点上了一根烟。

夜色笼罩下，男人精致的五官隐匿在那些白色的烟雾之中，越发显得神秘莫测。他举着烟送到唇边的时候，看到自己修长的手指，动作忽而一顿，也不知想到了什么，男人性感的薄唇缓缓勾起。

无人看到的这一瞬，竟是绝色倾城般。

翌日。

美盼的习惯就是要每天睡够8个小时，不然就会有严重的起床气，昨天折腾到上床都已经是零点过后了，上午9点不到，床头柜上的手机就开始连番轰炸起她。

朦朦胧胧的时候，美盼只听到那震动的声音伴随着手机铃声一直没有停下，她忍无可忍，终于还是翻身坐起来，拿过手机看了一眼，发现仅未接电就有五个，都是小优她们的电话，大概是见她不接电话，就在微信群里不断地发消息。

美盼伸手揉了揉惺忪的睡眼，一看手机电量都被她们搞得只剩下20%，她点开微信群，里面几个人都已经炸开了——

小优：我昨天晚上真的看到了，熊猫就是被一个长得特别帅的男人拉着上了车。

伶伶：难道除了吴学长，我们的国宝还有备胎？

徐倩：盼盼呢？赶紧出来，我们要求一个真相！

梦梦：盼盼真是不应该，有了好货也不通知我们，怪不得这几天那么安静，原来是不稀罕人家吴学长了。

……

美盼头疼地按着自己的太阳穴，这几个八卦的美少女，每天吃饱了撑得没事干就喜欢捣鼓她的事，她真是交了一群损友。

不过，昨天晚上苏晋庭被小优看到了？

小优那张大嘴巴，这种事，她是最喜欢凑热闹了。美盼屈起手指，用力地敲了敲自己还没有完全清醒的脑袋，琢磨着是不是应该解释一下。

她还没睡醒，于是闭着一只眼睛，纤细的手指在手机键盘上刚刚输了几个字，卧室的门忽然被人敲响，有人在外面叫她——

"小姐，起床用早餐了，老爷让我来叫您。"

美盼手机对话框里正好输了"苏晋庭"几个字，闻言，她下意识地按了删除键，将手机调成静音之后，找出了充电器充电，然后才翻身下床，有气无力地对着门板说："知道了，马上下去。"

她洗漱过后，就穿着一套居家的棉质衣服下楼，领口松松垮垮的，白净的脖子有大半都暴露在空气中，走在楼梯口的时候，还无意识地甩着两边的袖子，到了餐厅门口，正好碰到了从里面出来的秦媛。

"……妈，早。"美盼脚步一顿，身体往边上侧了侧，规规矩矩地打了声招呼。

秦媛看了她一眼，精致的眉顿时拧起来："看你穿得什么德行。"

"啊？"她衣服怎么了？

她垂眸往自己的胸口处看了两眼，不觉得有什么不妥的，平常她在家里也是这么穿的，最近又不上学，她也很少出门，难不成在家还要好好打扮一番吗？

秦媛却是刻意拔高了点儿音调："现在家里有外人，你一个女孩子，就不能避避嫌？你看看你穿的，盼盼，别说妈妈没有提醒你，女孩子从小就应该做好这方面的自我防范意识。"

美盼心思转得还挺快，刚刚不能理解秦媛莫名其妙说她的衣服，这会儿算是明白了。

十有八九是冲着苏晋庭在说事。

黎展明听到妻子的声音也走了出来，他伸手拉过女儿，低声说："囡囡，上去换套衣服吧。"

美盼最看不惯自己的爸爸在妈妈面前那副唯唯诺诺的样子，她本来也是不喜欢苏晋庭的，可现在总觉得是自己的母亲有点儿见缝插针，还总拿自己来说事。

22

"吃个早餐而已，有必要吗？我觉得这样挺好。"

"秦美盼！"

秦媛见美盼这样，很自然地认为她就是在和自己作对，昨天也是，今天也是，再想想昨天晚上用人和自己说的，看到她是和苏晋庭一起回来的，她心念一动，不知想到了什么，看着美盼的眼神就有点儿震惊。

餐厅里还坐着秦齐林，听到外面的争执声，他走出来："大清早的，吵什么吵？秦媛，你要是不想用餐，你就上去！"

秦媛气得脸色铁青："爸，你——"

"够了，你以后要是每天都为了这么一点儿鸡毛蒜皮的小事吵吵闹闹个没完没了，那你搬出去吧，秦家在外面多得是物业，随便你想住哪儿。"

秦媛："……"

秦家到底还是秦齐林当家做主，秦媛以前就是仗着自己是秦家唯一的继承人，所以才肆无忌惮。秦齐林这人除了年轻的时候有点儿花花心思，对自己的孩子还是挺纵容的，尤其是秦媛的生母也是因为他当年的风流郁郁而死，所以他更对女儿心存着一份愧疚。

早餐桌上发生了一番口头争吵，对秦家的人来说似乎是见怪不怪，美盼没怎么上心。

秦齐林见女儿上楼了，拉着黎展明这个女婿有事要说，美盼就先进了餐厅。

等她进去之后，看到那个坐在左侧第一个位子上，优雅地交叠着两条长腿，举着报纸，一脸正经的男人时，却突然浑身不自在。

"这个位子是我的。"她上前，完全是一副自己的领域被人侵犯的表情。

可苏晋庭却是头也不抬，骨节分明的长指捏着报纸的一角，翻阅，嗓音浑厚低沉，却又有些漫不经心："我不喜欢换位子。"

言下之意就是，你换位子。

美盼瞪大眼睛，本还有些不自然的表情这会儿都成了愠怒，她双手一撑，身体就朝着他倾斜了几分。她磨着银牙："喂，姓苏的，这可是秦家，秦家！你明白吗？"

"嗯？"

愤愤不平又带着几分娇软的女声陡然逼近，苏晋庭被点名了，似乎也没有多少表情，不过少女的身体在清晨的时候仿佛带着各种香味儿，也许是洗面奶，也许是面霜，也许是别的什么，清香自然的那种味道就在男人的鼻端萦绕，让他那种情不自禁的酥麻感觉又上来了。

苏晋庭捏着报纸的手指稍稍用力，喉结滑动，抬起眼帘。

一瞬，四目相对。

美盼本是抱着几分警告的意味靠近他，可在他突然抬起头来，她猛然撞入他那深邃的眸光里的时候，她才察觉到，自己距离他那副好看的皮囊有多近。

男人的气息和她的交缠着，美盼下意识地想要直起身体，苏晋庭却伸手，在没人能看得到的角度里，稳稳捏住了女孩儿柔软的腰。

美盼心头颤了一下，黑白分明的眸子瞪大，里面都是慌乱无措，似乎还带了点儿娇羞。

苏晋庭却突然笑了，那样近的距离里，他贴着她的耳朵，声音慵懒，又格外好听："还真是，美目盼兮。笑一个我看看，是不是也能谈得上'巧笑倩兮'，嗯？"

不是没有见过男人笑的样子，也不是没有见过长得好看的男人，可美盼心里却很清楚地知道，苏晋庭这样的长相，的确是太容易让异性动心。

她这样近距离地看着他浅浅地弯唇，脑海里闪过的念头，竟是璀璨的钻石。

——耀眼的，吸引人的，似乎也很容易让想要得到的人趋之若鹜。

气氛忽然就微妙起来，美盼没有意识到的是自己的心脏打鼓似的狂跳起来，几乎要从嗓子眼儿里蹦出来。苏晋庭的视线却是从她那双黑白分明的大眼睛里，渐渐地移到了她的颈项处。

因为姿势的关系，美盼本就松松垮垮的衣领这会儿直接敞开在他眼前，随便一扫就能瞥见她衣服下面那高耸的部位。

20岁的女孩儿，不成熟，可也不稚嫩，某些地方正散发着诱人的气息。

苏晋庭眸光一沉，性感的喉结上下滑动着，他下意识地紧蹙眉峰。不过就是片刻，他捏着她腰部的手一松，将美盼稍稍推开了些。

"美盼，以后你坐在晋庭边上就行了。"

秦齐林和黎展明从外面进来，美盼还没有缓过神来，脸上还残留着几分红晕，站在苏晋庭的边上，不过是背对着门口的，所以两人并没有看到她脸上的不正常。

有了刚刚那么一出，美盼哪还有心思再争论地盘的问题。

到底还是个孩子，很多时候不过就是一种可爱的虚张声势，和苏晋庭这种千帆过尽的男人相比较，她的脸皮薄多了。

美盼看着黎展明在对面坐下来，她绕过桌子，选择了父亲身边的一个位子，拉开凳子，低声说："我就坐这里。"

苏晋庭已重新拿起了报纸，可那若有似无的视线，却总是能扫过对面那个低着头用餐的女孩儿。

眸光肆意流转中，他怎么就觉得浑身都痒呢？

"刚刚的事，你别放在心上。"秦齐林入座之后开腔道，说的是刚刚秦媛的事。

苏晋庭抖了抖手中的报纸，只淡淡地勾了勾唇，扬起长眉："不会。"

美盼正好接过用人递上来的牛奶，侧目的瞬间见到男人浅笑的弧度，心尖一颤。

他对着自己笑的时候似乎不是这样的，可现在的浅笑，很明显就是敷衍。

……

秦美盼！你真是还没有睡醒，脑袋不清楚，想这些做什么？

管他是真笑还是假笑，和你有关系吗？再说了，再真的笑，那也比不上你的吴学长，那才是真正的阳光！

嗯，想到自己喜欢的学长，美盼脸上顿时染上了娇羞。

"……美盼，美盼？"

黎展明皱着眉头，伸手推了一把女儿，低声叫她："想什么呢？爷爷在和你说话。"

美盼仓促地回过神来："啊？什么？"

秦齐林有些不悦，看向孙女："还有小半个月才过年，你这段时间每天都在家里待着也没事干，我是问你有什么打算没有？"

"打算？"美盼眨了眨眼睛，"爷爷，我才大二呢……"

秦齐林看不惯秦家的人不知上进，恨铁不成钢："你虽是个女孩子，可也是秦家的孩子，别这么好吃懒做行吗？你不是学广告设计的吗？这样，博扬设计的黄总和我还有点儿交情，我和他打过招呼了，你下午过去一趟，好好去学点儿真正有用的东西。"

博扬设计？

美盼毕竟是在秦家这样的豪门长大的孩子，所以哪怕还是个大学生，可对于一些比较出名的广告设计公司她还是知道的。

爷爷刚刚说的那个"黄总"，如果她没有猜错的话，应该就是博扬的总裁，黄俊申。

可美盼从未对秦家任何一个人说过，她学广告设计，并不是因为她喜欢广告设计，她当初想学的是摄影，只是在秦家，她压根儿就没什么选择的权利，因为她是秦家的血脉，到了她这一代，就只有她这么一个孩子，不管是不是男孩儿，她都不能像爷爷说的那样不务正业。

所以她才想着法子选了广告设计，因为这个专业的课程之中就有摄影的专业课。

"爷爷，其实……我这段时间有自己的打算，而且我现在距离毕业有些时间，能不能先让我做点儿自己的事？"美盼白嫩的手指轻轻戳着牛奶杯壁。

秦齐林虽是对美盼严格，倒也会关心她的真正需要："你想做自己的什么事？"

美盼抿唇，想了想，还是如实说："就是想先学点儿摄影方面的东西，这对广告设计也是有帮助的，我们广告系也有摄影专业课的。"

秦齐林对这些专业性的东西谈不上太了解，不过也知道一些。

他快速地权衡了一下，又看了一眼孙女，最后说："我知道你一直都喜欢摄影，现在上学都有点儿本末倒置的意思了。不过你也别说爷爷不给你机会，现在你才20岁，爷爷再给你两年的时间，你现在自己想折腾什么我也不拦着你，不过博扬你还是要去，想做自己的事，你就自己挤出时间来。"

得到这样的答案，美盼也不奇怪。

总比完全否决要好，她现在毕竟也就20岁，将来的事，还不到需要她急着去深思熟虑的时候，这样的年纪，女孩儿总是会想着走一步算一步。

早餐过后，秦齐林就让美盼直接去一趟博扬。

黎展明跟着女儿上了楼，等美盼换了一套正装从衣帽间出来时，他叮嘱道："囡囡，去了别人的公司要多听前辈领导的话，有什么事一定要好好地商量，别急性子，知道吗？"

有时候美盼真觉得，黎展明这个父亲，完全是充当着母亲的角色。

美盼心尖最柔软的地方，也只有她的这个爸爸。她甜甜地笑了笑："爸，别担心了，我又不是真那么刁蛮任性还蛮不讲理，放心吧，我会好好学习的！"

黎展明和女儿一起下了楼，正好听到秦齐林和苏晋庭的对话。

"公司那边的人事调动我都已经安排好了，你要是有什么需要就尽管和我说，打算什么时候去公司？"

"就今天吧。"

"那我通知一下……"

"不用，我直接过去就好。"

秦齐林沉吟："好，那我让司机送你过去？"

"我习惯自己开车。"

苏晋庭这话刚说完，黎展明和美盼也走到了客厅。秦齐林看了一眼孙女身上的衣服，满意地点点头，忽然想到了什么，又对苏晋庭说："那这样，你顺便送一下美盼吧。"

美盼一愣，挑衅地看了眼苏晋庭，正好见男人沉沉的眸光落在自己的脸上，她咬了咬唇，很有骨气地说："爷爷，第一天去人家公司，不能搞特殊，我自己打车过去。"

黎展明有些担忧："这边不太好打车。"

苏晋庭看着她的眼神似笑非笑，似乎就在等着她投降。

美盼心里越发不服气，张嘴就说："那我就走两站路，坐公交车！"

第三章
我在爱情的正面看向你

走出秦家的大门口，美盼就开始后悔了。

秦家别墅位于这个城市最为昂贵的半山地段，从这里下去，所谓的两站路，起码得走上个40分钟，而她今天因为要去公司报到，还特地穿了一双小皮鞋。常年穿运动鞋的美盼，被这么一双小皮鞋折腾了不到十分钟就觉得脚趾酸痛得厉害。

早知道这样，她刚刚就不嘴硬了，不要苏晋庭送，让家里的司机送自己到车站也好啊。

美盼正懊恼着，身后忽然有汽车的喇叭声，她站住脚，侧头一看，黑色的宾利，挡风玻璃下的男人，不是苏晋庭还能是谁？

她捏紧了拳头，恨恨地瞪他一眼，又哼了声，转身就继续朝前走。

苏晋庭单手握着方向盘，一手夹着刚刚点燃的香烟，今天天气不错，阳光很好，他把车窗都打开了，手肘撑在一旁的窗口处。车子开得不快，风也就不大，指间猩红的一点光芒，一闪一闪的，如同此刻他眼底深处那般，熠熠生辉。

小丫头还挺倔的！他挑了挑眉，将指间的烟含在了薄唇上，眯着一只眼睛，稍稍踩下油门，将车子提了一点儿速度。

美盼走得再快也肯定跑不过四个轮子的，那车子就在美盼屁股后面跟着，她仿佛可以感觉到车子的热源逼近自己，连着裤腿也跟着热热的。美盼心里烦躁得很，她再度站住脚，猛然转身，那车子却缓缓地停在了她的脚边。

驾驶位上的男人吞吐着云雾，一改在秦家那副稳重深沉的模样，此刻的俊容分明染着邪肆的魅惑，他慵懒地斜了斜身体，笑了："真不要我送你？"

美盼看着他那样，气就不打一处来，她双手抱胸，因为是站在车子外面的，这会儿看着里面的男人倒有些居高临下："多管闲事的前一句是什么？"

苏晋庭看着她那一张被寒风吹得有些红扑扑的脸蛋儿，秀气的两条细眉之间带着一种孤傲的感觉，可无论怎么看都让他觉得可爱。

"是什么？"男人顺着她的话问。

美盼就等着他来接这句话，此刻痛痛快快地甩过去："狗拿耗子！"

苏晋庭没忍住，胸膛震动了两下，还是笑出声音来。他饶有兴致地看着那张自以为得了便宜的小脸蛋儿，撑在车窗外的长指掸了掸烟灰："以己伤人的事可别做，多不划算。骂我归骂我，何必还把自己看成耗子？"

美盼："……"

"真不上车？"苏晋庭不等她说什么，将指间的烟蒂弹出几米开外，比了一个OK的手势，车子就快速朝前驶去。

美盼："……"

美盼胸口真像是堵着一块巨大的石头，上不去下不来，憋了她一肚子的怒气。她站在原地跺了跺脚，真想自己有超能力，可以让那辆车子的四个轮胎都在这个时候爆胎！

可恶！可恶！

苏晋庭就是一个浑蛋！

驾驶位上的男人，踩着油门的同时，视线却黏在后视镜上，镜子里那抹身影越来越小，可落入他瞳仁深处的那些生动的表情，却让他的唇角勾起了一个深邃的弧度。

他拿出手机拨了个号码，低声吩咐："叫辆出租车过来……"

本来以为自己真的要走上40分钟的路程，不想中途竟然碰到了出租车。

美盼看着那个空车的指示灯，真觉得自己是运气爆棚！上车之后，她伸手摸了摸自己的脚后跟，总算是吐出了一口浊气。

到了博扬，前台的小姐大概是被人告知过她的情况，所以美盼说了自己的身份之后，马上就被接待员带着去了电梯口，并且告诉她，黄总的办公室在12层。

美盼上了12层，秘书告诉她，黄总目前正在开视频会议，让她稍等片刻。她就直接找了个角落的位子，坐下，拿了一本杂志随手翻阅着。

杂志里有一个摄影专栏，美盼倒还看得挺仔细的。大概坐了不到10分钟的样子，就听到不远处有人交谈的声音，她还以为是黄总结束了会议，连忙将手中的杂志放在了一旁，然而站起身来的时候，看到的却不是黄总。

而是——

这人的背影……是学长?

美盼眨了眨眼,这是幻觉吧,不然学长也不可能在这个时候这么凑巧地出现在这个地方啊!可那不远处站着的大男孩儿,穿着蓝色的毛衣、浅色牛仔裤,一身阳光朝气,不是吴舜华还能是谁?

像有什么心灵感应似的,前面站着的人缓缓转过脸来,这次美盼真的看得清清楚楚,这个人果然是吴舜华。

吴舜华也看到了美盼,他眼底闪过一丝意外,很快和那个秘书低头说了几句什么,然后冲着美盼微微一笑,信步朝她走来。

"秦美盼。"暗恋的对象现在在对她笑,哪怕美盼向来对自己都有自信,这会儿也免不了有些受宠若惊,"这么巧,你怎么也在这里?"

不过她反应很迅速,马上就微笑着回答:"我来实习的。"想了想,她又解释了一句:"我学广告的,所以,放假就正好有这个机会。"

"我知道。"吴舜华笑得很温和,说,"昨天来不及和你说,其实你们秦家和我们吴家也是有生意上的往来的,所以我很早就知道你了,不过在学校没什么机会和你打招呼。"

男孩儿主动伸出手来,手指修长好看:"正式认识一下吧,学妹!"

对于很多女孩儿来说,暗恋是很辛苦的一件事。

可对于美盼来说,暗恋却很美好。吴舜华很优秀,她以前总是想要和他站在同一个点上,会很努力地去做好自己想做的事,现在他就站在自己的面前,她心里忍不住小鹿乱撞,那封没有送出去的情书,虽是闹了一个大乌龙,可现在自己伸手和学长相握,未尝不是另一个美好的开端。

她认同了那句话:上帝为你关了一扇门,必然会为你开启一扇窗。

"谢谢学长。"

"秦小姐、吴少爷,黄总的视频会议结束了,正好你们两人一起进去吧。"秘书上前对两人说。

美盼好奇地看了一眼吴舜华,听他解释说:"又是凑巧的事,正好我也是过来跟着黄叔叔学习的。"

"你也认识黄叔叔?"

"他和我父亲也是生意伙伴。"

美盼有些诧异:"可学长你的专业是酒店管理方面的吧?"

"也会学点儿业余的东西,我还年轻,我父亲也希望我到处学学,多积累一些经验。"吴舜华耸了耸肩,"不过我原本以为这段时间会很无聊,没想到遇到了你,今后我们可算是同事了。"

大概是吴舜华语气轻松,脸上的笑容给人的感觉又十分温暖,美盼渐渐放松下来,说话的语气亦是:"当然啦!学长,我也很开心。"

而另一边，关于苏晋庭在秦氏的位置，秦齐林已经让人事部全都准备好，公司上下也全都知道他是空降过来的人。

下面的小职员对于这样的安排，除了捕风捉影地找点儿八卦作为茶余饭后的话题，自然是没有其他的想法，可秦氏的高层对于苏晋庭的出现，多少还是有些意见的。

尤其是站在秦媛那边的几个亲信，肯定会想方设法地让苏晋庭知难而退。

总经理办公室。穿着白色衬衣、黑色西裤的男人，一手插在西裤口袋里，一手夹着烟，站在落地窗口。

指间燃着的烟，在办公室暖色的光线下，一点星芒忽明忽暗，身材笔挺的男人，周身的气压却有些低。

办公室的门在这个时候被人敲响，男人指间那半截烟稍稍一抖，他这才回过神来："进来。"

推门进来的人是秦齐林给他安排的秘书，这会儿正抱着一堆资料："苏总，这是您让我找的公司去年的盈利状况，全都在这里了。"

"放下吧。"

苏晋庭捏碎烟蒂，丢在手边的烟灰缸里，迈开长腿朝着大班椅走去。坐下来的时候，他随手拿了一本账簿翻开看了两眼。办公室的门忽然又被人推开，秘书先是一愣，等见到进来的人的时候，她连忙往边上退了退，恭恭敬敬地颔首："秦总……"

是秦媛。

秦媛一身正装，可给人的感觉像是浑身充满了杀气。

"出去。"秦媛开口，这话是对秘书说的。

等秘书一出去，秦媛一脸傲然地踩着高跟鞋上前。她人站在办公桌前，双手往桌子上一撑，见对面的男人始终都不抬头，只自顾自地看着手边的资料，心里越发觉得窝火。

"苏晋庭，你再用心，也不过就是为他人做嫁衣裳，何必呢？"

男人修长的手指轻轻夹着资料的一角，闻言，他眉目未动，只淡淡地哼笑一声："有无必要，我当然不会对你做出解释，你又何必跑来多此一举？"

"你——"

秦媛脸色一沉，她向来都是心高气傲的人，并不是很会掩饰自己的情绪，她将分贝拔高了几分："你别嘚瑟！我不知道你是为了什么才同意进秦氏，可你只是一个傀儡，你没有秦氏的股份，做再多也是白费功夫！你要搞清楚，你拿的是秦氏的工资，可不是分红！"

苏晋庭低垂的眸子中有凌厉的光一闪而过，他却没有出声。

"还有，你在暗中调查美盼？"

苏晋庭眉峰一蹙，终于缓缓抬起头来。

秦媛这下是彻底笃定了，冷笑道："别在美盼的身上下什么没用的功夫，你这辈子都不可能是秦家的人，凑的又是哪门子热闹？我不知道你用了什么方法，非得让老头子同意你住进秦家来，可这句话你最好记住，秦家的人、秦家的东西，你一个姓苏的，永远没资格垂涎！"

夹着资料页面的手指倏地一松，两页纸张无声地合上。苏晋庭面无表情地站起身来——他不习惯仰着脖子看着面前这个女人——身高的差距一瞬就让他变成了俯视着秦媛。

男人眯起眸子，再难听的话都不能够激起他多少情绪，他嗓音淡淡的，可每一个字都让秦媛气得跳脚——

"怎么看着，都是你们秦家垂涎我的能力多一些。我没多少耐性听你在我面前说这些没有任何意义的话，请你别浪费我的时间。还有，这个办公室是我的，以后进门之前先敲门，这点儿修养，秦总不会没有吧？"

"苏晋庭，你骂谁没有修养？"

男人却不愿意再接话，平静地垂下眼帘。

"你——"秦媛气得直喘气，对方不把自己当成对手看，这无疑就是让她更为难堪。

"何必让自己的手下看笑话？秦氏还不是你的，不是吗？心急吃不了热豆腐，我还没怎么样，你就急急忙忙地跑来露底牌了，我倒真怕你会得不偿失。"

苏晋庭伸手拿过椅背上的外套，看都懒得多看一眼那个被气得脸色扭曲的女人，侧过身体，就走出了办公室。

苏晋庭离开秦氏的时候是下午3点多，而历承易之前就打电话给他，说是晚上要一起吃饭，他约了一些朋友，都想要见一见苏晋庭。

除了上学的那些年，苏晋庭一直都在国外，25岁回国之后就住在A市，他在国外做的是风险投资，在投资方面眼光独到，基本都是稳赚不亏，所以在圈子里，知道"苏晋庭"三个字的人，都认准了他这方面的天赋。

秦齐林愿意把公司的业务交给他，也是看准了他的商业眼光和手腕。

他这次来C市，也正好可以跟历承易他们聚一下。

晚上7点多，一群男人吃完了正餐，历承易就叫着要开始夜生活，大概是见苏晋庭今天兴致缺缺的样子，他凑过来："才来C市几天，瞧你那面色蜡黄的样子，是在秦家住不惯吗？要不要哥哥给你安排个住所？"

苏晋庭吸了一口烟："你的狡兔三窟我没什么兴趣。"

"大学生，嫩得很，保证干干净净的！"历承易朝他挤眉弄眼，"你说你那东西多久没使了，要生锈的知道吗？到时候真想用了不能用，那多伤你的男性尊严。"

苏晋庭蹙眉，看了一眼好友："我以前怎么不知道你有拉皮条的潜能？别为我担心，多担心担心你自己，小心铁杵磨成针。"

历承易："……"

"我走了。"

苏晋庭丢掉烟蒂，有些心不在焉地站起身来，那一脸归心似箭的样子让历承易心里无比好奇：一个秦家，对他来说根本就不具任何的吸引力，他这么着急要走，肯定是有什么自己不知道的内幕！

历承易见苏晋庭和众人打个招呼就走出了包厢，连忙追出去，在电梯口拦住了苏晋庭。

"你老实说，秦家有什么东西让你这么上心？吃饭的时候就看你举着腕表看了两回时间。"

苏晋庭伸手推开历承易，按下电梯的按键，没搭理他。

历承易更是被他勾得馋虫都要出来了，别看苏晋庭一脸禁欲的样子——事实上，他也的确是很禁欲——好像女人对他真没多少吸引力，可他现在这样反常，却又很像是为了女人。

可惜，不管他如何软磨硬泡，那个沉默寡言的男人似乎都不打算开金口，看着他头也不回地进了电梯，历承易骂他有异性没人性。想来秦家好像也就一个小得还在上大学的秦美盼吧？

难不成是因为……秦美盼？

美盼觉得，今天可真是自己的幸运日。

去了博扬，见到了学长，一下午都是和他待在一起，下班之后，学长还主动提出一起吃晚饭，吃了晚饭，学长还送她到家门口。

"原来你住这里。"

两人站在秦家的大门口，吴舜华看了一眼秦家那栋别墅，笑着说："我现在知道你家在哪儿了，明天你还去博扬吧？我来接你？"

美盼赶紧摆摆手："学长，那样就太麻烦你了，会不会不顺路？"

"不会。"见他笑得那一脸温柔的样子，美盼瞬间就觉得连夜晚的风都没有那么冷了，"早餐你喜欢吃中式还是西式？明天我给你带来？"

"学长，这样就太麻烦了……"

"不麻烦，你忘记我家是开酒店的吗？我让主厨给你做好带过来，你可以多睡一会儿。"他忽然伸手，美盼的身体僵了下，吴舜华却是笑得更温和了些，他的手掌落在了她的发顶上，轻轻揉了揉，"你今天一下午都在打瞌睡，没休息好吧？回去就早点儿睡，我走了，明天见。"

吴舜华人都走出好远，美盼还没有回过神来。

这一切，应该不是做梦吧？

她心心念念的学长，竟然和她待在一起一整天，而且还说明天要来接她，还要给她带早餐……

这是……撞了大运的节奏啊！

美盼忍不住伸手捂着自己的胸口，那种喜悦的心情都快要溢出来了，不行，她一定要和自己的好友分享这个劲爆的消息！

她拿出手机来，想着打电话太麻烦，索性就进了微信群，刚要输入消息，手腕忽然就被人拽住。这突如其来的力道让美盼受了很大的惊吓，她手指一松，手机啪的一声掉在了脚边，硕大的屏幕顿时碎了一半。

"我的手机……"她惊叫，一抬头，看到的却是苏晋庭。

美盼气得不行："你干什么？赔我手机！"

"胆子这么小，还敢随便让男人送你回家？"

苏晋庭置若罔闻，长腿一伸，就将脚边的手机给踢开了一些。男人的身躯靠近她，那灼热的气息兜头盖脸地袭向美盼，让美盼有些紧张，可更多的还是气愤。美盼恼恨地挣扎，苏晋庭就是不松手，反倒是把她自己的手腕给挣得发红，有些疼。美盼恼了："苏晋庭，你松手！拽着我干吗？我让谁送我回家，和你有关系吗？再说了，学长也不是什么随便的男人，他是我喜欢的人。"

"你喜欢他？"

苏晋庭眯起眸子，凉凉地反问道，拽着她手腕的手指却丝毫没有松动的迹象。他的拇指正好按在了她的静脉上，这会儿手指来来回回地摩挲着，动作轻缓，好似还带了那么点儿撩人的感觉："所以你本来准备的避孕套是要送给他的？你才几岁，就想着和男人上床了？"

"你……胡说八道什么！"这人的思想真是太龌龊了，可那一次的乌龙，又让她反驳起来底气不足，"我根本就没想过要送那个……那个给学长！"

"避孕套"三个字，对她来说还是显得有些露骨，尤其是在这个男人面前，她说不出口："总之不是你想的那样，我不和你解释，你放开我！"

"那你准备送给他什么？"苏晋庭另一只手掐住了她的腰，将她往后逼退了几步，正好就抵在了墙上，他健壮的身躯直接覆了上去……夜色下，上方路灯的光线落在两人的脸上，并不明朗，尤其是男人精致的五官，忽明忽暗地隐匿在她看不清的角度之中，越发让人看不清喜怒。

"把你自己送给他吗？你在学校就学了这些乱七八糟的东西？"他的语气低沉，每个字都好似染着怒气。美盼真是有些迷茫，他生气什么？

他有什么可生气的？

她做什么都和他没有关系吧？

"你管我？"她仿佛真是被气坏了，"我做什么都好，和你有什么关系啊？你凭什么以一副家长的姿态来教训我？我已经20岁了，成年了好吗？对了，我听说你苏晋庭还在国外念过书，我就不信了，你20岁的时候还是个纯情小处男！"

两人都是一愣。

美盼这才反应过来自己刚刚说了什么，真是恨不得咬掉自己的舌头。

到底是女孩子，美盼的家教还是不错的，虽然性子比较难驯服一些，可骨子里还是保守的小丫头，所以现在对着苏晋庭这么一个比自己年长了十岁的成熟男人，说出那样露骨的言辞，她自己就已经有些绷不住了。

可说出去的话如同泼出去的水，覆水难收。她勉强控制着自己的心跳和气息，一脸无所谓的样子，和苏晋庭对视。

纯情小处男？

苏晋庭本来紧蹙的眉峰缓缓舒展开来，捏着她手腕的手也一并松开，却在下一秒捏住了女孩儿的下颌，力道不大，但正好可以控制着怀里的小丫头。他手腕稍稍用力，让她抬起头来，男人薄薄的唇凑过去，在距离她的唇不到一厘米的地方顿住，嗓音喑哑又性感，好似染上了夜的魅惑："没听清楚，你刚刚说什么，嗯？"

"……"美盼僵硬着身体，不敢动。

这个苏晋庭是怎么回事？

他为什么老喜欢……这么对自己？

她心里乱糟糟的，脑袋也是乱糟糟的，想要呼吸，可一吸气，到了肺腑的都是属于这个男人的气息，让人无法忽视。渐渐地，她就觉得自己的心跳在加快，她只能紧紧地抿着自己的唇，生怕一张嘴，那颗小心脏就会从嗓子眼儿里蹦出来。

苏晋庭这样的人精，眼神如此犀利，自然看得出来怀里这个小姑娘的紧张窘迫。

但他觉得，逗着她是如此有趣，让他那坚硬的身躯都跟着酥下来，像现在，不仅酥了，还痒，好像是上瘾了般，就是不愿意松开她。

美盼眸光四下闪烁，他就如影随形地追逐过去，她想要别开脸，他捏着她下颌的力道微微加大，沉声道："躲什么？看着我的眼睛，刚刚你说什么？我没有听清楚，来，再说一遍我听听。"

热热的气息尽在自己的耳畔，美盼被苏晋庭逼得有些手足无措，可心里还是有一丝理智在告诉她——他不可能没有听清楚，他就是故意的，他是在玩她吧？

这个可恶的家伙！

兔子急了还咬人呢，和这样的人讲什么原则不原则、素质不素质的，总之就是破罐子破摔，把他给噎死最好！

这么一想，美盼突然大声说道："没有听清楚吗？苏先生不是耳朵出问题了，那估计就是对我刚刚说的一句话不能理解，也是，你能理解什么呀？看你那样子，就是精虫上脑的家伙，当然不可能和纯情搭边。"

苏晋庭挑了挑眉，似笑非笑地看着她，似乎一点儿都没有动怒的迹象。

那双幽深的眸子，在他笑的一瞬间，好像绽放的花朵一样，让人移不开眼睛。

美盼屏息，心跳更……乱了啊！

苏晋庭扣着她腰的手却在这个时候滑下去，一把抓住了她落在腿侧的小手，男人的拇指压了压她的手背，幽暗的眸光里仿佛有光芒在跳跃着，蠢蠢欲动，呼之欲出……

"你这样喜欢断章取义可不好，还是说你见过我精虫上脑的样子？我现在就在你面前，你要不要验证一下我到底够不够纯情？"

轰的一下，美盼只觉得头顶像是劈过一道惊雷，把她整个人都劈木讷了。男人却是越发肆无忌惮，凑近她的耳郭，嗓音压得更低沉，也更性感撩人："嗯？是要解开皮带，距离更近一些，还是就这样？"

美盼再迟钝都知道，苏晋庭现在就是在调戏自己！

这个浑蛋，胆子还挺大的，现在还是在秦家门口，他都敢这样肆无忌惮。

美盼骨子里还是带着一点儿骄傲的小公主本性的，苏晋庭刚刚那些话让她的脸庞红了白、白了之后就是黑，那双澄澈的眸子里，这会儿有小小的火苗在迅速燃烧着，挣扎的力道更大，可她的手本就是被男人给禁锢着，一来一去的摩擦下来，却正好擦过了男人身体最为敏感的地带。

苏晋庭哼了一声，英气逼人的脸上呈现出来的表情，似痛苦，又好似享受。他的眸光幽暗，里面就像是含着一块强力十足的吸铁石，在异性相吸的情况之下，他恨不得将面前的小丫头给吸进自己的身体里去。

美盼被他这种眼神凝视得头皮发麻，手指跟着颤了颤，整个身体都充斥着一种怪异的感觉，脑海里已有警铃大响着，告诉着她一个叫作危险的信号。她下意识地顿住了挣扎的动作，想要缩回自己的手，偏偏苏晋庭就是恶劣地不肯放，她只能捏紧了自己的手掌。

"你——流氓，你松手，松开，听到没有？"分明是恼恨的言辞，可说出口来，却因为紧张不安显得有些飘忽。

苏晋庭微微眯起眼，他本来只是觉得有点儿意思，所以看着美盼的时候，就总想逗着她玩。

是生活太过压抑的关系吗？所以看着她在自己面前从一脸骄傲倔强的样子，变成一脸无奈气愤却怎么都发泄不出来的时候，好像他就会跟着身心放松。

可他似乎是忘了，自己也是一个正常的男人，本来拿话去撩她，结果好像是适得其反。女孩儿柔软的身体，连呼吸都是清甜的，苏晋庭性感的喉结上下滑动，眸光浓烈炙热得几乎要将她给烫伤。美盼哪还敢看他的眼睛，嘴唇不断地嚅动着，想要说什么，却始终说不出一句完整的话来。

苏晋庭见她这样，反倒笑了，不过欲望燃起来了，得不到舒缓，是真的难受，他坚硬的身躯就这样紧紧抵着她的，导致他说话的时候嗓音无比喑哑："你的身体是什么做的，嗯？"

美盼有些不明所以。

苏晋庭不等她的回答，又自顾自地开口，这一次他的声音比起刚刚更显低沉暧昧，又好似染了一些夜的魅惑："我怎么感觉你的身体有磁场呢？还有声音在喊我，不让我松手，让我用更大的力气把你抱住。"

"苏晋庭！"美盼反应过来，面红耳赤。

"你再这样，我就要叫人了！一会儿爷爷出来，看到你这样对我，你认为会怎么样？"

美盼也知道，这样的言辞可能威胁不到苏晋庭，但是她必须说点儿什么不是吗？

所以当苏晋庭只是不以为然地笑了笑时，她丝毫不觉得奇怪。只是没想到，他的言辞越发轻佻起来："会怎么样？这种程度，总不至于让我娶了你。"

美盼气得要跳起来："谁要嫁给你？你做梦！"

"我一般都不做梦，只做爱。"

"……"

"谁在外面？"

美盼这边正被噎得又气又恼，铁门后忽然有动静，是脚步声伴随着用人的声音。她吓出了一头冷汗，铆足了劲儿推开苏晋庭，完全是一副做贼心虚的样子。

苏晋庭的表情非常的淡定，骨节分明的长指轻轻拨了一下刚刚在牵扯之中被弄歪了的衣领，眸光依旧是灼热的，又似笑非笑地看着她。

"小姐？"用人已推开铁门出来，见到美盼连忙打招呼，一转眼又看到站在边上的苏晋庭，她又恭敬地颔首："苏先生也回来了？"

苏晋庭收回视线，却没开腔。在别人面前，他好像始终都是这种高高在上又一脸沉稳的样子，表情很冷淡。

可美盼想到他刚刚那种轻浮放荡的样子，就忍不住嗤之以鼻：衣冠禽兽！

她再多站在苏晋庭身边一秒就会浑身不舒服，于是她抓着衣角就快步朝着大铁门走去。

"小姐用过晚餐了吗？"用人的视线在他们身上来回扫视了一圈。两人之间那种怪异而尴尬的气场，这个在秦家当了几十年用人的老人，哪会看不出来。

"吃了。"美盼心思到底是单纯，没多想，越过用人就走了进去。

那用人见美盼进去之后，又看了一眼苏晋庭："苏先生也用过晚餐了吗？"

她询问的语气客气得很。苏晋庭此刻已点了根烟夹在长指中，男人抽烟的神韵性感魅惑至极，可那精致的五官在夜色的笼罩之中晦暗不明，周身的气场并非冷冽，而是透着张力十足的危险。

他姿态越发随意地掸了掸烟灰，迈开长腿上前的同时，才出声，嗓音低缓冰凉："我应该如何回答你一个下人的试探？"

那用人一愣，脸色有些僵硬起来。

苏晋庭却是笑了笑，颀长的身躯就站在用人的一侧，将烟送到薄唇上，眯着一只眼睛："我这人还是习惯先礼后兵，接下去这些话，我只说一次——我不喜欢有人在背后看着我，更不喜欢有人在背后说我的事，带什么目的我不管，不过记得管好你自己的嘴。"

苏晋庭来到C市。一个月的时间都不到，也不算是秦家什么很重要的亲戚，不过就是因为当年他的父亲救了老爷子一命，可现在，他才进秦家，几乎已经完全占据了上风，还是以一副如此寡淡傲然的姿态。

这个用人是看着秦媛长大的，秦媛在秦家一贯都是最有地位的，因为秦家本就只有她一个孩子，虽不是男人，可她在秦家从来都是说一不二的人，现在却凭空而降这么一个苏晋庭，他甚至没做什么，却着实威胁到了秦媛在秦家的地位，可想而知，这个男人肯定非常不简单。

所以秦媛让她平常在家里就多盯着一点儿苏晋庭。她见过他两回，都是和美盼小姐在一起的，两人姿态暧昧的样子她也瞧见了。可这个危险的男人刚刚那么几句话，分明就是在警告她。

"苏先生，您多心了，您是秦家最尊贵的客人，老爷也一直都吩咐我们下人，一定要照顾好苏先生的饮食起居，要是苏先生您有什么需要的话，尽管吩咐我就行，我在秦家已经很多年了。"

苏晋庭正在吞吐云雾，闻言，斜睨了边上的用人一眼，薄唇勾起的弧度越发深邃，却也越发凌厉起来。

倒还真是一个能说会道的下人。

在秦家很多年——这是在和自己摆谱吗？

也对，在这样的人心目中，吃定了自己不是秦家的人，她自然是要为秦家的人卖命。

苏晋庭挑了挑眉，将烟蒂捏碎了丢在一旁，拉扯下袖口："同样的话，我不重复第二次，不过我可以和你强调一句——你给谁办事都好，别来惹我。"

男人说完，直接转身走进了正门。

用人却是脸色僵硬地站在原地，回过神来之后，她琢磨一下，还是拿出了手机，想要打电话，却又犹豫着，反复几次之后，那个电话最终没有拨出去。

翌日上午，不到8点美盼就醒了。

本来是没多少兴趣的实习，现在因为学长的关系，她如同打了鸡血一样，昨天晚上早早就休息了，今天调好了闹钟，7点50分醒来，在床上躺了不到10分钟，就果断起床洗漱。完了之后，在衣帽间挑了好几套衣服，试穿之后，最终还是选了最顺眼的一套，然后神清气爽地下楼。

走到楼梯口的转角处，正好见到每天来叫她起床吃早餐的用人，对方倒是一愣："小姐，今天起这么早？早餐已经准备好了，现在要用吗？"

"不用了。"

昨天晚上学长说了，今天会给她带早餐的，美盼眼角眉梢都带着喜滋滋的感觉，嗓音也甜腻了一些："阿姨，我直接就去上班了噢。"

"小姐，老爷子和太太还有姑爷都在下面，苏先生也在，您不用早餐了？"

"我自己和爷爷说去。"

她一蹦一跳地下了楼，进了餐厅，果然见人都到齐了。除了苏晋庭，美盼跟其他三个人都挨个打了招呼之后，又对秦齐林说："爷爷，今天我就不在家里吃早餐了，我去上班了。"

"不吃早餐有什么力气上班？"秦齐林从报纸里抬起头，看了一眼美盼，指了指黎展明边上的位子，"坐下把早餐吃了再去上班。爷爷是让你去实习，让你学点儿经验，不是让你连早餐都不吃那么拼命。"

美盼抿了抿唇，视线转了一下，正好落在坐在之前自己位子上的男人身上。

苏晋庭这会儿的姿态神韵，和昨天晚上那个对自己要流氓的男人判若两人，他手里也拿着一份报纸，不知是看到了什么，眉峰微微蹙着，周身的气场成熟又有魅力。

男人看完了一页，随后长指夹着翻过去，正好抬起眼帘。美盼心头一跳，连忙回避他的视线，却是没有瞧见，苏晋庭正好将她仓皇逃避他视线的样子尽收眼底。他眉目微动，高深莫测的表情之中，却已融入一丝似笑非笑的感觉。

"不是啦，我……我约了人……和我一起吃。"美盼轻咳了声，回神道，"昨天在公司认识的一个新同事，正好和我一起实习。"

"囡囡这么快就交到朋友了？"黎展明很欣慰，站起身来，过去帮女儿整了整衣领，"不过社会上的人，和你在学校认识的还是有所不同，尤其是你的身份比较特殊敏感，任何事都留点儿心心知道吗？"

"知道了，那你们慢用，我先走了。"

美盼拿起一旁的手袋，刚准备走，一直都没有出声的秦媛倒是缓缓开了口："你和谁做朋友了？才认识一天就一起吃早餐，男的还是女的？"

她挑起一双修剪精致的眉毛，含沙射影："我们秦家的人可别总是做出引狼入室这种事来。至于你，还是个女孩子，要矜持，懂吗？"

美盼聪明着呢，听得出来秦媛的话。其实就是讽刺爷爷把苏晋庭给引到了秦家。

虽然她承认苏晋庭这人的确是……狼，还是色狼，可她心里还是本能地有些排斥，自己的母亲每次都拿自己来做挡箭牌，去攻击苏晋庭。

"不是别人，是和我同校的，一个学长。"美盼不太乐意地接了一句，为了避免秦媛一直烦她，所以她直接就说出了吴舜华的身份，"他们家和我们家也有生意上的往来，可能爷爷也知道他是谁。"

秦媛的面色依旧紧绷着："谁？"

美盼看了她一眼，犹豫一下，实话实说："吴舜华。"

苏晋庭捏着报纸一角的动作陡然顿住，他深邃的眸底有什么东西一闪而过，耳边也一并回响着女孩儿柔软又带着几分腼腆的声音——

"吴学长，你好，我是A大大二广告系的秦美盼，我有话想和你说，我想和你说的都写在这封信里面了，希望学长看了之后可以接受。"

吴舜华。

就是她之前送了避孕套要表白的那个学长？

秦齐林琢磨了片刻，才说："吴舜华？是吴越数的孙子？"

美盼说："我不认识学长的爷爷，反正他们家是做酒店生意的。"

黎展明马上接话："做酒店的，为什么去广告公司实习？"

美盼其实并不愿意解释那么多，但是她知道自己身边的人都是什么样的，今天要不是把吴舜华这个名字搬出来，她还是会被爷爷或者妈妈调查的。美盼心里多少有些厌烦，却不得不在长辈面前忍着。

"爸，这个是别人的隐私，我怎么可能知道？反正你们放心，学长不是什么坏人，而且也很照顾我，接下来的日子里我和他都会做同事，所以一起吃个早餐、熟络一下也正常不是吗？"

秦媛这会儿面色倒是缓和了不少。

黎展明还要再说什么，美盼的手机响了起来，她拿出来看了一眼，正好是学长的电话，她一刻都待不住了，马上就说："爷爷、爸爸、妈妈，你们慢用，我先走了。"

秦齐林却突然叫住了她："你光是和我们打招呼，你苏大哥呢？"

美盼："……"

手机持续不断地响着，美盼心里真是一千个一万个不愿意，可视线落在了苏晋庭脸上的时候，他却并未看向自己，只将报纸叠起来放在一旁，沉默地端起咖啡，抿了一口。

美盼咬了咬牙，硬着头皮，不甘不愿地说了一句："苏大哥……慢用。"心里却是加了一句——噎不死你！说完，转身就走。

秦媛看了一眼苏晋庭，未能看清他脸上的表情，却也不意外，这个男人向来都是高深莫测。她心中琢磨了一下，又看了眼秦齐林，不知道他在想什么。她没有呛声，而是若有所思地坐下来，继续用早餐。

美盼一出秦家大门就见到了宝蓝色的车子，坐在驾驶位上的人正挥手和她打招呼。她站在大门口，心情是飞扬的，原本是她仰望暗恋的学长，现在却坐在车子里，对她笑得如同初晨那样暖暖的阳光般。

就是有一种人生突然圆满了的感觉。

吴舜华亲自下车帮她拉开副驾驶的车门。他比美盼大一岁，今年正好是21岁，也算是个气质出众的男人了，此刻穿着白色的毛衣和深灰色的裤子，一手撑在副驾驶位的车上方，以防她撞到头——这完全就是风度翩翩的绅士姿态。

不远处的秦家大门也在这个时候缓缓打开，黑色的车子从里面出来，和吴舜华的车子擦肩而过的时候，美盼正在扣安全带，眼角的余光扫过车窗外。那车子她认识，是苏晋庭的。

女孩儿那双乌黑的眸子正好看到了车窗后面的男人，他侧脸线条完美，美盼的心尖不明所以地动了动，意识到的时候，她倏地收回了视线，不允许自己再去多想。

"还没有吃早餐吧？"吴舜华一手打着方向盘，一手将一个精致的盒子递给美盼，打断了她的胡思乱想，"我给你准备的，尝尝。"

美盼伸手接过："谢谢学长。"

打开一看，色香味俱全，她顿时食指大动，不过坐在车厢里吃东西多少有些不雅。吴舜华倒是看透了她的小心思，又递给她一盒纸巾，体贴地说："美盼，不需要在我面前太拘谨，就这样吃吧！"

美盼一直是挺聪明的小丫头，此刻看到这个她暗恋的对象对她这般好，她心里已经明白，他或许对自己也是有点儿意思的。

心里到底还是有些美滋滋的，她轻飘飘地说了一句谢谢，就小口小口地吃了起来。

吴舜华看了看她，温柔地弯起唇角。

苏晋庭一到公司，自己昨天让人事部安排的私人助理就敲门进来。

"苏总。"郑元林以前在A市的时候就一直跟着苏晋庭，是他最得力的助手，这次他来到C市，他也跟着过来了。

两人年纪相仿，不过郑元林却一直都把苏晋庭当成自己的恩人，当年要不是苏晋庭的帮助，也就没有他郑元林的今天。

所以他对苏晋庭，除了恭敬，还带着几分尊重。

"什么时候到的？"男人背对着门口，一手负在背后，一手夹着抽了过半的烟，不知在看什么，光是背影就给人一种强大的压迫力。

"昨天下午就到了，已经交接过工作。"郑元林顿了顿，又说，"苏总，您到了C市就换了号码，之前那个号码联系不上您，文小姐她有找过我。"

苏晋庭将烟送到薄唇边上，吸了一口，吞吐云雾。对于郑元林提到的"文小姐"，他似乎并不是很上心的样子，缓缓转过身来，才寡淡地嗯了一声。

郑元林倒已习惯了苏晋庭这种冷漠的样子，看他低着头，将烟蒂捏碎在烟灰缸里，情绪似乎并不是很好，自动将后面的话给刹住了："苏总要是没有其他的吩咐，我就先出去了。"

"等一下。"苏晋庭沉默一下，低声说，"先去给我调查一个人。"

美盼上班已有一个星期，每天几乎都是和吴舜华同进同出。还有十几天就要过年，所以公司的员工都已经开始准备放假，因为年底还有许多的收尾工作，所以这几天就特别忙。

这天下班之前，带美盼和吴舜华的项目经理急急忙忙跑进来，见办公室只有美盼一人，他将文件夹塞给了美盼："把这个送到长岛酒店，2588房间。"

美盼皱着眉头："经理，这个是什么？"

"合约。"

项目经理一手捂着肚子，脸色苍白还带着些扭曲，说话也显得无比吃力："要签的，那边有公司的人在，本来是需要我送过去的，不过……我吃坏东西了，这会儿实在走不开。你帮我送去就好，公司的人认识你，快点儿，20分钟内一定要送到！"

从博扬到长岛酒店，要是不堵车的话，估计15分钟就差不多了。

美盼的运气还是不错，还不是真正的下班高峰期，所以并没有遇到城市大塞车。

顺利到了长岛酒店，把文件送到，她又打了个电话回公司。已是下班时间，她也不需要再回公司，看着时间还早，就想着喊小优她们出来玩。这一个星期，她每天几乎是和学长在一起，倒忘记和自己的朋友约一约了。

美盼出了电梯就拿出手机，低着头往前走的时候，顺手在微信聊天群里输了一条信息，约几个朋友晚上出来一起吃饭。那条信息刚发出去，她就听到一个熟悉的名字——

"……舜华。"

美盼的脚步下意识地顿住了，她还真以为自己听错了，不想抬起头来的时候，正好看到了酒店大厅里站着的两个人。

右边女人的背影她只扫了一眼，并不认识，也没有心思去观察，当她把视线移到左边时，却是一眼就认出来那个男人是谁。

呃，还真是……学长？

美盼拧起秀眉，心里还在琢磨着，学长今天下午提前走了，说是有些私事要处理。

她捏着手机，站在原地，发出去的短信已经有了回音，嘀嘀嘀响个不停，但美盼此刻没有工夫理手机，只是盯着不远处，看着那个平常对她笑得温柔的学长，这会儿也对他身边的那个女人笑得温柔，她心里突然就有些不舒服。

二十几岁的姑娘，对男女之间的那些事，哪会真的丝毫不了解。

这么说来，这十来天的时间里，她以为自己每天和学长黏在一起，其实也不过就是她的自作多情吧。她心中那种酸涩不平的感觉更浓厚了一些。

可转念一想，自己又有什么资格生气？

本来学长也没有说过喜欢她之类的话，也许人家就是愿意做中央空调，对着周围所有的人直吹暖风，是你自己想多了，还能怪别人吗？

美盼咬唇，捏紧了掌心中的手机，深深地吸了两口气之后，决定抬首挺胸直接走出去，可她刚挺直了腰板，本是背对着她的吴舜华忽然转过身来。

她心头一惊，想着实在尴尬，还是转过身去。

第四章
听，这是爱情的声音

背后就是电梯，美盼想着，这一幕真是狗血啊，此刻她脑子里唯一的想法就是尽快离开这里，所以两条长腿快速地朝电梯口移动着。

可天不遂人愿的时候，大概就是指她现在这样的状况吧。

面前的电梯门就在这个时候缓缓开启，里面有人出来。美盼一条腿已经迈进电梯里，眼角余光扫到熟悉的五官的时候，正好听到边上有一个低沉的男声恭敬地说："……苏总，大概的情况就是这样的，不过对方也表示了，晚上8点，如果苏总您有时间的话，希望和您亲自见面谈一谈。"

苏晋庭大概是刚刚喝了酒，深邃的五官染着几分别样的魅惑，他身上并没有穿外套，黑色的西装挂在身后助理模样的男人的手臂上，一件白色的衬衣，领口松松垮垮的，扣子解开了三颗，袖口也挽起了半截。他一手夹着半截烟，一手插在西裤口袋里，瞧见美盼进电梯，似乎也愣了下。

本不狭小的电梯空间，因为有苏晋庭的存在，美盼就是觉得，周遭都是他身上散发的男性荷尔蒙，夹杂着酒精和烟草味。

这些味道融合在一起，明明会让人觉得邋遢又不适，可美盼不得不承认，一想到这些气味儿是从苏晋庭的身上散发出来的，她脑海里闪过的第一感觉，就并不是邋遢，而是——性感。

不过此刻，美盼只觉得自己倒霉。

偏偏这个时候碰到他，她想要装作视而不见都不可能，但她也没有打算和他打招呼。

她快速抬起头来看了他一眼，然后平静地移开视线，将身子往边上挪了挪，那意思很明显，是让他先出电梯。

苏晋庭眸光沉沉地落在了对面女孩儿的头顶，她只瞧了自己一眼，表情也不是让他满意的那种，这会儿她只是侧身站在一旁，没有动静，也不打招呼。

男人挑起一边的眉毛，将烟含在了唇上，低声吩咐一旁的郑元林："你先回去。"

郑元林自然知道秦家的人，也知道美盼的身份，所以没有多说什么，颔首离开。

苏晋庭一只脚踩在电梯门栏上，电梯双门受到感应，不会自动关上。美盼站在原地，见那个助手都走了，可关键人物却丝毫没有要离开的意思，还戳在她面前吞吐云雾。她不爽地抬起头来，视线撞在了苏晋庭那双深邃的眸子里，男人似笑非笑，哪还有上午在秦家的那副严谨从容样儿！

这条变色龙！

美盼在心中腹诽，嘴上也没有忍住，语气带着几分挑衅："你干什么？"

苏晋庭正等着她开口呢，此刻姿态随意地掸了掸烟灰："我干什么了？"

"你还不走？"美盼指了指他那只踩在门栏上的脚，没好气地道："你把脚拿开，这电梯不是你的吧？"

苏晋庭勾了勾唇："你见到我就是这副态度？"

美盼干笑了声，双手环胸，越发肆无忌惮："你还想要我给你什么态度？我没有骂你变态就很不错了！还真指望我人前人后都喊你一声苏大哥？"

"因为昨天晚上的事？"

苏晋庭蹙眉，电梯门口就有垃圾桶，男人捏碎了烟蒂，丢进垃圾桶，拇指轻轻拂过自己的唇角，那姿态格外撩人。

美盼扫了一眼，很快就回避了他的视线，却在听他说到昨晚的事时，脸庞不受控制地泛起了红晕。

"美盼，你脸红了。"

女人对于他而言，从来没有年龄区分，在他的观念之中，女人只分为两种——让他在意的，和让他看都懒得多看一眼的。

让他在意的，只有那个把他带来这个世上的女人。

剩下的那些，都是他不在意，却总是会出现在他周围的。

那些女人，其实没有多少区别，长得再漂亮，却是连说话的语气都是同一个调子。男人有时候未必就是喜新厌旧，只是女人都会自以为是地认为，天下的乌鸦一般黑，是个男人都喜欢妖妖娆娆媚的，所以丢弃了那些矜持和娇羞，把自己所有的棱角都磨平了，以为这样就可以得到自己想要的。

可到了最后，她们不过就是变成了最普通的存在，千篇一律，失去了自己身上的发光点，只是单纯地为了迎合男人。

也许现在这个社会，的确是有很多男人喜欢那样的。

可至少苏晋庭并不喜欢，甚至还比较厌恶。

只是现在——瞧瞧他见到了什么？这个小丫头竟然脸红了。

他想着之前自己逗她玩儿的时候，她又气又恼又无奈的那种样子，想要张牙舞爪，却又不能够发泄出来，最后又憋红着小脸儿……

男人深吸了一口气，气息不知不觉竟然有些粗重起来，他眸光渐渐暗沉，看着美盼的眼神深了浅，浅了又深，那种坚硬的身躯上酥麻的感觉又上来了。

美盼不知道苏晋庭在想什么，可那被无数人叫过的两个字，第一次从他的嘴里溢出来的时候，她的心尖竟忍不住狂跳起来。她不知道自己是怎么了，刚要往后退一步，苏晋庭已迈开长腿，颀长的身躯瞬间贴上来，手掌轻车熟路地捏住她的细腰，一个转身将她拽着直接进了电梯。

美盼气息一顿，身体被男人掌控着，她挣扎了两下，苏晋庭英俊的脸越发凑近她，那热热的呼吸喷洒在她的脸上，引得女孩儿的脸颊更是滚烫滚烫的。男人的身体也更加酥痒难耐，他声音喑哑，像是在压抑着什么："没人告诉你，在男人怀里不能随便乱动吗？"

美盼耳朵里都是嗡嗡嗡的声音，眼前看到的都是苏晋庭那张放大了无数倍的成熟俊朗的脸。她不知道他说的话是什么意思，只一双小手儿撑在了男人的胸膛口，却又感觉到，那个心脏的位置，好像也有什么东西在跳动。

"苏晋庭，你想干什么？还不放开！"美盼恼火地低吼一句，徒劳地想要别开脸。

苏晋庭长腿直接抵在了她的双腿间，不让她动弹，另一只手顺势就捏住了她的下颌。美盼避不开，瞪得大大的瞳仁又黑又亮，里面有一种情绪叫作惊慌失措，可苏晋庭怎么看着都觉得有趣。

他的薄唇凑近她的，挑眉耳语："我想干什么？你真想知道吗？我就是想干……"

后面那个字，他刻意顿了顿，几乎已经到了他的舌尖上，就要说出口的一瞬间，电梯忽然叮的一声——本在一层自动关了门，因为没有按楼层，又自动开启。

然后，有人从外面进来。

美盼的视线都被苏晋庭的身体给遮着，没有看清楚来人，却听到了刚刚的那个女声——

"一会儿再去你家吧？刚刚爷爷还打电话问我了，我说晚饭回去吃的……"

"今天就不用回去——"

马上就有一道男声打断了女人的话，不过话音未落，大概是意识到电梯里有人，而且还是两个姿态暧昧的人，他就突然噤声了。

美盼却能够在第一时间分辨出来刚刚说话的男声是谁的，她本来娇小的身躯被苏晋庭抵在电梯壁上，男人宽大的肩膀挡住了她的视线，却不能挡住她的听觉。

撑在苏晋庭胸前的手，挣扎的力道下意识地顿住，美盼的脸色尴尬极了。

苏晋庭眯着眸子看她骤然起了变化的脸色，心下已断定，这藏不住表情的小丫头肯定认识刚刚进来的人，而他的心中所起的涟漪，却是因为——

进来的这个人，还能让她的情绪有所波动。

苏晋庭眸光涌动，薄唇渐渐抿成一条直线。

他捏着她下颌的手稍稍用力，让她的视线对着电梯门口的同时，身体也一并侧开。美盼始料未及，就感觉到眼前的视野骤然开阔，还没有收敛好自己的情绪，已看到吴舜华一脸吃惊地看着她，可那种吃惊的表情稍纵即逝，很快就被尴尬取代。

"……学长，好巧。"

美盼出声的时候，大脑还没有彻底转过来，等意识到自己竟然还能落落大方地打招呼的时候，连她自己都佩服自己。

苏晋庭自然也看到了吴舜华。

学长？又是那个学长吗？

第一次送避孕套，第二次是在酒吧，这一次直接来了酒店？

不过他的手臂上还挂着另一个女人的手，苏晋庭眉目微微一动，捂着美盼细腰的手也跟着松了松，却没有完全放开。

"美盼，你怎么也在这里？"吴舜华的声音有些僵硬。美盼这个时候才看到，电梯右侧那一边，密密麻麻的数字上亮着红红的一点，是28楼。

一男一女，来这样的酒店，28层，不是开房间，那是什么？

她也不知道应该如何形容自己的心情，不过失望是真的，也许到了学长这个年纪，有个女朋友，或者有交往的对象，哪怕是上床……也是正常的吧。

可对于她来说，还是难以接受。

但是这种难以接受，又不是因为她嫉妒吃醋，而是因为……失望。

在她的心中，学长是一个非常优秀的男孩，为人温和又正直，他对着自己笑的时候特别温柔，她当然也有想过要独占那份温柔，可又觉得，他还有更好的一切。她暗恋了他那么久，从来在他身上看到的都是满满的正能量。

当她仰望着他的时候，他在自己的心中那种高高的位置，是一种旁人无法亵渎的状态。

可当她靠近他的时候，她突然才发现，原来自己喜欢了那么久的人，其实并不是自己心中所想的那样……

所以才会失望。

"我……来送合约的。"她清了清嗓子，接了句，这个时候才察觉到苏晋庭的手还捏着她的腰，她不耐烦地瞪了他一眼，伸手就要去拍开男人的手，却不想苏晋庭反倒是快她一步松开了她。

"舜华，这位是？"吴舜华边上的女人忽然开口，打破了有些僵硬的局面。

美盼又看向吴舜华，见他脸上尴尬的表情更甚，她心头闪过一丝苦涩，并不想再这样僵硬下去，说："我和学长是一个学校的，现在又在一个公司实习。"接着她又落落大方地对那女孩儿介绍自己："你好，我叫秦美盼。"

"秦美盼？"对方倒是显得有些高傲。美盼并不认识这号人，不过看她的穿着打扮，应该是那种富家千金。

"你不会是秦家的那个孩子吧？"

要说C市，姓秦的人肯定不少，不过这个女人一听自己的名字，张嘴就提到了秦家，美盼更加确定了她的身份肯定不一般。美盼刚要说什么，不想那人的视线很快就落在了苏晋庭的脸上。美盼的心尖莫名抖了抖，女孩儿最敏锐的直觉告诉她，这女人看苏晋庭的眼神完全不一样。

她拧眉，心里竟是划过一丝不舒服，很快就听到那个女人又说："这位一定是……苏晋庭，苏先生？"

她竟然还认识苏晋庭！

美盼有些诧异地看向身边的男人——是这个女人的消息很灵通，还是因为苏晋庭现在和秦家之间那点儿微妙的关系，所以哪怕他压根儿就没有介绍自己，她都认得出来？

不同于美盼那一脸惊愕的样子，被点名的苏晋庭倒依旧是面色沉稳，让她心里忽然有一种很奇怪的感觉，好像这个男人，也只有在他们单独相处的时候，才会表现出那种衣冠禽兽的样子。

而此刻，他一派正经，任何情绪都不会轻易显露在脸上，连同抽烟的姿态都好似不太一样。

"苏先生，您好，我是W酒店集团吴木的儿子，我叫吴舜华。"这次是连边上的吴舜华都跟着主动伸手打招呼。

美盼简直目瞪口呆，苏晋庭不是厚颜无耻住进秦家的吗？她之前就认定了他是个草包，爷爷就算再赞赏他的商业才干，也不过就是嘴上说说的。要真有本事，他怎么就不自己开公司，非得住在秦家？况且她的妈妈可不是什么省油的灯，这每天含沙射影地讽刺着，他也住得下去？

可现在想来，难道真的是自己眼拙？

"吴木？"苏晋庭嗓音低缓又寡淡，"原来是W集团的少东。"

一句话，也就是点到为止，刚刚吴舜华特地提到了自己父亲的名字，可苏晋庭根本就没打算接这个话茬儿，这让吴舜华多少有些尴尬。

只要是有点儿脑子的人都瞧得出来，苏晋庭不是很想和他们交流，他周身的气场虽是温和，却始终都隔着一层屏障，连吴舜华身边的女人，这会儿也闭口不说话。

场面仿佛更尴尬了，美盼偷偷看了一眼苏晋庭，总觉得他这样，有些不太尊重学长。

电梯这个时候正好到了28层，她一刻都不想待下去，只匆匆对吴舜华说了一句："学长，我们还有事，先走了，再见。"然后一把拽住苏晋庭就往外面走。

身后没有脚步声响起，不过这里的走道都铺了厚厚的地毯，踩在上面也是落地无声的。美盼紧紧地拽着苏晋庭的手腕，一口气就走到了走道的尽头，见四下无人，才一把甩开了他。

苏晋庭的手被她一甩，在半空中顿了顿，不过就是眨眼的瞬间，那只手却忽然伸过来，直接就摁住了美盼的肩，将她往自己的怀里扯。美盼的额头又重新撞在了男人的胸口处。

他似乎是轻轻哼了一声，夹着烟的手背过去，捏住了她脸颊的一侧，力道不大，她不觉得疼，反倒是在他粗粝的拇指摩擦过皮肤的瞬间，产生一种酥麻的感觉。

"……苏晋庭，别太过分了！"

美盼张嘴说话，声音有些含糊："你放开……你捏我的脸干吗？！"

"那你拉着我过来又想干什么，嗯？"

其实他捏着美盼脸颊的动作也不显得粗鲁，反倒是有一种别样的暧昧，他的手指微凉，可指腹传递到了美盼脸颊皮肤表层的那种温度又格外灼热。美盼不知为何，对着自己暗恋许久的学长，似乎都不会有这样奇怪的感觉。

她总觉得，这个男人看她的眼神，让她觉得害怕，又让她觉得热。

热？

……是热。

就像是带着一种让人无所遁形的魔力，穿透的并不仅仅是她的瞳仁，似乎还有别的什么……美盼的思绪刚到这里，就强制性地让自己停止。

不能再继续想下去，就像不能再接触到如此灼热的眼神一样，美盼想要移开视线，可苏晋庭依旧捏着她的脸，她反手，恼火地拽着男人的手腕，强硬拉开。他倒不如一贯那样的强势霸道，因为怕她在挣扎的时候不知轻重会弄伤了脸，所以他直接松开了。

其实美盼本来是想说点儿什么的，比如说，苏晋庭，你刚刚冷漠寡淡的样子，真是有些……不太尊重人，可转念一想，那跟自己又有什么关系？

"不干什么，你别再跟着我了。"

苏晋庭松开了她的肩膀，改为拉住她的手腕："我送你回家。"

美盼挣扎："不要！"

"不要什么，不要回家？准备去找你的学长？他要没有问题的话，现在应该是和他的女伴在床上翻滚，你确定要去？"

美盼脸庞涨红，恼火低吼："苏晋庭，你恶心！"

"这和别人上床的人又不是我，怎么就变成我恶心了？"

"你有必要句句话都带刺攻击学长吗？他也没把你怎么样吧？你这种言行举止，莫名其妙的，真像是在吃醋！"

话音一落，自己先脸红了，她到底是在胡说八道什么啊！

苏晋庭闻言，薄唇轻轻一勾，捏着她手腕的力道又加大了一些，侧目看着她，别有深意地说了句让她难以理解也不敢去理解的话："乖女孩儿，你到底是聪明，还是笨？"

"所以呢？你就这么看着你暗恋了那么久的学长，和那个你都不知道是从哪儿突然冒出来的女人，滚床单去了？"

徐倩一脸嗤之以鼻的样子："真是天下乌鸦一般黑，没想到吴舜华学长也是这样随便的男人，盼盼，咱们还是断了这份念想吧！"

小优马上也凑过来，认同地点头："我以前倒是觉得学长还不错，可现在看来，完全是个渣男啊。"

伶伶一贯都是嘴毒，此刻倒是挺中肯："话也不能这么说，毕竟人家也没有和我们盼盼正式交往，只能说，这个男人心思不纯，前段时间对我们国宝这么好，可能只是为了找备胎。"

噗的一声，梦梦的一口咖啡卡在嗓子眼儿里："不是吧？我们盼盼都成了备胎？死丫头你帮谁说话呢！"

"……好吧，我一时嘴快，我们国宝大大怎么可能会是备胎？那个吴舜华没有眼光，算了，盼盼，不伤心哦。"

……

美盼双手撑着下巴，滴溜溜的大眼睛炯炯有神，此刻她的表情压根儿就没有那种被暗恋多年的男神抛弃之后的失落感，相反，这丫头的脸色似迷茫，又似苦恼，可就是让人摸不透她在想些什么。

"喂，想什么呢？"梦梦距离她最近，拿手肘撞了撞美盼。

美盼这才回过神来，啊了一声："什么？"

她这么明显的神游太虚，倒是让几个人都十分好奇。

"什么什么？"徐倩伸手拍了下她的手背，"在说你的学长，你不难过？"

梦梦若有所思地看着美盼，然后很是肯定地挑眉："盼盼，其实你现在才发现，你没有那么喜欢你的那个学长，是不是？"

美盼只觉得自己的心尖咯噔一下，就像是这两天一直都困扰着自己的问题突然有了一个答案，那个答案指引着她，就像在一片雾霾之中，骤然见到了阳光……

"乖女孩儿，你到底是聪明，还是笨？"

怎么回事，耳边为什么会出现苏晋庭的声音？

"盼盼，盼盼？"小优推了她两下，美盼仓促地抬起眼帘，正好听到她问："你是不是移情别恋了？我看着不像是吴学长找备胎，倒是你啊……"

"小优这么说，我倒是想起来了，那天去酒吧是不是见到了另一个男人？"梦梦敲了敲桌面，"那天也是小优说的吧，是不是？"

"对的，回去之后，我总觉得那人眼熟，所以想了很久……前几天我正好看到我哥在看财经报道，上面有张照片特别招眼，后来问了我哥，我才知道，那个男人叫苏晋庭，目前是秦氏的总经理。"这话是徐倩说的，她的哥哥也算是商界翘楚，对于这样的信息自然是不陌生的。

美盼都不知道是什么情况，本来话题是在吴舜华的身上，可突然一下子就转移到了苏晋庭的身上。

这两天，这个男人总会在自己的眼皮底下晃动，挥之不去。现在人不在秦家还得听到他的名字，美盼觉得自己就像憋着一口气，咽不下去，吐不出来。

"……公司的事，我又不清楚。"她底气有些不足，闪烁其词，更是引得几个八卦人精生疑。

"我想起来了！"走哪儿都会把iPad放手袋里的小优，这个时候拿出平板，快速地在网页上搜了一下，就指着上面的人物介绍，一脸羡慕崇拜，"是他吧，对不对？苏晋庭！"

美盼捏着咖啡勺子的手指稍稍一紧，小优的平板亮在自己的面前，页面上的男人一脸正气，不同于以往他在秦家的那副样子：他的刘海倒梳着，眉目很浓，五官之中，大概最为出色的是英挺的鼻梁，还有深邃且痕迹较深的双眼皮。

一身黑色的正统西装，衬着他气场沉稳又强大。

美盼心里更是有些不自然。

她不说话，边上的梦梦开始念叨起来："啧啧，出色的投资人，我就说这人怎么有点儿眼熟，帅成这样，果然什么学长的弱爆了，那自然是被比下去了……不过盼盼，他在A市发展得不是很好吗，为什么会到你家？难不成他看上你了，所以才来秦家委屈自己？"

"瞎说什么呢？"美盼站起身来，脸上的表情还是很容易出卖她故意为之的淡然，"……老男人，他可大了我十岁好吗？我对他根本就不可能有兴趣！而且他那个人……很可恶……再说我们秦家怎么了，哪还委屈他了啊？我看都便宜他了！"

"这你就不懂了吧？老男人有老男人的好，30岁的男人，那可是金贵得很啊。"

"不对不对，盼盼，你怎么一说苏晋庭就脸红啊？"

"听说他现在住秦家？你们是同在一个屋檐下吗？"

"哇，盼盼，死丫头你可真是幸福，每天都对着那么一张帅到人神共愤的脸，肯定很容易春心荡漾吧？"

几个女人凑在一起果然是……哼！

讲不出话的美盼为此郁闷了好几天。

不到她们几个倒是提醒了她一点：苏晋庭真是那么厉害的人，为什么要来秦家？

因为那天的事一直都让美盼心里有些异样的感觉，所以这几天她尽量回避着苏晋庭，虽然连她自己都不知道为什么要回避这个男人，不过幸运的是，这几天苏晋庭倒也很少来秦家。

其实虽然他住在秦家，也不是每天都会过来的。

这种人，估计就是狡兔三窟，也没什么奇怪的。

这天美盼刚回家，就听到客厅传来父母激烈的争执声。

自己的母亲是什么脾性，美盼当然清楚，她小时候父母就经常吵架，不过因为秦媛这个人比较傲慢，加上家世不俗，而自己的父亲却是入赘到秦家的，总是在气势上矮了大半截。所以从她懂事开始，就一直看着爸爸被妈妈欺负。

可这两年，两人倒是稍微收敛了一些，大概也是因为黎展明始终都是不温不火的样子，哪怕被妻子冷嘲热讽几句他也不吱声，秦齐林偶尔会出声说几句，所以秦媛自讨没趣，就不会再有下文。

只是现在……好像矛盾不小。

美盼太阳穴胀痛，没有一个人不厌烦家里无休止的争吵声。

"……黎展明，你这个没用的男人！吃我们秦家的，用我们秦家的，却还敢给我做出这样的事来！你的良心被狗吃了吗？"

"妈，你干吗这样说爸爸？"美盼一只脚才踩进玄关处，就听到秦媛那几句尖酸刻薄的话，她心里酸得很，忍不住出声维护黎展明。

在自己的心中，其实不管是身份地位还是气势，爸爸永远都是低妈妈一等的。

她这会儿瞧见黎展明站在客厅里，身上的衬衣袖子上面竟然破了一大块，一看就是被女人尖锐的指甲划破的，那暴露在破洞下的皮肤也有血丝，美盼更是心疼，上前抱着黎展明的手臂，低声问："爸爸，你的手臂怎么了？"

"没事……"黎展明脸色灰白，语气更勉强，"你上楼去……"

"你们又是因为什么事吵架？"美盼当然不会上去，她环顾四周，发现所有的用人都不在，估计爷爷也不在家里，所以妈妈才会闹腾成这样。摆放在客厅里的一些装饰品，只要是玻璃的，几乎都被摔坏了，秦媛身上没有任何的伤痕，可那妆容精致的脸上写满了愤怒，显得有些狰狞。

"小孩子别管大人的事，上楼去。"黎展明吞吞吐吐，推着美盼让她上楼。

美盼不依，视线直逼秦媛："妈，你们有什么事不能好好说，还非得动手动脚的？"

秦媛对美盼一直都谈不上多好，这会儿还在气头上，就更是不会顾及女儿的心情，当即就嗤笑："动手动脚？我要真动手动脚了，他还能好好地站在这里？也不想想本来他就什么都不是，入赘了我们秦家，是我们秦家养活了他，现在长本事了嘛，竟然还敢出去偷腥！"

美盼愣住了，满脸的不敢置信。

"不可能！妈，你就不能搞清楚吗？不要别人说什么就是什么，爸爸他不会……"

"你就这么相信你的好爸爸？"秦媛指着黎展明，"你自己说吧，你告诉你女儿，你今天在外面见的人是谁？"

黎展明本是一切都顺从着自己的妻子，哪怕她蛮不讲理。他也不是第一天承受，所以在秦家，他始终都是软绵绵的样子，秦媛再难听的话他也听过，从不反驳什么，此刻却是一瞬就变了脸色，陡然抬起眼来，怒目而视——

"秦媛，适可而止！"

秦媛没想到黎展明竟然还敢顶嘴，竟然还叫她适可而止。

"我适可而止？黎展明，你可真行啊，你竟然还敢冲我吼，叫我适可而止，你自己干了什么事出来？怎么，不能对着你女儿说了？你忘了当年是怎么求着我的？你真以为我会稀罕吗？美盼，她是谁的——"

"住口！"

黎展明勃然大怒，那是美盼从未见过的一面——一贯温厚的父亲竟然跳起来，一把拍开了母亲正指着自己鼻子的手，紧接着，扬手就是一个耳光，啪的一声落在了秦媛的脸上。

周围的空气都像凝固了。

美盼浑身都僵着，一时连呼吸都忘记了，因为她已经彻底蒙了。

秦媛也蒙了，是被打蒙的。

大概是她们母女都没有想到黎展明竟会动手打人，而他打的那个人，竟然还是秦媛。

黎展明自己也是怔忪了一下，刚刚那个耳光，是他的行动比思绪来得更快，只是闪过脑海的一个念头，手就已经不受控制。

"黎……展……明！你竟然敢打我？！"脸颊的疼痛让秦媛最先反应过来，她整个人凶猛地扑上去。黎展明下意识地往边上闪了下，却不想秦媛势头一转，对准边上的美盼，伸手就抓住了美盼的头发。

美盼还处于震惊之中，这会儿头皮传来的疼痛才让她惊呼，她怎么都没有想到失控的秦媛会对自己下手。她头发很长，梳成了马尾，现在更是方便秦媛下手。秦媛显然是铆足了劲儿，美盼疼得整个身体都跟着紧绷起来："……妈，你干什么？放手，放开我，我的头发好疼……要断了……"

"秦媛，你冲女儿发什么神经，你放手，我让你打还不行吗？"黎展明一见秦媛对女儿下手，冲过去要制止。

结果三个人扭打在一起，秦媛不肯松手，拉拉扯扯的，美盼是连呼救的力气都没了，疼得眼眶泛红，头皮都像要被扯下来般。

"放开她！"

混乱的场面之中，一道低沉的男声陡然传来，美盼还没有从疼痛之中反应过来，闻言的瞬间，眼角余光就见到了深蓝色的衬衣和黑色外套……

其实脑海中第一时间蹦出来的人名，就是——苏晋庭。

刚刚无论有多疼，她都不觉得委屈，此刻只感觉到那个男人身上的气息逐渐靠近自己，那深蓝色停在自己瞳仁深处，她喉头竟是酸涩起来，这样狼狈尴尬的一幕，为什么偏偏要让他给撞上？

……

其实在秦家，她从来都不是被尊重的千金小姐。

因为爸爸是入赘的，当年她亲耳听到妈妈对爸爸说："你就是最没用的男人，因为你入赘了秦家，所以才可以享受你本来享受不到的一切。这个社会就是这样现实，有钱能使鬼推磨，你想要地位，想要被尊重？那么你首先就要学会匍匐在我的脚下。"

那时候她就已经体会到什么叫作羞辱。

这么多年来，她已经习惯了秦媛在秦家对任何人的轻蔑，她始终想不明白的是，为什么妈妈要选择爸爸这样的人？

他们之间有爱情吗？

不，他们之间没有爱情，而她，更是从未体会过母爱。

15岁的时候，她过生日，只有黎展明在家里，爷爷那时候刚刚做了一个小型的手术躺在医院里，她的生日不能大肆庆祝，连朋友都不敢叫，只有黎展明给她买了蛋糕，而她连秦媛的人影都没有见着。

那时候她还天真地以为妈妈是在医院陪着爷爷，后来才知道，她原来是去参加她朋友的孩子的18岁生日宴。

她不知道妈妈到底是一种怎么样的存在。在这个信息发达的时代，她从各种杂志报道上见过所谓的伟大的母亲，可对于她来说，这就是这个世界上最奢侈的东西。

而现在，这种对于自己来说奢侈的却又遥不可及的东西，却在胸口发酵，因为被苏晋庭的撞破又感觉到了前所未有的丢人，她仅剩的那点儿尊严，竟是想要在这个男人面前用尽力气维持住。

美盼咬紧银牙，硬生生地将眼眶里的那些湿热液体给逼了回去。她刚要抬头，不想身体忽然受到了一股蛮力的冲撞，跌跌撞撞地倒退了好几步，身体不稳，差点儿摔倒的时候，忽然又被一双男性大掌稳稳拽住，小腿才幸免撞在茶几上的厄运。

"盼盼，你没事吧？"

黎展明跑过来，确定美盼没有受伤后，这才松了一口气。他将女儿护在身后，又感激地看了一眼刚刚出手相助的苏晋庭。

只是苏晋庭并不看他，男人深邃幽暗的眸光始终停在美盼的脸上。她的小脸涨红着，秀眉紧拧，这个时候也抬起眼帘看着他，却是带着抵触和尴尬的表情。

不想让自己看到？

人有时候特别奇怪，对自己在意的人，很容易有情绪，闹矛盾，可对自己不在乎的人，却根本就不会有多一丝的感觉。

苏晋庭的心尖柔软下来，这是不是表示，这个傻丫头，其实是很在意他的看法？

"你有什么不满意的就冲着我来，对美盼动手做什么？"黎展明忍无可忍，冷着脸怒斥，"她还是个孩子，你怎么下得去手？"

"冲着你去是吗？那你倒是别躲啊！扯了下头发你知道心疼了，你打我耳光的时候，怎么不知道我也会疼？"秦媛嗓音尖锐。

黎展明越是这样，她心里就越发不舒坦，那阴冷的眸子狠狠地瞪着美盼，哪是一个母亲对女儿的态度！不过这个时候，秦媛倒是从愤怒之中抽回了一丝理智，因为她发现苏晋庭竟然也在维护着美盼。

秦媛更是怒火中烧，这下完全把矛头对准了这个男人："苏晋庭，我们秦家的事轮得到你来插手吗？你别忘记你是姓苏的。"

美盼拧起秀眉，尽管她之前一直都很否定苏晋庭，可刚刚他的确出手帮了自己，这就说明，连他这个外人都看不下去了。而秦媛现在的语气，哪还有一点儿秦家女主人的样子，更别说是母亲的样子了。

苏晋庭脸上表情寡淡，头顶那些水晶灯的光线是柔软的暖色调，此刻却丝毫不能软化他五官的棱角："你的本事就是用来对付一个才20岁的孩子的吗？"

秦媛的面部表情已完全扭曲："她是我的女儿，我把她生出来，养到了20岁，她做了让我生气的事，说了让我不高兴的话，我打她还是骂她，有你什么事儿？"

"是没我什么事，不过我看不惯。"

秦媛本来就对苏晋庭的那些不服气、不甘心，这会儿被他这样高傲的姿态刺激得完全爆发出来："没人让你习惯，我一开始就说了，秦家不欢迎你，我管教我女儿，还需要你习惯不习惯？"

"她不是也喊我一声苏大哥吗？"苏晋庭扬眉，眸光忽然对上了美盼的。

刚刚还冷然的眸子，这一刻却仿佛有光在流转，美盼对上一眼就有些不自然地别开了。苏晋庭那沉沉的嗓音不再如刚刚那般冷硬，而是有些低缓，在她的头顶散开："都喊了苏大哥了，我当然把她当成——我的人。"

"我的人"这三个字，他咬字不显得多重，可他的嗓音本就浑厚性感，就别有一番暧昧，还透着种势在必得的霸道，让美盼的小心脏抖了抖。

"你的人？苏晋庭，你现在承认你来秦家的目的了？我就说吧，你就是觊觎秦家的一切，你想通过我女儿来得到秦家？你做梦！我可以很清楚地告诉你，名义上，美盼没有秦氏一点儿股份！"

"妈——"

这话当着美盼的面甩过来，让她觉得自己是真低贱，到底在自己母亲的心中，她值多少钱？

她的声音有些哽咽："你把我当成什么？我是你的女儿，又不是秦氏的工具，你就算心里从来都不在意我，也不需要表明得那么清楚吧？我已经20岁了，你难道就不能考虑下我的感受吗？"

美盼一口气说完，甩开黎展明的手，直接跑上了楼。

黎展明想要追上去，但又担心客厅里另外两人会闹得更不可开交，所以还是留了下来。

"死丫头，现在翅膀硬了，还敢这么和我说话，我看她没有零钱花了还怎么和我横！"秦嫒是没地方撒气，拿出手机来就要注销美盼的卡。

黎展明伸手一把抢过了她的手机："你上楼和我说，你想知道，我告诉你还不行吗？"

到底是有苏晋庭在，黎展明抱歉地看了他一眼，这才强硬地拽着秦嫒上了楼。

人都走光了，苏晋庭才伸手将外套丢在一旁的沙发上。空气中似乎还残留着压抑的气氛，他点了一根烟，抽了两口，裤袋里的手机响了起来。

拿出来一看，是短信——

"庭，她好吗？"

男人眸光深邃，直直凝视着屏幕上的几个字，他的指腹压在上面，来回摩挲。

第五章
可他和我开玩笑了

晚上美盼没有吃饭，大概是因为秦齐林不在家里的关系，秦媛和黎展明大闹了一场，家里的用人都不敢出声，连晚餐都不知道有没有准备。

美盼一个人在房间里待了好几个小时，到了9点的时候，她实在饿得不行了，终于还是决定下楼自己去弄点儿吃的。

美盼出了自己的卧室，小心翼翼地听着周围的动静，整栋别墅安静得有些吓人，也不知道爸爸妈妈去了哪儿，美盼想着，没人也好，省得再闹心。

甩着睡衣两只宽大的袖子，美盼刚走到厨房门口就发现里面的灯亮着。

晚上的时候，秦家一般情况下都是不关灯的，但是大灯会调暗一些，厨房这样的地方，估计在门口处开个小壁灯就差不多了，这会儿里面的光线这么强，肯定是有人。

美盼还以为是用人，想着刚好让人给准备点儿吃的，可走到厨房的移门处，看到里面站着的那抹笔挺背影时，她下意识地站住了脚，脑海里闪过的第一个念头，竟然是转身就走。

"别跑。"

站在水槽边上的男人像是后脑勺长了眼睛似的，还没转过身，眼神都没对上，就知道美盼心中所想。

她咬着唇，一时间有些犹豫，想要掉头就走，又觉得自己好像没有必要这样，可走进去，总觉得更怪异。

苏晋庭忽然按下了水龙头的开关，有水声哗哗充斥在空气中，本有些僵硬的气氛显得更是微妙。美盼不知道他在做什么，他倒是很自然，语气虽然温和，却带着一丝不容抗拒的霸道："进来。"

也不知是不是因为刚刚出事的时候他出手又出言维护了自己，还是因为……她真的太饿了，反正一贯都看苏晋庭不顺眼的她，这会儿竟是听了他的话，抬腿就朝着厨房走去。

苏晋庭正在水槽里洗菜，身后的脚步声格外轻缓，在哗哗的水流声中，其实是几不可闻的，可他还是清清楚楚地感觉到了，她身上那种别样的少女体香充斥在空气之中，然后慢慢地渗入自己的鼻端。

她应该是刚刚洗了澡，洗发水和沐浴露的味道混合在一起，刺激着男人的肾上腺。

"你在厨房做什么？"美盼已经站在了苏晋庭身后，踮起脚尖，因为他个子高，这样一看，才能勉强看到他似乎是在洗菜。

她吃惊极了，刚要张嘴说话，不想苏晋庭忽然转过身来，美盼没料到，下巴本来是正好在他肩膀的位置，因为男人转身的动作，来不及避开，结果一张嘴就正好形成凑上去的姿势，压在了男人的颈项上。

"……"苏晋庭蹙眉。

女孩儿柔软的舌尖正在轻轻地刷过他的肌肤，那种湿热的感觉让他的身体瞬间紧绷起来，呼吸放缓的同时也变得粗重起来。

美盼怎么都没有想到，一眨眼的工夫，两人之间的局面就变得如此尴尬。

她知道是自己唐突了，吸入肺腑的都是他身上的男性荷尔蒙气息，一点儿都不难闻，却更让她心乱如麻。

"美盼……"

他在叫自己的名字，好像并不是第一次叫，可她竟有一种浑身血液因为这20年来最常听到的两个字而炸开的感觉。

"你在干什么？"他捏着她肩膀的动作稍稍加重了一些，将她的脸从自己的身上抬起来。

因为美盼一直张着嘴，此刻木讷地被人拉扯起来，她还没有来得及闭上小嘴儿，嘴角处正好有唾液在灯光下闪闪烁烁的，她那双又黑又大的眸子直勾勾地瞪着面前这张英俊的脸，眼神有些湿漉漉的感觉，却又带着迷茫。

苏晋庭突然就觉得，难道这小野猫现在是在勾引他？

那眼是眼，鼻是鼻，嘴是嘴，还有这种呆萌的神情，怎么看着就这么——可爱？

体内所有的神经都开始慢慢跳动起来，身体里也像是燃了一把火，体温在不断上升，他本来还捏着她肩膀的双手，有些情不自禁地慢慢往下滑，一只手滑到了她的腰上，将她往自己怀里提。

美盼柔软的身体被他强势一带，只觉得额头撞在了他的胸膛上，接着身体一个旋转，她的身体就被抵在了水槽边上。苏晋庭另一只手抬起了她的下巴，眸光灼灼地看着她："傻女孩儿，口水都要流下来了，还不把嘴闭上？"

美盼觉得自己现在就像身体里被安装了一个开关，而他就是掌控这个开关的人，在他这句话说完后，美盼还真是下意识地，就闭上了嘴。

苏晋庭看着她如此呆萌的样子，心更是柔软下来。

尤其是那红红的小嘴儿，怎么看着就这么诱人呢？

嗯，好想亲一口啊。

他的俊脸就在自己的面前，不断放大，再放大，美盼看到那幽暗的瞳仁里，倒映出来的就是自己的五官，仿佛察觉到即将发生什么事，只不过她还没有来得及做出任何反抗的举动，肚子竟是非常配合地咕咕叫了两声。

两人都是一愣，美盼知道那是自己肚子抗议的声音，脸上的表情有些尴尬。

苏晋庭看着她的眸光却更柔软了，他忽然凑近她的耳蜗，挑眉看着她："饿了？"

废话，肚子唱空城计你没听到吗？

"咕咕……"肚子又叫了两声，像是抗议美盼没替它回答，同时又提醒着对面的那个男人。

苏晋庭这次直接笑了，不等她说话就主动帮她拿了主意："饭菜都已经凉了，你出去等一会儿，就能够吃到热的。"

嗯？

什么意思？他要做饭给她吃？

这个念头闪过美盼的脑海，她只觉得不可思议，这个男人……还会做饭？

事实证明，苏晋庭是真的会做饭。

而且，还做得非常不错。

美盼等了不到20分钟，苏晋庭就从厨房端出了两道菜、一个汤，还有一碗白米饭。菜式挺简单的，就是青菜、茄子，汤是番茄蛋汤。看着那绿油油的青菜，美盼才后知后觉地反应过来，刚刚他在水槽里洗的，就是这个青菜。

"这些……是你做的？"

美盼拿起了一旁的筷子，似乎依旧不太相信，竟拿着筷子去戳了戳那些青菜，滋滋冒着热气可假不了，光看着外貌就感觉味道会很不错。

苏晋庭瞧着她这般稚气可爱的样子，不禁莞尔，伸手就直接捏住了她的手腕。美盼一愣，只见他手指一勾，拿过了她手上的那双筷子，就着她一脸茫然的表情，夹起盘子里的菜送进了嘴里。

"怕我对你下毒？"

将筷子重新塞进她的手里，苏晋庭伸手拉了拉松松垮垮的裤腿，坐在了她的边上，似笑非笑："吃吧，这年头买不到什么毒药。"

"下毒？"美盼切了一声，嘀咕道，"我只是不相信你这样的男人还能做菜，菜能吃么？至于下毒，我没有想那么远，况且你也不敢。"

这里可是秦家，再说了，现在也是法治社会。

苏晋庭见她夹着菜，也没有意识到刚刚这双筷子他已经用过，这会儿倒是十分自然地往她自己的嘴里送菜。

他心尖更柔软了一些，目光灼灼地看着她吃得津津有味的样子，忍不住凑过脸去："有什么事是我苏晋庭不敢的？不过就看我舍不舍得。"

他说这话的时候，热气呵在她的耳蜗处，美盼嗓子眼儿里还来不及咽下去的那些东西，一时有些不上不下地卡在了喉咙口。她只觉得不对劲，丢下筷子，捂着嘴就咳了起来，样子分明是有些狼狈的。边上的始作俑者却一脸淡定地看着她，大概是见她咳得有些厉害，他这才伸手轻轻落在她的背部，动作温柔地拍了几下。

"我知道我手艺不错，但不会有人和你抢，你可以慢慢吃。"

这话听在美盼的耳中，哪有半点儿安慰人的意思，根本就是在幸灾乐祸！她咳了好一会儿才缓过神来，憋红着脸蛋儿抬起头来的时候，正好就撞入了那双深邃的眸光里。

餐厅的光线比起厨房显得更暖黄一些，两人之间凑得很近，美盼下意识地眨了眨眼，那近在咫尺的幽暗瞳仁里倒映出自己的五官，仿佛她就在他的身体里。

这种微妙的感觉刺激着她的神经，让她的呼吸有些急促。

其实比起刚刚在厨房里的暧昧，此刻两人之间的距离也谈不上是最危险的。

可她就是紧张。

紧张得连呼吸都忘记了。

"眼睛有些红，平常要多注意休息，吃完了洗漱一下就早点儿睡觉吧。"

暧昧到了极致的氛围，苏晋庭却忽然伸手，轻轻地拍了拍她的发顶，在美盼还怔忪着没有回过神来的时候，他就已经站起身来，双手随意地插入裤袋里，居高临下地看了她一眼，转身离开。

"……"

她动了动唇，嘴里的东西都已经完全咽下去了，再看一眼自己面前的白米饭，也已经吃掉了一半，想想还是觉得有些不对，她伸手用力捏了一把脸颊。

啊——好疼。

不是在做梦？

真的不是梦？

她忍不住伸手，轻轻地覆在自己的胸口处，里面有什么东西在一跳一跳地，格外强烈。

侧过脸去，看着餐厅的门口处，那里早已经空无一人。美盼的手指动了动，指腹触碰到了陶瓷碗壁，碗壁上传递给自己的热度还是很清晰明显的，美盼觉得今天晚上，自己的大脑一直都处于一种后知后觉的迟钝状态。

而现在，这种热度，就像一瞬间打开了她那些几乎黏在一起的思维，她的脑海里闪过的画面是——

下楼，看到厨房有人在洗菜，然后……他做了这样的饭菜给自己……最后又让她吃完，早点儿休息……

——难不成，他还算准了自己半夜会饿肚子，然后一直都在厨房等着自己下来？

美盼以为自己最起码还得上个3天左右的班，没想到第二天她就接了个电话，是博扬带她的项目经理亲自打给她的，说是年前这几天她都不用去公司了。

"那年后我就要上课了，估计到时候都去不了，之前您有让我帮忙稍微修改的一个设计方案，要不要交接一下？"

美盼坐在床上，看了一眼床头柜上的闹钟，才8点不到，忍不住打了个哈欠，就听到手机那边的人说："不用那么麻烦，设计图就在你的办公桌上吧？我自己会找。年后你要是不来了，你和黄总打个招呼就成。我明天要出差，忙完了就直接回老家了。美盼，希望以后有机会的话，我们可以真的成为同事。好了，提前祝你新年快乐！"

挂了电话，她又在床上躺了会儿，再无睡意，看着时间差不多到9点了，估计家里的人也都起来了，她起床，洗漱完毕之后，站在衣帽间里，就看到柜子最上面一层放着的单反相机。

前面小半月她都是听了爷爷的话，去了博扬实习，既然现在实习结束了，剩下这几天的假期，她总可以自由支配时间了吧？

这个照相机很久没有用了，这会儿拿在手中，她觉得心痒痒的，看着今天外面的天气也不错，就很想出去拍点儿照片。

打定主意之后，美盼换了套轻便的休闲装，在外面直接套了件羽绒服，将头发扎了起来，看着镜子里的自己，简单又明朗，这才背着照相机下楼。

"……下午2点。"刚走到楼梯口，餐厅里就传来秦齐林的声音，"晋庭，我知道你不是很喜欢抛头露面，也不太喜欢媒体把你写得天花乱坠的，不过你才刚接手这边的业务，有些场面还是需要的，就配合一下吧。"

"应该的。"这是苏晋庭一如既往的略显寡淡的嗓音，美盼却下意识地顿住脚。

苏晋庭怎么还在家里啊？

这个时间，他不是应该已经去了公司吗？

想到楼下有苏晋庭在，美盼竟然有些不自在起来。

"展明，秦媛人呢？"秦齐林忽然又开口问。原来爸爸也在，美盼想到昨天家里大战一场，听爷爷这语气，估计是被蒙在鼓里。

"爸，秦媛她应该很早就出门了，她说有点儿事要处理。"

秦齐林哼了一声："都快过年了，我看她不是要处理什么事，八成又是跑出去玩了吧，她哪年不是在外面过年的。"

"美盼小姐，您起来了？"楼下三人有一句没一句地聊着，美盼本来还想等苏晋庭赶紧吃完走人再下去的，不想正好让用人见到了她。

她不得不硬着头皮下楼。

"爷爷、爸爸，早。"美盼挨个打招呼，却偏偏无视了那个坐在餐厅正中间、西装笔挺、衣冠楚楚的男人。

秦齐林见她穿着休闲装，肩上还背着一个相机包，顿时蹙眉："你就穿成这样去上班？"

用人送了早餐过来，美盼拉开椅子坐了下来。位子被定好了，她对面就是苏晋庭，不知是不是自己的错觉，她总觉得对面那个男人眸光若有似无地扫过自己的脸，美盼尽量让自己不要去在意那道多余的视线。

"爷爷，我今天不上班了，公司的人打电话来说了，他们都要放假了。"

"是吗？回头我问问你黄叔叔，那你最近有什么打算？"

"今天想出去自己玩玩。"

"看你背个相机，你是想出去拍照？"秦齐林人老眼还不花，一早就看到刚刚她放在外面的相机包了，"别一天到晚整这些没多大用处的东西，你要没事可干，也可以跟着你苏大哥去公司转转。"

"我才不要和他一起……"美盼张嘴就接了一句，可话音刚落，又惊觉自己这话说得有些冲，想要闭嘴已来不及。

秦齐林果然是黑了一半的脸："什么叫不要和他一起？过了年你就21岁了，你看看别人哪有你这么任性随意的？你要是个男孩儿，现在哪还有这么多花花心思可以折腾，早让你去公司适应了！"

美盼不喜欢和秦齐林针锋相对，她不接话，低头吃起了早餐。

在这种情况之下，黎展明一贯都是说不上什么话的，因为没有资格，所以他只能尴尬地坐在一旁，以为这个话题就此打住，却不想，对面坐着的男人忽然出声——

"下午的采访不是要拍照吗？我倒是对采访无所谓，不过拍照让熟人来的话，那配合度肯定会更高。"

美盼眼角一抽，只觉得头顶那道浑厚低沉的男声在说到"配合度"的时候，语调明显带了那么点儿意味深长。

她的手不知道怎么的，忽然碰到一旁的小碟子，哐当一声，碟子在桌面上转了两下，幸亏一旁的黎展明手疾眼快，一把按住，小碟子没摔到地上。

"小心点儿。"他压低声音，叮嘱了一句。

美盼咬着唇，终于还是抬起头来。对面的男人正好端着咖啡送到薄唇边上，轻轻抿了一口。大概是感受到她的视线，苏晋庭本低垂着的眼帘突然抬起来，四目相对，深邃的眼底分明带着一丝淡淡的笑。

"爷爷，我不要！"美盼拒绝，但她在秦齐林面前还是比较乖巧内敛的，所以想了想，还是解释道，"我又不是专业的人物摄影师，我不去。"

秦齐林倒是对自己孙女所谓的摄影技术不太相信："晋庭，这事的话，我看美盼也未必适合，你看她这性子，这种专业人才会做的事，她哪儿能行？我让人联系的这家报社还是挺靠谱的。"

"不过就是拍几张照片，让我满意就行了。"苏晋庭低声说，"我顺道也可以带她去公司转一圈。"

美盼就知道苏晋庭是故意的，反叛心理作祟，她忍不住就说："我都说了我不要，我不给你拍照！"

她口气不太好，秦齐林就有些听不下去了，蹙着眉峰教训："美盼，我就是教你这么和你苏大哥说话的吗？"

"爷爷，我……"

"没事。"苏晋庭一脸无所谓的样子，此刻当着秦家人的面，他看着美盼的眼神，倒还真像一个长辈对待晚辈那般充满耐性和善意，"小姑娘直率一点儿也不是什么坏事，不过我的确是不太让记者拍照，美盼来的话，我自己会稍微放松一些。"

他话都说到这个分上了，秦齐林当然会点头同意了，当下也不允许美盼再拒绝，直接就说："那盼，一会儿你就和你苏大哥一起过去吧，正好可以好好捣鼓捣鼓你的照相机。"

美盼真是无语。

在爷爷的眼中，这个苏晋庭的话简直如同圣旨一样了，他说要让自己给他拍照，她就得乖乖地跟着他去公司了？

一直等到坐到了车上，美盼仍觉得自己浑身上下没一个地方是舒服的。

前面开车的是秦家的司机，她和苏晋庭都坐在后车座上，两人一路上什么话都没有说，她听到他接了几个电话，说的也都是工作上的事，她听不懂，也懒得听，就只抱着自己的相机摆弄。到了公司之后，她率先推开车门下了车。

站在电梯口的时候，美盼还是没有忍住，侧过脸就看着身边刚刚结束了通话的男人，气呼呼地反问："苏晋庭，你就是故意的，对不对？"

他手指夹着手机，闻言的瞬间，机身在他的长指之中轻轻转了一圈，然后就被他放进了裤袋里："什么？"

美盼看着他那一脸茫然的样子，更是气不打一处来："你故意在爷爷面前那么说，把我叫到公司来，该不会是真的想要让我给你拍什么照吧？"

"那你以为我叫你来是干吗的？"

美盼一愣，他堂堂正正的样子，倒显得她小人之心了，她更是懊恼："我怎么知道你这个人心里在想什么，总之我把话和你说明白了，我是不可能给你拍什么照的，我也没打算陪你浪费时间，我要走了。"

"去哪儿？"

苏晋庭人高手长，美盼刚一转身，他就已经拽住了她的手腕，正好电梯来了，男人迈开长腿，直接就把她拖进了电梯。

"苏晋庭，你干什么？喂，松手！你捏疼我了！"

美盼越是挣扎，那手腕上的力道就越重，她皮娇肉嫩的，摩擦了两下就觉得疼了："我说我疼，你耳聋了啊？你这个人怎么这样，我……"

电梯正好到了1层，叮的一声，门缓缓开启。

苏晋庭刚刚进的并不是什么专用电梯，进进出出的人本来就挺多的。他们是从B3上来的，到了1层，这个时间都是刚来上班的普通职工，门一开见到的就是这么一副阵势。

一时，人人都是瞠目结舌。

苏晋庭，公司的人自然是认识的。

他这样特殊的身份，以及空降的背景，引得下面那些爱八卦的员工都议论纷纷，再加上他长相出众，就更引起了一众女职员的兴趣，而现在，他们眼睁睁地看着他和一个女孩儿拉拉扯扯的，心中自然都掀起了惊涛骇浪。

因为大家对美盼是相当陌生的。

她平常就不来公司，秦媛也很少对媒体公布自己女儿的身份，毕竟美盼还在上学，秦家人也是出于保护她的考虑，所以才没有在正式场合公开过她的身份，再加上美盼这人也不喜欢高调，因此知道她身份的人，大概也就是学校里和她相处得比较好的一些同学。

"……苏总。"其中一个比较机灵的员工率先开口，"早上好。"

其他几个人也纷纷打招呼。

苏晋庭面无表情，也就是稍稍点头示意，不过男人的眉宇间却分明是一种好事被打断的不悦。

众人都是职场老油条，这方面的触觉还是挺灵敏的，一时谁都没有敢进电梯。

美盼被这么多人盯着，很是不自然，她知道公司没几个人认识自己，除非是和秦家走动比较多的高层，所以这些员工才会用这种怪异的眼神看着自己。

她清了清嗓子，思绪一转，趁着苏晋庭不注意的时候抽出了自己的手腕，拨开电梯门口的人群，小火箭似的跑了出去。尽管在飞奔，但她还不忘护着自己的相机包，心里有个恶作剧的念头闪过：反正这里的人又不认识自己，索性高声大喊："姓苏的，你要是敢追上来，你就是乌龟王八蛋！你要想做就追吧！"

"……"

所有人在惊愕过后，都是憋着笑的表情——好像真听到头顶一群乌鸦飞过的声音。

10分钟之后，苏晋庭进了办公室。

郑元林过了一会儿也跟着进来，脸上的表情有点儿奇怪。他来上班的时候楼下已经炸开了，都在议论着苏总这刚刚上任就把新欢带来了公司，可关键是这个新欢年纪小，长得甜美，还不给苏总面子，当着公司职员的面甩开了苏总就跑，嘴里还嚷嚷着，要是苏总敢追，就是王八蛋。

本来就充满了戏剧性的事，在这群八卦者一传十、十传百的"功力"之下更是变了味儿。

最后传到郑元林这儿的版本成了——苏晋庭强抢民女到公司，结果在电梯里，到嘴边的肥肉又飞走了。

"苏总。"

郑元林进办公室之前也在外面偷偷笑了一会儿，此刻一本正经地上前，将自己昨天晚上收到的资料送过去："这是昨晚刚收到的，您让我调查的人，能够调查到的资料都在这儿了。"

苏晋庭坐在大班椅上，修长的手指轻敲着手机屏幕，脸色晦暗莫测。郑元林跟在他身边多年，就算不能够完全揣摩他的心思，至少也能够知道，他现在并没有动怒的迹象，相反，那眉目隐隐上挑的样子，怎么看着让他觉得苏晋庭心情很不错。

"除夕我会回A市，到时候你和我一起过去。"他手指从手机屏幕上抽离，指尖落在了资料夹上，"去查一下这两天秦媛在不在C市。"

"是。"郑元林颔首，"那没其他的事，我先出去了。"

苏晋庭点头，等郑元林退出办公室之后，他点了根烟，一边吞吐着云雾，一边翻开资料，看着上面密密麻麻的字，薄唇掀起冷冷的弧度。等他一根烟抽完，顺手就合上资料夹，打开抽屉丢了进去。

随后，他拿起了一旁的手机，舌尖轻轻地舔过自己的双唇，足足静思5分钟才打开短信——

"庭，她好吗？"

他垂下的眼帘遮住了眼底流转的眸光，输入——

"很好，乐观向上，知道自己要什么，也很可爱。"顿了顿，他又输入，"我会让她更好。"

发送成功之后，他双手抱着后脑，慵懒地坐在椅子上，耳边却忽然飘过那道俏皮的女声——

"姓苏的，你要是敢追上来，你就是乌龟王八蛋！你要想做就追吧！"

唔，确实很可爱。

落地窗外的阳光肆无忌惮地投进来，落在了男人的五官上，像是给他镀了一层金，熠熠生辉。

美盼出了公司就接到了吴舜华的短信。

之前酒店的不欢而散后，美盼也静下心来想过了，自己虽然对学长一直都挺有好感的，但和他又没有发展过，也不是什么特殊的关系，人家和女朋友去酒店做什么，她有什么好在意的？

所以这会儿有短信进来，美盼很自然地就点开了。吴舜华用词倒是挺谨慎的，好像就是这么几个生硬的文字，隔着手机屏幕，美盼都可以感觉到他的不自在。

"美盼，我想和你见一面，有些话想当面和你说，希望你先不要误会什么。总之，我等你。"再后面就是一个地址。美盼认识那条路，她想通了之后就觉得自己没有必要躲着学长，便没多做犹豫，直接打车就去了约定的地点。

半路上，她礼貌性地给吴舜华回了短信："好，学长，我马上就过去。"

美盼到约定地点的时候，吴舜华已经在了，就坐在靠窗的位置。

他的穿着一贯都偏休闲，今天倒是穿得略显成熟。宝蓝色的毛衣，里面内搭的白色衬衣领口翻出了一些，黑色的毛呢外套披在外面，因为年轻，气场未显得多成熟稳重，不过今天这么一身，显然是可以掩盖掉他本身的那些阳光朝气，显得整个人沉稳不少。

美盼背着相机包进去，吴舜华抬头见到了人，微笑着冲她招了招手。等她一坐下，服务员就递上菜单。美盼说："我刚吃过东西了，就喝杯咖啡吧，这个时间也正好可以提提神。"

"那就来两杯拿铁。"

等服务员退下了之后，吴舜华似乎是深吸了口气，随后才说："美盼，我找你，其实是因为之前电梯里的事。"

美盼连忙摆摆手："学长，那件事，我应该和你道歉的。"

吴舜华一愣："你为什么要道歉？"

"之前也是因为情况比较特殊，我知道苏晋庭当时有些不太礼貌，总之很抱歉，他对你没有任何的敌意，就是和我有点儿小问题而已。"话说到这儿，美盼自己倒有些尴尬起来。

是啊，她为什么要道歉？

就算当时她觉得苏晋庭对吴舜华的态度有些不屑，就算他很没有礼貌，但那都是他的问题吗？她倒是一本正经地帮他说起话来，搞得他们之间好像……很亲密似的。

美盼咬了咬唇，这边自己已经懊恼得肠子都青了，而对面男孩儿的脸色也变得有些僵硬。

"你和苏晋庭的关系，算是很好的那种吗？"吴舜华问。

"啊？"美盼下意识地抬头，仿佛没有听清楚刚刚吴舜华问的那句话。

"我就是好奇你和苏晋庭的关系。"吴舜华清了清嗓子，以掩盖自己的不自然，"我的确听我父亲提过苏晋庭这个人，他挺不简单的，可这人的圈子应该是在A市。"

美盼想了想，觉得也没有必要隐瞒什么，所以避重就轻地说："具体的我不太清楚，不过他现在是住在我家的，我就听我爷爷说，他父亲救过我爷爷的命，所以现在也是在秦氏上班。"

"原来是这样。"吴舜华恍然大悟。

话题一下子就陷入了僵局，美盼这个时候才意识到，和自己喜欢了那么久的学长坐在一起，她竟然还会有无所适从的感觉，仿佛是一直心心念念的东西，终于送到自己的面前来，她才发现，其实早已经不是自己最初渴望的那样了。

这种感觉很奇怪，她也没有了说话的欲望，却同样可以感觉到吴舜华欲言又止了几次，似乎还想对自己说点儿什么。

"美盼，其实我今天约你，也不光是因为苏晋庭，我也有点儿别的事想和你说。"吴舜华刚鼓起勇气，侍者恰好端来了咖啡。

话题被打断了。美盼心里有些奇怪的感觉，好像知道吴舜华要对自己说什么，竟是有些难以克制地焦躁起来，索性低头抿了口咖啡。

"美盼，我……"

"学长……"

两人同时开口，最后顿住的却是美盼，因为她坐着的位置是面对着咖啡店的门口，说话的时候，她正好抬起头来，入目可见的是咖啡店那扇门被人推开，从外面进来一群人，为首的那个男人白衣黑裤，器宇轩昂，身后跟着几个拿着采访器材的人，边上还有一个男人，眉目亦是十分清俊，一副不苟言笑的样子，亦步亦趋地跟在为首的男人身后，不知在和前面的男人说什么，只见他恭敬地颔首。

美盼心头咯噔一下，想着，这世界也未免太小了。

虽然知道苏晋庭下午有采访，可怎么偏偏选在了这个地方？

吴舜华也见到了进来的人，再看看对面女孩儿那种遮遮掩掩十分不自然的表情，他心里有些凉凉地想着，她跟苏晋庭哪是单纯地住在一个屋檐下那么简单？

所谓当局者迷，大概连美盼自己都不知道，在见到苏晋庭的时候，她两只眼睛的光都是不一样的。

其实美盼现在是想立即站起身来准备走人的，但她很快就见到那个跟着苏晋庭进来的男人，已经朝着自己的方向走来。

"秦小姐。"郑元林对她毕恭毕敬地颔首，"苏先生问，您是不是带着相机？"

"做什么？"

美盼拧起秀眉，她心思转得挺快，知道苏晋庭既然提到了相机，那肯定是有什么目的。于是她侧了侧身体，将相机往自己的背后藏了藏："没带。"

郑元林刚刚过来的时候就见到了那个相机包，这会儿嘴角忍不住抽了抽："秦小姐，摄影师临时有事没有过来，正巧在这边碰到您了，那就麻烦您过去帮苏总拍几张照吧。"

"苏晋庭这么厉害，找个摄影师能有多难？我说了没有带相机……"美盼睁着眼睛说瞎话。

郑元林淡定地点头："那也没有关系，采访组有摄影设备。"

"我用不惯。"

"秦小姐，不然您亲自和苏总说吧，我也是奉命办事。"

郑元林说着伸手招来了侍者，他对边上坐着的吴舜华视而不见，一脸冷漠地吩咐侍者："这一桌买单，记在苏先生的账上。"

美盼不依不饶地站起身来，郑元林这么自作主张，她当然来了脾气："喂，我说了我不拍，你是谁啊，这么霸道？果然是跟着苏晋庭那个蛮不讲理的人的，都是一个德行！"

郑元林还是第一次听到有人评价苏晋庭蛮不讲理。

他看着美盼的眼神多了几分饶有兴致："秦小姐，边上的人都看着呢。"

"……"

"两杯咖啡的钱，就不需要记在苏先生账上了。"吴舜华这个时候也站起身来，看着郑元林，开口道，"美盼，既然你有其他的事，那我明天再找你，我就先走了。"

他拿起外套，从钱夹里抽出了两张百元大钞放在桌上，离开。

美盼真是尴尬又气愤，她隐约觉得苏晋庭这个浑蛋是故意的，但是又想着，他应该不至于变态到让人跟踪自己吧？有这个必要吗？

郑元林像有读心术似的："秦小姐，有什么疑问您可以直接问苏总。"

美盼磨了磨牙——哼，她还真是有不少疑问！

这边的记者都准备得差不多了，对于这种采访，那肯定都是提前校对好稿子，再问一些比较正面的问题。

美盼过去的时候，就看到一个长相甜美的长发女孩儿坐在苏晋庭对面，手里拿着采访稿，不过她的视线却落在对面男人的脸上。

苏晋庭姿态慵懒地坐在沙发上，两条长腿随意交叠着，他指间夹着烟，烟雾淡淡升腾上来，若有似无，遮住男人脸上那些浅显的表情。

"过来。"见郑元林带着美盼过来，苏晋庭眼神很自然地落在了她的脸上，对她招了招手。

美盼真觉得，苏晋庭这随意中又好像透着几分别样意味的语调，显得两人之间的关系特别暧昧。

她不知道别人是怎么想的，但是她现在看着苏晋庭那张精致的五官，心里就会产生各种不自然但却连她自己都无法辨别的情愫来。

她站在原地，没有动弹。

苏晋庭看着她一脸不爽却又发泄不出来的样子，忍不住弯唇。

他抖了抖指间的烟，也不勉强她，转头看向一旁采访组的记者："摄影的工作就交给我自己的人好了，一会儿让她多拍几张，你们挑合适的。"

苏晋庭很少面对媒体，现在可以有一个独家采访，还是和秦氏挂钩的，这个杂志社过来的人本来就是受宠若惊，不过就是拍摄工作，哪里会说不？

更何况，这个女孩儿……

边上负责采访的主要工作人员眼尖得很，到底是在这个圈里混的，很快就认出了美盼是秦家的孩子。

这么说来，苏晋庭说的自己的人，也算是合情合理。

"当然没有问题。"记者笑吟吟地点头，马上就调转了话锋，"没想到秦家的小姐还懂得摄影，我没记错的话，秦小姐应该是大二的学生吧？那就麻烦你了！"

美盼点点头，想着自己今天这工作怎么都推卸不掉了，就只盼着赶紧拍完走人。

她在摆弄着自己的相机，两只耳朵却不由得竖起来，听着边上的对话——

"苏先生，那以后您会直接在C市定居吗？"

"这个问题我还没有认真考虑过。"男人声线低沉，又透着几分谦虚，"我是过来给秦氏打工的，秦氏的发展前景非常不错，我很看好秦氏。"

"苏先生真谦虚，谁都知道苏先生您是很不一般的人。"

苏晋庭这会儿却是笑而不语，他身上的气场很强，无形之中就给人一种感官上的刺激，可不知为何，在镜头下的他，也好似将这种张力无限扩展开来，几乎是要从那样的画面之中呼之欲出一般。

美盼有些无意识地摁着快门，一张接着一张，每一个镜头都像画报一样，让人神醉。

"……谈完工作上的事，不知是否可以冒昧问苏先生一些私人问题？"

苏晋庭挑眉："看私人到什么地步了。"

"谁都知道苏先生您可是黄金单身汉，之前好像也没听说苏先生有女朋友之类的，我就代表广大的单身女性同胞问一问苏先生，您对于自己将来的另一半，有什么要求吗？"

美盼拿着相机的手一僵，她没有发现自己在这一刻，竟是下意识地屏住了呼吸。

连按快门的动作也顿住了，就这么举着相机，看着镜头下男人的侧脸，好看到近乎完美，嘴角仿佛是微微上翘着，带着几分与生俱来的孤傲。

她无意识地转动着手中的镜头，放大，放大，再放大，到了最后，好似连他脸上的毛孔都可以清晰可见。美盼不敢动一下，就怕自己动了，那种蠢蠢欲动的感觉，会破功。

"这个问题，我倒没认真考虑过。"

那女记者显然是不肯放弃："那苏先生不妨考虑一下，比如说外貌、性格方面，苏先生有要求吗？"

"顺眼就行了。"苏晋庭说话的时候，修长的手指缓缓摩挲着自己的下颌。美盼手中的镜头正对着他，此刻明显感觉到他朝着自己的方向瞥过来一眼，她的心脏咚咚跳了两下，忽然又听到他笑着说："至于性格，有点儿小脾气是可爱，有点儿小任性，也许就是能让男人迁就宠溺的资本。"

"这么说来，苏先生还是看重感觉了？"

"感觉当然是最重要的。"

"相信能做苏先生未来另一半的那个女孩儿，一定是全世界最幸福的女人。"

苏晋庭剑眉微微一挑，意味深长地道："我希望通过我的努力可以让她变成世界上最幸福的人，但只希望她别是我的可遇不可求。"

第六章
不是你的可遇不可求，
却是你想爱爱不得

最近的天气好像越发寒冷起来。

美盼一直都是个很怕冷的人，即便是待在C市这种南方城市，一到冬天她也有些受不住那种变态的冷，反正已经是年底了，美盼索性哪儿也不去，每天待在家里吹吹暖气，小日子倒也惬意。

除夕之前，黎展明忽然告诉美盼，让她准备一下，说是今年的年夜饭准备回他老家那边去吃。

美盼有些意外："明天就出发？"

"明天就是二十八了，到了那边安顿一下，过一个晚上就正好吃顿年夜饭，我们那边都是提前一天的，然后除夕夜的时候还是要回来的。"黎展明这么安排，当然也有考虑到秦家这边亲戚的原因，毕竟他是个入赘的，哪怕是春节期间的亲戚走动，也得以秦家这里的为主。

在美盼的记忆中，黎展明的父母很早就过世了，所以她对于自己的外公外婆也没有多少印象，只是知道自己的爸爸是个很孝顺温和的人，所以每年到了外公外婆忌日的时候，他都会亲自回去一趟祭拜。

只是秦媛受不了那种乡下的习俗跟住宿条件，所以这么多年来，美盼好像还真不记得妈妈有跟爸爸一起回去的时候。

今年也不知为什么，爸爸突然就提出了这个要求来，美盼想着，自己也有些年没有跟爸爸一起回去了，就欣然同意。

黎展明老家的经济发展程度跟C市可以说是天壤之别，不过美盼也不挑剔什么，毕竟那个地方养育了自己的父亲，也算是她的半个故乡。

秦齐林那边，黎展明是一早就已经打过招呼的。

第二天一早，美盼跟着黎展明出门的时候，身上穿着厚厚的羽绒服，因为不方便带衣服过去，所以就套了一件黑色的长款羽绒服，脚上是一双黑色的雪地靴，耳朵上还戴着毛茸茸的耳套，整个人就像一只北极熊，看似笨重，却也很可爱。

"差不多了，我们这就出发。"黎展明带了些年货，都放进了后备厢之后，刚准备上车，就见秦齐林和苏晋庭正好从里面出来。

自从昨天的那个采访之后，美盼还没有和苏晋庭碰过面，昨晚回到家她也是很早就休息了，不知道他什么时候回来的。

现在看他的穿着打扮，不像是要去上班的样子。

秦齐林在叮嘱黎展明："除夕夜的话，还是要回家里来，秦媛那边，我也和她说过了，她最近在三亚那边，有一个项目要她亲自过去跟进一下，不过明后天她也该回来了。"

黎展明点头："我知道，爸，那我和美盼就先过去了。"

"路上小心。"

美盼上车之前和秦齐林挥手告别，然后视线落在了站在一旁的男人身上，她喉咙口的声音就像被什么东西给黏住了一样，发不出来。

这么个大冷天，他就穿了一件乳白色的毛衣，还是V领的设计，暴露在空气中的脖子修长又好看，一条黑色的休闲西装裤，脚上穿了一双同样休闲款式的白色板鞋，手臂上还挂了一件黑色的风衣，另一只手上捏着一副皮手套，看样子也是要出门的。

他的表情冷冷淡淡的，就像冬日里那些凋零了的树枝上还残留着的白色的雪花，在触及美盼视线的瞬间，那枝头的雪花咔嚓一下，掉了下来，变成了雪水，或者是……融化了。

美盼心尖重重跳了跳，她突然想到，自己昨天晚上做梦的时候，好像还……梦到他了？

她几乎是有些慌乱地拉开了车门，弯腰刚要坐进去，黎展明叫住了她："盼盼，和你苏大哥也道个别。"

美盼无奈地直起身来，心里有些怨愤，她看着苏晋庭，最后终究还是在秦齐林和黎展明的双双压力之下，硬着头皮说："苏大哥，再见。"

苏晋庭笑了，声音温润："新年快乐。"

其实就是最简单朴素的四个字，何况现在已经是年关，说句"新年快乐"不见得有什么特殊不特殊的，可男人低沉的嗓音是那样好听，在这个寒冷的冬日清晨，他那个看似寡淡可眸光之中又渗出丝丝灼热的眼神，竟让美盼的心脏又不受控制地狂跳起来。

哎，她这是怎么了？

一路颠簸，在连续开了三四个小时之后，车子终于到了黎展明的老家。

美盼在半路上就睡着了，还是黎展明叫醒的她。一出车门，美盼就冻得直哆嗦，不过倒是看到有不少黎展明这边的亲戚出来相迎。美盼来的次数其实并不算太多，大概也正因为如此，才更是得到了长辈们的热情款待。

这个地方因为远离都市，空气倒是挺好的，不过美盼一想到晚上天寒地冻的时候没有暖气，就忍不住提前心疼起自己那双即将被冻僵的脚丫子。

好在只需要住两个晚上，忍一忍也就过去了，美盼虽然从小娇生惯养，但也并不是一个特别挑剔的人，更没有在长辈面前表现出太多不适的情绪来。

晚上吃了点儿东西，黎展明跟老家的亲戚坐在客厅里喝茶聊天，说的都是一些家长里短，美盼陪着坐了一会儿，渐渐觉得无聊，想着自己不如早点儿回房间休息。正好她带了笔记本电脑过来，网卡这种东西当然也没有忘记一同拿来。在跟各位叔伯阿姨打了招呼之后，美盼进了房间准备上网，不想黎展明也跟着走了进来。

"爸爸，有什么事吗？"

"没什么，就是上来和你说会儿话。"黎展明笑着坐在了桌子边上，想着美盼自小就生活在秦家那样豪华的大宅子里，怕她一时不能适应乡下的生活，还是问了句，"怎么样，好多年没有跟爸爸一起回来祭祖了，是不是有点儿不习惯？"

美盼摇了摇头，双手随意放在电脑盖上："没有啦，不过有点儿冷是真的，爸爸你也知道我怕冷嘛！"

"嗯，后天就回去了，晚上就坚持坚持。"

"爸爸，其实你的女儿呢，没有你想的那么娇弱啦。"

黎展明眉开眼笑："对，我的囡囡一直都很勇敢，也非常懂事，才不像别的千金小姐那样骄纵。"

美盼面容一怔，轻声问："爸爸，你是不是有什么话要对我说？"

果然见到黎展明微微一笑，眸光慈爱地看着美盼，叹息道："我的宝贝女儿是真长大了啊，这段时间，爸爸知道你也是受了不少的委屈。盼盼，最近我可能是老了，总会想一些年轻时候的事，想着自己当年那样做，到底是对还是错。"

美盼并不知道爸爸最后那句话到底包含着多少深意，她只想着爸爸会这么说，肯定是因为妈妈的关系，所以她不禁笑着安抚："爸爸，你说什么呢？你做的一切肯定都是对的，不然哪会有我的存在啊？我知道妈妈平常可能是霸道任性了一些，但我也已经习惯了，她毕竟是妈妈。"

黎展明眉峰微蹙："盼盼，爸爸其实是想和你说……"

结果却是欲言又止，因为美盼的手机正好在这个时候传来了震动的声音，黎展明见她去拿手机了，还是把喉头的话给咽了回去："你休息吧，明天早点儿起来，去一趟山上祭拜一下外公外婆，后天我们就回C市了。"

"晚安，爸爸。"

黎展明站起身来，看着女儿没心没肺的样子，已经低头拿出了手机，显然也没有把他刚才的一席话想得太过严重，他心里五味杂陈，有些酸，也有些苦。

想到某些事，他眸光复杂，但还是忍下了叹息的念头，转身走出了房间。

美盼看着手机上的短信，竟是苏晋庭的号码，她怀疑自己看错了，举起来仔细看着，真的是苏晋庭。

这个男人怎么会发简讯给她？

美盼咬了咬唇，还是点开了内容。如同那个男人一贯的作风，简讯里就两个字——"下来"。

下来？

下来哪儿？

美盼足足用了两分钟的时间去消化这两个字的含义，然后才意识到，苏晋庭的意思是，他人也在这里？

她被自己脑海里闪过的念头吓了一跳，再仔细看着屏幕上简洁明了的两个字，确实不是自己眼花看错了，难道苏晋庭真的……过来了？

美盼连忙穿上拖鞋朝着窗户跑去，她今天上午就已经发现，这个房间的窗口正好对着楼下正门口，如果他真的来了，人肯定就在外面。

不过这玻璃窗的材质和秦家的有所不同，加上晚上黑漆漆的，外面也没有什么路灯之类的，所以她什么也没有看清，只不过不远处的黑暗中隐约有车前灯的微弱光芒。

那车子，该不会就是苏晋庭的吧？

美盼的一颗心狂烈地跳动起来，那黑夜之中两个车前灯所散发出的光，不是那么显眼，却也不是那么微弱，可就像是带了磁力一样，仿佛隔着如此遥远的距离，都有吸引她下去的能力。

不消片刻，手机铃声就响了起来，美盼低头一看，果然是苏晋庭的号码。

犹豫不过十几秒，她最后还是接了起来。

今天早上在秦家门口和他告别的时候，她想着当时那一声"苏大哥"还是不情不愿的，而他一脸正经又温和地对自己说："新年快乐。"

那时候她哪知道，不过就是十来个小时，他竟会跟随着她到这边来。

就是为了来见她吗？

应该……不是吧？

"外面有点儿冷。"苏晋庭低沉浑厚的嗓音透过手机电波传入耳中，说不出的性感迷人，"我站好一会儿了，赶紧下来，盼盼，我有话要对你说。"

美盼心尖陡然一颤。

并不是第一次有人喊她"盼盼"这个称呼，可她第一次感觉到这个名字被人喊出来的时候，仿佛是带着魔力一样，让人神醉。

她想，大概是他的声音在这样寂静又寒冷的冬天夜晚，显得格外低沉好听的关系吧。

美盼套了黑色的羽绒服，心里还是有些犹豫，但细长的腿却已经自动朝着楼梯口走去了。一直等她站在苏晋庭的面前，她才后知后觉地发现，自己竟是真的乖乖下来了。

那个男人，颀长的身躯有些慵懒地倚在车子的引擎盖上，深灰色的风衣将他整个人衬出另一种深沉优雅的味道来。

美盼双手插在羽绒服的口袋里，面对这个男人清冷之中又好似带着灼热的眸光，有些不自在地轻咳了一声："你……你过来做什么？"

苏晋庭挑眉："上午你欠了我一句话，我来听你对我说的。"

美盼有些茫然："我欠你什么话？"

"你过来，站太远了。"他摘掉手上的皮手套，丢在一旁的引擎盖上，对美盼招了招手。

美盼有些谨慎地看着他："我听得清你说的话，你不至于耳朵出毛病吧？"

苏晋庭也知道她就是这般倔强的小丫头，她不过来，他索性直起身体，朝着她走来。等美盼意识到的时候，他已经站在了自己的面前，身高的差距，让他看起来完全就是居高临下地俯视着她，只不过他眸光柔软，微凉的手指伸过来，捏住了她的下颌。

美盼瞪大了眼睛，他俊逸非凡的五官，清冷矜贵的气质，让她怎么都移不开视线。

他说："盼盼，上午我和你说了新年快乐，你是不是也应该对我说一句新年快乐？"

美盼后知后觉地反应过来："你……你的意思该不会是说，你特地过来就是为了让我和你说一句新年快乐吧？"

"新的一年就是新的开始，我认为新年快乐是很重要的祝福语。"这男人还一本正经的。

美盼都无语了："你大老远的，特地过来这里，就是为了让我和你说一句新年快乐？"

"也不算特地过来。"苏晋庭说，"我有点儿私事需要处理，和这里的距离不是太远，我就顺道过来看看你。顺便，讨一句新年祝福……小丫头，还不肯说？"

其实美盼还是觉得，苏晋庭这人一点儿都不正经，而且他多无聊啊，特地过来这里，就是为了"新年快乐"这四个字吗？

但……为什么她这一刻，好像被施了魔法一样呢？

平常对他的那些排斥反抗，竟然统统消失殆尽，看着那双如同天边最耀眼的星星般璀璨的眸子，她下意识地嚅动红唇："新年快乐。"

"叫我什么？"

她一定是被施了魔法了，不然为什么会这般乖顺？

"苏大哥。"

"嗯，连起来说。"

"苏大哥，新年快乐。"

"乖，你也是，新年快乐。"

三亚。

相比于C市此刻那种把人冻得直哆嗦的季节，这里的温度就显得舒服宜人了。

秦媛个子高挑，保养得当，单论五官跟身材的话，怎么都看不出来她已经是一个20岁女孩儿的母亲了。

此刻她正摆弄着自己身上的长裙，身后有一个40岁出头的男人敲了敲门进来。男人个子不高，但也不算矮，大概是175cm，微微发福，头发不算浓密，五官还算端正，只是落在秦媛身上的那种眼神，怎么看都让人觉得有些发腻。

男人笑眯眯地上前："小媛，我来了。"

"别喊我小媛，这话我说过很多次了。"秦媛有些反感地拧眉，转过身来，"谁告诉你我在这儿的？"

"我想知道你在哪里，有什么难的？"男人无所谓地嘿嘿一笑，上前，直接拿过一旁柜子上的红酒杯，抿了一口，点头，"不错啊，好酒。"

"你恶心不恶心？这是我喝过的，麻烦你能不能避忌一些？"秦媛有些不悦地推开了男人，她身上穿的是吊带裙，这会儿侧身就拿过沙发上的白色披肩，顺势搭了自己身上，遮住了她保养极好的呼之欲出的胸脯。

那男人眼睁睁地看着春光在自己面前被掩住，也不恼不急："小媛，这么多年了，你是越来越有味道了，不过有些人始终都不懂得珍惜，你说你当年不要我，偏要那个软蛋，现在后悔了吧？"

秦媛眸色一沉，很刻意地扯开了话题："废什么话，说重点，我让你帮我联系的人，你联系好了没有？"

"联系了。"男人放下手中的酒杯，身子往边上的柜子上倚了倚，"一个是A市林胜集团的少东，叫封郁景，今年24岁，另一个是三亚本地房产开发商的儿子，今年26岁，年纪是大了一些，之前还谈过一个女朋友，好像把人家的肚子都给搞大了，最后不知怎么的，两个人还是吹了，但好色是肯定的……所以呢，以你家小美盼的那种姿色，保准是没问题。"

秦媛勾了勾唇，手指轻轻抚过自己的眉角："我要的就是这样，这事成了，到时候你想要和秦氏合作的那个项目，我会批。"

"好说！"男人笑了声，"不过我可先提醒你，这两个太子爷都不是什么好鸟，你确定把你女儿送给这样的人，没问题？"

"我给了她那么多，现在是时候让她来回报我了。再说了，豪门婚姻，哪一桩不是如此？"

秦媛重新转过身去，看着落地窗外蔚蓝色的海一直延伸到了最远处，和地平线连在了一起，海阔天空，风景亦是宜人，如此美好。然而这样的享受、得到的权力、拥有的财富，哪一样会从天而降？

　　美盼，你可别怪你妈我，要怪就怪你的爷爷，还有那个苏晋庭！

　　这么多年来，她委曲求全，为的是什么？

　　不过就是一个秦氏，因为她从来都是和秦氏相连的，那是融入骨血之中的一种尊严。她的母亲去世之前留给她一句话："女人最大的胜利，就是掌控着一个属于自己的世界。"

　　而她的世界，就是秦氏。

　　美盼从黎展明老家回来之后，正好就到了除夕这日。

　　秦家旁亲比较多，一年到头也就聚这么一回，所以人向来都很齐。当天傍晚，秦媛也回来了，一到家就和秦齐林在书房里谈事。黎展明是从来不过问公司事情的，所以只安心待在自己的书房里画画。

　　倒是美盼，从上午开始就觉得浑身无力，她觉得自己应该是感冒了，吃了药躺在床上睡了一下午，醒来的时候竟然发现自己有些高烧不退的迹象。

　　因为是过年的关系，家里的用人大部分已经放假了，最后还是黎展明发现情况不对，但秦齐林和秦媛都已经出门去酒店吃团圆饭。美盼实在提不起力气来，但是担心这样的日子自己不出面，到时候爷爷和妈妈会不高兴。

　　最后她吃了退烧药，然后才和黎展明出了门，结果到了酒店之后，怎么都没有扛住，直接晕了。

　　晚上8点，苏晋庭从一个饭局上抽身离开了片刻。

　　因为是过年的关系，最近的饭局很多，作为秦氏新上任的总经理，有些不得不出席的饭局，他还是会选择亲自前往。

　　饭桌上他已经喝了不少酒，因为一桌子的人都是秦氏的高层，苏晋庭还算是给面子，递过来的酒基本都喝下了。虽然他酒量极好，可这样真枪实弹的一晚上下来，男人那张精致的五官，还是难免染上了几分醉意。

　　出了包厢，男人撑开手指，有一下没一下地按着自己的太阳穴，稍稍顿了顿之后，他就拿出了一直持续不断震动着的手机。

　　来电显示的号码，是没有备注的。

　　苏晋庭蹙眉，还是接了起来，将手机放在耳边，就听到那头柔软的女声传来："晋庭，换了号码为什么不告诉我呢？"

　　"历承易告诉你的？"

　　他行事向来低调，就算有不少人知道他来了C市，也不可能有他的私人号码。因此除了历承易这个大嘴巴告诉她，就不会再有第二个人。

文静怡在手机那边笑了一声，嗓音越发柔软："你管谁告诉我的，我要真想知道，不至于连个号码都打听不到吧？哎，晋庭，我现在人在C市。"

"你来C市做什么？"男人蹙眉，给自己点了根烟，轻轻吸了一口，平常喜爱的尼古丁味道，这会儿抽起来竟然有些苦涩。

"别这样行吗？你的口吻怎么就是一副如此不欢迎我的样子？我过来是为了工作。"

苏晋庭没有接话，将烟蒂捏碎了，丢在一旁的垃圾桶里，片刻之后才沉声反问："在哪儿？"

"酒店。"

"嗯，我现在没时间，这样，你把你的住址告诉元林。"

酒店这边的套房里，身段妖娆的女人，此刻只穿了一件真丝吊带裙，淡紫罗兰色，将她那白皙的肤色衬得越发迷人，在水晶灯的照射下，她化着淡妆的脸透着优雅又妩媚的韵味。

她这样为悦己者容，但那个悦己者，却是连看都不愿意看她一眼。

她坐在沙发上，听到手机那边寡淡的男声，仿佛看到了他没有任何情绪的脸庞，只是轻描淡写地告诉她把她的地址告诉他的助手……她忍不住捏紧了裙子的一角，眉宇间都是失落："晋庭，你就不好奇我过来做什么吗？"

没等到男人的回答，忽然嘀嘀两声，显然是有电话插进来。

是苏晋庭的，很快她就听到他说："我有个电话，晚点儿我再联系你。"不过，挂电话之前，他还是问了一句："你一个人？"

文静怡心头微微一颤，那失落的表情立刻就被涌上来的喜悦跟期待代替了："嗯，一个人。"

"那你注意安全，有什么事的话，你可以直接联系元林。"

电话很快就被挂断，文静怡似乎还没有回过神来，好不容易在脸上堆出来的那点儿笑意，最后还是一点一点地变得灰白，最终被失落取代。

苏晋庭这边的确是有电话插进来，是郑元林的。

"什么事？"

郑元林说："苏总，秦小姐好像进了医院。"

"什么时候的事？"

"好像是感冒发烧，我也是刚刚得到的消息，秦家那边的年夜饭已经开场了，但秦小姐突然晕倒了，据说是高烧十几个小时了，现在估计是要住院。"

"哪家医院？"

郑元林把医院地址说了之后，苏晋庭又说："把病房号发我手机上。"

郑元林大概心里也有点儿数，苏晋庭对秦美盼是有些不太一样，这种不太一样，不在苏晋庭对别人的那种算计防备之中，可也没有让他感觉到那种别样的男女之情。

可不一样就是不一样，他只见过那个女孩儿一次，但是苏总看她的眼神，和看别的女人的眼神相比，却透着一种明显的与众不同。

苏晋庭重新回了包厢，一群人正好酒足饭饱，商量着下一场该去哪儿，见到他进来，为首的中年男人、秦氏的财务总监站起身来说："苏总，我们刚刚还商量着，一会儿是不是去璀璨年华坐一坐？"

"我就不过去了。"他手指微微一动，跟着他过来的秘书马上就识趣地拿起他挂在一旁的外套上前，男人长指一勾，将外套穿上，"你们尽兴，今天晚上这一顿肯定是苏某做东，大家玩得开心点儿，我就先失陪了。"

"苏总，有什么重要的事？大过年的，工作就可以暂时放放了嘛。"有人开口挽留。

"对啊，苏总，您应该是第一次来C市吧，怎么也得好好熟络熟络。"

苏晋庭笑了笑："真有重要的事，抱歉了。"说着委婉的言辞，可语气却是不容反驳。

他穿上外套，顺手扣了一颗扣子，秘书在边上帮他拉开了包厢的门，他迈开长腿走出去，身后也接二连三地跟着出来一群人。大家都是人精，知道苏晋庭今天晚上是不会留下来了，倒也没有再说什么，只是恭恭敬敬地将人给送到门口，然后等着他上车离开。

一直等到车尾灯彻底消失在夜色之中，刚刚那为首的中年男人才悻悻地道："早知道重要的场所他不去，我们何必陪他喝那么久？弄得我的胃也不太舒服。"

马上就有人接了一句："这你就不懂了吧，你别看他比你小了那么多岁，可你那脑子，估计转得还真没有他快。"

"苏晋庭就不是一个简单的角色，不然能让秦家老爷子这么器重？他现在手头虽然还没有秦氏的股份，不过我看他的目的，绝对不会只限于做总经理这么简单。"

"对了，你们有人知道他在A市的辉煌事迹吗？"

"我只知道他是个投资商，投资眼光很是独到，只赚不赔，身价不低，所以才好奇，这样的人，竟然还会甘心来秦氏当一个总经理。"

"所以这人的目的不是很明显吗？听听他今天在酒桌上说的那些话，我怎么就是觉得，他的目的很不单纯？"

有人摇头："秦氏毕竟是秦家的，他姓苏的是外姓人，秦老爷子可不傻。"

又有人附和着说，可一说到秦媛，众人还是频频摇头，倒是有人提了一嘴："我听说她最近在三亚，好像在搞上半年因为资金问题喊停的那个豪宅项目。"

"哎，女人啊，到底是头发长见识短，这些年房地产如此不景气，她偏要弄这种项目。"

"不知道秦家老爷子到底是什么意思，叫一个商业才子来震住自己的女儿吗？我是听说，秦媛那个女人，好像是准备给她女儿联姻来着，那个美盼吧？小丫头大学还没有毕业呢，要是联姻了的话，到时候我们秦氏内部就更热闹了。"

"说到这个联姻，我倒是想到了，苏晋庭该不会是冲着这个秦美盼来的吧？这要是成了秦家的女婿，那秦氏指定就是他的囊中之物了。"

"呵，你应该先去调查调查苏晋庭这人，他这人，是会给别人当女婿的那种人吗？"一说到入赘，大家心照不宣地想到了黎展明，又是乐呵呵地开了几句玩笑，这才散去。

美盼的身体一直都很好，加上生活作息也比较规律，所以平时很少生病。

没想到这次的感冒来势汹汹，医生检查之后，说是病毒性感染，因为高烧不退，需要住院观察两天。

护士给她打完点滴之后，主治医生正好进来。美盼昏昏沉沉的，浑身没有力气不说，连嘴唇上的血色都消失殆尽，整个人恹恹的，身体每一处都因为高烧不退而酸痛难忍。

"潘医生，怎么会这么严重？真的只是感冒引起的吗？"黎展明一直都陪在旁边，这会儿急得团团转。

"就是感冒引起的，还有点儿小炎症，不是什么大问题，就是高烧低烧交替着来，又拖了一两天，人才会受不住。美盼啊，你是不是从昨天开始就不舒服了？"潘医生算是秦家的私人医生，和秦齐林的关系很不错，论辈分，美盼还得喊他一声叔叔。

"好像是的。"美盼说话的时候嗓子无比喑哑，毫无生气，"不过之前觉得有点儿小感冒也不是多大的事，就自己弄了点儿药吃了，也没在意。"

"嗯，现在天气比较冷，最近病毒性的流感比较严重，没事的，观察两天吧，就是大过年的比较让人糟心。"秦家的状况潘医生还是了解的，他观察了一下输液管，又说，"我刚和老爷子还有大小姐都说过了，最近秦家也没什么人，所以你还是待在医院比较好，有医生和护士的照顾，恢复得也会比较快。"

黎展明说了声谢谢，这才送走了潘医生。

美盼估计是真的累了，歪着脖子已经睡着了。因为重感冒加发烧的关系，黎展明俯身帮女儿盖被子的时候，都能感觉到她的喘息格外粗重灼烫，一时，他心里五味杂陈。

别人所知道的秦家小姐，好像是集万千宠爱于一身，可事实上，她好像从未得到过普通家庭的温暖，连大过年因为生病而住院，陪在身边的亲人也只有他一个。

黎展明坐在女儿的病床边上，思绪翻滚，难免会想到很多年轻时候的事，想到以前他真心喜欢秦媛的那段时光。

其实秦媛刚和自己认识那会儿也是一个温柔可人的小女人，身上除了有一些富家小姐的脾气，心地倒也算是善良。

只是后来的生活和工作，将她周身的棱角越磨越锋锐。

那时候黎展明是靠画画为生的，一穷二白的艺术家，要什么没什么，后来遇到了秦媛，她倒是没有丝毫看不起他的意思，也一直都对他很好。年轻的时候，人总是会有各种梦想，黎展明年轻的时候就渴望能够办一个画展，可他没有钱，没有人脉，画也卖不出去，根本就不可能有人看得上他。

秦媛二话不说就拿钱出来，帮他打通关系，办了画展。

那时候……

黎展明有些苦涩地想，那时候他倒是真的喜欢秦媛，或许是因为第一次有这样一个女人不计较自己的出身，哪怕是千金小姐的身份，也愿意纡尊降贵地跟在他身边。这种微妙又特殊的悬殊，让他心里既存着一份自卑的感觉，又不敢坦然接受她对自己的好。

现在想想，他是一个多自私的男人啊！

可自私也好，庸俗也罢，最后当他心甘情愿地入赘秦家的时候，他就很清楚地知道，自己的心甘情愿并不是因为秦媛的钱，不然的话，他现在也不会混成这个样子。

只是再好的感情，也禁不起最普通生活的打磨，他和秦媛到底不是一个世界的人，激情退去之后，剩下的只有当初那些被他忽略的问题。

这么多年来，他都不知道自己是怎么走过来的，可他知道，自己坚持在秦家的原因，无非就是女儿。

黎展明看着床上熟睡的美盼，眸光却有些复杂难辨起来。为了美盼，为了他的女儿，他一直都心甘情愿地留在秦家，不过就是想要给予自己的女儿最好的物质享受。他是年轻时穷怕了，所以不希望自己的孩子再走一遍他的老路。

这些年来，物质的优渥美盼是享受到了，可温暖的亲情于她而言却变成了一种奢望，他这个时候才会想到——

自己那时做的决定，到底是不是错了？

黎展明在病房里坐了足足有两个小时，一直等到美盼的点滴下完。美盼睡得很熟，黎展明唉声叹气好一会儿，始终也没有等到秦家的任何人过来，再一看时间，已经是深夜了，中间他也给秦媛打了电话，但都是无人接听的状态，哪怕知道她是在忙应酬，黎展明心里也忍不住怨愤起来。

他没有在医院过夜，过了零点，还是离开了。

苏晋庭一直都坐在医院门口的车子里，抽了一晚上的烟，舌尖都是苦涩的，车子熄火没了暖气，再加上他穿得也不多，坐久了自然会觉得冷。不过前半夜他倒是喝了不少的酒，这么坐下来，他的酒劲儿散去不少，等看到黎展明从医院门口出来的时候，男人长眉一挑，转了下指间的半截烟，推开车门就走了下去。

第七章
想为你做的事那么多

美盼睡得非常不舒服。

很久都没有这样重感冒了，她感觉头疼，嗓子疼，浑身都疼，耳膜好像是嗡嗡的，哪怕睡着了，那种滚烫滚烫的感觉也始终折磨着她。房间里太过安静，导致她喘息的时候，都能清晰地听见自己发出的那种难耐又急促的呼吸声。

苏晋庭站在门口散了散身上的烟味儿，这才推门进去。

房间里光线昏暗，大概就开了一盏床头的壁灯。

他关上房门，刚往玄关处迈了一步，就听到里面传来沙哑又痛苦的声音——"唔。"

苏晋庭蹙眉，房间里很热，他顺手脱了外套，解开衬衣的两颗扣子，才觉得舒缓了些。

走到床边，正好看到美盼伸腿往边上一蹬，被子顿时掉了一半，她身上穿着宽大的病号服，是真的不舒服极了，所以睡觉的时候，手一直都在乱动，这会儿被子被蹬开之后，她白皙的颈项有大半暴露在空气之中。苏晋庭眸光一暗，喉结上下滑动，一晚上抽烟又喝酒的，导致他身上都散发着一种慵懒又邪魅的气场。

双眸隐匿在昏暗的光线之中，他的目光深邃地流转着。

美盼哪会知道，自己的上半身有一半正暴露在男人的眼皮子底下。

她睡着了，不舒服，喘息又累，鼻子完全被塞住了，浑身上下哪儿都觉得不对劲，所以双手一直在往自己的胸口乱抓，丝毫不知，此刻自己已经落入危险之中。

苏晋庭蹙眉，深知自己不能再继续看下去，于是俯身拉过了一旁被美盼踢开的被子，想要给她盖上。结果男人身体凑过去的时候，美盼忽然一个翻身，他的掌心正好捏住了那不着一物的柔软肌肤。

男人呼吸一顿。

美盼感觉到肩膀处传来的凉意，竟舒服地唔唔了两声，反手就抓住了他的手腕。

苏晋庭在车子里坐了很长时间，身体自然是冰凉的。

美盼发着高烧，身体的温度还没有完全退下去，一碰到别人的身体，感觉就像是抱着一块冰似的，舒服得眉心都舒展开了。

她还是第一次主动靠自己这么近，只是因为生病的关系，这张柔嫩的脸蛋儿此刻透着一股苍白。

想到前几天她还气呼呼地冲自己耀武扬威，现在却这么一副病恹恹的模样，凑近她的时候，都能感觉到她呼出来的气息滚烫无比，男人心头动了动，向来都是凌厉的眸光，竟是生生牵扯出了几丝疼惜。

本来应该是大团圆的日子，她却要在医院里度过，也没人陪着，又是这样小的年纪，虽然看上去拥有了同龄人所无法拥有的物质享受，但却连最基本的亲情都得不到。

男人并没有抽回自己的手，侧了侧身，又换了一只手去拉被子，只是小心了再小心，指腹还是难以避免地碰到她的身体，而且正好是女孩儿胸前那柔软的一处。

苏晋庭动作一顿，刚刚压下去的那些火瞬间又燃起来，甚至比刚才更甚。

因为穿着病号服的关系，所以美盼没有穿内衣，本就宽松的领口被拉扯了几下，里面的春光若隐若现，直直地刺激着男人全身的血脉。

苏晋庭想着，他今天晚上肯定是喝得太多了，自控力才会濒临崩溃。

他的手指一直停留在那个地方没有动弹，女孩儿身上的热度仿佛具有穿透功能，贴着他的指腹，慢慢渡到了男人的身体里，他身上的某一个地方开始渐渐苏醒。

连苏晋庭自己都没有意识到，此刻他注视着美盼的眼神，是多么深沉而灼热。

他微微俯身，一眨不眨地凝视着熟睡中的女孩儿，她的小嘴儿泛着白，脸蛋儿却是透着一种病态的红晕，诱人无比，让他全身上下没有一处不是紧绷的，指腹摁着的那个地方慢慢地变得坚硬起来。他的眸光透着一种热切的猩红，喉结不断地上下滑动着，气息也越来越粗重。

"要命的小东西。"他忽然凑过去，薄唇贴着她的耳蜗，那低沉的嗓音急切又难耐，"你这火都烧到我身上来了，难受吗？我比你更难受……"

他的薄唇已经贴在了她干涩的唇角上，舌尖轻轻滑落。

美盼隐隐约约就觉得身体有些不对劲，像有一只手在掌控着她的感官世界，带出来阵阵酥麻的感觉，又如同无数的小虫子在啃噬着她的神经末梢，但并不是疼，而是痒痒的，她呼吸不够顺畅，更加难受地哼哼起来。

鼻子呼吸不畅，下意识地，她就张开了嘴唇，同时，也有些似睡似醒地睁开眼睛来——

苏晋庭此刻距离她的唇，不过就是一厘米的距离。

他的气息粗重，时而缓慢，时而又格外急促，分明就是在压抑着那种澎湃叫嚣的欲望，可那双深邃的眸子就像一个旋涡，让还处于半梦半醒的美盼只看了一眼，就被吸入其中，不能自拔。

美盼胸口起伏了两下，也不知是不是因为烧还没有完全退下去的关系，她的大脑如同被糨糊给糊住了，半晌没有反应过来，只有那双大大的眸子扑闪了两下，有些呆萌地凝视着这张既熟悉又陌生的俊容。

——唔，这个男人，是苏晋庭？

好像是苏晋庭……

这样的五官、这样的眉眼，除了他，还能有谁？

他长得是真好看，眉宇间的那种神气，太容易让人一眼望去就沉沦。

她不知道这种感觉是什么，只是知道，自己光是这么看着他，本就不怎么清醒的大脑，越发混沌起来。

"醒了？"

苏晋庭双手撑在她的脑袋两侧，眸色若隐若现出一种挣扎的味道来。

他说不上来自己到底怎么了，就是有一种没有办法把持住自己的凶猛念头，光是看着她现在这楚楚可怜的样子，他身体里勃发的那种欲望就越发强烈，恨不得将她揉碎。

小丫头平常哪有这么乖巧！

平日的她是嚣张跋扈的，就喜欢和自己顶嘴，可她现在眨巴眨巴的那双眼睛里，流出来的都是温柔和茫然，让人忍不住蠢蠢欲动起来。

他情不自禁地俯身，半个身躯都压在她身上，大掌一转，直接就压在了女孩儿柔软的胸口处，两人的气息都跟着顿了顿。

美盼又是唔了一声，身体传来的感觉好清晰、好真实，可她……应该是在做梦吧？

只是，这个男人为什么这么霸道？

平常总是对她动手动脚就算了，现在自己生病了，他还要这么肆无忌惮地闯入她的梦中，胡作非为吗？

美盼动了动唇，想要开口说话，一张嘴就觉得嗓子眼儿又干又疼，声音如同从破旧的风箱之中挤出来的："你……你为什么……在我梦里？"

绷在苏晋庭太阳穴里的一根弦，就在美盼开口的时候骤然断裂了，他眸色一沉，薄唇就压了上去。

"嗯，乖，你就是在做梦。"他的唇瓣贴着她的，温柔缠绵，然后像带着催眠的魔力一样，喃喃道，"是不是只有在梦里，苏大哥才可以这样对你？喜欢我吻你吗？感冒是不是不舒服？你可以把感冒传染给我。"

美盼拧了拧眉，脑袋还是沉沉的，分不清东南西北，说话也觉得嗓子嗡嗡的，不舒服，很不舒服！她想要推开身上的人，却发现双手被他给压制着，根本使不上力。

真的……是梦吗？

这个梦怎么这么真实？连同身上重量都是清晰无比的。

不过他刚刚说了什么？可以把感冒传染给他？传染给苏晋庭吗？

美盼一想到这个，反而有些跃跃欲试。

这个时而霸道，又多管闲事，还总喜欢插手自己的私生活的男人，哼，她就是要传染给他！让他也像自己这样不舒服。

因为脑子里还在盘算着那点儿报复的小念头，所以短时间内美盼没有了任何的反抗动作，可身上那种沉沉的重量却是越发明显了。

"……苏晋庭。"美盼扭了扭下半身，隔着被子，感觉到男人的身体正沉重地压在自己身上，不管她怎么折腾就是使不上力气，可转念一想，自己本来就是在做梦啊，只有梦里才会有这种无可奈何的感觉吧？

"你……你别压着我，我不舒服，你就是这么讨厌，我生病了也不让我舒服，苏晋庭……"

"我也不舒服。"

苏晋庭气息一顿，凝视着美盼的那双眸子猩红充血。他眉峰紧紧蹙着，掌控着她柔软的那只手不由得动了动，带着几分本能的技巧，这种美好的感觉让他的肾上腺瞬间飙升，身体的某个部位更是激动地在下面跳动着，想要得到极致的释放。

没想到她对自己的影响力这么大，他在情欲上的自控力一直都很好，今天不知是不是喝多了的关系，竟是完全把持不住的状态。

无法克制，那就不克制了吧。

其实他不只一次两次地想过，当这张柔嫩的小嘴儿在自己面前一张一合喋喋不休的时候，他就很想用这样的方法让她闭嘴。

现在……

他想尝尝这味道，是不是如同自己念想许久的那般。

薄唇重重压上去的时候，美盼听见男人含混不清地说了句："要不试试这样，也许会让大家都舒服。"

……

很多年之后，美盼依旧对自己的初吻在这种状况下被夺走而有些耿耿于怀。

明明是自己的初吻，女孩子最在意的初吻，可她竟是在神志不清的情况下，恍恍惚惚地就被这个可恶的男人给夺走了，更重要的是，事后很长一段时间，她都认为自己当时就是做了一个春梦。

……

苏晋庭的吻，霸道又缠绵。

没有想到她的味道是如此的好，他本来是想浅尝辄止，然而当他的唇触碰到了她的，却再也舍不得放开。

他的舌尖动情地描绘过她的唇，然后强悍地撬开她的齿冠，缠着她的舌头。

寂静的病房里，一时只有此起彼伏的呼吸声，灼热又滚烫。

她的身体越来越热，不管是在现实生活中还是在梦里，她从来没有这样过。

她感觉自己好像是被一种男性荷尔蒙给吞噬着，渐渐迷失。

美盼难耐地扭动着身体，摩擦的力道带出来的感觉就更是直接。苏晋庭觉得自己体内隐藏着的炸弹像被骤然点燃了，无法克制，于是更重地啃噬着她的唇……

苏晋庭的太阳穴剧烈地跳着，那眸子里面的火，恨不得要将彼此都给燃烧。

他的身体已经转移到了那张病床上。

不过一米二的尺寸，两个人上下叠加在一起，正好，他的大掌肆意地游走在她柔软又滚烫的皮肤上，掌心并不算冷，可和她那种病态的热度一接触，有一种奇特的感觉，舒适无比。

男人稍稍往后退开了一些身体，张开双腿跪坐在她的身上，俯视着身下正半闭着眼眸，如同猫咪一样诱人又可爱的小身体。

"弄得我一身火，你说我现在该把你怎么样？"他贴着她的身体，还是觉得不够，索性就掀开了她身上的那条被子，丢在身后，抓着她的小手就往自己的皮带扣子上面带。

"苏晋庭，我不喜欢你——"这么霸道地闯入我的梦中！

……

后半句话来不及说出口，便被堵在了干涩无比的嗓子眼儿里。

苏晋庭动作一顿，只觉得浑身的热切就像被一桶冷水从头浇灌到尾，他蹙眉，凝视着身下意识不清的女孩儿，本是欲念浓厚的神态，这会儿却透着几分清冷："你说什么？"

"……你干吗这么霸道，在我梦里欺负我？你快点儿……从我的梦里面走开，我不想做梦都见到你，我不想做这样的梦……不想把初吻给你……"

……

初吻？

原来是她的初吻。

男人身体依旧紧绷着，可心头已经彻底地柔软下来。

历承易发现，这两天苏晋庭找自己找得还挺勤快，要搁以前，不都是只有他找苏大爷的份儿吗？不过关键是苏晋庭找了他，还没什么重要的事，就这么干坐着喝酒？

"苏大爷。"

历承易咳了一声，晃着手中的酒杯，实在是不能理解这个大半夜把他叫出来却什么话都不说的男人。

"看看这都几点了？你说你把我喊出来，就是这么看你喝酒的？我闻着你身上的酒精味儿可真不轻，还有你的表情，怎么都有点儿欲求不满的意思，该不会在女人那里碰壁了吧？"

苏晋庭手指摁着杯口处，整个人都隐匿在暗色的光线之中，高大的身躯深嵌在宽敞的沙发里。他长腿交叠着，另一只手上夹着烟，却半天没动，那烟灰都结成了长长的一段，边上的男人一直都在说着什么，他却置若罔闻。

——我不想把初吻给你。

指间那点猩红的火光不知不觉已经到了自己的手指上，骤然触碰到的滚烫带着一丝刺痛，打断了他脑海里沙哑却又柔软的女声。

苏晋庭蹙眉，俯身丢下手中已经燃到尽头的烟蒂，一侧身，才发现边上的历承易正一脸怪异地看着自己。

"怎么？"

"什么怎么？我和你说了半天，敢情你是什么都没有听进去是吧？"历承易已经没什么脾气了，不过人精得很，看着自己认识多年的男人这般反常，还有眼角那隐约透出来的春情荡漾，怎么看都像是因为女人。

"我的耳朵会自动忽略无关紧要的废话。"苏晋庭随意拨弄了一下衬衣的领口，将最后一口红酒吞入喉头，语调是漫不经心的慵懒，"你最近眉毛都断了半截儿。"

他忽然丢出这么一句话，倒把历承易吓了一跳，几乎是下意识地就往自己的眉梢上一摁："什……什么？我眉毛怎么了？"

"纵欲过度的表现。"苏晋庭已经站起身来，一本正经地拢了拢衣领，"所以晚上让你出来，只喝喝酒，权当给你放松放松。"

"……"

"我去一趟洗手间。"

等苏晋庭走出包厢，历承易才忽然想到了什么，由于房间里压根儿就没有镜子，他找了一圈才发现墙上有一块透明的地方，可以清晰地照出人脸，于是他赶紧跳上沙发，不顾形象地趴在那儿凝视自己的俊脸。

真他妈的扯淡！

他的眉毛又浓又长，哪里断了？

苏晋庭从洗手间出来，站在水龙头前洗了个手，看了一下时间倒是真不早了，镜子里倒映出来的那张俊容，表情寡淡，可眉宇间……还真是有些欲求不满的味道。

想到几个小时之前她就在自己的身下，他完全是失控的状态，啃着她柔软又发烫的唇，那种感觉，现在想起依旧让他回味无穷。

苏晋庭呼吸一沉，刚刚被水沾湿了的手指，几乎是本能地举到唇边，轻轻抚过。

属于她的那种味道，仿佛还遗留在唇齿之间，挥之不去。

当时几乎是箭在弦上，他还是强迫自己停下来，吻她就已经算是一个意外了，欲望也确实凌驾在了他的理智之上，可他还是没能下得去这个手，因为他心里，似乎已经在慢慢地确定着什么。

秦美盼，从来不是自己想要伤害的人，而是他想要守护的人。

他们之间相差十年，在她还完全不知道苏晋庭是谁的时候，他已经知道了她。

所以有些事，退一万步来说，他会让她心甘情愿，至少是在她完全清醒的情况之下。

只是……

小丫头是不是真的很讨厌他？

苏晋庭挑眉，嘴角缓缓勾起几分，透着饶有兴致的意味，忽而听到外面传来一道女声——

"……真的？呵呵，那倒是好玩，这么说来，秦媛她这次真要破釜沉舟了？拿着自己的女儿去拉投资商吗？"

"搞笑，她有什么本事？要不是秦家有那么雄厚的资本支撑着她，她凭什么骑在我的头上？就上次在会所的事，要不是看在我爸的面子上，我也不可能就这么算了，她那么个自以为是的脾气，还真得让她吃吃苦头，这样她才会知道自己到底几斤几两。"

"……秦媛那是命好，上面有她的老头子帮她撑着场面，下面生了个女儿，长得还算是有几分姿色。"

"不过我老觉得那个秦美盼和秦媛一点儿都不像，秦媛那张脸多尖酸刻薄，倒是那个女儿，五官看着还挺温婉大气的。"

"我听说，她这次给女儿找的男人，可不是什么好男人，其中有一个年纪都老大了。"

……

这里属于C市数一数二的高档会所，并不是什么三教九流都能进来的。苏晋庭和历承易算是常客，老板和他们两人私下关系都不错，至于能来这里的女人，一般也都是非富即贵。

所以外面那个女人说的那些话，一口一个秦媛和秦美盼的，苏晋庭并不意外，秦媛这个人性子张扬，说话也从来不会考虑别人的感受，在外面得罪人太正常了。

只不过，她们刚刚说什么？

三亚，投资商，利用女儿……

男人嘴角的线条慢慢地紧绷起来，长指摁在了水龙头的上方，浓眉紧蹙。

美盼醒来的时候已经是第二天上午了，因为前一晚没有休息好，所以还是觉得身体不太舒服，脑袋发晕，有一种不知身在何处的感觉。

"小姐，你醒了？饿不饿啊？我刚刚过来，给您带了点儿吃的。"美盼抬头，看到的是一直照顾自己的用人阿姨。

她很少生病，以前住过一次院，是她不小心在学校运动会上摔伤了腿，那时候也是这个阿姨每天给她送吃的。

"我不是很饿。"舌头苦，美盼有些食欲不振。

"多少吃点儿，我给您煲了汤，是您最喜欢喝的鸡汤。"阿姨打开了保温桶，给美盼盛了一碗。

她是真的没什么胃口，勉强喝了一些，才开口问："我爸呢？"

"姑爷在老爷那边，小姐，有什么事的话，您直接叫护士，我得回去了，晚上您想吃点儿什么？我再给您送来。"

美盼有些失落，不知道是不是因为生病的关系，她突然就觉得自己孤零零的。她想了想，说："不用那么麻烦了，你回去之后就不用再过来了，我随便吃点儿就好。"

美盼总想问点儿什么，却又不知道应该如何说起。

心里越发毛躁起来，看着阿姨收拾好东西，人都已经走到了病房门口，她还是没有忍住，叫了一声："阿姨……"

"小姐，还有什么事吗？"

美盼咬着唇，忍不住拿自己的手指抚过自己的唇瓣，为什么老觉得这嘴唇好像是被人给……她脸蛋儿红了红，兀自想着自己不会是真给烧坏了脑袋吧，不然的话，她怎么可能会有这样的想法？

做梦吧？

对，一定是做梦！不然也不可能有这样的感觉……

可她梦里面的那个男人，为什么就这么清晰？连他的眉眼，到现在想起来都是一清二楚的。

只是他怎么会是……苏晋庭啊？

美盼久久不出声，自顾自地低着头，也不知道在想什么，用人只见她一会儿摇头，一会儿点头的，脸色也是红了白、白了红的，不知道是不是不舒服引起的，神色有些恍惚。

她叫了两声，也不见美盼反应过来，提高分贝又喊了一声："小姐——"

"啊？哦，我是想说……昨天，那个……有人来看过我吗？我昨天烧得太厉害，到现在脑袋也是昏昏沉沉的，不知道有没有什么人来看过我？"

"这个我就不清楚了。"阿姨摇了摇头，"姑爷好像有来过医院，一直都陪着您，很晚才走的。"

爸爸一直都陪着她？

既然爸爸在的话，怎么可能会有苏晋庭？

这么说来，她真的是做梦了？

她偷偷松了一口气，却不知为何，胸口竟是空荡荡的。

她想自己一定是烧坏脑子了，否则为什么会有这种，真确定了是在做梦，却挺失落的感觉呢？

是的，一定是因为生病恍惚的关系！

"你怎么在这里？"门口忽然传来的女声打断了美盼的胡思乱想，她回过神来，辨认出了那是秦媛的声音，显然，秦媛是在和那个用人说话。

用人连忙回答："大小姐，我来给美盼小姐送吃的。"

"回去吧。"秦媛冷声吩咐。

用人不敢再逗留，提着保温饭盒很快就离开了。

"好点儿了吗？"秦媛进来之后也没表现出有多关心女儿的病情，不过就是随口一问，顺势就坐在边上的沙发上，"大过年还能把自己弄进医院，真是晦气。"

美盼本以为秦媛是过来看她的，正在心里欢喜着，可这满心欢喜还没有来得及细细体会，就被秦媛的一句话瞬间打落到谷底深处，她这才意识到自己是在异想天开。

她小时候发烧感冒也不是没有住过院，但秦媛是真的从来不会把她这些小病小痛放在心上的，所以她也绝对不会特地来医院看望或者是安慰美盼。

那时候黎展明就对美盼说："那是因为妈妈太忙了，囡囡，你要学会适应，我们跟别的人家不一样，总归是得到了什么的同时，也会让你付出点儿什么的。"

年纪还小的时候，她不懂所谓的得到和付出究竟是什么意思，但她曾经是真的很羡慕那些可以拥有亲情的同学和朋友。

后来她懂了，就开始麻木了。

原来人心也是贪婪的，比如说刚刚，她认为妈妈专程来看她，她是真的开心，甚至都有些不敢置信。

秦媛的一句话，还是把她彻底打回了原形。

秦媛见她脸色黯然，竟是破天荒的没有动怒，沉静片刻，反而调转了话锋："好点儿了吗？"

美盼规规矩矩地点头："已经好多了。"

想到秦媛刚才的那句话，是连她住院都嫌碍眼，于是美盼低声说："妈妈，我知道最近家里挺忙的，毕竟是新年，不过我很快就能出院了。"

秦媛看了她两眼，没多少表情的样子："家里忙归忙，也没你什么事。不过你有这份心，我倒是挺欣慰的，说明你已经长大了，懂事了。"

她这话，美盼一听就觉得很不对劲，以秦媛的个性，怎么可能无缘无故地来医院，还这么表扬自己一通？这根本就不是她的风格。

果然，美盼的担心还没有咽下去，就听到秦媛继续说："看你这年纪，差不多也可以找个男人谈谈恋爱了，所以我给你找了几个门当户对的年轻男孩，你可以先处处看，好好地挑一挑，等挑好了，年后就能安排订婚。"

美盼一口气还没有咽下去，就被这话震得一阵恍惚："妈，你……你说什么？订婚？和谁订婚？"

"我给你挑了几个对象，等你出院之后先见见，到时候看你满意，你喜欢哪个，就和哪个订婚。"秦媛似乎还觉得自己这个举动挺为女儿着想的，"我挑的人，家世、外貌都是一等一的，自然也是配得上我们秦家的人，才可以和你订婚。"

美盼完全就是蒙了的状态。

订婚？

她……要订婚了？

她有些难以置信，因为自己连大学都还没有毕业，要说恋爱的话，的确也是还没有过，可年前妈妈好像是有点儿暗示性地让自己和吴舜华学长多交往交往，当时因为她本身对学长也有点儿好感，所以并没有太过排斥。

而现在……

说实话，哪怕是要谈恋爱，也不至于家人随便挑选一个门当户对的男人，然后直接就安排订婚吧？她心里对这样的事情是相当抗拒的，但她也知道秦媛的脾性，所以还是耐着性子，低声说："妈妈，我还没有打算这么早就订婚，这件事，是不是再……"

"再什么？"秦媛连话都没有听完就直接打断她，"你爷爷也应该是从小就告诉过你，什么叫作有得有失吧？你从小在秦家的庇护下，物质上得到了最好的亨受，你认为你不需要付出点儿什么吗？你再看看你自己，从头到尾，你有什么值得让人刮目相看的？除了这张长得还算不错的脸蛋儿！没了秦家，你就什么也不是。反正早晚你都要为我们秦氏走上家族联姻这条路的。秦家人丁一直不兴旺，到了你这儿，不是联姻，难道你还指望着自己能挑个喜欢的男人过一辈子？"

她说到这儿，也不知想到了什么，好似自嘲般："当年我和你爸在一起，可比你硬气多了，可事实证明什么呢？不是同一个世界的人，勉强在一起，那就是一辈子的折磨。"

美盼听出了秦媛话中的深意，就是嫌弃自己的父亲出身不好，家世不好，哪怕勉强入赘了秦家，这么多年磨合下来，夫妻之间虽算不上形同陌路，但也绝不是恩爱美满的那种。

她心头一片苦涩，如果可以选择的话，她宁可做一个普通人家的孩子，而不是秦家这样的豪门千金。

"你怎么在这里？"病房里有些压抑的气氛，被中年男人的声音打断。

美盼知道是爸爸来了，连忙克制了一下脸上的表情。

见到秦媛出现在这里，黎展明是真的诧异，关于美盼的事，她哪有可能会上心？所以他开口提问的时候，语气都是难掩的惊讶："你过来看美盼的？"

秦媛瞧了一眼丈夫，有些不悦地道："怎么，我不过是来看看她，你用防贼一样的眼神看着我做什么？"

黎展明皱了皱眉头："我没这个意思，就是有点儿意外。"

秦媛却冷笑道："意外？看来我这个当母亲的在你眼里是不够称职了。"

她这话不知道是不是意有所指，美盼其实也没有心思去细细体会什么，倒是黎展明面色惊变，他手里还提着一个保温盒，此刻却大步上前，拽着秦嫒就要出去。

"做什么？"秦嫒当然不肯，很反感地甩了两下手，"放开我，我还有话没说完，正好你来了，那我们就开诚布公地说了吧！"

"说什么？"黎展明问。

秦嫒看了一眼低垂着眼帘坐在床上没有吭声的美盼，道："我给美盼找了几个门当户对的男人，过两天等她出院了，就好好和人家见见面。我也不勉强，反正让她自己睁大了眼睛去挑，不管挑中哪个，我都同意。"

美盼听不下去了，忍不住反驳："妈，我才几岁啊，能不能等我把书念完了再说这事？再说了，秦家这几年发展得不是挺好吗，你为什么要让我现在就订婚……我还在上学！"

"秦家发展得好不好你知道什么？"秦嫒厉声呵斥，"我和你讲过很多遍，你在秦家，什么都由着你了，就是婚事由不得你。你成年了，我就有资格帮你挑选未婚夫。"

"现在是古代的封建社会吗？妈，你也不能这么霸道专制吧？"

"你说什么？"秦嫒这种个性，当然不可能接受美盼对她如此无礼，顿时拉下了脸，"我看你现在是翅膀硬了，都敢这么和我说话了？我给你找的婚配对象难道还会害你不成？你给我摆的什么脸色……还小？"她不知是想到了什么，脸色更是刻薄起来，"你是真的还小，还是因为家里有个男人让你春心萌动了？"

美盼一下子还有点儿反应不过来，倒是边上的黎展明已经体会出来她话中的深意，顿时黑着脸："秦嫒，你说话也应该注意分寸。"

"还用你来教训我吗？"

"我不是教训你，可你对女儿说的是什么话！"

秦嫒冷笑："女儿？你的宝贝女儿是吧？"

美盼的脑袋简直就要炸开了一样难受，本来感冒就没有痊愈，精神状态本就不好，现在听到父母就站在自己的病房里针锋相对，她忍不住大声道："你们别吵了！"

黎展明果然立刻噤声，秦嫒却不以为然："我也不想浪费时间说那么多，总之这件事，我已经决定了，你爷爷也是同意的。美盼，你应该知道这代表了什么。"

美盼有些苦涩地想，爷爷也同意，那就代表她没得选。

黎展明沉默地站在一旁，不过心里到底不忍，所以当天晚上回家后，他就直接找了秦齐林。

老爷子在书房里，见黎展明进来，还拘谨地欲言又止，就知道他要说什么，他取下眼镜，直接说："我知道你是来问我盼盼订婚的事。"

"爸，盼盼大学还没有毕业，何况现在的女孩子心里都有点儿自己的想法的，您看是不是再缓两年？"

秦齐林抖了抖手中的报纸："有句话我很早就说过了，人得到了什么，总归是要付出什么的。展明，你也是个聪明人，就别揣着聪明装糊涂，盼盼这么些年在秦家，我不是一切都按照你所想的在给她吗？你知道媛媛为了这个，也算是受了不少委屈，这么多年来，她虽然对盼盼稍微有点儿严厉，可你是男人，我相信你应该也能够体会出来为什么你的妻子会这么对你的女儿，是不是？她现在要把美盼推出去，订婚，联姻，其实这也就是早晚的事，而美盼，她肯定是要为秦家做点儿什么的。我能够答应你的就是，肯定给她找个好人家，其他的，大家都相互理解和体谅一下。我已经做到这样了，你就别再来为难我这个老头子了。"

黎展明被这些话堵得哑口无言。

心头，一片苦涩。

当年……他是否真的做错了？

"爸，可是……"

"好了，别多说了。"秦齐林有些不耐烦地打断了黎展明的话，书房的门口有人影一闪，他连忙站起身来，"晋庭来了？展明，你先去休息吧，我和晋庭有话要说。"

黎展明这会儿见到苏晋庭，忽然就想到了之前秦媛说的那些话，再看秦齐林对苏晋庭如此热络的样子，想着，也许秦媛如此迫不及待地让盼盼去订婚联姻什么的，也是为了巩固她在秦氏的地位。商业联姻，能够带来的利益当然是属于她的，毕竟现在苏晋庭在秦氏的呼声很高，她若再不采取点儿行动，就更是降不住秦氏的那群人了。

他定了定心神，索性就在楼下等着苏晋庭出来。

既然和秦家的人都说不通，他是不是可以和这个外来的苏晋庭沟通一下？

虽然不知道他是如何看自己女儿的，但……他们在公司斗法，总不好连累年纪轻轻的女儿吧？

等了有大半个小时，才见苏晋庭从书房出来。

他已经脱了外套，白色的衬衣，黑色的西裤，那件同色系的西装挂在手臂上，骨节分明的长指夹着烟，出来的时候浓眉紧锁，神态稍显凝重。

"苏先生。"黎展明和苏晋庭当然不可能太热络，所以在称呼上，还是觉得应该保持一定的距离，"我想和你谈一谈，可以吗？"

苏晋庭掸了掸烟灰，点头。

"如果苏先生方便的话，去你的房间吧。"

苏晋庭说："可以。"

两人一前一后地上了楼，当然也是为了避开秦家的耳目。苏晋庭晚上还要出去的，所以到了房间，找了个烟灰缸，把烟给熄灭之后，他直接招呼黎展明坐下，问道："有话要对我说？"

黎展明看得出来，苏晋庭这人绝非池中物，否则秦家老爷子也不会如此器重他，不过他跟秦家到底有什么渊源，黎展明没心思去分辨，现在最重要的还是守护好自己的女儿。

所以他也不含糊，就坐下来开口道："我想苏先生可能也知道了，秦媛想让盼盼和人订婚，这件事情有点儿唐突，我知道本来就和你没有多少关系的，但她现在这么着急让盼盼和人商业联姻，也是因为忌惮苏先生你。"

黎展明顿了顿，又僵硬地笑了笑："苏先生，我并没有其他的意思，你的能力，我相信老爷子是知道的，所以才会让你过来，但秦媛的确是急于求成的人，我只是不希望你们之间的问题影响到我的女儿。我这样说，可能是太唐突了些，希望苏先生不要见怪。"

他这边小心翼翼地思索着措辞及对策，没想到苏晋庭却半晌都没有出声，黎展明想着自己该说的、不该说的也都说完了，苏晋庭是多精明的男人，哪会不知道自己的本意是什么？

只是等了半天，苏晋庭那头依旧是沉默。这人的气场其实很强，他沉默的时候，看似内敛，其实空气中已经形成了让人难以喘息的压抑感。

黎展明有些坐不住了，他想了想，站起身来，又道："我只是一个关心女儿的父亲，一个无能的父亲。苏先生，如果你觉得刚才的那些话让你不舒服了，那你也可以选择无视。"

在医院里住了整整4天，等到第5天的时候，潘医生笑眯眯地告诉她可以出院了。秦家很快派了用人过来收拾她的东西，不过身体已经痊愈的美盼，精神状态却不是很好。

回去的路上，美盼的手机响了起来，她看了一眼，是梦梦打过来的。

"听说你住院了？"

"你在哪儿啊？"美盼的声音有气无力的。

崔惜梦以为她还没痊愈："不是吧？真生病了？"

"没什么，已经好了。"

"那你声音怎么这样啊？"

"感冒了呗，你在哪儿啊？"

"法国。"

"……"

崔惜梦倒是一直在问美盼到底出了什么事让她心情低落，可美盼不高兴说，两个人东拉西扯地说了几句，然后就挂了电话。

不出10分钟，微信群里就炸开了，崔惜梦说了一句美盼生病了，结果几个好友都在微信上安慰她。美盼看着那一条一条不断进来的信息，沉闷的心情顿时好了不少。

回到秦家，她看到车库里有一辆宝蓝色的车子不见了，她知道那是秦媛最喜欢开的车子，当下心头一松。现在她最不想面对的人大概就是秦媛了，多担心一进门就会被催着去相亲。

"美盼小姐，您回来了。"家里的用人听到汽车的声音，迎了出来。

美盼回过神来，那用人已经接过了司机手里拎着的袋子。

她刚准备进屋，身后忽然又传来汽车引擎声。秦媛那辆宝蓝色的车子是跑车，引擎声就格外地嚣张，美盼听了那么多年，当然能够在第一时间分辨出来。她转过头去，看到秦媛已经从车子里出来。

美盼好几天没有见到秦媛了，此刻突然见她出现在自己的面前，心里就有些不上不下的。

其实她还在介意之前医院的事，可这会儿见到秦媛，却好像比自己更介意——那面露杀气的模样，就像是自己坏了她多大的好事似的。

"你出院了是吧？那更好，跟我进来，我有话要说。"高跟鞋敲着地面的声音如同她整个人给人的感觉，趾高气扬，好多次美盼都在怀疑，自己真的是秦媛的女儿吗？

"大小姐、美盼小姐，老爷和姑爷都在里面，让你们进去。"大概是里面的用人听到了外面的动静，就在这个时候走了出来。

秦媛眸光沉沉，看了眼美盼，伸手就拽住了她的手腕，强硬地拉着她进去。

她常年都是将手指甲修剪得尖尖的，这么拉扯着美盼，美盼就感觉到那指甲都要嵌入她手腕的肉里面去了，只觉得疼。美盼忍不住挣扎了两下，嘴里也没憋住："妈，你能不能轻点儿？你干什么啊？你放开我，我自己有手有脚，我自己能走！"

"我倒是怕你这会儿跑了。"秦媛没好气地道，"别给我摆出这么一副要死不死的样子，你摆给谁看？给那个苏晋庭看吗？"

"我说了我自己会走！"美盼只觉得莫名其妙。平常秦媛虽然对她不算好，可也不见得会刻薄成这样，但她现在哪有一点儿当母亲的样子，完全就把美盼当成了所有物，"妈，你胡说八道什么？你放开我，你别这样——你……你弄疼我了！"

她铆足了劲儿，扬手重重一甩，竟还真的将秦媛给甩开了。

"你这个死丫头——"秦媛猝不及防，整个人狼狈地跌退了两步，一时脸上的表情精彩无比。她正要发作，秦齐林和黎展明从客厅里走了出来。

秦齐林上前就拦住了秦媛，黎展明则将女儿护在了自己的身后。

"有话好好说，一天到晚就见你咋咋呼呼的，我瞧着都头疼。"这话是秦齐林说的。

秦媛嗤笑一声，只觉得眼前这一幕刺得她眼珠子疼："爸，是不是因为苏晋庭搞定了点儿事，所以我说的一切都不作数了？"

"公司的事，别和美盼扯到一起去。"黎展明听不下去，插了一句。

秦媛就像个炸弹被骤然点燃，刚准备爆炸，大厅门口忽然传来脚步声。

随着用人一句"苏先生回来了"，美盼的心头猛然跳了跳，抬眼望过去，就见到苏晋庭手腕上挂着外套，一手拿着手机，气场沉稳，从外面进来。

"来得正好，苏晋庭，这事我知道就是你搞的鬼！"秦媛一肚子的火，兜头盖脸就朝着苏晋庭泼了过去。

她语气恶劣至极，伸手指着苏晋庭，一脸凶神恶煞的样子。秦家的管家对边上的用人使了个眼色，众人马上就悄然退下去了。

苏晋庭神色无恙，他一进来，视线很自然地落在了美盼的脸上。

有好几天没有见着这个小丫头了，她的气色也不见得多好，不过比起那天躺在床上难受得哼哼唧唧的样子，现在看上去倒是精神不少。

只是她到底还是不善于掩藏自己的真实情绪，也许是苏晋庭这个男人的眼神本就无比锋锐，可以轻易看到她眉宇间的那些压抑。

美盼在听到苏晋庭脚步声的时候，眸光就已经撞入了他那双深邃的眸子里，不知为什么，她的脑海里竟然能够骤然闪过那天晚上的画面。

可分明就是做梦。

她气息一顿，慌乱地移开了视线。

苏晋庭眸光微微一转，薄唇不着痕迹地动了动。

秦媛这个时候正在气头上，没有发现这两人之间的那些微妙的表情变化。

"什么事？"苏晋庭将外套丢在一旁，眼皮都懒得抬一下，那漫不经心的语调，和秦媛那种气急败坏的声音形成了一种强烈的对比。

秦媛知道苏晋庭就是拿这样一种腔调来对付自己，更是觉得自己如同拳头打在棉花上，浑身使不上劲儿，索性就把话题丢给了秦齐林："爸，之前我就不同意他来我们秦氏，他分割了我一半的项目就不说了，现在好了，竟然还主动插手我好不容易拉拢过来的客户，这件事情，我怎么都得要一个说法。"

秦齐林看了一眼苏晋庭，又看了眼秦媛，刚要说什么，就听到苏晋庭淡淡出声道："我无意去插手别人的事，不过既然是和你交情甚好的客户，那么你应该问问他们，到底是谁找的谁。"

"你这话什么意思？"

"什么意思你不能理解？真需要我给你说得更直接点儿吗？"苏晋庭一点儿也没给秦媛面子，嘴角随即勾出一抹讥讽的弧度，"我怕你到时候更挂不住面子。"

"你——你嚣张什么？"秦媛果然是面子挂不住，顿时恼羞成怒。

美盼站在一旁，和黎展明一起没出声，但她必须承认，刚才她体内那种敢怒不敢言的情绪，此刻已经完全转变成了一种暗爽。

就如同人与人的尊重是相互的一样，其实亲情的建立也是相互的，任何一种感情和付出，都不存在你倒贴别人，别人对你冷眼相待，你却还是不觉得有任何问题的情况。

秦媛不喜欢自己，她不知道原因在哪儿，但这么多年被她嫌弃抵触下来，美盼心里同样也不喜欢秦媛。

"嚣张？这个形容词，你觉得用在我身上合适？"苏晋庭气定神闲，说话的时候，还是会不由得将视线放在美盼的身上。

他那只手缓缓摩挲过自己的薄唇。美盼总是会不小心和他的视线撞上，可不过短短一秒钟的对视，她觉得自己仿佛可以看出那个男人眼中的占有欲，难道自己真的是被那个梦给影响了？否则，她为什么会觉得……他看着自己那似笑非笑的眼神之中，带着明显的暧昧？

"我相信你们都是为了公司好，秦媛，你不应该这么和晋庭说话，不管怎么样，你们的目的都是一样的。"这个时候，秦齐林还是选择做中立的和事佬，"有什么事坐下来好好说，晋庭一回来，你就凶神恶煞的。"

"不一样。"秦媛反驳，"为什么会一样？我的确是为了我们的秦氏，可这个苏晋庭他是为了什么？爸，您不会老糊涂成这样，好歹不分吧？"

当着这么多人的面，秦媛口无遮拦地骂秦齐林老糊涂，老人家脸上挂不住了，当下面色一沉："你说话口无遮拦也该有个度！"

"爸，我这算是忠言逆耳，您别听不进去。"秦媛直接坐在了苏晋庭对面的沙发上，显然是和他杠上了的架势："苏晋庭，今天我们就敞开天窗说亮话吧，你到底为什么要插手我安排好的婚事？美盼是我的女儿，我要让她和谁订婚，你管得着吗？"

她说着，情绪越发激动起来："我不知道花了多大的力气，才让那两个人同意四六开的条件，一起合作。我让人做过预决算了，这样的项目一旦启动，绝对是只赚不亏的，就算现在赚不到什么钱，但是我们秦氏走的就是长远的口碑，只要打通了这一条路，将来三亚那边的房地产，有大部分都可以被我们垄断，我——"

"做生意的人不过都是图个利。"苏晋庭忽然出声，低沉的男声浑厚有力，打断了秦媛很是激进的言辞。他挑起眉头的样子，越发显得整个人淡然又冷静，"说起来也算是巧合，你找的那两个人我恰好都认识，他们知道我在秦氏，就主动找上了我，并且承诺了，是无条件支持秦氏的这个项目。"

"你说什么？"秦齐林一脸意外，"无条件？"

第八章
你的小任性我都可以惯着

苏晋庭点头。

秦媛显然也愣住了，一脸震惊地看着苏晋庭。

美盼心头酥酥痒痒的，不知是什么样的情绪在激荡着，可她一直都觉得自己是很讨厌苏晋庭的，只是现在她又不能否认，此刻他站在自己面前，用一种寡淡的语气，轻而易举地就让母亲变了脸色的感觉真是很爽。看着母亲那种气急败坏却又完全反驳不上来的样子，她突然觉得苏晋庭帅气又霸道得让人神醉。

当然，他们刚刚说的话才是重点。

之前秦媛就告诉她安排了她和别人订婚，而刚刚她听到了那样的对话，这是不是说明，苏晋庭已经解决了那个所谓的订婚？

不管是不是真的如他所言只是巧合，还是……别的什么，总之这一刻，她是真的觉得，自己胸口有一种莫名却又无法阻挡的情愫在膨胀着。

这种感觉太过微妙，美盼不敢再深入地去想下去，因为害怕自己越是深入地想下去，某一种念头，就如同脱缰的野马一般不受控制。

她下意识地往黎展明的身后侧了侧身，完完全全地避开了苏晋庭的视线。

"过程是怎么样的，我觉得没有必要解释什么，总之，本来的目的就是为了推动秦氏的这个项目，其实我本身对这个项目是不太看好的……当然，秦氏财大气粗，真想在三亚那样的地方建豪宅区，也不一定就会亏。总之，我现在也算是秦氏的总经理，权衡之后，还是认为这是有利可图的事。"苏晋庭弯了弯唇，英气逼人的脸上有着一丝很浅的笑。他说话的时候，眼神总是会停留在那抹娇小的身躯上，这会儿见她躲躲闪闪地藏在了黎展明的背后，男人长眉一扬："如果有什么问题的话，回头再让助手解释这些，我今天有些累。"

他不耐烦地伸手拉扯了一下衣领："美盼。"

突然就被点名了，美盼竟然张嘴莫名其妙地咬到了自己的舌头，本来就控制不住的心跳节奏此刻已经完全乱了，她就像被人抽走了灵魂似的，不知道苏晋庭当着全家人的面叫她是何用意。

"美盼？"

苏晋庭见她更是往黎展明的背后躲了躲，心头一软，又喊了她一声。

黎展明拉着女儿就让她站出来："不舒服吗？我看你脸很红，难道还在发烧？"

说着伸手就要去摸她的脸蛋儿，她下意识地倒退一步，摇头道："没有……"

她的嗓音还是有些沙哑。黎展明见她魂不守舍，又一惊一乍的，也就当她是不太舒服，而且刚刚还被秦媛那样说，她心里肯定是不高兴的。他没有多想什么，只是说："你苏大哥在叫你。"

"也没什么事，之前她给我拍的采访用的照片，一直都没有给元林，现在她病好了，我就顺便和她要一份。"苏晋庭一脸温和地看着美盼。

他这样子，温文尔雅的，可真是一脸的人畜无害。

"照片还没有给？"秦齐林皱着眉头说，"美盼，你上楼把照片给你苏大哥，这事也别耽误了。"

"哦。"

美盼乖乖应了一声，看了一眼苏晋庭，男人脸上的淡然表情，却好似更能够衬托出她心头的发虚。

因为她竟然想到了那个吻。

那个，分明是在梦中的热吻。

疯了，疯了！她该不会真的烧坏了脑子吧？

她清了清嗓子，说："相机在我房间里，我去拿下来给你。"

苏晋庭笑了笑："我上楼换套衣服，一会儿你拿到我房间吧。"

他说得十分自然，只是这话传到美盼的耳中，怎么就好像——有点儿意味深长呢？

而且是……去他的房间？

10分钟之后，美盼拿着相机站在苏晋庭的房门口，反反复复了好几次，却始终没有勇气敲门。

其实也不用害怕什么吧？

就是给他几张照片而已，可她心跳这么快，又这样像缩头乌龟似的不敢上前，到底是怎么回事?

秦美盼,你清醒一点儿,那就是梦,是你自己烧坏了脑子做的梦!

她举着手中的相机,往自己的脑门儿上敲了两下,咬着唇还在想着敲门与否的时候,卧室的门忽然被人从里面拉开。

美盼心头一颤,本能的动作就是想要转过身去,可刚一动,就被人忽然摁住了肩膀。

"去哪儿?"苏晋庭刚刚洗过澡,腰间只围了一条浴巾,结实的胸肌完全暴露在空气中。美盼发现这男人完全就是穿衣显瘦、脱衣有肉,因为他竟然有六块腹肌,真是"真人不露相"。

他的头发还是湿的,这会儿垂在额前,有水滴顺着脸颊滑下来,衬得本就精致的五官简直性感到了极致。

咳,就这样的身材外貌而言,完全可以打一百分。

不过她还是移开了视线,将手中的相机朝他怀里一塞:"照片你自己挑吧。"

美盼的手刚握上门把儿,苏晋庭就有了动作——男人拿着相机的手陡然横过去,直接就摁在了门板上,他身体侧了侧,结结实实地将美盼禁锢在了自己的怀里。

相机和门把儿撞击的声音不小,美盼到底还是心疼自己的相机,当下就拧着秀气的眉:"苏晋庭,你干什么?把我相机弄坏了,我要你赔!"

"镜头是可以换了。"玄关的一旁就是柜子,苏晋庭将相机放在柜子上,长指动了动,压在她的肩上,"明天我就让元林去给你换一个好点儿的镜头……很喜欢拍照是吗?"

他说话的时候语气很是温和,美盼不知道如何形容这种感觉,想到刚刚他在楼下那种寡淡的样子,没想到现在却靠自己这么近。

这太过微妙的转变让她不自然极了,那种酥酥麻麻的感觉渗透了她的四肢百骸。哪怕是暗恋着自己学长的那段时间,每当学长看自己一眼,她也许会觉得幸福,可那种所谓的幸福和小满足,和现在这种心潮涌动的感觉截然不同。

"镜头……不要你管了,你赶紧挑好照片就把相机还给我,还有,我拍照也是要收费的。"

最后那句话,美盼也是负气故意说的,其实她也就是不想和他这么暧昧不清的,她总得找点儿什么借口,来划清两人之间的界限吧。

"怎么收费?"苏晋庭的眸光始终停在她一张一合的唇上,比起那天在医院里,现在她的唇倒是有点儿血色了……他光是这么看着就觉得太阳穴涨得难受,刚刚才洗过澡,此刻体内却像是有火在燃烧。

"……很贵!"

"多贵?"

"你……算了,我不要钱了,你放开我,我要出去。"

"怎么又不要了?女孩子都喜欢这样说一套做一套吗?"

"你管我？你放开我，我要出去了。"怎么回事？他越是靠近自己，她好像越是不能克制自己想到那个梦里的吻。

缠绵，心动，酥麻……

"去哪儿？"

"……我，你……你别靠我那么近！"

美盼的脊背已经紧紧地贴在了门板上，她发现苏晋庭说话的时候，声音有些漫不经心，可那身体却是一点一点地凑过来，到现在几乎是完全贴在了她的胸前。她不敢呼吸，不敢说话，可脑海里突然闪过了什么画面——

男人的身体，热切的吻，那种灼热的感觉，霸道又缠绵。

美盼的脸顿时红成了猪肝色，眉宇间都是掩盖不住的娇羞，两只手本能地往男人的胸口处推，可他没有穿衣服，她的掌心贴在了他的身上，只觉得他湿漉漉的皮肤上仿佛带着魔力，让她整个人都跟着颤了颤。

"手往哪儿摸？"男人轻笑了一声，反手就拽住了美盼的手腕，挑着眉毛，"知道这样有多危险吗？"

"明明就是你自己做了这样的举动！"美盼就算反应再迟钝，也不可能感觉不出来，这个时候，两个人再这样暧昧不清地对峙下去，估计会发生点儿什么让她难以承受的事。

之前那个太过真实的梦就已经困扰她好几天了，她不能再这样继续下去。

这个男人，不管外在的条件有多么吸引人，他都不可能是和自己一个世界的人。他比她年长了整整十岁，何况对于他的一切，她都没有了解，对于她来说，他是高深莫测的，她不能去触碰，不能去想太多，哪怕刚刚在楼下，关于自己订婚的事，因为他的关系，她应该说一句谢谢，可这么普通的两个字，不知为什么，她就是说不出口。

但不能否认的是，她的确心存感激。

大概也就是因为这份感激，所以才让她对他的排斥和反抗不如最初那般直接，反而有所软化，甚至想帮他做点儿什么。

过了好久，她还是低声说："那个，我的相机你也不会用，照片还是我帮你挑几张吧。"

苏晋庭这种人精，哪会看不出来这丫头这么明显的情绪转变！

他但笑不语，确定她现在不会掉头就跑，才松开了钳制着她的力道。

男人弯腰拿起了一旁的烟盒，抽了根出来，点燃。

美盼一直都觉得抽烟的男人其实是很邋遢的，可看着他抽烟的样子，她脑海里却只有两个字——性感。

他没有穿衣服，完美的身材暴露在自己的眼前，薄唇含着烟，眸子微微眯着，白色的烟雾缓缓缭绕在他的面前，衬着头顶暖色的光线，很容易就让人心神沉醉。

美盼有些不敢看这样的画面。

她总是感觉，一接触到他的眼神，她的心跳和呼吸就会变得很不自然。

"那个，刚刚的事，谢谢你。"明明觉得自己是说不出来这两个字的，不知道为什么，此刻她却不由自主地倾吐出声。

不过真的说出口了，反倒是松了一口气似的。美盼拿着相机，细长的手指摆弄了两下，又低声说："不管你和我妈在生意场上闹得有多不可开交，但我不用在这个时候和不喜欢的人订婚了，还是谢谢你。"

苏晋庭一手随意搭在腰间的浴巾上，闻言，笑了："这算不算是我第一次得到你的感谢？"

"喂，人家是真心感谢你！"话音一落，美盼又意识到了什么，看着苏晋庭的眼神有几分复杂，"你……这次的事，你应该只是凑巧吧？"

苏晋庭侧头看着她："凑巧什么？"

"就是，那个……我要被我妈拉出去订婚的事，你应该是凑巧帮了我的忙吧？"美盼的手指拧成了麻花，摁在相机的快门按钮上，因为没有开机，她不管摁多少次都不会有影响，只是这样的小动作，到底还是出卖了她此刻有些别扭的小心思。

苏晋庭吞吐着云雾，似笑非笑地看着她。

美盼等了一会儿也不见他回答，小脸蛋儿上顿时飞上红晕，说话更别扭了："你……光看着我做什么？我在问你话。"

"那你觉得呢？"他挑起眉头，"你觉得我是顺道帮了你，还是特意帮了你？"

"你，什么意思？"

"是不能理解，还是不敢去理解？"

"……"

他的眼神明明没有带着多少锋芒，却又好似咄咄逼人。美盼从未遇到过这样一个男人，她自认不是他的对手，也不喜欢这种模糊不清的感觉，跺跺脚就想转身离开，苏晋庭却突然伸手，堵住了她的去路："你已经长大了，可以自己选择喜欢的生活方式，我看得出来，你在这里过得并不舒心，所以如果你愿意的话，可以尝试去过另一种生活，而不是被人拿捏着，随时都可以把你的人生给搅乱了。"

美盼动作一顿，捏着相机的手不由得加大了力道。

他的话，其实她完全明白，这是在暗示她可以试着脱离秦媛。

可他们从认识到现在才多久啊！

两个月的时间都没有。

她对这个男人毫不知情，唯一知道的大概就是他的年纪，可现在他却和自己说这样的话，这让敏感的美盼很快就想偏了。

其实也不能怪她会想偏，主要是，苏晋庭一出现在秦家，就有无数种声音传入她的耳中，说他是为了某种利益而来，而他和秦媛之间的明争暗斗，她当然也是看在眼里的。

尽管她到现在也没搞明白像苏晋庭这种身价的人为何要来秦家。

可这些都不是重点，人在最关键的时候会选择性地相信跟自己比较亲密的人，所以美盼很自然就误会苏晋庭这话是在挑拨离间。

她对他本来就是有成见的，好不容易稍稍有了改观，没想到这个男人的一句话，重新将两人的关系打回了原点。

"你说这话是什么意思？"美盼拧眉看着他。

不想让面前这个男人看穿，自己其实是生活在一个水深火热的地狱里，连自己的母亲都把她当成了可以衡量价值的货物。尽管这一切不管多用力都无法遮掩，她还是想为自己争取最后的尊严。

"没什么意思，我只是做一个善意的提醒，你过得并不开心，不是吗？"

"你是不是想对我说，我还可以和秦家脱离关系？"

和秦家脱离关系？

苏晋庭笑了笑，一字一句却丝毫不像是在开玩笑："有时候做人和做事是一样的，透过现象看本质。你难道从来都没有想一想，为什么你妈这么不喜欢你吗？你——"

"你住嘴！"

美盼怒不可遏。她骨子里就是骄傲的小公主，而眼前这个男人，他在用一种很随意的口吻告诉她，自己的母亲不喜欢自己，这对她来说，就只有一种感觉——

丢人！

这种最直观的情绪，就是不想让苏晋庭觉得她有什么地方是羞耻的，对于一个20岁的女孩儿来说，母亲对待自己的态度还不如对一个下人，这不是羞耻是什么？

美盼咬着牙，就是不让心底深处的那些情绪翻滚起来，那些软弱她从未在别人面前展现过，所以此刻，她梗着脖子冷笑着反驳："你管得着吗？你以为你是谁？你也不过就是靠我爷爷才能进的秦家，也不见得你就是什么好人！你和我是什么关系？什么关系都没有！秦媛是我妈，她对我再不好，那也是我妈。她生我养我，我就明白做人最起码要有良心，那是我妈，一辈子都是！"

"你什么都不是，我不管这次的事你是存心帮我还是凑巧，但是你不要否认，你对我就是居心叵测，你别以为我会感激你！"

苏晋庭眯起眸子："你刚刚已经说了两次谢谢。"

"我收回！"

男人越发觉得好笑："说出口的话如同泼出去的水，你说了谢谢还要收回？"

到底是个孩子，喜怒哀乐很容易就钳制住她的理智，但恰巧也是因为这些，才说明她生性单纯。苏晋庭其实并不生气，提前给她打个预防针没什么不好的，至于她的这些小脾气，他没放在心上，反而觉得有点儿，唔……可爱。

"我说收回就收回！"美盼气鼓鼓的，一把推开了苏晋庭撑在门板上的手，握住门把手拧开就准备走人。

谁知道那男人还夹着烟的手指背过来就直接捏住了她的下颌，接着身体沉沉地压上去，顺手拿过她的相机，丢在了一旁的柜子上："任性也是你的标签之一？"

美盼气炸了，挣了两下还挣不开他的力道，于是只能更大声地反驳道："对，我就是这样的人！但这和你没有关系，你什么都不是，就不要来肆意干预我的人生，我的父母怎么样都好，都是我自己的事，你，唔——"

两片薄唇，带着淡淡的烟草味儿，压在了她的唇上，美盼陡然瞪大了眼睛，呼吸一窒。

记忆之中，有什么画面扑面而来，竟是那样的熟悉。

他的气息，他舌尖的热度，这种缠绵又霸道的感觉，美盼只觉得自己的心跳都停止了，就这么瞪着一双又黑又大的眸子，直勾勾地凝视着这张近在咫尺的精致的五官。

他……他在吻她？

他……他竟然在吻她？

脑袋中有什么东西轰然炸响，在大脑空白了30秒之后，她感受到了震惊，然后下意识地，她就用力地闭上了眼睛。

这是梦吧？

这一定还是梦，因为现实根本就不可能发生这样的事，她一定是在做梦！

她牢牢地捏紧了拳头，指甲陷入自己掌心之中的那种力道让她觉得有些疼，也正是这种轻微的疼痛又让她慢慢地察觉到，这似乎并不是梦。

连带着在医院住院的时候那个画面也一并冲击着她的灵魂，那熟悉的气息、舌和舌相缠的温度，包括他强硬地抱着她的这种力道，如此熟悉，又如此陌生。

熟悉，如同真实地存在过。

陌生，因为她心里一直都在抵触这样的事实。

……

美盼重新张开了眼睛，却不想苏晋庭含着她唇的时候，那深邃的眸子竟也一眨不眨地凝视着自己，两人的视线相撞，这一刻，她才真真切切地感受到了——

这不是梦。

美盼吓坏了，脸色涨红之后又开始变得惨白，她挣扎，动作激烈得很，嘴里唔唔地想要发出什么声音来，可她越是这样，苏晋庭就越是要制服她，结果两人的唇齿相撞，不知是谁磕到了谁的，彼此唇齿间都已经有了血腥的味道。因为动作过大，美盼的手腕被甩在了一旁的柜子上，顿时疼得她眼眶都发酸。

"……苏……苏晋庭……唔，不要……我……不要，放开我……你……不要……碰我……"含糊不清的女声，断断续续地从齿缝之中溢出来。

苏晋庭本来没打算这样，可接触到她那柔软的唇后，他总觉得心底深处那团压着的火就会点燃，而且是一次比一次激烈，难以控制。

"别动！"

苏晋庭张嘴就咬住了她的下嘴唇，他控制着自己的力道，并不会让她觉得被咬的地方很疼，只是酥麻——果然，他感觉到她的身体颤抖起来，他缓缓松开她的唇，然后用舌尖缓缓描绘过她的唇形，感觉到她的身体颤抖得更厉害了，他呼吸粗重，身体只能够用力压着她的，才可以稍稍得到一些缓解。

"能冷静下来了吗？乖一点儿，嗯？我所说的话都是为了你好，不是你所想的为了某种利益，你的那点儿小自尊心在我面前不需要刻意显露，我从未看轻过你，不管你在什么样的环境之中。"

他说话的嗓音是和平常完全不一样的低沉沙哑，却又好似透着一种致命的性感，五官上全是压抑的情欲，太过浓烈，让人害怕，可他后面的话才真让她震惊到无以复加："还有，不是第一次吻你，怎么就抖成这样了？小丫头。"

什么？什么意思？

不是第一次吻她？！

这到底是什么意思？！

小丫头……不是第一次吻你……

美盼逃回自己的房间，耳边嗡嗡作响的竟都是苏晋庭说的那最后一句话。

她背靠在自己房间的门板上，胸口不断起伏着，思绪仿佛都是混沌的，却又好似很清晰，当她伸手触及自己的唇瓣时，她的脑海里十分清楚地闪过的，就是那个，她一直以来催眠自己说是梦的画面。

原来，不是梦吗？

苏晋庭拿过一旁的烟灰缸，将半截烟搁在了边上。对于那小丫头的逃跑，他丝毫不意外，站了一会儿，他上前将玄关处的相机拿起来，打开之后一张一张往下翻，眯着一只眼睛，却看得很认真。

都是她拍的照片，角度非常不错，虽谈不上有多专业，倒是挺有个人风格，和她本人给人的感觉还真是两个样。

她的照片给苏晋庭的第一感觉就是透着暖。

只是这个时候的苏晋庭并没有发现，他看着照片的眼神，已经跟平时有些不一样了，只因这些照片和美盼有关。

相机里存着800多张照片，那天他拿着她的相机还真没有打开看，他对别人的隐私一贯都是比较尊重的，只是现在，他很想看一看，这种很想，无关触及对方隐私，只不过想要融入她的世界里去。

一张一张，苏晋庭格外耐心地翻下去，体内的燥热仿佛也被渐渐抚平。照片以一些景色为主，应该都是这个城市的，也有陌生人的，她选取的角色很广泛。

时间悄然流逝，看了200多张照片，他竟丝毫不觉得厌烦。

等翻到第300张的时候，他发现，镜头里的画面竟是一个男人的背影，苏晋庭本有些缓和的面容瞬间阴冷下来。

手指轻轻地抚过相机的按钮，他又往下翻了一张，还是同一个背影，只是角度有所不同，周围的景物也有所不同。他继续往下翻，这一次是男人的侧面，连续翻了好几张，都是同一个男人的，当然也有正脸。

苏晋庭挑起眉毛，眸光一眨不眨地凝视着镜头里那张略带朝气的年轻脸庞，眼神里却都是冷峻和轻蔑，片刻之后他忽然冷笑一声，直接就按了删除键。

手机响起来的时候他正好删了第5张照片，突然觉得没劲透了，扬手就将那相机丢在了沙发上。

他拿过手机，接了起来。

"晋庭。"

熟悉的女声从手机那边传来，苏晋庭单手插在裤袋里，走到窗户边上，眺望着不远处："有事？"

"没事就不能联系你？"

"吃饭了吗？"苏晋庭忽然问了一句。

女人的声音很快就接上，回答的时候明显带着一丝期待："还没有呢，你呢？"

"一起吧，你现在是不是在酒店？我过去找你。"苏晋庭说完直接挂了电话。

20分钟之后，他的车子停在了酒店门口，等他进餐厅的时候，发现文静怡早已等在里面了。见到男人进来，她站起身来冲他招了招手，笑靥如花："晋庭，这边。"

苏晋庭上前，坐在了女人的对面。文静怡隔着一段距离都能闻到他身上很浓的烟味儿，她皱了皱秀眉："有心烦的事吗？你好像心情不太好，心情不好也别这么抽烟，对身体不好。"

她说着，伸手就要去拿苏晋庭手上的烟，男人却不动声色地将烟送到了唇边，蹙眉看着她，却是不说话。

文静怡心头一沉，知道自己不应该这样，他不喜欢别人动他的烟，更不喜欢别人这么和他说话。她马上就笑了笑，打着圆场："Sorry，你看我都忘记了……我是担心你身体。"

"这次的事，谢谢你。"苏晋庭直接跳开了她的那个话题，正好侍者送上菜单，他让人上了两份牛排，顺手拿过一旁的水杯喝了一口，姿态很随意，可成熟优雅又有气势的男人，不管做什么都这样迷人。

"你在C市也待了不短了，过一段时间应该要回去吧？"

文静怡看着对面的男人，他轻轻转着指间的烟，说话的时候明显有些心不在焉，她心中隐隐有些不安："那你呢？你回去吗？"

"不一定。"

"晋庭，其实简阿姨一个人在那边……"

"静怡，我的家事你就别操心了，这次秦媛的事还是很感谢你，我知道你本身是不愿意接这种广告来拍的……你放心，我会让元林帮你安排好所有的后续活动，明年开始，你的所有工作我也会让人帮你打理好。你帮我，我肯定会还你。"

他说话的时候眉峰微微蹙着，说出来的条件无比诱人，可文静怡却真是一点儿都不稀罕。

她虽然是广告模特，在圈子里也算是小有名气，但外人不知道的是，文家其实是书香门第，她的父母都是很有名望的人，并不喜欢她抛头露面进军什么娱乐圈。文静怡本身也不太热衷这种活动，不过是身材好，人又长得漂亮，之后阴错阳差地有了这样的机会，倒是成了备受追捧的广告宠儿。

其实只有她自己知道，她不过就是想要和苏晋庭靠得更近一些，才会愿意这样做。

她知道自己如果跟父母一样，那么一辈子都不可能和他在工作上有什么交集。

这次所谓秦媛的事也是，那边有两个项目都要让自己出面，本来就是一直在洽谈的，她没有什么兴趣，让助手给回绝了，结果却因为苏晋庭的一句话，她就心甘情愿地签了合约。

他只需要说："静怡，你帮我一个忙，我不会委屈你。"

她就能高兴得几乎掉眼泪。

他到底知道不知道她有多爱他，只要是他需要，刀山火海她都在所不辞，更别说拍几个广告了。

"因为你肯接这两个公司的广告项目，他们也会给我这个人情，秦媛那边的问题也可以解决。"

"晋庭，我其实不需要你为我做这些，我是心甘情愿帮你的。"文静怡咬着唇，伸手抱着面前的水杯，低声说，"你别总是和我把界限划分得那么清楚，我们认识那么多年了，我是什么人你还不清楚吗？有什么能够帮到你的，其实我也很开心。"

"这不一样，帮忙是帮忙，我给你的，你可以欣然接受。"

"晋庭，我……"

"你什么时候回A市？我让元林陪你一起回去，正好最近他也要回去一趟。"文静怡还想说什么，但显然苏晋庭并不打算再继续刚刚那个话题。

他就是这样，看似温和儒雅，其实永远都和人隔着一层距离，让人无法触及最真实的那个他。

"那你呢？"不知是否因为他今天晚上的情绪有些不对劲，冷漠得让人心里发毛，而且她很清楚就能察觉到他有些心不在焉，这让一贯在苏晋庭面前很是安分的文静怡有些控制不住地焦躁起来，张嘴就问，"晋庭，我其实……一直都想问你，你为什么会来C市？为什么会住在秦家？"

文静怡这些话几乎就是脱口而出的，并没有经过深入的思考。然而等真的问出口了，她反倒是松了一口气。

总是有太多的问题想要问他,和他认识快十五年了吧?自己在他的身边也有十五年了,这么长的时间里,她始终觉得自己不够了解他,除了他生活上的一些习惯。

有时候想要靠近他,觉得真的是比登天都难。

可文静怡知道苏晋庭在A市是怎样的存在。他算是投资天才了,虽然平常很低调,生意却是越做越大,说实话,他的身价估计都不会比所谓的秦氏掌权人要低,可他竟然会来秦氏当什么毫无实际意义的总经理,还让自己去三亚接拍了那两个广告项目,那摆明了就是秦氏的生意。

难道他真的是在针对那个秦媛?

不是文静怡瞧不上秦家,秦家虽然在C市也是有头有脸的,可那个秦媛,她之前也让人大概摸过底,真没有什么好对付的,晋庭不可能瞧得上这样的对手。

不,那个女人哪里配作晋庭的对手!

所以,她是真不明白秦氏有什么地方值得他如此纡尊降贵。

苏晋庭放下手中的刀叉:"工作上的事,你知道我不愿意多说,这个牛排味道如何?"

文静怡提在嗓子眼儿里的那颗心骤然沉了下来,那种失落的感觉加倍涌上来,她只切了一小块儿牛排,可这会儿却觉得食欲全无。

她有些沮丧地丢下了手中的刀叉,嘴角的笑也是苦涩的:"晋庭,你总是不愿意告诉我任何事,我从来都不觉得人心是这么难以捉摸的东西,可在你的身上,我是真的体会到了。"

她站起身来,手心有些凉,声音很低:"我不是太饿,想上去休息了。"

苏晋庭看她转身要走的背影,眉峰微微蹙着,却并不打算挽留她。

等到女人走远之后,他点了一根烟,沉默地抽完,然后拿出手机,拨了一个号码,等那头接通了之后,他脸上的表情随着自己说话的口吻渐渐柔软下来。

"吃饭了吗……我?刚刚吃了,嗯,我在这里挺好的,别担心。没什么不习惯的……好,下个月吧,我最近有些事要处理一下。唔,我答应您的事,我会办好……好,您注意身体。"

那天之后,美盼又是连续好几天没有见到苏晋庭。

不过她订婚的事真的是被彻底压了下来,因为秦媛没有再提,而是把一整颗心都扑在了公司上,本来她回家的时间就不算多,这一个礼拜她回来的次数更是屈指可数。她好像打了鸡血一样,听说都住在了距离公司不远的酒店公寓。

那酒店本来就是秦氏的,她在那边有一套固定的套房,以前就经常住在那边。

不过因为工作,倒还真是头一遭。

美盼对秦媛的事不太感兴趣,因为寒假过后她就要去学校了,不用订婚就是最好的开学礼物了。

只是，苏晋庭那天……亲了她之后，还说了那样的话，却不见人影了，这人是故意的吧？

她此刻坐在书桌前，面前的电脑屏幕上赫然出现一行大字：如果有个男人吻了你之后，却连续几天不和你碰面，这代表了什么？

发出去这个求助之前美盼心里还是有些忐忑的，不过她这条消息才发出去，就看到了不少回帖。

一花一草：欲擒故纵你懂不懂？

霸王龙殿下：看来露珠没有谈过恋爱吧？那个男人帅不帅？帅的话直接吻回去，不帅就当被猪啃了。

全宇宙最直：这是套路，这年头，谁的套路玩得深，谁把谁当真。

米西米西：看来是个纯情的妹子。妹子，留下你的联系方式，哥哥吻你之后一定不会冷落你的。

……

这都是什么跟什么啊！

美盼有些懊恼地关上电脑，刚瘫坐在凳子上不过几十秒，手机就响了，她拿出来一看，是好友徐倩的电话。

徐倩家虽不是什么豪门世家，但家里也是做点儿小生意的，每年寒假她父母都会带她出去旅游，但过年的时候一定会回来。

这趟她一回来就立刻联系了美盼。

因为下飞机时都已经是晚上9点了，她出了机场，把行李丢给了来接的司机之后，就给美盼拨了电话。等电话接通，徐倩迫不及待地说："国宝，我回来了，晚上出来，姐姐请你吃饭。"

这个徐倩，最大的爱好就是泡吧了吧，这才刚回来，就怂恿美盼一起出来。

"几点了，我都休息了。"美盼的声音有气无力的。

"怎么了？你这个吃货，请你吃饭都没兴趣，我给你带了礼物，要不要出来拿？"

"现在不想动，明天再说。"

"这几天在外面，没泡吧，现在浑身都不舒服，来嘛，我知道梦梦就在C市是吧？把她也叫出来……说说这段时间，我们不在这里，你和你的学长进展到什么地步了。"

美盼这会儿的确是已经洗了澡，头发还是半干的，刚刚她的注意力都集中在电脑上，这会儿才发现，对面的电视机屏幕上竟在放映着动画片《小马宝莉》，她还浑然不觉。

想来也是，马上就要开学了，她竟然还蹲在家里对着电脑询问那种无聊的问题！

秦美盼，你能有点儿出息吗？！

这么一想，反正在家也是无聊，她索性就答应了徐倩的邀约。挂了电话之后，美盼随便换了一套舒适的休闲服，将头发吹干后，直接出门了。

历承易颀长的身躯趴在吧台上，舌尖翻滚着一颗小冰块，手里捏着酒杯轻轻晃动着，吧台上暖黄色的光线洒在男人的头上，显得他整个人邪魅又放荡。边上好几个女人都开始对他暗送秋波，历承易轻佻地笑着，一双桃花眼里都是流光肆意。

他和苏晋庭，那就是彻头彻尾不一样的。

苏晋庭在外人面前沉稳又内敛，表情寡淡得很，女人对他来说更是没有多少的吸引力。历承易却不一样，女人对他而言就是一种艺术品，他认为女人就是需要男人去疼、去宠，当然，还有床上那点儿事。

女人嘛，任何的护肤品都不如男人那玩意儿来得灵。在历承易看来，被性爱滋润过的女人，才能够叫作真正的女人。

为此，他觉得自己是任重而道远。

他的夜生活一直都很丰富精彩，这个酒吧的老板和他私下的交情也很好，所以他隔三岔五就会过来。据说来这边玩的大学生居多，而历承易这人，用苏晋庭的话来说，就是——有点儿变态。

明明过尽千帆，不知一个礼拜得换多少个女人，可偏偏他就是要找干净清纯的。

"历少，今天有新品种……"调酒师刚拿着自己新调的酒上来，历承易忽然做了一个噤声的动作，眸子已经锁定了从酒吧门口进来的几个女孩儿身上。

那调酒师当然知道他的那点儿嗜好，暧昧地笑了笑，将高脚杯推到他面前，凑到他耳边，低声说："这酒的后劲儿很足，历少尝尝鲜。"

历承易挑眉一笑，性感又魅惑，然后拿起酒杯，就往门口走去。

隔着一段距离，他一眼就认出了那个女孩儿——秦美盼。

而他之所以对美盼有这么好的记忆，当然也要归功于苏晋庭——那天他发现苏晋庭对这个秦美盼似乎很有兴趣的样子，回家他就偷偷进了老头子的书房，把当初看过的那本相册拿出来，重新研究了一下，牢牢地记住了这副还算是不错却很稚嫩的五官。

不过真人嘛，唔，确实是比照片上要养眼多了。

身材很好，发育也算是正常，保守估计，三围比较傲人。小丫头长得还不错，脸上未施粉黛，皮肤干净又白嫩，看来是底子好，估计一上妆会更惊艳，难怪苏晋庭那一贯禁欲的男人竟然能对她蠢蠢欲动，看上去还真是不错。而且以他阅人无数的眼光来看，美盼应该是那种……越看越有味儿的。

徐倩一进酒吧就感觉到有人在盯着她们这边，她顺着那道视线望过去，见到不远处确实站着一个衣冠楚楚、长相也算是上乘的男人，不过他在看着——美盼？

"我刚还说你今天晚上穿着太随意，看来随意也有随意的好处，瞧见没，那边有人一直盯着你看呢。"徐倩拿手肘撞了撞美盼。

美盼本来就不太喜欢这种地方，平时就算过来，基本也都是陪着朋友来的，所以从来不在穿着打扮上花心思，这会儿听徐倩这么一说，她就顺着徐倩的视线看了过去，确实看到了有个男人。

她没什么反应，避开视线，低声说："咱们找个地儿，靠角落一点的，坐下说会儿话就回家吧，我这两天累得很，感冒还没好。"

"把你学长叫出来呗？"梦梦挤眉弄眼地问。

美盼说："别老和我提学长了，他都有女朋友了，以后这事不许再说了。"

徐倩不以为然："哟，不得了啊，你都暗恋人家吴学长那么长时间了，现在就因为人家有女朋友你就放手了？以前你可不是这样的。"

崔惜梦笑着说："之前小优说什么来着？国宝现在是有新备胎，而且条件那是甩人家吴舜华几条街的，人嘛，当然是要挑好的了。喂，盼盼，那备胎叫什么来着？苏……苏什么？"

"你们别老是说完了学长又说苏晋庭好不好？我和苏晋庭又没关系！"美盼急着撇清关系。

"真的没关系？"崔惜梦挑起秀眉，似笑非笑，完全就是一脸你此地无银三百两的表情。

美盼还想说什么，边上的徐倩忽然推了推她们两人，因为不远处的历承易已经朝着她们这边走来。

风流倜傥的男人，手里拿着酒杯潇洒地走过来，还不忘耳听八方……在这么个嘈杂的地方，他竟然十分清晰地听到了"备胎"两个字，一想到苏晋庭那张脸，再联系上"备胎"，他得花上好大的力气才能控制住自己想要捧腹大笑的冲动。

不过还真是有意思，人家苏晋庭是谁啊？他只要勾勾小手指，女人都恨不得前仆后继地爬上他的床，没想到在这个丫头的世界里，这样的苏晋庭不过就是一备胎。

难怪他最近一脸欲求不满的样子。

啧啧，有趣。

"秦美盼？"历承易这人，就如同在蜜罐子里生活的，对付女人自有他的一套手段，对这几个小丫头，他心里清楚得很，不需要用什么手段，索性就直截了当地叫出了美盼的名字。

果然，美盼愣了一下："你是谁？你认识我？"

"你的导师是不是有一个姓历的？"

这会儿是崔惜梦瞪大了眼睛："我记起来了，你是历教授那个不讨喜的儿子吧？"她将历承易从头到尾打量了一番之后，摇摇头，"怪不得历教授老喊着有机会一定要打断你的腿。"

历承易："……"

崔惜梦是她们之中成绩比较好的一个，所以和历教授走得更近一些。历教授也是把崔惜梦当成了自己的得意门生，有时候偶尔拿出钱夹来，也会指着那张全家福，念叨自己的儿子。

所以她一眼就认出了历承易。

历承易觉得面子上挂不住，摸了摸鼻子就扯开话题："秦美盼，我和晋庭也是好兄弟，今天晚上他还约了我，再过一会儿他就到了，有没有兴趣先坐下来一起喝一杯？"

美盼头皮一麻，难道自己走到哪儿都避不开苏晋庭？

不过，这家伙有时间和朋友喝酒，就没时间和自己解释一下那天对她的所作所为吗？

哼！

既然他都刻意回避自己那么多天，她干吗要在这种时候等着见他啊！

美盼双手往口袋里一插，有点儿负气道："不用了，我想起来我还有事，要先走……"

"走什么？"

徐倩手疾眼快，一把拉住美盼："跑什么跑啊？喝一杯就喝一杯，我还没有正面瞧过那个苏晋庭呢，一会儿让我饱饱眼福嘛。"

美盼头疼无比，心里渐渐就焦躁起来，推着徐倩的手："我说了我有事……有什么好看的？不就是一个男人、一双眼睛、一个鼻子、一张嘴，没什么特别的。"

"话可不能这么说，我之前有看过他的报道，长得很帅。"崔惜梦冲着徐倩挤了挤眼，两人左右架着想要落荒而逃的美盼，就跟着历承易走进了楼上的一个包厢。

途中，美盼的挣扎和反抗都没有任何效果，等进了包厢之后，历承易笑眯眯地说："小美女们先随意，我去上个洗手间。"

"这里不是有洗手间？"徐倩指了指身后的洗手间。

历承易非常有绅士风度："男女有别，这个就留给你们用。"

徐倩抿唇一笑，历承易却是冲着崔惜梦眨了眨眼睛，结果换来的却是崔惜梦的一记白眼加冷笑，嘴里还嘀咕了句："轻浮。"

徐倩等着历承易走出包厢，才拿手肘推了推身边的崔惜梦："你之前见过他？"

"没有。"崔惜梦拿出手机，看了一下微信的消息，又关上。

"可他一直都盯着你看。"

"是吗？应该是盯着盼盼吧。"

"不对，就是盯着你看呢！"徐倩非常肯定，"两个死丫头，偷偷瞒着我认识了极品男人，也不给我介绍介绍。"

崔惜梦嗤之以鼻："极品？就那个历承易吗？算了吧，你都不知道他平常有多放荡，我们历教授真是一直数落他的，你说有当父亲的这么瞧不上自己儿子的吗？再看看他刚刚那轻佻样儿……"

历承易这边出了包厢，没忍住，捂着鼻子打了个喷嚏。他急急忙忙拿出了手机，拨了苏晋庭的号码，等那边接通，他马上就说："猜猜我碰到了谁？"

城市另一头，高档别墅区，白色的建筑物一共是三层，男人从第二层的主卧室里出来，身上穿着纯白色的休闲服，这样干净的颜色，穿在他的身上，敛掉了他不少的锋利，取而代之的是另一种温润的感觉。

这个房子是他前几天让人临时买下来的，他当然不可能真的每天都住在秦家。

"你碰到谁我都没什么兴趣，打电话给我就为了这事？"苏晋庭的语气有些不耐烦，"没事我就挂了。"

"秦美盼——"

历承易知道，通常苏晋庭说完这句话，下一秒肯定就直接挂电话，所以他不敢再卖关子，张嘴就说出了美盼的名字。

几乎是没有任何悬念，苏晋庭还真被他给稳住了。历承易心头一乐，想着这回还抓不到你的七寸？

"啧啧，我们的苏大爷原来真是好这一口啊！真是看不出来，我一说秦美盼，真他妈的比什么都灵，果然是重色轻友！"

"她在哪里？"苏晋庭直截了当地问，他隐约听到电话里传来的嘈杂声，心头微微一动，已经猜到七八分。苏晋庭抬起手腕看看时间，这都已经快11点了，这个丫头竟然还跑出去！

他蹙眉，脸上的线条有些紧绷，俯身捏碎手里的烟蒂，丢进烟灰缸，直接拿了车钥匙就往门口走。

手机里历承易得意扬扬的语调很是欠揍："就在我这里啊，我可告诉你了，今天晚上可是我把人给留住了，而且我刚刚一说我和你是好兄弟，她的反应可是立刻掉头要走啊，你倒是说说，平常在秦家，你是不是经常欺负我们这个小妹妹啊？"

"你确定她是听到我的名字掉头就走的？"

苏晋庭人已经走到了车库，这栋别墅挺大的，不过他喜欢清静，家里除了每天上门的钟点工，都不会有其他的人。他按下了车门锁，拉开车门弯腰进去的时候嗤笑了一声，语气寡淡却隐约透着几分傲娇："何必和她说你是我兄弟这种话，会吓坏她，不过在我到之前，给我留住她。"

说完，苏晋庭直接结束通话，然后将手机丢在副驾驶位上，发动了车子。开车之前，他还仔仔细细地算了算时间，好像快一个礼拜没有见到那丫头了，她胆子倒肥了，竟然还敢大半夜跑去酒吧。

男人薄唇轻启："欠收拾。"

第九章
原来我对你也是情不自禁

美盼是真不想等苏晋庭过来，但她现在也真是走不掉。

崔惜梦和徐倩两人简直就是狗皮膏药将她夹在了中间，怎么都不让她跑，到最后甚至还用了激将法，反问她："为什么你一听到苏晋庭就要跑？这可不像你秦美盼的个性，你什么时候怕过别人了？"

以美盼这种傲娇的小性子，那是最受不起激将法了，当即就反驳道："谁说我怕他？"

"不怕就好，不怕就见见嘛，你现在跑了，那就是心虚。"

"……"

于是，她在渐渐焦躁的心情之中，坐了不到20分钟，包厢的门就被人从外面推开了。

包厢里光线明亮，并没有震耳欲聋的音乐，历承易坐在沙发的另一头，正在打电话。不知道是谁的电话，他都讲了有十几分钟了，不过听他毫不避讳地叫着"宝贝"，就肯定电话那头是个女人。

崔惜梦和徐倩坐在美盼的两侧，她们的方向是对着包厢门的，此刻有人从外面推门进来，几个人几乎在同一时间抬起头来。美盼坐在最中间，一抬头仿佛是不偏不倚地，目光正好落在了那个男人的瞳仁深处。

她心尖一酥，有一种让她难以自控的感觉在体内蔓延着，她本能地想要排斥，却又忽略不掉。

她轻咳了一声，自以为非常自然地避开了男人的视线，可脑海里却挥不去那些如同被下了咒一样的回忆——

他压着她的身体，那火热又灵活的舌尖，那粗重的喘息声……

要命，这都过去多长时间了。

为什么一见到他，那些画面就像被施咒一样，清清楚楚地闪过自己的脑海？

苏晋庭出门的时候，衣服都来不及换，穿的是一套白色的家居服，因为直接开车过来，外套也没有带，此刻进来的时候，脸色透着几分寒气，不过已经被他身上那种色彩给中和了，整个人有一种说不出的成熟韵味。

徐倩啧了一声，咬着美盼的耳朵非常真诚地说："真羡慕你这个死丫头，这么极品的男人，竟然和你同住一个屋檐下，你每天看着，就不会心动？"

这回是连眼高于顶的崔惜梦都点头赞同："这个真不错，比照片上好看太多了。要是我的话，我也选苏晋庭，不要你的吴学长，根本就不是一个档次的。"

美盼："……"

"你来了正好，我先出去接个人。"历承易一见到苏晋庭，捂着手机就往门口走，经过苏晋庭身边的时候，他压低嗓音说道，"人是给你留下了，记着你欠我一个人情，我要你马上就还。"

苏晋庭的眼神始终凝视着那个坐在正中间的小丫头身上，她出门的时候头发都没有扎，身上穿的衣服也很随意，外套脱了丢在一旁，那件白色的T恤领口很低，从他这个角度望过去，就可以看到白皙修长的颈项。男人眸光一沉，上前直接就坐在她的边上。

美盼立刻往边上侧了侧身——她真不是胆小怕事，也从来不会对一个男人露出多么害羞的情绪来，以前暗恋吴舜华的时候，哪怕是他偶尔看她一眼，她也不会想入非非成这样。

可现在，面对着苏晋庭，她真不知道自己是怎么了，就是不受控制地心跳加快，想要躲着他。

徐倩从背后捏着美盼的手，这会儿绕过了她的背，就偷偷拉了拉美盼的手，然后落落大方地开口："这位一定就是美盼经常挂在嘴上的苏晋庭吧？你好，我是我们家国宝的好朋友，我叫徐倩。"

"我叫崔惜梦。"

苏晋庭本来还阴郁的脸色，在骤然听到那句"美盼经常挂在嘴上的苏晋庭"之后，缓和了不少，他将车钥匙丢在茶几上，英气逼人的五官染上了一丝温和的笑，本就有着让人神醉的五官，微微一笑，的确是很倾城。

"你们好，很高兴认识你们。"

"喂，徐倩，你胡说八道什么？谁一天到晚将他挂在嘴上了？"美盼心里暗叫着交友不慎，这个徐倩简直是大嘴巴乱说。

不过边上的崔惜梦也好不到哪儿去，她挤了挤美盼的肩膀，笑嘻嘻地说："没挂嘴上，那是挂心上了吧？"

两人越过美盼对视一眼，徐倩马上就说："我去上个洗手间，梦梦一起吗？"

"一起。"崔惜梦站起身来，两个人在美盼愤怒又无奈的眼神下，施施然就朝着门口走去。

美盼哪里愿意在这种情况下和苏晋庭共处一室？见两人丢下自己要走，她自然也急急忙忙站起身来："我……我也一起……"

可人才走出两步，经过苏晋庭身边的时候，男人直接伸手就拽住了她的手腕。苏晋庭稍稍一用力，美盼的身体不稳，失控地往后一跌……

苏晋庭长腿稍稍往她的身边凑了凑，她就正好跌坐在了他的大腿上。

跌坐下去的时候，因为身体的骤然失控，美盼本能地伸手抓住自己可以去抓的，却不想正好圈在了苏晋庭的脖子上。

等她慌乱得想要逃开的时候，苏晋庭捏着她的腰将她往自己的怀里摁了摁，她就如同掉入了猎人一早就设计好的陷阱里，无处可逃。

美盼的视线压根儿就没有地方放，呼吸间，她觉得自己整个可以感觉到的世界，都是属于苏晋庭的。

他身上的气味儿，他的那种霸道，他不允许自己动弹的力道，连同之前他缠绵又激烈地吻着她的唇时的那种热度……

所有的感觉都冲上来，撞击着她的灵魂，她整个人痒痒的、热热的，不知道怎么了，这样的感觉随着她的一呼一吸，变得越来越浓烈。

"怎么见到我就跑？"

苏晋庭见她脑袋都要顶在自己的胸口了，就算不能完全看到她的脸，也隐约看到她的脸蛋儿此刻是涨红的。他突然发现自己浮躁了一晚上的心情，竟然奇迹般地缓和了下来。好似意识到了什么，他慢慢地将那种情绪放大、再放大，眼神格外浓烈："我又不是老虎，还能把你给吃了不成？"

男人的声音低沉又性感，就嗡嗡地响在美盼的耳蜗处，他说话的时候，气息热热喷洒出来，美盼只觉得浑身的汗毛都竖了起来，她的双腿微微张开着，双手又抱着他的脖子，一动不敢动，可这样的姿势是真的太过暧昧了，她挣扎着要站起身来："……没有，你先放开我。"

"不是你抱着我的吗？"现在软玉温香就在自己的怀里，苏晋庭哪里会轻易放开？只见他剑眉微微一挑，还理所当然地说："而且刚刚也是你自己主动掉在我的怀里的，美盼，做人可不能这么忘恩负义、过河拆桥。没有我接着你，保不住你刚刚就摔倒了，现在没事了，就让我松开你，你说哪有这么便宜的事？"

美盼一直都认定苏晋庭这人在她面前就是喜欢耍无赖，可他刚刚那话，哪里还只是单纯的耍无赖那么简单！

他根本就是在强词夺理！

明明就是因为他的关系，她才会不小心跌倒，现在倒成了他是好人，而她则是故意摔倒的一样。

美盼心里又急又气，那傲娇的小性子自然是不甘心就这么认输的，可她心头一急躁，竟然忘记了此刻自己就在男人的怀中，因此当她猛地抬起头的时候，额头直接撞向了苏晋庭的下巴。男人闷哼一声，蹙眉低头，结果这样的姿势，就正好让四片唇贴在了一起。

美盼尴尬万分，原本想要说的话都被堵住，她瞪大了眼睛就要退开，苏晋庭眸光一沉，直接就扣住了她的后脑，重重压上去。

这种事，真的是不能开个头。

因为只要是开了头，就无法停止。

美盼脑海里混混沌沌地想着——这算是，第三次接吻吗？

她哼哼两声，两只手就开始在他的怀里乱动，可她不知道，她越是这样，苏晋庭就越想要征服她。

磕磕碰碰的亲吻中，美盼突然觉得自己的唇有点儿疼，看来是刚才那样激烈的热吻已经碰伤了她的唇，此刻这种又麻又辣的感觉让她眼眶一涩，不知是什么见鬼的怪异情绪，就是让她觉得委屈，却又不是难受，这样陌生的感觉，总之就是让她害怕。

苏晋庭的气息越发粗重，眉宇间都是欲念，心头也因为她刚刚的抗拒而涌上了几分不悦。他向来都是习惯掌控一切的霸道男人，强势得从来不允许任何人拒绝，这个小丫头却总是喜欢忤逆他，是因为她相机里的那个男人？

那个哪算得上是个男人！

在他看来，吴舜华什么都不是，要不是因为秦美盼，他都不可能记住"吴舜华"这三个字。

这种想法让苏晋庭更是不耐烦。欲望这种东西就是不能积压，越是积压，爆发起来的时候就越是不能自控。

被她这么一闹，他的脑海里反反复复的，总是会出现自己看到的那几张照片。

她是有多喜欢那个吴舜华？

喜欢他多久了？

喜欢到偷偷拍他的照片还舍不得删？

……

苏晋庭忽然明白了什么，他之所以这一个礼拜都没有去秦家，原来耿耿于怀的，就是照片的事。

"现在知道害怕了？"他重新压下去，把她吻得意乱情迷，沉沉出声，"知道来这种地方会经历什么吗？就是这种事，只不过现在压在你身上的人是我，换成别的男人呢？你想过吗？不学好，谁让你来酒吧的？"

"我来不来酒吧，和你有什么关系啊！"这人怎么这样？她去哪儿难道还需要他的批准吗？真是搞笑！

"你放开我，苏晋庭，你管天管地，还管我去哪儿啊？"

苏晋庭笑一笑，道："亲是亲过了，抱也抱过了，你要是愿意的话，可以继续叫我苏大哥，但你始终都要明白，男人和女人之间，像我们这样的，基本就可以说你是我的人了。"

美盼都不敢相信，这人一张嘴，还真能把黑的说成白的，她恼羞成怒："才不是！你胡说八道，我才不是你的人！"

苏晋庭眯起眸子，危险地逼近她："怎么，非得我在这里直接把你办了，你才会承认你是我的女人？"

"你……流氓！"美盼气炸了，这人之前莫名其妙地夺走她的初吻就算了，还吻了又吻，好吧，刚刚那次的确是自己不小心，但他摆明就是趁机占便宜，现在竟然还说这样的话。美盼急了，大声反驳："谁要做你的女人了？也不想想你比我大了多少岁，我都觉得喊你大哥是客气了，应该喊你叔叔才对！"

"大叔！"

其实美盼真的是气急了，随口这么一喊。

苏晋庭虽说比她年长了有十岁，但不能否认的是，这男人身上的风度气质，不是老，只是成熟，而且他又长着一张祸害般的俊容，肯定是很招女性喜欢的。

如果他不是苏晋庭，就外貌而言，美盼对于这种长相的男人也没多少抵抗力。

所以刚刚那一句"大叔"，也不过就是刺激他而已。

可她没想到，本来还一脸轻佻的男人，因为"大叔"这个称呼竟是怔松了片刻。他眸光深邃，美盼距离他太近，还是可以看到他的瞳仁里那一闪而过的复杂情绪。

像是在压抑着某种难以言喻的痛楚，又像是纠结许久之后终于有了决定，最后却又好似退缩了。

退缩？

这样的形容词，真是和这个男人丝毫不符合。

美盼瞧着苏晋庭这样的表情，心里还有些含糊地琢磨着，难道男人也和女人一样，只要上了点儿年纪，就会忌讳别人说他老？

这边刚有些僵硬的气氛，外面忽然传来历承易的声音——

"你叫什么梦是吧？崔惜梦？我告诉你，你把刚刚的照片给我删了，否则看我怎么收拾你！"

"收拾我？你用什么来收拾我？"梦梦嗤笑一声，那声音格外傲然。

"男人收拾女人，你说拿什么收拾？"

"男人？我看你就是一种马，我告诉你，看在历教授的分儿上，我就不和你一般见识了……历教授那是没时间来教育你，但是你也不应该这么对待女性，你看你刚刚把人家姑娘都给弄哭了——"

"崔惜梦，你信不信我也能让你哭？在床上。"

"呵呵，就你那玩意儿，不知道进出过多少女人的身体了，本姑娘对天发誓，就是全世界的男人都死绝了，我也绝对不会要你这样的人。"

"……"

"哎呀，你们吵什么啊？我走到走道的转角处，就听到你们叽叽喳喳了——啊，美盼，你们……"

历承易和崔惜梦吵得激烈，还没有发现包厢里面的两个人，不过徐倩过来的时候，只扫了一眼，就见到美盼坐在苏晋庭的大腿上，举止暧昧。

这个死丫头，竟然还死不承认自己和苏晋庭有关系！

都已经亲密成这样了！

而且她面色潮红不说，衣衫还略有些凌乱，刚刚不会……

徐倩到底也是单纯的姑娘，平常嘴上占几句便宜就算了，真刀真枪她还没有尝试过，见到这种尺度的画面，还是忍不住脸红了。

她咳了一声，拉着崔惜梦就说："……走，赶紧走。"

崔惜梦的脸色也好不到哪儿里，这两个女孩儿都是人精，这会儿就算是没有瞧见苏晋庭的正脸，大概也感觉到他周身的气场有多么不对劲了，哪还敢不知死活地凑上去。

两个女孩儿一转身，就脚踩风火轮，跑了。

美盼欲哭无泪，这俩人，根本就不给她解释的机会好吗？

虽然她和苏晋庭的衣服有些凌乱，但绝对没有到她们所想的那一步，他们刚刚只是……不小心口对口了一会儿，然后，就没有然后了！

历承易就站在门口看着沙发上的苏晋庭，他背对着包厢门坐着，此刻见他似乎正在给自己怀里的女孩儿整理衣服的领子，历承易挑眉，伸手抚着自己的唇角，丝毫不觉得自己这会儿打断了人家的好事是多么不人道的一件事。

他认识苏晋庭有多少年了？

他是在20岁的时候认识的苏晋庭，那时苏晋庭已经22岁，这么一算，他们认识也快9年了，可他真是从未见过苏晋庭会对一个女人失控到这样的地步。

这个秦美盼，连女人都谈不上，虽然长得不错，但要真是以男人的眼光来评断的话，那文静怡才是真正淑女类型的女人，成熟有韵味，而且她对苏晋庭的感情，只要是眼睛不瞎的人都看得出来，以前他可经常和苏晋庭打趣——你要是有需要，勾勾手指，文静怡就会脱掉衣服在床上等你上她。

可那时候苏晋庭是怎么说的？

他现在回想起来，那时候苏晋庭应该25岁，指间也是夹着一根烟，气场已是沉稳内敛，对于这样的言辞，他通常都是一脸鄙夷地看着自己，不屑地说："男人不是需要女人才能够证明自己是个男人，你能不能把你那些心思收一收？以后别总在我面前提文静怡，我想要还需要你来提醒？"

此刻，他好像突然明白了什么。

原来，苏晋庭想要的人，是秦美盼啊。

最后，还是苏晋庭带着美盼出的酒吧。

尽管她死活都不肯上他的车，但因为梦梦和徐倩那两个浑蛋早已溜之大吉，美盼没有办法，加上时间也不早了，最后还是被苏晋庭强硬地塞进了车厢里。正好他的手机响了，男人为了防止她逃跑，强行锁上了车，这才接起电话。

"苏总，抱歉这么晚打扰您，您之前让我调查的事情，已经有了新的进展。"

苏晋庭伸手摁了摁隐隐作痛的眉心："我让你调查的事很多，说具体的。"

"是关于吴舜华的。"

苏晋庭活了30年，还真是第一次在意一个比自己小十来岁的男人，不，或许在他的心中，吴舜华，连男人都谈不上。

想想还真是觉得可笑，他竟是按捺不住自己心中那种见鬼的情绪。

就是因为在意，所以才会让元林去调查。

"说。"他颀长的身躯倚在车门上，看了一眼里面坐着的气鼓鼓的小丫头，心尖柔软，又给自己点了一根烟。

郑元林很快就说："吴木的财政的确是有点儿问题，W酒店集团本来就和宋氏有很多的合作，所以吴舜华很早就和宋氏的小女儿有婚约，不过他们一直都是口头上的婚约，也没有正式公布过。吴舜华和宋氏的小女儿宋琳高中的时候就已经在一起了，不过最近宋氏内部有点儿问题，本来吴木是指望着儿子可以和宋氏挂钩，解决他在财政上的问题，但最近好像爆出来一条消息，说宋琳并不是宋氏的千金，所以吴木很有可能会取消这门婚事。"

苏晋庭对别人的家长里短可没多少兴趣，他的语气隐隐透着几分不耐烦："说重点。"

郑元林听出来今天苏晋庭心情不对，马上就切入了正题："这件事情我能调查到，秦媛应该也知道一些，她之前一直都有意思撮合秦小姐和吴舜华，大概因为他们是同校的，而且秦小姐对吴舜华很有意思……"说到这里，郑元林心头一沉，真是恨不得咬掉自己的舌头。这话说得太快，哪怕是隔着手机，他也能感觉到苏晋庭那头传来的冰冷刺骨的寒意。

他马上就调转了话锋："……这次和三亚那边的合作，秦媛是指望不上了，所以她很有可能会重新打W集团的主意，所以我判断，她应该是不知道吴木那边的具体经济情况。"

"把吴木的经济状况给我一份详细的报告。"苏晋庭丢下这句话，直接就结束了通话。

还是他亲自开的车。美盼为了避免路上发生自己不能控制的情况，在苏晋庭上车的时候她已经装睡了。等到了秦家的时候，她在男人还没有解开安全带的瞬间就猛地睁开眼睛，飞快地解开自己的安全带，落荒而逃。

对，落荒而逃。

苏晋庭这边刚将车子熄火，就见那道略显消瘦的背影已经飞快地冲进了秦家的大门，男人的眸色，仿佛是可以柔软整片夜色。

美盼一晚上都没有休息好，闭上眼睛，总是能够看到那张俊朗却又透着几分邪气的脸，她觉得自己都快要疯了。她被人叫了好几年的"国宝"，然而直到早上被用人叫醒，对着镜子看到自己的脸时，她才发现自己还真成了国宝了。

她怕一会儿爸爸看到之后会问什么，所以在下楼之前特地化了一个淡妆。

看着镜子里的自己精神了一些，她又挑了一个亮色系的唇膏，衬了一下因为没有休息好而有些泛黄的肤色，这才下楼。

她刚走到楼梯口，就听到秦媛的声音，大概是在打电话。美盼其实不想听她的那些事，可偏偏听到了吴舜华的名字，脚步不由得一轻，耳朵也竖了起来。

"……吴舜华和我们家美盼是一个学校的，年轻人嘛，总是比较容易相处的，我们家美盼在学校还是挺讨喜的，呵呵……你是说宋氏的小千金？这个我就不清楚了，这是人家宋家的事，我们也不好多嘴说什么，总之这年头，本来结婚离婚就是司空见惯的，更别说是小年轻谈谈恋爱那么点儿鸡毛蒜皮的小事了。哎哟，张记者，你就放过我吧，我是见过吴木，可感情啊、婚姻啊这种事，我就算是当家长的也不能乱点鸳鸯谱呀……要是真的有头绪了，我肯定第一时间通知你好吧？你就笔下留点儿情呀，回头我请你吃饭……"

……

美盼心头微微一动。

不是她敏感，因为秦媛这话说得太明显了。

她是在给记者打电话，而且那言辞，虽然是让记者笔下留情不要乱写，但话里话外，分明就在暗示她秦美盼和吴舜华关系很亲密！

美盼本来就因为休息不好而钝痛的大脑，此刻就像是被点燃了导火线一样，所有的情绪都上来了——

她可以容忍母亲在自己不认识的人面前尽情地"推销"自己，可吴舜华毕竟是她的学长，也是她暗恋过的对象，而且两人又没有任何实质性的关系——其实在她的心中，吴学长人也是很不错的。她是亲眼见过他有喜欢的女孩儿，现在秦媛这么和记者说，回头要是记者写了点儿什么，到时候闹得学长和他的女朋友分手了，她不就成了第三者？

再说了，不是刚刚才打消了让她订婚的念头吗，为什么这次又把主意打在了学长的身上？她还真是不把自己销售出去就不甘心吗？

"妈，你为什么要和记者说那样的话？"

秦媛这头刚挂了电话，身后突如其来的声音让她惊了一下，她忍不住伸手拍了拍胸口："死丫头，突然这么出来，想吓死我吗？"

美盼才不管她说什么："我问你为什么要那么和记者说话？"

"我说什么了？"

"我都听到了！"美盼急得跺了跺脚，"妈，你这么和记者说，回头那个记者乱写，学长明明有女朋友的，我和他也不是你说的那种关系。"

"我说你和吴舜华什么关系了？"秦媛满不在乎地嗤笑了声，"这年头言辞可是很厉害的武器，你既然都听到了，那你有听到我说和吴舜华怎么了吗？还有，你们才几岁？那个吴舜华才比你大了一岁吧？什么女朋友不女朋友的，还不都是商业联姻，现在他的那个小女朋友被质疑不是宋家的女儿，你的机会来了你知道吗？"

美盼心头一沉。

秦媛自顾自地说："盼盼，妈知道，你其实是挺喜欢你的那个学长的是吗？既然你的机会来了，就得好好抓着。"

"妈，你乱说什么啊！"

"我没乱说，我早就打听过了，你暗恋你的学长，这件事你们班的同学都知道的。盼盼，之前三亚的事我们就不谈了，可吴舜华总是你喜欢的男人吧？这样，妈妈帮你拿下，你们是同一个学校的，也算是知根知底的，回头确定了婚约，你就可以光明正大地……"

"我没有！"

秦媛的话还没有说完，美盼就气呼呼地打断了她，大声说："我没有喜欢吴学长！"

"妈，就算我求你了，你能不能别这么热衷于我的恋情、我的婚事？我才多大啊，大学还没有毕业，你就非得拿着我的终身幸福来换取你事业上的成就吗？"

美盼气急了，也不知是不是这几天的情绪一直压抑着，这会儿濒临崩溃，才让她再也忍不住，几乎有些口不择言。

要知道，她在秦媛面前一贯都是很控制自己的，尽量不惹她不高兴，也尽量避免两个人有什么交锋，可这次，美盼也不知道自己怎么了。

"我知道你是因为苏晋庭的关系，你现在觉得秦氏以后未必完全是你的，你觉得秦氏要被苏晋庭给抢走了，那你就用你的真本事去把他赶走啊！你老利用我算是怎么回事？我喜欢谁，我不喜欢谁，你有真正关心过吗？你把我当成你女儿了吗？我不喜欢做的事，你一定要逼着我去做，就连我的婚姻都是这样！如果你只能靠你的女儿来巩固自己的地位，那你这辈子也就我一个女儿而已，利用完我之后，你打算怎么做？再去买一个女儿回来吗……"

啪！

美盼侧着身体，脸颊上是火辣辣的疼。她以前从来不在秦媛面前掉眼泪，可这次还是没有忍住，疼痛让她的眼眶都酸胀了，她低垂着脸颊，长发来不及梳起来，这会儿遮住了半边的脸，也遮住了她脸上所有哀伤又愤怒的情绪。

秦媛的胸口剧烈地起伏着，不知是被哪句话给刺激的，她的脸色也是前所未有的难看："你什么时候学会这么和我说话了？我养了你20年，就是把你养成白眼狼的？现在你翅膀硬了，就敢这么和我说话？秦美盼，你给我滚出秦家！"

"好啊，反正我也不稀罕这个家。"美盼伸手一把推开了秦媛，就跑下了楼。

大概是听到了楼下的动静，秦齐林和黎展明匆匆忙忙地从房间里出来，但美盼已经跑出了正门。

　　她跑得很快，所以都没有发现客厅里坐着一个前来找她的崔惜梦。

　　崔惜梦刚到秦家不久，没想到就目睹了这么一场大战。

　　她以前就知道美盼和她妈妈的关系不好，可没想到是这样恶劣，一时吓得没有反应过来，等到楼上有男人的声音在质问发生了什么事，她才回过神来，想到美盼一个人跑出去了，她就连忙追了出去。

第十章
我在翻山越岭走向你

这几年来，苏晋庭很少自己摸着方向盘开这么长时间的车，从C市到A市，2个多小时的路程，再从A市到徐源镇，花了将近3个小时，等他的车子在胡同口停下来的时候，都已经快早上6点了。

上次除夕本来是要过来的，结果临时有事，算起来，他有大半年的时间没有过来了。

这个地方虽然距离A市有很远的一段距离，但也属于A市，而且不是太偏僻的小山村，人口虽然不多，但是环境清静，因为现在还没有过完元宵，比起以往，这里也热闹不少。

苏晋庭下了车，时间还早，他一晚上没吃什么东西，习惯性地点了一根烟，抽了两口，又觉得口干舌燥，正好看到不远处有人卖早餐，他上前买了一份。

这种锅贴中间夹着煎蛋的东西，他都记不清自己到底多久没有吃过了，可嚼起来，还是一如当年的味道。

寒冬的清晨，街道上的行人大多数都是老年人，穿着运动装锻炼身体。苏晋庭一身白色的休闲装，一看就是器宇轩昂，站在这样狭小的街道口，都显得有些格格不入。男人手中拿着一个塑料袋，将早餐吃完之后才朝着胡同口走去。

这里所有的一切都是他熟悉的，气温比起C市来似乎更低一些，尤其是这个时间段。

苏晋庭穿得不多，这会儿冻得俊脸有些泛红，也好似将他周身的气场渲染得更低了几分。

走到21号门前，他伸手敲了敲门，很快就有人过来开门，见到他，一脸的惊喜。

"苏先生回来了？"

"简姨起来了吗？"

"刚刚才和我说准备起来。苏先生，您这么突然回来，你简姨知道得乐坏了，不过您应该提前和我说一声，我们好去接您。"

苏晋庭眸光不由得柔软了一些，低声说："接什么，我认识路，先进去吧。"

"哎，好好好，苏先生，您怎么穿这样少？当心别感冒了。"

"没事。"

两人随意地聊了几句，刚一进门就见到从楼上下来的中年女人。这样的地方，气温比城里要低不少，也不属于北方，所以冬天不供暖。四十几岁模样的女子，身上穿了一件白色的羽绒服，看上去就是那种养尊处优的人，皮肤很好，整个人也很精神，她一头短发显得脸有些胖胖的，见到苏晋庭，她先是愣了一下，随即眉开眼笑……

"晋庭，怎么这个时候来了？"

她一边说着一边迎了上来，一摸到苏晋庭的两只手就皱起了眉头："才穿了这么一点儿？你看你身子都冻僵了。阿姨，快点儿去楼上拿个他之前穿的羽绒服下来，我都放衣橱里了。"

"好的。"

等到那阿姨上了楼，这个叫作简姨的女子马上拉着苏晋庭进了边上的一个小书房，然后又开了空调，这才让他坐下："怎么突然就回来了？之前你和我说有点儿生意上的事不能回来过年了，我还以为你要有段时间不回来呢。"

"就是想你了。"苏晋庭笑了笑，在这个女人面前他的气场是完全不一样的，那种介于亲情和感恩之间的柔软，全都埋在了他那双深邃的眸子里，"简姨，最近怎么样？我有一段时间没来看您了，这次来得突然，什么东西都没带。"

"瞧你说的什么话，我还需要你带什么东西？"女子莞尔，"你人来就行了，我们还是外人吗？"

苏晋庭依旧是浅笑，眸光温柔。

她叫简青，今年已经48岁了，因为保养得不错，整个人看上去也不过刚刚四十出头的样子。对于苏晋庭来说，简青就是他的母亲，因为他有今天的一切，全都是这个女人所给予的。

"简姨，给你看点儿东西。"苏晋庭顿了顿，从裤兜里掏出手机送到简青的面前，他开了锁，打开相册的软件，递给了她。

简青拿着手机，脸上的表情已有了很明显的变化。

苏晋庭站起来："我出去抽根烟。"

等他走到书房的门口，拿着羽绒服的阿姨正好下来，笑着说："苏先生赶紧穿上，这衣服是您去年过来的时候留在这儿的，我都帮您洗干净了。今天在这里吃饭吧？"

"嗯。"

阿姨搓了搓手："那我出去买点儿您喜欢吃的菜。"

她这边前脚一走，苏晋庭就听到书房里有手机的来电声。他给简青的是自己的私人手机，所以知道这个号码的人并不多，也就历承易和郑元林几个人。如果是郑元林打的话，肯定是有什么事。

苏晋庭站在门口，不过一分钟，简青就拿着手机出来了："好像是元林的电话。"

她将手机交给了苏晋庭，眼眶却是有些红，情绪显然还没有稳定，不过在苏晋庭的面前她倒也没有太过压抑着什么，倒是冲着他苦笑："……让你看笑话了，我是不是越来越没用了？"

"简姨，别这么说。"

"你先接电话，我去洗把脸，吃早餐了吗？我给你做点儿。"

"我吃了。"

简青点点头，走进了楼下的一个洗手间，苏晋庭这才走远了些，接起电话。

郑元林也是因为工作的关系没有回家过年，但是之后几天他就会回一趟A市，他父母的老家也都是在A市，现在打电话过来，就是为了汇报一些工作上的事："苏总，之前的几个项目都已经确定了，公司还是会有人跟进。吴木那边的情况，我已经都按照您的要求发到您的邮箱了。我下午就准备回A市。"

苏晋庭应一声，顿了顿，还是问了句："秦家那边怎么样？"

郑元林以为他问的是秦媛："这两天秦媛没来公司，和吴家那边的情况一样，也没有什么太大的动静……苏总，我会找人盯着。"

苏晋庭捏了捏因为没有休息好而有些隐隐作痛的太阳穴："我问的是美盼。"

郑元林马上就说："苏总，我晚点儿再给您电话。"

苏晋庭本人不可能时时刻刻都在秦家，所以郑元林有在秦家收买用人，当然，也不是让人去做什么十恶不赦的事，只是有需要的时候还是会问一些秦家的事，大多还是关于美盼的。

结果，第二通电话却是等到下午才来，郑元林在手机那边显得有些支支吾吾。

"有什么事就直说，你知道我不喜欢吞吞吐吐。"苏晋庭已经吃过了午餐，本来就没打算留宿的，这会儿他差不多已经准备回C市了。

"秦家那边的人说，上午秦小姐和她母亲大吵了一架，好像是因为吴舜华的事，秦媛还对秦小姐动了手，后来秦小姐就跑了出去，已经有一上午了，一直都没有她的消息……我刚刚知道了这件事，马上就派人去找了，不过目前还是杳无音信。"郑元林有些抱歉地说，"对不起，苏总，我今天暂时就不回A市了，一定把秦小姐找到。"

苏晋庭眉心重重地跳了跳，没说别的，挂了电话就和简青说，自己临时有重要的事，要直接回去。

简青把他送到门口，看着胡同口停着的车子，一脸担忧："自己开车？"

"我临时过来的，没让司机开车。"

"这回去得开好几个小时，你吃得消吗？"简青见他气色也不如平常，"昨天没有休息吧？工作是重要，不过身体最重要知道吗？好好照顾自己，别让简姨担心。"

"好，简姨，您也多保重。"

苏晋庭一侧身，简青还是拉住了他，她犹豫了一下，低声说："晋庭，我一直都想对你说一句对不起，还有一句是谢谢你。我知道我让你做的事情始终都是自私了一些，希望你不要怪简姨。"

"简姨，以后你再和我说这样的话，我保不住就真生气了。"苏晋庭伸手拍了拍她的肩膀，语气温和，"是我心甘情愿，不，就算您不提出要求来，我也应该这样做。您是我的亲人，最亲最亲的亲人，是我最敬重的人，我希望您一辈子都没有任何的遗憾。"

美盼站在人来人往的大街上，这才意识到自己身上没带现金。

她是因为生气直接跑出来的，手机、钱包什么都没有带，连外套也没有穿，寒冬时分，哪怕是有暖暖的阳光照着，还是冻得她瑟瑟发抖。

她不知道应该去哪儿，饿得都已经前胸贴后背了，可她身上没钱。

其实她也不是第一次和秦媛发生争执，以前或多或少她也会有点儿反叛的心理，可这样激烈的状况，还真是第一次。

这种时候，她倒也是真的体会到了什么叫作无能为力，这个现实的社会，有时候空有一股子傲气，什么本事都没有，有什么用？

就像她这样的，在别人眼中光鲜亮丽的秦家小姐，可其实真是……什么都不是。

"……美盼？"正走投无路时，身后忽然传来熟悉的男声。

美盼想着，这个C市是真小，怎么偏偏这个时候遇到吴舜华呢？

光是听声音她就知道身后的人是吴舜华，一想到自己因为他和妈妈大吵一架，现在狼狈地跑出来，说实话，心里真是有各种滋味儿。

"美盼，真是你！"吴舜华是从车子上下来的，见这么个大冬天的，她竟然只穿了一套很单薄的休闲装，外套也没有，很自然地就脱下身上的羽绒服披在了她的肩上，"你怎么了？我隔着老远就看到你了，穿这么少就出来，也不怕着凉。"

美盼是真冷，所以学长的外套披在身上，她很自然就接受了，好汉不吃眼前亏嘛！

"学长，真巧。"她勉强扯出一丝笑意来。

"你——眼眶都是红的。"吴舜华看着她，"是出什么事了吗？"

美盼想着，倒真是出事了，还和你有关呢，但这话她当然不会说，她只是摇摇头："没。"

吴舜华见她不愿意多说的样子，不再细问，只拉着她上车。刚刚车子不是他自己开的，他这会儿让司机下了车，交代司机自己打车回去，然后直接把美盼推进了副驾驶位子，自己也坐在了驾驶位子上，又体贴地将空调的温度打高了一些，这才说："吃饭了吗？"

"……吃了。"美盼违心的话刚一落，肚子就不争气地咕咕叫了起来。

车厢狭小，这声音真是让美盼觉得尴尬。她轻咳了一声，下意识地伸手捋了捋耳后的碎发，正好露出整张脸。

秦媛刚刚那一巴掌下手可不轻，刚刚是外面冷，倒是不太明显，这会儿被空调一吹，另一边回暖了，这一边就显得格外明显，她皮肤白皙，这种衬托就更甚。

吴舜华近距离一看，还能看到几个手指印，触目惊心。

"你的脸……"

美盼连忙将头转向了另一侧，她性子还是有些傲娇的，这样的一面，自然是不甘心示人的，更何况这人还是吴舜华。一时美盼心里无比窘迫："……没什么。"

吴舜华大概也能够想得到，她这明显是挨打了，而且下手的人力道可真是不轻，毕竟是个柔弱的小姑娘，不知道是谁那么狠心！在秦家的话，难道是……苏晋庭？

他并不知道秦家的具体关系是怎么样的，只知道苏晋庭是住在秦家，这么顺水推舟地一想，肯定是想到只有外人才会动手，自己的亲人怎么会舍得动手打孩子？

"你不想说我就不问了，不过你肚子饿了是吗？我带你去吃点儿东西吧。"

"学长，真的不用，我……"

"你就别再拒人于千里之外了。"吴舜华也不傻，其实男女之间的那点儿事，他心里清楚得很。他和美盼本就是同一个学校的，偶尔也会听到一些传言，哪个班的哪个女生有暗恋你，经常偷偷跟着你之类的话，他知道，这些人之中以前就有"秦美盼"这三个字。

那时候他完全没当回事，不过接触之后，倒觉得她是一个挺有个性的女孩儿。

他们这样环境下的同龄人，其实都是差不多的样子，仿佛从最初的一个原型之中拷贝出来一样，所有的女孩子都是一副唯我独尊、任意妄为的姿态，她们穿的一定是奢侈的品牌，每天谈论最多的就是什么品牌出了什么最新款，然后争先恐后地要得到……每天的生活之中都充斥着浓浓的铜臭味。

连同他身边的人也不例外。

有时候人就是这样，谁都喜欢特别的、新鲜的，这种微妙的感觉不断地冲击着吴舜华，加上宋家这段时间出的事，让他更是觉得自己眼前的这个女孩儿是那么单纯又可贵。

他这么一想，心头更是柔软了。他稳了稳思绪，低声说："美盼，我不是你的学长吗？我们还一起工作过，我照顾你是应该的。你别想太多，我没有别的什么意思，我们就像以前那样相处，好不好？"

美盼大概也知道，学长是因为之前的事觉得自己对他可能是有偏差的想法，但其实并没有。

他们在一起实习的时候，关系看似有所进展，可谁都没有挑明的暧昧，那就只是暧昧而已。也许对学长来说，那连暧昧都不算，人家可能就只是单纯地把她当成一个学妹看。

但现在他小心翼翼地说出这样的话，让美盼不得不朝着那方面去想。

美盼反而更尴尬了，此外还有一种迷茫。

自己喜欢了这么久的学长，现在好像是在对自己示好。连妈妈都表示要让他们交往了，可她的反应却是如此激烈。

她到底是怎么了？

"盼盼？"吴舜华见她一直都没有反应，又叫了她一声。

"啊？"

"没什么，你饿了吧？我先带你去吃东西。"大概是看出她有些心不在焉，吴舜华也没有再多说，发动了引擎。

美盼明显有些心神恍惚，吴舜华一路上都在观察着她的表情，但见她眉宇间尽是失落和不安，心里估计着可能小丫头是和家里人闹矛盾，却也不敢笃定。

餐厅是吴舜华选的，美盼是真饿了，所以她没有再矫情，大口大口地吃了起来。把肚子填饱之后，吴舜华问她要去哪儿。

美盼自然是不可能回家的，但是她没有打算告诉吴舜华，可她身上一分钱也没有，也不是个办法，所以想了想，美盼说："学长，我其实是有点儿事才出来的，可我忘记带手机，也忘记带钱包了，你能不能借我两千块钱？我下回一定还你。"

吴舜华哭笑不得："何必和我说借这么见外，两千够吗？"

他一边说着，一边取出了钱夹，一看里面的现金大概有三千，就都拿了出来："如果不够的话，你就和我说，没关系，我是你学长。"

今天从吴舜华的嘴里听到最多的一句话，大概就是"我是你学长"了。美盼其实挺不好意思的，她还是第一次开口和人借钱，不过这种时候，她想着好汉不吃眼前亏，管不了那么多了，大丈夫都是能屈能伸的，她一个小女子还矫情什么？

"谢谢学长。"

她站起身来就要走："谢谢你的午餐，不过我得走了。"

"你准备去哪儿？我可以送你——"

"不用了。"美盼说着把椅背上的外套递给了吴舜华，"这个衣服还给你。"

"你穿着吧，我有车子，不会冷，你不是要办事吗？跑来跑去的，外面真的挺冷的。"

吴舜华个子挺高的，美盼穿着他的短款羽绒服都直接盖住了臀部，不过暖和是真的，她想着，钱都借了，一个外套……算了。

又说了谢谢之后，美盼拿着钱和外套先离开了餐厅。

吴舜华看着她上了一辆出租车，然后默默地记下了那个车牌号码，想了想，还是打了个电话。

"……是我，你帮我查一辆出租车的号码，嗯，我要知道车去哪儿了。"

苏晋庭连续开了十来个小时的车，自然是有些受不住，他本来就一晚上没有休息好，重新回到C市见到郑元林时，都已经是傍晚时分了。

郑元林这边刚刚放下手机，忙对着气场阴冷的男人说："苏总，刚刚确定的消息，秦小姐应该是找了吴舜华，有人看到他们一起吃饭，现在有可能还在一起。"

苏晋庭紧绷的脸色更是暗沉了几分，郑元林看着他那嘴角的线条就知道他心情很不好，不敢再多说什么。

"你先回去吧。"他忽然说。

郑元林愣了一下。苏晋庭情绪烦躁的时候习惯性地会点根烟："人能跑哪儿去？我能找到她的……本来就是你的年假，你回去陪陪你父母吧。"

谁不想回家过年？

郑元林当然也想，其实找个人而已，也不见得是一件多难的事，何况秦小姐也走不到哪儿去，这么一想，他也没有再多说什么，准备了一下就离开了。

苏晋庭就站在办公室里，抽了两根烟之后，重新拿了车钥匙和外套，离开。

美盼也知道自己不可能真的和秦家脱离关系，现在的她搞得像一个叛逆的孩子一样，可其实她知道，她不是叛逆，而是受够了。

现在既然出来了，就当是散散心吧，之后回家到底应该如何，她想着，之后的事，就之后再说。

其实她始终都明白什么叫作血浓于水。

从她懂事以来和秦媛的感情就不怎么好，可在她的心中，那始终都是妈妈，平常她过分的言辞自己都是能忍就忍着，只是今天，她知道自己的情绪失控和最近很多事都有关。

她坐着出租车，让司机开到了C市的沿江大道。

已经是傍晚时分，冬天的天暗得快，想来夜幕马上就要降临了。这个地方倒是显得越发安静起来，只有海浪的声音。

一个人站在这里，整个世界就只剩下了海浪的声音，这样的感觉很好。

面前的栏杆不是很高，美盼撑着双手跳了上去，然后走进了里面。

那路边上的司机还没有开车离开，这会儿顺着后视镜一看，正好看到美盼竟然往里面走了。下面就是江，这江水可是活的，直通太平洋，不知道有多少想不通的年轻人来这儿跳江自尽过，这个年纪轻轻的小丫头，大晚上的来这里，不会也是想要自杀吧？

司机吓了一跳，慎重考虑后，连忙拿出手机拨了110。

美盼哪会想到要自杀？

她个性虽也好强，不过还是挺乐观的性子。

虽是和母亲关系不和睦，但是和父亲好。有时候她也会想，也许秦媛就是这样的人，也不见得她有多关心自己的爷爷，对于她来说，她这一辈子追求的大概就是名利、权势、地位、金钱，所以亲情才会显得那样微不足道。

她的奶奶去世得很早，在自己的记忆之中只有一个模糊的轮廓，可美盼一直都知道，自己妈妈就是随了奶奶。

奶奶就是非常好强的一个事业型女人。

甩了甩脑袋，她伸手抱着脸，站在距离江边几步之遥的地方，将那些乱七八糟的思绪统统抛诸脑后，既然人都在这里了，她现在何必去想那些心烦的事？

其实每年过年的时候秦家都显得比较热闹，因为进进出出的人很多，可都是生意人，或者是爷爷的老朋友，再不然就是秦媛的那些生意伙伴。

其实也没她什么事，就是跟着跑来跑去地吃饭，每年都是这样。

此刻，她摸着自己裤兜里面的3000块钱，不是很厚，心里却在盘算着，是不是可以直接坐车，去一个清静的地方过个年？

空气可真好啊……

就是有点儿冷。

美盼伸手捋了捋额前被风吹乱的长发，只想对着这条一望无际的长江大喊一声，她的人生，偶尔也是如此地糟糕！

苏晋庭在7点多的时候接到了历承易的电话。历承易的父亲算是桃李满天下，有学生毕业之后在警局上班。本来苏晋庭只是想让历承易找人帮帮忙，没想到历承易这边才跟这个警察一说，那边正好来了一个报警的电话，说是有个女孩儿站在江边，疑似准备自杀。

通过描述之后，历承易几乎能肯定那人是秦美盼，所以立刻通知了苏晋庭。

苏晋庭现在也谈不上有多么了解美盼，可他知道，20岁左右的女孩儿，心理承受能力那自然是不能和他这个年龄段的人比的。秦媛是个怎么样的人他很清楚，这次她挨了耳光，是因为逼着她要去商业联姻的事。秦媛已经不是第一次提到要让美盼联姻了，这下美盼的自尊心受到了冲击，还真有可能一时想不开。

苏晋庭踩着油门的力道不断地加大，太阳穴一跳一跳的，疼得厉害。

长时间开车，没有休息好，让他的脸色看上去显得有些憔悴，可这种憔悴却让他身上的气场看上去显得越发冷峻。他对C市的路不是太熟悉，所以用了导航，结果导航带着他绕了半个城市才找到历承易说的那条江。

苏晋庭到的时候都快9点了。

大晚上的，外面只有寒风呼呼吹着，气象预报说今天晚上会降雪，苏晋庭从车子里出来，果然看到外面飘着白色的雪花，不过刚下不久。

这种天气江边本来就不多，夏天还有人来这里散散步，这大冬天的，又下雪了，连个鬼影子都瞧不见。

苏晋庭看了一圈也没有任何发现，他拿出手机，打开了自带的手电筒软件，可照射的范围太小，想了想，他还是从那个栏杆处跳下，然后走了进去。

这小丫头，不会真想着要自杀吧？

这么长的时间了，如果她人不在这里的话，会不会已经……

苏晋庭蹙着眉头，英气逼人的俊容上已经浮现一丝紧张和不安，这种前所未有的陌生情绪，渐渐凌驾他的理智和镇定之上，张嘴刚要喊美盼的名字，忽然就听到不远处传来一阵脚步声，似乎还伴随着人的交谈声。

苏晋庭气息一沉，连忙顺着听到动静的方向走去，走了十来步之后，果然看到不远处有光，而且那交谈声越来越近，也越来越清楚。

"……我背你吧，别逞强了，这都下雪了，再这么耗下去，一会儿就真的走不了了。"
是个男人的声音，苏晋庭眉心重重地跳着，因为觉得好像在哪儿听到过这个声音，但一时又想不起来。

只是后面有人一接话，他立刻就清楚那两人是谁了。

"不用了，学长，你扶着我吧，我没那么脆弱，自己能走。"
苏晋庭的眸光比此刻的气温更冷了几分。

"美盼，你别老这么倔强，你的脚都崴了，何况现在还下雪了，要是一会儿不小心再摔一下，真想当瘸子了？"

"学长……"

"别说了，赶紧上来。"

吴舜华是在30分钟之前赶到的，他之前就让人调查了美盼乘坐的那辆出租车，结果得到的消息就是，美盼来了这个地方。他思来想去都觉得不对劲，所以还是跟着过来了。他知道她有心事，所以到了这里之后也没有马上上前，只是默默地跟在美盼的身后。后来因为突然下雪的关系，他担心美盼着凉生病，而且时间也不早了，她一直这么待在这里肯定是不行的。

结果他刚准备上去，美盼就察觉到了身后的动静，还以为是什么心怀不轨的人偷偷跟踪她。这里没什么人，身后的脚步声越来越清晰，她也不敢回头，只能越走越快，最后还小跑起来，结果很倒霉地绊在了石头上，摔倒的时候弄伤了脚踝。

"……胆子这么小，还敢一个人在这样的地方待上好几个小时，美盼，你知不知道，这里经常有想不通的人跳江自杀，也许边上都有冤魂……"

吴舜华背着美盼，一边走，一边半开玩笑地说。

美盼在这方面胆子不够，经他这么一说，她心头一紧，本是有些尴尬地只象征性地圈着他脖子的双手一下子抱得很紧："……学长，我怕鬼，你别乱说。"

"乱说什么，我说的都是真的，有什么想不明白的事，要来这么偏僻的地方？幸亏最近也没涨潮，要是涨潮了，还不直接把你给冲走？"

"没那么夸张。"美盼在这里吹了好几个小时的冷风，倒是觉得心情舒畅了不少，"我会游泳的。"

吴舜华笑了笑，很快就走到了护栏的一侧，他放下美盼："我把你托上去吧。"

美盼想着，两人的肢体接触真的是有些尴尬，正好看到边上有一块大石头，她说："不用了，不是很高，我踩着这个上去就好。"

没多久，两人就出了护栏，走在平坦的路上。美盼动了动自己的脚踝，比刚刚好点儿了："学长，你赶紧回去吧，我差不多也要回去……"

"你又骗我呢，刚刚你都说你要回去，结果跑来这个地方，要不是我担心你……"

话说到这里，吴舜华一顿，大概是看到美盼移开了视线，很是尴尬的样子，他连忙说："我就是学长对学妹的关心。"

美盼本是一个挺干脆的人，也不喜欢含糊不清，尤其是吴舜华，她不知道自己现在对他是怎么样的想法，可以前她的的确确是有喜欢过他，现在两人之间总有些莫名其妙的暧昧。

这让她有些不太舒服，她想了想，很认真地说："学长，我其实的确是和我妈妈吵架了，因为她想要让我和你……嗯，就是想要撮合我们商业联姻。"

吴舜华一愣。

美盼把这些话说出口了，反倒是松了口气，有了一个开场白，下面的话就好说多了："我不想这样。我知道你是一个很优秀的人，那天我见到你的女朋友，她很漂亮很可爱，和你很般配，所以我肯定不会耽误你什么。以后不管我妈说什么，希望你都不要在意，也许生在豪门，婚姻并不是我们可以选择的，对于别人来说最幸福最平凡的事，对我们来说却是最大的奢侈。"

"美盼……"

"学长，我把这些话说出口了，就觉得舒服多了，所以你真不用担心我，再过两天我都21岁了，我也不会自杀，更不可能走丢，我就是想散散心，就是希望你能暂时帮我保密，如果有人问你我去了哪儿，你就当不知道。"

美盼几乎是不给他说话的余地，一口气说完之后就要走。

吴舜华追上去："美盼，至少让我送你到车站吧？"

美盼想着，现在下雪了，的确是不方便，也就没有再多说，上了吴舜华的车。一路上两人都没有开口说什么，心思各异，美盼倒是一脸轻松，吴舜华却是一脸复杂。

到了车站之后，美盼要下车，吴舜华欲言又止，美盼忽然有些害怕他会对自己说点儿什么，不由分说地推开车门下了车，然后隔着玻璃，笑眯眯地对吴舜华挥手。

看着那车子开出好远，美盼才偷偷松了一口气。

她拿出手机，准备用打车软件叫个车过来——晚上总得找个地方休息一下，但这边刚拿出手机，脚边忽然出现两道车前灯的光线，伴随着车子的引擎声。

美盼心头一紧，还以为是吴舜华去而复返，她来不及将手机放回去，转身的同时，人就

131

已经被男人的大掌给钳制住，扑面而来的男性气息，不是吴舜华的，而是她所熟悉的另一个男人的。

因为夜晚的关系，又下着雪，光线并不好，这样偏僻的地方，此刻只能听到寒风过耳的声音。美盼抬起眼帘，正好有雪花飘下来，落在了她长长的睫毛上，她忍不住抖了抖，可映入自己眼帘的那英俊的五官上，似乎沾着的雪花比自己的还要多一些。

不知道是真的太冷了，还是因为苏晋庭的神色格外暗沉，美盼只觉得被他捏着的手腕都有些疼，她缩了缩脖子："……你怎么会在这里？"

苏晋庭薄唇紧抿着，什么都没说，只是那双深邃的眸子对着美盼，透着几分前所未有的阴鸷。

美盼心头莫名一颤，也讲不清怎么了，看着他这样的眼神就是有些瘆得慌。

男人将她从头到脚打量了一下，确定她没什么大碍，就是左脚的重量都倾斜在右脚上，应该是刚刚崴伤的关系。只是她穿得不多，这么冷的天，还是夜里，冻得嘴唇都有些发紫。

他伸手，打横就将美盼抱了起来，动作很快，还没让美盼挣扎两下就已经走到了车子边上，将她塞进了副驾驶位上。

"苏晋庭，你做什么？我不上你的车……"

男人伸手强制性地给她扣上安全带。美盼这种小性子就是典型的吃软不吃硬，苏晋庭端着一张冷冰冰的脸，莫名其妙地对美盼散发着寒气，这同样也让她不舒服，本能地反抗了两下，苏晋庭本就阴郁的心情更是焦躁起来："不上我的车，那你想上谁的车？给我坐好！再乱动就别怪我收拾你。"

"你，蛮不讲理！"美盼气呼呼，"你又不是我的谁，还收拾我，你还想打人啊？"

苏晋庭似笑非笑地看了她一眼，捏住了她的下颌，一字一句："不，我会抽你，你要不要试试？"

"你，说什么——"

后面的话，全数都被吞入口中。

这是……第几次接吻了？都说事不过三，可他们两人好像……越来越偏离最初的轨道了。

美盼瞪大了眼睛，很快唇上就传来一阵刺痛，这个男人根本就不是在吻她，而是带着一种激烈的情绪在啃噬着她的唇，美盼想要挣扎，却发现自己根本连一口气都来不及喘，这个时候她才真正体会到什么叫作力道的悬殊。

原来，以前他也不过就是使了不到三分之一的力，而现在，她才是真正如同砧板上的鱼肉，他想怎么样，就能怎么样。

车门开着，她就坐在副驾驶的位子上，身体被苏晋庭强制性地压着，一动不能动，外面是呼呼的冷风，而那个钳制着她的男人，半个身体撑在了门口，单膝跪地，有风吹进来，美盼是真觉得睁不开眼睛，只有唇上那种沉重的感觉，渐渐又变得麻木。

苏晋庭是在生气。

千里迢迢地从C市到A市，再从A市到C市，他没有发现的是，自己的情绪一直都被这个小丫头给牵引着，甚至连同自己心里也产生了一丝微妙的变化，只是速度太快，让他都措手不及，这个一贯都可以掌控身边所有一切的人，此刻却是最不能掌控自己，和她。

这让他觉得不安。

得知她出了事，他第一时间赶回来，可找到了她，看到的却是她和别的男人在一起。

他就这么跟在他们的身后，清清楚楚地听到她一口一个学长地叫着，看着他背着她，一种怪异的酸涩充斥在自己的胸腔里。

那一刻，他满脑子想的就是——这个女孩儿，难道不是属于他的吗？

可也就是这一闪而过的念头，让他惊觉，原来自己一直都存着这样的心思。

她是属于他的。

秦美盼，是苏晋庭的。

这样的认知，像在内心深处回响了无数次，直到这一刻，他才彻彻底底地承认，原来他对她竟是这般在意，因为他不知从什么时候开始，已经产生了想要拥有她的念头。

无关任何其他目的，只是一个男人单纯对一个女人的念头。

感觉到怀里的人还在挣扎，苏晋庭越发用力地吻下去。

美盼这种零恋爱经验的人，在接吻这件事上，几乎所有相关的记忆都是属于这个男人的。她那点儿毫无抵抗力的挣扎没能起到一丝作用，如果苏晋庭不想放手，她就算再折腾，也不过是更加激发了这个男人想要征服她的欲念而已。

她的身体渐渐瘫软下来。

安静的车厢里只有津液交缠的声音，还有男人那粗重又显得有些急促的呼吸声，当然也有她忍不住了，从嗓子眼儿里发出来的——呻吟声。

苏晋庭听着她那酥软的声音，感觉到她的身体在慢慢地放松，又变得格外敏感，一时心头的阴霾消弭了大半，还有另一半就是冲上来的情欲。他喉结上下滑动着，整个人映衬在那黑色的夜幕之中，说不出的性感邪魅。

他伸手，越过美盼的身体就将副驾驶位上的车座按钮轻轻摁了一下，座椅顿时往后倾斜下去，顺着这样的姿势，他整个人也很自然地进了车子。

松开她唇的那一刹那，他反手拉上了副驾驶位的车门，然后将车位的按钮往后面重重一拉，整个位置就俨然成了一张小型的躺椅，美盼的身体被他压在了下面，他伸手拉着她的两条腿，然后屈身，单手握住了她两只手的手腕，高举过头顶，身体慢慢地覆上去。

"……苏晋庭，你做什么？"

苏晋庭勾了勾唇，倒映在美盼瞳仁中的那种俊容成熟性感又仿佛略带邪性，他挑眉，松开她一只手，往自己的小腹下方摁了摁。美盼只觉得掌心一阵滚烫，一时面红耳赤。苏晋庭却是满足地哼了一声，嗓音喑哑了不少："感觉到了吗？"

美盼只觉得车厢好小，太安静了，也太危险，她的身体是烫的，那点儿挣扎的力气，对苏晋庭来说如同隔靴搔痒，可心里却紧张害怕，还带了一种难以言喻的酥麻——

"我……苏晋庭，我是秦美盼，你别……别看错人了，你放开我……别这样。"

"你觉得我还能认错人吗？盼盼，我可从来不对别的女人这样。"

美盼动了动唇，脑海里本能的念头就是想要反驳他的话，但喉头滚烫，竟是一点儿声音都发不出来，连她自己都不知道，此刻她面若桃花、朝气蓬勃的脸蛋儿上染着的红粉的色泽，更是撩着男人的身心，让他欲罢不能。

他贴着她的唇，眸光深邃，语气霸道："我已经和你交底了，我想要你，不是长辈对晚辈，而是男人对女人。所以，如果以后还有类似的事发生，你要第一时间通知我，我不喜欢你和那个男同学走得太近。"

美盼目瞪口呆。

这男人……算是在和她……告白吗？

可有谁会把告白说得这样霸道，简直就是蛮不讲理！只是这男人的语气却越发温柔，包括他此刻压在她身上的力道，不至于弄疼了她，却让她毫无反抗的余地。

"现在回答我，和你说的话，听清楚了没有？"

虽然美盼也知道苏晋庭这人强势霸道得很，但眼下这个情况是不是有点儿过了头？怎么会有人在表白了之后强迫自己接受不说，还想着完全控制她的人生和私生活？

美盼骨子里的那点儿小傲娇被激发出来，拧着秀眉就出声："你凭什么……这么要求我？苏晋庭，就算你刚刚说的话都是真的，你也不能这么要求我，简直蛮不讲理！你，走开，这么重，压着我难受。"

"盼盼，我不喜欢拿这种事开玩笑。"苏晋庭眸光柔软，眼角眉梢带着一丝春情，可言辞却不容抗拒，"既然会反驳，看来是听清楚了。今天太晚了，我暂时放过你。"

他终于慢慢移动着自己的身体。美盼松了一口气，随后就感觉到苏晋庭直起了身体，顺带着扣上了她的安全带，那柔软的眸光温柔地凝视着她，仿佛是用了毕生的专注力，这种眼神让美盼忍不住心跳加快，却听到他说："但你要记住，你已经是我的了，怎么都逃不掉。"

第十一章
不是只有我可以，而是我都舍不得

外面的雪是越下越大，黎展明急得团团转，恨不得现在就知道女儿在哪里，然后插上翅膀飞出去找到她。

秦媛倒是不疾不徐的，一整天也不见她有什么担心，不过这个时候，她还没有像往常那样直接休息，也跟着坐在客厅里。

秦齐林一直都沉默着。对于自己的女儿和孙女之间的口角他似乎早已习惯，加上他一贯对美盼也谈不上有多么宠爱，所以此刻也没有太过担心。美盼如今都快21岁的人了，有了自己的想法，自然不需要太过在意她跑出去的事。

在秦齐林的认知里，孩子那是宠不得、惯不来的，将来的秦氏会如何，他还没有彻底想好，所以现在，他必定也会在美盼的身上寄予一分希望，还是想着她可以担当大任。

秦家给了她这么多，她不可能只是拥有而不付出。

座机响起来的时候打破了整个客厅的沉寂，黎展明冲过来要接电话，秦齐林动作快他一步，拿起了话筒。黎展明只能站在一旁一脸焦急，他知道，这个电话肯定是关于美盼的。

不知道电话那边的人说了什么，秦齐林的神色稍稍有些凝重，但始终都没有开口说什么。黎展明见他这样，越发焦急起来。秦媛坐在一旁，看着丈夫那急得如同无头苍蝇的样子，心里非常不是滋味儿，她冷哼一声，张嘴就说："她又不是三岁小孩，马上就要21岁了，成年了你懂吗？瞧瞧你那样，就在C市，还能有人把她给吃了不成？"

黎展明不想理会秦媛的冷嘲热讽，他心里有气，但此刻也只能憋着，因为现在最重要的还是找到美盼。

秦齐林一句话没说，最后只嗯一声就挂掉了电话。在挂电话之前，他还不忘客气地说："辛苦，改日请你吃饭。"

"……爸爸，盼盼她，在哪儿？"

秦齐林从沙发上站起身来，视线先是落在了秦媛的脸上，然后才看向黎展明，他只是说："没什么事，她应该是在一个朋友的家里，确定就是在C市，你们都不用瞎操心了。这都已经大半夜了，先上去休息吧，明天我会让人接她回来的。"

他这么一说，黎展明总算是松了一口气。

秦齐林招来常年伺候自己的用人，说自己也要上楼休息了，秦媛这才施施然起身，越过黎展明上了楼。

黎展明一个人在客厅里又坐了一会儿，神态憔悴不少，最后也上了楼。

楼上。

秦齐林的房间，他躺在床上却又翻身坐起来，耳边回响着刚刚电话里的那句话……

"美盼没事，现在应该是在苏晋庭那边，确切的消息。"

美盼在车上就睡着了，一整天都处于神经高度紧绷的状态，路上她就昏昏欲睡，哪怕不断提醒着自己不能睡，可还是挡不住困意来袭。

苏晋庭将车子停在了车库里，侧脸，正好看到她安静的睡颜。他将车子熄火，有灯自动亮了起来，从他的这个角度，正好可以看到她挨了打的那一侧脸，上头有几个手指印，还很明显。

男人的眸光一瞬间冷了下去。

这个耳光是秦媛动手打的，她倒真舍得下手！

苏晋庭眯着眸子，冷冷地凝视着那五个手指印，扣着方向盘的手指力道不由得加大。

美盼睡得迷迷糊糊的，隐约还是能够感觉到有人抱起了她，心里有一个声音在叫着让她赶紧睁开眼睛，因为知道这个抱着她的人是谁，可那警觉的声音并不能让她清醒过来。

真的好累。

她本来就比较贪睡，加上这几天一直都没有休息好，现在好不容易就这么睡着了，潜意识里就不愿意醒过来。

不去想别的了，天大的事，还是等睡醒了再说。

美盼无意识地嘤咛一声，睡着的样子如同一只收起了利爪的小猫咪，凑在苏晋庭的胸口处蹭了蹭，然后找了一个让她感觉舒服的位置，气息更是悠长了一些。

苏晋庭人已经站在了别墅的玄关处，头顶的感应灯亮起来，他垂下眼帘，看着怀里的美盼。她睡着的样子，安静得让人不忍心用力呼吸。

或许这样子的乖巧，才是最真实的她。

他站在原处愣愣地看了好一会儿，连他自己都没有察觉到，那性感的薄唇始终都是上翘着的。

这个小丫头，对于他刚刚说的那些话，现在估计都已经抛诸脑后了，不然哪能睡得这么香？真是一刻不看着，都有可能让人给拐走。

美盼有些认床，所以在床上睡了几个小时就感觉不太舒服，翻来覆去，可又睡得沉，怎么都醒不过来，这种感觉折腾得她非常不舒服，好像是在做一个无比吃力的梦。

可梦里，怎么会有声音？

还是……苏晋庭的声音？

她似乎听到那个男人在说些什么，美盼屏息，那浑厚性感的声音若有似无，好像很清晰，好像又很模糊，可她分明是听到了什么——

"……W集团的财政情况，我要你找个比较靠谱的人，放点儿消息出去，嗯……我没什么兴趣对付吴木，让秦媛知道自己错在哪里就行。另外，你再帮我找几个人，放高利贷的那种就可以，放W集团的消息的时候，你让那几个人去问候一下秦媛……"

……

W集团？吴木？还有……秦媛？

这些名字很熟悉，是关于学长和学长的父亲的吧？还有她的母亲。

这到底是不是梦……应该是梦吧？别人都说了，日有所思夜有所梦，她就是因为秦媛逼着自己和吴舜华商业联姻的事而离家出走的，所以现在做这样的梦，也正常。

美盼哼了一声，她是真的太累，翻了个身，嘴里含含糊糊地说了一句什么，长腿蹬了蹬，又睡着了。

苏晋庭就坐在床沿儿，美盼踢被子的时候，男人正好收起了手机，他将手机丢在一旁，俯身就将被子拉过来，盖在了她的身上。

美盼还不配合，小脚又是不耐烦地蹬了两下，男人伸手就捏住了她的脚心，不知道是不是因为捏住了她比较敏感的地方，她分明是睡着的人，这会儿却是咯咯地笑了两声，然后苏晋庭就听到她嘴里软软地叫了一声——爸爸。

"……囡囡想吃糖醋排骨……好久没吃了，爸爸……"

苏晋庭知道黎展明有时候在家里就会喊她的小名。他不是在南方这样的城市长大的，但也知道"囡囡"就是宝贝的意思。他知道黎展明对美盼很好，这会儿听她自言自语地讲着梦话，那种糯软的语调，让男人的心尖一片酥软，只是眸光落在她依旧有些红肿的脸上时，还是会泛起阵阵冷光。

黎展明一晚上都没有休息好，虽然身边的妻子睡得很踏实，但他还是反反复复地折腾了大半夜，第二天天刚蒙蒙亮他就起床了。

今天秦齐林说了要去接美盼，他肯定是要一起过去的，昨天那个丫头跑得那么快，受了委屈自己都来不及安慰她几句，他怕她耍脾气不肯回来。

"你打算把女儿一直都拴裤腰带上？"黎展明正站在衣帽间换衣服，还以为秦媛在睡觉——毕竟还太早，没想到她竟然也醒来了。

他拿了一件衬衣套上，转身过来，看到秦媛穿着绸缎的睡衣坐在床上，卸了妆，很容易看出她的气色，也不显得有多好，此刻正怔怔地看着他。

"秦媛，我知道你心里最渴望的是什么，我们肯定不会成为你的绊脚石，但是我希望你以后对美盼好一点儿，她……"黎展明很想心平气和地与秦媛沟通，可他说到最后，声音还是有些低沉，"她怎么都是喊你妈妈的，是你的女儿。"

"我虐待她了吗？"

黎展明抿着唇，扣上最后一颗扣子，并没有出声接话。

秦媛倒是笑了，不冷不热的，语气也不显得有多尖锐，如果仔细去区分，那里面似乎还有一些无奈，带着鲜少在人面前展露出来的那种疲倦："我也知道你心里在想什么，你和我的出发点从来就不是一样的，包括你当年那样的妥协……我只是想告诉你，人心都是肉长的，别把我想成十恶不赦又唯利是图的小人。你觉得我把她的婚姻当成了有利于自己生意的筹码？我就是想让你知道，她总归是有这么一天的，怪谁？不怪我爸，更不能怪我，要怪就怪她生在秦家。"

黎展明拿着外套，手指不断用力，却始终都是低垂着眼帘，虽是不出声，但那种样子就是在隐忍。

秦媛最看不惯他这副样子，她有时候真的恨不得他和自己大吵一架，哪怕是动手都好，他以为他这样就是在对自己让步？

这就是冷暴力！

"呵，瞧瞧现在的你和我，就知道什么叫作门不当户不对了，明明过得不幸福，却还在彼此勉强，我想，你也不希望有一天女儿会重蹈我们的覆辙吧？所以说，别把所谓的商业联姻看得那么悲观，就算是有爱情又能如何？在这个现实的社会，渺小的人类从来都是妥协者，我们要生存，就得明白什么是规则。"

黎展明始终没有出声，到了最后，他也不过就是沉默地穿上外套，离开了卧室。

不知道从什么时候开始，他已经不再去正面回应秦媛的这些问题，哪怕心里很清楚地知道问题的症结究竟在哪里，他也只是抱着一种逃避的态度去面对自己的妻子，反而将自己的一门心思都放在了女儿的身上。

背后，那个坐在床上的女人看着男人干脆利索地关上了门，那双在别人面前只会展露出高傲冷漠的眼神深处，却有哀伤的情绪一闪而过。

美盼醒来时已是第二天的正午。

她睁开眼睛的时候，发现四周的一切都显得很陌生，冷硬的色彩系列，简单却又不失奢华。她到底是出身豪门，好坏只需要一眼就能够看出来，这个卧室的主人显然是出手不凡，每一样东西都不是一般的人消费得起的，而且品味也很不错，看上去简单的设计，其实都非常有味道。

不过这些都不是重点。

重点是，这里是哪里？她为什么不是在自己的房间、自己的床上？

美盼心尖一颤，来不及细想，直接就翻身下床，看了一眼自己身上的衣服……她的脸色在一瞬间变得苍白。

她身上的衣服……已经不是昨天的那套了。

她往胸口一摸，脸色更是难看了，内衣都已经被换过了……大脑正一片混乱又慌张的时候，卧室的门忽然被人推开，有人从外面进来。

美盼几乎是下意识地就倒退到了床上，可抬头一看那个朝着她走过来的男人，白衣黑裤，风度翩翩，她的脑海里很快就像是被人安上了发条一样，有让人脸红心跳的画面快速又清晰地闪过。

苏晋庭倒没想到美盼这么能睡，早上的时候他没忍心叫醒她，但现在都已经中午了，他让人特地准备了一些吃的东西，所以才上楼来叫她，没想到她已经醒了。

男人走到一旁的柜子边上拿起遥控器，摁了一下，美盼身后不远处的窗帘就自动打开了。

一场大雪过后，今天的阳光格外好。

那些光线一旦没有了窗帘的遮挡，就大片大片地泻进来，落在了美盼的身上。她现在的样子有些狼狈，因为刚刚睡醒，头发都是乱糟糟的，加上这几天没有休息好，气色也不好，可那样柔软的光线落在她的头顶、身上，衬得她的皮肤白里透红，看着就让人蠢蠢欲动。

苏晋庭丢下遥控器，迈开长腿朝她走来。

"醒了？"他问得很自然，随意的口吻，显得嗓音慵懒又性感，"你还挺能睡，睡那么长时间，头疼不疼？"

美盼仰着脖子看着他，眼神警惕之中，却也看到那个沐浴在阳光之下的男人，他走过来的时候，人正好落在那些光线之中，不知是因为他今天没有西装革履，还是因为他现在眉眼柔软，又或者是他此刻嘴角微微上翘的关系——

美盼没法控制自己的心，只能任由心脏失控地狂跳起来。

"问你话呢，傻乎乎地看着我做什么？"苏晋庭人已经站在了床边，以居高临下的姿态看着仰着脖子的美盼。大概是见她眸光呆呆的，又好似有着几分警惕，只是那些警惕显得太过微不足道了，他俯身，伸出一只手，捏住了她的下颌："盼盼，你用这种眼神看我，我很容易想要对你犯罪。"

"……"

一想到昨天晚上他对自己说的那些话，美盼实在是不知道该如何面对他。

她起身，尽量回避着男人灼热的视线，只作势要下床："你让一让，我要起来了。"

苏晋庭难得地没有为难她，还真是让开了身体。美盼趁机翻身下床，又看到了自己身上被人换上的衣服，忍不住问："我……身上的衣服谁换的？"

苏晋庭眸光流转，笑着反问："这屋子就我和你，你说呢？"

美盼顿时面色大窘，下意识地就伸手拽紧了衣领口，恼羞成怒："你……你怎么可以这样？"

苏晋庭好笑地看着她："我怎么样了？给你换了身衣服，还是我错了吗？"

"男女有别，你趁机……吃我豆腐，你还有理了？"

闻言，苏晋庭直接朝着美盼走去，他步履沉稳、缓慢，可只要是靠近美盼一点儿，那种压迫感就会更甚，让美盼忍不住倒退，很快就感觉到脊背贴在了墙壁上："你靠我这么近做什么？别以为来个什么'壁咚'的，我就会对你有意思！"

"亲也亲过了，摸也摸过了，我还告诉你，我想要你，你觉得你身上哪儿是不能让我吃豆腐的？"苏晋庭眉目柔软，言辞间却尽是霸道，"你对我不需要有意思，有心就成。"

"……"

"早晚都会成为我的，倒是你睡着的时候，可比清醒的时候要可爱多了，你还会说梦话。"苏晋庭又轻描淡写地丢下一枚重磅炸弹。

美盼浑身僵硬，此刻苏晋庭距离她很近，两人周身都是暧昧的气氛，她伸手一把拽住了男人的手腕，还晃了晃："我说了什么了吗？"

天哪，其实她想到的是，自己似乎是做梦了，还梦见了苏晋庭！

但她不是太确定，因为梦的画面太过模糊了，总觉得当时有个男人让自己很是心悦，她是不是说了什么丢人现眼的话？

苏晋庭没想到这一句话还引起了她这么大的反应，不知道这丫头做梦的时候，除了那个糖醋排骨还梦见了什么，难道是他吗？

一想到这些，男人的心尖更是柔软，似笑非笑地看着她："这么紧张做什么？难不成你梦见我了？"

美盼矢口否认："当然不是，我才不会梦见你！"

"你现在脸上的表情就是此地无银三百两。"苏晋庭伸手捏了捏她的鼻尖，惹得美盼想要推他，他却已经有先见之明，倒退两步，避开了她的攻击，却依旧是温柔地看着她，"好了，先去洗漱，我在楼下餐厅等你，你想知道自己梦见了什么，下来我再告诉你。"

"……"

美盼一个人在洗手间生闷气，还在努力回忆着自己到底梦见了什么，说了什么样的梦话。

可当她看到脖子上红红的一块的时候，什么都来不及想了，只剩下生气！

她知道这是苏晋庭的杰作，昨天晚上她可没有喝醉，太多的事，她都记得一清二楚。

这个可恶的浑蛋！

她该怎么见人？

美盼气得在浴室里团团转，突然卫生间的门被敲响了。苏晋庭站在浴室门口，不等她说话，直接道："换洗的衣服是我让人买的，给你放在门口了。洗漱完就下来吃点儿东西，你爸找你找得很急，一会儿我送你回秦家。"

她没有应声，却忍不住有些心酸地想着，这个就是离家出走啊。

一天的时间都不到，本来她还打算拿着跟学长借的3000块钱去外地过个舒畅贫穷的年，没想到最后还是要回去。

"你昨天那套衣服口袋里有2900多块钱，我帮你拿出来了，也给你放在这里了。"

那3000块钱，她中途只用了十几块钱打车。

美盼一直都没有出声，不过两只耳朵却是竖着，确定苏晋庭离开了房间，她才轻手轻脚地打开浴室的门，把衣服和钱都拿了进来，最后叹息了又叹息，还是把衣服给穿上了。

苏晋庭买的衣服是她喜欢的风格，休闲又随意，看得出来价格也不低，是她一贯穿的牌子。没想到这个男人思想虽是有点儿龌龊，品味倒不错。

美盼穿戴整齐之后，将那2900多块钱放了口袋里，想着自己既然不走了，那得赶在今天晚上之前把钱还给学长。

美盼下楼的时候琢磨的事，已经不是自己做了什么梦、说了什么梦话，而是回了秦家之后要如何面对那些人。

苏晋庭就在厨房，听到楼梯口的脚步声，他出来，正好见到美盼在玄关处换鞋，看来是打算一声不吭地走人。

男人大步上前，伸手揽住了她的细腰，将她往自己的怀里拉。

"你干什么？我要回家——"这个男人这么危险，她才不要和他独处，保不住还会被他套话。她现在心里乱糟糟的，需要好好冷静一下。

"急什么？我做了你爱吃的糖醋排骨，吃完了我和你一起回秦家。"苏晋庭说着就拉着她往餐厅的方向走。

美盼本来还在挣扎的动作，因为听到他说的糖醋排骨，陡然一顿。

糖醋排骨？

这是她最爱吃的一道菜，关键是——她好像想到了什么。

自己昨天晚上有做梦，她梦到小时候爸爸一个礼拜都会给自己下厨一次，做糖醋排骨吃，那时候她每天都会期待着那一天的到来，因为爸爸做的糖醋排骨特别好吃。

她这才松了一口气，原来是这个啊。

她有一种茅塞顿开的感觉。

那个让她心悦的男性背影才不是苏晋庭呢，而是自己的爸爸！

不过这个男人……他怎么会知道自己喜欢吃糖醋排骨？

难道……昨天她说的梦话，就是这个吗？

桌子上面放了不少菜，都是自己喜欢吃的，不过最右边的那盘糖醋排骨才是她的最爱。她被苏晋庭摁着肩膀，坐在凳子上，男人将筷子塞到她的手中，一手撑在桌面，一手依旧撑在她的肩膀上，低声在她耳边温和地说："尝尝。"

"……你……你做的糖醋排骨？"

苏晋庭从一旁拉过凳子，坐在了她的边上，答非所问："你尝尝。"

大概还是因为这糖醋排骨太诱人了，所以尽管前一刻她还在心中怒骂着这个蛮不讲理又行为放荡的恶劣男人，这一刻却隐约有一种好奇，又好像是感动……

就因为一盘糖醋排骨？

美盼捏紧了手中的筷子，顿了顿，还是夹了一块，送到嘴里的时候，发现虽然没有爸爸做的那种味道，可她不得不承认，非常好吃。

这真的是苏晋庭做的？

为什么她想什么，他竟然可以知道，还可以送到自己的面前？

"味道如何？"苏晋庭见她咀嚼了两下就咽下了，也不出声，傻愣愣地低垂着眼帘，不知在想什么。

美盼不知应该如何形容这种心情。

也许吃一盘糖醋排骨不见得是一件多难的事，哪怕爸爸不做给她吃，她也可以去餐馆点这道餐，在这个城市，这个菜一年四季都可以点到。

可她总是想要让自己身边的人下厨做给她吃，因为那是属于亲情的味道，其实谁都不知道，她心里一直最缺的就是安全感。

为什么会是苏晋庭这个男人？

"……真的是你做的？"她抬起眼帘，看向身边的男人。

苏晋庭挑眉，伸手轻轻地拂过自己的唇角，姿态随意："谁做的都不重要，重要的是你喜欢吃，把这一盘都吃光吧。"

美盼没有出声，又夹了一块，送到嘴里。

苏晋庭看着她那沉默的小样子，还是能够看出来她心底藏着一些哀伤，大概就是关于亲情的那回事。

看着她脸上的那些手指印消退得差不多了，苏晋庭眸光闪烁了一下，修长的手指轻敲着桌面，声音不如刚刚那般随意了，反而透着认真严肃："这个世界上没有因为怎么样所以一定要怎么样，其实因为和所以，是可以根据自身的想法去改变的，但是你要记住，不要太委屈自己。"

他忽然伸手，指腹轻轻地落在她的脸上。

美盼吃东西的动作陡然一顿，苏晋庭眸光流转，那灼灼的光就落在她的脸颊一侧。他的声音越发低沉："也别让自己受伤。"

因为，我发现，你受伤，我似乎是在，心疼呢。

车子缓缓驶入秦家的大门，美盼坐在副驾驶的位子上，双手不由得捏紧了胸前的安全带。

她一路上都没有和苏晋庭说什么话，等真的到了秦家的时候，她才第一次察觉到，原来这个家带给她的压力是这么大，每一次走进这个大门的时候，看着这么一栋富丽堂皇的豪宅，她大概在心中都是排斥的。

排斥了那么多年，到了这一次，她坐着苏晋庭的车进来，突然就产生了一种前所未有的压抑，就像之前所有累积在心中的那些东西都突然爆发出来一样。

苏晋庭停下车，侧脸看了一眼身边的女孩儿，发现她脸色紧绷，一直都咬着下嘴唇，那种紧张不安的情绪，他能感觉到。

解开安全带，苏晋庭下意识地伸手准备去解开她的，谁知道美盼吓了一跳，猛地抬起头来，两人一时靠得格外近，男人故意将俊容往她的脸前凑了凑，美盼顿时僵硬了脊背，往椅背上贴。

"……干什么？苏晋庭，这里是秦家。"

"所以，你紧张吗？"他说话的时候，气息热热地喷在美盼的脸上，美盼连忙屏住呼吸，可脸上不由自主地飞上了红晕。

苏晋庭帮她解开安全带，大掌落在了她的肩膀上，眼神不如刚刚那般霸道又染着几分轻佻邪魅的味道，而是很认真地看着她，低声说："记住我现在对你说的话，人的自信都是自己给的，如果你没有做错事，就应该坚持自己所想、所选，一定不要躲起来，不要质疑自己的决定……明白了吗？"

美盼看着苏晋庭的眼神，有一瞬的恍惚。

没有想到他会说出这样的话来，她是个聪明的女孩儿，不可能体会不出来，他是因为看出了自己的紧张和不安，所以才用这样的话安慰她，给她打气。

可这样的话，为什么会从苏晋庭的嘴里说出来？

他到底是个什么样的男人？怎么会有这么多面？

有时候让她恨得牙痒痒；有时候又会忍不住对他刮目相看；有时候觉得他和她根本就是两个世界的人，可他摇身一变又会为她下厨做她想吃的东西；有时候觉得他嘴里说出口的话只能用"狗嘴里吐不出象牙"来形容，可现在呢……

他说，如果没有做错事，就应该坚持自己所想、所选，一定不要躲起来。

是啊，她做错了什么？

选择自己想要的人生，也是她的权利不是吗？

"……是不是盼盼回来了？"黎展明刚刚在里面就听到了外面车子的引擎声，这会儿跑出来，见到是苏晋庭的车子，不过他走近一看，却发现这车子的副驾驶位上有美盼的影子。

可除了美盼，他看到的还有苏晋庭——男人的身体撑在了女儿身体的两侧，那姿态格外暧昧。黎展明心头颤了颤，顿时有种心惊肉跳的感觉。

因为同样是男人，其实有些事，一个眼神、一个姿态，就能够区分出来是真是假，尤其是男女之间的那回事。谁没年轻过？谁没恋爱过？

可他真是没有想到，苏晋庭他……

这车膜的颜色并不深，这会儿黎展明那张脸很清晰地映在外面，外面看到里面的一切，里面的人也看得到外面的。苏晋庭最先侧过脸，看到黎展明眼底那些情绪，他似乎是有些不悦。苏晋庭蹙眉，然后慢慢地直起了身体。

美盼也听到了爸爸的声音，一时更是心慌意乱，真有一种自己还没有成年，偷偷和别的男生眉来眼去时被人抓包的窘迫感。

之后她想了半天，为什么要用这样的比喻来形容她和苏晋庭，但始终没有想出个所以然来。

两人一起下了车，美盼有些局促不安地站在黎展明面前，声音特别小："……爸爸。"

黎展明见她身上穿的衣服也都是新的，再想想昨天晚上她没有回来，现在却和苏晋庭在一起，电光石火间，他很自然地就想到了那回事。

他当即脸色一沉，却也没有在美盼面前表现出什么来，顿了顿，才控制着自己的语气，说："回来就进去吧，吃东西了吗？"

"吃了。"

"你爷爷和你妈都在里面，进去好好说话。"

黎展明说这话的时候，下意识地看向苏晋庭。

男人颀长的身躯靠在车门上，不知何时已经给自己点了一根烟。天气很好，雪后的暖阳能够融化满世界的皑皑白雪，可这个男人身上那种若有似无的冷气场，从未在外人面前减退过。

这种情况，黎展明不是陪着美盼进去，而是让她先进去，那意思很明显了，他是要私下和苏晋庭聊一聊。

苏晋庭挑起眉毛，将烟送到唇边，轻轻吸了口，看着美盼进去之后，双手往车顶上撑了撑。他对黎展明一贯谈不上有什么情绪，表情寡淡，说的话却是单刀直入："昨天晚上，美盼确实是和我在一起。"

他抖了抖烟灰，舌尖舔过唇角，口吻非常自然，好像真的是以一个大哥的身份在照顾着一个小妹妹。

"那就谢谢你了，不过晋庭，有一句话我不知当问不当问。"黎展明显然并不是那么放心。苏晋庭这个男人非常不简单，如果说秦家的秦齐林是只老狐狸，秦媛顶多也就是一只冲动的纸老虎，说话难听了一些，但还不至于真的有歹毒心思，只是在这样的环境之中成长起来的人，多少还是会利欲熏心一些。

可苏晋庭不一样。

他看似沉稳内敛，其实根本就是让人捉摸不透他的心思。不轻易显山露水的人，才是最危险的人。

就是这样一个男人，会突然来到秦家，换作任何一个人去想这件事，都觉得不单纯，更何况是黎展明！

"当问不当问，这种问题，其实挺多余，因为你在说这句话的时候心里就是想问出口。"苏晋庭垂眸，长指转动着半截烟，语气分明是咄咄逼人的，表情却又显得波澜不惊。

黎展明深知自己的能耐，他从不是一个工于心计的人，所以他知道，不管在任何一个方面，哪怕他年长了苏晋庭好多岁，都肯定不会是他的对手。他索性开门见山："昨天晚上，你对美盼……没做什么吧？"

苏晋庭笑了一声，丝毫不意外他这样的问题，却也没有正面回答黎展明的话："美盼，过了今天的话，也是21岁的姑娘了，她成年了，有时候你太限制她也不好，美其名曰为了她好，谁知道她到底喜欢不喜欢。"

黎展明皱着眉头，对于苏晋庭这种连模棱两可都谈不上的回答显然非常不满意，见苏晋庭绕过车子要走，他上前两步拦在了苏晋庭的面前。

"我是美盼的父亲，关心她是应该的……虽然她现在21岁了，也有了自己的想法和选择的权利，可她的人生阅历还不够，我怕她遇到连她自己都没有办法面对的事。"大概是觉得自己的语气太过不善，黎展明还是收敛了下，又说，"上次的事，我拜托你了，谢谢你帮忙，但是……我知道你也不是那种无聊的人，所以请你不要伤害小丫头的感情。"

苏晋庭熄灭了手中的烟，语气中藏着锋芒："上次差点儿要联姻的事，并不是因为黎先生你的关系我才出手帮忙的，真的只是凑巧。另外，有些话我也想讲清楚——关于美盼，你不让她去面对，如何知道她能不能面对？人生的路都是自己在走，你今天是能够背着她走一段，但在她未来岁月里的每一天，你还能保证都可以带着她走对的路吗？"

"至少我会知道，什么样的男人适合我的女儿！"

"那么你的意思就是，我这样的男人，就绝对不适合她了？"他挑起眉头的样子绝色倾城，眉宇间的那种神态，又是一种志在必得的霸气。

黎展明的性子一贯都是比较温和的，这会儿被苏晋庭用这样直接的话一堵，一时有些反应不过来："……你，这话什么意思？"

苏晋庭弯唇一笑，没有再说什么，伸手拢了拢外套，刚要抬脚朝着正门走去，忽然就听到里面传来一阵尖锐的声音。黎展明听到是秦媛的声音，顾不上这边的苏晋庭，只看了他一眼，就匆匆忙忙往里面跑去。

苏晋庭站在原处，裤袋里的手机从刚才就在震动，他这会儿才拿出来，看了一眼来电号码之后，接起来。

接电话的时候，他依旧是一脸沉稳淡定，最后只说了一句："就这样，暂时可以了。"然后挂断，朝着门口走去。

第十二章
我会为你摆正你的世界

秦家的客厅里。

秦齐林坐在沙发上，秦媛站在一旁，美盼就站在秦媛的面前，黎展明进来的时候，见到的就是这么一个场景。

不过气场不对。

秦媛是一脸的怒火，秦齐林若有所思，只有美盼挺着脊背，也不知道说了什么，但看到她那倔强的模样，黎展明就知道，母女两人又要闹腾了。

他可不想女儿再离家出走，这好不容易才回来的，自然也不想女儿再挨打，于是连忙跑上去护在了美盼的面前。

"有什么话坐下来好好说，美盼刚回来……"

"好好说？"秦媛吃了炸药一样，"那也得坐得下来才行啊，你这个宝贝女儿有让我们好好说话的余地吗？她一回家就给我扯什么要搬出去住，还要临时改专业，现在是准备怎么样？觉得自己很厉害了，就可以忘恩负义了？"

"妈，为什么你觉得我这样就是忘恩负义？为什么你非得把你生我养我这件事当成一笔利益投资来看待？我还是不是你的女儿？"

美盼也不知道哪儿来的勇气，大概是因为进来之前，她脑海里反反复复地回响着的，就是苏晋庭刚才说的那句——

"人的自信都是自己给的，如果你没有做错事，就应该坚持自己所想、所选，一定不要躲起来，不要质疑自己的决定……"

她不觉得自己做错了什么、说错了什么，只是每个人的追求都不一样，也许在母亲的眼中权势、地位才是最想要追求的，可在她的心中，她渴望的只是一份自由。

像她这种年纪的女孩儿，其实不算是经历了多少的人生，对未来会有什么具体的想法，尤其是美盼这样的环境，她有时候会真的认为，自己连喜欢做的事都做不了，还有什么理想和愿望可谈？所以长时间以来，她都会把自己的想法压抑下去，有时候就算是不喜欢也不会说出来，可苏晋庭刚刚的话无疑就是导火线，轻而易举地就点燃了她心中的那团火。

她其实也在渴望，也想反驳，也想诉说。

于是，压抑的情绪就随着男人的一句话，变成了一种想要去争取的积极性。

"盼盼，你好好和你妈说话。"黎展明伸手拉了拉女儿的衣袖，只想着大事化小、小事化了，毕竟是一家人，"你不要想什么就是什么，为什么你妈说你要搬出去住？这是怎么回事？"

苏晋庭究竟和美盼说了什么，以至于她这会儿竟然说要搬出去？美盼是个什么样的孩子，他还会不明白？

美盼这丫头，性子虽然倔强，可她生长在这样的环境之中，加上秦媛从小就凌驾在众人之上的姿态，所以她就算个性再倔强要强，还是会有所顾虑——她的这种顾虑，大概有很大一部分是因为自己，还有一部分，则是因为习惯。

有时候也知道自己女儿心里有委屈，可黎展明更明白，这个世界上本来就有太多的事谈不上公平，他的想法很简单，就是希望美盼好，希望她在自己的眼皮底下，健健康康、幸福开心地过下去。

只是现在，是什么改变了她的顾虑和习惯？是谁让她这么有底气地说出这样的话来？

他不认为自己的女儿毫无本事，可她现在的确是什么都没有，却敢喊着要出去住，还要改专业，这些前前后后的联系，只让黎展明觉得，美盼现在说这样的话，十有八九就是苏晋庭教的。

他心头一沉，不管是站在父亲的角度，还是站在男人的角度，都暗叫不妙。

"爸，我没有想什么就是什么。"美盼咬着唇，想着自己都已经把话说到这个地步了，还有什么好扭扭捏捏的？因为这是她一直以来最想和家人说的话，"其实这些年来我一直都在想这样的事，我已经长大了，我并不是真的想做豪门千金，我其实更渴望做一个普通的女孩儿，可以做自己想做的事，学自己想学的专业。"

她看向脸色并不是很好的秦齐林，态度诚恳："爷爷，我知道您一直都对我寄予厚望，可我真的不会去秦氏，我的心思不在那里，我喜欢摄影，我……"

"你给我闭嘴！"秦媛忍无可忍，冲上去就拽着美盼往自己的方向拉了一把，她是真的气炸了，"秦美盼，你知道什么叫作良心吗？你以为自己不是个经商的料儿，就可以快活地去过自己的日子了？呵，你想得还真是简单！我告诉你，我们秦家没有儿子，所以你必须承担起这个责任！谁让你吃了秦家的、穿了秦家的？秦家把你养成这样，就是让你去潇洒快活的？"

这几句话，哪像是一个当妈的对自己的女儿说的！

美盼心底深处的那种叛逆更甚："妈，你开口闭口就是和我谈钱、谈利益，我知道在你心中，我的确是没有任何的分量，那这样吧，等我毕业能赚钱了，我就每个月还你钱，这些年来你在我身上花了多少钱，我都还给你，这样行了吧？"

"你说什么？"秦媛气得浑身发抖，平常自己教训这个死丫头几句，她也不会这么和自己对着干，没想到现在都敢和自己瞪眼睛了，"秦美盼，你刚刚说什么？你说你要还我钱？"

"是你从来不尊重血缘亲情，我又何必要尊重？"美盼垂下眼帘，低声却又很倔强地接了一句。

秦齐林终于从沙发上站起身来，脸上的表情已十分勉强："美盼，你太让我失望……"

他这话还没有说完，美盼就觉得自己耳膜一震，黎展明就站在她的身边，此刻低吼着出声："盼盼，你为什么会变成这样？"

他说着，陡然伸手，将女儿扯到一旁，谁知道脚边的茶几一角正好撞在美盼的小腿上，谁都没有注意到，美盼只觉得小腿处一阵剧痛，一时脸色都变了。

爸爸从来没有这样和自己说过话，他脸上的表情好像是真的很失望。美盼心头一颤。到底还是年轻一些，如果说苏晋庭的话可以改变她对一些事的想法，那么黎展明这个在她心中从来都是最让她尊重的父亲，一言一行自然更是能够影响她。

她嗓子眼儿里本还有话想说，这会儿却都咽了回去。

黎展明没有发现自己刚刚拉扯女儿的时候把她的小腿给撞伤了，他现在出来凶女儿，一是因为不想给秦齐林和秦媛说话的机会，二是心里害怕美盼在苏晋庭那边吃亏。

"爸爸妈妈把你养育成人，难道就是指望你拿这样的话来对待我们？"

美盼觉得委屈极了，为什么连爸爸都要这么说她？

她错了吗？她追求自己想要追求的，错了吗？所谓的亲情，在秦家真的有吗？自己的爷爷和妈妈可以逼着她，让她做不喜欢做的事，难道她就一定要尊重他们吗？

"爸，为什么连你都这样说我？我没有错！"

美盼的脾气上来了，涨红着脸，刚刚被撞到的那条小腿这会儿隐隐颤抖着，可她完全感觉不到那里的疼痛，因为激动的情绪已经完全掩盖了她所有的理智和感觉："妈妈就可以逼着我、利用我，我就一定要尊重她、听从她？等她把我卖了之后，你也不会觉得有问题吗？我一直都以为你才是最关心我的人，可现在看来，你们所有的人都在算计我，只要是对方有钱，我就可以直接嫁给他了是吗？反正我已经21岁了，反正我成年了，就算要拉出去直接结婚，也就是一道程序，是吧？"

"美盼！"

"我就是不想回这个家，我就是不想任由你们摆布！"

她丢下这句话，转身，一把推开了站在一旁气得找不到北的秦媛，飞快地跑了出去。

跑到门口的时候她才发现，苏晋庭一直站在正门口的玄关处，眸光深邃，好似波澜不惊，可又带着几许复杂的光，就这么看着自己。

她一时更觉得狼狈，来不及去想别的，低头就跑了出去。

黎展明见女儿刚回来就又跑出去了，心里自然是焦急的，他想要追上去，却发现苏晋庭就站在门口，一时没了主意。没想到苏晋庭竟然侧了侧身体，不动声色地让了一条道。

等黎展明跑出去之后，秦媛才发现苏晋庭竟然就在门口，倒是秦齐林，这会儿见到他，脸上的表情有些复杂。

秦媛看着苏晋庭："你什么时候站在这里的？"

苏晋庭看都不看她一眼，双手插在裤袋里，就朝着客厅走来，他视线落在秦齐林的身上，开口："有件事情，我要和您说一下。"

秦齐林心里明镜似的，知道昨天晚上他就和美盼在一起，这孤男寡女的，也不知道做了什么事，可他也没有什么证据，自然不能多说什么，只是今天美盼的表现，太容易让他浮想联翩了。

他确实是老狐狸，一般情况，他都不会轻易露底，此刻还是对苏晋庭笑脸相迎："什么事？你但说无妨。刚刚就是一些家庭小矛盾，别太在意。"

苏晋庭无所谓地耸了耸肩，伸手提了提裤子坐下来："美盼不是喊我一声苏大哥吗？我一向拿她当自己人对待。刚刚小丫头脾气是大了一点儿，不过这个年纪也正常，她还是个孩子，总得拿个正确的方法来沟通。"

听上去是漫不经心的几句话，可字里行间，没有一处不是在维护美盼。

这话，秦媛听得出来，秦齐林自然也听得出来。

一时，两人面色各异。

倒是苏晋庭，仿佛故意的，说出了口，也不觉得有什么问题，悠然拿出一根烟，点燃后吸了两口。他眯着眸子吞吐云雾的样子慵懒又性感，却又隐约散发着一种生人勿近的凌厉霸气。

"苏晋庭，你这话是说，我们没有和她正确地沟通？"秦媛从来都是跟他针锋相对的，此刻他有意无意地要帮着美盼，她自然不会作罢，"话又说回来，你真以为你是我们秦家的人？你有资格这么说话吗？"

"行了，你出去看看美盼……"秦齐林开口。

苏晋庭不等老爷子话音落下，夹着烟的手指轻轻地划过自己的眼角，嗤笑了一声，沉声说："你先是急着把女儿送到三亚，随后又急着把她送给吴家，不就是因为我吗？其实你没必要这么方寸大乱，我对秦氏无害。"他掸了掸烟灰，"我过来是帮秦氏的，更何况，心急容易出错牌，你知道吴家现在面临的是什么状况吗？"

秦媛一愣。

她忌惮苏晋庭就是因为深知他并不简单，所以就算现在秦齐林没有给他任何的实权，可只要他人在秦氏，她一样会居安思危，想着法子确保自己在秦氏的地位不会出任何的意外。

也因为是这样，苏晋庭此刻说的话，对于秦媛才是最致命的打击。

吴家的经济状况有问题？

这件事她之前一无所知，如果真是苏晋庭说的这样，那么她这几天想着法子撮合美盼和吴舜华的事情，到头来竟是被吴木那个老狐狸给利用了。

要是W集团的财政真有什么问题的话，他肯定就指着通过秦氏来咸鱼翻身了。

这个可恶的吴木！

如果苏晋庭说的都是真的，那她岂不是差点儿被他给拉下了水？

"你有什么证据证明吴木的经济有问题？"秦媛心里想的是一回事，但嘴上自然不会轻易认同，她冷笑一声，"你说什么就是什么？我也可以说你是存心的，谁知道你打的是什么主意。"

秦齐林当然不可能不知道自己女儿打的是什么主意，她最近频频和W集团的吴木来往，其中的缘由他自然也知道。W集团在C市的酒店服务行业一直都是领航者，要说财政有什么问题的话，不可能一点儿风声都不走漏。他沉吟了一会儿，问："晋庭，你刚刚说的，确实是真的吗？"

"不敢百分百地保证。"苏晋庭懒洋洋地抬了抬眉，"毕竟如今社会瞬息万变，谁都不能保证明天会发生什么，也许我现在对你们说，他在经济方面有很大的问题，就等着某些以为可以和他合作来达到目的的人上钩，明天他或许就真的没有问题了，谁知道呢？"

他轻轻一笑，嘴不算太毒，可也谈不上多含蓄，对于秦媛来说，他的话，无疑就是在打她的脸，而且他却不给她任何反击的余地："不过我想，如果你们真有这个打算的话，真应该好好地调查调查，毕竟秦家目前也就一个美盼不是？万一真有什么问题，得不偿失不说，面子上也挂不住。"

秦齐林的脸色已经是挂不住的样子了，他顿了顿，还是从沙发上站起身来，正好见苏晋庭俯身将烟蒂捏碎了丢进烟灰缸里，秦齐林说："晋庭，你随我来一趟书房，我有话和你说。"

苏晋庭挑了挑眉，点头。

等秦齐林先上了楼，秦媛直接拦在了苏晋庭的面前，她双手环胸，看着面前男人的眼神都带着敌意："你是故意的，对吗？"

"你应该当成我是变相地帮了你一次，虽然你会觉得很丢人。"苏晋庭双手插在裤兜里，因为比秦媛高，他那种眼神就好像在俯视着她，而这个男人在说这句话的时候，眼神也好像饱含着讥讽的味儿。他本来就有一种很轻易就能够凌驾在别人之上的气场，慵懒随性的时候，更甚。

秦媛最是受不了他这样的姿态，这会让她觉得，自己在他的面前永远都是一个失败者，现在是，以后也会是，哪怕他现在还没有掌握整个秦氏，可不久的将来，那也会是他的囊中之物。

这样的念头让秦媛更焦躁起来。这个一贯眼高于顶、不把任何人放眼中的千金小姐，受到了屈辱，只会想着用最直接的方法去反击……

"帮我？呵，苏晋庭，在商言商，我可能的确不是你的对手，可我还分得清楚谁是敌人谁是朋友，至于你……张嘴闭嘴都是美盼，三亚的事情，包括这次W集团的事，你别告诉我你没有对我的女儿动什么心思！"

这个世界上有一句话说得最为通透，人生最不能掩藏三件事——贫穷、咳嗽和爱。

你越是想掩藏，越会欲盖弥彰。

大家都是成年人，站在一个敏感的旁观者的角度来看，所有的一切都昭然若揭。

秦媛眼睛一眨不眨地凝视着苏晋庭，想要从他的脸上找出点儿什么来，可最后还是徒劳。

这个男人始终都是波澜不惊的表情，精致的五官在水晶灯的映照之下深邃又立体。他长得是如此好看，眉宇间隐隐又透着几分霸气，却完全没有任何的慌张和不安。她如此直接的反问，也不过换来他的淡然一笑，然后他气场沉稳地接话："我还以为你真的只是把你的女儿当成了一颗棋子，什么时候你还会关心我是不是对她动了心思？"

秦媛面色一白。苏晋庭伸手拨弄一下外套的衣袖，寡淡的语气间透着全然的讽刺："要真有那么一天，秦氏还真是需要我苏晋庭出手才能够力挽狂澜的话，我想你应该也会心甘情愿地把你嘴里的女儿送到我的怀里，并且，还会笑得一脸谄媚，不是吗？"

秦媛这次的脸色不是白，而是直接转为了绿，等男人薄唇浅浅勾起的那一瞬间，她的脸色已经变成了黑色。

是人都有尊严和底线，更何况是秦媛这样骄傲的女人，她最忌惮的人，现在却在用最令人不齿的言辞羞辱她，她的胸口剧烈地起伏了两下，一张妆容精致的脸已经因愤怒而扭曲。她指着苏晋庭："你……你……你真以为自己是什么救世主？苏晋庭我告诉你，你没有任何资格这么和我说话，你别以为我爸爸给你几分面子，你就可以在我面前开染房，你配吗？"

"那你配吗？"

秦媛一口气还卡在嗓子眼儿里，面前的男人俊容陡然一沉，长腿朝她逼近一步的同时，眉宇间都是肃杀的锋利："张嘴闭嘴都是秦家，其实不过也就是靠着这么一个姓氏。你稀罕，不代表人人都会和你一样当成宝，将秦家看成是荣耀……所以，你完全可以放心。"

看着秦媛那张已经不知该如何去形容的愤怒的脸庞，苏晋庭眉宇间的锋芒稍稍收敛了一些——对女人，他从来都不屑动什么真格的："我苏晋庭何必在你面前开染坊？你要提配不配的问题，那肯定是你不配。"

……

沉稳的脚步声渐行渐远，终于消失在楼梯的转角，但秦媛依旧保持着原来的姿势，一动不动。

可她的脊背却是无比僵硬，双手紧紧地捏成了拳头，因为愤怒，指甲已经深深地陷入掌心之中，但她浑然不觉疼痛。

苏晋庭，好一个苏晋庭！

她胸口都是熊熊燃烧的怒火，转而变成一条阴毒的蛇，盘旋在她的心尖上，吐着芯子，嗞嗞冒着毒气，只有她自己知道，此刻她是如何的一种心态。

总有一天，我必定会让你后悔今天对我的这番羞辱！

苏晋庭上了楼，秦齐林站在书房里抽烟。

他平时很少抽烟，偶尔才会抽两根雪茄。秦齐林的身体状况还是挺不错的，所以偶尔抽两根也不会有什么问题。

听到身后的脚步声，秦齐林将雪茄搁在了一旁的烟灰缸上，转过身来的时候，老爷子的脸上表情依旧是温和慈祥的，笑着让苏晋庭坐。

"晋庭，让你上来，就是想和你单独聊点儿事。"

苏晋庭神色淡然，点了一根烟，坐下。

秦齐林看了他两眼，深知这个坐在自己面前的年轻人的能耐，心里也非常清楚地知道当初把他叫回来的目的是什么，所以他没有多少的拐弯抹角，只含沙射影地说道："盼盼这丫头性子其实挺倔强的，这说起来，有点儿像她妈妈。"

苏晋庭不置可否，只扯了扯嘴角，似笑非笑。

秦齐林想着自己昨天晚上接的那个电话，一时心里有些没底，但他知道，苏晋庭虽然比自己年轻很多……可他的心思太重，并不是一般人可以揣摩的，现在这种情况，他不打算让他心里对自己有太多的芥蒂，索性就开门见山："我也不和你绕弯子，盼盼其实从来没有和我们这样闹过，这刚刚离家出走回来，马上又闹着要离开秦家搬出去住，又要改什么专业……我也很头疼。她妈妈可能有时候方法不对，但不代表就不关心盼盼。她长这么大，锦衣玉食都习惯了，突然出去一个人住，谁都不会放心的。"

苏晋庭吸了一口烟，眯着眸子吞吐着云雾，性感的喉结上下滑动："您是想和我说美盼的事？唔，小丫头脾气还是挺大的，不过这个年纪的女孩儿嘛，我刚刚就说，挺正常的。"

秦齐林试探了一下，苏晋庭却依旧是不痛不痒的那种表情，这件事，他在心中权衡了一下，还是选择先捅破这层纸："现在想想，在秦家，她也就是和她爸爸的关系稍稍好点儿，不过有时候女孩子，有些话到底还是不太会和自己的父亲说太多的，父亲这个角色毕竟是刚硬了一些，所以我想，晋庭，她也喊你一声苏大哥，你们的年纪相差虽有十岁，不过我看得出来，她和你应该更容易亲近一些，如果可以的话，我希望你能劝劝她。"

苏晋庭笑了，掸了掸烟灰："您怎么会认为我和她可以走得很近？"

"昨天晚上她不是在你那边吗？"秦齐林也在笑，语气不见丝毫的波动，倒真的是非常坦然，"知道她在你那边，我才放心。"

　　苏晋庭健壮的身躯缓缓地深靠在椅背上，对于秦齐林知道昨天晚上美盼在自己那边过夜的事情，他亦表现得非常淡然："总不至于那么个大雪天，就让她在外面游荡。"

　　"所以我还是很感激你，她应该也是很相信你的。"

　　"我是强迫着把她带到我那边去的。"苏晋庭的话，看似好像在一句一句地坦白，可其实两人之间的锋芒已经越来越明显，秦齐林知道他不过就是在逼着自己，每一句话都不给自己留有任何的余地，"至于相信，那可真是谈不上。"

　　苏晋庭看了秦齐林一眼，吐出一口烟圈，声音越发低沉："您应该也很了解她的脾气，哪能那么心甘情愿地喊我苏大哥……当然，我是把她看成自己人的。"顿了顿，将那句话讲得暧昧十足之后，却又在最后那句话上，画上了正经的符号……

　　"正好您特地和我说美盼的事，那么我不妨也说一句：这个世界上，有一种鸟儿是关不住的，因为她身上的每一片羽毛，都闪烁着自由的光芒。"

　　美盼这次跑出秦家，反倒是冷静了。

　　没有了昨天的冲动、失望、愤怒，这一次，她竟有种如释重负的感觉。

　　那是因为，她把自己心底最想说的话都给说出口了吗？

　　就算没有达到自己心中所期望的那种结果，就算现在还是一个人跑出了家，可她还是把那些压抑在自己心底深处很久的话都给倾吐出来了，这大概就是一种释放。

　　可美盼也知道，这种释放，是要付出代价的。

　　比如说，她才刚刚走出秦家的大门，黎展明就追上来，在她身后叫她一声，就成功地让她站住了脚。

　　"你打算去哪儿？"黎展明面露青灰色。美盼看着爸爸这样，心里一痛，垂下了眼帘。

　　"……C市也不算很小。"不过到底还是年轻气盛一些，所以美盼嘴上依旧倔强，"何况我刚刚也说了，我都21岁了，不小了，爸爸，你不用担心我。"

　　"你就这样，还让我别担心你？"黎展明还是生气地认为，自己的女儿会这样做，都是因为苏晋庭，这种年纪的小女孩，太容易为所谓的爱情所迷惑。他心里有些焦躁，说的话也很直接，"囡囡，我知道你是个什么样的人，你虽然一直都不喜欢你妈妈的安排，但也不至于这么冲动地和全家人闹……是因为苏晋庭吗？"

　　美盼的心尖重重一颤，抬起头来看着黎展明："爸，你说什么啊！"

　　"你别瞒着我了，我都知道了。"他顿了顿，又补充一句，"刚刚你们在车子里那样子，你当我真什么都感觉不出来吗？爸爸也年轻过。"

　　"爸，没有的事。"美盼矢口否认，可不知为什么，她的心跳却不由得加快，她越是要让自己问心无愧，心底就好像有一种感觉越是明显，那叫作——心虚。

昨天晚上两人在车厢里的画面，此刻就像电影倒带一样，一帧帧地重现，美盼脸颊一烫，连忙又垂下头。

黎展明对自己的女儿哪还会不了解？

见她这样子，他只觉得心一沉，那种感觉就是不妙："囡囡，我不知道你和苏晋庭发展到什么地步了，但他这才刚来C市，而且说实话，这个男人也不简单你知道吗？他还比你大了十岁……真的不行。"

"爸爸，真的没有……"美盼听黎展明这么说，心里也不由得烦躁起来。

她告诉自己，什么都没有的事，哪怕两人之间的确有过那个什么，但是……她又不喜欢他，不是吗？

可为什么现在听到爸爸直截了当地说不行，她又觉得不舒服？这种不舒服到底是因为爸爸的误会，还是因为爸爸的否认？

"没有？好，真的没有就好。那就当是爸爸想多了，如果真的有，你不肯承认，那么你就听爸爸一句话。盼盼，你最听话了是不是？你最听爸爸的话了，这个苏晋庭，你绝对不是他的对手，哪怕你不愿接受你妈的安排，也不愿意再学那个什么广告设计，想要去学摄影，这些爸爸都答应你，你妈那边交给我，我来说服她，但是你绝对绝对不要和苏晋庭有那方面的牵扯，他和你不是一个世界的人，这个男人太危险了，他来秦家的目的……不单纯。"

苏晋庭……危险吗？

美盼下意识地拧起秀眉，琢磨了一下，她认为这个男人只有下流、不正经吧？至于危险，她也只认为，这个男人在那方面挺危险，可其他的她不清楚，也不是太认同。

只是黎展明现在的神态格外严肃，她一时有些接不上话来。

"跟我回去吧，别闹脾气了，现在这大过年的，你也会说你21岁了不是？囡囡，冲动叛逆也许是你这个年纪的权利，可千万不要太过轻易地相信别人的话，知道吗？你想做平凡的人，可你知道，你是秦家的人，就注定不平凡。"

黎展明想了想，见美盼还是老大不乐意的，他也退了一步："这样吧，你要真是心情不好，爸爸明天再带你回老家住几天，好不好？"

美盼还是有些不太乐意，心中那些小情绪也让她不愿意回去面对秦媛，可黎展明最后还是苦口婆心地说："……到底是你妈，她再不好，没有她能有你吗？"

美盼没出声，但那梗着脖子的样子是有些妥协了："……那你，真的会帮我说服她吗？我今天说的话……"

"搬出去住是不可能的。"黎展明叹了一口气，"不过你说的改专业，我一定尽全力帮你的……爸爸也希望你能做你喜欢的事。"

苏晋庭从正门出来的时候，正好就看到黎展明领着女儿回来。

隔着一段距离他都看得出来美盼一脸不甘愿地跟在他身后的模样，他脚步没有停顿片刻，在黎展明接触到他的视线的时候，他依旧眼睛一眨不眨地凝视着美盼。

美盼感觉到对面的两道视线，灼热的、熟悉的。

她心尖颤了颤，下意识地抬起头来，正好撞入了那双深邃的眸光里。

两人的视线在空中隔着一段距离交汇，一个是慌乱了一下，因为有黎展明在，她更是不知所措，所以连忙避开；而另一个，却是伸手抚过自己的唇角，嘴角浅浅一勾，神态透着几分难得的魅惑。

那似笑非笑的样子落在黎展明的眼中，让他心里那种不安的感觉更甚。他知道自己是不可能对付这样一个男人的，可他现在看着自己女儿的眼光，那完完全全就是一个男人看一个女人，充满了占有欲，那种霸道又好似温柔缠绵的眼神，让他害怕。

他怕会捅出什么天大的娄子来。

因为这个秦家……有着太多不能让人知道的秘密，在这么一个豪宅里面没住着几个人，可每个人的身上都有秘密。

而苏晋庭，他又是谁？这个突然出现在秦家的人，还能够让秦媛忌惮，让秦齐林客客气气，恨不得当成自己孩子看待的人，这个分明比美盼大了十岁，却只让美盼喊他一声苏大哥的人，他到底是谁……

黎展明只是个性温暾了一点儿，脑子可不笨，有些事，他只是不愿意去多想什么，谈不上明哲保身，只是为了确保美盼最好的一切。

可现在……

他拉着美盼的手，直接就将女儿拽往自己的背后，看着苏晋庭的时候，眼神有几分警告的意味。

可他的警告，对苏晋庭这样的人来说根本就没有什么意义。

苏晋庭对黎展明的警告眼神视若无睹，绕过车头就弯腰坐进了车子里。黎展明一直都拽着美盼的手腕，等到苏晋庭的车开出秦家的大门，他才稍稍松了一口气，可悬在心头的那块大石头，他知道，从这一刻开始，已摇摇欲坠，总有一天会重重地砸下来。

第十三章
原来你已经是一切了

晚上吃饭的时候，苏晋庭不在，所以美盼的感觉很奇怪，有着秦媛一张冷脸给她的沉闷的压力，也有着因为苏晋庭不在的轻松随意，但隐约觉得……好像还有一种失落的感觉。

那种失落，每每在抬起眼帘看到对面那个空着的座位的时候，才会显现。

她这是怎么了？

吃完晚饭，她一刻也没停留，很快就上了楼，避免家人对自己进行一番轰炸。

美盼上了会儿网，还是感觉百无聊赖，因为过年的关系，电视里也没什么特别好看的泡沫剧，各个频道都是联欢晚会。美盼就去放了水，躺在浴缸里，感觉还是这样比较舒服。大概是这两天神经太过紧绷的关系，在放满水的浴缸里她彻底放松下来，竟然趴在里面睡着了。

是浴室开门的声音把她给惊醒的，她虽然太累，但只要不是在自己的床上，她睡得就比较浅。听到脚步声，她猛地睁开眼睛，一抬头，整个人就往浴缸里面扑腾了两下，然后就见到秦媛站在浴缸的边缘，居高临下地俯视着她。

"没地方给你睡觉吗，要在浴缸里睡？进过一次医院还不够，又想把自己弄病了才甘心？我这次没有让你去相亲，你可以不用这么折腾自己。"

秦媛双手环胸，身上的衣服已经换成了睡衣，说话的时候，两条精致的秀眉始终都是拧着的，听上去是非常不耐烦的口吻。美盼刚刚在浴缸里面打了个盹，这会儿脑袋有些迷迷糊糊的，所以竟然可以从秦媛刚刚的那几句话里面，听出那么一点儿关怀的味道。

美盼来不及多想什么，拿过一旁的浴巾，裹住身体从浴缸里面走了出来。

水温已经很低，真是有些冷，不过室内温度不低。秦媛看了她两眼，大概是见她已经是一个大女孩儿了，多少有些尴尬，扔下一句"你穿好衣服出来"后就往外走去。

突然，她不知看到了什么，陡然伸手拽过美盼。

美盼没有防备，被她拉扯着，身体跟跄了一下。

秦媛指着她脖子上一道暧昧的吻痕问："这是怎么回事？"

美盼可没有失忆，多少已经有些察觉到了，她心头一颤，想到昨天那些让人脸红心跳的画面就暗叫不妙，几乎是下意识地她就涨红了脸庞，还带着几分心虚。

"……什么？"她有些吃力地反问了一句。

秦媛冷笑一声，调转话锋："你昨天晚上不在家里，是在哪里？"

美盼眼神闪烁了一下："……我……在朋友家里。"

"哪个朋友？"

"你不认识。"

"你的那些个朋友我哪个不知道？你真以为我一天到晚就是想着把你送给谁谁谁，对我有帮助？你身边那几个和你玩得来的朋友，也就是徐倩、崔惜梦她们吧？你是和她们在一起？"秦媛在女性之中的气场本就十分锋利，美盼以前第一次读到《红楼梦》的时候，看到里面的王熙凤就会很自然地想到自己的妈妈。

现在看到她这么一副咄咄逼人的样子，美盼很自然就站不住脚了。

她本就有些心虚，并不善于撒谎，可她心里也清楚，这个时候，她首先不能自乱阵脚，和苏晋庭的那些事……她知道，一定不能乱说。

她避开了秦媛的视线："我也有其他的同学，未必每一个你都认识。妈，你先放开我，我穿一下衣服。"

秦媛的眸光锋利得很："秦美盼，你老老实实地和我交代，你昨天晚上到底是和谁在一起？"

她忽然想到了什么，陡然瞪大了眼睛："你是不是和苏晋庭……"

"当然不是！"

美盼现在一听到"苏晋庭"三个字，太阳穴就涨涨地疼，不等秦媛把话说完，她就已经大声反驳："不是，我没有和苏晋庭在一起，这个……和苏晋庭没有关系！妈，你别乱猜了，行不行？"

"这玩意儿……"秦媛伸手点了点她脖子上的吻痕，"就是个男人弄上去的！你现在觉得你自己长大了，21岁了，和男人上个床也不是多大的事，但是美盼，有句话你要记住，女人要是连自己的身体都不自爱，那就别谈什么幸福不幸福的……你也别忘记你还是秦家的小姐，有一天你要是在外面给我丢脸，你看我不收拾你！"

美盼又气又恼，秦媛的话是难听了一些，但是她知道，秦媛这人私生活并不混乱，虽然

157

和爸爸的感情不太好，但是这么多年来，她的确没有听到过任何的流言蜚语，所以这方面，其实美盼还是挺尊重自己的母亲的，也因此让她很懂得洁身自爱。

可就是因为这样，她现在才恼恨，因为反驳不了，假话哪有真话来得有底气？

秦媛丢下这番话，转身就出了浴室。美盼站在镜子面前，侧了侧脸，看着那淡粉色的一块，想到苏晋庭那张情欲弥漫的时候俊逸又邪魅放荡的脸，一时心里好像是愤怒、生气，又好似连心肝都在颤……

她伸手捂着自己的脸，恨恨地站在浴室里跺脚，在心里默默地把苏晋庭问候了好几遍。

等美盼穿好衣服出去的时候，秦媛已经不在了。

美盼知道她不会平白无故来找自己，估计是有什么事，不过她也不好奇，因为母亲给她带来的从来都没什么好消息。美盼累得很，吹干了头发就准备休息。

但人刚刚爬上床，丢在床头柜上的手机就响了起来。

她从被子里面探出个脑袋，抓过来一看，是苏晋庭。美盼磨了磨牙，将手机丢在一旁，任由它持续不断地响了一会儿，然后电话铃声断了，她听到有短信的声音响起。

美盼心中权衡了一下，知道十有八九是苏晋庭的，她只想闭上眼睛睡觉，可还是按捺不住自己的好奇心，就是想知道他到底给自己发了什么内容。

在床上翻来覆去，手机又震动着，有短信进来，美盼终于绷不住了，拿过手机。

上面有两条短信，三个未接电话。

美盼直接点开了短信，第一条：确定要这么一直不接电话？

美盼切了一声，喃喃地低语了一句："就不接电话怎么了？你咬我？"

美盼点开第二条：我在你房间门口，给你五分钟时间，把衣服穿好了给我开门，不然我就自己进去了。

美盼："……"

她心头一惊，几乎是一个鲤鱼打挺，就直接从床上翻身起来，结果动作有点儿大，那小腿处疼得她咝咝抽气，不过她还是急急忙忙地穿好衣服，打开卧室的大灯，穿上拖鞋就往房门口跑去。

等摸到了门把手，她才愣住。

为什么要给他开门？

他说在外面，就一定是在外面吗？她明明看到他走了，何况刚刚也没有听到楼下有汽车的声音……

还有，自己不开门的话，他还真能进来吗？他又没有钥匙……

美盼给自己找了无数个借口不想开门，可心里还是有一个声音在告诉她——你就是知道，苏晋庭是个什么事都能做得出来，也能够做到的人，所以，别作死，否则到时候吃亏的还是你。

美盼看了一眼时间，这都快半夜了，他到底想做什么？

不过因为有了前车之鉴，美盼深思熟虑之后，还是非常谨慎地选择了不开门。她拿出手机，将身体靠在门板上，打开短信软件，输入——

"什么事？"

隔着门板，外面有很轻微的一声短信铃声。苏晋庭的手机和她的是同一个牌子的，美盼的脸庞一红，不知为什么，她就是感觉到，听到他的手机短信声音，好像都有一种奇怪的感觉。

没一会儿，短信来了。

"开不开门？"简单的几个字，透着那个男人身上的霸道和强势，还有——蛮不讲理！

美盼咬着唇，哼了一声，双手拿着手机，飞快地在屏幕上输入："不开！我是不可能再让你进我房间的！刚刚我妈都发现了，苏晋庭，你赶紧回你自己房间去，这里可是秦家！"

真是不让她省心！

发送成功，美盼对着手机吐出一口浊气，将手机调成静音之后，又不放心地将房门的锁给扣上，然后才重新回到床上。

她缩进被窝里，不到10分钟的样子，窗户忽然砰的一声，美盼吓了一跳，猛地起身，双手还撑在床上，就见白色的纱窗被人拉扯了下，然后——

她瞠目结舌地看着苏晋庭从外面跳了进来。

"你……"

美盼抓着被子就从床上跳起来，一手掩着胸口处，一手指着那个此刻姿态轻盈地从窗口一跃而下的男人，震惊大过愤怒："你……苏晋庭你……你是不是疯了？你竟然敢跳窗，你……我明明把窗户锁了的……"

而且这里是二楼，她的房间外也没有阳台，苏晋庭是怎么进来的？他的房间好像不在这一层，她边上的两个……应该都是客房……最关键的是，这种天气，她压根儿就不可能开窗，所以一般到了晚上，家里的用人都会挨个锁上窗。

"想进来有多难？"苏晋庭面色沉沉，浓眉紧蹙着，恨不得能够夹死一只苍蝇。他跳下窗户，反手拉了一下纱窗，大步朝着美盼的大床走来，直接反问："为什么不接我的电话？手机放边上就是让你拒听的？"

美盼听着他那理所当然的口吻就觉得好笑。

他的电话她就非得要接吗？她还就偏不接怎么了？

美盼气不打一处来："我为什么要接你的电话？我的手机就是拿来做摆设的怎么了？我就是喜欢这么干，关你什么事？"

她的大脑嗡嗡的，就像有一团火在里面燃烧，说话的时候，胸口随之一起一伏，那双黑亮亮的眸子瞪得大大的，怒目而视的样子，分明是给人一种愤怒的感觉。可不知为什么，苏晋庭这会儿一进她的房间，就好似进入了一个她的私人空间，这里面充斥着都是属于她的味儿，那种清甜的味道，让他觉得身体阵阵酥麻，好像可以感觉到她那小小舌尖的甜腻滋味儿。

苏晋庭俊眉一挑，说话的时候，人已经站在了大床的另一侧。

美盼警惕地盯着他的动作，见男人竟然直接提了提裤管，屈起一条腿跪在了她的床上，她感觉到床铺动了动，指着他的膝盖大声说："你给我出去，你不许上床！这是我的床，我的房间，你想干什么？"

"你喜欢干不接我电话的事，我就喜欢干这样的事。"

苏晋庭置若罔闻，在美盼虚张声势的警告声之中，他长臂一伸，先是拽住了她胸前的被子，不出意料，小丫头惊慌失措地扑上来想要抢，结果身体失去了平衡，被苏晋庭又是大力一抓，她整个人就重重地扑进了苏晋庭的怀里。

美盼鼻尖一疼，吸入肺腑的都是这个男人身上的男性荷尔蒙味，夹着那种淡淡的烟草味。

"现在是喜欢直接扑着往我怀里送？"男人嘴角微微上挑，说话的时候，另一条腿也跟着屈起，整个人都上了床，大掌压在了她的后颈上，感觉到她的身体不安分地动了动，他用力扣住她，一个侧身就将她推在了床铺上。

"……啊！"

美盼惊呼了一声，因为刚刚洗过澡，她的头发也是蓬松的，这会儿被苏晋庭这么一推，那长发就在空气中甩了一圈，以黑色半圆弧一样的姿态在他眼前扫过，很好闻的洗发水味道，还有她身上的那种味道，勾得苏晋庭二话不说，健壮的身躯也随之覆了上去。

"……你，苏晋庭，你要干什么？你……走开，你这个浑蛋，你再这样，我就大叫了——"

"这伶牙俐齿的小嘴儿，每次都是这么几句台词，你说我要干什么？"苏晋庭似笑非笑，居高临下地俯视着身下一张白皙的脸蛋儿涨得通红的样子，真是相当诱人。他本来被她拒听电话又无视好几条短信的阴霾心情消弭了大半，光是这样逗弄着她，他就觉得有趣极了。他长臂撑在了她的两侧，俊容一点点凑下去，瞳仁深处的那张姣好容颜也在慢慢地放大："别乱动，我就过来和你说几句话，你要是乱动撩拨我的话，那我可能真会干点儿什么，要不要乖乖的？"

美盼知道苏晋庭这人，人前那是人模人样、很有姿态的，可每次对她耍流氓的时候，什么话不会说？

她的脸滚烫滚烫的，身体也是，呼吸间都是属于他身上的味道，那种霸道的强势让她无所遁形，她很害怕，因为她发现自己的心肝都在颤抖……她只能徒劳地挣扎，想要别开脸去的瞬间，苏晋庭却直接含住了她的唇。

美盼唔了一声，哼哼了两下，正好被苏晋庭乘虚而入。男人的舌尖长驱直入，是那种贪恋的力道，撬开了她的齿冠，勾住了她的小舌头，重重地吮吸、啃噬，美盼只觉得浑身都酥麻了。被他撩了没几下，她感觉身体里竟有一种熟悉又陌生的热流在乱窜，她不知道自己这是怎么了，可隐隐又好像知道自己到底是怎么了，更多的感觉是那种不能自控的沉沦，所以才会害怕。

"……不要，苏晋庭，你别总是这样，我……嗯……"

美盼含糊不清地吐出几个字来，对于苏晋庭来说，不痛不痒，她挣扎的时候，两人贴得那么紧，太容易摩擦出他身体里的那团火来。本来昨天晚上就不算是多尽兴，他其实心里很渴望能够真正在她的身上尝试另一种极致的感觉，男人都喜欢刺激，像他这样的男人更是。

他抱着她的身体，就会想着在她的身体里横冲直撞的感觉，那种寸寸销魂的感觉，一定是头皮、脊背阵阵发麻的感觉……

苏晋庭的喉结上下滑动了一下，大掌直接伸下去就捏住了她乱动的臀部，重重捏了一把，长指撩起了她的睡裙，掌心就贴在了她的腿根部。美盼感觉自己的脑袋嗡嗡作响，双腿下意识地想要夹紧，结果正好夹住了男人的手。

"……嗯，盼盼，你夹着我的手做什么？"

美盼真是羞愤难忍，心里又气又急，更多的是对苏晋庭动手动脚的无奈。她忍了又忍，终于还是拧着眉头反驳："苏晋庭，哪有像你这样的？你昨天晚上才和我说过的话，今天好像又是另一套了。"

苏晋庭饶有兴致地看着她："嗯？昨天晚上？昨天晚上我和你说了什么？"

美盼心里有些气急，立刻就接话："你昨天晚上说了，你喜欢我，但你不是也说让我自己考虑的吗？你现在这样又算是什么意思？"

话一出口，她恨不得咬掉自己的舌头，她这种语气，更多的像在撒娇吧？

真是要命，好像是为了重点申明她一直都记着他昨天对自己说的那些话，可说出口的话如同泼出去的水，她深知覆水难收的道理。苏晋庭的眸光果然是越发深沉："原来你一直都记得我昨天和你说了什么话，不过你应该是不记得你自己说过什么话了吧？"

美盼愣住："什么？"

"你讲过梦话，忘记了吗？"

美盼瞪大了眼睛："什么梦话？"她说的梦话，难道不是那个什么糖醋排骨吗？难道，还有别的吗？

苏晋庭看着她的一张小脸蛋儿，一会儿红一会儿白的，脸上的表情更是精彩万分，但更多的是一种属于少女才有的羞涩，显然这种羞涩完全取悦了他，他的眸光越发缠绵温柔，却同样霸道，伸手捏了捏她的脸蛋儿，笑着说："看来我们的小盼盼是完全不记得了，没关系，我听到了，可以重复给你听。"

美盼看着身上的男人，笑得……怎么形容呢？她觉得自己应该是对他这种勾魂摄魄的笑很排斥的，但潜意识里，身子骨却会跟着阵阵酥麻。

"……你干什么捏我的脸？你走开！就算是想要和我好好说话，难道不能坐下来说吗？"

"不这么压着你，我怕一会儿要说了什么，你会直接逃跑。"

"我才不会！"美盼一脸严肃，"我秦美盼说了什么必定会承认，但是，梦话那不能当真，且不说我压根儿就不记得我是不是真讲过什么梦话了，就算是我说过了，那也只是梦话而已，不能当真。"

"你说你想吃糖醋排骨，还记得吗？"

"……所以你今天特地准备了糖醋排骨？"

"唔。"苏晋庭眉目柔软，似乎一点都不在意她刚刚义正词严地想要否认什么，只自顾自地循循善诱，"你看，你说了你要吃糖醋排骨，我听到了，就亲自下厨给你准备了。你吃完之后，有没有一种身心舒畅的感觉？"

美盼下意识地就回想到了上午在他公寓餐厅吃的糖醋排骨，说实话，味道是真的不错，没想到是他亲自下厨做的。

她咬着唇，有些不确定，这男人还能烧出那么好吃的菜？

"味道，嗯，是还不错，不过，真的是你亲自下厨做的吗？"她的声音比起刚刚显然是少了点儿抗拒，身体的抵触也渐渐柔软下来。

苏晋庭的声音更是温柔："我不会对你撒谎。"

"那又怎么样啊，那只能说明我昨天晚上做梦梦见我在吃糖醋排骨而已。"美盼小声嘀咕，"而且就算是你亲自下厨给我做吃的，好像也没多大的关系啊，你是想让我和你说声谢谢吗？"

"我是心甘情愿的，说不说谢谢我不关心。但你做梦的时候说你想吃糖醋排骨，我就帮你实现了你的愿望，现在是不是该换成我了？"

美盼有些迷茫地眨了眨眼睛："什么意思？"

"盼盼，我也想要身心舒畅啊。"某只大灰狼开始对小白兔伸出爪子，当然不是为了吃掉她，而是为了将她圈进自己的生命之中，"你昨天晚上除了说想吃糖醋排骨，还喊着，'苏哥哥，我也很喜欢你。'你说，我都满足你的愿望了，你是不是也应该满足我的愿望？现在清醒着的时候，我想听你再说一遍。"

美盼傻眼了，大脑第一时间是处于呆滞状态的。

然后她才慢慢体会出来他刚刚说了什么话，一时满脸的羞赧，当然潜意识里完全就是否定："不可能！"想了想，她又觉得这么简单的三个字有点儿底气不足，于是马上又说："反正不可能！我不可能说那样的梦话，你骗人，我昨天明明记得自己就梦见了我爸爸给我做糖醋排骨吃……苏晋庭，你真是坏心眼儿，想套我的话？"

"谁说我想套你的话了？我想套的明明就是你的人、你的心。"男人骨节分明的长指压在了她胸口的地方，那里，有一颗鲜活的心脏，此刻正上蹿下跳。苏晋庭忍不住笑了："怎么心跳这么快？"

心？心跳？

美盼呼吸一室，这个时候才渐渐反应过来，她好像是被这男人牵着鼻子走，他的一言一行完全掌控了自己的思维，她这会儿兜头盖脸的，就像被一桶冷水给浇灭了所有的迷茫。

"你，走开，我才没有这么说，而且我也不喜欢你！"

她这句话反驳得简直义正词严，却让本来面色柔软的男人一瞬冷了脸："你刚刚说什么？"

苏晋庭的脸色虽然难看，语气也不怎么好，可美盼这会儿看着他那张黑沉沉的俊容，竟有一种如释重负的感觉。

美盼这个时候才发现，自己对于苏晋庭这个身边人都喊着"危险"的男人，惧怕的只是他对自己耍流氓的行为，其他的任何表情她都不会觉得害怕。

有时候，她甚至希望他对自己冷言冷语的，这样她才可以反驳得更有力，而不是被他那种奇怪又让人难以抵抗的眼神搅得心慌意乱。

这是一种特别微妙的感觉，美盼自己也讲不清楚，大概就是心底深处那些垂死挣扎一般的抵触。

"接受我真有那么难？"苏晋庭已经松开了对她的钳制，不过人依旧是半跪在床铺中间，眸光深深地凝视着床头角落里躲着的女孩儿，语气已不如刚刚那般阴沉，"不喜欢是因为你的那个学长？他真有那么好？"

"你干吗扯上学长？我们的事和学长有什么关系啊？明明就是我不喜欢你，和学长没有任何的关系！"美盼想着，还是决定一口气把所有的话都给挑明了，"当初我送错那个避孕套，也是别人对我的恶作剧而已。我以前对学长是有好感，但我们之间的关系可不像你想的那么暧昧，反正……和他没有关系，是我不能接受你。"

——我不能接受你。

苏晋庭蹙眉，男人那双高深莫测的瞳仁里竟闪过一丝受伤，当然，还有不甘。

其实对于他来说，想要什么样的女人没有？但他的确是第一次对一个比自己小了这么多岁、连个女人都谈不上的小丫头动了心，结果自己该说该做的，好像都已经说了做了，她却是干脆利索地拒绝了自己。

对于苏晋庭这样的男人而言，要说心里一点儿感觉都没有，那绝对是骗人的。

他从来都不需要去刻意讨好谁，因为有的是人来讨好他，可现在他觉得，自己在情感上的付出，并没有得到他心心念念的回应。

关键是，这丫头能够看上一个吴舜华，却看不上他苏晋庭？

有一种勃发的醋意夹在怒气之中，苏晋庭的眸色越发深沉，有那么一瞬间，他觉得自己真是没事找事，自讨苦吃！

外面什么样的女人没有？

再说了，他来C市的目的是什么？现在她在自己的面前，和他最初的目的已经是背道而驰了，他那天回了A市，见了简姨，到底是因为什么？

其实就是为了告诫自己。

可他发现，只要离开了A市的那条线，重新进入C市的这条线，他心底那些虚弱的声音还是会被渴望取代。

美盼还以为苏晋庭又会说出什么话来，可等了好半天他也没有出声。

她转了转眼珠子，视线刚对上他的，却不想男人直接移开了眸光。

美盼心头微微一沉，接着就看到苏晋庭下了床。

眼前忽然一闪，她还没有从刚刚那种微妙的心情之中回过神来，就见到男人颀长的身躯陡然逼近自己，她下意识地往后倒退，脊背已经完全贴在了身后的床头上。

苏晋庭将裤子口袋里的药水拿出来，抓着她的手，硬生生地塞到她的掌心之中。

美盼一愣："……什么……东西？"

"我过来找你的真正目的。"他长指点了点那瓶药水，好看的唇一张一合的，呼出来的气息好似还带着几分刚刚两人暧昧过的灼热痕迹。他的手松开了她的，然后覆上了她的脸，嗓音浑厚低沉，格外好听："可你说我为什么见到你，连最初的目的都好像忘记了呢？盼盼，不如你来给我一个答案，嗯？"

他像是在问她，可又好像在喃喃自语。

他的声音很沙哑，好像真的陷入了一种迷惘之中，可他的指腹摩挲着她的脸颊的力度又格外地柔软，美盼的身体不由得颤抖起来，那熟悉的感觉又来了，让她身不由己。

她有些怔怔地看着近在咫尺的那张俊容，如此地精致迷人，完全有着让人神魂颠倒的资本，可他现在看着自己的样子，好像真的想不通一个问题，就是需要她来给他一个答案。

美盼的心尖像被什么东西给捶了一下，讲不出那种滋味儿，一时她连什么反驳反抗都忘了，只看着他的眼睛，看着那双深邃的眸子里倒映出来的那个自己。

她更用力地捏紧了手中的那瓶药水，不知为何，掌心是热的，心跳的那种感觉，好像……特别与众不同。

又是一晚上没有休息好，后来好容易有了点儿蒙蒙睡意，天又亮了。美盼想到今天要和爸爸去他那边的老家，她也没有心思再睡，索性就起了个大早。

昨天晚上苏晋庭是"原路来原路走"，她都不知道他是不是在秦家过夜，但看样子，估计是没有。虽不知道他是如何飞檐走壁的，不过看到今天秦家没有任何的动静，她就知道，他应该没有引起谁的注意。

这样……挺好的。

美盼坐在床边，仔仔细细地想了一下昨天的事，她最后得出的结论就是：自己做得很好，也很对。

首先，大学还没有毕业，她现在不可能考虑谈恋爱的事。

其次就是，苏晋庭都这个年纪了，而自己对他一无所知，也不可能发展成为那种关系。

最后，当然也是最重要的一点，他在秦家的地位还是太尴尬了，她就算再讨厌秦媛，那也不可能真的做出胳膊肘往外拐的事来，何况家无宁日，有什么好的？

她总结完之后才觉得轻松了不少，随后站起身来，却意外地看到了床头柜上的那瓶药水。

心头微微一颤，美盼的双眸一直都在凝视着那瓶药水，这是苏晋庭昨天给她的，其实她也没用，不知道自己丢了几次，最后为什么还是会在这里？

她忍不住拍了一下自己的脑袋，瞎想什么呢？她就是因为觉得丢掉这种进口药水有点儿可惜，对，只是这样而已！

她下楼，无精打采地吃了点儿早餐，正想着跟爸爸回老家的事，外面就有用人进来了，说是门口有个人，过来找姑爷。

黎展明擦了擦嘴角："找我的？谁？"

那用人说："好像是姑爷您的亲戚。"

美盼想着前几天不才回过老家吗，这会儿又有亲戚过来了？而且黎家那边的亲戚很少会主动来秦家的，具体的原因虽然谁都不说，但心照不宣——因为秦媛不喜欢。

幸亏现在秦媛不在，美盼和黎展明一同出去后，发现站在门口的是一个中年男人。

"二姨夫？"这人，不就是爸爸表姐的那个丈夫吗？她应该没有记错，因为他脸上有一块不是很明显的胎记，长得倒不显得狰狞，就是满身都是乡土气息。

不过美盼还是很懂礼貌的，也不会有千金小姐的架势，叫人那叫一个顺溜："爸爸，是二姨夫。"

黎展明笑着点点头，来人的确是他表姐夫。

见到黎展明和美盼，中年男子先是愣了一下，马上就说："展明，不好意思了，过来找你，实在是有着急的事儿。"

黎展明也知道他不会无缘无故来的，已经到了秦家门口，自然是要请人进去的，但黎展明一看到家里的用人那隔着一段距离"监视"他们的模样就心生厌烦，也不知这表姐夫是为了什么事，索性就拉着人出去了。

美盼也要出去，黎展明没拦着，让她拿了个外套，三个人就一起找了一个僻静的咖啡店。坐下来之后，黎展明就问："什么事，让你大老远还特地跑过来？"

对方犹豫了一下，说："展明，是这样的，咱们那一块的房子你也是有份儿的，当然，我知道你现在可能不稀罕了，只不过这一块要被人给买了，你还是得签个字。"

黎展明一愣："要卖给谁？"

他老家那一块，说实话挺偏僻的，这么多年来也没有什么开发商相中过，他自己本身就做了秦家的上门女婿，秦氏在地产界早年就有投资，但是别说是秦齐林了，就算是秦媛也没有看中这一块，现在突然冒出来有人要买这一块，黎展明还真是挺好奇的。

"其实都来过好几趟了，前几次不是大老板亲自过来的，你也知道我们那一块住的都是老年人，年轻人都出去了，所以大家对这里都是有感情的，并不是很乐意卖，现在价格又涨

165

了点儿。就昨天，连大老板都亲自过来，这不，大家好像有点儿心动的意思。"

二姨夫这种年纪的人还谈不上什么老年人，因为没多少本事，所以就一直留在那个穷乡僻壤。但人都是渴望往高处爬的，他只是有心无力，要真是有天上掉馅饼的事，哪还会不凑上去？

美盼知道爸爸对老家的感情，因为根在那里，所以他每年都会亲自回去几趟。现在竟然要卖了，他嘴上虽然没有多说什么，但美盼还是瞧出来了，爸爸肯定是不舍得的。

再看看二姨夫那满心期待的样子，估计这事十有八九就是敲定了。

黎展明没再多说什么。美盼的眼珠子在两人之间转了两圈，隐约想到那个房子——

他们是前几天回去的，所以印象很清晰，那是一个复合式的院子，早些年的时候，那里的房子都是零零散散地分开的，不过每家每户隔的距离也不算远。后来黎展明做了秦家的女婿，身份地位自然是不一样了，加上他本身就在艺术上有些灵感，之后就出了一点儿钱，把这里的几户人家合在一起，就合成了一个大院子。

住在那里的人，都是黎家的旁亲。

如果那块地真的卖了的话，这些年长的亲戚就要被迫离开自己的家乡，对于年轻人来说当然不是什么问题，但老年人的心态就不一样了。

"我呢，今天把文件都带过来了，你签个名，反正那个地方你也不常回去，而且赔偿的金额也是相当可观的……你放心，长辈们我都会安排好的……"二姨夫热络地说着，又迫不及待地拿出了文件。

他正低头找签字笔的时候，黎展明忽然开口："你是想钱想疯了吧？我都和你讲过，这块地我是不会卖的。你还年轻，可以适应外面的生活，但那些长辈们呢？不用找笔了，我不会签的。"

黎展明似乎也不打算多待，看了一眼美盼，对她说："盼盼，你刚不是说要出来找朋友的吗？你先去忙你自己的事。"

话音刚落，那二姨夫立刻翻了脸："展明，你先别着急让盼盼走，我们把话给挑明了说吧。"他敲了敲桌子上的那份合约，"你先看看，你看看再决定行不行？你这是饱汉不知饿汉饥，你有钱了，舒坦了，就让我们常年住在这里？荣老板给的价格可是很高的！"说完又转向美盼："孩子，你来说说吧，你爸爸他现在自己过得好了，是不是也应该让二姨夫，还有我们老家的那些人也过得好？"

美盼哑然。

心想着，这事和我有什么关系？

但她知道，爸爸不想卖，和钱没有任何关系，爸爸其实是很念旧的，而且刚刚爸爸说的那些话也不是没有道理。

这些事她也不方便多说，毕竟都是长辈之间的事情，她本来一起出来是为了找小伙伴的，这会儿时间差不多了，她就准备走了："二姨夫，这事，您还是和我爸谈吧。爸爸，我先走了。"

黎展明点了点头，只叮嘱她要小心，美盼头也不回地一溜烟儿跑了。

谁知道匆匆忙忙地跑出咖啡店的时候，竟意外地撞到了一个人，美盼身体一踉跄，连连倒退了两步，刚稳住身体，一抬头，就见到一副男性的五官映入眼帘。

大概也就是三十出头的样子，和苏晋庭差不多的年纪。

可他长得又是和苏晋庭完全不一样的类型。

五官很是锋利，气场又太过阴冷，眉眼亦是如此，乍一看给人的感觉就是那种——生人勿近。虽然苏晋庭这人在外人面前也算是那种寡淡冷漠的类型，可这个男人的那种冷，好似从骨子里散发出来的，哪怕五官长得同样立体出色，却是让人连多看几眼都需要勇气。

美盼不喜欢这种男人，扫了一眼，马上就避开了视线。

她觉得是自己刚刚太匆忙了，所以就随口说了一句："对不起。"

男人没有出声，美盼拢了拢衣领越过他，就快步离开了。

她并没有发现，在她背后，那双深邃的眸子一眨不眨地凝视着她，嘴角带着意味深长的弧度。

秦美盼？

幸会。

第十四章
爱你的心，每天都在膨胀着

A市。

今年算是暖冬，哪怕是过年也不显得有多冷，不过人上了年纪，还是会习惯性地多穿一些。

苏晋庭走进院子的大门，正好看到简姨在拉扯着身上的羽绒服外套，一侧身就见到了从外面进来的男人。她先是一愣，随即就迎了过来："晋庭，不是说不回来吗，怎么突然回来了？也不和我提前打个招呼。"

"我有事正好路过，就过来看看您。"

苏晋庭的下巴上有着青黑色的胡茬儿，简姨站在他身边自然见到了，叹息了一声："看你脸色也不太好，你是不是又通宵开车了？"

"这几天有些忙。"他随意地回了一句。

简姨也没有多问，很快就想到了什么："对了，你来了正好，昨天静怡来看我了，我就让她在这里过了一晚，她应该已经起床了，我们进去吧。"

文静怡在这里？

在简姨面前苏晋庭倒也没表现出太明显的情绪，只挑了挑眉，依旧是那副不冷不热的态度："是吗？"

"你好像不知道她过来？"简姨有些意外，"昨天我还和静怡说来着，过年你都那么忙，她还说你特地让她过来陪陪我的。这孩子可真是懂事，好不容易有了一个假期，也不像别的女孩儿那样东跑西跑地去玩儿，倒是愿意过来陪我这个老人家。"

"简姨哪里老了。"

"老了。"简姨拍了拍苏晋庭的手背，两人还站在院子里，她低声说："晋庭，简姨一直都觉得，让你去做那件事对你是最残忍也最自私的，我这段时间心里总是不踏实……其实都过了那么多年了，什么事也没有，可能也就是我自己太过敏感，其实你……"

"简姨，这事我们不是已经说过好多次了吗？您没有自私，也不残忍，这件事也是我很想去做的，因为这不仅是您的事，也是我的事。"

"晋庭……"

"晋庭，你什么时候来的？"

简姨的话音未落，里面的文静怡大概是听到了外面的交谈声——苏晋庭的声音，她哪会听不出来——匆匆忙忙地跑出来，见到了他，脸上的笑比花都要漂亮几分。

文静怡对苏晋庭是什么想法，那全都是写在脸上的。简姨其实挺喜欢她的，这个女孩儿在晋庭身边很多年了，虽然工作性质是抛头露面了一点儿，但难能可贵的是，在那样一个圈子里还可以保持着一份最初的心。加上她的家境本身就不错，父母也都属于有修养的文人，她从小是在那样的家庭之中长大的，身上的气质，还是属于那种恬静的类型。

简姨心里想的是一回事，苏晋庭心里想的又是另一回事。

他并不喜欢文静怡，但也不讨厌她，只是见她又直接过来这里，心里多少有些不太高兴。

所有熟悉苏晋庭的人都知晓，简姨在他的生命之中，是很重要的一个亲人。

"都进去吧，外面冷。"简姨开口。

三人一起进了里屋。一进屋，身上的寒气就被驱散了大部分，苏晋庭伸手习惯性地拨了一下外套的扣子，边上忽然横过来一只柔软的手："里面比较热，可以把外套脱了。我看你精神也不是很好，是很忙吗？过来也没有和我说，本来我们可以一起过来看简姨。"

文静怡是模特，身材自然是好，此刻穿着平底鞋也有175cm，不过站在苏晋庭这个足有185cm的男人面前，还是显得娇小。

不能否认的是，两人站在一起也确实般配。

文静怡长得甜美，又带着一丝柔软妩媚，职业赋予了她一种很知性的美，她也很懂得在镜头面前散发出自己身上的诱人点，而在苏晋庭的面前，更甚。

女人身上有一种很淡雅的清香，说实话，一般的男人都不会讨厌这种清雅又诱人的味道。

文静怡靠他很近，苏晋庭垂眸的瞬间，这种味道就会慢慢地渗到他的体内，很是熟悉的感觉。以前他不觉得有什么，大概就是不在意，所以才会认为是习惯，可现在，他却不由得蹙眉，写在眉宇间的那些情绪，叫作排斥。

文静怡看得一清二楚，可心头的失落还来不及落地生根，男人已经反手握住了她的手腕。看似很普通的动作，她却很清楚地知道，那个力道透出来的信息，是很明显的疏远。

如果说以前他对自己的态度是若即若离，那么现在……连一点点的"即"都不复存在了。

文静怡心中的那种失望几乎就要成为绝望，突然感觉这个男人距离自己是如此的远，以前她只是偶尔会觉得辛苦，现在却好像成了遥不可及似的。

简姨是个女人，哪能看不出来气氛的转变。

在这种僵硬又尴尬的气氛之下，她上前，先是拉住了文静怡的手，然后才轻轻推了一下苏晋庭："这可不就是晋庭的错？静怡，你就别和他一般见识了，估计就是忙忘了，前两天也是突然就过来，我一点儿准备都没有。"

简姨这话是在打圆场，文静怡笑得却很勉强，只有苏晋庭依旧是面无表情。照顾简姨的阿姨从里面出来，见到苏晋庭也有些意外，连忙打了个招呼，一时，僵硬的局面有些缓和，简姨吩咐她："去市场买点儿晋庭喜欢吃的菜……"想了想，又说，"这都过年，估计很多门店都还没有开门，行了，我和你一起去看看。"

她这是明显地要给两人创造机会，苏晋庭心知肚明，倒也真有些话想对文静怡说，也就由着简姨去了。

等两人一走，文静怡就只能有些尴尬地站在客厅里。她其实并不算是多主动的人，可在苏晋庭的面前，她却不知道自己究竟主动过多少回了。

苏晋庭动作慵懒地脱掉自己的外套，文静怡见状，上前想要接过，男人动作却是一顿，眸光很是自然地落在她的脸上。只要看到这张姣好的容颜，说实话，十个男人恐怕有九个是要动心的。

"静怡，以后别再做这样的事，也别再说模棱两可的话。"

文静怡的脸色顿时一片惨白："……你……什么意思？"

"就是字面上的意思。"苏晋庭这人，一贯都是冷漠淡然得很，可文静怡第一次在他的身上感受到了什么叫作冷酷，"你知道简姨对我来说很重要，我不想让她误会什么，你应该明白我的意思对不对？"

文静怡："……"

苏晋庭点了一根烟，抽了两口，然后就拿着外套朝着楼梯口走去。文静怡再也忍不住，追上去几步就说："……我知道你是什么意思，可晋庭，我不想明白，你知道吗？我哪里不够好？你告诉我，我为了你什么都肯改，是不是我对你的感情，你真的要一直都睁一只眼闭一只眼？"

"我从没有睁一只眼闭一只眼。"苏晋庭身形未动，夹着烟轻轻吸了一口，嗓音越发低沉，每一个字都像是从冰窖之中蹦出来的，落在文静怡的耳中，好似可以冻住她全身的神经，"我以为你一直都明白，别让我对你有别的情绪……静怡，你一直都很聪明，在这种问题上，更应该聪明一些。"

文静怡看着男人挺拔的背影缓缓地上了楼，他姿态随意地抽烟，那样的动作，落在她的瞳仁深处，又会慢慢渗到灵魂深处。

他住在自己心里这么多年，她喜欢他，就像是已经成了一个习惯……而他竟然可以如此轻易地要求她更聪明一些。

她如何聪明？

爱他是她的全部，如果这样算是愚蠢，她就是一个愚蠢的女人。

因为明天要去学校报到，美盼本来是打算出去转一圈的，结果又有些心不在焉的，干脆就留在了家里。但今天家里都没什么人，她想着晚饭恐怕要自己解决了。

于是，将近7点的时候，她才甩着两个睡衣的衣袖从房里出来。

可她没想到的是，刚刚走到楼梯的转角，就听到楼下传来一阵争执声。

那声音，竟然还是爷爷的——

"你们夫妻俩去楼上说吧，有了结果之后再给我一个答案，我也累了，上去休息了。"

美盼一愣，没想到爷爷和爸妈都回来了。

在她怔忪的瞬间，就见秦齐林已经朝着自己的房间走去，因为不是同一层，所以她站在楼梯口的时候，谁都没有发现她。

美盼没想偷听他们的对话，何况她已经敏锐地察觉到气氛有些不对劲，想了想，她还是直接躲到了房间里，自然没有听到楼下的黎展明和秦嫒之后说的话。

黎展明手里拿着一张纸，上面不知写了什么东西，他的脸色格外难看。秦嫒坐在一旁，这会儿倒很沉得住气，等秦齐林走了之后，她的视线终于落在了丈夫的脸上，静静地凝视了足足有两分钟，忽然扑哧一声，明显就是冷笑："你说可笑不？我现在需要你给我一个解释。"

黎展明心头乱糟糟的，他在秦家一贯都是儒雅的形象，从来都不会大声说什么，不管秦嫒平常对自己的态度有多嚣张，他几乎都是默默承受，而现在，这个男人的眉宇间却有着前所未有的慎重。

他沉吟了片刻，低声问："这东西，哪儿来的？"

"不知道。"秦嫒双手抱胸，说，"有人送过来的，我还没有查出来是谁送的，也不知道真假，所以我要问你，这事，我相信你应该是最清楚的，不是吗？"

黎展明大概是怕秦嫒闹腾，到时候让楼上的美盼听到点儿什么就不好了，于是他站起身来，说："到房间说。"

"怕你女儿听到？"秦嫒一针见血。

黎展明一直都没有休息好，心事重，脸色自然不好，一双眸子透着几分猩红。秦嫒的话音一落，他的视线很快扫在她的脸上，眼神完全是警告的："我说了，上楼说。"

秦嫒顿了顿，终于还是站起身来："我不是怕你什么，只是顾全大局，否则二十年前我就不需要那样做。"

黎展明看了她两眼，忽然冷笑了一声："我知道，所以为了你，为了你们秦家，你也应该知道，这事，已经没有任何的回头路。这么多年来我一直都不出声，是因为什么你不知道？既然是一条船上的蚂蚱，遇到了事情，当然是想到别让这条船沉了。我这话不是说得难听，这种事，十有八九就是有人故意在挑拨离间，可秦家的那些事又有几个人知道？你我都很清楚这事的严重性。"

秦媛紧紧抿着唇，一言不发。黎展明转身就上了楼。看着他的背影，秦媛的胸口起伏了两下，对着空气生硬地哼了一声，也跟着上了楼。

城市到了晚上，会退去白日的喧哗，变成妖娆万千的样子，如同一个风华正茂的女人，想要人和她一起疯狂。

酒店的顶级套房内，偌大的落地窗前，身穿黑色西装的男人笔挺地站在窗口，俯视着外面的一切，将整个城市的夜景都收入眼底。他一手插在裤兜里，一手拿着酒杯，里面并非红色的液体，而是透明色的。充斥在房间里的酒精味道并非那种醇香的红酒，而是一闻就会给人刺激的烈酒味儿。

一如那张映在落地玻璃窗上的脸。

深邃的五官丝毫不能给人柔软的感觉，连映在玻璃上的倒影都显得冷酷无情，仔细看就能够看出，他50岁左右，因为气场太过冷硬，所站之处都能够闻到生人勿近的味道。

男人的眸子一眨不眨地凝视着某一处，眸光忽而明亮，忽而又暗淡，偶尔还会透出几分肃杀的狠戾来。身后的房门忽然被人敲响，男人瞳仁稍稍一收缩，晃着酒杯送到唇边轻轻抿了一口，这才可以看到，他的嘴角边上有一道很明显的刀伤，看上去是旧伤，可依旧显得有些触目惊心。

"进来。"

他放下酒杯，缓缓转过身来，一抬头就见到从外面进来的人，本是阴鸷的神态稍稍缓和了一些。

"来了。"

"父亲。"进来的男人亦是西装笔挺，五官显得更年轻、出色，不低于185cm的身高，衬着他身上那种似冷又似邪魅的感觉，看起来更是英俊。

"刚回来？"

男人点头，双手缓缓插入西裤口袋："开出了一千万的价格，如您所料那般，黎展明并不愿意签字。"

中年男人轻笑了一声，那笑并不达眼底，就显得更冷："不肯签字也正常，他现在可是秦家的女婿，区区一千万，的确是不会看在眼里的。"

荣慎宇并没有接话，对面站着的男人正是他的父亲，但并非亲生的。

他叫荣惊，如果有人听说过他的名字，必定会退避三舍，至于那些没有听过他名字的人，估计就算是见到了他，顶多只会觉得他冷，并不会如同他的名字那样，给人一种"惊慌"的感觉。

可荣慎宇很清楚地知道荣惊是个什么样的存在。

"这件事情不用着急，我不过就是给人上个前菜而已。对了，让你打听的人，打听得怎么样了？"手中的雪茄灭了之后，荣惊又点了一根。

荣慎宇蹙眉，沉声说："用了很多方法，可真的找不到父亲您要找的那个人。"

荣惊脸色一沉："黎展明从来没有见过她？"

"从我们派人监视他开始，的确是没有。"荣慎宇顿了顿，又说，"父亲，其实有没有可能是，她已经不在……"

"不可能。"荣惊不等他说话就直接打断了他，口吻非常笃定，"我很了解这个女人，别人看她就是柔柔弱弱的，可我知道她是什么样的冷硬心肠，当年她能把我弄成那样，你以为她不会换个方式活下去？"

荣慎宇没有出声接话，荣惊这一刻身上的气场完全是肃杀的血腥感觉，那样的眼神，如果他口中的那个女人此刻就在他的面前，必定会被他给生吞活剥了。

"我见过秦美盼了。"荣慎宇说，"不过黎展明那边还是不肯签字。"

荣惊夹着烟的手指微微一顿，刹那的眼神似乎也有所变动，只是他很快就垂下了眼帘。饶是荣慎宇这般精明的男人，也来不及捕捉到他眼底其他的情绪。不过短短五秒过后，就听到他说："秦家目前的情况比较复杂，没有摸清底之前暂时不要打草惊蛇，先把那个女人给我找出来。"

荣慎宇点头："我知道了，父亲。"

去学校报到的第一天，基本也没什么特别的事，加上美盼她们现在都已经是大二了，像美盼这种家庭条件不错的姑娘，更多的精力不是放在留学的问题上，就是放在家族企业的问题上了。

所以在学校溜达一圈之后，她们几个人就约好了，下午出去聚一聚。

因为约了是一起喝下午茶的，她特地找了一个环境不错的咖啡馆。以前几个人就经常一起过来，老板自然是认识美盼的，见到她过来，还有些意外。

"秦小姐？今天是什么风把您给吹来啦？过年好吗？亲戚都走完了吧？"

美盼将手袋放在一旁的凳子上，笑了笑："走完啦，老板你不也开业了吗？"

"其实过年这几天生意更好，我都没有关门。"

美盼说："我还是老样子，一会儿我朋友们来了，你再给上茶点。"

老板点点头："那我先让服务员给您上杯水。"又指着不远处的电视说，"这几天每天都是春节联欢晚会，您自己随意看看，打发打发时间，我等会儿再让服务员给您送一份今天的早报。"

老板知道美盼是秦家的小姐，服务态度自然是两样的。美盼在外面也习惯了这般的伺候，加上自己也谈不上是什么"半路公主"，她一出生，命就矜贵得很，因为姓了秦，总是可以享受到这般公主一样的待遇，她已习惯，也不会矫情地和人客套什么。

服务员很快就送上了水和报纸，美盼喝了两口温水，换了几个频道，果然都是无聊透顶的春晚节目，这几天她在家里就看了好几次，索性就关了，拿起手边的报纸，翻开看了几眼。

她没有想到，报纸上竟然还会有苏晋庭。

有那么一瞬间，她心跳一快，真以为是自己幻觉了，是因为这两天总想着他的关系，所以随手拿着报纸都能看到他？

可她很用力地揉了揉眼睛，才发现真不是自己的幻觉，真的是苏晋庭。

大标题：广告宠儿文静怡背后的男人。

美盼平常对娱乐圈的消息还是挺热衷的，毕竟她这个年纪，还在学校上学，就是属于那种"不吃猪肉，也会满世界见猪跑"的，她并不是很喜欢花痴什么明星小鲜肉的，可周围的人总是有，耳濡目染，她也习惯性地会了解一点每天的娱乐新闻。

这个文静怡，她还真不陌生。

这个女人谈不上有多红，因为她特别低调，加上不唱歌、不演戏，就是拍各种广告，所以显得有些特立独行。可她条件好，如今这个圈子里，不是打针就是动手术刀的，她倒真是有些天生丽质，身材和容貌都是娘胎里带出来的，加上她长得柔美得很，去年就已经是那种"树欲静而风不止"的状态，每个月都会上几次微博热搜，或是热门新闻什么的，甚至被封为"宅男女神"。

美盼想起毒舌崔惜梦对文静怡的点评——"美是美，可那五官堆在一起，怎么看着就是犯贱又矫情的样儿。"

美盼现在看着这个文静怡，心头竟也不由自主地冒出那句话来。

她下意识地捏紧了报纸的一角，图文并茂的内容，让她心头忽然有了一种像是被人耍了般的滋味儿。

上面有很丰富的内容。原来文静怡这个女人和苏晋庭认识已久，而且文章还言之凿凿地写明了，她进了这个圈子，还能够像今天这样干干净净、出淤泥而不染，全都是因为她的背后有这么一个男人在给她撑腰，所以她可以很任性地选择广告，想接就接，不想接也不会饿死，因为她的背后有苏晋庭这么一个可以说是隐形富豪在支持着她。

美盼没有发现自己的气息越来越急促，脸色也是异常难看。小优刚走到她的边上，就见她低着头，脸都快凑到报纸上去了，不知在看什么东西，气氛隐约有些不对劲。

小优轻咳了一声："国宝……"

美盼竟然没有反应。

174

小优坐下来，推了推她："国宝？"

美盼这才抬起头来，见到小优的同时脸色更是难看，因为她知道自己今天为什么把她们喊出来，因为她想不通的那件事，完全是因为苏晋庭。可她现在觉得自己被人耍了，那个可恶的男人，竟然是别的女人背后的男人！

那他为什么还要对自己表现出那样暧昧不清的关系？不，不是暧昧不清，他说他喜欢她的，不是吗？

他说了，他喜欢她！

她觉得自己就像是挨了几个耳光，就在她能够感受到的那个世界里，啪啪响得很，真有一种说不出的滋味儿，有委屈，还有不甘。

小优看得出来美盼的情绪有些不对劲，想着有可能是因为她家里的事，但是一想又觉得不对，美盼家里的情况也不是一天两天了，可她很少会这样。

"盼盼，你……"

"我先走了。"小优话还没有说完，美盼猛地起身。

她的动作有些大，直接把桌子上的水杯给撞翻了，结果那水就流出来，渗进了她的衣服里。

这大冬天的，多少是有些冷，小优忙站起身来，拿过一旁的纸巾帮她擦："你这是怎么了？不是你把我们喊出来的吗？说走就走？其他人还没有到呢，你不是说有事……"

"没事了。"美盼抓过小优手上的纸巾，一贯都是挺会控制自己情绪的女孩儿，这一刻显然是做了极大的努力，却还有些克制不住那颗怦怦乱跳的心脏，"对不起，一会儿你和倩倩、梦梦她们说一声，我想起来我还有别的事。"

"……不是，国宝？国宝……你等等啊，盼盼……秦美盼！"

小优喊了两声，但美盼根本不为所动，很快就跑到了门口。小优刚追到门口，就见到徐倩的红色甲壳虫车子正停在车位上，这一分神，就发现美盼那丫头已经不见了。

徐倩大概是从后视镜里见到了这一幕，推开车门下车的时候，崔惜梦也从副驾驶位上下来："怎么回事？刚刚那个是盼盼？"

小优皱着眉头点点头。

崔惜梦拉了一下自己的长发，说："跑得比兔子还快，不是她约我们出来的？带的钱不够请吃饭还是怎么的？"

小优摇头："别开玩笑了，我看国宝的情绪好像有些不对，刚刚进去的时候就见她抱着一张报纸看了好半天，后来就突然说要走了。"

"什么报纸？"徐倩问。

"不清楚。"

"那报纸呢？"崔惜梦又问。

"……她好像拿走了。"

美盼还真是拿了报纸跑的，她一口气跑到了公交车站，被急急忙忙挤公交的人一撞，突如其来的疼痛才让她稍稍清醒了些，也下意识地站住了脚。

她气喘吁吁的，低头一看，发现自己还拽着刚刚的那份报纸，也不知是不是倒霉催的，她垂眸瞄过去的时候，正好看到报纸上苏晋庭的侧脸，不过被她捏得有些扭曲了。

美盼恨恨地磨牙，这个男人有什么好看的？唯一迷人的地方也就是那出色的五官了，可现在被她揉成了一堆，哪还能入眼？

她愤愤地举起手中的报纸，还是觉得不解气，摊开之后，看着那张皱巴巴的脸，分明已经变了形，可怎么看着都让人讨厌不起来。

美盼越想越生气，脑海里反反复复的都是之前他和自己说的那些话，现在想起来，却觉得可笑至极！

她为什么记得那么清楚？好似连他的呼吸节奏，自己都可以在回忆之中揣摩得一清二楚，可现在这些对于她来说，何止像笑话！

骗子，苏晋庭这个浑蛋，就是一个骗子！

美盼气得涨红了脸，恨恨地将报纸揉成一团，直接丢进了一旁的垃圾桶里。正好有公交车过来，她看都没看一眼，直接就上了车。

不知道目的地是哪儿，也不知道自己为什么要上车，车子开出好远之后，美盼才恍恍惚惚地发现，这个方向都不知是朝哪儿去的。

苏晋庭在简姨那边待了两天，主要还是因为过年，他想着人既然都过去了，干脆住两天陪陪她。

文静怡也在那边住了两天，她知道苏晋庭下午要回C市，所以等午饭过后，见简姨进了厨房，她马上就说："一会儿不介意带我一程吧？"

苏晋庭那天把话说得挺直白的，不过文静怡一贯都很招简姨喜欢，所以这两天她留在这里也是简姨的意思。而文静怡倒也没有再当着简姨的面对自己故作亲热，苏晋庭心里还是感激她的，前几年简姨身体不太好，自己工作也比较忙，文静怡那时候就很照顾简姨。何况这些年来，自己在工作上，要真有什么需要她帮助的，她一贯都是二话不说，直接上。

所以，只要她摆正了自己的角色，苏晋庭并不想和她将关系搞得太僵，她比自己小，也很懂事，在他的心中，是朋友，有时候也会是一个妹妹一样的存在。

"你的司机呢？"苏晋庭掸了掸烟灰，蹙眉问她。

文静怡心头苦涩，脸上倒还算是自然："不是过年嘛，也得让人家回家过个团圆年吧……晋庭，就这么不想和我待一块儿？要真为难，那我坐车……"

"你去C市？"苏晋庭问。

文静怡点点头："我之前过去那边就是有工作的，今天也是初六了，初八就要开工，我得过去。"

"不回家看看你爸妈？"

"他们旅游去了。"伸手捋了捋耳边的碎发，文静怡说，"他们每到过年都希望到处走走看看，假期难得。"

苏晋庭就没再多问什么了，正好简姨从厨房出来，见到苏晋庭懒洋洋地靠在沙发上，修长的手指夹着一根烟，她上前就拍了一下他的手背："又抽烟，不是叫你少抽点儿烟吗？对身体不好。"

看了一眼对面坐着的文静怡，发现她看着苏晋庭的眼神是压抑着的含情脉脉，简姨心里很清楚眼下是什么个情况，所以等到两个人收拾完了上车之后，她拉住了后上车的苏晋庭，凑在他耳边低声说："静怡真是个不错的丫头，你怎么就瞧不上她了？这么冷冰冰地对人家，也不想想人家姑娘心都碎了……说实话啊，简姨是很喜欢她的，也觉得她和你很般配，你也是时候好好考虑考虑自己的终身大事了……晋庭，我把你当儿子一样看，你妈妈去世的时候也让我好好照顾你，我……"

"简姨。"

苏晋庭扣上风衣的最后一颗扣子，轻笑着打断了她的絮絮叨叨："您还不清楚我是什么人吗？这些事，您不是从来不来过问的？这会儿连我妈都扯出来了。"

"我这不是觉得耽误你……"

"简姨，您是我的亲人，哪还能耽误我这种事？"苏晋庭拍了拍简姨的肩膀，并不想再说这样的话题，语气稍稍严肃了一些，"好了，这种小事，您就别再操心了，我自己心里有数。"

"你今年可就三十一了，简姨虽身子骨还硬朗，不过你也知道，我年轻的时候落下了不少的病根儿，谁知道什么时候这条命就没了……你还是早点儿让我抱上孙子吧，帮你妈抱的。"

这种事，换作一般的家庭，当长辈的，身边有个31岁的晚辈还没有结婚生子，估计早就开始没完没了地催了，不过他们两人之间的关系又有些微妙，所以简姨很少会提到这个话题，今天会这么说，苏晋庭也知道，多少和文静怡有些关系，当然，她也肯定是真心希望自己早点儿成家。

成家……

他眸光闪烁了片刻，在简姨以为他又要避开这个话题的时候，苏晋庭却忽然浅浅一笑，那深邃的眸子里有什么亮晶晶的光芒一闪而过，只听到他沉沉的嗓音别有他意："简姨，有些方面，我和您的眼光或许也是一样的，在您的心中，最好的那个人，才能够成为我心中最宝贝的那个。"

差不多了吧？

这都已经有十来天了，他离开C市去处理一些工作上的事，又回来看了看简姨，不知道那个丫头……唔，在做什么呢？还是，她也有像他一样，想过他？

唉，真是一点儿办法都没有，明明被拒绝了，可为什么就是想得紧呢?

崔惜梦接到历教授的电话，拿着之前他让自己准备的报告跑了一趟教授的家。

之前她倒经常过来这边，从来没有遇到过历承易这个在历教授的眼中始终是个扶不起的阿斗的儿子。没想到，今天倒是冤家路窄，距离上一次两人在酒吧闹得有些不欢而散后，这算是他们第二次正式见面。

崔惜梦倒也不是那种小心眼儿的人，再加上这里毕竟是历教授的家，所以她还是挺含蓄的，见到吹着口哨、长指上挂着一串车钥匙飞转着从外面进来的、一身吊儿郎当气质的历承易，她也没什么太多的情绪，还挺客气地冲他点了点头，算是打了招呼。

"咦，我说今天我这是怎么回事，一万年都不想回家，今天倒是突然心血来潮地想回家来瞧一瞧，原来是你在啊。"崔惜梦长得确实不错，用历承易那种挑剔的眼光来看，都认为她很有料，虽然还是个学生妹，可身上有一种干净清纯的气息，很符合他这种虽是过尽千帆，却很想要尝一尝不油不腻、清清纯纯味道的审美。

可崔惜梦看他的眼神就是两回事了，怪不得历教授一提到儿子就唉声叹气。

她斜睨了一眼身边的男人，嗤笑："历少爷，你这话我用通俗一点儿的言辞来形容，那就是最低端的泡妞手段，去哄哄外面的那些有胸没脑的女人就算了，我这样的，我怕你吃不消。"

哟，真是一枚小辣椒。

历承易邪气地挑眉，长指上挂着车钥匙，恬不知耻地在崔惜梦面前一戳——就是因为有一张好皮囊，所以哪怕他是嬉皮笑脸的，似乎也有着一份很独特的味道。

"崔惜梦……是吗? 你说我也没有怎么你吧，你怎么见到我就恨不得把我生吞活剥的样子? 我倒不怕自己吃不消，是怕你这张……唔，小嘴儿，吃不消。"

这人讲话何止是暧昧，崔惜梦觉得简直就是下贱!

碍于这里是历教授的家，她可不想给自己找难堪，良好的教育修养让她不愿意再和他一般见识，所以她勾了勾唇，伸手撩了一把长发，越过历承易就走。

历承易还以为小丫头会伶牙俐齿地反驳呢，谁知道竟一声不吭地走了，他愣了一下，有种一拳头挥过去却打在棉花上的无力感，那心底深处的一根弦也像是被拨了一下，偏偏是更不甘心了……

"崔惜梦，你给我站住。"

他追上去，梦梦人已经站在了正门口，听到后面那耀武扬威的喊声，她本是不想理会的，可突然想到了什么，竟还真的站住了脚。

历承易见她真站住了，心头一喜，伸手拉扯了一下衣领，刚要张嘴说什么，前面的女人倒是主动转过脸来，严肃地看着他，却是问："苏晋庭在哪儿?"

历承易前一刻还在沾沾自喜，这会儿就像是跌落了谷底。有时候人就是挺犯贱的，你这种时候要顺着他来，他可能会不以为然，你要是不屑一顾，他还偏偏要凑上来。

像历承易这种万花丛中过的男人，这种心态更甚。

说句不好听的，他就是一个在女人面前从未吃过瘪的，现在这个崔惜梦看上去比自己小了那么多，那一身娇贵到凡人不可亵渎的气场，让他心里非常不是滋味儿。

不过也就是一个女人，竟然还敢在自己面前这么拽？

历承易扬了扬眉头，上前的时候给自己点了一根烟，他就当着崔惜梦的面吞吐着云雾，一脸的邪气尽显无遗："怎么，来我家，原来是醉翁之意不在酒？原来是奔着晋庭来的？那我可要告诉你了，优等生，你这样的，估计脱光了站在晋庭面前，他也不会对你有什么反应。"

崔惜梦那双黑黑亮亮的眸子一眨不眨地凝视着历承易，男人那张帅气逼人的俊容隔着一层淡淡的烟雾，眉宇间的不屑和讥讽她可是看得一清二楚，可怎么咀嚼一下他刚刚的那番话，她怎么总觉得他——像是被踩了尾巴的猫似的？

她双手环胸，轻笑一声，朝着历承易走过去两步，两人瞬间靠得很近，充斥在自己鼻端的除了烟味儿，此刻还有她身上那种若有似无的香味儿，历承易还是第一次有种茫然的感觉。

因为他竟没有在第一时间区分出来这个女人身上的味道是不是香水味。

男人夹着烟的手指微微一顿，脸上那种张扬的表情亦是，可等到他缓过神来的时候，却发现，对面站着的这个小丫头，竟伸手就把他长指上夹着的烟给夺走了。

他心头动了动，就见她撩起了自己的长发，就当着他的面，含住了他刚刚抽过的烟，然后眯着眼睛……如同一只猫，对着他似要张开利爪，又好似很温顺的样子，那白色的烟雾在他的面前弥漫开来的时候，她身上的那种味道好似更明显了一些。

历承易瞳仁收缩了一下，眸光在深深浅浅地不断变化着，就是那么短短的几秒钟时间里，他发现自己竟然感觉被这个小丫头牵着鼻子走了。

还真是……有点儿意思呢。

历承易嘴角缓缓勾起，崔惜梦却是直接将那半截烟重新塞入男人的手中，学着他的样子，慵懒随性地笑了一声，那是一种暗藏攻击的笑："那我脱光了站在你面前，历少爷就一定很有反应是不是？瞧瞧你现在这样子，距离丢人现眼也不远了。不过历少爷你可以把你的馋虫给收起来了，因为我这一辈子都不可能在你面前脱光。至于苏晋庭……你以为人人脑子里都跟你似的，只藏着精虫？"

她每一个字都在羞辱他，历承易真是第一次在一个女人面前，被说得竟然反驳不出口，可他偏偏还不生气，只是眸光沉沉地看着崔惜梦，她傲娇的小样子，他看在眼里，慢慢还觉得有些可爱。

"你怎么知道我的脑袋里只有精虫？"他邪魅一笑，长腿朝前，伸手一把就掐住了崔惜梦的细腰，他就是要看她还能装模作样到什么时候。男人的气息陡然逼近的时候，崔惜梦下意识地蹙眉，挣扎了一下，历承易却是吹了一记口哨："嗯，你可以多动一动，然后试着看看，能不能把我身体里的精虫给挤着上脑来。"

"……历承易，你比我想象中的更不要脸。"

"崔惜梦，你也比我想象中的更有趣一些，要不要和本少爷打个赌？"

"不要。"

"你是不敢吧？"

"开玩笑，有什么是我崔惜梦不敢的？我怕你输不起。"

"没什么是本少爷输不起的。"历承易修长的手指就在她的细腰上，说话的时候，先是上下摩挲了一下，然后又是富有节奏地轻敲，薄唇肆无忌惮地凑近她，却又会在关键的时候顿住。说话的时候，男性的气息夹着烟草味，很是霸道地钻入她的鼻息，"输了我就脱光了站你面前，任你处置，要你输了，我们就换一换，你脱光了，站我面前，怎么样？公平吧？"

公平？

公平你个大头鬼！

"历承易，你想得美！"崔惜梦想也不想，低吼了一声。

历承易看着她有了脾气，就觉得更有趣了："你怎么知道我想的画面很美？"他眸光肆意流转，里面就好像真有一幅活春宫，"唔，画面感的确是不错，想不想知道有多美？"

"……"

"你们干什么？"两人间的气氛正暧昧又危险的时候，楼梯口忽然传来一阵脚步声，然后是略略有些深沉的男声。

崔惜梦慌乱地一把推开了历承易，男人这回倒也不勉强，听到身后是老头子的声音，他心里暗暗骂了一句，顺手就松开了怀里的女孩儿。可手是放开了，不过他竟然当着崔惜梦的面，将那只刚刚捏过她细腰的手指放在了自己的唇上，来来回回地摩挲了两下。

崔惜梦心头一颤，脸色有些不受控制地泛红。

见过不要脸的男人，可这么放荡下贱的，她还真是第一回碰见。

崔惜梦深吸了一口气，从里面出来的历教授在骂儿子："你这个混账东西，多久不知道回家，一回家就调戏我的学生，我告诉你，你在外面怎么玩我都管不着你了，如果敢在学生面前乱来，你看我会不会打断你的腿！"

历教授几句话还真是丝毫不给儿子面子。历承易面色难看，虽然老头子这么骂他也不是头一遭了，但是现在当着崔惜梦的面，他心里多少是有些不舒服："爸，有您这么说您儿子的吗？我可是您的独生子！再说了，我什么时候调戏过你的学生了？"

"我刚刚就看到你搂着她的腰了。"历教授老当益壮，劈手就冲着儿子的后脑勺一个大巴掌。历承易避之不及，啪的一声，那巴掌直接就贴在了他的后脑勺上，虽然不疼，但他就是觉得丢人。

崔惜梦心里终于舒坦了，因为历承易整张脸都黑了，又碍于是自己的父亲大人，他怎么都发泄不出来，只能捂着自己的后脑勺，恼火地低吼："爸，您太过分了！我都几岁了！"

"我也想问问你几岁了，尽干些猪狗不如的事。"

历承易："……"

历教授一把推开闷闷不乐的儿子，安慰崔惜梦："梦梦，别和这个一见到漂亮姑娘就只会想着下半身事的孽畜一般见识，要不要我帮你叫车？"

历承易脸都绿了："爸，我还是您的儿子吗？"

"不是最好，需要我明天登报，声明我和你脱离父子关系吗？我这28年来最后悔的事，就是生了你这么个不懂事的儿子，早知道这样，当年我绝对会把你扼杀在垃圾桶里。"

历承易："……"

崔惜梦再也忍不住，扑哧一声笑了出来。

远在城市另一端的美盼，就真的笑不出来了。

她随随便便地上了一辆不知道开到哪儿的公交车，绕了大半个城市，结果到了终点站，她下车之后环顾了一圈，发现扑面而来的都是陌生的气息。

美盼重新回到车子跟前问了一下司机："这是哪儿？"

"姑娘，自己看看。"

司机指了指车子上写的终点站。美盼不是不认识字，只是不认识这个地方，怪不得开了那么久。她心头一沉，连忙又问："那这里还是C市吗？"

"当然是C市。"司机站起身来，看了一眼美盼，笑着说，"我看你是一路坐过来的，不是失恋了吧？别担心，这里是C市，就是偏了一点儿，这个点儿嘛……"他抬起手腕看了看时间，说，"没有返程的车了，你倒是可以坐出租车回去，不过这个点儿又是出租车交班的时间，估计也不好打车。"

美盼都无语了，她稀里糊涂地就到了这么个地方，现在人没力气不说，肚子也饿了，而这个点儿果然是如同那个司机说的，叫不到什么车的。

想了想，美盼觉得自己何必这样和自己过不去。苏晋庭怎么样和自己又有什么关系？于是她再不和自己怄气，拿出手机来，给家里的司机打了个电话，告诉他自己坐错了车子，让他尽快过来接自己。

美盼下车之后在周围走了两圈，发现这个地方基本都是开发中的状态，后来她在手机上查了一下，才知道这是C市最西边的地方，不过还有更靠西的那一块，好像都是重工业区，她也不敢再走过去，绕来绕去也只是在这条路上等着。

不知过了多久，天都慢慢地暗沉下来，她终于远远地见到了一辆车子往这边开来。美盼眯着眼睛仔仔细细地看了一下，车牌号码越来越清晰，可等到她看清楚的时候，却意外地发现这车子不是秦家的。

这个车牌，是苏晋庭的？

车子越来越近，美盼这下是真的确定了，还真是苏晋庭的车子。等到车头在距离自己很

181

近的地方停住后，隔着一块挡风玻璃，她看到了那个坐在驾驶位上的男人。只一眼，美盼抿了抿唇，转身就跑。

苏晋庭的视力自然不会比美盼的差，隔着一段距离，他早就见到了她，不过没有想到，他这人还没有下车呢，她竟然转头就跑，动作还挺利索的。

男人当即就皱起眉头，脚下刹车一踩，车子停下的瞬间他已经解开了安全带，推开车门下了车。

"秦美盼！跑什么？"

美盼跑出没几步，就听到身后那熟悉的男声，他越是叫，她越是跑得快，苏晋庭见状，沉着脸就追上去。

两人比速度的话，就如同在力道上的悬殊一样，这男人的腿都比她的长，跑起来更是比她快，不到一分钟，追赶游戏就结束了，美盼在小道的转角处被苏晋庭拽住了手腕，他用力一拉，她的身体就猝不及防地跌入了他的怀里。

"跑什么呢，嗯？"苏晋庭气都没喘几下，不过她这种一见到自己就避之唯恐不及的样子，还是让他有些情绪。他咬着牙，一手捏着她的后颈，一手握着她的细腰，用力将她压在自己的怀里，"一见到我就要跑？我是洪水猛兽，能把你给吞了不成？"

美盼现在见到苏晋庭就会想到那份报纸，一想到那份报纸，她就会觉得，苏晋庭现在这样子就是一个笑话！可最滑稽的那个人不是苏晋庭，因为她更像是一个小丑——

人家都成了名模背后的男人了，她却还会因为他的一举一动，连心跳呼吸都不能自控。

这算什么？

美盼不想承认，却还是有一个答案就在她的嗓子眼儿里呼之欲出，美盼恨透了这样的自己，挣扎得更是用力，赤红着那双滴溜溜的大眼睛，张嘴就凶猛地反驳："不，你才不是洪水猛兽，我不怕你，我就是嫌你，苏晋庭，你还不松手！"

"你说什么？"嫌他？

苏晋庭一个反手，直接就将她推在了身后的泥土墙上，眸光沉沉地逼近她："把刚刚的话说清楚一些。"

"你耳聋吗？还需要我重复？我嫌弃你，我嫌弃你，够清楚吧？"美盼的气息显得有些急促，不过她认为这只是因为自己刚刚跑了几步的关系，她咽了咽唾液，越说越觉得痛快，"苏晋庭，我不知道你是抱着什么心态和我这么暧昧不清的，但是我告诉你，我秦美盼不是这样随便的女人！你在外面有多风光，别的女人也许恨不得脱光了往你身下钻，可我绝对不会！所以不管你的目的是秦家还是我妈，或者只是因为吃惯山珍海味，突然碰到我这样的青菜小粥就准备尝一尝鲜，我都奉劝你死了这条心！我就讨厌你这种自以为了不起，就可以对女人招之即来挥之即去的男人！"

苏晋庭知道美盼这个小女人脾气谈不上有多好，但也不是那种蛮不讲理、一天到晚只会耍千金小姐脾气的丫头，这会儿被她红着眼睛吼了一通，他自己反倒是先迷糊了，但有一点是他能确定的——这个小女人估计是心情不好，而且她的心情不好还和自己有关。

意识到这点，苏晋庭原本乌云密布的心情，此刻就像是被一双柔软的手给拨开了大部分的乌云，心情不由得舒畅了不少，原来他也能够影响她的心情吗？

苏晋庭长臂横过去，压在了她的肩上，健壮的身躯也一并压上去，眸光不由得柔软了："这么大的火气，我做了什么事让你这么生气了？来，告诉我，判我死刑，也得给我一个罪名，是不是？"

美盼其实一直都挺会控制自己的脾气。

大概也是因为从小长在秦家的关系，有时候她哪怕是真的被秦媛的话给气到了，也会懂事地选择沉默。

所以她现在压根儿就没有意识到，不知是从什么时候开始，在苏晋庭的面前，她最是不能控制脾气，委屈好像可以放大数倍，有时候会因为他的一句话辗转反侧……

这些都代表了什么？

她不敢去深想。

可人总是这样，做不成心态的主人，必定会沦为情绪的奴隶。

而秦美盼，在苦苦挣扎之后，一点点地陷入这个泥潭之中，这个叫作苏晋庭的泥潭，一入，便不可自拔。

"苏晋庭，你少这么装模作样，我最讨厌的就是那种朝三暮四的男人，你敢说你不是？"到底不过是21岁的小姑娘，别说是心态情绪驾驭能力不行了，在苏晋庭的面前，美盼其实压根儿就没什么胜算，更何况，这个男人处心积虑的，一直都想要让她乖乖臣服。

"我什么时候又成了朝三暮四的男人了？"苏晋庭这会儿连心头最后一点儿乌云都已消失殆尽，他是多么精明的人，已经大概猜出了点儿什么。

今天他是从A市过来的，和文静怡一起。

路上的时候，两人话并不多，中途他又接了几个电话，后来文静怡大概是休息了一下，等她醒来都快到C市了。下车的时候，她才叫住了自己。

苏晋庭当时已经开了好几个小时的车，挺累的，面容透着几分倦态。文静怡那时候就已经知道，自己说太多的话反而会让他厌烦，索性就开门见山地说："晋庭，有件事情我还是要和你说一下，真的很抱歉，之前有媒体采访我，问过我……和你的关系，大概是三亚那几个合作项目的关系，所以他们可能会误会什么，我先和你说一声，以免你到时候会有其他的想法。"

回家的路上他看到了报刊亭，就买了一份报纸，看了之后，也就知道了文静怡说的那回事。其实以前媒体上也有过类似的报道，毕竟文静怡是在那个圈子里的，加上年前三亚的事，他的确是亏欠了她，所以这件事他也没过多地放在心上。如果这样对她的事业有所帮助的话，那就当是还了她一个人情，在那个鱼龙混杂的圈子里，他当然也是希望她可以一路清清爽爽地走下去。

回到秦家的时候，正好见到秦家的司机，还是对方先开的口，问他是否知道C市有一个叫窑厂的地方。苏晋庭并不是在这里长大的，自然不可能知道如此偏远的地方，结果那司机小心翼翼地又说了一句，秦小姐好像一个人在那个地方，迷路了，现在家里气氛挺紧张的，他也不敢告诉老爷和姑爷，小姐那边就更是不敢多说了。

这司机在秦家很多年了，之前就一直是送美盼上下学的，所以骨子里还是挺尊重美盼的。而且美盼平常对下人都不是那种颐指气使的小姐性子，家里的用人也都挺喜欢她的。在秦家工作的人，不可能不知道这个家庭的紧张氛围，所以这个司机还是个挺聪明的人，才想到不告诉大家直接出来找美盼。

结果苏晋庭就很干脆地说，自己知道那个地方，让他暂时不要多说，直接开车过来了。

天知道，路上他给历承易打了好几个电话不说，导航都弄错了几次。

只是现在看她这样子，苏晋庭丝毫不觉得自己这一路走得有多冤，他的心情越发有些轻飘飘，身上的气场从深沉慢慢地就变成了一种邪魅，又透着霸道温柔的感觉，将美盼包裹在其中。他俊眉一扬，声音浑厚好听："嗯？宝贝儿，你这么乱骂一通，我什么都不知道，是不是有点儿冤？我都不清楚你原来是在和我闹脾气才跑来这么个地方的。"

美盼心尖重重一颤，被他一句话戳中了要害，她慌乱地想要回避他的视线："……谁和你闹脾气？你别乱说，没有的事！"

"不是和我闹脾气，为什么见到我就走？"

"我不想见到你，这个理由还不够吗？"

"唔，够是够了，那你刚刚说我朝三暮四又是怎么回事？"

"你自己知道！"

"我就是不知道才问你的，我这里……"他一把拽住她的小手，往自己的胸口戳了戳，那柔软的眸光之中好似含着一汪水，能够将人给吸入其中，再溺毙，"你摸摸，不是只有你的温度？"

"……"

美盼觉得自己的手指都在颤，他强硬地拽着自己的手指，点在他胸口的那个地方。隔着厚厚的衣料，她竟可以感觉到他心跳的力度，一下接着一下。她面红耳赤，慢慢地就感觉到自己的心跳好似也在随着他的节奏变化，一点一点，追随着他的……

她的气息不由得急促起来，两人靠得又太近，美盼的眼神不知应该往哪儿躲。苏晋庭就是不肯让她回避自己的视线，另一只手捏住了她的下颌，强迫她抬起头来——她原本清凉无比的眼睛此刻有些红，有些黑，里面有很多的情绪在翻滚着，可最多的那种，就是属于一个女孩儿面对一个男人时应该有的娇羞媚态。

"嗯？脸红成这样，连气息都好像是烫的，你知道你这样代表了什么吗？"他的唇慢慢地贴上去，感受到怀里的女人在自己的掌控之中颤抖着，他舌尖轻轻地舔了一下她的唇角，嗓音喑哑却又性感温柔，"盼盼，你这是在吃醋，因为我苏晋庭，你在吃醋。"

第十五章
我多喜欢你为我吃醋的样子

吃……吃醋？

不是的，肯定不是，绝对不是，她才没有为了这个男人吃醋，这根本就不可能！

美盼矢口否认："你胡说八道！我没有吃醋。"

"你确定？"虽是反问的话，可他眉宇间的那种笃定神态，让美盼瞧了，心更是不安起来。

她大声说："当然不是！非常确定！苏晋庭，你又不是我肚子里的蛔虫，我想什么你还能知道？那我这么讨厌你，你怎么就不知道了？"

"你讨厌我？"苏晋庭的手指在她腰上轻轻滑动了一下，语气越发低沉惑人，"有多讨厌我？我的确是感觉不到，我只感觉到了女人的口是心非，嘴里虽是叫着不喜欢，可心里却又喜欢得很……宝贝儿，没想到你也是这样的女人。"

不是，不是，不是！

她才不是什么口是心非的女人，她更没有吃醋，她绝对不会为他动心的，他这样的男人，压根儿就不是自己喜欢的类型！可为什么反驳的话就在自己的嗓子眼儿里，这会儿她却没有力气吼出来？

美盼又急又气，可更多的还是无奈，苏晋庭的身体又紧又重地压着自己，他的瞳仁深处除了自己的倒影，还有很多光融在一起，又像是有团火在熊熊燃烧着，恨不得将她也给燃烧成灰烬，然后再融入到他的身体里去。这种念头闪过美盼的脑海，让她觉得自己的双腿在颤抖，就快要站不住了。

"别怕成这样，承认为了我吃点儿醋，也不见得是多丢人的事。"苏晋庭低低笑了两声，修长微凉的手指慢慢地抚过她的唇角，然后滑过脸颊，到了她的耳蜗处，捏住了她小巧的耳垂，轻轻摩挲了两下，感觉到怀里的女孩儿颤抖得更厉害了。他嘴角的弧度更深了一些，似是真能将那些柔情蜜意给渗出来，"让我也高兴高兴，虽然你这个醋可能是白吃了，因为我真不是别的女人背后的男人。"

"……"

美盼这下连自己的心都欺骗不了了。如果之前他一口咬定自己是为了他而吃醋，她还可以说不，可现在他提到了"女人背后的男人"，她就再也欺骗不了自己的心，因为她知道，她现在会在这个破地方，就是因为那份报纸上的内容。

"……你……你怎么会知道？"她下意识地出声。

这么一句磕磕巴巴的话出口之后，美盼马上就反应过来自己这是乖乖地跳进了苏晋庭的话题陷阱里。她还是挺聪明的小姑娘，尤其是瞧见那深邃的眸子里有光闪闪烁烁后，她心头咯噔一下，脸蛋儿顿时涨红了，捏着拳头就往男人的胸口处捶下去："苏晋庭，你故意的，你好可恶！"

"我哪儿又让你觉得可恶了？"苏晋庭抱着她，看着她那别扭的小样子，心里柔软得不成样子，"我只是在证明我的清白，报纸都是乱写的，有什么想问我的，我真人就在你的面前，保证知无不言，言无不尽。"

"无聊！"美盼急得只能跺脚，可说出口的话哪还有底气，"我没有，我不是……我说了我不是，你赶紧放开我，放开我——"

苏晋庭想要去吻她那张怎么都不愿意承认的倔强小嘴，不过有些煞风景的是，他的手机在这个时候响了起来。

两人都是一愣，美盼本来羞愤难当，一听到手机的声音，趁着苏晋庭不注意就一把推开了他。

他今天回这边，身上就带了一个私人手机，所以有电话进来，一般都是比较重要的事。苏晋庭没有再勉强美盼，顺势放开了她，但手还是抓着她的手腕。他一手拿着手机，看了一眼来电号码，脸上那种柔软的表情慢慢地消退下去。他没有在第一时间接，而是对美盼说："去车上等我。"

"我不要！"

美盼哼了一声："我会等我家司机过来的，不需要你假好心。"谁知道上了他的车又会出什么事？这个男人对她来说，的确不是洪水猛兽，因为他绝对比洪水猛兽可怕得多。

苏晋庭意味不明地笑了一声："我说你家司机不会过来了，你信不信？"

"不可能！"秦家经常接送她的那个司机还是挺靠谱的，为人也很老实，美盼又是亲自打电话给他的，他不可能不过来。

苏晋庭哪会不知道她在想什么，但他没时间解释，因为手机在持续不断地响着。他索性抓着美盼的肩膀，强制将她带到车门边上，打开车门，压着她的肩，就让她上车："现在我就是你的司机，上车！"

　　"苏晋庭，我说了……我不要上你的车！男人的车不能随便上……"美盼还在挣扎。

　　苏晋庭一听她说的最后那句话，忍不住弯唇，他半个身子也挤了进去，顺手拉过一旁的安全带，顺着她的柔软压下来。美盼脸庞一红，他侧脸，眸光沉沉地看着她："你可以当我是你的男人，你自己男人的车，随便上。"

　　美盼还没有从他这句霸道的话中回过神来，他就已经帮她锁上了车门。她整张脸都是滚烫的，伸手要去推开车门，却发现这个男人直接锁了车门，一时气得拍了两下车窗，又觉得掌心疼得厉害，只能气呼呼地环胸坐着，别无他法。

　　车子外面，苏晋庭接电话的时候，顺道给自己点了一根烟。

　　和美盼在一起的时候，他总是想要亲近她，可亲近她、逗弄她的结果，通常就是让他憋得一身火，只有这种有些苦涩又带着几分辛辣的尼古丁味，才能够让他体内的那股欲火稍稍消退一些。

　　"简姨，我到了C市，抱歉，有些忙，没来得及给您报个平安。"电话是简姨打过来的，苏晋庭率先开口。

　　电话那边女人的声音依旧温柔："到了就好，晋庭，我打电话给你也是有点儿事，想要和你商量，本来这次你回来我就准备和你说的，不过静怡不是在吗，我也没找着机会，现在就只能在电话里和你说。"

　　她这么一说，苏晋庭基本就已经猜到是什么事了，男人深吸了一口指间的烟，两条剑眉蹙着，不由得走远了一些，这才沉沉地嗯了一声："简姨想和我说……她的事？"

　　"晋庭，我想来想去，光是让你过去，其实也没有多少实质性的意义，你知道我的目的是什么，你看看能不能帮我安排一下？我想亲自见她一面。"简姨有些吞吞吐吐地说着，也不知道是不是自己先意识到这事的难度实在是太大，她马上又说，"不过也不用太勉强，我知道……我知道很难，让她接受很难……所以我是想和你说，你看怎么样方便沟通这件事情，就怎么沟通，最重要的……还是不要伤害到她。"

　　苏晋庭吞吐着云雾，眉峰越发锋利。天色渐渐暗沉下来，因为是冬天，本来就是昼短夜长，此刻太阳一下山，冷风吹过脸颊，显得更冷了一些，这里空旷得很，就显得风更大。

　　他孤身一人站在车子不远处，侧脸的线条很是紧绷，美盼隔着车窗，清晰地看到不远处的男人的一举一动。

　　她忽然就觉得，这个世界上还真有一种男人能够做到举手投足尽是风情万种的味道。其实她还可以感觉到，这个电话的内容或许并不是让他那么愉悦，可为什么她竟然还是会觉得，连他蹙眉抽烟的动作都这么迷人呢？

　　不知是不是因为感觉到了美盼一直都在凝视着他，那边接电话的苏晋庭忽然转过脸来。

美盼心虚，有些仓促地想要回避视线，却已被男人捕捉到了。

"简姨，如果您真的决定了，我会配合您的。"最初的目的总是不能忘的，"不过您给我一点儿时间。"

挂了电话，苏晋庭就站在小路边上抽完了烟，等着身上的烟味儿淡去，他这才迈开长腿，朝着车子走去。

美盼见男人上车了，有些不自然地轻咳了一声，双手抓着安全带，等他关上车门，她马上就说："因为天黑了，我也不想再在这里耗着，所以你赶紧带我回家。"

苏晋庭只看了她一眼，竟出奇地好说话："好。"

美盼愣了一下，不免多看他两眼。路上，苏晋庭一直都没有开口说话。车厢里有轻柔的音乐响起，美盼坐在座位上，被暖风吹得昏昏欲睡，瞌睡虫刚爬上来的时候，开车的男人却忽然开口了——

"是不是不管走得有多远，总会想到要回家？秦家，能让你感觉到家的温度吗？"

美盼本是半眯着的眸子，因为苏晋庭的这两句话稍稍有些清醒过来，她转过脸去，看着他，哼哼两声："什么？"

苏晋庭这才发现她都快睡着了，那双眼睛如猫一样慵懒，半睡半醒的状态之中，流露出几分清纯，又有几分迷茫，一时间他握着方向盘的手有些发颤，身体大半边都酥软了。

"……你说什么？"美盼眨了眨眼睛，等了好半晌也不见苏晋庭说话，她下意识地坐正了身体，又忍不住打了个哈欠。

仔细算算的话，他已经31岁了。

这么多年来，他身边的女人也有不少，虽然他从来不是那种重欲又滥交的人，可男人到了一定的年龄，总是会有这样一个过程。大概是从过了27岁开始，他对女人的兴趣就越发寡淡起来，之后的一段时间一直都在忙工作，更是没有心思想这些。

可现在他才觉得，原来女人于他而言，竟是这般充满诱惑力。

苏晋庭下意识地捏紧了方向盘，喉结上下滑动着。他并不想在这个时候让自己分神，于是沉了沉气息，很快就说："我是在问你，对于家的定义，你有怎么样的理解。"

美盼一怔，他们两人之间好像从来不存在这样的气氛——心平气和地讨论这种比较高深的问题，可美盼看着他的时候，又发现他的五官很是严肃认真。

她抿了抿唇，本来是睡意浓浓的，这会儿慢慢地就精神了，她给了自己一个合理的解释——在他的车上睡觉的确是不安全，本来是闷得发困，现在有话题可以聊，也好。

不过她心里对他还是有所抵触的，所以回答的时候，语气刚开始还有些硬邦邦的："家的定义？苏先生不知道吗？你没家？"

这个反问其实有些没礼貌。美盼倒并不是这么难沟通的人，只是对方是苏晋庭，她就有些随心所欲，那种处于二十几岁青春期的叛逆情绪，在他面前也能够被放大。

"我是没有家。"苏晋庭忽然平静地接了一句。

美盼没有想到他竟然会这么说，一时嚅动唇瓣，那些话好像是卡在了嗓子眼儿里，又好像是都咽了回去，总之，她的伶牙俐齿不见了。在她的认知之中，没有家的人，那是怎么样的？

虽然秦家谈不上是一个多么温暖的家庭，可她必须承认，家……那始终都是一个归属地，没有家，那就等于没有根。

美盼忽然想到，之前爷爷说过，苏晋庭的父亲以前是在爷爷手下工作的，后来在一次意外中，他父亲为了救爷爷而去世了。这么说起来，难道真的是因为秦家的关系，所以……他从小就没有了家？

那应该也不至于吧，他还有母亲的，不是吗？

美盼这么一想，张嘴就问："是因为你爸爸为了救我爷爷去世了吗？那你妈妈……"

话还没有问完，苏晋庭忽然踩了刹车，速度有些快，美盼连忙伸手抓住了胸前的安全带，但身子还是因为惯性往前趴了趴。没有惊魂未定，却也受了点儿小惊吓，结果还未等她懊恼地转过脸去质问他为什么突然停车，驾驶位上的男人又沉沉地开口："我15岁的时候，我妈就不在了。"

美盼心头一沉，忽然就有种内疚的感觉。

苏晋庭将车子停在了路边的临时停车位上，美盼可以感觉得出来，此刻他身上的气场显得有些沉重。放下车窗，他点了一根烟，抽了两口，夹着烟的手就撑在车窗口，将烟蒂放在窗外，忽然转过脸来看了美盼一眼。

其实他的眸光挺平静的，不知是不是心理作用的关系，这一刻，美盼能够在他的眼底看到很多的情绪。他在吞吐云雾，有一丝丝的白色烟雾，若有似无地遮在他英气逼人的俊容上，可又不会显得模糊，她感觉自己这一刻见到的苏晋庭，是最真实的苏晋庭。

他说："所以我谈不上有什么家。我没有很好的家庭背景，我妈走的那一年，我爸也走了，我一个人生活了两年，那两年的时间，对我来说谈不上多么刻骨铭心，有的都是荒唐和教训。18岁那年的冬天，我被一个阿姨接走了，从那之后，我就一直和她生活在一起。"

没想到他的以前竟然是这样的。

美盼是真的意外，因为她所看到的苏晋庭，虽然有时候在她面前有些无赖，但不能否认的是，他身上的那种矜贵气场，还有那种冷漠寡淡的脾性，包括他举手投足，一个成熟男人的魅力尽显无遗。

这些，没有一样是可以和他刚刚寥寥数语形容的过往联系起来的。

他讲得如此云淡风轻，可美盼却可以从他的话音中听出他那些年的辛酸，他是如何走到今天这一步的？

自己周围所谓的那些成功人士都是有大树可以乘凉的类型，祖辈早已经给他们打好了江山，等着他们坐享其成，可他却什么都没有……

美盼在心里真正对他好奇起来。

"所以我想问问你，秦家给你的温度，暖吗？"苏晋庭又转过脸来，眸光忽明忽暗地凝视着她的脸。

女孩子总是更感性一些，美盼现在的想法中，那就是苏晋庭都对自己敞开了心扉，两人之间的气氛是不同于以往任何一次的，没有那种充满欲念的暧昧，好似很平静。美盼的手指来来回回地摩挲安全带，低声说："你在秦家住过，知道我们家是什么情况，所以我没什么好和你讲虚话的，秦家也谈不上暖，只是总归是自己的家，我21岁了，那就说明这个家养了我二十一年。"

"就只是这些？"

"那还需要什么？"

"不需要什么。"苏晋庭掸了掸烟灰，又用力地吸了一口烟，然后就将烟蒂丢出车窗外，一并关上了车窗。他看着美盼舌尖轻轻地舔过唇角的样子，和那些白色的烟雾慢慢散开在彼此的眼前。美盼出奇地没有被这些烟味儿呛到，竟还觉得好闻，而男人那精致的五官也不同于刚刚那般沉重严肃，慢慢就透出几分邪魅性感来。

"如果有一天，我要带你走，你会不会跟着我走？"

苏晋庭说这话的时候，上半身慢慢倾斜过来，好似还带着一些烟味儿的微凉指腹慢慢地压在了她的唇角，然后往上，是她的鼻尖，再然后是她的眉宇间。他眼睛一眨不眨地凝视着她，刚刚那种好似平静又好似暧昧的气氛，像是一下子就升华了，这一刻，充斥在这个狭小的车厢里的都是他们交缠的呼吸，此起彼伏，又浓又烈。

"你这种眼神，真是太容易就让男人变得蠢蠢欲动。"没有等到她的回答，因为他知道，她现在一定不可能给自己一个满意的答案，他只是先抛砖引玉，很快就跳过了那个话题，大掌轻轻地覆在她的眼帘上。美盼只觉得眼前一黑，唇就被男人柔软的力道给含住了。

他先是顿了顿，她似乎是吓了一跳，想要挣扎的时候，苏晋庭已经掌控了全局，舌尖灵活又强势地撬开了她的齿冠，找到了颤抖着又可爱的小舌头，时轻时重地啃咬、吮吸……慢慢地，苏晋庭就感觉到她如同水一样，瘫软在自己的怀里。

怎么办？

她觉得……好像整个世界都跟着旋转起来，有烟花在自己的脑海里不断炸开。

好漂亮，好迷人……她觉得自己已经被迷住了，根本没有办法反抗。

"第十次叹气。"

"不对，第十一次。"

"错错错，是第九次……"

"喂，你们一个个的，够了吧？"崔惜梦伸手捋了捋长发，她本来就是几个人之中比较成熟感性一些的，有时候随便一个举手投足，女人味儿更是十足，不过她的眼睛也最尖，"别老拿我们盼盼开玩笑，多关心关心她，看看她现在的样子，像不像在思春？"

她这一本正经的话让小优和徐倩忍不住哈哈大笑起来。徐倩伶牙俐齿得很，说话也直接："那她思的是谁啊？我这出去旅游了几天，回来怎么世界都变了的感觉？我们英俊潇洒的吴学长这就直接出局了？"

　　"啧，还提那一茬，吴学长那自然是没有苏晋庭来得更有味儿啊，我说国宝还真是好福气，前面是一个学长，后面直接来一个苏大哥，喊着喊着，骨头都酥了吧？"小优最喜欢打趣美盼，昨天还见她红着眼睛跑了，后来联想到报纸之后，她还回了咖啡店特地要了一份新的，当然不可能看不到那么明显的标题，这才知道原来苏晋庭才是罪魁祸首。可今天美盼不仅又约了她们，还一脸春心萌动的样子，摆明就是被哄好了。

　　几个人是多年的闺密，有些东西也不需要说得太明白，大家心里都知道是怎么回事。崔惜梦想了想，问："国宝，苏晋庭这人，你了解吗？"

　　还是她稍微理智一些，因为知道苏晋庭和历承易关系不错，那个历承易在她心中的形象实在太过恶劣，她到底还是为自己的朋友考虑多一些："他不是C市人，我之前也向我表哥问过一些他的情况，好像这男人的确是挺厉害的，不过商业手段这种东西，我们又不懂，再说，他比你大了十岁。"

　　"你们乱想什么啊，我没有想苏晋庭，干吗老把我和他扯一块儿？"被几个人七嘴八舌地说着，好像她真的对苏晋庭很有意思似的！美盼扁了扁嘴角，有些徒劳地反驳，"我和他不是那种关系，你们别再说了。"

　　"那你脸红什么啊？"徐倩丢了一个白眼给她，切了一声，"一提苏晋庭的名字，心里就小鹿乱撞了吧？快给我摸摸——"

　　她说着真要伸手去摸美盼的胸，这时美盼的手机响了起来，众人顿时个个都两眼放光，小优更是激动地凑上来："是不是苏晋庭的电话？是不是苏晋庭的电话？"

　　"不是！你们真够朋友啊，可以了啊……"

　　美盼一把拿过桌面上的手机，扫了一眼，还真不是苏晋庭的号码，不知为什么，听着大家起哄的声音，她心头竟真有微微的失落。

　　是一串陌生的号码，美盼通常是不接的，不过此刻碍于一群人都在自己的边上，美盼轻咳了一声，拿着手机装模作样地站起身来："我去接电话。"

　　身后小优她们还在兴致勃勃地打趣她，美盼走远了一些，看着那陌生的数字，终于还是接了起来。

　　"你好。"

　　电话那头是男人的声音："秦小姐是吗？"

　　美盼觉得这个声音挺陌生的："你是谁？"

　　"秦小姐，现在您是在COSTA，对吗？请您现在出了咖啡店门口，走过对街，一辆车牌尾号是058的车子在那边等着您。"

　　美盼只觉得莫名其妙，这人到底是谁？指挥着让她去什么街对面找尾号是058的车子？

脑子进水了吗？她又不是三岁的孩子，还不至于这么笨，被他一句话说的，还真过去上了别人的车吧？

"你是谁啊？"美盼也不含糊，直接就说，"我又不认识你，你不觉得搞笑吗？让我上什么车我就会上车？你到底是谁？"

"秦小姐，是我们老板想要见您。"

老板？

美盼拧起眉头："什么老板？我不认识。"

"秦小姐可以放心，光天化日之下我们也不会对您做什么，只不过现在您有朋友和您在一起，我们老板也是不想给秦小姐的私生活造成什么麻烦……老板只是想要见一见秦小姐，如果秦小姐觉得方便，我们老板说了，他可以过去找您。"

美盼还不至于因为对方这么几句话就真的乖乖过去了，这年头骗子太多！当下也没当回事，直接就把电话给挂了。她放下手机，转身就朝梦梦她们走去，坐下之后，免不了被几个人狂轰滥炸，问到底是谁的电话。美盼真是受不了她们了，索性就说："真不是苏晋庭的，你们别把我和苏晋庭想成那样行不行？我和他真不是你们想的那种……"

"那到底是哪种？盼盼，你就老实交代了吧，你到底喜欢不喜欢苏晋庭？"

美盼的脸蛋儿有些不受控制地红了红，她刚要梗着脖子否认，眼角余光正好扫到从不远处走过来的男人，她心头一沉，下意识地站起身来。

"怎么了？"小优顺着美盼的视线望过去，就见到一个西装笔挺的男人朝着他们这一桌走来，那视线分明是落在了美盼的脸上，难道认识？

"谁啊？"崔惜梦推了推徐倩的手臂，"这个人好眼熟，你们见过没有？"

荣慎宇气场沉稳，又透着几分阴冷，他穿着黑色的西装，衬得他整个人修长笔挺。男人的步子挺大的，腿长，没一会儿就站在了美盼的面前。他双手插在西裤口袋里，视线看似平静，可那平静之中所藏着的压迫力很是明显，浑身上下都透着旁人勿近的讯息。

"秦小姐，又见面了。"他先开的口，如果撇去那字里行间的冷意，也算得上是非常浑厚好听的男声。

美盼却完全是一脸茫然的表情。

这人……她见过吗？对方干吗要说又见面了？

她搜肠刮肚，依旧对这样冷峻出挑的面容没有任何的印象。

荣慎宇仿佛知道她在想什么，微微一笑："秦小姐真不记得我了？上一次，你不小心撞到了我。"

美盼这才恍恍惚惚地想到了什么，但是，说真的，这种所谓在马路上撞到人的画面感太弱了，她是真想不起来太具体的，只不过这人摆明就是特地来找她的，到底为了什么事？

"不好意思，我实在是想不起来，你到底是哪位？"美盼实话实说，察觉到边上几个小伙伴儿一脸八卦的表情，她又清了清嗓子道，"你有事吗？"

荣慎宇还是那种看似温和，实际上却给人说不出别扭感觉的表情："秦小姐方便和我单独说会儿话吗？"

崔惜梦最是谨慎，立刻就伸手拉住了美盼："你不认识他？"

美盼看着对面的男人，摇了摇头。

崔惜梦站起身来，凑近美盼的耳边，低声说："那就别单独说话。"

荣慎宇却在这个时候说："秦小姐，你不用担心我会对你怎么样，这样，我们就选在这个咖啡店的另一个位置吧？你的朋友都在，你可以放心一些，我是为了你父亲的事来找你的。"

爸爸？

美盼这下更是诧异起来："你认识我爸？"

荣慎宇但笑不语，那意思就是，我们坐下来再详谈。

既然是在同一个咖啡店，何况还有这么多朋友在，美盼倒不担心了，就挑了一个较远的位置。对面的男人顺手脱掉外套，交给了站在边上的助手模样的人，随后示意对方先退下，这才出声："秦小姐，今天是在下唐突了一些。我先自我介绍一下，我叫荣慎宇。"

美盼亦是落落大方地回应："荣先生，请问你找我什么事？"

"秦小姐看来是爽快的人，那我就开门见山直说了，你父亲的那块地，一直都不肯签字，是有什么其他的问题吗？"

美盼这下是真的反应过来了。

原来这人，就是想要买爸爸老家那个院子的幕后大老板吗？

美盼一副恍然大悟的样子："荣先生，你是想要买我父亲的那块地，然后就跑来我这里，希望我来当说客？"她说到这儿，又失笑了："那我想荣先生你真是找错对象了，你们做生意就是这么做的吗？应该事先打听一下具体的情况，且不说我爸的决定我根本就不可能多嘴说什么，就拿那块地来说，站在我的角度来看，我也不希望我爸签字。所以荣先生，你真找错人了，我帮不到你什么忙。"

"秦小姐好像很不喜欢我？"荣慎宇挑起眉头，一脸好笑地看着她，那表情其实也谈不上威慑力，可就是莫名让美盼觉得不太舒服，"虽说是以谈生意为名头，但秦小姐也可以认为，我其实就是变相地想和你认识认识。"

美盼愣住了，心里只有一个念头——这算是，搭讪？

其实眼前这个男人，光是五官来说，哪怕谈不上让人怦然心动，也不可能让人就外形上给他判死刑，何况看他的穿衣打扮，以及身边跟随的人，就知道他是有身份的人，而这样的一个人，竟然……想要搭讪她？

她还真不觉得自己是有这般姿色的女孩子。

何况，现在的人上来都是这么和人说话的吗？美盼心里的确是不喜欢，也丝毫不掩盖自己的不喜欢。

美盼看了一眼荣慎宇，想了想，还是说："荣先生是吗？不管你的目的是什么，反正我还是那句话，我爸的决定我是改变不了的，你想要买那块地，还是想别的办法吧，以后别来找我了，我不认识你，也不想认识你。"

她和崔惜梦她们一起走出咖啡店的时候，还是忍不住看了一眼玻璃窗里面，男人早已经不见踪影，她心头颤颤地跳着，不知为何，总有一种很强烈的不安的感觉。

"国宝，刚刚那个人，是姓荣对吗？"上了车之后，伶伶拿出手机，点了点屏幕，"是这个人吧？我刚刚就觉得眼熟得很，竟然真的是他，荣慎宇。"

"他是谁？"

她拿过手机看简介，就听伶伶在边上解释道："和你家苏帅哥差不多的类型，不同领域的隐形成功者。你家的苏大帅哥做的是投资类型的吧？这个荣慎宇是搞建筑的，刚刚听你说，他要买你爸爸的什么地？那也可以解释，估计是有什么项目要推动吧。不过这人也很不简单，反正网上关于他的资料并不多，我之前听我一个堂哥讲过这个人，所以有那么点儿印象。"

美盼拿着手机看了看，上面的资料确实不多，只有出生年月、地点这些最普通的，她算了一下，这个男人今年都35岁了，而且配偶一栏上还写着"已婚"。

历承易今天不知道是第几次走神。

苏晋庭见他拿着手机发呆，将资料夹合上之后往他面前一丢，这才把男人的魂给拉了回来："想什么呢？我在问你话，没听到？"

"什么？"历承易还真是没有听到。

苏晋庭掸了掸烟灰，嗤笑一声："是什么女人，把万花丛中过、片叶不沾身的历少爷的魂都给勾走了？"

真是太难得了，历承易提到女人竟不是眉飞色舞的样子，而是一脸的憋闷，甚至那眉宇间分明还有一些千年难得一见的尴尬："胡说什么，什么女人能勾走我的魂。"

"对啊，我也挺好奇的，到底是谁？"

"没有。"

"真没有？"

"……那个，晋庭，有件事情我想问问你，你是不是认识那个……"

"嗯？"

"……"

历承易如此别别扭扭的样子，苏晋庭真是从未见过，不过他那一双黑沉沉的眸子，有复杂的情绪闪闪烁烁在里面，用最简单的一句话形容，那就是死要面子，似乎很想说又不好意思说，所以就等着苏晋庭给他一个台阶下，或者主动问他。

可偏偏苏晋庭还不是这么八卦的人，历承易不愿意说，他还不愿意听呢。长眉扬了扬，伸手推开凑过来的男人，从椅子上站起身来："你给的资料，和不给没什么区别，以后要只有这么点儿东西，就别把我叫出来了。"

"不是……晋庭，你等一下。"

苏晋庭穿上外套，人已经走出了包厢，历承易赶紧追上去。苏晋庭最近一直都在让他找个人，不过这么短的时间里他也找不到人帮忙，所以给的资料确实不太完整，而他之所以在资料乏善可陈的情况下还把苏晋庭叫了出来，那是因为他今天醉翁之意不在酒。这会儿鱼饵丢出去了，鱼却没有钓到，眼看苏晋庭就要走，历承易哪肯放弃这么好的机会，在门口就拦住了苏晋庭。

那天崔惜梦在他家里突然问的那句"苏晋庭在哪儿"，这几天如影随形一样困扰着他。

该死的，那个崔惜梦难不成真是看上了晋庭？

"什么事？"

历承易也知道苏晋庭是个什么样的人，估计这会儿就算天塌下来都不会有一个秦美盼来得重要。他清了清嗓子，终于问："你……是不是认识崔惜梦？"

苏晋庭想也没想："不认识。"

"不可能，她是你家国宝的朋友。"

"她的朋友，我就该认识？"

"不是，我就是想问问你，那个……"

"历少爷什么时候看上了一个女人，还这么扭扭捏捏？那个叫崔惜梦的有多少本事，把你弄成这样，现在还得拐弯抹角地来浪费我的时间？"苏晋庭几句话说完，捏碎烟蒂，丢进一旁的垃圾桶里，挑起眉头，"我不做别人的情感辅导员。"

历承易被他几句话说得心里更是憋闷，大概也知道，自己之前总在这方面打趣他，现在被他找到了机会，他哪能不趁机奚落自己一番？

历承易切了一声，没好气地道："少拿话来堵我，我不过就是先和你打个招呼而已，那个崔惜梦那天来我家找我家老头子，结果冲我问到你了，所以我才问问你。你要不认识那最好，哥哥我到时候下手绝对不会软。"

苏晋庭勾唇冷笑："软了还能用？"

"……你瞎说什么？哥哥的东西能软？硬得很！"

苏晋庭还是笑了一声，没有继续这个话题，临走之前，他还是拜托了一句："我让你给我找的人，这几天多给我留点儿心。"

晚上的时候，美盼回了秦家，发现家里竟然空无一人，问了用人才知道爷爷和母亲出去了，至于爸爸，好像也出去了，只是用人也不清楚去了哪儿。

"那爷爷和我妈是去哪儿了？"美盼站在楼梯口问。

用人说："老爷是带着小姐参加一个商业宴会，姑爷本来也是要出席的，不过临时接了一个电话，就出去了。"

"我知道了，我自己打个电话问问吧。"美盼打发了用人，也没有马上上楼，靠在楼梯的扶手处，拿着手机给黎展明打电话。

手机通是通了，就是一直没有人接听，美盼试着打了好几次，每次都一样。

她心里正纳闷着爸爸怎么不接自己的电话，马上就有电话进来了。美盼的手指正好压在手机屏幕上，这会儿有铃声响起来，她手指一动就变成了接听。她看了一眼，竟是秦媛的号码。

妈妈很少主动给她打电话，一旦有她的电话，那肯定是有什么事。

美盼稳定了一下情绪，接起来："妈。"

"在哪儿？"秦媛言简意赅，手机那边的背景音也有些嘈杂，听上去就是那种商业宴会的场所。

美盼实话实说："我刚回家。"

"你爸在不在家？"

"不在，他好像也出去了。"

"那行，你在家里等着，四十分钟之后我的助手小关会过去，你认识他的，他会给你准备一下，一会儿你直接过来我这里。"

美盼一听这话，心中顿时警铃大作。这也不能怪她，主要还是因为之前秦媛总是想着法子要给她找一门联姻，现在她又这么安排，美盼不得不防备："妈，我不想参加你们成年人的宴会。"

秦媛却是笑了一声："你还以为你自己未成年呢？就听我的，别惹得我不高兴。乖乖在家里等着。"

"妈……"

"我告诉你，你这次要是再给我弄出什么幺蛾子来，你看我到时候还会不会那么好说话。"

"妈，我真不想去，你逼着我也没有意思吧？"

"你真应该过来看看别人家的豪门千金都是如何生活的，别说我逼着你做什么，我只是让你过来见见世面。你放心，我知道我在你心里谈不上是一个多好多称职的母亲，不过我对你还是言出必行的，我今天不是要你来相亲的，你可以安心过来。"

挂了电话，美盼捏着手机，站在楼梯口，久久没有动静。

她知道自己的母亲是个什么样的人，说话再刻薄，但也能够做到言出必行，她说不让自己相亲，那肯定就不会有这样的事发生。可美盼心里还是不舒服，大概这不是她心中想要的生活方式吧，所以她越来越抵触。

车库里有汽车的引擎声，美盼有些仓促地回过神来，还以为是黎展明回来了，她将手机放回衣服口袋，伸手拍了拍脸颊，整理了一下思绪，刚跑到客厅里，迎面见到进来的那个男人却不是黎展明。

苏晋庭一手拿着车钥匙，一手随意地拉扯着衬衣的领口，刚一进门就见美盼迎了出来，可她见到自己之后神色一顿，先是站住了脚，等他眸光稍稍一流转的瞬间，她竟然转身就朝楼梯口走去。

苏晋庭挑眉，看着四下无人，迈开长腿也快步朝着楼梯口走去。

美盼很快就听到身后的脚步声，知道是他上来了。她现在就是有一种莫名的心虚，大概就是那天……他在车子里吻她的时候，她竟然没有反抗，事后是一路滚烫着脸到家的。后来黎展明还问她是不是不舒服，为什么脸这么红。

当时因为苏晋庭把她带到家门口就走了，她才可以信誓旦旦地说，是因为车子里太闷的关系。

现在这么突然撞见，秦家的人又都不在，美盼心里就慌乱得很，也讲不清楚到底是为什么，反正就是不敢单独面对苏晋庭。身后的脚步声越来越近，美盼直觉认为他就是来追自己的，所以走得更快了。美盼的房间在二楼，而苏晋庭的房间在三楼，本来已走到二楼的转角口，她还一点儿都没有察觉，时不时用眼角余光扫着身后的男人，感觉到他越来越近，她几乎小跑起来，直接过了二楼，到了三楼的转角口。也不知是不是太慌乱了，走得太急，拖鞋被绊了一下，整个人就顺势往前跌去。

"啊……"美盼惊呼了一声，下一秒，腰就被男人的大掌稳稳托住了。

眼前一阵天旋地转，等到她心跳加速地站稳身体的时候，发现自己已经落入了男人结实的胸口。

美盼的气息有些急促，低垂着眼帘，那种样子，哪还有以往对着他的时候，浑身都是刺一样的小野猫样儿！

苏晋庭眸光柔软了一些，手掌在她的腰上轻轻摩挲着，低下头去，看着她："怎么每次见到我就跑？光是跑还不够，非得把自己弄点儿伤才甘心？"

"……没有。"

他的声音是这般浑厚低沉，又距离她很近，美盼觉得耳根子都是滚烫的，想到白天在外面被一群朋友打趣了不够，现在一回家又碰到了他，耳边都是"你家苏大帅哥"，"你家苏哥哥"的声音，伴随着朋友的娇笑声，她感觉自己的心脏又酥又麻，有一种无法形容的感觉充斥她浑身上下的神经，让她难以把持的身体轻轻地颤抖起来，说话的语调都不像样了。

"我……没有跑，你放开我，我要回房间洗澡，不是……我妈一会儿要让人来带我，你快点儿放开我，要被人看到了……"

"被谁看到？"苏晋庭弯唇笑了笑，美盼那闪闪烁烁的眼神四下都无处可躲，又正好看到他勾唇浅笑的样子，那绝色倾城的容颜让她的心更乱了。苏晋庭却丝毫不在意，压着她的身体，将她禁锢在墙上，伸手捏住她的下颌，挑起："知道这是哪儿吗？你的房间是二楼，这里是在我的房间门口。你说你这么主动送上门来，是什么意思？"

美盼一愣，下意识地抬头，看到周边的摆设，果然是三楼，她心跳咚咚的，本来就没什么底气，现在口气更软了："……我走错了还不行吗？你赶紧放开我，你不怕被人看到，我怕啊！苏晋庭……"

"唔。"苏晋庭的眸光就更软了，那里面倒映着的身影，都是属于她秦美盼的，"怕什么，如果你不怕我，那么全世界任何人你都不需要怕，因为有我。今天一天都做了什么？告诉我。"

美盼额头都有薄汗渗出来。以前她还可以对着他大呼小叫的，现在竟然做不到了，她不知道自己是怎么了，就像是被他在自己的身体里安了一个开关似的，现在自己任何的脾气还都得按照他的开关来，一开一关，随他所欲。

"我为什么要告诉你？你……赶紧松开我！"美盼那只没多少力道的手用力地拍了拍苏晋庭的手背，结果疼的还是她，"……会被用人看到的。"

男人反手一把拽住了她的小手，凑到唇边，毫无顾忌地吻了吻，眸光柔软无比："嗯，别闹，又不是偷情，看到又怎么样？刚刚你说了，你妈要带你去哪儿？"

美盼觉得自己的手背痒得不行，那种痒好似还能慢慢地从手背上渗到身体里，再到她的嗓子眼儿里。她眼神有些凌乱，嗓音发抖："苏晋庭，你能不能别这样，你这样我……难受，你放开我，我再和你说。"

"难受，是因为对你有感觉。"苏晋庭拇指在她的手背上压了压，眸光深深浅浅地落在她的瞳仁深处，"好了，不逗你了，你妈要把你带去哪儿？又是相亲？"

什么叫作，因为有感觉，所以难受？

还有，难不成他一直都是在逗着她玩儿吗？看着她这么面红耳赤、心跳狂乱的样子，他是不是特有成就感啊？

美盼咬了咬唇，在苏晋庭面前，她似乎特别容易被激发出来那种傲娇的小脾气，这会儿她也是梗着脖子，生硬说道："你管我？就算是相亲和你有什么关系？放开我，一会儿人就要来了，我不想让别人看到……啊，你干什么？！"

苏晋庭这个浑蛋，张嘴就往她的肩上咬了一口，其实也没有太用力，不过美盼还是拧着秀眉，喊疼。

"疼吗？"苏晋庭似笑非笑地看着她，薄唇还贴在她白皙的颈项处，看着她那秀气的五官都堆在了一起，他心头隐隐有些激动，却还是咬牙切齿地低语，"你这个没良心的小东西，还知道疼？"

美盼伸手抵在了他的胸口，对于他说自己是个没良心的，显然是不认同，还很是硬气地反驳："谁没有良心了？你又不是我的谁，我还需要对你有什么良心不良心的？放开我！"

苏晋庭薄唇一抿，后面那句话嗓音低沉有力，透着不容抗拒的霸气："我不是你的男人，还能这样对你？"

美盼："……"

楼梯口忽然有脚步声传来，两人正好有些僵持不下，美盼耳朵还挺尖的，听到了那动静声，她吓得赶紧噤声，一边还用力地捶着苏晋庭的胸口，对着他挤眉弄眼的，让他赶紧松开自己。苏晋庭自然不会错过这样的机会，拉着美盼就进了自己的房间。

房门关上的时候，美盼就感觉到自己的身体沉沉地被压在门板上，下颌被人强硬地抬起，然后就有熟悉的温度压在了自己娇嫩的唇上。

她先是一愣，本能的反应就是想要挣扎和反抗，可男人制止她的力道和动作，哪怕是吻着她的技巧，都是如出一辙，他已经如此熟悉她的身体，轻而易举就可以让她完完全全地臣服在他的身下，不能自拔。

美盼也觉得悲哀。

从他最初的靠近，肆无忌惮地撩拨，她就一直在抵触，在反抗，可到了现在，她发现自己所有的挣扎，对他来说，根本就如同隔靴搔痒，没有任何的作用不说，反而让他变本加厉。

她觉得不是他在变，而是自己在变。

这个男人唇齿间的那种湿度、热度，他舌尖轻轻舔舐过她唇角的那种酥麻感觉，被无限扩大，她仿佛渴望着更多，又仿佛害怕更多，这两种感觉不断地拉扯着她的理智，渐渐地，他给予自己的那种温度就可以融贯在她全身上下，怎么都摆脱不掉。仿佛她所有的情绪从来都是被压抑在她心底的最深处，而他才是那个掌握钥匙的关键人物。

苏晋庭感觉到她在自己的怀里，气息越来越乱，越来越柔，他健壮的身躯故意挤揉着她柔软的身段，捏着她细腰的手先是上下摩挲了两下，然后慢慢地就伸到了她的臀部，不轻不重地揉捏着。那种力道，很容易就点燃了美盼心中的那团火，她觉得浑身都热。寂静的空间里只有两人此起彼伏的气息声，暧昧又热烈地交缠在一起，她能够听到他吞咽着自己的唾液，这种只有最亲密的恋人或者夫妻之间才会做的事，竟然也可以发生在他们身上！

他是苏晋庭啊！

美盼心中唯一的理智不断地告诉着自己——这个男人叫苏晋庭，可你们现在做的事，根本就不是苏晋庭和秦美盼应该做的事。

越是这样想，心里越是容易产生另外一个小恶魔，有种很微妙的变化在不断地催化着她的情愫。

就是苏晋庭，你才会这样不是吗？

秦美盼，其实你一直都很清楚地知道，不是你不想要，而是你一直都不敢去想，因为他是苏晋庭，如果换成是别的男人，你还能有这样的感觉吗？

美盼的脑袋都快要炸了，苏晋庭舌尖深入的时候，她下意识地吸住，不过真是无意识的，然而男人闷哼了一声，咬着她的唇，重重地反吸一口之后，才慢慢地退开。他双手捧着她的脸颊，那白里透红的脸蛋儿让他的眸光柔软似水："还不承认你对我有感觉吗？你刚刚咬着我的舌头，舒不舒服，嗯？"

美盼也没有想到自己刚刚会吸着他的舌头，这会儿就像被抓现行似的，根本就没有任何的立场反驳，只顾着避开苏晋庭那灼灼的眸光，她觉得自己的身体都快要燃烧起来了。

幸亏自己的手机在这个时候响了起来，终于有了喘息的机会，连忙拽着衣服口袋里的手机，低声说："……电话，我的电话。"

"唔，听到了。"苏晋庭顺着她的小手儿，帮她把手机拿了出来，竟还主动地看了一眼来电号码，上面注明了"小关"两个字。他摇了摇头，挑眉问她："男人还是女人？"

美盼无语，这人能不能别这样随便？

她的手机凭什么给他看？他竟然还大言不惭地问自己是男人还是女人，他知道不知道什么叫作隐私啊？

她脸上的潮红还没有完全退去，这会儿又有些气愤，一时瞪视着苏晋庭的眼神好似娇羞之中又染着几分愠怒，真真是可爱得很。苏晋庭看得骨头都酥了，却听到美盼咬牙切齿地说："男人，你还我手机！"

"男人？"

苏晋庭挑起眉头，那种浓浓的占有欲显而易见。美盼见他就要接电话了，吓得张嘴就说："我妈的助理！苏晋庭，你别接电话。"

他手指一顿，美盼手疾眼快，连忙抢过手机，下意识地接通了，可她的身体还被他压在门板上。电话已经通了，美盼无奈，只能硬着头皮接了起来。

小关确实是个男人，是秦媛的助手，美盼接电话的时候，苏晋庭距离她很近，其实手机那边说了什么，他都听得一清二楚。

小关告诉美盼："我大概还有十分钟就会到秦家，秦总的意思是让秦小姐您自己准备一下，我这里有衣服，也带了化妆师，到时候我们直接过去就好了。"

美盼真不想去那种宴会，但她知道自己今天是避无可避了，而且在家里的话，苏晋庭也在，她现在最害怕和这个男人单独相处。这么一想，她直接就同意了："好，我在家里等着你们。"

挂了电话之后，苏晋庭拿过她的手机丢在一旁的柜子上，眼睛一眨不眨地凝视着她："宴会？什么宴会？"

"就是你心里想的那种宴会。"美盼不耐烦，推了一把如泰山一样压在她身上的男人，气急败坏，"你能不能放开我？抱也给你抱过了，吻也给你吻过了，你还想怎么样？"

她这话一出，自己倒先脸红了。苏晋庭似笑非笑地看着她，带着十足十的邪魅，片刻之后，他轻声说："你不知道我还想怎么样？"

美盼的脸红得像煮熟的虾子，苏晋庭瞧着她这副软绵绵的样子，更是爱不释手。

不过他还是放开了她，抬起手腕看了看那块名贵的腕表，说："快8点了，你吃东西没有？"

"宴会上不至于没有东西吃吧？你别管我，等下你就在这里待着不许出来，小关是我妈妈的人，你在秦氏不可能不知道。"

200

待在这里不许出来?

苏晋庭冷笑了一声:"那又怎么样?"

美盼跺了跺脚,恶狠狠地说:"我不想给自己找麻烦!你也别给我找麻烦!"

说完,美盼拿过柜子上自己的手机,拧开房门就跑了出去。

苏晋庭听着房门被她摔得还挺响,他侧身先是给自己点了一根烟,抽了大半截之后才拿出自己的手机,拨了个电话。

"秦媛在哪里参加宴会?"他直接就问。

过了有两分钟的样子,电话那头的人对他说:"是一个慈善晚宴,11点结束,现在应该是刚刚开始。"

苏晋庭弯腰摁灭了烟蒂,手指轻轻地抚过自己性感的喉结,上下滑动了两下之后,才沉声说:"安排一下,9点我要到那边。"

第十六章
那个属于我的你

美盼一路上都觉得不舒服。

小关给她带来的是一条纯白色的连衣裙，她身材不算是特别高挑，但也有168cm，脚上踩了一双最新款的水晶鞋，据说是因为最近灰姑娘真人版的电影上映的关系，这个水晶鞋还特别火，还是限量的，也不知道是不是他们提前就预订好的。水晶鞋穿着的确是漂亮，只是她不习惯穿这种奢侈的鞋子，也不经常穿高跟鞋，以前偶尔会随同秦媛出席什么宴会之类的，也是普通的高跟鞋，这会儿这么一双水晶鞋踩在她脚上，真是格格不入得很。

化妆师给她化了一个淡妆，她年纪轻，皮肤又好，总有一种白里透红的感觉，化妆师给她上妆的时候，还笑眯眯地问："最近好像气色很好，皮肤都散发着一种活力的弹性，是不是有什么好事？"

美盼瞠目结舌："……心情好坏还能影响皮肤的弹性？"

"当然。"化妆师转着她的脸，让她摆正，"秦小姐，就这样，别乱动。我看您倒是有点儿像是恋爱的感觉，恋爱中的女人，不是最美的吗？"

美盼心尖一跳，那句"我哪有什么恋爱"的话就在嗓子眼儿里了，可脑海里竟十分不应景地闪过苏晋庭那张霸道又好似温柔，还透着几分邪魅的俊容，她拧眉的瞬间，脸蛋儿更红了。

为什么会想到他呢？

这个问题一路上都困扰着美盼，以至于小关叮嘱的事左耳进右耳出，到了酒店会场的时候，小关问了一句："记住我刚刚说的了吗？"

美盼满脑子都是那个问题——为什么总是会在那样的时候想到苏晋庭？为什么周围的人不是认为她谈恋爱了，就是那群朋友一口咬定她好像特别喜欢那个男人似的？

她到底是哪里表现出来的很喜欢苏晋庭的意思？

"秦小姐？秦小姐……"

小关在边上叫了好几声，只见美盼频频摇头，一脸神游太虚的样子，不知在想什么。他头疼得很，自己是秦媛的私人助手，所以也知道，秦总对这个女儿谈不上有任何的母性溺爱，相反，严格得很。秦总这个人，也算是比较雷厉风行的，只是在商业场上到底手段有限，以至于到了现在，秦氏会出现一个苏晋庭。

"秦小姐，您有听我刚刚说的吗？"

"……啊？有听到。"美盼仓促地回过神来，连忙伸手捋了捋耳后的碎发，掩盖自己脸上的表情。一看已经到酒店了，美盼伸手提了提白色的长裙就要往里走："小关，你可以回去了，我自己进去找我妈吧。"

"秦小姐，秦小姐你等一下。"小关追上去，看美盼踩着那双水晶鞋吃力的样子，他也有些担心，希望一会儿她可别出什么乱子，秦总今天临时让她过来，显然是别有用意的，"刚刚我说的话，您必须要记住知道吗？"

他刚刚说了什么，美盼还真是一个字都没有印象，不过她看着小关这么担忧的样子，尴尬地笑了笑，刚要问他到底说了什么，秦媛就从里面出来了。

大概是在里面等了太久，没有等到美盼，秦媛竟然直接出来找她了，一出来就发现她已经站在门口了。

远远望过去，她身上穿了一条白色的连衣裙——这衣服和鞋子是她临时让小关找人搞定的——看上去特别清纯漂亮，气质出众。美盼有着二十出头女孩儿那种青春活力的特质，皮肤白皙光嫩，到底还是因为一直养尊处优，所以身上的气质也好。美盼这人生来就有一种寡淡的气场，不是和她亲近的人，总是会觉得她有一种若有似无的缥缈感，这是因为她从小什么都享受得到，所以并不对这个外面的世界的东西感到稀奇。这样的女孩儿，稍稍一打扮，透出来的美，并不是丑小鸭变成了白天鹅，而是与生俱来的高贵气场。

秦媛站住脚，有些怔怔地看着不远处的那抹白色身影，身材凹凹有致，一手提着裙摆。因为是冬天的晚上，酒店门口自然是冷，她本来就怕冷，这会儿稍稍有些缩着身体，可丝毫不会觉得不协调，倒给人一种我见犹怜的感觉。

她这个时候才觉得，自己今年竟已经是四十几岁的人了，以前她一直都不觉得自己老，现在看着美盼，她才知道什么叫作真正的年轻。

原来，二十一年都过去了。

可这二十一年，她到底是如何撑过来的？

这二十一年来，她秦美盼又是如何过来的？这二十一年来，他们到底过得如何不协调，生活又有多少的扭曲？

"秦总……"

小关见到秦媛，连忙迎上去："秦总，秦小姐我送过来了。"

秦媛收敛了情绪，点点头："你先回去吧。"

小关也没有再多说什么，带着化妆师就先走了。秦媛站在美盼面前，看她一脸不舒服的样子，笑了一声："也不是第一次让你这么穿，不用摆出这么一副格格不入的样子，你脚上是穿着水晶鞋，可你不是灰姑娘。"

美盼没有出声，秦媛说完，挺直脊背就往前走。美盼深吸一口气，还是提着裙摆追了上去。

她的确不是第一次参加这样的宴会，所以有些东西她也不陌生，来来去去的也就是那么点玩意儿，其实上流社会的一些习俗真是挺烦人的。美盼拿着一杯香槟的时候，还在心中暗暗想着——要她真是灰姑娘，那就肯定不会穿着水晶鞋去找王子，她更喜欢简单朴素的生活。

"盼盼，过来认识一下。"秦媛的声音这会儿真是像极了那个灰姑娘的后妈，美盼还没有回过神来，就被她拉着往前一冲。她只顾着稳住自己手中的酒杯，以免液体洒出来，所以都没有看到秦媛拉她见的那个人究竟是何方神圣。秦媛自顾自地介绍："这位是荣慎宇，荣先生。荣先生，这就是我女儿，秦美盼，现在还在上大学。"

荣慎宇？美盼对他还是有些印象的，秦媛介绍的时候，美盼还以为是自己听错了，下意识地抬起头来，看到那张冷峻的五官，不是之前她见到的那个，还能是谁？

荣慎宇……

怎么又是他？

"……盼盼，还不打招呼？"秦媛伸手在她腰部轻轻推了推。

美盼碍于有秦媛在，边上还有不少人站着，她没有办法，只能硬着头皮开口："荣先生，你好。"

"秦小姐，你说是不是有缘分？我就说了，我们还能再见面的。"荣慎宇手里也捏着一个高脚杯，鲜红色的液体随着他的动作来来回回地晃动着，他说话的时候单手插在裤袋里。他人高腿长，加上气场又强大得很，美盼竟忽然打了个冷战，不知为何，她现在见到这个荣慎宇竟然会觉得冷，大概是因为忌惮。

她下意识地捏紧了自己手中的酒杯，咽了咽唾液，也不想让秦媛误会什么，马上就说："呵呵，是啊，挺巧的。"

"盼盼，你认识荣先生？"秦媛问。

美盼不知道该如何解释才好，何况爸爸那块地皮的事她也不想和妈妈多说，但是现在又是避无可避的话题。她正犹豫着，荣慎宇倒是开口了："之前有缘，见过秦小姐两次，秦小姐给我的印象很深刻，所以我这次来C市后，知道她是秦家的孩子，我倒突然觉得亲切。"

这话简直就是在变相地说——想要让我荣慎宇和你们秦家做生意，那完全是因为有秦美盼的关系。

秦媛看着荣慎宇的眼神有些复杂，心里只揣摩着，这个荣慎宇怎么可能和美盼认识？不管是涉及的领域还是年龄的悬殊，这两人都不可能有机会碰面的，怎么还能印象深刻？

可美盼心里的滋味儿就是两码事了。

她之前总觉得这个荣慎宇是为了爸爸的那块地，可现在看着，她怎么就觉得，他不是冲着那块地，他看着自己的眼神真是让她觉得害怕，有一种很瘆人的感觉，总觉得他来势汹汹，就是奔着她秦美盼。

美盼咽了咽唾液，心中的不安越来越浓，她只想快点儿离开这个地方："妈，我……那个……我刚刚不知道是吃了什么东西，肚子有点儿不舒服，我去一趟洗手间。"

她丢下手中的杯子就要走。

秦媛面子上有些挂不住，拉着美盼低声说："礼貌懂吗？我让你过来这里，是让你来出洋相的？"

荣慎宇就站在边上，似笑非笑地看着她。美盼头皮阵阵发麻，挣扎了一下，也压低嗓音说："人有三急，哪能算是丢人现眼啊？妈，我真难受……"

秦媛还要说什么，荣慎宇却是上前一步："秦总，对孩子还是不要太严格，我觉得秦小姐率真可爱，比在场的任何一个所谓的名媛千金都要好。"

荣慎宇这人秦媛了解不太多。不过，秦氏这几年一直想打入地产界，但凡想进军地产这块的，就不可能不认识荣慎宇。

这个男人浑身上下都有一种神秘又危险的气场，只是这样一个男人，竟然还会帮美盼说话，秦媛心中的好奇更浓了。她松开了美盼的手，看着小丫头提着裙摆就急急忙忙逃跑的样子，几乎可以用落荒而逃来形容。倒是荣慎宇，那双深邃的眸子始终追随着美盼的身影，不过就是对秦媛微微一颔首。侍者来的时候，他将杯子放在托盘上，说了一句抱歉，就离开了。

秦媛看着荣慎宇，还是拿出了手机，走远一些，打了个电话给她的助手："林总那边是什么情况？"

小关小心翼翼地说："秦总，林总的儿子好像是出了小车祸，目前人在医院，应该是来不了了……"

小关是怕秦媛骂自己是个饭桶，连这点儿事情都办不好。秦媛现在就是想着靠美盼来打通关系。她手上有一个大项目，已经蓄势三个月了，本来年前就要动工的，但是因为缺少资金，一直都动不了。董事局的人都不看好她这个项目，连带着秦齐林也不愿意出十几个亿来推动她的项目，现在又多了一个苏晋庭，这个项目就更是棘手。她迫切希望可以做点儿成绩出来，巩固自己的地位，却偏偏天不遂人愿。

之前她企图拉拢的投资商个个都中途退场，而且还和苏晋庭有关；她想在酒店方面小试牛刀，利用一下w集团的吴木，却又得知他竟然有资金亏空的嫌疑，所以她只能把目光放在这个林总身上。

不过让小关意外的是，秦媛竟一句话都没有斥责，只沉吟了片刻就吩咐他："你去调查一下一个叫荣慎宇的人，我要知道他的所有资料。"

美盼一步三回头地走到洗手间，刚到转角处，迎面就出来一个人，她差点儿撞上。

"……学长？"

没想到在这里遇到吴舜华，美盼连忙站稳身体，有些尴尬地笑了笑："真巧，你今天也来参加这个宴会？"

吴舜华也没有想到会在这里遇到美盼，两个人算是有小半个月没有见面了，他忽然就觉得，眼前的这个学妹有些不太一样了。

以前就觉得她长得清纯又可爱，虽然不算是那种倾国倾城的美，可五官特别干净，给人的感觉就是舒服，而现在……那个舒服层面好像又升级了，今天晚上的她，就像是一个小仙女似的，身上的那条裙子是纯白色的，显得她整个人都带着一种活灵活现的仙气。

她一笑，嘴角还若隐若现一个小梨窝，吴舜华好似听到了自己心跳的声音，格外强烈。

"嗯，我和我爸一起过来的。"他说话的时候，人不由得朝着美盼走近了两步，身高的悬殊让他看着她的时候是俯视，"盼盼，你今天晚上很漂亮，是和你妈一起过来的吗？"

美盼这个时候第一个想到的就是——自己好像还欠学长三千块钱，第二个想到的是，她今天晚上出来压根儿就没有带钱，第三个想到的是，她应该如何向学长开口。

借钱不还这种事，好像挺丢人的。

"……是啊，我是临时过来的。"美盼一咬牙，直接就说，"所以……学长，我这身衣服都是我妈的助理给我带来的，我没有带钱，真的很抱歉。"

吴舜华一愣："什么？你需要钱？"

"……我不是欠你三千块钱吗？我下次还你吧，过两天回学校的时候，我顺道给你。"

她不提钱的事，吴舜华早忘得一干二净，俗气一点儿来说，大家都不是什么缺钱的人，这么区区三千块钱，他的确是没有放在心上，可现在美盼一见到自己提到的就是钱，吴舜华心中隐约有些失落。

"没关系，不用还我了，就当是那天我请你吃饭。"

"那怎么行。"美盼连连摆手，"钱这个东西还是要分清楚的，我这个人不喜欢稀里糊涂的，所以学长，这个就别和我客气了。"

吴舜华嚅动唇瓣，还想说什么，正好边上有旁人经过，他只得把话给咽了回去。美盼人都站在洗手间门口了，倒还真有点儿想进去，她拿着手袋压了压小腹，尴尬地说："那个，学长，我去一下洗手间。"

吴舜华看着美盼进了洗手间，站在门口等了好一会儿，本来想等她出来的，结果来了电话，他拿起来看了一眼，眉宇间闪过一丝厌恶，沉了沉气，他还是拿着手机离开了洗手间。

美盼在洗手间里，关上门，把马桶盖放下来，整理一下自己的裙摆，然后坐在了上面，她双手托着自己的脑袋，想着找个什么样的借口提前离开比较好。

还有那个荣慎宇，到底是何方神圣？怎么这两天动不动就能见到他？他真的不是为了爸爸那块地的事情？

爸爸……

对了！

美盼连忙拿出手机来，又给黎展明打了个电话，这次电话还是通的，可依旧是没有人接听。美盼看着时间都快9点了，他到底去哪儿了，怎么总是不接电话？

才这么一想，手机嘀嘀两声，有短信进来。

美盼看了一眼，发现竟是黎展明发来的，她点开来看了一下，很简单的一句话——"囡囡，爸爸有点儿事，今天晚上可能不回去了，你早点儿休息，不用担心，明天回去我会和你解释。"

美盼拿着手机，抿了抿唇，她倒也不担心什么，毕竟黎展明是自己的爸爸，他有点儿事也正常。

她站起身来，伸手刚拉开洗手间小隔间的门锁，外面忽然一道蛮力推进来，让她猝不及防，身体下意识地往后跌了跌。下一秒，本就狭小的空间里骤然冲进来一个人。

还是个男人。

美盼瞠目结舌地看着面前这个西装笔挺的男人："……你……你怎么进来的？"

这里可是女厕所，而且……苏晋庭，他不是在秦家吗？他怎么又出现在这里了？他什么时候过来的？

美盼推着苏晋庭就要走，嘴里还大声嚷嚷着："你疯了吗？这里是女洗手间，你这个疯子、流氓！赶紧出去！"

"所以你声音小一点儿。"

苏晋庭反手扣住了她的手，伸腿就踢上了身后隔间的小门，手指灵活地扣上门锁，然后将手压在她的肩上，让她坐下来，居高临下地看着她，蹙眉道："你什么时候认识荣慎宇的？"

"我不认识他……不是，你怎么知道我认识荣慎宇？"美盼觉得自己遇到的男人一个比一个神，他还知道自己认识荣慎宇？刚刚她也没有和荣慎宇多交谈，还是说……他刚刚就在那个宴会厅了？

苏晋庭很好地回答了她心中的疑惑，不过他神态很是严肃，说话的时候还伸手提了提西裤的裤管，纡尊降贵地蹲下身来，视线正好和美盼平视，所以美盼很清楚地看到，这个男人的眉宇间此刻都是严肃的神情。

"你认为我进来这样的地方能有多难？刚刚我看到他在和你说话，荣慎宇是什么人你知道吗？"

207

美盼抿着唇摇了摇头："我当然不知道。"

"见过几次？"

"算上今天也就勉强三次吧，我不认识他。"

"他和你说过什么？"

不知是不是美盼的错觉，她竟然从苏晋庭的脸上看到了一种叫作紧张不安的感觉，这种神态在他的脸上出现，显得有些不协调，可越是不协调，好像才越是明显似的，她不禁反问："你认识荣慎宇？"

"大家都是做生意的，认识有什么奇怪的？"苏晋庭看着美盼，本是压在她肩上的手慢慢移到了她的脸上，五官稍稍柔软了一些，"以后离他远一些知道吗？这个男人不是个好东西。等下你就直接和我离开这里，荣慎宇和你说什么你都不要多听，也不要相信。"

美盼的确对荣慎宇没什么好感，不过听着苏晋庭在自己面前一本正经地嗤笑别人不是什么好东西，她还真想笑："那苏先生你就是好东西了？这里可是女厕所，你现在在做什么？说句不好听的，你这可是变态行为。"

苏晋庭眸光沉沉地看着她那种轻松的样子，心头稍稍松了一口气，估计荣慎宇什么都没有跟她说，否则这丫头也不可能这么轻松自如。

"变态行为？"

苏晋庭笑了笑，颀长的身躯缓缓直立起来，顺带着也将美盼从马桶盖上拉起来，习惯性地就把她给抵在门板上。他轻笑着的样子是美盼所熟悉的邪魅："宝贝儿，我进来就是为了你，为了你我还有更变态的行为，想不想知道？"

美盼别开脸："你……别乱来，这里是女洗手间，苏晋庭，你……你的手别乱摸，我要出去了，你再这样，我真喊人了！"

也不知是不是老天爷太好心了，美盼这句威胁的话刚说完，外面还真进来几个人，因为是参加宴会的，进来的女性基本都穿着高跟鞋，那鞋子敲击大理石的声音就格外明显，大老远的美盼和苏晋庭就听到了。

美盼顿时绷紧了身躯，别说是喊人了，这会儿连呼吸都顿住了。

相较于她的紧张，苏晋庭倒显得很轻松，他还真是——无所谓。

外面的脚步声越来越近，然后就可以听到女人的交谈声，说的大多是关于今天的宴会上，有谁家的少爷、谁家的公子，还有谁家的千金小姐，今天身上穿的是什么牌子的衣服，或者是擦的什么香水，手里拿的包是不是限量版的。

对于这种交谈内容，美盼都见怪不怪了，也没怎么上心，她的全副心思都在自己和苏晋庭这种样子会不会被外面的人发现上，还小心翼翼地看了一眼门是否有锁好，确定之后又稍稍松了一口气。

苏晋庭将她的紧张全部看在眼里，那条白色的裙子，有一半的裙摆被他撩在手臂上，这会儿她一动不动地倚在自己的怀里，身子虽是僵硬的，却又无比乖顺，因为刻意压着气息，一呼一吸显得更是柔软无比。那热热的气息像羽毛一样轻轻刷过男人那颗坚硬无比的心脏，忽然间整个世界像是都安静下来，他能够听到的就是她那让人觉得无比缠绵的气息，还有自己的心跳。

两人几乎是贴在一起，苏晋庭有什么感觉，美盼不可能没有感觉。

她察觉到他一直都在凝视着自己，眼珠子转动了两下，视线就有些尴尬地撞上去——

头顶是暖黄色的灯光，苏晋庭背光而站，五官显得有些暖黄色。他眸光很深，很沉，也很柔软，那里面像是藏着一潭浓到化不开的墨，让人一眼望过去就觉得害怕，怕是会被吸入其中。

美盼心头一跳，想要移开视线，苏晋庭却陡然捏住了她的下颌，她大脑嗡的一声，耳边正好听到外面有道女声说："对了，刚刚我好像见到苏晋庭了，你们发现了吗？他穿着一套深灰色的西装，特别迷人。"

美盼的脸庞一片通红，因为那个迷人的苏晋庭，现在正用力捏着她的下巴，霸道地吻着她的唇。

她不能，也不敢像以前那样剧烈挣扎，因为害怕会发出声音来。就是因为这份害怕，美盼不仅连身体都是僵硬紧绷的，舌头更是不敢乱动，就怕唇齿交缠的那种声音也会让外面的人听到。

所以苏晋庭这一次很容易就撬开了她的齿冠，灵活的舌长驱直入，途中没有碰到任何的钉子，那软软的小舌头任由他玩弄着。苏晋庭越发肆无忌惮，美盼的裙摆挺大的，因为是长裙，所以她连安全裤都没有穿，这会儿裙摆就被男人大力撩起，大掌就直接抚上了她白皙柔嫩的皮肤。

美盼身体一抖，他的掌心带出来的温度都是滚烫的，感觉也是酥酥麻麻的，她哪里忍得住，嗓子眼儿里痒痒的，就像有什么东西蠢蠢欲动，要破茧而出似的，她哼了一声，很是轻微的声音，可在这样的环境之下又特别明显。

美盼先是被自己吓了一跳，本来就紧张得很，现在更是惊恐，真像偷情似的。她双手捏紧了就往苏晋庭的胸口用力捶了两下，然后唇上就被他轻轻地啃噬了一下，更是难以忍受。她拧起眉头，想要摇头，苏晋庭的大掌却直接伸上去，一把捏住了她的臀部。

美盼："……"

外面几个女人的交谈声重新开始变得清晰，夹杂在哗啦啦的水流声之中，有人说："……苏晋庭啊，之前我就知道这个人，因为并不是我们C市本地的，所以可能你们都不太了解，我爸还和他吃过饭呢。告诉你们哦，他真单身，也没有谈女朋友什么的，这个年纪还能单身的男人，是不是特别地金贵？"

"我可不这么认为，感觉他应该私下也有不少女人，这种男人，还能耐得住寂寞？"

"错了，女人那才叫耐不住寂寞，男人怕什么寂寞？苏晋庭那种男人，绝对不可能和寂寞搭边。"

马上又有一个声音压低着嗓门："喂喂喂，偷偷告诉你们，苏晋庭前段时间的采访报道你们还记得吗？我有个认识的朋友，正好还会看面相，那天他还指着苏晋庭的照片说，这个男人……那方面特别厉害哦，谁做他身下的女人能不幸福？"

"看来你是垂涎已久，怎么，对他很有意思？"

"呵，别说得自己有多清高，从他进了这个宴会厅开始，你眼珠子就没有动过，你对他没那个意思？"

"我可告诉你们，老规矩，谁有办法吸引他的注意力，那人就是谁的，谁都别废话。"

"行啊，凭魅力，我从来都对自己信心十足！"

水龙头的水声更大了一些，伴随着几个女人的娇笑声。这种场合，从一个话题跳跃到另外一个话题本就是很简单的事，很快就又提到了"荣慎宇"三个字，可后面那断断续续的声音美盼却听得并不清晰，因为苏晋庭本是捏着她臀部的手忽然伸上来，牢牢地捂住了她两边的耳朵，更加用力地吻着她。

外面的声音越来越小，美盼觉得喘不过气来。苏晋庭的吻太过霸道强势，她憋得脸色涨红，薄汗一层层地渗出来，想要换气，可男人就像着了魔般吮吸着她的唇舌，每一寸的甜美都不舍得放过。美盼觉得肺部严重缺少氧气，再这么下去她都要窒息而死了，终于哼了声。

软绵绵的声音，类似于男女床事的时候那种舒服到了极致的声音。苏晋庭顿时感觉浑身的神经颤抖起来，血液也在沸腾……

外面的水声忽然顿住，有声音好像在问："……什么声音？"

"还不明白？赶紧走吧，别妨碍人家。"有人非常识趣地笑了一声。

不过也有人啧啧了两声："真是世风日下。"

不一会儿，水流声、交谈声，还有那高跟鞋的声音都越来越远，到了最后终于彻底听不到了，美盼那紧绷到了极致的神经稍稍松了松，可当她那双被撩得有些意乱情迷的眼睛对上苏晋庭促狭的眼神的时候，她的心脏又咚咚地跳起来，因为怕再有人进来，她压低了嗓音，越发显得底气不足，反而是有些娇羞："……你……走开！"

苏晋庭也不太好受，不过这种地方到底不适合再继续待下去，他沉了沉气，再看看她这张柔嫩的脸蛋儿，真是太容易诱人犯罪。

"又不是第一次，瞧你脸红的。我先出去，你整理一下再出来。"

苏晋庭放开她之前丢下这么一句话，然后又意犹未尽地吻了吻她的唇角，在美盼骂骂咧咧的声音之中，光明正大地拉开洗手间的门，直接走了出去。

美盼吓得魂都没有了，等到苏晋庭走出去好久，她才敢偷偷摸摸地往外面看，确定没有人，她这才彻底放松下来，装作若无其事地走了出去。

苏晋庭本来就是为了美盼才来的这个宴会，刚刚一到就有很多人过来套近乎，他其实并不喜欢这样的场合，所以这次直接走了酒店的后门。

吩咐郑元林把美盼带过来后，他就站在后门口点了一根烟。

刚刚点燃起来的那些火还在他的体内燃烧着，只有尼古丁的味道可以让他稍稍缓和一些。苏晋庭单手插在西裤的口袋里，蹙着眉峰夹着烟，抽了一半的时候，有黑色的车子缓缓地驶过来，停在他的脚边。

这车子不是自己的，苏晋庭垂眸看了一眼，黑色的车窗开始下降，里面那张冷峻的五官让他的眸光稍稍沉了沉。

荣慎宇手肘撑在车窗口，仰着脖子看着苏晋庭。气场相当的两个男人在夜色之中对视，彼此的眸光都是深沉的，不显山露水的那种。

苏晋庭掸了掸烟灰，吞吐着云雾，白色的烟雾就缭绕地升在他的面前，他看似慵懒的眸子里有锋锐的光，忽明忽暗。

荣慎宇先开口："苏先生，这么巧。"

苏晋庭挑起眉头："荣先生，好久不见。"

荣慎宇笑了一声。此刻苏晋庭是站在车子外面的，说话的时候完全是居高临下。他推开车门下了车，两个男人在距离几步之遥的位置站定。

因为身高差不多的关系，此刻周身的气场激烈却又好似被内敛了，谁都没有主动展现出那种肃杀的锋芒。

"是很久不见了，不过就是没有想到，竟然可以在C市碰到苏先生，听说苏先生现在是在秦氏当总经理？呵，什么时候苏先生还这么乐意纡尊降贵？"荣慎宇不抽烟，他有轻度的洁癖，周围的人也从来不敢在他面前如苏晋庭这般肆无忌惮地吞吐云雾。

"混口饭吃而已。"苏晋庭抖了抖烟灰。两人之前在生意场上就针锋相对过好几次，荣慎宇是什么人苏晋庭心里很清楚，这么多年来，他身边出现的荣姓男人就只有他，苏晋庭当然也知道他一贯都是奔着自己而来，还有另外一个人……

不过荣慎宇一直都在找一个人，一如苏晋庭一直也在找一个人，两人始终都绷着这么一根弦，彼此都是心知肚明，却又不会刻意主动去挑破。

苏晋庭看着荣慎宇，先是笑了一下，然后说："不过倒是荣先生你，这么多年了还是习惯装模作样，有目的的事也可以当成巧合。"

苏晋庭的嘴一贯都挺毒，那是因为他有那种不把任何人放在眼里的资本，换成别的人，也许会给人一种张狂的感觉，可在他的身上，就像是理所当然。

荣慎宇面无表情："说起目的的话，恐怕是你的目的比我的更不单纯。就是不知道秦家的那个小丫头是否知道你接近她的目的。"

苏晋庭以前一直都觉得自己是个没有软肋的人，面对任何的人和事他都可以干脆利索，可是现在荣慎宇一提到美盼，他才惊觉，原来自己已经有了所谓的"在意"，所以现在自己的内心才会率先起了波澜。

这种波澜，大概也可以归为——不安。

"荣先生打算怎么玩？"苏晋庭直接捏碎了烟蒂，丢在脚边，锃亮的皮鞋踩在烟蒂上，他的语气格外地冷，深邃的眸底都是让人战栗的阴鸷，"我苏某人必定会奉陪到底，不过就是要奉劝你，如果玩不起的话，千万不要去沾，否则我怕你到时候会得不偿失。"

荣慎宇还是那种皮笑肉不笑的表情："苏先生认为有什么是我荣某人玩不起的？"

苏晋庭薄唇微抿着，五官冷峻，又扯了个笑，这种带着冷意的笑，就像是把整个夜色之中的冷都吸入其中："荣先生来C市之前应该就很清楚地知道什么是你不能碰的。别打秦美盼的主意，否则你，连带着你身后的那个人，都只会是吃力不讨好。"

荣慎宇的表情终于起了变化，阴冷的眸子微眯起："是吗？苏先生是否知道自己现在已经先泄了底？"

"哦？"

"秦美盼对你而言是否很重要？我怕到时候你会承受不住失去她的痛。"

"只要是我苏晋庭的人，那就不存在失去一说。"

"很有自信……我很高兴自己碰到的对手是这样的，这让我觉得非常有意思，这么多年我们都在玩猫捉老鼠的游戏，也是时候分个胜负高低了。"

苏晋庭嗤笑一声，弯唇的样子将他身上那种胜券在握的气场完全爆发出来，他上前一步，低沉的嗓音字字都透着势在必得："荣先生说了这么多，就这么一句猫捉老鼠的形容我非常赞同，所以荣先生应该回去和你身后的那位重新讲一讲这个故事，猫有吃掉老鼠的本事。"

"你觉得自己是猫？不要做病猫最好。"

"是不是病猫，以后荣先生肯定能知道，不过做老鼠的，一辈子都是老鼠的命。"

苏晋庭刚说完，就听到身后传来一阵不耐烦的女声："……我都说了不要，我自己会回去，我还没有和我妈打过招呼……"

美盼是被郑元林从洗手间接走的。其实她也不太想回去那个宴会，可人都来了，她要走也得和秦媛打个招呼，而且爷爷今天好像也在，她还没有见过爷爷。再说了，要走那也不是跟苏晋庭一起走，这个男人现在对她而言才是真正的危险。

"秦小姐，苏总就在前面等您。"郑元林也不敢对美盼动手动脚，只能试图拦着她的去路，逼着她往这边走。

美盼气得跺了跺脚，一抬头就见到不远处站着的两个男人。

竟然是苏晋庭和荣慎宇。

远远望过去就见两人周身的气场有些不对劲，用一句通俗的话来形容，好像下一秒就会扑在一起打一架的样子。

荣慎宇本来就是面对着酒店门口站着的，此刻一抬眼就见到了那个身穿白色连衣裙的美丽女孩儿，他眸光闪烁了一下，视线带着黏性似的停在了她的身上。

真是一个富有朝气的小女孩儿，看上去水嫩得很，可以用清纯来形容，但眉宇间又有着几分难以言喻的女性的独特魅力，怪不得苏晋庭看得这么紧，这倒让他觉得更加有趣。

他没有离开，就这么眼睛一眨不眨地凝视着她。

美盼能够感觉到荣慎宇那种带着侵略性的眼神，说实话，这种时候，她会觉得苏晋庭一点儿都不讨厌，因为这个荣慎宇没有一处不让她觉得瘆人的。

苏晋庭一侧身，高大挺拔的身躯直接拦在了荣慎宇的面前，他上前，吩咐郑元林："把车子开过来。"

等到郑元林离开之后，苏晋庭很自然地去牵美盼的手。

美盼先是习惯性地挣扎了一下，可一想到边上还站着一个荣慎宇，她也不知是怎么的，竟格外乖巧地任由苏晋庭拉着她的手腕往另一头走去。

他们是背着荣慎宇走的，可美盼有一种如芒在背的感觉。

她知道那必定不会是自己的错觉，那就是荣慎宇那双让人一看就会觉得害怕的眼睛，那深深的光就落在她的背上。她下意识地迈大了脚步，跟着苏晋庭走，一手提着自己的裙摆，娇小的身躯在不知不觉之中越发靠近身边这个挺拔的男性身躯。

荣慎宇的确是一直都凝视着美盼。

那抹身影含苞待放，不过用男人最通俗锋锐的眸光一看，他就知道苏晋庭还没对她怎么样。

一个男人，面对着这么一盘秀色可餐的食物，如果迟迟下不了手，那么只能证明一点：他很认真，想要好好地品尝，或许是想要品尝得更长久，也许就是一辈子的事了；总是怕自己的急切会让食物黯然失色，尝过一次不会再有第二次。

这是一种纯粹的欲望，无关情感。

但男人愿意迁就、愿意忍让，那代表了什么？

同样是男人，荣慎宇很确定，代表的就是一个字：真。

他勾唇嗤笑一声，夜色之中，那五官冰冷锋利得如刚出鞘的刀锋，有着见血封喉的能力。

苏晋庭，动真格的是吗？

这就好玩多了，当年他苏晋庭是如何把他玩弄于股掌之上的，现在他就同样还给他！

美盼上了车，才偷偷松了一口气。

郑元林在前面开车，苏晋庭一直都没有出声，美盼并没有察觉到此刻坐在自己边上的男人神色有些严肃，他拿出一根烟来含在嘴里，并没有点燃，片刻之后又取下，丢在了一旁，伸手敲了敲司机位的椅背，示意郑元林把隔音玻璃升起来。

美盼的心思都在那个荣慎宇的身上，坐在车上的时候，还时不时探头探脑地往后面看，确定那个如同幽灵一般的男人没有追上来之后，她才松了一口气，然后突然想到了什么，看了一眼身边的苏晋庭，见他坐在车位上，摩挲着修长的手指，她问："你是不是真认识那个荣慎宇？你们刚刚是准备打架？"

后面那个问题，让本来心情阴郁的苏晋庭有些忍俊不禁，他侧头看着美盼，挑眉："你觉得我和他打架，谁能赢？"

美盼一愣，倒是很认真地沉吟了片刻，道："不好说，感觉他块头也不小，一场恶战。"

苏晋庭终于忍不住了，笑了一声："那你希望谁赢？"

美盼抬起头来，男人那精致的五官在忽明忽暗的车厢里如精雕细琢的玉一般。这样一个高不可攀的男人，和她完全是两个世界的人，他现在这样近地看着自己的眼睛，一个无关紧要的话题，他却好像很认真地等待着自己的回答。想到这些微妙的东西，再看着他又黑又深的瞳仁里面的自己，美盼的心脏又不受控制地咚咚地跳起来。

她仓促地转过脸去，轻咳了一声："……谁赢都和我没有关系。"

忽然一阵灼热的气息逼近她，美盼肩膀一抖，知道是苏晋庭靠上来了。她想要往边上挪一下，男人却伸手直接绕过她的细腰，将她抱过来一些，贴着她的耳蜗，低声说："宝贝儿，为了你我也会赢。不过你要乖乖听话知道吗？以后见到那个男人，一定要告诉我，不要相信他说的任何一句话，你要记住，他对你，不怀好意。"

"我看你才是居心叵测，苏晋庭，别这样说话，痒死了。"

"我也是。"

美盼："什么？"

苏晋庭眸光深深浅浅地看着她，美盼这才反应过来他刚刚说的"我也是"有怎样的一层深意，顿时面红耳赤，抢起拳头就朝他胸口一阵捶打。苏晋庭任由她对着自己没上没下地乱发脾气，眼神越发温柔。

黎展明一晚上都没有休息，到底是有点儿年纪的男人，熬夜之后他的神态看起来格外疲倦，他坐在车厢里，目不转睛地凝视着不远处那扇紧闭的大门。

7点半左右，大门终于被人从里面拉开，黎展明见到有个中年妇女走出来，连忙拉开车门冲了出去。

那女人一见到黎展明，顿时不耐烦地蹙眉："这位先生，你怎么还在？"

"麻烦你了，告诉我一声，之前住在这里的人到底去了哪儿？"黎展明穿着得体，到了这个年纪，就会有属于这个年纪的一份魅力，他保养得不错，加上身上总有一种儒雅的气质，说实话给人的第一印象还是极好的。

"这位先生，我真没有骗你，我真不知道之前住在这里的人去哪儿了，你老这么等在我们家门口也不像话啊，我老公这几天是出差了，要回来还以为我背着他干了什么事呢。我家那位疑心重，你赶紧走吧。"

"不是，她之前的确是住在这里的，这位女士、这位女士，你等等……"

"哎，我说你要是再这样，我可真要叫人了！"那女人拧着眉头，"我真不知道，我们五年前就搬来这里了，而且之前的户主也不是你说的那个名字……你赶紧走吧，这事我有必要隐瞒你吗？"

她看了一眼不远处黎展明停着的车子，叹息一声："看你开的都是豪车，穿着也得体，不像是平常人家的人，有点儿本事的，你可以去别的地方打听打听，之前的户主真不是你说的那个名字。"

那女人说完，推开黎展明，转身就走了。

黎展明站在原地，一时有些失神地看着不远处的那栋房子，心里已不只是失望。这么多年了，兜兜转转地，她到底去了哪儿？

他慢慢地有些绝望了。

美盼醒来的时候，正好用人上来敲门喊她起床用早餐。

她伸手揉了揉睡眼惺忪的眸子，想着今天也不会出门，就随便拿了一套居家的衣服穿上，洗漱完毕之后下了楼。

客厅里面，秦媛正在打电话。

美盼打着哈欠下楼，秦媛见到，挂了电话，上前就说："一点儿样子都没有，大清早的就哈欠连天。昨天晚上在宴会上招呼都不打就走了，我让你过去就为了让你给我气受的？"

美盼抿了抿唇，打个哈欠还得被说，她心里多少有些不是滋味儿，不过她也习惯了，所以就一只耳朵进一只耳朵出，再加上昨天晚上确实是她理亏在先，而且还是跟着苏晋庭提前走的，要被秦媛知道，那还了得。

她不接话，只观察了一下，没有见到黎展明，爸爸还没有回来？

"我在和你说话，你现在就这么喜欢对我用冷暴力？"秦媛没有得到回应，还不高兴了，拽了一下美盼的手腕。

美盼刚下楼梯，被她突然这么一拽，身体倾斜了一下，她连忙扶住一旁的墙壁，多少也有些不耐烦："妈，你干吗每次都很针对我的样子？昨天晚上我本来就不想去的，提前离开是因为我肚子不舒服，我后来想和你打招呼的，可你忙着应付那些大老板，我不想让你丢人现眼，自然就先走了，我后来不也给你发短信了吗？"

"我没那个闲工夫看什么短信。"秦媛看了一眼美盼，想着昨天有人和她说苏晋庭去过宴会，可待了不到三十分钟的时间就不见人影了，再联想到美盼，她沉了沉气，问，"你昨天和谁离开的？"

美盼心头一跳，连忙稳住气场："我自己一个人走的。"

"是吗？"

"妈，你老这么防贼一样防着我干吗？我还能干出什么让你担惊受怕的事？我对秦氏也从来没有多想什么。"

秦媛冷笑一声，往楼梯口瞧了一眼，伸手指了指："你干不出来，楼上有个人干得出来你知道不？盼盼，你可别忘记你是姓秦的，你不乐意妈到处给你找适合你的又可以帮助秦家的对象，那你也别把注意力放在不该放的男人身上……什么人你惹不起，你应该有数，一天到晚和我讲着自己不是小孩子了，那你就别再做不切实际的梦。"

美盼知道秦媛说的这些话是什么意思，分明就是在说她对苏晋庭有意思。

她一时间懊恼得很，涨红着脸反驳："我没有！"

楼梯口传来秦齐林和苏晋庭的对话声。

秦齐林在问苏晋庭："之前你是不是回了一趟A市？"

苏晋庭沉沉地应了一声，秦齐林又问："去看过你父母了？"

苏晋庭这会儿声音听不出情绪的起伏，大概是刚刚起床的关系，低沉的嗓音透着几分慵懒："没有，这次只是去见了一位阿姨。"

秦齐林有些意外："你有个阿姨吗？"

"和我妈生前关系挺好的一个阿姨。"苏晋庭漫不经心地说，"这些年都是她在照顾我。"

秦齐林忽然就没有了声音。

秦媛见到两人下来，本来拽着美盼的手松开了。美盼头都没抬一下，一溜烟儿地就跑进了厨房，不一会儿就听到厨房里用人惊呼一声——

"小姐，您小心点儿，差点儿撞上了。"

"……啊，对不起，我刚刚没注意。"

秦媛心头又是一沉，谁没有年轻过？自己同样做过女孩子，美盼这种心思，其实都不需要多说什么，只要不是瞎子，都能够感觉出来她对苏晋庭的那种与众不同，全都写在了眼角眉梢上。

她抬头看了一眼苏晋庭，苏晋庭正和秦齐林一起下楼，双手插在裤袋里，五官深邃又迷人，脸上虽没什么表情，可那种寡淡的姿态，就是透着一种旁人望尘莫及的高高在上。

苏晋庭不知是否也听到了厨房里的声音，视线若有似无地扫过那个方向，很快又收回。

其实都是一些非常微妙的表现，但女人的直觉总是很敏锐的，秦媛越发明显地察觉到苏晋庭和美盼之间的不寻常。

餐桌上，美盼还是坐在苏晋庭的对面，秦齐林不知在想什么，吃饭的时候，平常还会和苏晋庭聊几句，今天基本没什么话。秦媛亦是若有所思的样子。美盼一直都低垂着眼帘，总是能够感觉到头顶有一道火辣辣的视线，她头皮发麻，脸都快埋到碗里面去了。

只有苏晋庭，像往常一样吃着早餐，习惯性地喝一杯咖啡。用人送上来的报纸，他随手翻了几页，好似全神贯注地看报纸上的新闻。

"已经开学了，换专业的事，你准备得如何了？"不知是否因为餐桌上实在是太安静，秦齐林忽然开口，把话锋对准了美盼。

美盼愣了下："资料我都准备好了。"

秦齐林点点头："回头我和你们学校的人打声招呼。"

美盼知道这事是爸爸帮自己争取的，但没有想到秦齐林竟会这么说，她心头一喜："爷爷，您同意啦？"

秦齐林皱着有些发白的眉头，还没有回答，边上的秦媛忽然插话："这事你爸也和我说过，我同意，不过我有条件。"

秦齐林看了秦媛一眼，秦媛说："爸，既然是盼盼的事，还是让我来做主吧，我心里有数。"

秦齐林没说话。美盼才不管是谁做主，只要能够距离自己的梦想近一步，她觉得只要是不过分的条件，她都可以答应。

"妈，什么条件？"

秦媛也放下了筷子，伸手拿过一旁的纸巾擦了擦嘴角，动作优雅。她放下纸巾的时候，眼神下意识地扫过对面的苏晋庭，然后挑眉说："妈妈的条件不难，你这个年纪了，也应该找个对象了，我不勉强你，不过这人想要得到什么总也得付出点儿什么不是吗？盼盼，你就自己去挑，自己去处，要是碰到让你满意的对象，就和我说一声，然后把婚事给定下来。"

美盼小脸儿一垮："……又是相亲。"

"不是相亲，你难道不想谈恋爱？"秦媛笑了一声，"20多岁的女孩儿了，这种心思没有的话，我也是挺好奇的。盼盼，谈恋爱也不是什么丢人现眼的事，你之前不也喜欢你的那个学长吗？虽然吴家现在的情况不是那么乐观，不过瘦死的骆驼比马大，吴家也是祖业，不是那么容易垮台的。你要真喜欢你的学长，妈妈也不反对你们交往。"

秦齐林忍不住说了一句："美盼喜欢吴舜华那孩子？"

美盼觉得这餐桌上面的气氛已经完全不对劲了。

如果说刚刚是诡异的话，现在简直就是——冷。

她总觉得对面那两道火辣辣的视线此刻不是滚烫，而是冰冷的，冻得她竟有一种莫名其妙的心虚。她张嘴就否认："没有。"

对面拿着报纸的男人长指轻轻一动，唇角勾起一个似笑非笑的弧度，只见他站起身来："你们慢用，我上午有点儿事，先走了。"

美盼抬头看了一眼苏晋庭，他的视线没有落在自己的脸上。他身后就是落地窗，今天阳光极好，大片大片地从窗口洒进来，落在男人挺拔的身姿上，这一刻，他如同从天而降的神祇，周身像被镀上了一层金光，高大威猛又帅气迷人。

美盼心里酥酥麻麻地动了动，赶紧别开脸，可那脸蛋儿还是红扑扑的，她埋头喝粥。

秦媛这个时候也看向了苏晋庭。其实刚刚那些话她就是故意当着苏晋庭的面说的，她现在已经不只是怀疑这个男人对美盼的心思非常不单纯，而是有一半肯定了，她就是要试探一下，自己这么说了，苏晋庭会有什么反应。

217

可现在他这种淡然的表情，让她心里忽然有些没底。

这个男人到底还是太过高深莫测，看似有情，又看似无情。

等到苏晋庭一走，秦齐林也站起身来，他先是看了一眼美盼，才对秦媛说："你吃完了来书房找我。"又问美盼："今天出门吗？"

美盼想着外面天气挺好的，本来想宅在家里准备一下，毕竟马上要上学了，可刚刚秦媛那番话让她有了蠢蠢欲动的想法，索性就说："我要出去。"

"你爸昨天就出去了，还没有回来，回头先联系他一下，问问他在做什么。"秦齐林丢下这句话，就先上了楼。

秦媛推开面前的餐具，也跟着站起身来，居高临下地俯视着美盼，低声说："刚刚我说的话你好好考虑考虑，马上就要上学了，你要想好了，那我会和你们学校的老师打招呼的。"

"妈。"

美盼连忙也站起身来，沉吟片刻，问了一句："……只能这样吗？"

"你还不满意？别怪我狠心，我感觉我对你已经是很仁慈了。昨天的宴会，你有看到那些所谓的名门千金吗？她们有哪个像你这样可以随心所欲的，你还有什么不满意的？这话我就放在这里了，你要想换专业，那就听我的，给你安排的几个门当户对的，先处处，你喜欢谁，我再让你挑。这是我最大的让步。"

她顿了顿，推开凳子，又说了一句："看在你爸那样为你求情的分儿上，你也得为他考虑。"

第十七章
听到爱情的声音了吗

楼上，书房。

秦媛一进去就发现秦齐林在抽着雪茄，他虽是身体挺好，不过到底还是上了点儿年纪，抽烟这种事毕竟伤身，所以她还是张口说了一句："爸，您怎么抽上这东西了？赶紧灭了。"

秦齐林看了她一眼，忽然叹息了一声："媛媛，你有没有怪爸爸？"

秦媛一愣。

她当然知道这所谓的"怪"是指什么。秦媛到底还是秦齐林的亲闺女，自从母亲去世之后，两人也是相依为命。豪门生活多坎坷，秦媛也真不是那种没有一点儿脑子的人，秦齐林忽然这么一说，她有心酸，却也有无奈。

"您要这么问，就是想听我讲实话吧。老实说，我是怪过您，但您是我的父亲，我再怎么样，也不能阻止您的决定。"

秦齐林摇头："你还是这个性子，像你妈。"

秦媛若有所思地看着父亲，也不知想到了什么，阴阳怪气地笑了一声："爸，您倒还记得我妈。"

秦齐林哪会不知道女儿的那点儿心思，这一刻倒也显得很平静，不过语气沉了沉："我能忘记你妈吗？媛媛，你再怎么怨恨我都好，但你妈在我心中才是真正的秦夫人，我也会犯天下男人都会犯的错……这事，不要再说了。"

"那你让我上来，就是缅怀一下我妈，让我不要怨恨？"

"你就是这样，不管是对谁，永远都是这样。我这辈子就你这么一个女儿，你真以为我还能把一切都拱手送人吗？媛媛，爸爸也是为了你好，你在生意场的经验和你的年纪根本就不相符，也许我这么说，你又要不高兴，但苏晋庭身上的确是有你可以学习的……"

秦媛没忍住，打断了秦齐林的话："爸，实话实说呗，苏晋庭和您的关系，就真那么单纯？他的父亲救过您，所以您现在要知恩图报？我还不知道您是个什么样的人吗？我们秦家有的是钱，您要知恩图报有的是选择，何必非得把他叫过来，住在秦家，进入秦氏？有些话我没挑明，可我知道，您心里也是有数的。"

秦媛讲话从来都是单刀直入，这和她的性子有关系，她就是有什么说什么的人。秦齐林多少也有些不太舒服，但到底是自己的女儿，又是关起门来说的这些话，这让秦齐林的老脸暂时还挂得住，不过接话的时候依旧有些吞吞吐吐："别乱猜，你看到的是什么就是什么，还有，我当初和你说过的话不会变，属于你的，我不会少了你，你也没有必要总拿着美盼的婚事来巩固自己的地位，秦氏有一半是你的。"

"那另一半呢？"秦媛双手环胸，本来还有些心平气和，但这会儿身上那种尖锐刻薄都体现出来了，"爸，别真是让我猜中了，您让我不要乱说，可看看您总在乱做些什么事，能让人管得住嘴吗？"

"秦媛！"

"让我上来就是为了说这些是吧？我心里有数，您想哄好谁，我可以睁一只眼闭一只眼，毕竟秦氏还是您的，但是美盼是我的女儿，她的事，您就别操心了。"

秦齐林将雪茄丢在烟灰缸里，看着秦媛："我不操心？我一直以来就是太任由你乱来了！之前是三亚的那一出，之后又是吴木，他的经济有问题你都确定了，还要让美盼和那个吴舜华交往？"

"爸，您是真糊涂，还是在我面前装糊涂？"秦媛嗤笑了一声，语带双关，"您不会真什么都瞧不出来吧？我还真不相信了，您是什么样的眼睛？我知道您心里肯定是有数的，所以刚刚那番话，我是讲给谁听的？"

秦齐林这回真是若有所思地看着秦媛，半晌都没有出声。

美盼一个人吃完了下半场的早餐，紧绷的心情舒缓了不少，她上楼换了一套衣服，知道爷爷和妈妈都在书房呢，也没兴趣知道他们在讨论什么大事，反正她已经和爷爷说了自己要出门。不过出去之前，她先给黎展明打了个电话，这次电话接通了。

"爸，你在哪儿啊？"

"就回来了。"黎展明的声音略显疲态，美盼也见不到他的人，只是感觉他好像特别地累，"下午会到。"

"去哪儿了啊？"美盼问。

"爸爸有点儿事，这个点你应该吃过早餐了吧？"

"吃过了，我准备出去了。爸爸，你下午回来的时候给我打电话，我再回家。"

黎展明只叮嘱她出门当心，又简单交代了几句，就挂了电话。

美盼收起手机，人已经走出了秦家的大铁门。司机在车库那边洗车，大老远见到美盼要出门，赶紧丢下手中的东西追了上去："小姐，小姐……"

"您去哪儿？要不要我开车送您？"这司机想到那天美盼亲自打电话给自己的，结果他没找到地方，也是因为有点儿私事，又让苏先生那天过去了，这会儿找到了机会就道歉，"上次真是抱歉，本来应该我去接您的，不过苏先生那天也是凑巧……小姐，希望您不要怪我。"

"没事。"美盼没放在心上，倒是说到苏晋庭，她总会有些不太自然。她轻咳了一声，说，"我自己出去就可以了，不需要车。"

司机也没再多说什么，颔首目送美盼出门。

这里本来就属于高档的别墅区，自然是不会有什么出租车的，不过今天天气好，美盼也愿意徒步走，此时道路两边的树叶都所剩无几，树枝都是光秃秃的。

美盼一蹦一跳地走下来，肩上还挂着个相机，看到了什么觉得不错的角度，她就会拿出相机来拍几张。

镜头在她的手中时长时短地调整着，也不知道一个人走了多久，那个本来只有光线和景物的镜头里，忽然多出了一辆黑色的车子，和那个靠在车门边上，单手插在西裤口袋里，一手夹着烟，正姿态慵懒又性感地吞吐着云雾的男人。

美盼一时没留意，下意识地摁下了快门。

咔嚓一声。

苏晋庭正好抬起头来，俊逸又精致的五官被几缕白色的烟雾若有似无地遮住一些。他微微眯着眸子，浓眉也是蹙着，身上都是暖暖的阳光，黑色的西装在光线的映衬下好似在闪闪发光。

美盼连忙收起相机，摁着快门的手指在上面轻轻摩挲了两下，将相机往自己的背后藏了藏，那举动，愣是把本来都不显得刻意的事搞得像是她故意似的，现在又是一副被当场抓住的表情，小女孩儿的娇羞和欲盖弥彰尽显无遗。

苏晋庭夹着烟的手对她轻轻招了招："过来。"

美盼人都已经站在他面前不到几步远的地方，她抿了抿唇，两只手拿着相机藏在了自己的背后，没有上前，只瞪着一双又黑又大的眸子："你为什么会在这里？"

"我在这里很奇怪？"苏晋庭将指间的烟送到唇边，轻轻吸了一口，眯着眸子朝着美盼走近了两步。他叼着烟的样子，成熟之中硬是透出几分很特别的味道来，黑色的西装衬得他身材挺拔。男人站在她的面前，居高临下地俯视着她，那眸光里就像住着一片星海，让人沉迷："我在等一个小麻烦。"

他这样柔和的语气，再配上太过柔软的眸光，让她心头一麻。

她觉得自己真是完蛋了，因为她现在看着这个男人，觉得连他说话的姿态和对自己挑眉的样子都能让她心跳加快，这代表了什么？

美盼不敢想下去，可那个答案好似就在自己的唇边，不管她怎么想要掩盖下去，呼之欲出的那种感觉就是在不断地告诉着她事实是什么。

不敢再看那双深邃的眸子，她只能移开眼帘，可在喉咙口来来回回徘徊了好久的那句话，一说出口竟然就变成了——

"你……刚刚不是走得挺快的？现在在这里等我做什么？我不需要司机。"

话音一落，美盼察觉到自己仿佛有些语无伦次，想要再说什么，又找不到合适的说辞。倒是苏晋庭低低笑了一声，很浅淡的笑意，却显得他的五官越发精致迷人。

"原来你还知道我在等你。"

美盼："……"

"盼盼，你也是有感觉的是不是？知道我是在等你，什么时候才可以给我开个门？"苏晋庭忽然上前，根本就不顾这是在光天化日之下，长臂一伸，霸道地圈住了美盼的腰，将她往自己的怀里拉。

熟悉又灼热的男性气息一瞬间扑面而来，美盼的脸很快就红了，她拽着相机就往男人的胸口捶了两下，低声呵斥："你干什么？赶紧放开我，分不分地点的？"

"紧张什么？我又不会吃了你，至少不是现在。"苏晋庭俯身，闻了闻她秀发的味道，只觉得身心舒畅，"那上车？"

美盼又气又无奈，却被他抱得死死的，知道挣扎也是无用，这里距离秦家可不远，她怕一会儿秦媛万一出来，或者是爷爷……

如果被撞见的话，真是跳进黄河洗不清。

"你松开我……上车再说。"

苏晋庭挑了挑眉，捏碎烟蒂，丢在脚边，拉着美盼就上了车。

美盼主动系好了安全带，往后视镜里瞄了两眼，确定周围没有一个人，这才稍稍松了一口气，马上就对苏晋庭说："赶紧开车。"

苏晋庭知道她在担心什么，其实他心里也已经有所察觉，秦媛这个女人，站在一个女人的立场上来看，多少还是有些眼力的，就目前的情况而言，他还不想把事情弄得太复杂，更不想让身边坐着的这个女孩儿受到什么伤害，所以能避免的麻烦自然要避免。

"对你妈是怎么说的？"男人一手手握着方向盘，一手正好挂过车挡，低声问她。

美盼一时还没有反应过来，有些茫然地啊了一声，看着开车男人的侧脸，又觉得这个男人连开车的时候都是颜值爆表，她觉得自己太过花痴了，移开视线的时候，才突然意识到他的话是什么意思。

她一想到刚刚秦媛在餐桌上说的那些话，这个男人一脸无所谓地直接离开，这会儿却是在半路上等着她，还来问自己的决定和想法。

那种微妙的感觉又来了。

真是不知如何形容，可美盼知道，此刻自己的五脏六腑好像都是甜的，嘴角忍不住上翘，阳光透过挡风玻璃投射到她的脸上。她年轻，皮肤白皙，被光线一照，嫩得似乎可以掐出水来。

"你关心吗？管我说什么了。"她哼了一声，侧过脸，单手托着下巴，连自己都没有发现此刻那傲娇的小模样有多可爱。

"原来我给你的感觉是不关心你？"

美盼真是恨不得咬掉自己的舌头，她懊恼地拧眉："我不是这个意思！"

苏晋庭见她面红耳赤的样子，倒是觉得心痒难耐，不过他没在这种无意义的话题上逗弄她太久，很快就扯开了话题，稍显正经，说："不管你是怎么样想的，现在你听清楚我和你说的话。盼盼，你想换专业，不是只有你妈或者你爷爷可以帮你，我也可以帮你办到，所以刚刚秦媛和你说的那些，你不用放在心上。"

车子已经开出了别墅区，进入市区的时候正好遇到红灯，苏晋庭踩下刹车，颀长的身躯忽然凑过来，美盼还没有回过神，吓了一跳。他的大掌撑在她的座位上，蹙眉，一字一句浑厚有力，更具极大的压迫感和让人不容反驳的气场，"不过和别的男人谈恋爱这种事，你不需要考虑。"

美盼愣了下，她知道苏晋庭这人挺霸道，只是现在……她虽然也觉得自己喜欢学长那都是好遥远的事了，之前在宴会上碰到学长，她的第一个念头竟是还钱！她也不是真的傻，知道那种感觉早已经没了。

但，被苏晋庭这么威胁着的感觉，也太丢人了。

她梗着脖子反驳："你蛮不讲理，我的事情你凭什么来管？"

苏晋庭似笑非笑："你说呢？需要我再给你好好提示一下凭什么吗？"

美盼脸庞一红，这男人瞳仁深处闪着的那些光芒代表了什么她再清楚不过，所以她竟是没什么骨气地沉默了下来。

苏晋庭感觉到她越发乖巧，伸手捏了捏她的脸蛋儿："记住我的话……去哪儿，我现在送你去。"

美盼发现自己被他吃得死死的，她当然不喜欢这种被人完全凌驾在头顶的感觉，忍不住说："苏晋庭，你干什么这么反反复复的？我看你刚刚在我家的时候也没怎么当回事，再说了，我这个年纪了，总要谈恋爱结婚的，我不觉得这件事情有多让人难以接受，我也可以实话实说，我妈这次的决定算是最公平的了，她还让我自己挑呢。"

苏晋庭眸光一沉："你想挑谁？"

"反正不会是你！"她气呼呼地顶撞过去，像是一个叛逆的孩子。

正好红灯跳转绿灯，后面的汽车喇叭嘀嘀嘀地叫起来，带着主人的不耐烦。苏晋庭脸色已是暗沉，不过还是换了油门踩下去车子一路往前开，他的心情却有些浮躁起来，又给自己点了一根烟，抽了两口之后，开口："我刚刚不走，你妈会继续说。"

他说："盼盼，你真没有感觉到吗？周围的人都知道我对你不一样，你对我也很不一样，所以你妈才会有防备的心思……别人都能够看出来我们之间的变化，你还要自欺欺人到什么时候？"

"盼盼，你真没有感觉到吗？周围的人都知道，我对你不一样，你对我也很不一样，所以你妈才会有防备的心思……别人都能够看出来我们之间的变化，你还要自欺欺人到什么时候？"

……

一整个下午，美盼就背着个相机坐在公园里发了两个多小时的呆，脑海里反反复复的都是这么几句话。

她伸手捧着自己的脸，脑袋仿佛被棍子给打蒙了，一时间反反复复的只有那个男人的声音。

手机铃声响起来的时候美盼还有些恍恍惚惚。虽然春寒料峭，但下午的阳光还是挺暖和的，晒得人昏昏欲睡，她好半晌才反应过来，那是自己的手机在响，于是有些无力地拿出手机看了一眼，上面的号码倒是让她稍稍清明了一些。

是吴舜华的。

她伸手用力摁了摁太阳穴，这才接起来："学长？"美盼一边说着，一边摸了摸口袋，她今天带了钱夹出来，现金应该有三千，正好可以还给他。

吴舜华的声音隔着电波传来，显得很是温和："美盼，你今天晚上有时间吗？"

美盼问："有事吗？"

"今天是我的生日。"吴舜华说，"我请了一些学校的同学，你应该也都认识，你们班的也有，系里的也有，一起过来玩玩？"

美盼没有想到是他的生日："啊？我都不知道，学长你怎么不提前和我说一声？没有生日礼物，我不太好意思过去。"

"你过来就是最好的生日礼物了。"吴舜华别有深意地说。

不过美盼只当是最寻常的一句话，也没有多想，毕竟是他的生日，而且他都亲自来邀请了，左右晚上她也没什么事，不过去就有点儿说不过去了。她以前是暗恋吴舜华，不过现在，在她的心中，他那种学长的身份已经高于一切。

美盼就是觉得他人挺好的，更愿意把他当成自己的同学、朋友，或者是哥哥一样看待。

"在哪里？"美盼说，"学长，你把地址告诉我，我一会儿就过去找你。"

吴舜华自然很开心，告诉了美盼地址之后，还是叮嘱她："美盼，真不要买礼物，别太见外。"

美盼挂了电话，却还是特地去自动取款机取了一点儿钱，然后拿着钱去了一趟商场，买好礼物，才去了约定的地点。

宋薇薇对着镜子比画了一下自己那张妆容精致的小脸蛋儿。她是宋氏的小千金，虽然外面传言她并非宋家的亲生女儿，但是前天才下来的DNA报告却已经证实了，她可是如假包换的宋家千金。因为这些谣言，这几天她都不敢出门，今天正好是吴舜华的生日Party，她总算可以扬眉吐气了。

有人敲门进来，宋薇薇透过镜子看着身后的好友，是吴舜华学校的一个学姐，和她私下关系很好，说得好听点儿算是朋友，难听点儿，也不过就是因为她是宋家的小千金，这个学姐才暗中帮她盯着吴舜华是否有在学校拈花惹草而已。

宋薇薇和吴舜华认识已经有十几年了，这么多年来，她对吴舜华是情根深种，虽然W集团最近财政出现了问题，她的爸爸也劝过她，说是外面有的是青年才俊让她挑，不过她不会因为这些就放弃吴舜华，反而更坚定地要求爸爸帮吴家渡过这个难关。

"薇薇。"进来的这个学姐叫张洛，和吴舜华并不是一个系的，今天也是受邀参加吴舜华的生日party，所以提前过来和宋薇薇碰头。

"张洛，你来了。"宋薇薇一贯都是眼高于顶，对张洛也习惯性地颐指气使，"你看一下，我今天怎么样？"

"漂亮，吴舜华看到了，肯定会被你迷死。"张洛也不是笨蛋，虽然对宋薇薇很硌硬，但是自个的家庭并不能够给予她傲娇的资本，所以只能去奉承别人。

她今天过来，是有目的的。

"薇薇，你花这么多的心思在吴舜华身上，可你知道不知道，他在学校里都和……别人传开了。"

张洛的一句话成功地吸引了宋薇薇的注意力，她正准备打开礼物的盒子，这会儿动作一顿，看向张洛："什么意思？和谁传开了？"

张洛很是为宋薇薇心疼地摇摇头："你真一点儿都不知道吗？就是那个秦美盼。学校里人人都在说，秦美盼以前暗恋吴舜华，然后吴舜华也知道了，两个人这段时间总会私下见面，而且眉来眼去的……听说今天吴舜华还亲自邀请了秦美盼，你要是不相信，晚点儿你过去就知道了。"

宋薇薇心头一凉。

秦美盼？

又是这个女人，她当然记得她。

说起来，之前在酒店的时候她还见过那个女孩儿，当时站在她身边的那个男人是苏晋庭，后来她还特地去问过爸爸，爸爸倒是告诉自己，苏晋庭住在秦家。

这事她也没太上心，不过这段时间，吴舜华的确是有些心不在焉，尤其是对自己，偶尔还会表现出一些不耐烦来。

难道……真的是因为秦美盼？

"你确定？"宋薇薇将梳子丢在梳妆台上，拉扯了一下裙摆就站起身来："秦美盼那个贱人，她敢和我抢男人？"

张洛嘴角勾了勾："薇薇，他们发展到什么程度我就不知道了，不过你晚上看看不就知道了吗？"

宋薇薇捏紧了身侧的手指，咬牙切齿。

张洛心里却是窃喜，女人之间的战争果然是最好挑起的。因为在学生会竞选的时候，一个她本来势在必得的职位硬是让秦美盼给占去了，秦美盼分明就是比自己小一届，凭什么踩在自己的头上？所以她这次算是刻意挑拨秦美盼和宋薇薇的关系，不过，她这也不算是血口喷人，若说那吴舜华对她没点儿意思，她怎么都不会相信的。

美盼来到吴舜华说的地址，是W旗下的一个酒店，今天是少东的生日，酒店热闹得很。她刚到门口，就见到不少学校的同学。

小优、徐倩、崔惜梦和伶伶她们自然也被邀请了，之前她们在微信上就已经联系好了，美盼先到，在酒店门口等了一会儿，其他几个人就陆陆续续到了。

崔惜梦站在美盼左侧，进去的时候和徐倩一人一边挽着美盼的两只手："国宝，我怎么老觉得，今天这个Party，你的这个吴学长是有点儿醉翁之意不在酒？"

美盼皱眉："什么叫我的吴学长？梦梦，你以后别这么说了，吴学长有女朋友，让她听到多尴尬。"

"不是吧？这么快就放下了？行行行，我知道了，敢情你那将近一年的暗恋也抵不上苏晋庭的一个笑，正常。"

"怎么又扯上苏晋庭啊？"美盼跺脚。

小优抿着唇笑："你们瞅瞅，国宝脸红了。"

美盼觉得自己完全不是她们的对手，以前就经常被她们调侃，她也不知是不是习惯了，反正说不过就乖乖闭嘴了。几个人一起走到电梯口的时候，正好碰到了宋薇薇和张洛。

宋薇薇之前被张洛灌了迷魂汤，此刻见到美盼，简直视她如眼中钉、肉中刺。她高傲地冷笑："我没看错吧？这好像不是和我家舜华一个系的。"

美盼分明记得，这个宋薇薇之前和自己见面就是那次在电梯里，她见到苏晋庭还很客气含蓄的样子，怎么现在在自己面前却如此乖张跋扈？不过这种豪门千金的作风她也算是见怪不怪了，所以也没放心上，只礼貌地说了一句："宋小姐，我们也是受邀，今天是学长生日，我们……"

"真有心思，确定不是别有用意？"宋薇薇丢了一记白眼，对于美盼的礼貌解释，她完全视若无睹，身上每一个毛孔都对美盼充满了敌意。

美盼觉得挺无语的，其实她也不是好欺负的主儿，刚要反驳，正好电梯来了，她想想还是算了，懒得和这种人一般见识。结果一群人进了电梯，宋薇薇直接就站在了最前面，她穿着高跟鞋，一条碎花裙子倒的确衬得她挺清纯，加上五官本来就比较讨喜，只要不张嘴说话，估计那长相，也是可以欺骗到不少人的。

电梯到了楼层也不过一会儿的工夫，宋薇薇扭着水蛇腰出了电梯，张洛跟在她身后。美盼她们是最后出来的，徐倩忍不住呸了一声："刚刚要不是你拉着我，我就骂她了，神气什么？一个小三儿的女儿吧？这年头真是世风日下，情妇的孩子还敢这么嚣张。"

美盼一听到"世风日下"几个字，顿时想到了不久之前发生的一幕，自然也想到了苏晋庭，虽然完全是两码事，但她竟然不由得脸红了一下。

小优正好看到她那白皙的脸蛋儿红扑扑的样子，伸手就探了探她的脑门儿，狐疑道："我们国宝不是发烧了吧？都被人骑到脖子上了还脸红，你们瞧瞧她这样子，像不像是思春？"

美盼推开了小优的手，恼羞成怒："谁思春啊？别乱说，我只是懒得计较，难不成狗咬你一口，你还扑上去咬狗一口？"

徐倩笑了一声："会反驳了呀。"

崔惜梦撩了撩长发，别有深意地道："你们不懂，其实是国宝不愿意和她计较，那是因为我们国宝不在意，明白吗？我们国宝是什么人，你们还不知道……走了，看在学长的面子上，咱们也别和上不了台面的人一般见识。"

美盼频频点头，表示最懂自己的还是崔惜梦。

她们这里其乐融融的样子，正好被宋薇薇见到，她和张洛站得比较远，听不到她们在说什么，却可以清楚地看到美盼那娇笑连连的模样，当下就怒了，而张洛更是在边上煽风点火："看到了吧？薇薇，那个女人我看着就是一朵白莲花，哪把你这个正牌女友放眼里了？现在指不定就是一群人在合计着要把你的吴舜华抢走呢。"

宋薇薇气得咬牙切齿，嫉妒让她的心头盘上了一条毒蛇，豪门里那些争风吃醋、钩心斗角的手段她见得多了。

"我有的是办法对付这种下贱的、只会勾引别人男朋友的货色。张洛，一会儿你去给我另外开个房间，不要用我的身份证，也不要用你的，找个我们都不认识的，给我安排好了之后，再叫几个你们学校的男生。"

张洛知道宋薇薇这人旁门左道的心思挺多的，大概是随了她的母亲。她母亲不过是给人当情妇的，不转正也能够进那样复杂的宋家，可想而知是个什么样的人了。宋薇薇这话一出，张洛就知道她打什么主意了。

"你是想……"

宋薇薇瞪了她一眼："赶紧去办，别多嘴，我要你找几个最不入流的人，要是Party上都太有档次，那你就临时去外面找。"

生日Party这种活动，本来就是挺无聊的，像有钱公子哥举办的这种就更无聊。

贫穷的人总是渴望着自己能够衣食无忧，可他们不知道，有些真的衣食无忧的人，也并不会居安思危，只是靠着上一辈的大树，在下面乘凉，生活萎靡，连自己最想要的是什么都不知道。

对于这种人，美盼其实倒也没有多大的抵触情绪，大概是真的见多了。而且，她同样认为自己也没有多少实质性的本事，再怎么说，她也是靠秦家给予的一切，才能活成今天这样。

有时候想想，秦媛的话虽然难听，未必没有道理。

因为生活就是如此残酷和现实。

想到这些，美盼心里多少还是有些失落，秦媛的话又在她的脑海里反反复复地回响着。她端着一杯饮料，坐在大厅的最角落里，眸光有些失神地看着在场的所有人，基本都是她认识的或者是面熟的，但也有一些是她完全不认识的。

那些以前在学校里面正儿八经的人，离开学校之后，也能够high成你完全不认识的一种人。

而她，为了自己想要学的专业，可能就得从这些人之中挑一个谈恋爱，也许彼此迁就迁就，慢慢地，就会发展到订婚，再然后是结婚生子……

一辈子也就这样了。

美盼忽然就觉得很没意思。

如果她的人生是需要这样进行的，那么她一定会生不如死。

她有些泄气地将手中的饮料杯丢在一旁，刚抬头，就见到吴舜华推开面前的几个人，朝着她这边走来。

刚刚进来的时候美盼就看到宋薇薇和他站在一起，美盼觉得不好意思，只把礼物交给了负责的服务人员，找了这个角落待着。

徐倩几个人进了舞池去跳舞，她没有兴趣，一个人坐在这里，这会儿见吴舜华过来，美盼连忙站起身来，对今天的寿星笑了笑："学长，生日快乐。"

"怎么一个人坐在这里？"吴舜华今天西装笔挺的，美盼知道他比自己大了一岁，现在22岁了，但他比自己高出一个头，说话的时候，眸光柔软地俯视着她，丝毫没有那种高高在上的感觉。想到自己以前暗恋他的时候，总是渴望着他能够给予自己一个眼神，不管是冷还是热，可现在他就站在自己的面前，对着自己笑得如此温柔，她却忽然发现，原来所有的一切，和自己期待之中的早已经背道而驰。

喜欢他吗？

不知道。

也许青春期的时候，喜欢一个人的感觉就是很单纯，觉得他好，偶尔也会想到他，周围的好友时不时地说到他，久而久之，就会觉得自己好像真的很喜欢他。

可等到他回头来看自己了，她才惊醒过来，原来，喜欢是可以分很多种的，也不一定就和爱情有关。

现在，她对吴舜华的感觉应该还有着一份崇拜、一份敬重，可仔细想来，好像真的和所谓的爱情没有多少关系。

爱情是什么？

美盼想，自己也不太清楚，但她现在却好像可以区分出来，自己对这个学长的感觉，肯定不是爱情。

"怎么这样看着我？"吴舜华见美盼眼带笑意地看着自己，她的眸光澄澈无比，那双大大的眼睛里此刻出现的倒影是他的，一时间他竟有些难以控制自己的心神荡漾，忍不住靠近她一些，低声道，"我脸上有奇怪的东西？"

美盼被这突然逼近的男性气息怔了一下，有些仓促地往后倒退："……没，学长，那个，其实这样的生日宴会我参加的也不是很多，不太习惯而已。"

气氛马上就变得尴尬了一些，吴舜华不是傻瓜，不可能感觉不出来她对自己有一种若有似无的抵触，这种抵触不是讨厌，只是，当他想要靠近她一些的时候，她周围就会自动升起一道屏障。

"美盼，其实我有些话想对你说，今天是……"

"舜华——"

吴舜华刚要说什么，身后忽然传来宋薇薇的声音。她上来就直接挽住了男友的手，和刚刚在电梯里碰到美盼的那种嚣张跋扈、目中无人完全不一样的是，此刻她全程都是笑脸迎人的，连语气都显得温柔了很多："秦小姐也在这里啊，我刚刚到处找你呢。"

美盼心里冷笑了一声，这人翻脸比翻书快的节奏，她算是见识过很多次了："是吗？宋小姐找我有什么事？"

"和你说句对不起。"宋薇薇感觉到自己挽着吴舜华的手的时候，他的身体竟有些僵硬，那么张洛和自己说的一切，无疑在她心中已经被完全证实。刚刚大老远地，她就见这两人暧昧地站在一起，她和吴舜华认识那么多年了，可从来没有见过他什么时候能对一个女人笑得如此温柔。

秦美盼！

这个该死的女人，竟然还敢打自己男人的主意！

宋薇薇心中的嫉妒已经泛滥，可脸上却依旧保持着最完美的笑，正好有侍者过来，她很是随意地拿过侍者盘子里的饮料，落落大方地递过去："刚刚在电梯里的事，是我太主观了，张洛应该是你的学姐吧？她告诉我你和舜华有过节，我刚刚也是护短心切，所以对你不太友善，现在看你们俩关系挺和谐，我就知道是我冲动了……对不起，秦小姐。"

美盼真是意外。

虽然她不觉得这个宋薇薇说的是真的，虽然她怎么看都觉得宋薇薇脸上的笑有些虚伪，可宋薇薇这当着吴舜华的面送过来的道歉心意，她如果不接的话，就显得太过高傲了一些，而且今天毕竟是学长的生日，就当是给他一个面子，客套一下吧。

这么一想，美盼也笑了笑，接过宋薇薇手中的饮料，浅浅抿了一口："宋小姐太客气了，我没有放在心上。"

宋薇薇的眸光一眨不眨地凝视着美盼那白皙的颈项，确定她喝下去了，她唇角勾起一抹阴谋得逞的笑，仰着脖子，冲吴舜华天真无邪地眨了眨眼睛："舜华，刚刚我爸他们都过来了，你陪我过去见见他吧。"不等吴舜华接话，她马上又对美盼说："秦小姐，那我们就暂时失陪一下了，你随意就好。"

吴舜华蹙眉，看了一眼美盼，很明显不是那么乐意现在就离开，他想要推开宋薇薇，谁知道她抓得牢牢的，还用力拉了他一把。吴舜华脸上的表情已有些勉强，但这样的情况之下，他也不想和宋薇薇起冲突，所以还是跟着她离开了，走之前对美盼说了一句："美盼，那你先自己玩一会儿，我等下过来找你。"

宋薇薇气得心肝都在疼。

吴舜华看秦美盼的那种眼神，分明就是依依不舍！可他越是这样，她就越是恨不得要毁了这个该死的女人。

美盼也是女人，宋薇薇那种眼神之下全都是嫉妒怨恨，她当然能够感觉出来，不过她问心无愧就好，也没多想什么。

无所事事，美盼随意地环顾四周，无意识地拿过刚刚喝过的饮料又抿了两口，看到崔惜梦过来。

美盼放下杯子，就朝着崔惜梦迎上去，但刚走了两步，竟有一种口干舌燥的感觉。

她以为是这里的环境太过闷的关系，伸手轻轻摸了摸脖子："梦梦，问问徐倩她们什么时候走？"

"这才不到一个小时，你就要走？"崔惜梦刚刚在上面跳了舞，也有些口渴，看了一圈四周，送酒水的侍者站在老远的地方，转身的时候，她正好看到美盼的身后有饮料，于是指着问了一句："这是你的吗？"

美盼点头。

"我口渴，喝一口先，反正我不介意你的口水。"半开玩笑地说了一句，崔惜梦提着裙摆上前，拿过杯子就一口气喝了个底朝天。

"我想回去了。"美盼觉得有些热，体内总有一种燥热在沸腾着，她伸手往脸上扇了扇，"这里怎么这么闷？刚刚还没觉得。"

"有吗？"崔惜梦的气息还有些喘，"可能是刚刚跳舞的关系吧，反正我是有点儿热。你想走的话，和学长打个招呼就好了啊。我也觉得没什么意思，和你一起走吧。"

"不用特地打招呼了。"那个宋薇薇对她虎视眈眈的，她也不想自讨没趣，"晚点儿我给他打电话说一声好了，现在他估计是去见宋家的长辈了。"

"那我去问问徐倩她们。"

崔惜梦在舞池里兜了两圈，找到了徐倩和伶伶，问了她们走不走，徐倩说还想再玩一会儿，一会儿带着伶伶和小优一起走，她们一共开了两辆车。崔惜梦就说："那我就先带美盼离开了，电话联系。"

她离开舞池的时候，觉得身体有些不对劲，特别地燥热，还有一种蠢蠢欲动的感觉，难道是今天跳舞太high的关系？

崔惜梦甩了甩头，皱着眉头看了一下四周，可能真的是人太多、太吵，空气不流通的原因。

等到再去找美盼的时候，发现她已经不在原来的地方了。

崔惜梦找了一圈也没有找到人，拿出手机就给美盼打电话，手机是通了，但是一直都没有人接，她又连续打了好几个，还是一样的情况。

伸手拍了拍脸，崔惜梦觉得自己的身体越来越热了。

不行，她得出去透透风，在这个鬼地方，热得她实在是有些受不了。

历承易转着手中的车钥匙从电梯里出来的时候，正好碰到了大堂的经理，对方一见是他，连忙点头哈腰地打招呼。

"历少，今天怎么有时间过来？"

历承易双手往裤兜里一插："好久没有过来练练手，我看最近生意还不错。"

经理马上就笑眯眯地说："那是因为历少经营有方。"

历承易挑了挑眉，十分自然地接受了这个奉承。

不得不承认的是，历承易这人平常虽然吊儿郎当的，但是外面的人都不知道，其实他对厨艺很有研究，这家高档餐厅就是他一手经营出来的。前期的时候，每个礼拜他都会亲自过来下厨，到了现在，基本就是一个月才会过来一次，有幸的人会吃到他亲自做的菜，可谁都不知道这餐厅是历承易的。

他出了餐厅，上了自己的车，先是拿着手机看了一下通讯录里面可以联系的人，然后给自己点了一根烟，不知为什么，最近总觉得以前喜欢玩的那些，竟有些莫名其妙地兴趣缺缺起来。

意兴阑珊地抽了一根烟之后，历承易将手机丢在了副驾驶的位子上，弹掉烟蒂的瞬间，忽然有什么画面从自己的脑海里一闪而过。

历承易看着那猩红的一点光芒在夜色之中划过一个半弧，然后落在了地上，因为是冬天的关系，晚上的冷风呼呼一吹，那一点星芒忽明忽暗之后，慢慢地彻底熄灭。

"历少爷，你这话我用通俗一点儿的言辞来形容，那就是最低端的泡妞手段，去哄哄你外面的那些有胸没脑的女人就算了，我这样的，我怕你吃不消。"

……

"那我脱光了站在你面前，历少爷就一定很有反应是不是？瞧瞧你现在这样子，距离丢人现眼也不远了。不过历少爷你可以把你的馋虫收起来了，因为我这一辈子都不可能在你面前脱光……"

……

历承易舌尖轻轻地舔过自己的唇角，眸光一眨不眨地凝视着那已经熄灭的烟蒂，一时，只觉得胸口像是有无数的蚂蚁乱爬，真是奇痒难耐。

崔惜梦，崔惜梦……

原来自己一直都在想着这个女人。

男人的手指抚过唇角，车厢灰暗的光线下，他薄唇缓缓勾了勾，刚要发动引擎，忽然就看到对街有几个人推推拉拉的。从他这个角度望过去也看不清楚人的样貌，这个地方，边上就是酒店，有男男女女进进出出也十分正常。

历承易没有细看，扫了一眼就启动了车子，可等到车子经过那几个人身边的时候，他忽然踩下了刹车。

后视镜里，那张熟悉的脸蛋儿，不是这几天总徘徊在他脑海里的那张，还能是谁？

崔惜梦？

从车子的后视镜里看到的那张脸上一片潮红，眼神透着几分迷离，她手里还拿着车钥匙、手袋，穿着得体，像是刚刚参加了什么宴会，但衣服看上去又显得有些凌乱。那个在自己面前高傲得不行的小丫头，这会儿正被几个不怀好意的男人围着。

历承易双手紧紧地捏住方向盘，眸光瞬间暗沉下来。他拉下手刹，嘴里咒骂一句，推开车门就下了车。

苏晋庭到酒店的时候，已经是生日Party开始之后的两个小时。

他傍晚下班之前，在会议之中就知道了美盼今天要来这里，不过他并没有第一时间赶过来，但等到6点的时候，他还是有些按捺不住地给她打电话，她却一直都不接。

现在都已经快8点了，从下午自己去公司之后就一直没有联系上她，苏晋庭知道她人就在里面，一想到她为了给那个吴舜华过什么生日，连自己的电话都没有接，他的脸色就越发阴沉。

进了大厅就能够见到吴舜华生日Party的大横幅，他给自己点了一根烟，看着那样的横幅，只觉得俗不可耐，可一想到自己心中那个俗不可耐的人，竟还能够让美盼连自己的电话都不肯接，那种焦躁的感觉就伴着浓浓的嫉妒，在他的胸口叫嚣着。

他抽了两口烟，郑元林就匆匆出来了，见他笔挺地站在宴会厅门口，郑元林上前："苏总，我问过了，秦小姐的确是在里面。"

"进去把人带出来。"苏晋庭转了两圈指间的烟，沉声吩咐。

郑元林点头，走进了宴会厅。从里面匆匆出来一个女孩儿，苏晋庭并没有在意，只是侧了侧身。那女孩儿经过他身边的时候手机突然响了，她下意识地站住脚，看了一眼号码，就接了起来。

苏晋庭根本就不在意边上的人在说什么，那女孩儿接电话的时候也是边走边说的，声音并不是太清晰，而且语气有些急切，又刻意压低了嗓音。但大厅这会儿比较安静，所以隐隐约约地，他还是听到了一些——

"……薇薇，人我都找好了……就在楼上啊，其他的我真不知道……我不知道她去哪儿了。"

"……你骂我也没有用啊，反正都一样的，她不管是被谁给……结果也是你要的……我去找，没准她自己熬不住了，找了个男人就……反正我现在去找……那个药效很强的，你既然见她喝了两口，肯定是见人就要……她走不远的……嗯，我找到了一定拍下来……最后说一句，这件事情，秦家那边……"

……

后面的话，苏晋庭听得不太真切，可是"秦家"两个字还是传入了他的耳中。

他下意识地转过脸去，却只能看到一个身穿浅蓝色裙子的女孩拿着手机，走得很急。

苏晋庭向来就是敏锐又精明的人，心中不由得反反复复地琢磨了一下，当即就觉得有些不对劲，这个时候郑元林从里面出来。

"苏总，我在里面找了一圈也没有见到秦小姐。"

苏晋庭面色阴沉，郑元林见他没有出声，神色又凝重，一时也没有说话，只是站在边上。不过两分钟，苏晋庭就丢掉烟蒂，对他说："去酒店附近看看——等等，你直接去找酒店的保安，看一下监控，有美盼的消息就第一时间通知我。"

他说完，转身就快步走出了酒店的大堂。

郑元林不敢耽误片刻，马上找了酒店的保安室，调出了监控录像，很快就在监控里见到，美盼是一个人坐电梯离开的。在电梯里的画面显得有些模糊，她的脸并没有对着监控的镜头，只能看到她不断地拉扯着自己身上的衣服，有些不太舒服的样子。

"在一层出了电梯，之后的画面找一下。"保安的领班吩咐手下的人。电脑屏幕上的镜头切换了一下，这一次，大厅里面的美盼在监控里面格外清晰。

郑元林光是看着那个屏幕上的美盼就心惊肉跳，她很明显是有点儿不对劲，眼神迷离，白皙的脸蛋儿更是一片潮红，走路都是摇摇晃晃的，走两步还不断地拉扯着自己身上的衣服，那样子……怎么看着都像是……

喝醉？

不像。

喝醉酒的时候眼神也许会迷离，可不会透出另外一种，类似于渴望的光。

哪怕是隔着电脑的屏幕，从监控里面看到的，那种欲望的光都是很清楚的。郑元林当下心头一沉，他跟着苏晋庭这么多年，这些肮脏的东西，自然也是见得多了。

当下他连忙掏出手机，给苏晋庭打电话。

美盼确实是提前离开了宴会厅。

因为实在不对劲，身体燥热，浑身难受，体内就像有邪火似的，莫名地就燃烧起来，然后不断地烧着她的五脏六腑，还有她的理智……她本来要等着梦梦一起走的，可真是一刻都站不住，更别说是坐了。

她认为是那个空间里太热了，所以想要出来透透气，可下了楼，她更是觉得不对劲，连脑袋都开始迷迷糊糊的。直到站在酒店大门口，冷风呼呼地吹过来，她才稍稍觉得舒爽了一些。她身上就穿了一条裙子，连外套也没有，皮肤被吹得都起了鸡皮疙瘩，但就是不觉得冷，只想要迎着那冷风走，让那些冰冷刺骨的风吹在自己的身上。

大晚上的，一个穿着单薄裙子的女人就这么走在马路上，那白皙娇嫩的脸蛋儿上全都是意乱情迷的神色，那双本是澄澈的眸子里，此刻却藏着熊熊燃烧着的欲火，随便一个路人见到了，只要是异性，只怕都会心猿意马。

美盼完全不知道自己置身于危险之中，她就是觉得难受，越走越远，一路上还不断地拉扯着身上唯一的布料，嘴里哼哼唧唧地呢喃着："……热，难受……好热……"

"热吗？"

手腕忽然就被人给拽住，耳蜗处是男人的声音，美盼的心尖竟重重地颤抖起来，就像一个饥渴难耐的旅人，行走在沙漠之中，忽然就看到了绿洲，不管是不是海市蜃楼，这一刻就是有一种难以言喻的感觉……

她还想要得到更多，却又不知道到底想要什么。

她本能地，又好像是无意识地，伸手一把拽住了那宽大的手掌。男人的掌心分明就是热的，只是此刻美盼紧紧地捏着，却好像冰块似的，完全可以舒缓她身体上的那股燥热，她整个人就失控地扑了上去……

可在这样极度混乱又难熬的时候，美盼还是感觉到了，这个男人身上的那种气息，并不是自己熟悉的。

她没有发现，原来这一个多月的时间里，有一个男人的气息已经完全融入了她的气息之中，他的味道、他的姿态，或许连他的呼吸，都是她熟悉的，闭着眼睛都可以感受出来。

可是这个人……不是，他不是苏晋庭。

美盼拧起两条清秀的长眉，用力摇头，原来在自己最没有安全感的时候，能够让她第一时间想到的人，竟然是苏晋庭。

她嗓子眼儿里就像是有火在烧着，两只手想要推开面前这个她确定是陌生人的男人，可纤细的手指难耐地紧紧抓着男人身上的衣服，指腹的触感告诉她，这个男人身上穿的是衬衣，质量上等……

美盼深深地吸了两口气，近乎艰难地抬起头来，眼前却是模模糊糊的，像是黑色的瞳仁上黏着一层什么东西。她看不太清楚眼前的这张脸，嚅动红唇的时候，糯软的声音无意识地喊着……

"……苏……苏晋庭……苏晋庭帮帮我……我觉得不舒服……好热……你帮帮我……"

荣慎宇单手托着怀里的这个小女孩儿，对他来说，21岁青春正茂的女孩自然就是一个孩子，可她身上以前给自己的感觉，就带着一种介于清纯和妩媚之间的妖娆，现在的她，更甚。

他荣慎宇是什么样的人，怎么可能不知道她现在是被人动了手脚！看她那眼神、那说话的语气，完全不对，当然，最不对劲的，还是她那柔软的小嘴儿里一直喊着苏晋庭这个名字。

苏晋庭……

荣慎宇低眉看着怀里已经分不清楚东南西北的美盼，忽然就勾唇："这种时候喊着别的男人的名字，更危险。"

他打横将美盼抱起来，转身就将美盼塞进了一旁的车子里。

也许，这就是所谓的……得来全不费工夫。

今天他正好就在酒店这边和人洽谈一个项目，下楼经过大厅的时候，很意外地看到苏晋庭和他的助手在宴会厅门口，他不由得站住脚，伸手示意自己的秘书先行离开。他在边上站了一会儿，就见到苏晋庭匆匆忙忙地走了。

那个宴会厅门口还挂着一个巨大的横幅，上面写着是某人的生日宴。

这种酒店有生日宴承包整个宴会厅一点儿都不奇怪，至于那个吴舜华是什么人，荣慎宇可没任何的兴趣知道，只不过能够让苏晋庭神色慌张的，能是谁？

所以当时他并没有第一时间离开，而是在酒店附近转悠了一圈，没想到竟然让他碰到了秦美盼。

现在再看看她这样子，他完全明白了。

苏晋庭，你的运气似乎真不太好，你的小丫头，现在在我这里。

荣慎宇亲自开车，黑色的车身线条完美，在夜色中飞快地往前驶。

美盼不知道自己现在是在哪里，她只感觉身体里面的那团火越烧越旺，好像要将她整个人都给吞噬了一样，她难受得口干舌燥，面色潮红，眼神迷离，只是感觉到有个人一直都在她的身边，她知道那个人是个男人，但是她也知道，那个人不是苏晋庭。

"走开……走开，别……别碰我。"

美盼感觉到有一双手托着自己的细腰，有气无力地挣脱着。她现在就像是一条鱼离开了水，感觉自己都快要干死了，这双手游走在自己的身上，能够给自己带来一种莫名的满足感，渴望得到更多，可理智告诉自己，这人她完全不熟悉，不能任由他在自己身上为所欲为。

荣慎宇此刻撑着双手，支在美盼的两侧，一个正常的男人遇到这样的情况，估计都会将其看作送到嘴边的一块肉，能吞就吞。

荣慎宇完全是一个身心无比健康的男人，只不过他也不是那种重欲的，女人于他而言，其实并不存在多少的吸引力，有时候他喜欢古董甚至多过于床笫之间的那点事儿，可美盼对他来说，又是完全不一样的存在。

他和苏晋庭是死敌，不管是在生意场上还是彼此背后的那两个人，而他的出现，不管是在黎展明的老家，还是此刻在这里，有一半的原因都归结于身边的这个女孩儿。

她长得不错，眉清目秀，应该还没有被人染指过，身上甚至透着一种处女香，这让他的太阳穴重重地跳了跳，生理起了最正常的反应。她现在眸光柔软似水，又十分地饥渴，她在渴望，渴望着男人的爱抚和占有。

荣慎宇伸手就捏住了美盼的肩膀，将她整个人拉起来，一翻身，就让她分开双腿，坐在了自己的身上。男人的大掌压着她的背部，隔着薄薄的衣料来来回回地摩挲了几下，然后就听到了美盼按捺不住的呻吟。

柔软得让人浑身的骨头都酥了。

"原来这张嘴，还能叫得这么好听。"他那张脸比任何人都要禁欲，不过此刻那双一贯暗沉的眸子里闪着忽明忽暗的火光，"等下你应该还可以叫得更好听一些。"

荣慎宇的手指勾住了美盼身后裙子的那条拉链，用力一拉，白皙的美背就暴露在了空气之中，女孩儿舒服地仰起了优美的颈项，那潮红的脸蛋儿之中是一种舒缓开来的粉嫩，让人欲罢不能。

荣慎宇不是没有玩过女人，可现在这个坐在他腿上的女人，能够在最短的时间里让他有了反应，他现在也是兴致勃勃。

当他的唇凑过去，刚要碰到她的颈项的时候，紧闭的门忽然砰的一声被人推开。

荣慎宇蹙眉，猛地抬起头来，下一秒他脸色骤变，扯过了一旁的外套就盖在美盼的身上，压着她的身体往沙发上按了按。

美盼本来就不舒服，刚刚有一种稍稍可以得到释放的感觉，现在又一下子被打断，她更不爽了，哼哼两声要扯开身上的衣物，嘴里还哼哼唧唧地喊着："……热，我热……不要衣服，不要……"

第十八章
原来你已住进我的心

"父亲。"

荣慎宇蹙眉，知道自己阻止不了美盼的声音，当着荣惊的面，他不再有任何其他的举动，只垂下了眼帘。

荣惊身上穿着一套传统的西装，进来的时候身后跟着两个黑衣人，大概是推开门的时候听到里面的动静，这会儿两人已经自动退出去，并且带上了门。

啪的一声。

本来细细碎碎的只有美盼喘息声音的空间里，忽然传来一阵清脆的声响，荣慎宇身子晃动了一下，左侧的脸颊感觉到一阵刺痛。

"有多久没有这样对你动手了？"荣惊甩了一下手，视线落在沙发上那团还在发抖的身影上，眉峰无比凌厉，语气虽是冷淡的，可荣慎宇知道，荣惊现在手中要是有把枪的话，必定会直接给自己一枪。

而且不会是致命的地方，而是威胁不到他的生命，却能够让他生不如死的地方。

"抱歉，父亲，可是今天的事，不是您想的那样……"

"我现在更相信我眼睛所看到的。"

荣惊打断了荣慎宇的话，眯起眸子凝视着他："这么多年来，你在我身边我可从不委屈你，女人，外面多的是，你想要谁不成？"

荣慎宇没有再出声。

荣惊指了指沙发上的美盼，那声音阴郁得如同从地狱传来般："她，你也能碰？"

苏晋庭在酒店附近找了一圈，可还是一无所获。

郑元林过来告诉他的时候，他已经找了半个小时了，整个人阴沉得可怕。郑元林也不敢和他说些没有意义的话，直奔主题："苏总，在监控那边看到的，秦小姐是一个人离开酒店的，我在酒店里全都找过了，没有找到，所以后来又去看了一遍监控，后来我发现，荣慎宇也在这里。"

苏晋庭点烟的动作一顿："你说什么？荣慎宇？"

"是的，他是跟着您一起离开酒店的，现在人已经不在这里了。"

苏晋庭来不及抽一口烟，就丢在了地上，拿过了郑元林手中的车钥匙："不在这里了，不用在这里找，我去找。你去把这件事情弄清楚，明天给我一个具体的答复。"

郑元林跟在苏晋庭身边多年，当然知道自己的老板是什么个性。

苏晋庭这个人，其实对周围和他没多少直接关系的一切都是很淡漠的性子，可真是足够让他上了心的人，他却很是护短，更多的时候，还有些睚眦必报的性子。

今天秦小姐这样，定然是让人设计了，他让自己调查清楚事情的始末，不过就是在告诉自己，这件事情，他不可能这么轻易算了。

要在C市这样的地方找到荣慎宇在哪里，根本就不是一件容易的事，可苏晋庭想要找到美盼，那会就相对容易很多。

他之前和荣慎宇正面撞见之后就担心美盼会有什么事，所以在她的手机上安装了一个跟踪的软件，只要美盼接了电话，他就可以很快确定她的位置。

从刚刚到现在，他已经打了很多通电话，但她始终都不接，所以他才会毫无头绪。现在他也没有其他的办法，只能先联系了一下历承易，让他尽快给自己找一个能够利用这种软件来确定位置的人，又继续给美盼的手机打电话。

只是这一次，让他意外的是电话竟然接通了。

他还没有来得及松一口气，电话那边传来的男人声音，却让他的心悬得更高了。

"苏先生，听到我的声音，会不会让你有一种更担惊受怕的感觉？"这不是荣慎宇的声音，这个声音苏晋庭从未听过，可他在第一时间就辨别了出来这声音是谁的。

"荣先生。"他单手紧紧地捏着方向盘，穿过电波的声音少了平常的慵懒随意，取而代之的都是那种男性沉稳的气场，让人听不出来有任何的慌乱，因为他知道，不能先自乱阵脚，"我想我可以这么称呼你。"

"不错。她可真是没有选错人。"

荣惊笑了一声，此刻他就坐在可以旋转的黑色真皮沙发上，边上站着荣慎宇。他两条腿交叠着，一身的黑色，唯一格格不入的就是手中拿着的那个手机，上边套着粉色的皮套，这是美盼的手机。

苏晋庭知道荣惊口中的"她"指的是谁，他现在没有心思和他说那种事，所以还是问了自己的问题："美盼在你那边？"

"这不是她的手机吗？苏先生这个问题有些多余。"

"既然在你那边，你就应该知道她出了什么事。她还小，才21岁，大学都没有毕业。"苏晋庭说这些话的时候，语气虽然依旧沉稳内敛，可当一个人真的担忧另一个人的时候，那种紧张和不安的感觉，才是最不能克制的。

有多在意，才会让平常有多沉稳的人，疯狂起来有多么难以自控。

苏晋庭抿唇，低语："你想怎么和我玩，我都奉陪到底，不过我只说一次——别碰秦美盼。"

荣惊嗤笑了一声："苏先生，我荣某人确实谈不上是什么光明正大的君子，可能有时候别人还会在背后称我为阴险狡诈的小人，但我毕竟不是禽兽，对不对？"

苏晋庭没有说话，荣惊那话中有话，苏晋庭是多么聪明的男人，哪可能听不出来？

有些事，他知道，荣慎宇也知道，荣惊就更是一清二楚。

荣惊顿了顿，又继续悠闲地说："不过不做禽兽，也不代表我不是一个唯利是图的小人，所谓的无风不起浪这话，还是有一定的道理的。外人是如何形容我的，多半就表示我其实就是这么一个人，所以苏先生，你明白我的意思吗？我这人，有时候还真是什么事都干得出来，她现在需要的是什么，我这里多的是，就怕苏先生你赶不及过来救她。"

苏晋庭踩着油门的脚陡然踩到了底，他脸上的肌肉也在这一刻完全紧绷了起来："你敢！"

"你认为我有什么是不敢的？不过我更愿意和你做一笔交易……把我需要的人交出来，我就把人还给你，如何？"

"你凭什么认为我需要和你做交易才能找到我的女人？"

他一边说着，一边拿起了一旁的蓝牙耳机，戴在了耳朵上，又连接上了车子里的导航，很快屏幕上就出现了一个红色的圆点。苏晋庭稍稍沉了沉气，这就是美盼现在所在的位置，他对C市不太了解，但是光看导航就知道，距离并不远。

"呵，年轻人，口气还真是不小。"荣惊笑了。

苏晋庭现在就是要拖延时间，所以故意激怒他："我口气小不小，你应该很清楚……这么多年来，你不一直都在想方设法地找人？很可惜，到了今天，你还得利用另外一个人来要挟我。别说我不可能和你做交易，即便我真的同意了，你就不会觉得胜之不武？"

"我只在意结果。"

左转。

苏晋庭打转方向盘："结果？那么我要很遗憾地告诉你，荣惊先生，上一次你进去之后有幸出来，那么这一次，我会亲手再送你进去，也许你这个年纪就真的出不来了，你现在收手还来得及。"

"苏晋庭，激怒我，于你而言，好像也没有多少好处。"

前面还有不到500米。

苏晋庭看着不远处的小区，虽然是晚上，光线不好，可他确定了，自己的确是进入了一片公寓小区。他快速找到车位，停下车子之后，推开车门拿着手机下车跑了两步，再抬头，看到其中一栋楼的八楼有灯光。

他勾唇，将手机放进裤袋的时候，那深邃的眸子里有着胜券在握的霸气："好处不好处，马上你就会知道。"

他挂了电话，跑进去。

荣慎宇人站在窗口，这个时候已经看到楼下的苏晋庭了，他低声说："父亲，苏晋庭来了。"

荣惊将手机捏在指间，玩味地转了两下，然后丢在桌子上，笑了一声："还有点儿能耐，我就是喜欢和聪明有能耐的人玩……去准备一下，我要看看他苏晋庭是不是真有那么狠，明知山有虎，还偏要往虎山行。"

荣慎宇脸上闪过一丝不甘的表情，但是没有说什么。荣惊看了他一眼，哪会不知道自己身边最亲密的人在想什么。

他抬起眉头，伸手整了整自己的衣袖，低声说："我知道你在想什么，你也不用觉得不公平，我能够给你的一切，是可以公平到让你为我牺牲你的一切。这个女人，我说她是你不能碰的，你这一辈子都别想，记住了没有？"

荣慎宇深吸了一口气，捏紧了身侧的双手："是。"

两分钟之后，苏晋庭到了八楼，他是直接爬楼梯上来的。

可他找到了那个亮着灯的房子，却发现房门竟只是虚掩的，走进来的时候里面空无一人，只有客厅的沙发上，有人。

苏晋庭看着那被淡粉色被子裹着的一团小人儿，她这会儿难耐地挣扎着，脸上红得都可以滴出水来，是不同寻常的那种红，让他一看就知道，她现在正被什么折磨着，所以才会如此难受。

可苏晋庭还是松了一口气。

因为他知道，至少她是安然无恙的，没有别的男人碰过她，她只是被丢在了这里。

他伸手拉了一下衬衣的领口，这一路跑上来，他还有些气喘，朝着沙发的方向走了两步，身后的房门忽然砰的一声自动关上了。

苏晋庭精明如斯，哪会不知道这一切多半就是有人安排好的，可美盼就在他的面前，他什么都顾不上，只能头也不回，蹙着锋锐的眉，快步走过去，就着她身上那裹着的被子把她抱了起来。

"盼盼……"他的薄唇贴上去，看到她的脸上全都是汗，她的身体烫得有点儿让他都受不了，不知这药效是有多强，以至于现在的她已经是神志全无，"盼盼，是我。"

美盼的确是熬不住了，她难受，也许就是因为不懂床事才让她更加渴望，茫然之中只想抓着点儿什么……她突然感觉到此刻在她耳蜗处的那种热度的气息，竟变成了她所熟悉的。

苏晋庭？

她本就凶猛的欲念，这一刻就像被再度扩大了，充斥着她体内每一个神经细胞。她忍不住用力地挣扎着，下意识地抓着苏晋庭的手就往自己的胸口压："……难受，难受……好难受……苏晋庭……苏晋庭你帮帮我，你一定……嗯……嗯啊……你一定可以帮我的……只有你可以帮我……我好难受，热……"

对着美盼，苏晋庭哪有什么自控力可言！

他从不否认自己想要拥有她的那种欲望，只是因为她一直都不愿意，所以他才会迁就着她，想要让她心甘情愿地点头。

男女情事，有时候是不能轻率地开头的，因为那种事，经历过的人都会知道，尝过味儿，有时候的确会像吸毒一样，让人欲罢不能。

强迫，这是他最不想在她身上用到的。

而她现在，一看就是因为欲火焚身而意乱情迷，让他恨不得直接扑上去。他的气息已经开始不稳，美盼却又在这样茫然到连人都看不清的情况下，张嘴就喊着他的名字。

她说……只有你可以帮我。

苏晋庭感觉到体内有一股前所未有的强烈欲火瞬间就被点燃了，那种气血翻滚的感觉焚烧了他所有的理智，他喘着粗重的气息，伸手捏着美盼那有些湿漉漉的下颌，声音低沉："看清楚我是谁了吗？"

美盼其实看不清楚，她眼前像是有红色的光，盖住了她能够看到的这个世界，她觉得又热又渴，浑身难受，身体里的血液无端地沸腾着，可她还是可以分辨出来。这种熟悉的感觉，现在这个抱着她的男人，就是她认识的那个苏晋庭，他身上的那种男性荷尔蒙的味道，是任何人都取代不了的。

她闭着眼睛，都能够感受到。

"苏晋庭，我知道你是苏晋庭……帮我，帮帮我……嗯……"

苏晋庭就觉得，大概这种感觉，真是所谓的，圆满吧。

这一刻，哪怕是知道自己有些冲动地闯进的是敌人的陷阱，他也甘之如饴。

他一把就抱起了美盼，她身上还裹着一条薄被，但因为她身体出了太多汗，被子都好像湿了。苏晋庭抱着她走到门口，开了一下门，意料之中的是门被人从外面锁死了，他索性就把整个屋子的灯都给关了，然后拿出自己的手机，对着周围比对了一下，不出意外，这个房间里有针孔摄像头。

苏晋庭勾了勾唇，美盼的手忽然就伸上来，直接圈住了他的颈项，柔软又滚烫的唇一并贴了上来。她从来不会这样主动，苏晋庭小腹一紧，反手就将她推在了一旁的柜子上，不过男人的手背还是妥帖地挡在了她的背上，只听到柜子哐当一声巨响，苏晋庭的手背有些麻。这种时候，他却丝毫没有疼痛的感觉，大掌紧紧地贴在美盼的背上，手指轻轻地压着她的脊椎。本就是气血翻滚无比厉害的美盼，被这种异性气息勾得更是意乱情迷，她那柔软又娇小的身躯任由男人重重地挤压着，胸口还一直往他的身上蹭。

黑暗之中，苏晋庭知道什么地方有监控，他健壮的身躯往美盼的面前挡了挡，完全挡住了她此刻那种让人疯狂的样子。他的声音暗哑无比，咬着她的耳朵，舌尖轻轻地舔了一圈，一字一句地说："忍一忍，嗯？给我一点儿时间，这里不方便，等出去了我一定帮你，乖一点儿，别再撩拨我了，我怕我会忍不住。"

苏晋庭自然不会在这种情况下真脱掉她身上的衣服。他多少是有些护短的人，自己当成心肝宝贝一样的小丫头，哪舍得让她把那样私密的一幕，暴露给任何一个人看？

除了他，谁都不可以。

可美盼现在根本就分不清是是非非，她听到有人在和她说话，这个声音就是苏晋庭的，她更是难耐地将自己的身体完完全全地贴上去，紧紧地抱着他不肯松手，嘴里哼哼唧唧地喃喃着："……不要，不要忍，难受，我要爆炸了，苏晋庭……你……你帮我……帮我，我……什么都答应你……什么都可以……"

"什么都答应我？"苏晋庭咬了一口她敏感的耳垂，感觉到她颤抖了一下，唇齿间还有让人激动的嘤咛声。他的太阳穴重重地跳了跳，知道自己不能再浪费时间，别说是她等不及，他现在恐怕是比她还要等不及，"小妖精，这话留着等一下就我们两人的时候再说，会有让你好好报答我的时候。"

另一个房间里。

荣惊坐在电脑屏幕前，他手中夹着一根烟，伸手有一下没一下地敲着自己的脑门儿。边上站着的荣慎宇，一样也是盯着电脑屏幕，可那屏幕里漆黑一片，只有两个红色的影子在里面一闪一闪的。

荣慎宇看着荣惊十分淡然的样子，终于忍不住了，问："父亲，您就这样任由他带走她？"

"他能带走，那是他的本事，别忘了这里是八楼。"荣惊掸了掸烟灰，"这么多年来，我们一直都和他玩着猫和老鼠的游戏，这算不算是我们第一次正式交手？"

荣慎宇没出声，他眸光阴沉地盯着屏幕上那红色的两点，现在红色的两点已经朝着窗口挪动，如果不出意外的话，他马上就会从窗口逃走。

"父亲，八楼对于苏晋庭来说，带着秦美盼离开也不难，就这样能看出他有本事？"

荣惊听出他嗤之以鼻的那种语气，冷笑一声，将烟蒂丢在一旁的烟灰缸里："他有没有本事，你不知道？既然事情已经发展成这样，我倒不如顺水推舟……你看不出来这丫头对他来说特别重要吗？"

"有些话我不说，我知道你懂。苏晋庭这个人不简单，你明白我的敌人从来不是他，如果可以的话，我更希望他成为我手下的一员。他的加入，必定会让我如虎添翼。"

荣惊看着那两点红色非常顺利地从窗口下去，他心里清楚，苏晋庭身手不凡，十几个人都未必近得了他的身，这种高度于他而言，当然不是什么难事，何况这种小区公寓的构造，每一层楼层很低，窗户口都可以让他顺利跳下去。

他满意地勾唇："美盼总会是他的人，只是早晚的问题，但美盼真的不是你能碰的。慎宇，这句话我不希望再重复第三遍，否则你知道的，我不会再宽容。"

他起身，离开了房间。

荣慎宇看着那一片漆黑的画面，红色的两点早已消失不见，他不甘心地捏紧拳头，重重地砸在了桌面上，又侧身，撩起窗帘看了一眼外面，那两个明晃晃的车尾灯此刻已经越来越远，他却觉得越发刺眼。

苏晋庭一边踩着油门，控制着方向盘，一边伸手将美盼身上系着的那一条薄被扯开，往边上一丢。他看了一下这条路，因为时间太晚，这边基本没有什么车子，空旷又漆黑，他索性就将车子停在路边，锁好车窗之后，他伸手抱起浑身都是汗水的女人，将车位调好，把她抱在了自己的身上。

美盼哼了一声，无意识地摇头："我……好渴……我想喝水……"

苏晋庭眸光一片猩红，薄唇轻启，托着美盼的下巴就吻了上去，他舌尖长驱直入的同时，低声说："我嘴里多的是水，宝宝，用力点儿来吸。"

美盼也不知道是不是真听清楚了，还是感觉到他的嘴里真的有她需要的水分，那温热的舌尖刚接触到她的舌，她已经情不自禁地用力吮吸起来。苏晋庭真是第一次感受到她这种无比渴望自己的热情，那柔软的手无意识地，又好像带着一种让人疯狂沸腾的魔力，插在他的黑发之中，指腹无力地压着他的后脑……

苏晋庭气血翻滚得更厉害了，大掌托住她的臀，就将她的身体抵在了方向盘上。他还没有将车子完全熄火，美盼的身体压上去的时候，喇叭发出一阵刺耳的声音。

在这条寂静的马路上，显得尤为突兀。

苏晋庭愣了一下，动作顿了顿，可美盼竟然丝毫没有察觉。那条裙子已经被她拉扯得不像样了，连背后的拉链都是开的，苏晋庭的手背压上去的时候，蹙眉，喘息着，低声问："盼盼，裙子是你自己拉开的？"

这个位置，她要自己伸手去拉也不容易，而他的手指一路探到底，发现裙子全被拉开了，一想到刚刚在那个房间里，是荣慎宇先带着她过去的，苏晋庭捏着她的肩膀又问："是不是有人碰过你？盼盼，回答我，是不是有人给你解开了这条裙子？"

苏晋庭这话问了也是白问，美盼哪会知道这些？

她现在只知道，自己想要的还没有得到，那种火都快烧光她的脑细胞了，偏偏这个男人中途还要停下来。她急不可耐，两只手无力又混乱地往男人的胸口处乱扒，嘴里含糊不清地说着什么……

"没有，不可以……别人不可以，只有苏晋庭能帮我……"

苏晋庭激动得不行，美盼这么一句话点燃了他全身上下的火，什么裙子什么拉链的，早已被他抛诸脑后了。

他的双手捏住她胸前的那团柔软，低头就含了上去。

他还没有碰过她这个地方。

美盼的身体重重地抖了抖，本是插在男人黑发之中的十根手指一下子收紧，那干渴的嗓子眼儿里有破碎又让她难以自控的声音，蠢蠢欲动着要冲出来，她只能咬着唇，优美的脖子微微仰着，潮红的脸蛋儿被汗水打湿了。此刻的她，完全是性感的。

苏晋庭闷哼一声，舌尖从她的胸前一路往上，再度含住了她的唇，时轻时重地啃噬着，手指钩住她身上的那条裙子，气息一顿，直接扯碎了丢在一旁。

不同于以往那种碰一下都会娇羞着脸蛋儿、喊着不要的小样子，她现在脸上写满的都是渴望，可这样的画面映入苏晋庭的眼底，又觉得再正常不过，这大概就是自己心中渴望的一幕。

"我说过要让你亲口同意再碰你的，你同意了，是不是？"苏晋庭长指钩起她内裤的一边，指腹长驱直入。美盼闷哼了一声，有一种前所未有的满足充斥着她全身上下的每一根神经，她大脑发晕，身体也在膨胀着，抱着苏晋庭的脖子就趴在了他的身上，几乎是要哭出来——

"苏晋庭……"

她只一遍遍喊着他的名字，等于是回答了他的问题。他再也不能忍，毫无顾忌地覆上自己的身体。

吴舜华刚从洗手间出来，就见到宋薇薇跟个幽灵似的戳在男洗手间门口，那样子一看就是在等他。

他有些仓促地将手机放进裤袋里，看着宋薇薇的眼神透着几分不耐烦："你在这里等我？"

"不然你认为我等谁？"宋薇薇刚刚有看到，他一见到自己就把手机给藏了起来，此刻只觉得一阵肝火。她上前，动作飞快，在吴舜华还没有反应过来的时候就已经从他的裤袋里拿出了手机，"刚刚打电话给你，一直都是占线，你在给谁打电话？"

她说着就要去翻通话记录，可吴舜华的手机也是有密码的，宋薇薇以前知道他的密码，现在输进去，竟是错的。

"你密码换了？"宋薇薇问。

吴舜华皱着眉头，劈手就拿过了自己的手机，看向宋薇薇："你这样有意思吗？薇薇，你以前真不是这样的人，你现在是什么意思？又在做什么？"

"什么意思，做什么？"女人的嫉妒心当然很可怕，它完全可以摧毁一个人的理智和道德修养，何况宋薇薇哪有什么修养可言，她一贯都是任性跋扈的性子，这会儿根本不管这里是公共场所，就大声喊叫："那你又知道自己在做什么吗？吴舜华！我对你不够好是不是？你们吴家出了这样的事，你爸都成了泥菩萨了，我还是不嫌弃你，不管你爸妈怎么说我都好，我就是说要你……倒是你，之前我爆出那样的丑闻来，你恨不得把我一脚踢开，你真以为我不知道吗？可我以为你终究是有心的，我对你这么好，以为你是不可能劈腿的，但你现在又在干什么？你别以为我不知道，你刚刚在里面就是给秦美盼那个贱人打电话吧？"

"你注意一下自己的语气。"

吴舜华不想在这种地方和宋薇薇动什么怒气，大概真是不太在意，所以才可以轻易克制住脾气。他淡淡地瞥了宋薇薇一眼："我不知道你在说什么，可我刚刚看你对美盼还是挺好的，现在一转身就在我面前这么说她，你觉得背后这样说人真的好吗？"

"哈哈哈，哈哈哈。"宋薇薇怒极反笑，"你现在都敢明目张胆地在我面前维护她了？我就骂她是贱人怎么了？别以为她是什么秦家的小姐我就会怕她，谁不知道她有一个吃软饭的爸，她在秦家压根儿就没有地位！吴舜华，你今天这么对我，你别后悔！是你劈腿在先，明天我会让整个C市的人都知道你对我做了什么！我也会让整个C市的人知道，那个秦美盼，到底是个怎么不要脸的贱人！"

……

宋薇薇这人一贯都是刁蛮任性的，吴舜华见她丢下这些狠话就怒气腾腾地跑了，他拿着手机看了看，也没怎么上心，倒是觉得舒坦了不少。

宋薇薇把他心中想要说的话给说了出来。他一直都在勉强着自己，做宋薇薇的准未婚夫，因为爸爸的生意出了点儿问题，现在更是不可能让他主动提出来。

所以现在宋薇薇说了这样的话，他一点儿都不生气，只觉得如释重负。

至于她的那些威胁，他更是没有放在心上。宋薇薇这个人，平常虽也是口不饶人，不过在他的印象之中，她还没有做过太过出格的事，毕竟年纪不大，也翻不出多少的风浪，他觉得她也就是面子上挂不住，图个口舌之快，并不觉得有什么好担心的。

美盼觉得自己肯定是做了一个梦。

因为那个梦……让她有些脸红心跳，所以她认为，肯定不会是真实的事。

至于梦里面到底有什么……

美盼伸手就捂住了自己的脸颊，她知道自己已经清醒过来了，只是不愿意睁开眼睛，因为……那个梦，太过真实，她怕一睁开眼就会发现，原来所有的一切都是真的……

不，一定不会是这样的。

她咬着唇，长长地唔了一声，下意识地想要起身，却发现自己的身体一动，全身疼得她忍不住咝咝地倒抽冷气。

怎么回事？

美盼两条腿在被子下，下意识地想要夹紧，这个时候才发现，好像还有一只手臂横在中间。

可她的手，不是捂着脸的吗？

她猛地放下自己的手，睁开眼睛，连带着一并掀开了被子……

下一秒，她就什么困意都没有了，因为她发现，自己的双腿间有一只属于男人的手，正肆无忌惮地放在中间，而她，竟然是一丝不挂！

他们……做了什么？！

一个小时之后。

美盼在浴室里躲了整整有一个小时，脑海里反反复复地想的都是苏晋庭刚刚对自己说的话。

她睁开眼睛没多久，身边的男人也缓缓睁开了眼睛，和平日里的沉稳内敛不一样，他在床上，黑发微微有些凌乱，性感得让人发疯，但美盼觉得，真正让自己发疯的是他睡眼惺忪的表情，和对自己说的那些话——

——"吃干抹净又打算不认账，这不是过河拆桥是什么？"

——"你昨天晚上缠着我要，你认为那是什么情况？盼盼，你被人下了药，我是特地去找你的，找到你之后，你已经不对劲了，没有办法，我只能把自己当成解药，供你使用。"

——"我虽然和你说过，没有你的同意我不会强迫你和我发生关系，毕竟床上那点儿事，总是要你情我愿才有意思。我不喜欢勉强女人，哪怕我再想要你，我也会让你点头。所以你别认为我昨天晚上是乘虚而入。当时你一直喊着我的名字，喊得我骨头都酥了不说，气血都是阵阵翻滚。我当时也问过你，可不可以，结果你倒是比我更主动……这种情况之下，你认为，谁还可以正人君子转身就走？那保不住这个男人是个残废。"

……

啊！啊！！啊啊啊啊啊啊！！！

这到底是怎么回事？

这到底是怎么发生的？

为什么会这样？！她竟然……竟然和苏晋庭……上床了？

美盼咬着唇，看着镜子里的自己，上半身都暴露在空气之中，镜子里面倒映出来的那个身体，密密麻麻的都是暧昧的吻痕，不知道是有多么疯狂激烈，有些吻痕特别明显，好像都形成了乌青。

她将手中的毛巾丢在一旁，双手撑在了大理石台面上，忍不住叹息——

怎么办？

好像……一切都不是一场梦，而是真正发生了，因为她毕竟也没有完全失忆，现在更是彻底清醒过来，那些零零碎碎的画面，前前后后地串起来，让她渐渐明白，好像她是被人狗血地下药了！

先不去想到底是谁这么陷害她，她现在一想到打开那扇紧闭的浴室门就要面对苏晋庭，心脏就会扑通扑通直跳。

美盼伸手捂着脸颊，心里乱成了麻，恼恨极了，却只能干跺脚。外面忽然响起敲门声，这个房子里这会儿又没有别人，不用猜都知道是苏晋庭。

"还不出来？"

苏晋庭的声音，怎么听着都有些懒洋洋的惬意，美盼总觉得自己此刻就是一只落入了狼堡的美羊羊——那只大灰狼说是昨天晚上，他是好心帮了自己，可谁知道，还是他占尽便宜，现在又磨刀霍霍地在外面等着自己。

美盼想到这些，五脏六腑再度紧缩了一下，可她知道，自己不能一辈子都躲在这个地方，总是要面对的。

"你有电话。"苏晋庭没有等到她的回应，也不恼，大概是将手机拿到了门口。美盼果然听到了自己手机的铃声，又听到男人沉声说，"你要还没有做好心理准备的话，我可以帮你接，是你爸的。"

美盼知道苏晋庭不是干不出这种事来，顿时紧张地扑过去就拉开了移门："别接，我自己会接。"

美盼劈手抢过了苏晋庭手中的手机。

大概是出来的时候有些着急，又因为昨天的裙子早已报废，所以她现在穿的是苏晋庭的白色衬衣。男人身材高大，衬衣穿在她娇小的身上到了膝盖部位，她没来得及扣上扣子，领口完全敞开着，那身上的暧昧痕迹完全暴露在男人的眼皮底下，苏晋庭的气息沉了沉——

一个男人，对于这种画面总是最难以忍受。

他的女人，穿着他的衣服，身上满是他留下的烙印，他就感觉到她现在才是真正地、完完全全地属于他，她身上每一处都贴着他苏晋庭的标签。

苏晋庭将烟送到薄唇上，有些邪气地叼着，眸光忽明忽暗，片刻之后还是移开了视线。

美盼这会儿的全副心思都在电话上，红着脸拿着手机走开了一些。

"……爸爸。"

苏晋庭听着她喊了一声，嗓音都有些沙哑，他不由得想到昨天晚上，她不管是在自己的身上，还是身下，那让人蠢蠢欲动的妩媚叫声，是真的能够让人身子骨发麻。将烟捻碎了丢进一旁的垃圾桶里，不知道那边的黎展明说了什么，他很快又听到美盼磕磕巴巴的声音，显得很是心虚——

"……没有，昨天……因为是学长的生日，所以我就临时过去了，本来是打算回来的……不是……后来就和梦梦她们在一起了，昨天稍微喝了一点儿酒……嗯，忘记了……对不起爸爸，让你担心了……哦，我……下午、下午就回去了……我知道，后天要上学了，我准备得差不多了……好。"

美盼挂了电话，伸手往自己的胸口处压了压，感觉到心脏还是跳得很快。撒谎其实也是一门技术活儿，她显然不擅长，不过因为她一贯也不是那种贪图玩乐的人，所以黎展明在电话里也没有怀疑她什么，只是让她早点儿回去。

美盼将手机放好，刚要转身，就发现苏晋庭已经站在了她的背后，她下意识地往前跨了一步，他却已经伸手，直接就将她捞进了自己的怀里。

没有谈过恋爱的小丫头，感觉自己现在是跨越了最初的那一步，直接就和这个男人有了最实质性的发展。她这个年纪，的确是有太多的茫然和无法预知，加上她的性子并不是那种随随便便的，所以现在她对苏晋庭的感觉很奇怪。

想要抵触，又抵触不了，心里总有一个声音在告诉她——你已经是属于他的了。

"躲什么呢？"苏晋庭见她那扭扭捏捏的小样子，蹙眉，一手掐着她的腰，一手捏住了她的下颌——如此强势的男人，哪能够让她躲躲闪闪的，"怎么了，给了你那么多的时间，还是不能接受？"

美盼垂下眼帘，不得不说："我……你能不能放开我说话？你这样……我有点儿难受。"

"哪里难受？"

苏晋庭的神色是严肃的，那紧蹙的眉峰，里面除了有给予美盼的独特温柔，还有更多的强势霸道，对于怀里的这个女人，他势在必得："你哪儿难受我不能帮你解决，嗯？盼盼，我和你说过，你是我的女人，昨天晚上的一切，虽然是意外，但不管意外发生不发生，我苏晋庭要的人，一定会是我的。"

这话传入美盼的耳中，简直就是一个土霸王，好像她就是他的私人物品，怎么都逃不掉他的手掌。

美盼的那点儿小性子又渐渐被激发出来，她抿了抿唇就低声反驳："你说什么就是什么吗？那你有征求过我的同意？我不同意……"

"你不同意？"苏晋庭似笑非笑，捏着她细腰的手掌在她的脊椎上摩挲了一下，动作轻缓，可说出口的每一个字，除去那些暧昧十足，更能让人脸红心跳，"昨天晚上你忘记你骑在我身上的样子了吧？当时你可没有问过我同意不同意……宝宝，你贪吃的时候，差点儿把我半条命都给吃没了，现在却说不同意，你当我是什么？"

美盼："……"

"这种话，我以后不想听到，我只是让你明白，你是我的。昨天的事虽然是意外，可你的身体早就已经认定了我，所以你不用在我面前有什么不自然，我其实更喜欢热情如火的你。"

美盼还是被苏晋庭送到秦家的，不过在她强烈的要求下，苏晋庭并没有和她一起进秦家。

她现在站在秦家的大铁门门口，隐约还可以感觉到双腿间的酸涩，伸手拍了拍脸颊，她告诉自己，首先就是要镇定。

有些事情已经发生了，怎么都倒不回去了，可现在在家人面前，她肯定是不能承认什么的。

哎，真是头疼，这件事，到底应该怎么收场？要是爷爷和妈妈知道了，到时候都不知道会演变成什么样……

昨天晚上，到底是哪个挨千刀的给她下那种药？是不是太下作了？

美盼一手撑着太阳穴，脑海里翻滚着太多的信息，当然也有想到，最有可能的人估计会是宋薇薇，可转念一想，又觉得她应该没有什么机会下手才对，毕竟两人都没有私下接触，难道……是那杯饮料？

不对，那饮料，喝得最多的，应该是崔惜梦吧？

梦梦……

美盼刚要拿出手机问一下梦梦的情况，大门里有用人出来："小姐，您回来了？"

美盼收回手机，点点头，算是打了招呼，她正要进屋，就见到秦媛从里面出来，难得这个时间她竟然在家里。美盼不擅长撒谎是真的，一时见到秦媛，心里更乱了一些，不过还是强自镇定着，上前。

"妈，你没去上班？"

"回来拿份文件。"秦媛身上的确是穿着职业套装，手里拿着一份文件，大概是见美盼身上的衣服是新的，将她从头到脚打量了一遍，总觉得有些不一样，"昨天晚上你去哪儿了？"

美盼暗暗深吸了一口气："……在朋友那边。"

她知道自己这个时候搬出吴舜华有些多此一举，可为了掩藏心中的那个秘密，她不得不故意说："昨天是吴学长的生日，他邀请我去参加他的生日宴，在那边玩得有点儿晚，所以后来就和梦梦她们一起睡了。"

秦媛的那双眼睛是真尖锐，她拧着两条精致的眉，不留情地追问："确定是和你的那些女孩子睡，而不是和男人睡？"

美盼心头一沉，这般难听的话，她心里多少是有些不舒服的，可昨天晚上，她倒真是和一个男人颠鸾倒凤了一整夜，想到这些，她底气不足，不过在秦媛面前，有关苏晋庭的问题，她一贯都是选择抵赖到底："妈，你这么说话是不是太难听了？"

"要没有做过，确实可以认为难听，可要真做过呢？"秦媛两条眉都要倒竖起来了，严厉的语气之中带着警告，"盼盼，别给秦家丢脸，也别当人都是瞎子，你现在认为你自己翅膀硬了就可以飞了？小心飞到半空中会摔死。"

美盼心情本来就不怎么好，秦媛尖酸刻薄的几句话更让她愤怒，忍不住张嘴就反驳：
"妈，你老这么来羞辱我有意思吗？我还不是你的女儿？你能不能给我一点儿自尊？每次见
到我都要这样，你有考虑过我的感受吗？"

秦媛见她面红耳赤地反驳自己，顿了顿，刚要说什么，黎展明从里面出来了，秦媛面色
一沉，没有再说什么，经过美盼身边的时候，视线落在了她的颈项处："先把你脖子上面的
吻痕给遮一遮……你就和我撒谎吧，我既然是你妈，我就肯定能找出那个男人是谁。"

美盼心头一惊，下意识地伸手想去捂住自己的脖子，秦媛已经踩着高跟鞋走进了车库。

黎展明跑过来，见美盼的脸色有些僵硬，以为又是秦媛刺激到她，于是安慰她："你妈
说你了？昨天晚上她回来了，没见着你，问起过……她有时候说话虽然不好听，不过她就是
那个性子，你自己的妈，你也知道的。"

美盼此刻就想着，自己脖子上的吻痕是不是爆料了？

害怕黎展明会看到，对于他刚刚语重心长说的那些话，她都是一只耳朵进一只耳朵出
了，只心不在焉地点了点头，就跟着黎展明进了屋。

"爷爷不在吗？"美盼的手一直捂着脖子，下意识地将外套往领口处拉了拉。

黎展明转身的时候，正好看到她刻意的动作："在楼上，你怎么了？老挡着脖子做
什么？"

"……啊，没什么，就是觉得有点儿痒。"她轻咳了一声就往楼梯口走，"爸，我昨天
晚上都没洗澡，我上去洗个澡啊。"

黎展明的手机铃声响了，见女儿匆匆跑了上去，他看一眼来电号码，神色稍稍凝重了一
些，拿着手机就走远了。

美盼这边跑上二楼，偷偷松了一口气，快步朝着自己的房间走去，经过秦齐林的书房门
口，房门是虚掩着的，地板上面又铺着厚厚的地毯，她踩在上面落地无声。秦齐林正在专注
地讲电话，根本就没有注意到外面的动静，而美盼恰好听到了一句话，下意识地站住了脚。

"……昨天晚上确定他们两人是在一起？"

不知是不是她太过敏感，因为自己昨天晚上就是和苏晋庭在一起的。人心虚的时候总是
底气不足，又显得过分敏感，不过就是这么一句话，她就太容易对号入座。她本就是站在门
口的，此刻侧过脸，正好从门缝看到里面的秦齐林，她心头微微一跳，往边上挪了挪身子，
却没有离开。

很快，她又听到秦齐林说："不管用什么方法，先把这件事情确定一下，我不要应该、
可能、大概这样模棱两可的说法……我知道他不是那么粗心大意的人，可你从我这里拿的
钱，就是去应付他的精明……既然是我找回来的人，什么事可以做，什么事不可以做，你心
里应该知道。"

美盼听到那句"既然是我找回来的人"的时候，心脏怦怦跳着，秦齐林似乎是挂了电
话，她感觉自己的手心都渗出了一层薄汗，所以一秒都不敢再停留，飞快地跑进了自己的

卧室。

关上门的时候，她身体还靠在门板上，脑海里反反复复地琢磨着秦齐林刚刚的那几句话。

其实她并不能够十分肯定秦齐林说的就是她和苏晋庭，也不知道是不是因为自己心虚，她现在真的是极度不安。

爷爷是不是已经发现了什么……还是，其实她想太多了？

这件事情……她要不要告诉苏晋庭？

美盼就这么纠结着在房间里待上了一下午，晚上只下去吃了个晚饭，穿得严严实实的，吃完饭一溜烟儿又上了楼。晚上秦媛没有回来，据说是有饭局。她心惊胆战的就是怕苏晋庭会突然回来，幸亏吃饭的时候他并没有出现。晚上8点的时候，楼下花园里忽然传来汽车的引擎车。

美盼觉得自己现在真是如同惊弓之鸟，她光是听到那引擎声，竟可以听出来那车子是苏晋庭的。美盼悬着一颗心跑到窗口一看，还真是他的。

这个男人……他回来做什么？

他在C市明明有自己的房子，干吗老往秦家跑？

美盼恨恨地跺了跺脚，想着不对，先是把窗户给反锁了——上一次他爬窗进来，她可记得一清二楚——然后又把自己卧室的门给反锁了，可她还是觉得不安心……果然，干坐着不过五分钟的样子，她的手机铃声就响了。

她还以为是苏晋庭打来的，刚要摁掉，一看，竟是梦梦的。

美盼这段时间不是没有想过自己被人给下药的事，她反反复复地回忆在学长生日宴上的经过，认为唯一有可能的，就是宋薇薇虚情假意地来给她道歉的时候递给她的那杯饮料，但是她当时只喝了两口，大半杯可都是被梦梦喝下去了，她只喝了两口都成那样了，那梦梦……

美盼心惊肉跳地接起电话："梦梦，你在哪儿？"

"家里。"

崔惜梦的嗓音有些沙哑，美盼立刻就想歪了——不能怪她思想不纯洁，因为她觉得自己的嗓子也是哑哑的。想起苏晋庭上午送她回家的时候说的那句话，她的脸就不由得红了。

当时苏晋庭说："回家让人给你炖汤喝，滋润嗓子是最好了，喊了一晚上，听你现在说话都有些沙哑。"

美盼甩了甩头，正想着措辞问崔惜梦那件事，还没有问出口呢，那头的崔惜梦就说："你什么时候有时间？出来一趟，我有事想和你说。"

她的语气很严肃，美盼心头咯噔一声。梦梦是自己多年的密友，脾性是怎么样的她当然了解。梦梦这个人，其实对一切都挺随意的，因为本身条件不错，追求她的男生也很多，她之所以没接受，倒也不是眼高于顶，只是所有的人都会认为，那些男人根本就配不上她。

251

她现在这么严肃地和自己约时间出去见面，也没有扯上伶伶、徐倩她们，美盼心里就更加认定了自己的猜测。

"好，明天吧？具体时间我微信发你。"

崔惜梦有气无力地应了一声，就挂了电话。

美盼这会儿丢下手机，真是有一种杀人的心，如果这件事情真的是宋薇薇干的，那么她可以确定，肯定和学长有关系。那个宋薇薇心眼儿那么小，可关键她害了自己不说，连自己的朋友都受到了牵连！美盼心里愧疚的同时，更是恨得咬牙切齿。

这个年纪的女孩儿，其实很容易记仇，更何况，宋薇薇还使出了这种阴险卑鄙的手段，她不可能当成没事一样。

美盼这边还在气鼓鼓地思量着这件事要如何解决，卧室的房门就被人从外面敲响了，她抬头，手机嘀嘀有短信进来。

苏晋庭："开门。"

美盼就知道是他，心尖微微动了动，还没有真正面对他，只是隔着手机，她就感觉浑身是刺了，当然更不敢开门直接面对他本尊："不开！我不想见你，你自己不是有房子吗，干吗一天到晚跑我家？"

拇指运动，苏晋庭的速度显然没有美盼那么快，大概过了两分钟的样子，她的手机才收到回复。

苏晋庭："回秦家就是因为想你。"

美盼拿着手机的手抖了抖，她自己都没有发现，她的脸蛋儿红得都成了煮熟的虾了。美盼没有回复，苏晋庭那边倒又进来了一条。

"我在你房门口，站久了不怕有人看到？"

美盼气得咬牙切齿，可转念一想刚刚听到秦齐林的那个电话，她还是担心，于是认命地上前，开了门。

苏晋庭颀长的身躯慵懒地倚在一旁，一手夹着烟，一手拿着手机，见小女人偷偷摸摸地将门给自己开了一条缝的别扭小样子，他眯起深邃的黑眸笑了笑，大掌一推就直接推开了她的房门。

美盼倒退了两步，看着苏晋庭进来后，又紧张地去关门。

苏晋庭伸手直接揽住了她的腰，长腿代替了她的手，踢上了背后的门板，蹙眉："盼盼，你这紧张的小样子，搞得我们真像在偷情似的。"

美盼捏紧了拳头就往他的胸口落下去，见门关上了，她还是不放心，现在他们不是在偷情，那是在做什么？

"苏晋庭！你还有心情和我开玩笑？爷爷都在调查我们了，他一定是知道了我们的事。"

"我们上过床的事？"苏晋庭表情寡淡，对于秦齐林已经在调查自己和美盼的那点儿事，他听到后也谈不上有多少意外，"就是因为担心这个，所以门都不让我进？"

男人说话的时候，夹着烟的手背过来，轻拂过她耳畔的碎发，那深邃的眸子瞬间又变得无比温柔："这些你都不要担心，你是我的女人，躲我怀里就可以。"

美盼又是重重一拳："谁是你的女人了？昨天晚上的事是意外！你忘了吧，我反正是不可能记得的。"

苏晋庭笑了一声，眸光沉了沉，嗓音也显得低缓冰凉："不可能记得？还意外？盼盼，你确定你当时神志不清的时候，没有一遍一遍喊着我苏晋庭的名字？"

染着烟味儿的手指摁在了她的唇上，美盼见他挑眉，那样子，好似冷酷，又好似邪气，还有一种，是他身上与生俱来的霸气，融合在一起，丝毫不会显得冲突，却是太容易让异性心动。只听他一字一句地说："是你这张小嘴……你这张嘴当时很清楚地告诉我，你只能让苏晋庭帮你……你知道帮你是什么意思吗？女人的身体往往会比她们的嘴更诚实，你的身体早就已经接受了我。"

美盼面红耳赤，她有说过这样的话？

她不可能会说这样的话吧？

美盼想要反驳，又觉得嗓子眼儿里像堵着什么东西似的。她推开了苏晋庭的手，实在是憋不出话来，索性就说："把你的烟拿开，熏人！"

苏晋庭看了一眼自己指间的烟，挑起眉头，神色又在慢慢回暖："不喜欢我抽烟？我可以为你戒掉。"

"我没有不喜欢！"她下意识地接了一句，又惊觉自己似乎说得太快了，恨不得咬掉自己的舌头，"我……不是你想的那个意思，我就是说你抽不抽烟我都无所谓。"

她这种此地无银三百两的言辞，让苏晋庭的心肝都酥软下来，就这么一直暧昧地凝视着她。美盼被他的眸光盯得有些头皮发麻，想要让他出去，又知道他是不可能主动出去的，她只能生硬地扯开话题。

"……我有事要问你。"

"嗯？"他已经熄灭了烟，美盼的卧室并不小，边上也有一个小书房，苏晋庭走进里面，将烟蒂丢进垃圾桶里，"什么事？"

美盼想了想，跟着进去，站在书房门口，看到男人侧身丢烟头的样子，清了清嗓子："你是不是知道昨天是谁对我下……那种药？"

苏晋庭看了她一眼，其实他没有第一时间告诉她，自己这个时候回来，第一的确是想要见她，总觉得她不在自己的眼皮底下他就时时刻刻想着她，第二就是关于她被人下药的事。

其实她倒也没有自己想象中那么脆弱，自己接触过很多类型的女人，矫揉造作的也不是没有见过，当然也有那些虚情假意的，又或者是心机颇深的，再不然还有一碰就碎的，她显然不是以上的任何一种。

这个丫头，有着让人意外的复原能力，他倒是怕她对这件事耿耿于怀，毕竟她年纪还小，个性也是比较保守的，没想到她这么快就冷静下来，而且还可以和自己谈这件事。

苏晋庭绕过她白色的小书桌，走到黑色的椅子边上，手压在椅背上，轻轻转动了一下椅子，随后坐下，对她招了招手："过来。"

美盼瞧见他眼底隐隐约约的光，抿着唇说："我在和你说正经话。"

"你觉得我这样子不正经？"苏晋庭挑眉。

美盼真是气得牙痒痒："就这么说！我问你什么，你就回答我什么。"

说实话，还没什么人敢这么对苏晋庭说话，这种颐指气使的口吻简直就是在命令他，可他非但不觉得有什么不妥，还挺开心的，眸光越发柔软，看着这个对自己凶神恶煞的小女人，怎么看都觉得可爱又有趣。

"唔，我让你过来我这里，从来都是很认真的，盼盼，你真感觉不到？"他气定神闲，一脸怡然。

美盼聪明着呢，自然听出了他话里有话："我现在在和你说昨天晚上的事，你能不能别扯别的？"

"过来，这么说话太远了，我听着就觉得累。"苏晋庭神色稍稍收敛了一些。

美盼无语，不过还是挪动着脚步，朝着他走了两步："我很认真地在问你话，我希望你也可以好好地回答我，昨天晚上的事，可能涉及的还不是只有我一个人。"

她想过了，这种事，自己要去调查的话，肯定是没那本事，而且作为女孩子，她是真的觉得这件事很丢人，其实心中还有一丝侥幸是她不愿意承认的——幸亏那个人是苏晋庭，如果不是他的话，换成别的男人……

想到这个，一阵恶寒就从她脚底升上来。

所以她现在想到梦梦有可能……

她是真着急，也很想把事情给弄清楚，既然要弄清楚这件事，美盼知道，自己虽然没有能力，但苏晋庭绝对有能力调查清楚，给她一个答案。

她沉吟了片刻，脸色有些凝重："我想过整件事情，也努力回忆了，昨天晚上我真是被人故意设计了的话，那么那个人很有可能就是吴学长的女朋友，宋薇薇。当时她递给了我一杯饮料，不过我只喝了两口，剩下的全是我朋友给喝了。我现在很担心，她要是也出了事，我会一辈子内疚的。"

苏晋庭浓黑的眉抬了抬："那你觉得自己算不算是出了事？"

美盼一时没有反应过来，抬起头来看着他的眼睛，表情有瞬间的茫然，等到她反应过来他所谓的"出事"是指什么的时候，苏晋庭的眼底已饱含笑意，帮她回答了自己的那个问题："宝贝儿，你知道不知道其实你早就已经接受我了，别老抵触着这种感觉，关着心里的那扇门……你什么时候才能真正正视自己的内心，嗯？我可以一直等你……"

在这一场你追我赶的游戏之中，显然美盼从头到尾都是节节败退的那个人，苏晋庭好几次的台词她完全接不上不说，竟然还会有一种难以自控的悸动。

她知道，这种感觉，就是她心中认定的那个"完蛋了"。

因为心底最深处，有着让她自己不想去承认，却又不得不承认的……认同。

"你朋友是哪个？"苏晋庭刚刚说的就是真心话，他有的是时间等她心甘情愿地点头，真正地把身心交给自己。她还小，大学都没有毕业呢，也确实需要自己去等一等她的步伐。

他引开那个让美盼无措的话题，美盼顿了顿，静默片刻，低声回答："我不想说她是谁，我就是想让你帮我确定，昨天的事，到底是怎么回事？"

"你心里不是有了答案吗？"

"……真的是，宋薇薇？"

"除了宋薇薇，之后还有谁和你接触过？"苏晋庭说的是荣慎宇，不过美盼这会儿显然是真没想到。

"谁？谁接触过我？"

苏晋庭的语气阴沉下来："有时候觉得你聪明，有时候又觉得你笨得可以。"他并没有直接说荣慎宇的事，她不记得最好，省得会吓到她，不过他这会儿的语气，俨然是一个家长在教训差点儿酿成大错的孩子，"宋薇薇是个什么东西，那种小把戏用在你身上，你还傻乎乎地上当，难道真有那么喜欢你的学长？那个男人我看也是个没种的，自己的女人都搞不定，还来招惹你。"

美盼拧起秀眉，其实对吴舜华她没有任何的抵触，虽然谈不上喜欢，可这么背后说人家到底是不好，何况……她还欠了人家的钱呢。

这么一想，她张嘴就说："苏晋庭，这事和我学长没有关系，就是那个女人太小心眼儿了。我对学长早没那种想法了，你别总冷嘲热讽的，每次都来戳我痛处。"

苏晋庭若有所思地凝视着她的眼睛，忽而一笑，似心情又好转了："不喜欢他是对的，他能和你的男人比？"

美盼无语，谁说你是我的男人了？

这句话，她都懒得反驳了，不过看着苏晋庭那扬扬得意的样子，她就忍不住想要打击他。她双手叉着腰，装模作样地哼了一声："我觉得学长是挺好的，他上次还借给我三千块钱，都没有问我要！"

苏晋庭蹙眉，从凳子上起身："你说什么？你跟他借钱？"

美盼看着男人那双眸子深处有着忽明忽暗的光，他的五官在头顶光线的照射下显得冷峻。她缩了缩脖子，却还是嘴硬："我和他借钱又怎么样？"

不知是不是美盼的错觉，她总觉得苏晋庭这一刻似乎是很生气的样子。

"什么时候借的钱？你没钱花吗？"

"……你管我那么多。"她的声音明显低了不少。

苏晋庭是真生气。也许男人都觉得自己的女人不应该伸手朝任何一个人要钱，而这种事还发生在她的身上，就让他心里非常不舒服。一时，他的脸色完全阴沉下来，语气亦是沉沉的："以后要钱就和我说，记住，我才是你的男人。"

美盼见他张嘴闭嘴都是"你的男人"，心里还有些不服气，刚要反驳，忽然又传来一阵敲门声，这一次，她清楚地听到外面的声音是秦齐林的。

"……盼盼？你是不是在房间里？给爷爷开下门，爷爷有事给你说。"

美盼大脑嗡的一声，吓得脸色都白了，冲过去就推着苏晋庭："你快走，快走，不能让我爷爷看到你在我房间里。"

"走？"

苏晋庭蹙眉，看着比自己矮了一个半头的小女人，此刻她正无比紧张地推着自己，又不知道应该把自己推向哪里。

"你房间就一个门，你让我往哪儿走？"

美盼仰着脖子，看着苏晋庭一脸寡淡的表情，哪有心急如焚的样子！他可真是一点儿都不担心。美盼见他这样，更是又气又急，懊恼地跺着脚："苏晋庭！你之前不是还会爬窗户吗？那你现在就从窗户出去。"

苏晋庭紧蹙的眉峰这会儿恨不得能夹死一只苍蝇："你说什么？"

"我让你从窗户下去！"美盼不想和他讲废话浪费时间，觉得自己刚刚说得非常有道理，推着苏晋庭就一直往自己大床边上的窗口走去，一边走还一边说着，"你上次进来得那么轻松，出去也不会难。就从这里下去！"

"秦美盼……"

"苏晋庭！"

美盼哪里会看不出来，苏晋庭压根儿就不乐意这样出去，可他越是这样，她才越生气，但她咬着唇也不敢大声说话，害怕隔音不好，被外面的秦齐林听到。她是真的急了，脸色竟然比他的还要臭，压抑着自己的火气，一字一句地说："你也得为我想想吧？我知道你就是天不怕地不怕，哪怕现在看到我爷爷进来，你也不会有任何的关系，毕竟他还得给你三分面子呢，我知道我爷爷忌惮你，可我呢？我才是秦家的人，你做任何事的时候，要是和我有关，那就麻烦你先站在我的立场为我想一想！"

苏晋庭见她急得眼眶都有些泛红，门口又传来秦齐林的声音，大概是有急事，秦齐林又敲了敲门："……盼盼？你睡了？"

美盼越发焦躁，想了想，还是侧身，沉淀了一下心绪，然后才开口："……爷爷，我刚刚躺下，您等一下，我穿一下衣服。"

她对着门口说完，马上又看向苏晋庭，见男人眼睛一眨不眨地凝视着自己，那种眼神，竟让她有一种莫名的心慌，总觉得他那双深邃幽暗的眸子里像是藏着什么尖锐的东西，呼之欲出的感觉，恨不得穿透了自己。

可她这种慌乱的感觉，却又谈不上惧怕，大概在美盼的心中，对苏晋庭的情绪永远都是别扭多过害怕。

256

她自己都没有发现，她从未怕过这个其他人口中很不简单、很危险的男人。

苏晋庭忽然迈开长腿，朝着美盼走近了两步，她来不及避开，手腕就被他给捏住了。苏晋庭将她往自己的怀里一拽，垂眸看着她，五官显得很是冷峻，语气亦是："我不为你着想？盼盼，我要是不为你着想，现在我就不会做这样的事；我不为你着想，我之前就不会在你身上这样忍受；我不为你着想，我可以更加肆无忌惮；我不为你着想……"

他忽然顿住，有些话还是难以启齿，至少现在他说不出口。

美盼从未见过这样的苏晋庭，他的表情真是严肃又认真，那黝黑的眸子深处，除了有她自己那张白皙娇嫩的脸蛋儿，掩藏在下面的，还有太多复杂又难辨的情绪，是她看不懂的，又黑又浓，好似要溢出来。

她眸光一闪，苏晋庭的大掌就直接捏住了她的下颌。美盼下意识地哼了一声，听到他说："我这不是在朝着秦家的人妥协，只是为了你在妥协，才会做我不愿意做的事，但我希望你能够趁早想清楚……"

"你，是我的女人，身体是了，心也会是。你要认清这个现实。我可以给你时间去适应，但这一辈子，你终究还是要跟着我的步伐。"

这个男人霸道的样子，和他身上那种看似沉稳又隐约透出一种势在必得的强大气场融合在一起，为什么会给人一种心跳加快的感觉？

而不是，觉得他很讨厌？

"我先走，等下接我电话。"

苏晋庭没有再为难美盼，丢下这句话，真朝着窗口走去。在美盼的瞠目结舌中，他轻松地跃上窗户，白纱在他的身后飘荡了两下，然后他就直接跳了出去。

美盼的心都提到了嗓子眼儿里，感觉这种画面只有在电视或者小说里面才可以看到，可现在活生生地发生在自己的眼前，让她觉得不可思议。她提着一口气跑到窗户边，外面早已没了人影，再往下一看，就正好见到一团黑色的影子，已经轻松地落在了草坪上。美盼探着脖子的时候，只能看到苏晋庭掸了掸外套衣角的动作。

他到底是个怎么样的男人？

别人都说他不简单，他很危险，可她从未有过这样的感觉，到底是她一下子就融入了他的世界里，还是因为他从一开始，进入自己世界的时候，就已经降低了他的姿态？

而现在，看着他连这样的动作姿态都可以轻松自如不说，做出来的动作，更是有着让人怦然心动的感觉。

这些，是不是只是她的心理作用？

为什么现在，看他做的任何举动，她都会有一种——举世无双的感觉？

秦齐林进房间的时候，美盼差不多都收拾好了，也稳定了自己的情绪，确定没有任何的问题，这才故作睡眼惺忪的样子跑去开门。

秦齐林很少会主动进美盼的房间，不过今天晚上他直接就进来了，还在里面绕了一圈。

美盼心里有些不安，爷爷的这些举动已经很明显地说明了，他在怀疑什么。

被人怀疑的时候，像她这种年纪，哪还能够做到如苏晋庭那般淡然自若、仿佛真的是清白的一样，她知道自己现在很不清白，她也必须承认，她很害怕被爷爷看出什么来。

苏晋庭人不在这里，秦齐林当然发现不了什么。

转了一圈，老爷子就在沙发上坐了下来，伸手对美盼招了招，让她坐在沙发对面，这才笑吟吟地说："爷爷前段时间挺忙的，一直都顾不上和你好好聊一聊。换了专业之后，觉得怎么样？"

美盼点头："挺好的。"

"嗯，之前你妈和你说的事，你考虑好了吗？"

"……爷爷，您是说，我相亲的事吗？"

秦齐林叹息一声："你妈提出来的要求，你认为过分？"

美盼想了想，认真地回答："爷爷，我不觉得我妈的条件过分，相反，我觉得她在这件事情上的确是做了很大的让步，其实我也知道，你们都会觉得我应该承担那部分责任，毕竟这也是我的义务。"

"嗯，丫头是长大了，那你考虑得怎么样了？"

其实要说考虑，美盼真没有仔细考虑过什么，因为这样的事，于她而言，考虑也是没有用的，只不过就是在取和舍之间做出一个平衡彼此的决定。

可现在，爷爷突然跑来很关心地问她考虑得怎么样了，美盼心思透明，哪儿会想不到其中的一些牵扯。

其实爷爷不过就是在暗示性地问自己，是不是和苏晋庭有什么不正当的关系。

自己的爷爷看似温和，但美盼也知道，爷爷不是一个简单的人，他很少操心自己的事，这样的事，他为何现在才来问？

美盼心里还是如明镜似的，想得通透。她知道，现在她已经没有了所谓的选择，哪怕从一开始，她的天平也是偏向于自己喜欢的专业，那么到了现在，不过就是给自己一个彻底的了断而已。

她深吸了一口气，双手下意识地捏紧，低声说："爷爷，我考虑好了。"

"嗯，说来听听。"

"我同意妈妈说的那个条件，我一直都很喜欢摄影，我也觉得自己这个年纪，要是能够遇到心仪的对象，谈谈恋爱也是无伤大雅的。"

秦齐林看了她一眼，对面坐着的小丫头低着头，他也看不太清楚她的表情，不过倒是可以感觉到她在说谈谈恋爱的时候，那种属于女孩儿特有的娇羞，美盼的确在这方面挺保守的。

老爷子的心思沉了沉，又问："如果你同意的话，那么同意和爷爷给你选的对象交往吗？"

美盼一愣。

秦齐林继续说："我这儿有的是人选，适合你的人选，我给你选几个，你先看看，也比你妈那边的人要靠谱……你要是不喜欢，我们就再挑，反正就像你刚刚说的那样，谈个恋爱也无伤大雅，最重要的还是相处之后看你们合拍不合拍。这事我就帮你做主了，你看怎么样？"

美盼咽了咽唾液，在秦齐林那看似温和却又有着锋锐光芒的视线下，硬着头皮说好。

许我偷偷看向你

下册▼

歌月 著

青岛出版社
QINGDAO PUBLISHING HOUSE

第十九章
当你也在看向我

　　翌日吃早餐的时候，秦家的人都到齐了，却没有见到苏晋庭。

　　美盼下楼的时候才想起来，他昨天离开自己房间的时候，说过晚上要给她打电话的，不过最终也没有打。

　　她其实一晚上都没有休息好，最近藏在她心中的事越来越多，想到今天还约了梦梦，她甩了甩头，刚走进餐厅，就听到秦媛指着报纸在嗤笑："……不得不说，现在的八卦传得不是一般的快，按照上面写的，那这是昨天半夜的新闻，今天就上了头条呢。我们秦氏有这个姓苏的男人之后，曝光率也真是与日俱增呢……爸，你是不是考虑要给他点儿股份了？没准还能够影响我们秦氏的股价升降呢。"

　　美盼听得出来，秦媛那最后一句话，所谓的给股份、影响秦氏股价的话，明显就是讥讽。

　　她虽然不太懂秦氏的运作，商业上的事，她可以说是完全没有继承秦媛那点儿可怜的浅薄手段，但最基本的一些东西，她还是知道一些的。

　　比如说，秦氏是家族企业，有些根深蒂固的资产和地位，在整个C市都有着很大的影响力，地位自然是不可撼动的。大概最让爷爷痛苦的，应该也就是只生了一个女儿，膝下无子，他却没有再娶，而是让女婿入赘。可惜了自己的爸爸也不是经商的料子。可就算是这样的情况，秦氏依旧屹立不倒。

　　这样的一个企业，如果说要靠着某个高层的绯闻八卦来控制着所谓的股价高低，那么显然就成了一种让人不屑的手段。

秦齐林拿过秦媛递给他的报纸看了一眼就丢在一旁，脸上的表情也没多少起伏，正好见到进来的美盼，他不动声色地将报纸翻了一页，那个头条的黑色字体就正好最明显地躺在那里。

美盼走进去的时候就听到秦齐林在说，语气还很是欣慰的样子："晋庭的年纪也不小了，有个谈得来的对象也正常。昨天我看到他匆匆出门了，当时脸色也不对劲，不过也能理解，女朋友生病连夜进了医院，这事本来就不是小事，就是这个女朋友的身份稍微特殊一些……你别总是有事没事就针对他。"

秦媛切了一声，还是那种不屑的样子，不过没有再接话。

黎展明一直都坐在一旁，看着那样的八卦头条，眸光有些复杂，不过这种情况之下，他一贯都不会发表言论的。

只有美盼在坐下来之后，下意识地瞥了一眼那张报纸，显眼的黑色字体，很清楚地就能见到只言片语。她这会儿才算明白爷爷口中"女朋友的身份稍微特殊一些"是什么意思。

她想起了之前的那个关于文静怡的采访报道，当时就有媒体说过，她的背后有一个男人，那个男人，就是苏晋庭。

可她仿佛还是可以想到苏晋庭对自己说的话——他和文静怡没有什么，是报纸乱写的。

那么现在呢？

半夜，生病，他又急急忙忙赶去医院……

美盼下意识地捏紧了手中的调羹，嘴里还没有吃进去任何的东西，心里却已经五味杂陈，难以形容的滋味儿在舌尖不断地晕开。

她不知道，其实这种失落到连自己的心都在一瞬间跌入谷底的感觉，是失望，是难受，还有一种涩涩的感觉，膨胀在她的心尖上，以至于当用人端上来一碗白米粥的时候，她失魂落魄地拿着调羹就舀了一勺送到嘴里，结果被烫得直抽气。

"怎么那么不小心？"黎展明坐她边上，见美盼惊呼了一声，连忙放下筷子关切地问。

美盼是真被烫到了，舌头疼得很，她站起身来说："我去里面喝杯水，刚刚不小心烫到了。"

秦媛没什么表情，自顾自地吃着东西。秦齐林叮嘱了一句"小心点"，美盼就急急忙忙进了厨房，从冰箱里拿了一瓶冰水，打开之后，就仰着脖子一口气喝了大半瓶。

"怎么大清早就这么莽莽撞撞的？"

黎展明的声音忽然从身后传来，美盼愣了一下，连忙放下手中的水。

"喝这么多冰水，对身体也不好，盼盼，你怎么了？"

"没有啊。"美盼转了一下手中的水，勉强扯出一丝笑来，"爸，你怎么也进来了？"

"进来和你说几句话。"

黎展明顿了顿，看着美盼："你刚刚那样子失魂落魄的，就是因为苏晋庭半夜去医院的事？你说连我都看出来了，你妈和你爷爷会没有察觉吗？"

美盼心头一惊，并不擅长掩盖情绪的她这会儿眸光乱闪，心里还在自问——真有那么明显吗？

黎展明是看着美盼长大的，哪会不知道她在想什么？她紧张的时候喜欢掐着手背的动作，黎展明看得一清二楚——男女之间的那些事情，说起来真是虚无缥缈的，可也是最能够印证什么叫作"当局者迷，旁观者清"的。

他们自以为隐藏得很好，旁人却可以看得一清二楚。

"囡囡，爸爸就问你一句话，你老老实实回答我，这儿没有别人，就你和我。你告诉我，你是不是真的喜欢上了苏晋庭？"

美盼越发紧张，本能地摇头："爸爸，我没有……"

"你的眼睛会说话。"黎展明截断了她的话，叹息道。他抓着女儿的手，虽然在竭力控制自己的语气，可美盼还是听得出来他的语气分明带着失望。他语重心长地劝告："你骗得了谁呢？囡囡，你从小就在我的身边，别人或许是和儿和妈更亲一些，可我知道你的那点儿心思，你是什么样的女孩儿，爸爸会不清楚吗？你问问你自己，什么时候对一个男人的事如此上心了？你刚刚那失魂落魄的样子，就是因为苏晋庭……你喜欢他。"

黎展明此刻说的喜欢，不是疑问，而是陈述句，带着肯定的陈述句。

美盼的心头全是茫然和慌乱，又听到黎展明说："不管怎么样，现在还来得及。"

他说："盼盼，你听爸爸的，苏晋庭这个男人，我不敢说他是好还是坏，可能他对你的吸引力太大了，但是他真是你沾不得的男人。不说他好，也不说他坏，单是他和秦家的关系，在我看来就太不单纯了，你应该知道你爷爷是个什么样的人……女儿，有些话爸爸不好直接和你说什么，但你今年21岁了，我知道你一直都是个很聪明的女孩儿，有些东西，你不可能真看不出来……你想要谈恋爱，找谁都行，就算你爱上了一个穷人家的男孩儿，爸爸也一定尽力帮你争取，可苏晋庭真不行，你赶紧把这份心思收一收。"

下午和崔惜梦约定的见面时间还没有到，美盼就已经等在了两人约的地方。

她心情不好，频频看着手机，看的却不是时间，而总是会下意识地去点通话和短信两个软件，像是得了手癌一般，明明知道什么都没有，可她就是忍不住。

心底有一个声音在问她：秦美盼，你在期待谁的电话、谁的短信？

还有另外的声音，是爸爸上午在厨房和自己说的话——你想要谈恋爱，找谁都行，就算你爱上了一个穷人家的男孩儿，爸爸也一定尽力帮你争取，可苏晋庭真不行，你赶紧把这份心思收一收。

她感觉自己的脑袋就像被撕裂一样，难受，胀痛，不知是不是没有休息好引起的。将手机丢在一旁，美盼伸手抱着脑袋，刚长长地叹息一声，忽然就听到对面传来一阵声响。

她抬起头来，见到崔惜梦戴着一副墨镜，已经坐下来了。

"怎么了，脸色这么臭？"是崔惜梦先开的口，她让服务员给她上了一杯白开水，然后拿下了墨镜。她的脸色似乎很红润，不过眼底有一层很浅的黑眼圈，看得出来是没有休息好的原因。

美盼一见到崔惜梦，就将心烦的事抛诸脑后，她还有更重要的事要确定。

"梦梦，我有事要问你。"

她开门见山，崔惜梦显然比她更干脆，马上就接话："我知道你要问我什么事，我也有事要问你，可能我们要问的是同一件事。"

两人是多年好友，眼神的交流多多少少都能够知道彼此心里在想什么。

美盼之前猜测得八九不离十的事情，这会儿已经从梦梦的眼神中完完全全地确定了，她脸上的表情是内疚又是痛苦，伸手抓着崔惜梦的手，低声说："对不起，梦梦，我连累你了吗？那你那天晚上，是……"

"被一条狗咬了一晚上而已。"崔惜梦嘴里说得轻巧，不过美盼却是瞧出来了，她说这话的时候，脸色明显是闪过一层红晕，手还下意识地往自己的脖子上拉扯。

她自己也算是个过来人了，这么点儿举动哪会瞧不出来。

"……真的对不起，我知道肯定是那杯饮料，你喝了大半杯……"美盼咬着唇。

崔惜梦当然不会怪美盼，只是觉得自己倒霉，倒霉就算了，她觉得自己是倒了血霉，还是累积了八辈子的血霉。

否则的话，就算是被一个路人给……那个了，也好，偏偏是那个历承易，这又算怎么回事？

天知道，当她从历承易的床上醒来，看着身边躺着的那个男人的时候，她真以为自己做了一个噩梦。可男人却突然睁开了眼睛，眸光灼灼地凝视着她的身体，伸手掐着她的下巴，似笑非笑地告诉她："小梦梦，没想到你的胃口这么大，哥哥我昨天晚上差点儿被你给弄死。"

当时，崔惜梦就觉得自己头顶闪过一道惊雷，正好劈中了她的脑袋，她一句话也说不出来，完完全全蒙了。

后来她赏了历承易一个耳光，踹了他一脚。

崔惜梦有一个堂哥，和她关系很好，她15岁那年就跟着堂哥学了几年的跆拳道，所以对付一般的男人不在话下。历承易虽不是一般的人，不过在没有防备的时候，还真被她踢得直接滚下了床。

历承易一丝不挂，赤裸着身体，丝毫不忌惮地站在她面前，咬牙切齿地怒骂的声音到现在还环绕在她的耳边，成了魔音……

"崔惜梦，你真是狗咬吕洞宾，昨天晚上是我救了你……别以为你是第一次就跟吃亏了似的，我他妈一晚上伺候着你，什么样的姿势都满足你，让你爽得直哼哼，差点儿就被掏空了不说，你现在还敢踹你男人下床？我告诉你，我历承易现在不仅是你的男人，还是你的救命恩人！你再给我横，我不收拾得你下不了床，我他妈跟你姓！"

崔惜梦的太阳穴重重地跳着，一回想起历承易那几句话，愤怒的感觉会随着不安和深深的后悔而来。

她可以告诉自己，把那荒唐的一夜给彻底忘了，可自己的身体……哪能撒谎？

为什么偏偏就是那个男人？

服务员送上来两块蛋糕和一杯白开水，美盼将白开水递给崔惜梦，见她脸色也很是勉强，忍不住说："梦梦，对不起，都是因为我。"

崔惜梦当然不会真的怪美盼什么，本来就是意外，何况自己被折磨得这么惨，估计美盼也是差不多的遭遇："别这么说，我找你出来，不是要你道歉的，你也不知道会这样，道歉做什么。"

美盼垂下眼帘，低声说："可你真是因为我才会这样……其实我怀疑的就是宋薇薇，那天晚上在那个地方，除了她对我有敌意，别人也犯不着这么处心积虑地对付我，还是用这种狗血又卑鄙的手段。"

崔惜梦想得可比美盼透彻，这些事情，她心里也是有点儿数的，一时也没有说话。美盼咬着唇，小心翼翼地看了她两眼，能够看出来她有些心不在焉，又心浮气躁。说起来，崔惜梦算是她们一群人之中最优秀的一个，也许家庭条件未必是最好的，可她本身的气质好，本来就是她们系里面的系花，追求她的男孩儿挺多的，她倒也不是真的心高气傲到一个都看不上，只是一心扑在了学业上——在她们的认知之中，崔惜梦就是那种清心寡欲的学霸。

可她现在……

美盼终于还是问："梦梦，我知道我这么问，你可能会……但是我真的是担心你，你那个……和谁……"

好不容易把话给说出口来，崔惜梦表情寡淡，美盼倒是自己先红了脸，仓促地握着咖啡杯子，也许是想到自己一整晚和苏晋庭的那种画面，多少有些不自然。

崔惜梦倒很快就开口接话："你是想知道那个男人是谁？"

美盼的脸色更不自然了："梦梦，我没有别的意思，我是怕你……怕你……"

"行了，我真没有怪你。"崔惜梦摆摆手，拧着两条细长的眉，手指在玻璃杯的沿口划动了两下，语气谈不上是释然，不过也的确是没有耿耿于怀，"国宝，我知道你在想什么，希望我们都是不幸之中的万幸，我知道你也中招了，不过我最先担心的，和你现在担心我的一样，只是现在看你这样子，我就确定，你应该是让苏晋庭给拿下了。"

她端起开水浅浅抿了一口："我的事你就别担心了，我今天之所以喊你出来，就是要和你说，既然发生了，我已经接受了，至于那个人是谁，不重要。"她顿了顿，又浅浅弯唇，"不过话说回来，要真是宋薇薇干的，倒也是歪打正着，让你和苏晋庭有了很大的一段跨越。"

美盼这次不只是脸色不自然了，心跳更快："不是你想的那样，我和苏晋庭……"

"你知不知道你每次一提到苏晋庭,眼睛就会发光?"崔惜梦打断了美盼那些蹩脚的解释。

美盼却是下意识地伸手往自己的脸上抹:"我又不是外星人,眼睛怎么可能发光?你乱说……"

"我是不是乱说,当事人现在心里应该是很清楚的。感情的事,不需要想得太复杂,简单点儿会更快乐。如果他注定是你的,那你怎么逃都是逃不掉的,因为这也可以算是你的命运。"

那么她呢?

女孩儿的第一次,怎么说都是宝贵的,她虽不是那种思想迂腐的人,可哪个女孩儿会不重视自己的第一次?会不希望自己的第一次给的是自己最爱的那个男人?

她现在却……历承易啊历承易……

那个讨厌鬼!

崔惜梦痛苦地闭上了眼睛,坐在车子里,头疼欲裂,没有休息好,加上心烦意乱,让她很想抽烟。

没有人知道,其实她会抽烟,在她15岁的时候,她就学会了抽烟。

因为她的心中一直都住着一个人,她偷偷地看着他已经有整整十年,每一次见他抽烟,她就会怦然心动。15岁那一年,她亲眼看着那个她心心念念的男人躺在床上,怀里抱着一个女人,眯着眼睛抽烟的样子……

现在想起来,竟然还是会觉得难受。

那一天是她15岁的生日,她收到的最好的生日礼物,就是这样一幕。后来她也学会了抽烟,原来尼古丁的味道真的有麻痹神经的功能呢。她今年21岁了,事情都过去六年了,他好像还是原来的那个他,始终都不知道她曾经偷偷倾心他有十年的时间,见到她的时候,他还是会摸着她的脑袋,告诉她"好好学习,好好生活"。

崔惜梦不是没有想过,也许有一天,自己也会疯狂地爬到他的床上,在他的身下奉献出自己最宝贵的。她将这段感情如此小心翼翼地珍藏着,连自己身边最亲密的亲人、朋友都不曾发现。他每个月出差一次,她每个月都会抽一次烟,因为夹着烟的时候,她总是会想到他性感魅惑的样子。可现在,她好像真的失去了一切的资本,他是那样优秀,她在他的身后拼命地追赶,希望有朝一日能与他比肩。但是现在,她还没有追上他,却陡然丢失了最纯洁的东西,她怕再靠近他,却因为自己是不干净的,会让他连对着自己笑都不愿意。

唇齿的味儿越发苦涩起来,崔惜梦的气息急促了一些,仪表盘上的手机忽然一阵震动,她纤细的手指夹着白色的女性香烟,另一只手时轻时重地压着自己隐隐作痛的太阳穴,长长的睫毛抖了两下,抬起眼帘扫了一眼屏幕上的来电号码。

结果,她本来就犯疼的太阳穴,疼得更厉害了。

历承易!

这个该死的男人，她明明没有存他的号码，为什么现在屏幕上会跳出他的名字？他竟然还敢动她的手机！她的手机明明设了密码的，他是怎么打开的？

崔惜梦懊恼极了，她当然不会接历承易的电话，直接拒听之后，就设定了"阻止号码来电"，她放下车窗，散了散车厢的气味儿，这才驱车离开。

苏晋庭从医院出来之后，郑元林就已经等在了门口，大概是见他神色略略有些疲惫的样子，郑元林上前就说："苏总，要不要先回家休息休息？"

"不用了。"

苏晋庭伸手扯了一下领口，又揉了揉眉心，才问："我让你办的事都办妥了吗？"

郑元林知道苏晋庭说的是什么事，点头："之前在酒店就直接找到了那个张洛，比秦小姐高一届，也大一岁，她已经承认了，那件事情的确是宋薇薇干的，但是宋家那边……我暂时还没有动作，等苏总您的吩咐。"

苏晋庭点头的同时，已经弯腰坐进了车厢。

郑元林也急忙上车，坐进驾驶座，发动了车子。透过后视镜看着坐在座位上闭目养神的男人，郑元林想了想，又问："苏总，那个叫张洛的女孩儿怎么处理？"

苏晋庭是真有些累了，毕竟一晚上没有休息。

昨天半夜的时候他接到了医院的电话，说文静怡在拍摄的时候被道具砸伤，她在C市没有什么亲人，身边也只有一个助手，不过因为砸中的地方是腿部，而且当时要立即做一个手术，需要家属签字，当时她就让助手联系了自己。

这种情况下，苏晋庭自然不会置之不理。以前简姨身体不好、需要动手术的时候，文静怡和她的父母都帮了很大的忙，在他的心中，对文静怡就算没有爱情，也有友情和感激之情的存在，所以他匆匆赶去医院，帮她签了字，等她动完了手术，又陪了她一会儿。后来他才发现天都快亮了，准备离开的时候，文静怡正好清醒过来，告诉他，外面估计有记者。她是在拍摄场地出的事，一大堆的媒体记者都闻风前来。苏晋庭只得让郑元林马上安排，把记者遣散之后，已经是这个点了。

"和美盼同一个学校的？"他依旧是闭目养神的状态，只薄唇掀动。

郑元林："是的。"

"什么系？"

"好像是法学系的。"郑元林说，"我调查过她的底细，其实也没有什么可调查的，学习成绩不错，不过家庭条件很一般，所以在学校也算不上出类拔萃。和宋薇薇私下关系好像是不错，应该是通过吴舜华认识的。我还调查到，她父亲早逝，有一个舅舅，一直都在照顾她和她母亲，只是她那个舅舅也是个泥菩萨过江的状态，前段时间好像还欠了一屁股的赌债。"

苏晋庭剑眉微微一蹙，依旧闭着那双深邃的眸子，可那听上去显得有些漫不经心的声音，却已经染上了凌厉……

"赌博，倒真是一种不错的娱乐。"

男人说话的时候，长指轻轻地敲着膝盖，这无声的动作衬得他的声音越发低沉："要是聚众赌博了，那是不是应该被判刑？"

郑元林很快就应了一声是，然后又透过后视镜看了一眼苏晋庭，他还是闭着双眸，周身的气场都仿佛安静了下来。

可郑元林却知道，苏总这次是动怒了，否则那种不相关的人，他压根儿就不会放在心上。至于那个张洛，千不该万不该做的就是动了苏总的人。想到苏晋庭那些对付人的手段，他不禁替张洛捏了一把冷汗，更为宋薇薇的将来感到担忧……

结果苏晋庭告诉郑元林："宋薇薇？我没兴趣对付那种一点儿不懂事的小丫头，她喜欢折腾，就让吴家的人去折腾。"顿了顿，他又说，"约一下吴木，就说我要见他。"

郑元林把苏晋庭送到秦家时，已经是下午3点了，苏晋庭下车之前吩咐他："你在车子里等我一会儿，我进去一下马上出来。"

他知道，苏先生肯定是进去看秦小姐的，刚刚在路上的时候，就见他拿出手机看，不过手机应该是没有电了，所以一路上他又频频看腕表上的时间。

他在苏先生身边有多久了？

他只比苏晋庭小三岁，跟着他却已经有快七年了吧？他是亲眼看着这个男人用自己的一套手法，在这个险象环生的商圈里面，建立起一个属于他苏晋庭的王国，到了现在，王国屹立不倒。

一个男人从零开始，没有任何的靠山，要做到如此的成功，当中的付出那肯定是比别人多几倍都不止，而这些付出之中，也包括了要足够地冷血和沉稳。

这么多年来，他可从未见过苏先生对哪个女性能够重视到这样的地步，当然他也知道，苏先生过来C市，为的就是秦小姐。

各种缘由，他知道得并不具体，却也算是略知一二，可他同样也看得出来，现在的苏先生，对秦小姐的重视，并不是抱着最初的那个目的。

而是，很单纯地一个男人对一个女人的重视。

苏晋庭进了秦家大门，正好看到秦媛从楼上下来，她今天估计是没有出门，身上穿着家居服，手里拿着手机，正在讲电话。一见到苏晋庭，她的脸色沉了沉，只匆匆说了一句："知道了，暂时先这样。"就挂了电话。

苏晋庭英气逼人的五官上有着明显的疲态，不过气场依旧，只是眉宇间都是寡淡的表情，斜眼都没看向秦媛，直接就朝着楼梯口走去。

秦媛倒不在意他这种傲然的态度，不过还是拦在了他的面前。

两人在楼梯口站住脚，苏晋庭蹙眉，还没有出声，就听到秦媛那略略有些尖锐的声音，语带讥讽："你回来做什么，找美盼？"

苏晋庭本来心情就阴郁，他脸上没有表情的时候给人的感觉就很有压迫力，然而秦嫒对他的敌意更浓："这么看着我做什么？我知道别人可能会怕你的眼神，不过我不怕。苏晋庭，实话实说吧，我这个人最不喜欢的就是拐弯抹角，你作为一个男人，看美盼的眼神是什么样的，你真当别人都是瞎子吗？我警告你，秦家，不是你能乱来的地方。"

警告？

苏晋庭忽然就笑了，双手缓缓插入西裤口袋，他抬起眉头的样子显得有几分慵懒，可眉宇间其实都是不屑："你凭什么认为，我苏晋庭做什么事，要什么人，还得经过你的同意？"

秦嫒嗤笑："口气倒是挺大的，你在别人面前可以这样，但是这里是秦家。秦美盼，她是我秦嫒的女儿。"

"你的女儿？"苏晋庭极快地接话，不过只是带着反问的四个字，话音刚落下，就听到身后有脚步声，大概正好是有用人从厨房出来，见到了正门口进来的人，叫了一声"秦小姐"。

苏晋庭后面的话慢慢咽了回去，可看着秦嫒的眸光，仿佛是将整个世界上最阴暗的一切都吸入了眸子里，深沉得让人的脊背阵阵泛冷。

秦嫒也确实不由得从脚底升起了一股冷意，不知道是不是她的错觉，刚刚苏晋庭反问的时候，那种眼神太过可怕又透明，就像带着一种魔力，让人不寒而栗不说，好似还可以穿透她的心脏，好像她所有的一切在他的眼皮底下其实都是透明的，什么都瞒不住。

秦嫒的心脏重重地跳着，眼神一闪，也见到了进来的美盼，一时手心竟有冷汗渗出来。

苏晋庭头也没回，越过秦嫒就直接上了楼。

美盼一进屋就能感受到那种强烈的气场，仿佛整栋房子都会随之被冰冻了一般，她一抬头就见到苏晋庭的背影，笔挺颀长，却也是冷漠又疏远的。

她以前总觉得，苏晋庭站在自己的面前时，永远都是和在别人面前不一样的，可现在她又觉得，其实自己距离他也很远。

这个远，大概真的不只是十岁的距离吧。

秦嫒将美盼眼中那些复杂的情绪看得一清二楚，她本来就在苏晋庭那边受了气，这会儿哪能那么好说话。

秦嫒上前就拽着美盼的手："跟我过来，我有话要和你说。"

美盼被她拉得跌跌撞撞，不耐烦地挣扎："妈，你能不能轻点儿，我疼！"

"还知道疼？就不知道错？"秦嫒甩开她的手，让本来在客厅打扫的用人先下去，等人走干净后，她才指着美盼的鼻子，一字一句咬牙切齿地说："把你的那份心思给我收起来，我已经不知道是第几次提醒你了，但是这一定是最后一次，如果你再敢和苏晋庭私下乱搞，你看我怎么收拾你！"

这话虽也是事实，可实在难听，美盼的心情本来就不好，苏晋庭和文静怡的八卦报道让她心烦意乱了一天不说，一回来见到了他，他却是头也不回地上了楼。她心里烦躁，现在又被秦媛拉着教训，她觉得自己的脑袋都快要炸开了，心底深处的那些脾气也不由得冲了上来，张嘴就大声反驳："什么叫作乱搞？我今年才21岁，就算真和谁怎么样了，那也是谈恋爱的表现不是吗？在你的眼中，我就是那样的人吗？只要对方不是你喜欢的，就是乱搞？"

"这么说来，你还真喜欢苏晋庭？他现在就在楼上，需要不需要我和你一起上去和他表白？"

美盼又急又气，脸色涨红着，也不知道是被气的还是羞涩的表现，整个人直跺脚："我和你说不清楚，我不想和你说，你对苏晋庭有什么意见是你的事，和我没有关系，我拜托你，能不能放过我……我都说了我和他没有任何的关系……"

美盼越说越激动，那些气血冲上了她的大脑，让她的太阳穴重重地跳了两下，她脑袋一热，脱口而出："那个文静怡不就是他的女朋友？人家都有心肝宝贝了，我算是什么东西，你犯得着一天到晚盯着我吗？你放心，我答应你的事情我做得到！反正明天就上学了，我同意找个男人谈恋爱。"

其实她现在的样子，更像是吃醋、怄气。

美盼自己没有察觉到，秦媛却是看得出来，毕竟感情才是最容易让当局者迷的事。秦媛深深地看了她两眼，忽然就笑了一声："是吗？那对象是我给你找，还是你自己找？"

美盼学着她的样子，也笑了一声："你不就是希望我找个让你称心如意的吗？妈，你找就好，只要不是歪瓜裂枣，我都同意，这样行了吗？"

上楼的时候，美盼的胸口还在剧烈地起伏着，大脑也还处于充血的状态，那种激烈的情绪一直都在她的胸腔口震荡着，她伸手抹了一把脸颊，发现自己的额头竟有热汗渗出来，可胸口的那个位置，根本就不是热的，而是凉的。

她的房间在二楼，从一楼到二楼不过二十级的台阶，她却觉得自己走得腿都疼。

莫名其妙的失落，不知是从何而来，脑袋里面频频闪过的竟都是苏晋庭那冷硬的背影。这种时候她才会觉得，原来他想要靠近自己的时候，是那样的容易，而他转身冷漠地面对自己的时候更是随心所欲，她才是那个被他牵着鼻子走的人。

可这样的感觉，到底是从什么时候开始的？

她竟丝毫没有察觉。

打开房门的时候，美盼握着门把手顿了顿。其实她心里很清楚地知道自己在期待着什么，一颗心慢慢地悬起来，深吸了两口气之后，她拧开房门，走进去……

里面什么都没有。

悬着的心再度沉下来，慢慢地跌到了谷底，这种感觉，直接从失落变成了失望。

她大概以为他在这里。

想多了吧，秦美盼。

可为什么心会这么酸呢？一个苏晋庭，到底能够影响她到何种程度？

美盼又是一晚上没有休息好，她不想承认，自己前半夜翻来覆去睡不着，其实不过是在等待着什么，等到10点多的样子，她听到楼下的车库有引擎声，跑到窗口一看，真的是苏晋庭。

他身上的衣服没有换，应该是走得很急，手腕上只挂了一件外套，就直接上了车，不出两分钟，美盼就见那车子疾驰而去，最后连车尾灯都快速消失在眼皮底下。

她躺回床上，拿着手机，开锁，上锁，开锁，上锁，反反复复了无数次，最后也不知是怎么睡着的。

她和秦媛已经达成了协议，一大早，美盼准备去学校的时候，秦媛就拿着一张照片走了过来："今天晚上7点，华贸酒店，和他吃顿饭……怎么谈恋爱总不需要我教你吧？"

美盼暗暗呼出一口浊气，拿过照片只扫了一眼，倒还真不是什么歪瓜裂枣的，她应付地点了点头，就带着自己的东西出了门。

因为临时换专业的关系，她之前还有一些材料没有递交齐全，所以今天她到了学校就直接去了校长室，结果人刚走到校长室门口，迎面就冲出来一个人，将她撞得踉跄了好几步。

美盼连忙伸手撑在了墙上，好不容易稳住身体，刚要抬头，头顶就响起一道尖锐的女声，隐约还有些熟悉……

"秦美盼，你是来看我笑话的吗？"

她看到的人，是张洛。

说实话，她对这个人真的是不太熟悉，以前在学生会偶尔会见到她和吴舜华一起，不过徐倩倒是和她说过好几次，当然都是形容张洛不是什么好人。

美盼觉得，她好还是坏和自己都没有任何的关系，所以从来不放在心上。那天去参加吴舜华生日宴的时候，张洛就站在宋薇薇的边上，不管是女人还是女孩儿，只要是个女性，看待同性的那种眼神，还是很容易就能够让人区分出来是带着善意还是敌意的。

所以美盼多少能够感受到，这个张洛并不喜欢自己，甚至还有着很浓的敌意。

大概是因为宋薇薇的关系。

美盼见她的脸色有些苍白，眼眶又红红的，一副受了委屈的样子，她将手中要交给校长的材料捏紧了，低声问："张学姐，我不知道你在说什么，我为什么要看你的笑话？"

张洛本来就不喜欢美盼，她觉得自己能够在学校拥有的，都被她给抢夺了，可最让人痛恨的是什么？那就是她明明抢走了属于你的一切，却仍然一脸天真无邪的样子。张洛在美盼的背后用一双怨恨的眸子凝视着她，美盼却没有什么威迫感。

就是因为她是秦家的人，就是因为她的爷爷、她的母亲给了她这么好的条件，她就可以这样目中无人？

所以她要让宋薇薇设计她，可为什么她现在还能若无其事地出现在学校，而自己却……

张洛自然是不服气，完全是抱着破罐子破摔的想法，指着美盼就说："你还装傻吗？秦美盼，我没有想到你也会这么狠，平常都是在装白莲花吧？不过你真不用得意，你现在这么对付我，将来一定会有报应的！"

美盼越发迷茫了，她到底是怎么惹到这个学姐，以至于她完全是一副恨不得让自己去死的表情？"张学姐，你把话说清楚吧，平常我和你也不是特别熟悉，见了面都犯不着特地打招呼，现在你指着我的鼻子骂我是什么意思？我做过什么事了？"

"你继续装！当然了，你有资本装，你以前不是喜欢你的吴学长吗？全校的人都知道，现在却又让别的男人给你出头……哈，秦美盼，你骨子里就是这么淫荡的人吧？让我中途辍学，等于是毁了我的一生，秦美盼，就算我在宋薇薇面前说过你什么，那也是事实！你本来就喜欢吴舜华，她对你做了什么事，凭什么让我张洛来背黑锅？你会有报应的！你记住我的话，你一定会有报应的！"

张洛抹了一把脸颊，再是愤愤不平，她也不能真把美盼怎么样，嘴上说出口的话，再怎么具有打击性也好，可她知道，现在跌落谷底得不偿失的那个人，是她自己。

她狠狠地剜了美盼一眼，不等美盼说什么，转身就跑。

美盼是真有些莫名其妙，她到底做了什么，让张洛如此痛恨自己？

她头顶着这个问题进了校长的办公室。校长自然是认识她的，见到她就热情地站起身来。秦媛早已给校长打过招呼，所以美盼办手续很顺利。临走之前，美盼终于忍不住问了一句："……校长，恕我冒昧，刚刚我在门口撞见比我高一届的学姐，她是不是出了什么事？"

校长一愣："你是说张洛？"

美盼点头。

校长叹息一声，摇头："她舅舅出了事，聚众赌博被抓了不说，警局那边还特地联系了我，说张洛在外面有偷窃的嫌疑。你也知道我们学校声望很高，她这样的学生，我们自然是要劝退的，何况她舅舅那边还会被判刑。"

美盼从校长室出来的时候，心神不宁。

张洛的事，其实和她也没有多少的关系，可张洛冲自己说的那句话，她却总会想起来——

"……秦美盼，就算我在宋薇薇面前说过你什么，那也是事实！你本来就喜欢吴舜华，她对你做了什么事，凭什么让我张洛来背黑锅？"

这话到底是什么意思？

她是不是知道宋薇薇给自己下药的事，所以她才会说，这事现在是她在背黑锅？

可她自己也不可能一转身就对张洛做什么啊，难道她舅舅出事，还有她有偷窃的嫌疑都是凑巧？

不可能，如果是凑巧的话，张洛就不可能那么怨恨地对她说这样的话。美盼站在楼梯口，深思，难道那天晚上的事，张洛也是有份的，所以现在她这样……是以为自己在打击报复她?

可自己没有做过的事,还能是谁?

美盼的脑海里很快就闪过一张五官冷峻的脸,知道她出了那样的事的人,除了他,还能有谁?

可是苏晋庭……

他现在不是忙着照顾他的那个名模女朋友吗,怎么还有心情帮自己做这样无关痛痒的事?

美盼抿着唇,一想到昨天他大半夜地匆匆出了秦家,一时心头涌上来最多的,绝对不是感激或是怦然心动,更多的还是那种,这两天一直在她五脏六腑徘徊着的酸涩。

她才不要他帮忙!

她才不要他的假好心!

美盼拿出手机,屏息,就靠着刚刚的那么一口气,想要给苏晋庭打电话过去,可号码拨通了,她又心跳加速地挂断了。

美盼觉得自己真没有出息,不过就是打个电话,再说这个电话问的可是自己的事情……

结果纠结来纠结去,整整纠结了十分钟,美盼还是选择打开短信,反反复复地编辑删除,编辑删除,之后,发送了一条短信过去。

看着发送成功之后,她脸庞红了红,不知怎么的,她竟下意识地将手机给关机了,丢进衣服口袋里。

第二十章
不是一帆风顺，
我也会为你坚持到底

A市。

苏晋庭从医院出来的时候，神色冷峻又透着疲惫。他一只手拿着手机，另一只手上夹着半截烟，下巴处还有青褐色的胡茬儿。这样的形象，也许在别人的身上会显得邋遢，可因为这个人是苏晋庭，就丝毫不会给人这样的感觉，相反，只是衬出他身上另一种冷硬的气场。

"我知道……有点儿累……我估计要明天才能回去……"他举起手中的烟，蹙眉，深吸了一口，吞吐云雾的时候又沉声问，"让你办的事，都办妥了？"

手机那边是郑元林的声音："是的，苏总，张洛那边已经确定是中途退学处理，吴木约的是后天下午2点。"

"嗯。"苏晋庭掸了掸烟灰，索性就将烟蒂丢进了医院门口的垃圾桶里，"美盼那边呢？今天上学了？"

"是的，上午就见秦小姐去了学校，应该是把专业给换好了。"

苏晋庭的眉峰蹙得更紧了一些，他当然知道她换好了专业，因为昨天晚上，她在秦家和秦媛说的那些话，他听得一清二楚。

苏晋庭没有出声，郑元林也不知道他是什么意思，并不敢挂电话，等了一会儿，才听到苏晋庭说："等她今天放学之后，你去学校门口接她，机票让人预订好，你将她送上飞机，我会在这里等她，顺便预订一下明天早上6点的机票，不要让她上课迟到。"

他说完就挂了电话。

郑元林拿着手机，半天没有反应过来，后来才惊觉苏晋庭的意思，竟然是让秦小姐下午一放学就直接坐飞机去A市，然后明天苏晋庭再带着她回来上课。

郑元林轻轻地呼出一口气来，心里暗暗地琢磨着，是不是真有这么……一日不见如隔三秋？

苏晋庭上了车之后，手机嘀嘀两声，有短信进来。

他单手捏着方向盘，将车子调转了车头驶出车位之后，这才拿过仪表盘上的手机。手机屏幕已经暗了下来，因为是他的私人号码，不可能会有一些乱七八糟的短信进来，所以苏晋庭还是按了一下开锁的键，上面显示的名字让他的眉头稍稍一挑，沉郁了一整夜的心情似乎也有些多云转晴的状态。

竟然还会主动发短信给他！

苏晋庭踩下刹车，打开短信，里面的内容却再度让他蹙眉……

"姓苏的，你管好你自己的女朋友吧，别再来插手我的事！以后你再这样我也不会感激你的。"

苏晋庭丢下手机，伸手扯了扯衬衣的领口，不过紧蹙的眉峰很快又舒展开来，他再度拿过手机，重新看了两遍那条短信，慢慢地，唇角缓缓勾起。

美盼这是中途换的专业，却也没有多少不习惯，因为以前她虽然是学广告设计的，但对摄影非常有兴趣，只要有时间，就会跑去摄影系听听课。

刚刚换了专业，事情挺多的，美盼有些手忙脚乱。好不容易下课了，崔惜梦竟然已经在等她了，说是想要让她陪着去一个地方。美盼今天还有一个很严峻的"任务"，她想了想，说："晚上我要去相亲。"

崔惜梦挑起秀眉："相亲？"

"这是我换专业的条件。"

"让你去见谁？"

"不知道，不过我妈给了我一张照片。"美盼从包里翻出来，丢给崔惜梦看，结果崔惜梦却笑着说，"这人我认识，我还和他见过几次面。这人家里挺有钱的，是去年才从国外回来的，不过为人已经不仅仅是可以用放荡不羁来形容了，之前好像还惹上了官司，你知道罪名是什么吗？强奸……你妈怎么给你找了这么一个极品？"

美盼倒也谈不上什么失落不失落的，本来对这种事她就真不抱什么心思，何况崔惜梦也不是不知道她家里是个什么情况。美盼拿着照片在手中甩了两下，满不在乎地说："无所谓是什么犯了，反正我只是和他吃顿饭，有秦家在中间牵线，他不敢把我怎么样的。如果人品差的话，那就更好了，省得我还要想个说辞去和我妈交代。"

崔惜梦看了她两眼，问："你的苏大帅哥呢？"

"什么我的啊？他和我没有关系。"美盼低头整理自己手边的东西，"差不多了，我也要先回家一趟。"

崔惜梦想要说什么，不过看到美盼不愿意再多说的样子，她伸手捋了捋耳畔的碎发，自动闭了嘴，就和美盼一起朝着学校门口走去。

两人走到门口，就见到外面停着的两辆车子。

一辆是崔惜梦熟悉的，一辆是美盼熟悉的。

这大冬天的，历承易就穿了一件蓝色的毛衣，V领的，里面是白色的衬衣，下面一条黑色的裤子。他鼻梁上架着一副墨镜，整个人倚在身后那辆深褐色的跑车上，竟也不会让人觉得不协调，而是透着一种让人难以驾驭的贵公子气场。

崔惜梦见过这辆车，已经是第三次了。

第一次是在历教授家里，第二次是在他的车库里，第三次，就是现在。

他竟然会来她的学校！

崔惜梦拧着秀眉，根本就没有打算和这个男人打招呼，表情很淡地别开眼，看向一旁的美盼，却见到了不远处还有一辆车子，此刻正好有人推开车门下来。崔惜梦不知道这人是谁，不过他走过来站在她们面前的时候，神色倒是恭敬又含蓄的。

"秦小姐。"

美盼看向郑元林，点了点头，可神情却是不善的："你是来找我的？"

其实她心里也清楚，郑元林会出现在这里，肯定和苏晋庭有关系。他已经有两天没有联系自己了，今天她给他发的那条短信，他也没有回复，现在让自己的助手来学校门口堵她，算是什么意思？

她本来就是挺傲娇的小性子，这两天憋着一肚子的酸涩，偏偏还是自己最不愿意承认的那些感觉，憋得时间久了，也的确是会慢慢地顺应这种酸涩，可那是在别人不引爆的情况之下，这个时候罪魁祸首要是来撩拨她几下，以她的那点儿小性子，哪还会忍气吞声？

郑元林能够看出美盼的冷淡，对此他心下多少也是有点儿数的，他低声说："秦小姐，上车吧，我奉了苏总的命，带您过去。"

"去哪儿？"美盼吸了一口气，端着那小脾气，倔强的样子，要让苏晋庭见到了，估计还是会觉得可爱，怎么看着都可爱有趣。

"去你苏哥哥的床上，要不要去？"这话是历承易说的。

本就微妙的气氛，一瞬，降到了冰点。

美盼到底是女孩儿，又刚刚和苏晋庭发生了那样的事，历承易是苏晋庭的朋友，美盼是知道的，他看似调侃的一句话，却让美盼的脸色更难看了。

崔惜梦带着前所未有的抵触情绪看向历承易："你以为人人都和你这样精虫上脑，动不动就把上床放在嘴边？历承易，我看你出门真应该带着床，这样的话，发情的时候随便找个人就可以就地解决。"

美盼其实也没有真把历承易的话当回事，毕竟他这种公子哥，习惯性地会这样开玩笑，反正也无伤大雅，她也不是娇情得一句话都说不得的人，不过倒是梦梦的反应让她挺意外的。

崔惜梦一贯都是很冷淡的人，什么时候还会这么有情绪？

郑元林虽然不太清楚历承易和崔惜梦之间的那点儿事，不过历少和苏总是好朋友，他也认识历少很多年了，但让那个隐形的"历大主厨"亲自来大学门口堵人的事，他还真没有见过。

估计谈恋爱这种事也能传染，苏总现在有了秦小姐，所以历少现在是准备对这个崔惜梦下手了？

他轻咳了一声，话还是对美盼说的："秦小姐，我们还是上车吧，时间不等人。"

美盼脖子一仰："我不上车，你回去告诉你的苏总吧，就说我没空，我晚上有约会了。"

郑元林为难极了，这秦小姐明显就是在耍脾气，可他又不敢对她怎么样，但人他是必须要接走的。见美盼要走，他不由分说地上前，拦住了美盼："秦小姐……"

"郑先生，我可不想和你为敌，何况我也不讨厌你，你就别做让我讨厌你的事了。"

"秦小姐，您讨厌不讨厌我不重要，但是我总得向苏总交差……不管怎么样，您要是有什么误会，或者有什么情绪的话，还是亲自和苏总说比较好。"

"谁误会他了？谁对他有情绪了？"美盼这两句话反问的语调还挺高的，脸上写着绝对不可能几个大字，横眉竖眼地说，"郑先生，你别乱说话，我对你们苏总没有任何的情绪，就是单纯地不想见他，我真的有约会。"

"秦小姐……"

"让开，你让不让开？再不让开，那我可就打人了啊……"

"秦小姐，抱歉了！"

郑元林知道多说无益，看了一眼历承易，见他直接挡在了崔惜梦的面前，他硬着头皮上前，把美盼的手腕给钳住，拽着她就往车子边走去。

美盼没想到他还真敢对自己动手，一时又气又急，不断地挣扎，偏偏这个男人的力气挺大的，她吃痛地直哼哼，嘴里骂骂咧咧："我都说了我不要上车！喂，谁让你这么对我的？你老板？那个苏晋庭是吗？你放开我，我让你放开我——"

崔惜梦听到美盼的声音，刚要上前，历承易高大挺拔的身躯就往她面前一戳，似乎对于她刚刚那种充满了敌意的话也没放在心上。他伸手取下脸上的墨镜，把那张笑起来太容易让异性心动的俊容横在了崔惜梦的面前。他用墨镜挑起额前的几缕碎发，低声说："别走啊，梦梦，我这都找了你三天了，你总不接我的电话是什么意思？真打算过河拆桥了？"

"历承易，你给我让开！"

崔惜梦见他的脸就这么横过来，有些懊恼地往后退了两步，眉宇间写着的就是厌恶两个字。历承易觉得自己有一种前所未有的挫败感，因为从来没有哪个女人面对他的脸，还能有这样的表情。

　　"端着的时候也得掂量一下分量，你老这么端着你觉得合适？都是我的女人了，还装清高？"

　　崔惜梦怒极反笑，她本来就长得好看，冷笑起来的时候，身上那种高贵清冷的气场更是散发得淋漓尽致，更加让人心动……

　　"我需要对你这样的人装清高吗？我就是不想见你，更不可能接你的电话。历承易，你非得扯上那天晚上的事情的话，那我就告诉你一句话：那是意外，是我自己倒霉，正好碰到了你，你要说是过河拆桥……也行，你说个价吧，我给你钱，就当买你一个晚上，这样可以吗？"

　　"你说什么？"历承易这次是真笑不出来了，反而怀疑自己是幻听了，这个女人刚刚说什么？

　　要买他一晚上？

　　他历承易接触过的女人也不算少，可真没有崔惜梦这样的。他觉得自己的男性尊严受到了挑衅，只要是个正常的男人，都不可能接受一个被自己睡过的女人说这样的话吧，更何况这个男人还是历承易。

　　他在某些方面和苏晋庭一样，对于女人而言，他亦是霸道强势的。

　　崔惜梦见他的脸色有些不寻常了，不过美盼已经被刚刚那个男人带走了，她倒不担心美盼，因为刚刚听那个男人说的意思是苏晋庭让他来接美盼的，既然是苏晋庭，就应该不会有事。

　　既然人都走了，她也懒得和历承易废话。她自己有车，平常在学校她不太开，此刻打算去坐公交车，所以伸手用力推了一把历承易，结果这个男人眸光阴沉沉地凝视着她，身子竟然纹丝不动。

　　崔惜梦吐出一口浊气，大大的眸子也以同样冷然的光对上历承易的，然后弯唇，嗤笑一声："我说什么你没有听清楚？需要我拿个扩音器再给你说几遍？历少，别给你父亲丢脸，你的父亲是我很尊重的人，你要有那么点儿男人的样子就别再来找我，那天晚上的事，大家都忘记了更好。"

　　她说完，直接绕过历承易就往前走。

　　刚迈出去两步，手腕就被男人给用力拽住了，崔惜梦当然知道是历承易的，拧着秀眉用力甩了两下，没有甩开不说，连带着整个身体都被他给拽了过去。她和历承易的身高差正好是一个脑袋的距离，这会儿被他拽过去的时候，她脚跟连连踉跄了两下，后脑就撞在了他锁骨的地方，他力道很大，所以她撞上去的时候，还觉得有些疼。

　　"历承易，你——"崔惜梦恼火地低吼了一声。

　　但她话还没有说完，历承易的另一只手已经横过来捏住了她的下颌，英俊的脸上都是愠怒，眉目冷下来的时候亦给人一种压迫感。他眯起眸子："我还不是个男人样了？那好啊，你给我看着，我现在就给你弄点儿男人样出来……"

话音一落，崔惜梦都来不及体会，男人的薄唇就重重地压了下来。

崔惜梦瞪大了眼睛，但身体完全被禁锢住，不管如何使力，男女的力道悬殊，都让她讨不到一点儿好处。

……

美盼以为郑元林是要带着自己去苏晋庭的住所，可她没有想到，这个男人竟然把她直接丢上了飞机。

"秦小姐，希望您可以体谅我，我也是奉命办事。苏总交代我了，必须要让您上飞机，身份证和机票都在这里，到了那边的话，苏总会在机场等您。"

"秦小姐，就算是您不愿意进去，我也是有办法让您上飞机的，主要是这里人也比较多，到时候真闹出点儿什么事来对大家都不好，所以秦小姐还是配合一下。"

"要真是有什么问题的话，只是不到两个小时的飞行，到了那边，您再和苏总算账也不迟。"

美盼坐在靠窗的位子，遮光板这会儿被她升起，她看着外面白花花的大片云朵就在自己的眼前，仿佛看着另外一个世界。她心里有多种滋味儿，但最多的还是愤怒。

苏——晋——庭！

她就是靠着这么一口气，在飞机上憋了整整两个小时，等到降落之后，她直接就出了机舱。因为是被郑元林软磨硬泡地送上飞机的，所以什么东西都没有，就只有她身上的一个小包——这是去学校的时候随身携带的，她上学的时候每天都会带个包，自己的证件也会放在钱包里，这更是方便了郑元林将她送上飞机。

出了通道口，美盼想到郑元林说的"苏总会在机场等您"，她深吸了一口气，想想还是觉得憋屈，凭什么苏晋庭说什么就是什么了？自从那天之后，他都已经两天没有联系过自己了。而且今天她还发短信给他，但他也没有任何的回复，现在一声不吭就让郑元林把她送上飞机，直接到了这个她人生地不熟的地方，算是怎么回事？

美盼咬着唇，越想越觉得难受，正好见到机场的通道出口处有那种卖东西的店面，她进去之后拿了一顶帽子和一个墨镜，付了钱。将帽子和墨镜戴上之后，美盼又将自己身上外套的帽子扣上，全副武装之后才往外走。

上飞机的时候她的手机关机了，这会儿下了飞机，她也没有开机，自以为弄成这样，别人必然是认不出来的。她本来是准备重新买机票，马上飞回C市的，可她刚走到机场买票的地方，就见到柜台边上倚着的那抹男性身躯，是她无比熟悉的。

美盼脚步一顿，不远处站着的男人穿着深灰色的毛衣，外套挂在他的手腕上，他神色略显疲惫，可那双深邃的眸子透出来的光依旧是凌厉又深刻的，美盼不想否认也不能否认的是——

这个叫苏晋庭的男人，他不管站在哪里，都有着让人无法忽视的魅力。

可她现在才不愿意见到他，所以下意识地伸手往自己的脸上挡了挡，又意识到自己脸上戴着墨镜，头上还戴了一顶帽子，他应该认不出来自己。这么一想，美盼就想要若无其事地转身。不过显然苏晋庭老早就看到她了，见她转身，男人勾了勾唇，眼睛一眨不眨地凝视着那抹娇小的背影，眼神慢慢就透露出一种柔软的光。他迈开长腿追上去。

美盼想要跑，只是苏晋庭要追上她简直就是轻而易举的事，当手腕被男人给拽住的时候，美盼咬牙切齿："放开我！"

苏晋庭笑了笑，拽着她手腕的力道，和他此刻说话的嗓音有着极大的反差："准备跑哪儿去？都在我的眼皮底下了还这么喜欢折腾，看看你这戴的都是什么。"

他说着，帮她取下了墨镜和帽子，让那张他心心念念的小脸蛋儿暴露在自己的面前，却发现她白皙的脸上写着愤怒，腮帮子还气鼓鼓的。苏晋庭心尖一酥，拉着她的手就往机场出口处走。

"时间不多，先回去再说。"

"我不要！我不要！苏晋庭，我要回C市，我又没来过这里，你干什么让人把我绑着上了飞机？我讨厌你这样，你太霸道了，你简直不讲理！喂，我在说话你听到没有？喂，苏晋庭……苏晋庭！啊……"

不管美盼说什么，苏晋庭就是不理她，直接将她塞进了车厢里，然后自己也跟着坐进了后车座，让司机开车。

等到车子启动之后，他伸手就扣住了美盼的后脑勺，俊容陡然逼近边上还在别扭闹脾气的小丫头，蹙眉低声说："给我发的短信是什么意思？现在给你机会解释一下。"

男人的气息瞬间就钻入了美盼的鼻腔，美盼有些悲哀地发现，属于苏晋庭身上的味道，竟然让她如此地熟悉，就像已经烙印在了她的骨血里一样，所以不管她嘴上如何地说着有多讨厌他都好，他一靠近自己，她还是会控制不住地脸红心跳。

她觉得自己没出息，身体僵硬地绷紧，车厢本来就不大，偏偏前面还有司机在，美盼气息一顿，只能尴尬地别开脸去，说话的时候有些底气不足："……就是，就是我发给你的那个意思，你小学没有毕业吗？这么点儿理解能力都没有……你别再靠近我了，你走开……"

"谁告诉你我有女朋友了？"苏晋庭没有走开，上半身完全压在了她柔软的胸口上，她说话的时候胸口一起一伏的，让他觉得很舒服，身体就更容易泛起那种酥麻的感觉，"嗯？"

他不说女朋友这档子事还好，这么一说，美盼自然就想到了文静怡。这两天她因为文静怡的事情心神不宁，想着就觉得憋屈，此刻那小脾气就通通上来了："苏晋庭，你就这么喜欢脚踩两条船吗？既然都有那么漂亮的女朋友了，麻烦你能不能别总是来骚扰我了，我不喜欢你这样！"

"那你喜欢我怎么样？"苏晋庭还是那种淡淡的表情，可盛怒之中的美盼并没有发现，其实他看着自己的眼神十分柔软，里面全都是那种浓到化不开的感觉。

他现在这样子，和无赖有什么区别？

美盼怒不可遏，真想伸手就撕碎他这张让她恨得牙痒痒的脸："苏晋庭！你怎么样我都不喜欢，你别拿着你对付别的女人那一套来对付我，我才不吃你这一套，你走开，走开——唔……"

话音未完，男人就欺身上来，一手压着她的两条手臂，高举过头顶的瞬间，低头含住了她那张喋喋不休、说出的话没有一句让自己愉悦的小嘴儿。

柔软的嘴唇如同布丁，苏晋庭轻轻啃噬着，又觉得这样还不够，另一只手慢慢地探下来，捏住了她的下颌，稍稍用了点儿力道，就听到美盼闷哼了一声，反射性地张开了小嘴儿。苏晋庭满意地勾唇，舌尖灵活地钻进去。这种温度和味道都是让他无比贪恋的，他只觉得压在心上的那团乌云也随之消弭，感觉到怀里的人从挣扎慢慢变得顺从，他的动作也变得更是温柔缠绵，拇指轻轻地摩挲着她光滑的下巴，含着她的小舌头，含糊却又低沉地说："乖，把舌头给我。"

美盼其实知道自己在做什么，苏晋庭对她来说，有着让她无法抗拒的技巧，她每一次都是在体会，从想要挣扎，变成不想享受却又很是享受。

他的舌几乎是长驱直入地闯入她的口腔里，攻城略地，让她压根儿就没有任何的防备能力，美盼的身体慢慢地开始颤抖。

美盼也不知道为什么，就让苏晋庭带着到了酒店的套房。

看得出来，这房间应该是他之前就住进来的，美盼一进来就下意识地在心里竖起了一道警戒线，不由自主地，她竟然会环顾四周，想要确定一下这个房间里到底是只有苏晋庭，还是有可能会有别的女人……

"我和你解释一下文静怡的事。"

苏晋庭脱掉外套，坐在沙发上，他抬起头，看着还站在玄关处闹别扭的小丫头，蹙眉朝她招了招手："你过来。"

他还好意思和自己提文静怡？

美盼噘着嘴儿，梗着脖子偏偏就不如他的意："你想说什么就这样说吧，我听得到。"

"我喜欢对你小声点儿说话，这样距离太远，不累？"

"不累，我觉得挺好的。"

"盼盼，我这几天很累，你乖一点儿，嗯？"苏晋庭抽出一根烟，给自己点上，抽了两口，见美盼还是一动不动的，他笑了一声。对她，他永远都有足够的耐性。他挑起眉头："真不过来？你人都已经在这儿了，还戳在门口矫情什么？"

"谁矫情？"美盼就不喜欢听这么两个字，谁不知道矫情是骂人的。

她气呼呼地伸手叉腰："苏晋庭，你别得了便宜还卖乖，现在还要骂我！"

她的目光是有些凶神恶煞的，可苏晋庭还是那种柔软似水的眼神，他弹了弹烟灰，将烟含在了唇上，白色的烟雾若有似无地弥漫在男人的俊容前。美盼见他忽然站起身来，那似笑非笑地看着自己的样子，太过邪魅。

他说："我哪会舍得骂我的心肝宝贝，至于得了便宜还卖乖，盼盼，我倒是真希望能在你身上多得点儿便宜，可你皱一皱眉头，我就心疼。"

他的声音又低又沉，那双柔软的眸子对着她的时候，始终都不会出现让人惧怕的凌厉，美盼并不知道那是苏晋庭独独给予她的特别温柔。

对于这种话题，美盼的确是没法控制自己的心跳，又不知道应该如何接话，一时只能僵硬着身躯。感觉到他在一步步地靠近自己，她很想要后退，可房间也不大，男人的腿长，不过几秒钟的时间，他人就已经站在了她的面前。玄关处的柜子上放着一个烟灰缸，苏晋庭顺手就把唇上的半截烟拿下来，捏碎丢进了烟灰缸里，还染着浅淡烟味儿的长指伸过去，握住了她的肩膀。

美盼想要逃。

苏晋庭不让，力道挺大的，一把将她拽入自己的怀里，熟悉的男性气息瞬间就绕环住了她。美盼感受到的那个胸膛口就是炙热、坚硬的，她张了张嘴，却没能够发出一点儿声音，嗓子眼儿里堵住的不是尖锐的东西，而是自己体内涌上来的一种情愫。她还没有完全消化自己的情绪改变，很快又听到耳边有热切的嗓音在问她："先回答我，你有想我吗？"

美盼心尖颤得更厉害了，整个人都在颤抖。

苏晋庭抱着她，下巴在她的发顶上轻轻地摩挲了一下，不等她回答，马上又很笃定地说："我知道，你肯定会说没有想我，不过我确定，你一定有想我。"

美盼终于找回了自己的声音，虽然是有些底气不足的喑哑，但是她绝对不会在这种时候选择沉默："……你放开我，苏晋庭，你别总是这样，你放开我。"

"我总怎么样了？"苏晋庭贴着她的耳朵，说话的时候，那热热的气息就会夹着一种很淡的烟草味儿。说实话，这种气息是真的太容易让人心动，一丝丝地钻进来，渗透到了她的五脏六腑。这种感觉太可怕了，美盼觉得自己都快魔性了——人的，当然是苏晋庭的魔障。

"口是心非是你们女人的特权是不是？那你可以在我这里拥有这样的特权。你的确是有想我，不过这两天我不是故意不和你联系，你所认为的女朋友，那是不存在的事。我怕你会乱想，搞得自己不舒服，就特地让元林把你送到我这里来，因为我暂时不能离开这里。"

美盼浑身都是滚烫的，她别开脸，徒劳地想要避开他的气息："我不知道你在说什么，我不关心你的事，更不关心什么文静怡，你没有必要和我解释。"

"那为什么要发短信给我？"

"……那是因为我知道你对张洛做了点儿事，你让她辍学了！"

"有关系吗？"苏晋庭拥着她，显然不否认张洛的那回事，美盼心中就更确定了张洛的事真的是他让人做的。其实张洛也算是罪有应得，如果真的是她和宋薇薇联合起来用那样卑鄙的手段来对付自己，最后还连累了梦梦，那么现在她所承受的一切，就算是自作自受。

"我的人，也是她能够动的？也就是那天晚上因为她的那些自作聪明，间接地让你成了我的，我才会放过她……否则的话，她现在就不是这样的结果。"

他说话的语气淡淡的，可言辞间，每一个字都染着一种锋锐，见血封喉一样的凌厉。

"你……你放开我再说话。"美盼被他的怀抱烤得有些受不住，想要推开他，结果却被他抱得更紧了，她纤细葱白的手指就紧紧地抓着男人的毛衣。刚刚进来的时候苏晋庭就脱掉了外套，这会儿身上就一件单薄的毛衣，女孩儿的手指抓上去的时候，很容易就能够触到他的皮肤。

她低声叫起来："我给你发短信就是因为我不想让你操心我的事，你先放开我，苏晋庭，我让你放开我，你听到没有？"

"别动了。"苏晋庭忽然出声，打断了她的话，蹙眉就将她翻了个身，长腿逼近的同时，也将她整个人逼退到了门板上，然后整个人压上去，捏着她的下巴，有些无奈地叹息了一声，"这张嘴，什么时候才能说出一些让我高兴的话？"

"苏晋庭，你……"

"嘘，别说话，听我说就可以。"苏晋庭比她年长了有十岁，这十岁不是白长的，他一贯都很精明，察言观色的能力也强，美盼的那点儿小心思也不过都是写在脸上的，那条短信他收到的时候，基本就可以肯定，她肯定是看到了自己和文静怡的一些报道，误会了什么。不过这样才好，这就说明了，她其实对自己也不是毫无感觉的。

他本来是打算回C市后再向她解释的，可那天离开秦家之前听到了她和秦媛的对话，知道自己要是不在的话，估计她还真会去见别的男人，跟别的男人相亲。

这种事，苏晋庭自然不允许发生，所以就让郑元林送她过来。

"文静怡和我认识已经有很多年了，不过我和她确实不是媒体写的那种关系，那天晚上她在拍摄的时候出了意外，因为人在C市，身边也没有什么亲人，所以才会联系我。我之前有事让她帮过忙，这样的小事，哪怕是看在那么多年交情的分儿上，也应该去看看她。"

苏晋庭说是在解释，可那黝黑的眸子一眨不眨地凝视着她的样子，让美盼忍不住一次次地闪烁着视线，以至于他说的话，传到了她的耳中，总有些飘忽不定。

"……后来她动了一个小手术。我本来是打算马上回去的，因为当时已经有不少的记者堵在了医院门口，让人处理也需要时间。再后来我回去的时候也没有见到你……文静怡现在是备受追捧的名模，关于她的八卦就传得很快，这种捕风捉影的报道我也懒得去理会。昨天晚上我就直接过来A市了，这边有个重要的人出了点儿事。"

他这算是把这两天的行踪解释得一清二楚了。

美盼有些无奈又有些惊愕地发现，自己听到他说的这些话，憋了两天的委屈和不甘，竟都在一瞬间烟消云散。

她什么时候变得这么没有原则了？

他说什么就是什么？

没准他是在欺骗自己呢？

可是心底最深处就是有一个声音在告诉自己，秦美盼，你就是相信他，而且还是坚信。

"……你，不用和我说这些，我又不关心。"心里想的是一回事，嘴上她还是不肯认输。

苏晋庭笑了笑，不说话了，食指在她的下颌处来来回回地摩挲了两下，一低头就直接吻住了她的唇。

美盼呜呜了两声，挣扎，却都被他轻易地制止住，在这个过程之中，她能够清晰地感觉到自己在慢慢沉沦，沉沦在他的味道、他的霸道、他的强势之中，不能自拔，而模模糊糊地，她又听到他说："宝贝，你知道你吃醋的样子，我有多喜欢吗。"

第二十一章
晋庭，别再带来了

C市，城市最西边的豪宅区。

荣慎宇敲门进去的时候，荣惊正将一个文件夹丢在书桌上，抬头见到荣慎宇，他指了指面前的文件夹，面色何止是严肃，简直就是乌云密布："给我解释一下，这是怎么回事？"

荣慎宇进来之前就已经做好了准备，这个事是他始料未及的，估计连父亲都没有想到事情突然会来这么一个大转变，这完全超出了他们的预料。

苏晋庭带走美盼的那天他们就已经在美盼的身上装了跟踪器，也让手下的人跟着前往，知道他是带着美盼去了他自己的住所。要在他的房间里，把他们之间做的事偷偷拍下来，对于他们这样的人来说，并不是一件多难的事。

可他等了三天，等文件到自己手中时，发现画面里的人竟变成了无关紧要的人。

"父亲，我已经让人在调查了。"

荣惊嗤笑了一声，摇头："不用调查了，我知道你也给不出什么解释，这只能说明我并没有看错人，本来是打算用这样的方法逼着那个人出现，现在想来，我还是低估了苏晋庭。"

荣慎宇就是不喜欢听到荣惊嘴里对于苏晋庭的那种欣赏、认同。

他握紧了身侧的双手，本就冷峻的五官上此刻更是寒霜密布："他也不过就是侥幸，我会加快速度，一定尽快找到父亲您要找的人。"

"不能再让苏晋庭牵着我们的鼻子走，我时间有限，是人总是有弱点的，知道苏晋庭的弱点是什么吗？"

荣慎宇也是聪明人："秦美盼。"

"那就从她身上下手。"荣惊的语气寡淡又坚定。

荣慎宇倒是犹豫了一下，看了眼荣惊，对面的中年男人正好抬起头来，撞到了荣慎宇的视线，他冷笑一声："慎宇，我知道你现在在想什么，我不是让你对她做点儿什么，而是让你用隔山打牛的方式，明白我的意思吗？"

荣慎宇点头。

荣惊又说："别人会觉得她还小，但在我看来，21岁已经不小了，她总有一天是需要面对一些事实的，谁说这个不是命运？既然秦美盼是苏晋庭的软肋，我更有信心，可以一并将那个男人收入麾下。"

他脚尖轻轻转动，大班椅就跟着转动了半圈，面朝着落地窗，玻璃上倒映出来的那张脸上，面部表情在一点点加深，他眼角的那条疤痕也在一点点地加深。

若隐若现之中，他仿佛还可以透过玻璃中那个虚无缥缈的影子，看到另一张脸。

荣惊眸光闪闪烁烁，有那么一瞬间，他的大脑仿佛回到了遥远的从前，可耳边回响着的声音又仿佛是在昨天——

"荣惊，你别做梦了，我不可能给你生孩子！"

呵，不可能吗？

夜色浓郁，在同一片黑夜之下的不同地方，连人的心境似乎都是不一样的。

A市酒店的套房里。

苏晋庭站在浴室门口，敲了敲门："还不出来？"

美盼躲在浴室里，气急败坏地直跺脚，听到外面男人的声音，她咬牙切齿地对着门板吼道："苏晋庭，你肯定就是故意的！我不要这条裤子。"

她将手中的那条男士内裤丢在了洗脸盆上，脸蛋儿涨成了猪肝色。

她才不要穿他的内裤，这个男人，肯定肯定肯定是故意的！

美盼咬着唇，恨恨地伸手捂着自己的脸颊，这一刻她的内心真是有一万头的那个什么马在奔腾！

哪有像他这样的！

突然就把人带来了A市，她什么都没有准备，自然也没有换洗的衣服，刚刚被他吻得晕晕乎乎的时候，座机突然响了，这才拯救了她。

后来她才知道，电话是酒店的服务人员打来的，应该是苏晋庭之前就已经提醒了酒店的工作人员通知他们吃晚餐，现在差不多到了晚餐的时间，这边的人就打电话过来通知。

美盼觉得自己是侥幸逃脱了，马上就嚷嚷着说肚子好饿。苏晋庭哪会不知道她的那点儿小心思，不过还是带着她去了酒店的餐厅吃饭。他应该是早就有所准备，菜都是美盼喜欢吃的，那一顿她吃得很满足。

不过回来之后她就开始头疼。

想要单独住，根本就不可能，苏晋庭将她推进房间里的时候，淡淡地丢过来一句话："你刚刚不是还在抱怨A市你没有来过，人生地不熟吗？那晚上睡我边上最安全。"

美盼真被气得要笑了："你才是那个最危险的人！"

"我有什么危险的？顶多就是脱了你的衣服，可你不是也迫不及待地脱过我的？盼盼，有时候做事就得有来有去，这样才显得公平。"

美盼就知道和这个男人扯这些根本没任何意义，她气呼呼地跑去洗澡，并且暗暗发誓，自己在洗澡的时候要打通任督二脉，好好想一想这一晚上应该如何对付这个可恶的男人。

不过她的任督二脉还没有打通，问题却来了。

她没有带换洗的衣服，刚刚因为习惯使然，一进浴室，她就直接把内衣和内裤丢在了一旁，洗澡的时候被水给浸湿了，这会儿完全不能穿。想着让苏晋庭找一套她能穿的来，结果这个男人就丢进来一条男士内裤。

虽然是新的，可……这分明就是男士的！

"盼盼，穿上赶紧出来，时间不早了，我带你去见个人。"苏晋庭还在外面理所当然地催促着，"不会穿？我可以进去帮你。"

"别进来！"

美盼一听他要进来，手忙脚乱地拿过一旁的浴巾就往自己的身上盖，她嘴里也同样急切地说着："你让人给我带一条女士内裤，这个我不穿。"

"现在太晚了，外面的商场差不多都关门了，我也不方便出去给你买，你穿上这个总比不穿要好，是不是？"

美盼都要急哭了："苏晋庭，你为什么要这么对我？酒店肯定也有女士内裤卖。"

门外的男人颀长的身躯懒洋洋地倚在浴室的移门上，闻言，神色柔软，可那双深邃的眸子里含着的笑意，分明就是别有深意。他语气温柔，言辞又不容反驳："乖，酒店有女士内裤的话我能不给你吗？这里不提供这种服务……赶快穿了出来，你穿里面有谁看得到？"

美盼心中有个声音在大声说："苏晋庭，你这个浑蛋！"他分明是把自己的恶趣味建立在她的痛苦上，可她现在哪怕是知道了也没有反抗的力气。纠结了很久，她还是乖乖地拿出那条男士内裤，不甘心地穿上。

出去的时候，当然是穿好了她的裤子，不过里面那条内裤怎么都不舒服，她心里膈应着，导致走路的时候都有些怪怪的。

"苏晋庭，你别……这样看着我。"

美盼一出浴室就见到苏晋庭坐在床沿儿上，叠着两条长腿，姿态慵懒地抽着烟。见她那别扭的样子，苏晋庭弯唇一笑："不习惯？"

美盼知道他说的是什么，有些懊恼地说："你就是这么霸道，这种新的……内裤，洗都没洗过，穿着就是不卫生的。"

"你怎么知道没有洗过？"苏晋庭拿过一旁的烟灰缸，将半截烟直接捏灭了丢进里面，抬起头来看看美盼，又对着她招招手，"过来我看看，是不是真有那么难受？"

美盼当然不会过去，反而是倒退了两步："你别想！"

"我怎么就成了不能想了？"苏晋庭嗤笑了一声，"你说这么一个地方，你能躲哪儿去？"

"你……"

"好了。"他忽然站起身来，本就精致的五官，在头顶那水晶灯的照射下更是有一种如玉一般的晶莹剔透。美盼瞧着他这样子就会忍不住怦然心动，一个21岁的女孩儿，不会不明白这意味着什么。大概就是因为知道这种感觉叫作悸动，所以她才总是在徒劳地否认着，结果就是她越是否认，那种反弹的感觉就越是明显。

"不就一条内裤吗，意见还挺多的，最基本的卫生习惯我还是有的，内裤是干净的。"

苏晋庭朝着她走来，美盼下意识地就想要闪躲，不过这男人手疾眼快得很，拽着她就往自己的怀里拖，另一只手顺着她的脊背慢慢地往下探，修长的手指在她的臀部轻轻地点了点，又慢慢地进了她中间的那条缝之中。美盼的身体抖了抖，恼恨地瞪着他的那种眼神又像藏着一汪深水，反差之下，反而更显得楚楚动人。苏晋庭喉头滑动："别用这样的眼神看着我，饿了几天的男人，很容易就被你看出火来。"

美盼的心跳乱了节奏。

苏晋庭轻叹了一口气，俯身在她的耳蜗处，舌尖舔过她小巧的耳垂，还觉得不够，健壮的身躯又紧紧地贴上去，嗓音已是有些喑哑："宝宝，我现在带你去见个人。"

美盼其实可以感觉到他的身体已经起了变化，不过见他这般克制，还说要带自己去见谁，她心里难免会起好奇，转念一想，他好像就是A市人，要带自己去见谁？

人都已经在这里了，美盼知道自己现在对苏晋庭而言，那简直就是砧板上的鱼肉，别说他是带自己去见谁了，就算他真把自己卖了，她估计也没什么办法。说起来，她分明是一点儿都不够了解这个男人的底细，仔细想想，她也不过就是认识了他不到两个月的时间，可为什么单独和他在一个陌生的地方，任由他带着自己走，她竟然也不会担心自己的安全问题？

美盼脸上还是老大不乐意的表情，被苏晋庭带着出了酒店正门的时候，他特地将她刚刚在机场买的那顶帽子戴在她的头上，美盼伸手一摸，苏晋庭挑眉，抓住她的手，说："这里晚上冷，戴着吧。"

美盼想说什么，但是已经有人走了过来，是一个年轻的男人，一身黑色的西装显得很是严肃，他见到苏晋庭的时候，很恭敬地颔首，说："苏先生，都已经准备好了。"

苏晋庭抓着美盼的手，颀长的身躯往她的面前站了站，美盼这个时候并没有看到他脸上的表情透着凌厉，只听到他沉声问那人："按照我之前说的做。"

"是的，苏先生。"那人颔首之后，离开，一身黑色的西装很快就融入了黑夜之中。

美盼也不知道他在搞什么，不过看苏晋庭的样子似乎是很严肃，她扭动了一下自己那只被他抓着的手腕，结果却被他更用力地捏住，美盼鼓了鼓腮帮子，自己都没有发现，自己现在已经习惯了他的这种霸道。

她轻声问："你要带我去见谁？搞这么神秘……"

正好有车子过来，苏晋庭拉着美盼，帮她打开了后车位的车门："上车。"

她抿了抿唇，还是乖乖地上了车，苏晋庭在她后面弯腰坐进来。等到车子启动后，美盼再也忍不住了："喂，苏晋庭，你到底要带我去见谁啊？"

"怕了？"

苏晋庭看了她一眼，美盼总觉得他现在的样子有种情绪高度紧绷的感觉，哪怕是坐在车子里，那双深邃的眸子里也似乎是藏着点儿什么。

他越是这样，美盼心里自然越是忐忑。

本来她不担心他会把自己给怎么着，可现在……怎么这么奇怪？

难道他真打算把自己给卖了？还是说……他其实也不是什么苏晋庭，可能他就是一个骗子？骗财骗色不够，现在是打算把自己给绑架了，然后向秦家要赎金？

大脑中千奇百怪的想法不断地冒上来，美盼觉得自己肯定是小说看多了，因为现在出现在她脑海里的画面，什么样的都有，以前喜欢看TVB警匪片，每一部警匪片里总是会有匪徒处心积虑地绑架富家女，再要求多少多少赎金的桥段。

现在想来，自己不会就成了那电视剧里面，被绑架的富家女吧？

到时候她会是怎么样的下场？

会不会被这个男人给撕票了？

美盼越想越觉得瘆得慌，加上现在外面一片漆黑，苏晋庭坐在自己的边上还时不时抬起手腕看着腕表，也不知是在看时间还是在看其他的。

太阳穴重重地跳着，美盼伸手想去拿自己的手机，心里琢磨着是不是该给爸爸打个电话。

可伸手一摸，这才发现自己连手机都忘在酒店了。

刚刚洗澡的时候她似乎是拿出来了，后来离开浴室，她就忘记拿了……

苏晋庭没有听到美盼的声音，抬起头来看了她一眼，正好见她紧张无比的样子，那接触到自己的眸光竟然慌乱地躲开了，身体还刻意往边上躲了躲。他是多么精明的男人，那双犀利的眸子一眼就看穿了她那些乱七八糟的小心思，也不生气，就是觉得这丫头有时候真是挺好玩的。

"怎么了？现在看都不敢看我一眼了，美盼？"苏晋庭的舌尖轻轻地舔过自己的唇角，挑起眉头，往她的方向挨近了一些，声音越发低沉，"嗯？盼盼？"

狭小的车厢里，充斥在鼻端的都是两个人身上的那种气息，前面开车的那个司机已经自动成了透明的，美盼心慌慌地抬起头来，撞入苏晋庭那双幽暗的眸子里，灵魂都像在瞬间被吸了进去。她嚅动红唇，只想着，要死也得死个痛快点儿，于是张嘴就说：“……你，苏晋庭，你是不是真打算把我给卖了？或者是准备绑架我？你潜伏在秦家，就是为了这么一天是不是？”

苏晋庭真是哭笑不得，大掌直接绕过她的颈项，托住了她的后脑，挑起一边的眉头，声音越发温柔：“你说什么？”

美盼猛地闭上眼睛：“我说你是不是要绑架我？”

“嗯，如果我真的要绑架你，你打算怎么办？”

美盼：“……”

“你觉得我缺钱吗？”

美盼：“缺钱不缺钱别人怎么看得出来？没准你就是装的，什么都是假的，连你的名字都是假的！你进了秦家就是故意的，想要绑架我，干一票然后……”

“唔，名字倒是真的。”苏晋庭打断了她的话，语气怎么听着都显得漫不经心得很，可这种感觉，还真像是那种电视剧里面变态的绑匪，“不过你觉得你能值多少钱？在秦家，他们愿意出多少钱来赎你？”

美盼：“……”

气氛正微妙的时候，前面的司机忽然停了车。对于刚刚他们两人之间说的话，那司机仿佛一个字都没有听到，转过脸颊就对苏晋庭说：“苏先生，到了。”

苏晋庭神色一变，看向司机的时候，眼底深处的那些专属于美盼的柔软光芒瞬息就变了，他只点点头，让司机先下了车，这才拉着美盼，拇指轻轻地弹了弹她有肉却不显胖的小脸蛋儿：“你是我的无价之宝，我倒真是想要绑架你，不过是绑架到我的心里去。小笨蛋，下车了。”

最后那几个字真是充满了宠溺的味儿，美盼脑袋里乱七八糟的想法再多，也不会感受不到这些，“小笨蛋”三个字，更是让她的心尖有着一种熟悉的酥麻感觉划过。美盼小心翼翼地看了他一眼，咬着唇，双手抓着门把手，摇头：“你总得告诉我吧，到底要带我去哪儿？见谁？”

苏晋庭脸上始终都是温和的表情，嘴角似乎还含着几分笑意，不过抓着美盼的力道可不小，让她下车也是轻而易举的事：“不是喊你下车吗？”

美盼噘着小嘴儿，还是被苏晋庭拖着下了车。

她一下车，就发现自己现在所在的地方似乎是一个私人领域，看上去像是住宅区，又好像不是。她被苏晋庭带着进去的时候，见他是一层层地输入密码之类的，而且周围还守着不少黑衣男人，个个神色严肃，看上去就像身手不凡的样子，不过见到苏晋庭，他们都非常恭敬地颔首。

“苏晋庭，这是哪里？”

“这里，唔，用你的话来形容的话，是我的巢穴。”

巢穴？

美盼一脸黑线的样子，苏晋庭带着她九曲十八弯地绕了几圈，最后停在一扇红色木门前。他看向美盼，眸光深沉又复杂，不知道是不是因为此刻照射在他们身上的那种光源是冷色调的关系，她总觉得，这一刻苏晋庭看着自己的眼神复杂难辨，像是隐忍着某种难以言喻的情绪，呼之欲出，又被他压在最深处。

"我要带你见个人，是我的亲人。"他说，"盼盼，她是我的一个阿姨，自从我父母去世之后一直都是她养育我的，所以对我来说，也算是我的再生父母，要是没有她的话，估计就不会有今天的我。我这次匆忙来A市，也是因为她这两天突然身体不好，前天晚上临时动了一个小手术。"

美盼不是没有见过他严肃的样子，不过实在是少，人家都说了"物以稀为贵"，就是因为他总是在自己面前没个正经，所以难得认真起来的时候，她也不由得跟着挺直了脊背。想了想，才木讷地接了一句："……你……擅自做主带我见家长？我还没有答应和你交往……"

苏晋庭先是一愣，随后才忍不住弯了弯唇，伸手揉了揉她的发顶，眸底的光慢慢就从刚刚的复杂，重新染上柔软。

"嗯，算是见家长吧，这种事情要等你点头同意，不知得等到猴年马月……盼盼，我长得再好，也禁不起岁月摧残。"

美盼还来不及对他刚刚那句臭美的话表现出嗤之以鼻的表情，苏晋庭就已经拉着她的手敲了敲门。没一会儿就有人来开门。

"……晋庭？"

是一个女人，四十几岁的模样，可以看得出来，年轻的时候绝对是一个大美女，因为哪怕是到了这个年纪，她依旧是风韵犹存，五官很是端正，一张素颜却有着一种柔软的味道，让人一眼看到就觉得亲切。

是的，亲切，美盼就是这么认为的，她看着眼前的这个女人，心里竟会升腾起一种很怪异的感觉，是一种除亲切之外的感觉，却又让她无法形容。

"简姨。"苏晋庭开口，始终都抓着美盼的手，注意到简姨的视线已经落在了美盼的脸上。哪怕来之前他就已经和简姨说过不要太心急，但这会儿却还是可以感受到她脸上的表情在明显地变化着。他知道简姨是个怎么样的人，就怕她的情绪会有巨大的起伏，蹙眉停顿片刻，很快就对美盼说："盼盼，这是简姨，她是……"

"晋庭，她是盼盼？"简姨的眸子泛着一种猩红，简单的几个字，可分明是夹着一种激动到难以言喻的情绪，连带着嗓子都有些哽咽。她似乎也注意到了自己的失态，连忙伸手挡了挡，很快又说："不好意思，身体不太好，突然就见晋庭带个女孩子回来给我看，我都失态了。盼盼？你是叫盼盼？"

"阿姨！"

　　美盼到底也是大户人家出来的姑娘，已经21岁了，那点儿最基本的礼仪规范哪会没有？苏晋庭带她来见这个简姨不管是什么目的，现在她人站在这里了，那肯定是得客客气气地打招呼的。她很快就甜甜地笑了笑，又暗地里用力挣扎着从苏晋庭的掌心之中抽出自己的手来。为了避免尴尬，她对着简姨挥了挥手，笑得虽然有些仓促，可不知道为何，嘴角边上的小梨窝一览无余的样子，显得特别可爱。

　　"您好，我叫秦美盼，所以大家习惯喊我盼盼。"

　　"秦美盼……"简姨喃喃地说了一句。

　　美盼还以为她不知道自己的名字应该怎么写，下意识地，她又说："对呀，秦是秦国的那个秦，美是美丽的美，盼是盼望的盼。我爸给我说过，我的名字是从'巧笑倩兮，美目盼兮'之中取出来的，是不是很有意境啊？"

　　这个阿姨给她的感觉，是真的特别的亲切。美盼太难得，在第一次见面的人面前，竟然还可以喋喋不休地说这么多。

　　苏晋庭站在边上，不动声色地将双手缓缓插入裤袋里。

　　简姨的唇瓣抖了抖，不过还是很快就稳定了心绪，她吸了一口气，笑了笑，视线落在美盼的脸上，似乎是透着一种深切的渴望，还有释怀和安心。

　　"……很美的名字，和你的人一样，盼盼，长得真好。"

　　被人夸长得好，女孩子当然都会开心，美盼也不例外，嘿嘿笑着，伸手抓了抓长发。简姨很快侧了侧身，说："进来坐吧。"

　　苏晋庭伸手，很自然地在美盼的腰上轻轻揽了一下，又带着她进了屋子。简姨一低头，正好看到了苏晋庭的动作，她本能地抬起头来看着苏晋庭，却看见他眸光柔软地注视着边上的美盼，而美盼对他表现出来的那种小表情虽是咬牙切齿的样子，可怎么看着都像是在对他撒娇。

　　简姨心头一沉，电光石火的一瞬间就想到了什么。

　　美盼进了屋子就觉得有些尴尬，因为她发现那个简姨总是用一种很奇怪的眼光凝视着她，但每次等到她对上简姨的视线时，反倒是简姨先躲闪起来。

　　美盼心里难免会有些诧异，苏晋庭正好倒了两杯水出来，分别放在美盼和简姨的面前，转身又很自然地坐了美盼的身边。他们坐的是长沙发，美盼只觉得身体的一边往下微微陷了陷，她所熟悉的那种男性气息也随之在自己的鼻端晕开了，本就显得尴尬微妙的那种氛围，这下子好像更有一种让人喘不过气来的感觉。

　　简姨当然看得到苏晋庭的言行举止，也能够感觉到美盼身上的那种紧绷，她轻笑了一下，出声打破了这个让每个人都似乎有些不太舒服的局面，嗓音温和地问美盼："盼盼，不是开学了吗？你是在C市上大学的吧？"

　　美盼点头："嗯，开学了。"

　　美盼后知后觉地反应过来，觉得简姨可能是在疑惑自己为什么会在这个时候出现在这里，她又不好意思直接说是苏晋庭把她给抓过来的，思来想去，还是很得体地补充了一句：

"简姨，我是因为临时有点儿事，所以正好就过来A市了。然后，苏晋……嗯，苏大哥他之前也有住在我们家，这次凑巧在这里碰到了他，所以……那个，明天我就回去了。"

简姨还是一脸恬静地笑着，美盼说话的时候，她就一直凝视着她那双又大又黑的眸子，那里面好似住着一个精灵。这样美好的年纪，这样美好的一切……

真的，的确是应该属于她这样的年纪，无忧无虑，可以尽情地享受着她可以享受的一切。

"学的什么专业？"

"广告设计。"美盼习惯性地接话，马上又反应过来，"现在改专业了，现在是摄影专业，我很喜欢摄影。"

简姨的眼神有瞬间的剧烈波动，脸上的那些表情其实已经很勉强了："……摄影好，摄影好……"她喃喃低语了几句，一时却不知道应该如何说下去，"……小女孩儿学摄影有气质，以后要是有机会的话，拍的照片也给我欣赏欣赏。"

美盼到底还是年轻一些，看人看事，和她现在的年纪成正比，一个刚刚见面的阿姨，对她表现出来的热情也好、异样的眼光也好，她都在心里很自然地将之归结为，这是苏晋庭带着自己来的缘故。

潜意识中，她自然会觉得这是如同见家长一样的形式。

因为苏晋庭的父母早逝，所以这个简姨对他肯定是很重要的，而他带着女孩子来见简姨，简姨当然是需要好好地询问、好好地观察的。

美盼轻咳了一声，多少有些不自然："好啊，不过我主要是喜欢拍拍景色之类的，简姨您要是真的喜欢，我下次去别的地方了，拍一整套给您。"

"好，好。"简姨点头，很是欣慰的样子，不过两秒的停顿后，她忽然扯开了话题，问，"盼盼，我可以这么叫你吗？"

"当然可以啊。"小丫头歪着脖子，甜甜地笑着，那样子让简姨有瞬间的恍惚，好似看到了太久以前那些被尘封的画面，到了这一刻，一跃而出，竟是如此清晰。

她胸口剧烈地跳动起来，脸色瞬息万变，有太多隐匿着的情绪都在她的眼皮底下。女人垂下了眼帘，再度开口的时候嗓音亦是有些僵硬："C市的秦家，我倒是也略有耳闻，你现在是和你父母住一起吗？"

"是啊。"

"他们对你，好吗？"

美盼一愣。

简姨自己也是愣了愣，这才意识到自己好像是说错了话，她脸色一白，马上就摆摆手，解释道："哦，盼盼，你别误会我的意思，我就是随口这么一问。可能就是因为一看到你就一见如故，所以就忍不住问你这样唐突的问题，盼盼，你别想太多。"

"没有，没有。"美盼当然不会想太多，心里想着的就只是苏晋庭……

自己在秦家是什么局面，苏晋庭哪会不知道？估计就是这个男人告诉了简姨吧？其实也不是什么见不得人的事，她觉得自己不偷不抢，只是因为生在那样的豪门世家，有很多身不由己。至于她的母亲……秦媛其实人不坏，她很清楚地知道，自己的母亲还是挺有原则的人，虽然她急功近利，但是这并不能说她心地歹毒，因为她同样也是在比自己更现实的环境之中成长的人，追求已经不一样。

有时候，她反而有些同情自己的母亲，她也许走到了人生的尽头都不知道人生的乐趣到底是什么。

"简姨，其实我爸对我很好，可能苏……苏大哥他有和您提起过我在秦家的情况，这也没什么，我妈她这个人就是刀子嘴豆腐心，我挺好的。"

苏晋庭今天晚上一共被叫了两次苏大哥了，他微微扬起脖子，喉结上下滑动，听到她用糯软的声音喊着苏大哥的时候，他就会下意识地交换一下自己叠着的长腿，因为气血冲动起来，他倒真怕自己会有失态的举动。

"简姨，您是不是差不多要吃药了？"苏晋庭适时插了一句话。

"是差不多了。"简姨这个时候也站起身来，她身上穿着的是舒适的家居服，不过也不知是不是太过仓促，起身的时候，竟还不小心晃了一下。美盼就坐在她的对面，见她身体一动，她几乎是下意识地就站起身来，冲了过去扶住她："简姨，您小心点儿。"

女孩儿白皙柔嫩的手正好握住了简姨的手，几乎是在那么一瞬间，女人反手就一把抓住了美盼的小手，捏在手心之中，力道有些大，美盼没忍住，闷哼了一声，两条细长的眉也拧了起来。

苏晋庭将刚刚的一切都看在眼底，此刻不得不上前，大掌伸过去就握住了简姨的手。他对她浅浅一笑，说话的语气是低沉的："简姨，我带您进去吃药吧，让盼盼在外面休息一会儿，等下我还得送她回酒店，明天一早就得回去，怕她起不来。"

他说话的口吻，其实多多少少都透着一些暧昧和亲密。

在场的不过三个人，可除了美盼，苏晋庭这个当事人自然是知道自己心里在想什么，而简姨，她是过来人，刚刚进屋的时候她就看出来了，男女之间的那些暧昧朦胧的感觉始终都笼罩在他们的身上，那种美妙的滋味儿，只有徘徊在恋爱之门里的人才能够体会到。

美好，却也让人冲动。

她看了苏晋庭一眼，点头。

美盼在心中权衡了一下，这种时候，她当然是不能不懂事地说什么，只能听从苏晋庭的安排。

她看着苏晋庭扶着简姨进了里面的小房间去吃药了，只能无聊地站在客厅的正中央。眼前所见的，就是男人挺拔的背影，边上的女人其实也不显得虚弱，身材保持得挺好的，哪怕是穿着宽松的家居服，一样有着与众不同的韵味儿。

美盼伸出自己的手来，因为刚刚被简姨用力抓过，手指上还有些红红的。她撇了撇嘴角，用另一只手的指腹轻轻地摩挲了两下，然后才耸了耸肩，坐了下来。

小书房里。

苏晋庭将药和水送到简姨的面前："是不是突然带过来，也不太好？"

简姨吃下了他手中的药，又喝了两口温水，这才扶着一旁的凳子坐下来。她看了一眼小书房的门是关着的，眸光对上了苏晋庭的："我之前和你提过几次想要见见她，当时你倒是没有表态，这次你这么突然带她过来，我的确是挺意外的。"

吃了药，感觉到自己的气息顺了不少，其实刚刚在外面她就已经觉得不舒服了，这么多年来，她的身体多少是有些外强中干，年轻的时候那样消耗过，到了这个年纪，就要为自己的青春埋单，她受不了太大的刺激。

苏晋庭见简姨的脸色慢慢回了血色，也跟着坐了下来，很想要抽根烟，不过在她面前他一贯都比较克制。

"抱歉，简姨。"

"晋庭，不要和我道歉，你没有做错什么，相反，我很感激你。"

苏晋庭摇摇头。

简姨的手指在桌面上轻轻滑动了两下，不胜唏嘘："不是没有见过她，也不是没有看过她的照片、听过她的事，可是真的……晋庭，你知道吗？当这个人真的站在你的面前的时候，你才会觉得她是活生生的、有灵气的，以前你想象过的一切都会被推翻，以自己看到的为准……我很庆幸，她长得这么好，能够笑得这么开心。"

"这是我答应过您的事，我说过，会让她过得好。"苏晋庭伸手拿过了笔筒里面的一支笔，长指熟练地转动着笔杆，姿态慵懒，语气简单。

简姨看着那支笔在他修长漂亮的手指上飞快地转动着，大脑有片刻的空白，等有什么东西重新闪现在她脑海里的时候，那句话也就不由自主地脱口而出了："晋庭，你喜欢她是不是？男人对女人的那种喜欢，有多少？"

男人对女人的那种喜欢，有多少？

苏晋庭并不意外简姨会这么问自己，她从来都不是糊涂之人，自己和她又一起生活了那么多年，对于自己而言，她和自己的再生父母没什么两样，所以他今天带着美盼过来，也从未遮掩过什么。

有些事，他想得很清楚，总要面对的问题，没有必要隐瞒，他也不是那种只敢想敢做，却又不敢承认的人。

美盼对于他而言，真是有一种难以形容的感觉。

最初的时候，他也不是没有想过要克制——克制这种东西，于他而言，本来就如同与生俱来的能力一样——可是，在她的身上，他越是克制，越是适得其反。

越是想要压抑某种感觉，这种感觉就越会在心底最深处根深蒂固，越是难以拔除，日积

295

月累，这种感觉就会慢慢地沉淀下来，到了最后意识到的时候，已浓得无法忽视。

刚开始他也不明白美盼到底哪里好，能让他这般神魂颠倒，后来，他才慢慢地体会出来……大概真是讲不出来的那种好，才是让他着迷的地方。

这个比自己小了十岁的女孩儿，他很想拥有。

"我看出来了。"

简姨见苏晋庭没有立刻接话，之前在心中猜测的八分，现在就成了十分，她脸上的担忧是不掩盖的："晋庭，我知道，你做事从来都不会听从别人的意见，哪怕那人是我。如果是你喜欢的，或者是你想要的，我就算反对也是徒劳，可我现在必须要对你说……"

她顿了顿，搁在桌上的双手下意识地捏紧，眸光落在对面看似一脸闲适的男人脸上，两条眉蹙起来："你知道的，她不行……你应该很清楚你自己的问题，还有她的……晋庭，简姨从来没有求过你任何的事，包括这次去秦家……我知道我说这话会让你觉得我很自私，可你觉得我还有什么能够让我这样……坚持下去？你很清楚……你一直都很清楚，所以你一定知道，我也是迫不得已才对你说这样的话。"

她说着说着，眼眶就开始泛红。

苏晋庭见不得简姨这样，长指中转动的笔杆一顿，他不动声色地将笔放回原处，从一旁抽了一张纸巾，走过去，弯腰帮简姨擦了擦眼泪。他说话的声音低沉："放心，简姨，我知道您心里的想法，我知道您的顾忌，我答应您的事，我一定会做到。"

"晋庭……"

"我先带她回酒店去，明天送她回C市，您早点儿休息，如果您想见她了，我过几天再带她来。"

简姨摇头，虽是不舍，却还是说："别再带过来了。"

第二十二章
你，我所深爱

　　苏晋庭带美盼回酒店的时候已经是半夜了，美盼太累了，坐在车子里就睡着了，迷迷糊糊地感觉到自己的身体像是被人抱着，她想要睁开眼睛，可真的太累，困得要命，还是头一歪，找了一个舒服的位置，继续睡。

　　苏晋庭将人放在床上，又帮她脱掉了外套、裤子，她始终都没有醒过来，不知是在做什么梦，嘴角微微上翘着，那一抹甜甜的弧度，这一刻映入男人的眼帘，让他的心神也跟着慢慢地沉稳下来。他侧了侧健壮的身躯，躺在了她的边上，单手撑着自己的脑袋，深邃的眸子里，此刻藏着的都是温柔和缠绵。

　　其实她睡着的时候就像是一只收起了利爪的小猫咪，甜美安静，总是会让人忍不住想要去宠爱着她……

　　手机铃声响起来的时候，苏晋庭还有片刻的恍惚，从这样一种安静的氛围之中抽回神来，他脸上闪过一丝不悦，拿出手机看也没看来电的号码，直接就挂了，一低头就发现身边的小女人在床上翻了个身，看来是刚刚的手机铃声吵到她了。苏晋庭伸手提着被子的一角，往她的身上掖了掖，美盼嘀咕了一句什么，他也没有听清楚，只当她是在做梦，拿着手机就起身离开了。

　　他站在酒店套房的阳台上，点了一根烟，夜风阵阵吹过来，刮在他的脸上如同刀子一样，男人的五官也越发显得清冷凌厉。等一根烟抽完之后拿出手机来，看了一眼刚刚拒听的那个电话，是文静怡打过来的。

苏晋庭蹙眉，眼底隐约起伏着一丝不耐，静默片刻之后，他还是回拨了那个号码。

电话响了不到两声就被接起，这都已经快凌晨1点了，但从文静怡说话的声音就可以分辨出来她很清醒："晋庭。"

"嗯，这么晚打电话给我有什么事？"

"打扰你休息了吗？"文静怡问。

"我准备休息了。"

"晋庭，你在哪儿？我一个人在医院有点儿怕，你知道我很少住院，我……"

"助手呢？"苏晋庭打断了文静怡的话，男人低沉的嗓音干净利落，不带任何多余的感情，"怕的话，让助手陪陪你。"

他总是这样，冷漠得令人发指。她在他的身边那么多年，的确是从未得到过他的回应，就在她绝望得要放手的时候，竟然在拍摄现场出了事，却不想苏晋庭半夜就赶过来，并且陪着她动了手术。那一刻，她觉得自己的心思死灰复燃，那时候她就告诉自己，或者只有在自己最脆弱的时候，他才愿意停留在她的身边。

这说明了什么？

这就说明了，这个男人的心中也是有她的。

因为有了这些念头，她分明可以回家静养，却还是要住在医院不肯走，可那天过后，苏晋庭就没有来看过她。

文静怡实在是熬不住了，她想他，每天每天都在想着他，她感觉自己是真的度日如年。也许人就是这样，在绝望的时候，只要丢给他一丝希望，那个时候，他就再也承受不起绝望。

"晋庭，你可不可以过来陪陪我？我有些话想要和你说。"

"我不在C市。"苏晋庭从来都不是喜欢和女人玩暧昧那种游戏的人，更没有多少心思去应付女人，大概除了秦美盼，他对任何人都没有多少耐性。

"静怡。"

他忽然叫了自己的名字，文静怡人坐在医院的病床上，一时，心都提到了嗓子眼儿里。

女人都是敏锐的动物，尤其是对男人，她似乎可以预料到苏晋庭要对自己说什么。果然，不过几秒钟的停顿，她就听到他沉稳的嗓音透过电波传入自己耳中，一字一句，比起现在外面的冷风，更是刺骨。

他说："我和你说过的话，永远都是有效的，如果你的生活、你的工作有任何需要我帮忙的话，我只要方便，肯定会帮你，因为你在我的心中是妹妹一样的存在。我不想让这种感情变质。其实你很聪明，聪明到用一种很迂回的手段来测试我对你到底是怎么样的。你现在应该可以确定了，如果你还不能确定，那我现在就直接告诉你，不要再在我的身上浪费时间，也不要再允许记者写那种让人浮想联翩的报道……你应该知道，我只是在退让。你和我认识那么多年，这些年积累起来的感情，和爱情无关，只是我对你的一份尊重，但你不要一直这样消耗这些尊重。记者总这样似是而非地写我和你的八卦绯闻，其实我无所谓，可你是女人，将来是要嫁人的。"

挂了电话，苏晋庭将手机丢在了一旁，拿过刚刚放在边上的烟盒，刚抽出一根烟，准备点上的时候，忽然感觉有些异样，他点烟的动作一顿，转身过去的时候，发现阳台的移门边上站着一个人。

这个房间一共也就他们两人，除了美盼还能是谁？

她醒了？

是他吵醒她了？

美盼双手环胸，娇小的身躯有模有样地倚在移门的边上，这会儿那双灵动的大眼睛里也没有任何的睡意，倒挺有精神地看着苏晋庭。

外面夜风凉，她身上穿得也不多，苏晋庭丢下烟，走过去就将她带进了屋子里，低声问她："什么时候醒来的？"

美盼不答反问，斜睨他一眼，哼了一声："原来你都知道。"

苏晋庭一愣，挑起眉头："什么？"

美盼一脸"你别装了"的样子，双手叉着腰，小脸上渐渐就浮上了一丝愠怒："我说你和那个文静怡的事，你是不是一直都挺清楚的？"

刚刚苏晋庭的电话，显然她是一字不落地听到了。

美盼在简姨那边多喝了点儿水，晚上睡着了就憋得难受，她起床找洗手间，还以为是在自己的房间里，结果找了半天才发现这里是A市。好不容易解决了自己的事，回卧室的时候，正好就听到了苏晋庭讲电话的声音。

所以说，这个男人心思怎么就那么深沉？

也不知道和人家文静怡认识了多少年，中间是不是也一直这么暧昧不清地有过交往，搞得人家好好的一个姑娘家的，现在是想要又要不到，非得想着法子让记者来撮合他们，结果他还不买账，回头对人家说只是妹妹。

美盼一想到这些，心里的酸泡泡一个接着一个地爆破，满屋子都是浓浓的醋味儿，哪还有睡意。她两条细长的眉竖起来："你说，你究竟有几个好妹妹？"

这话都说到这个份儿上了，苏晋庭当然知道怎么回事了。

其实关于文静怡的事，他也不算是真的很清楚地和美盼解释过什么，倒是她总是会在无意识之中吃着那些莫名的飞醋，不可否认他很受用，不过有些事要适可而止。

苏晋庭伸手就将一脸别扭的小女人拥入怀里，语气之中多少带着几分舒心的笑意："怎么，听到我说了一句妹妹就开始吃醋了？你说我明明抱着一个小醋坛子，怎么这个小醋坛子就是不肯承认她其实很在意我？"

美盼被他说得心头狂跳，其实心底最深处也明白他的话，她哪里敢说自己刚刚那种酸胀的感觉不是吃醋。

可心里想的是一回事，她嘴上却还是在垂死挣扎："才没有！"

"嗯？"

"反正不是你想的那样。"

"我想的哪样？"

"吃醋啊！"

"不是吃醋还关心我有几个好妹妹？盼盼，你对别的男人也这样？"苏晋庭的眼神渐渐浓起来，俊容上那些肆意的笑也在慢慢收敛，这一刻，他问出这样的问题是很认真的，认真到不让她再退缩，"嗯？现在你回答我，你是不是也这样关心别的男人的私生活？"

别的男人？

她哪有什么别的男人，不过苏晋庭这突然的认真，还是让美盼有些心慌意乱。

人家都说"没有吃过猪肉，也见过猪跑"，她不是没有喜欢过谁，以前暗恋吴舜华学长的时候偏偏是没有这种感觉，后来遇到了苏晋庭，这个男人的霸道强势，不知从什么时候开始，已经慢慢地融入了她的身体里。

她似乎是慢慢地感受着，感受到了自己的变化，对他的那种变化。

从昨天到现在，发生了太多的事，她其实还没有完全消化，想到自己下了飞机之后就再也没有开过手机，怕秦嫒找她，也怕黎展明找她，更担心秦齐林……

这些担忧都在提醒着她现在在干什么，可是心底的那个提醒声越来越微弱，看着这张俊容，明明已经是31岁的成熟男人，却不会比自己见过的任何一个年轻富有朝气的男孩差，为他怦然心动，简直就成了这个世界上最容易的事。

"盼盼，看着我的眼睛。"其实她的那点儿小情绪小表情很容易就会暴露在别人面前，他可看得一清二楚，不允许她再逃避。大概是因为简姨的那些话多少影响了他，苏晋庭深吸一口气，伸手抬起了她的下颌，"我不是豺狼虎豹，不会真把你给吃了，为什么你就是不敢承认你对我也有感觉？"

这个问题是如此地直接！美盼的胆子也不小，可男女情爱这种事，对于任何一个女性来说，肯定不会有男人来得那么大胆直接，更何况美盼现在对着的是苏晋庭。

她眸光闪烁着，脸上慢慢地就浮上了几丝红晕，可心尖却在柔软，一寸一寸地柔软下来，因为他此刻专注地凝视着自己的眼神，眼底有着一丝渴望，渴望着她的回答。

她何止是心乱，脑袋也是乱的，嗓子眼儿里徘徊着一句话，呼之欲出，最后被他那双深邃的眸子盯得头皮发麻，她实在是忍不住了，捏紧了拳头就落在了他的胸口，哼了一声反问："那你喜欢我吗？"

这个问题丢出去之后，美盼就后悔了。

尤其是看到男人那似笑非笑的眼神，她更是后悔得肠子都青了，这不是变相承认了自己对他有感觉吗？其实美盼就是喜欢在这样的事情上斤斤计较，男人和女人总是不一样，女人会更喜欢得到一遍一遍的肯定，美盼这个21岁的小姑娘，当然也喜欢山盟海誓，更喜欢彼此都是透明的水晶，一眼就能够看到彼此的心。

苏晋庭对她来说还是有些高深莫测，似乎对于他的事，她知道的是真的不多。

可爱情是什么？

美盼现在不知道的是——

爱情，有时候也会是，在朦朦胧胧的时候，不由自主地对他上了心，等到他在你的心中生根发芽之后，你再后知后觉地想要拔除已经来不及了。

"不知道是我对你的这种追求方式太过温柔，还是因为你太过迟钝。"苏晋庭低低地笑了两声，嗓音因为染上了几分愉悦，听上去温润如玉，又好似富有磁性，格外地动人。他说，"盼盼，我这样对你的确不算是喜欢，你知道比喜欢更多的是什么吗？"

太阳穴上有经脉重重地跳起来，然后是她的呼吸，一下一下地，热切又急促，接着就是她的胸口，那颗心怦怦地跳着，好似一张嘴就能够从她的嗓子眼儿里蹦出来。

如果说之前的苏晋庭对她来说感觉还是很朦胧的，那么这一刻，这个男人已经强势地擦干了那一层朦胧的雾，他在和自己表达他心中所想，也绝对不会允许她退让半步。

美盼心尖闪过一阵阵的酥麻，那是一种难以言喻的感觉，可美盼并不排斥，至少她的身体不排斥。苏晋庭依旧是用一种霸道又缠绵的眸光凝视着她，静默了片刻之后，他低声说："不要相信你在外面看到的一切，盼盼，如果你想知道文静怡和我的关系，我可以很清楚地和你解释，我和她的确是认识了很多年，不过我对她从来没有动过别的心思，至于最近的不少报道，那是因为……她以前帮过简姨，也算是救过简姨，我欠她很大的一个人情，只要不是触犯我底线的事，我都可以容忍她几次。"

美盼对简姨的印象很好，苏晋庭这会儿说到简姨，她眉头一跳，下意识地就追问："简姨有出过什么事吗？"

"身体不太好。"

"哦。"

"还有什么想知道的？"

"那简姨现在身体好了吗？"

"没大碍。"

"哦。"

"有什么想对我说的？"

"没什么，我困了，想睡觉。"

美盼轻咳了一声，脸上还是有些红晕，大概是感受到了苏晋庭那种别有深意的眼神，还有他咄咄逼人的言辞，她这会儿只想要临阵逃脱，根本就不敢对上他灼热的视线，可两只手刚往他的胸口一撑，苏晋庭弯唇就将她整个人拥入了怀里，他就比她高出不少，这会儿要控制住她易如反掌。

美盼感觉到他的唇就要落下来了，她觉得自己的心脏咚咚地跳着，也不知是不是因为心

301

里格外敏感，她就是觉得，他现在这个吻落下来，她要是承受了，等于是间接地承认自己接受了他。

可是……可是她还没有做好心理准备啊。

自己也不够了解他啊，这么一个比自己年长十岁的男人，以所谓的什么恩人的状态进入秦家，闯入她的生活不说，还搅乱了她的平静。现在光是和自己解释了一下他和那个什么文静怡之间的关系，难道就算坦白了吗？

这还远远不够呢！

美盼也是个女孩儿，再单纯透明，还是个女人，女人有时候就是敏感多疑的，对于自己在意的男人，这么点儿解释，哪算是解释？她是真觉得自己一点儿都不够了解苏晋庭，除了他的年纪、他的家庭，好像没有别的是她清楚的。

连他的工作她也不清不楚，当然不可能只是秦氏的一个总经理了，看看他出门在外的那种排场，再看看平常在外面手下人的那种恭敬谄媚，他哪可能只是秦氏的一个小小的总经理，还是没有任何股份的那种！

这么一想，美盼觉得自己必须先搞清楚他的底细。

她连连倒退着。苏晋庭挑起眉头，颀长的身躯就越发用力地压上去。美盼被他逼得退无可退，身体抵在墙上的时候，额头都渗出了一层薄汗，她忍不住闭上眼睛，气喘吁吁地出声："等一下——"

苏晋庭："嗯？"

"你……你至少得先告诉我，你到底是做什么的吧？我一点儿都不了解你。"

"市侩商人。"

这是什么破答案啊，哼！

美盼别开脸，继续问："那你……你得告诉我，你到底是为什么去的秦家？"

苏晋庭的薄唇慢慢地贴上去，大掌一手一边贴着她的脸，她还想跑？他眸光柔软，手下的力道却不轻，硬是将她的脸给扳正了。可她紧紧地闭着眼睛，那一排又长又卷的睫毛齐刷刷地在颤抖，很漂亮，如同蹁跹的蝶翼，苏晋庭没忍住，俯身在她的眼睑上落下一吻，感觉到怀里的人儿身体一僵，他似笑又似严肃地说："这个答案以后我会告诉你，不过你可以相信我，我不会伤害你，只会疼你。"

这又是什么破答案，哼！

"那你……"

"小丫头问题还挺多的，不过现在已经过了提问时间了。现在属于我们的时间不多了，6点的飞机，剩下不到4个小时。"男人的气息渐渐粗重起来，那是美盼所熟悉的。他身上的男人味在这一刻散发得淋漓尽致，不断地蛊惑着她的心智，那些微弱的抵抗早已失效。

他的薄唇一下一下摩挲着她的，眉目风情万种，低沉的嗓音亦是极致动情："这么短的时间，要你都怕不够，不能再说别的，乖乖地配合我……我很想你。"

崔惜梦来机场的时候，才刚刚过了7点。

幸亏她最近因为开学调整了一下作息时间，否则这个点，她是真起不来。

凌晨4点不到，她就接到了美盼的电话，只是那个手机号码……似乎不是美盼本人的，后来听她那种虚无缥缈的声音，说着让自己带一套衣服去机场接她一下，她心里大概就有点儿数了。

从A市到C市的行程不远，大概是8点不到的样子，美盼果然从机场的通道口出来了，边上还跟着一个神清气爽的男人，倒是她扭扭捏捏的，还不断地拉扯着身上的衣服。苏晋庭不知在她耳边说了句什么，美盼的脸一瞬间就涨得通红，反手就往男人的脸上打过去，结果半空中就被男人给捏住了手腕，蹙眉看着她，却又是拿她没有办法的样子。

崔惜梦这种算得上是半个过来人的人，见到这样的场景，心里已经可以百分百确定，这两人分明就是你情我愿、一个愿打一个愿挨了，不过美盼的性子也算是比较执拗的，可能到现在还不够确定他们的关系，只是苏晋庭这种霸道的男人，定是势在必得的，那必是早就已经将美盼给"拆封"了。

见到自己身边关系最亲密的好朋友，有一个对她好的而她也恰好喜欢的男朋友，崔惜梦很开心，快步走上前。

美盼一见到崔惜梦就一把推开了一旁的苏晋庭。男人被这般嫌弃，心里有些不爽，不过因为是公共场所，他也没多表现出什么，只是对着这个点特地过来送衣服的崔惜梦点点头，表示感谢。

崔惜梦拉着美盼去洗手间换衣服。她外面的衣服勉强还能看，但等脱了之后，崔惜梦才发现美盼里面竟然都没有穿内衣内裤，崔惜梦啧啧了两声，忍不住打趣她："国宝，你可是我们中间最保守的那个，想当初你暗恋吴学长，那是在我们怂恿又怂恿的情况之下，你才有勇气去送情书，现在被苏晋庭吃成了这样，我想知道你内心的感受。"

"你就别打趣我了。"

"我不是打趣你啊，你看苏晋庭的眼神特别不一样你知道吗？你说你在秦家和他朝夕相处，你父母又是那种情况，他们真看不出来什么？"

她一说到这个，美盼就头疼欲裂，这也是她让崔惜梦一大早来机场接她的原因之一。换好衣服后，美盼看着手中自己昨天的衣物，想起之前苏晋庭要她的时候那般凶猛的力度，其实她的裤子上，估计还有两人的……她也懒得再洗了，顺手就将衣服丢进了洗手间的垃圾桶里。

出来的时候，美盼对着镜子整了整衣领，同时看向镜子里面的崔惜梦："因为实在太早了，商场也没有开门，买不到换洗的衣服，所以让你跑了一趟，不过最重要的是……一会儿你陪我先回趟家吧，你就说我昨天晚上和你在一起。"

崔惜梦立刻就懂了："这个是没问题，不过我没记错的话，你妈昨天傍晚给你安排了相

303

亲，结果你……咳，你这么回去，她会不会大发雷霆？"

"肯定的。"美盼已经可以想到即将要面对的是一幅怎么样的场景，她的头更疼了，"见招拆招吧，一会儿我再告诉你怎么对口供，我们先回去吧。"

两人走到机场门口，发现苏晋庭也没有离开，就站在停车场等她们。没想到的是，当她和梦梦两人走到停车位时，就见到苏晋庭的边上站着一个历承易。

崔惜梦也见到了。

历承易是什么时候冒出来的？

两个男人的身形同样高大挺拔，一人手中夹着一支烟，不知在说些什么，神色稍显凝重，还是历承易先看到从这边过去的两人。历承易不知是一夜没睡还是怎么的，这会儿皱着眉头的样子，有着几分慵懒的颓废，可给人的感觉就是很有味道。他见到崔惜梦，眸子一亮，很快地对苏晋庭说了句什么，迈开长腿朝这边走来。

崔惜梦自从昨天在学校门口被他强吻之后，对历承易的厌恶程度简直又上升到了一个新高度，现在突然见到历承易，她就觉得C市真小，而历承易于她而言，简直就是阴魂不散。

她当然不想见到这号人，这会儿见他一手夹着烟，一手插在西裤口袋里，眸光一眨不眨地凝视着自己，大步朝着自己走来，她其实一点儿都不想闪躲历承易的眼神，可这个男人越是靠近自己，眼底的光就越是肆意，用崔惜梦的话形容，那就是肆无忌惮！

她身子晃了晃，历承易站在她面前的时候，她有些绷不住了，她拧着秀眉，伸手一把拽住了一旁美盼的手，低声说："走不走？"

美盼张嘴要说走，话还没有说出口，历承易就似笑非笑地看着她，举着手中的烟送到了唇边："秦小姐应该上的明显是晋庭的车子……你男人在等着你，赶紧去吧。"后边这话，明显是对美盼说的。

如果说苏晋庭抽烟的样子透着一种很深沉的男人味，那么历承易抽烟的样子，简直就是邪魅放荡。美盼其实并不喜欢这种类型的男人，抽根烟都是风情万种的，全身上下每一个细胞都在散发着男性的荷尔蒙味儿，的确是很吸引人，可也是很危险的。

她这个时候有这种想法，丝毫不觉得自己心中的天平已经明显倒向了苏晋庭的一边。

喜欢拿自己所见到的任何一个男人和苏晋庭做对比，然后硬是要认为，其实都不如苏晋庭好。

当然，这种时候美盼还没有意识到自己是如何地"护短"。

当然，护短的另一种理解也可以视为——那种在乎，已深入骨髓。

她也不是完全没有眼力的人，这历承易和崔惜梦是什么时候对上眼的，她倒是很意外，只是历承易这个人靠谱吗？而且看梦梦的样子，似乎对他也是很不屑的，她倒是不担心梦梦会被历承易欺负，梦梦的身手可也是不错的，她们一群人之中，就数她最懂得体验生活，学到的东西最多了，不过这种时候，她知道自己梗着脖子站在一旁有些不太好，想了想，她还是往边上站了站，看向崔惜梦。

"……那我，去那边等你一会儿？反正也还早。"

崔惜梦看着历承易，心里很清楚，如果今天不和他好好谈谈，估计也走不了。她冷静地点头，等到美盼走向苏晋庭的时候，她才重新将视线落在历承易的身上。

历承易看着崔惜梦那张姣好的面容，分明就是素面朝天，可为什么看上去如此地吹弹可破？这细皮嫩肉的……历承易突然觉得自己都有些心痒难耐了，昨天在学校门口吻她的时候，把她的嘴角都给咬破了，这会儿看着好像还有点儿痕迹。

崔惜梦感觉到历承易的眼神落在自己的嘴角上面，自然就想到了昨天的一幕，她深吸了一口气，尽量控制着自己的语气，没有多少起伏的样子："历先生，有话没话？没话我就要走了，有话你就赶紧说。"

历承易看着她那小模样，说实话真是不把自己放在眼里。他虽然从未对外公开过自己的身份，也从来不喜欢对着媒体宣布自己就是C市最大的连锁餐饮集团的幕后掌权人，不过就凭着他这么一张脸，多少女人亦是前赴后继，为什么在崔惜梦面前，他却是那个被嫌弃的？

历承易挑起眉头，眼底那带着兴味的光更浓烈了，他上前一步，崔惜梦也不是怕，只是下意识地就往后倒退了一步。男人轻笑起来，伸手不由分说地一把捏住了她的下颌，光滑白嫩，手感是真不错。

"啧，怕我了？"

"我为什么要怕你？"崔惜梦的性子倔得很，历承易越是这样，她就越是要反抗，两条长眉一拧，反手就啪的一声打掉了男人的手，眼神冷漠，"我就是讨厌你，这么明显的反应，你都会理解成怕？"

"我理解肯定不会有误，你的眼神就是告诉我，你是在怕我。"历承易也不恼，他被她打过耳光、踹过腿，这会儿这么几句无关痛痒骂人的话他哪儿会放在心上，她越是嘴硬的样子，他还越是觉得有意思，他还就不信了，自己会搞不定一个女人。

历承易将手中的烟蒂丢了之后，健壮的身躯倏然逼近，崔惜梦这才闻到他身上有着浓浓的酒味儿，这个点，这种人竟然还会来机场，八成就是没有睡觉，昨天晚上还不知道是在哪个女人的身上折腾呢，一想到这个，她更是一阵恶寒，连连倒退。历承易见她回避着自己，嘴角勾着一抹性感的弧度，深邃的眼神里有着亮晶晶的光芒，蛊惑人心，偏偏崔惜梦还就是不吃他这一套，双手往他胸口一撑……

历承易反手拽住她的手腕，索性就将她整个人带入了自己的怀里。

扑面而来的，除了他身上的酒精味，还有烟草味道，以及那种浓浓的男人味，夹在一起竟然也不会让人觉得反感，可崔惜梦还是放缓了呼吸，她不喜欢一个陌生男人的气息钻入自己的肺腑之中。她别开脸，用力挣扎着："放开我！历承易，你别欺人太甚了，你再这样，我就不客气了。"

"怎么个不客气法？"历承易挑眉，薄唇凑过去，崔惜梦眼底闪过一丝清晰的惧怕，历承易捕捉到了，心里一沉，竟觉得不舒服极了，她是真讨厌自己？

"梦梦，我就和你说句实话，你已经是我的了，你以为你能怎么翻天？我历承易真想要一个女人，你怎么都逃不掉的。今天晚上来找我，放学之后我会让司机去接你。"

崔惜梦气得发抖，张嘴就呸了一声："你做梦！谁是你的女人？你要脸不要脸？历承易我告诉你，我有喜欢的男人，我很爱他，很爱很爱，我爱他爱到可以为他去死！你别再来纠缠我了！"

历承易被她的几句话挑得太阳穴重重一跳，他气急了，抓着这个小辣椒，一低头就咬在了她的唇上。

崔惜梦知道不远处还有人呢，何况这里是机场，她剧烈地挣扎起来，结果旧伤未好，又添新伤，嘴里的血腥味道格外地浓，让人难受极了。历承易重重地捏着她的肩膀，心里是真气，不过还是怕她这么漂亮的小嘴真留下什么难看的疤痕，于是暂时放她一马，却是抵着她的额头，咬牙切齿地威胁："别说我不地道，你他妈已经被我上过了，就是我的人！你喜欢的男人？很爱他？为他去死？你要敢给我再说一句这样的话，我保准把那个男人找出来，弄残他！你看我历承易做不做得到。"

美盼看着不远处的两人，心惊肉跳的。

她就知道历承易和梦梦的关系不简单，可……怎么突然就搂搂抱抱了？

她和崔惜梦认识很多年了，大概是从高中那会儿就认识了，以前关系倒是一般，进了大学之后，因为有一段时间的军训，两人倒是培养了姐妹情。她知道梦梦这个人，虽然不了解她的人会认为她很高傲，但实际上她也很单纯、热情，而且长得很漂亮，确实是有高傲的资本。而且美盼也知道，梦梦心里藏着一个男人，虽然梦梦从未对她说过，可女孩儿青春期的时候有喜欢的人，根本就是一件藏不住的事，只是梦梦不说，美盼也就没有多问。

学校里那么多的男生追求梦梦，她从未放在眼里，不管是送她什么，她碰都不碰一下，可每个月总是有那么几天梦梦会特别地高兴，在一起玩闹的时间长了，其实大家都是心知肚明的，她有喜欢的人，只是两人的关系一直都没有确定下来。

可是现在，历承易这算不算是横插一脚？

美盼对历承易的印象实在是太一般了，现在又看着崔惜梦那样不情愿，她想要上前，但苏晋庭拦住了她，皱着眉头看她："别过去，上车吧，站在外面多冷。"

"可是梦梦她……"

"这是别人的事。"苏晋庭推着美盼上车。

美盼不肯系安全带："我不坐你的车回去，我一会儿会和梦梦一起回去。"

"你认为她现在有心情陪你回去？"

"那我也不和你回去，我有朋友。"

"你直接去学校。"苏晋庭给她安排好了，说，"秦家那边我会去说。"

美盼一听他要去说，吓得脸色一白，抓着他的手说："你去说什么？我不去学校，我昨天到现在都不敢开机……苏晋庭，我知道你是无所谓，可我要为我自己做的事负责。"

苏晋庭笑了："那宝贝打算什么时候为我负责？"

美盼："……"

苏晋庭也不指望她还真能回答自己这个问题，其实对于他来说，喜欢美盼身上很多的地方，自然也会喜欢她的性格，虽然她的性格谈不上有多好，有时候还挺别扭的，可喜欢了，就没有办法。

"那天你和你妈在楼梯口说的话我有听到。"苏晋庭忽然说。

美盼一愣，反应过来才知道苏晋庭刚刚的话指的是什么。

她竟有种莫名的心虚，咬着唇，正想着措辞，边上的男人又悠悠开口了："我说过，你想要什么，我都可以帮你得到，包括专业问题，你也可以不用看你母亲的脸色，她要把你推出去找个男人来巩固她的事业地位，你就心甘情愿地为了那个什么破摄影专业，去做和别的男人见面吃饭这种事？至于相亲，我是不允许发生的，所以你不用担心，这些我会处理好。"

"盼盼，"他忽然亲昵地喊着她，美盼脸庞一红，苏晋庭低沉的嗓音在她的耳蜗处再度响起，"依靠和信任你的男人，不丢人。"

美盼果然没有回秦家，苏晋庭直接就把她送到了学校。到了学校门口的时候，美盼还有些不情愿的样子，苏晋庭看了一下腕表上的时间，低声说："马上就八点半了，还不下车？"

学校上课的时间，差不多就是八点半，本来换专业这种事情，只有在大一的时候才可以，因为她是秦家的人，大二还是照样换了专业，不过走的是后门。所以这个学期，她要上的课就比别人多了好多，光是专业课就有十几门，她现在的确是没多少时间浪费。

可心里有些话不说还是不舒坦，美盼下车之前对苏晋庭说："家里的问题，我希望你别插手。"

苏晋庭挑眉看向她。

美盼被他看得有些底气不足，耳边总是隐隐约约响起他刚刚的那句话——依靠和信任你的男人，不丢人。

"……反正，就算是要说，也是我自己去说。"这不是丢人不丢人的问题，而是有些事，总是需要自己去面对的，逃避永远都不是最好的解决方案。她是秦家的人，哪怕再不考虑妈妈的感受，自己的爸爸，她也总是要想到的。

苏晋庭见她态度坚定，心里清楚她的那点儿小脾气，反正他现在事也多，秦家那边，缓一缓也无所谓，这么一想，他就顺着她了："答应你可以，不过我说过的话也要记住，知道吗？你要敢顺着你妈的意思去见那些乱七八糟的男人，看我怎么收拾你。"

美盼脸蛋儿一红，嘟囔了一句"不讲理"，推开车门就落荒而逃。

苏晋庭看着她那娇小的背影急急忙忙往学校门口跑去，大概是在门口遇到了认识的同学，又笑得眉眼弯弯的和别人打招呼。他看向站在美盼边上的人，是个女学生，挑了挑眉，竟也觉得有些不太舒服。

她还没有对自己这样笑过呢，对别人倒是笑得挺灿烂的。

男人一直等到那抹身影完全消失在自己的眼前才驱车离开，却不知道，在他离开之后，后面紧跟而上一辆车子停在了他原先停过的位置，然后车门被人推开，一个身穿黑色西装的男人，一脸冷酷地从车子里弯腰出来。

冬天的清晨，阳光不错，像是被撕碎了的金子一样，点点落在人的身上，暖暖的感觉却是丝毫不能够渗透到男人的身上，他依旧是冷，周围的气温也好似在一点点下降。

荣慎宇伸手拢了拢西装外套，迈开长腿朝学校走去。

校长办公室里，校长正点头哈腰地奉承着面前坐着的这个男人："荣先生，既然您有这样的意思，我们学校肯定是没有任何问题的。"

荣慎宇一手轻轻地拂着茶杯的边缘，表情寡淡："我的要求很简单，不管中间如何折腾，冠军是要我点名的。"

校长一愣，马上又点头："这是自然，这是自然……荣先生是不是有看中的人选？又想要先考验一下？没有任何问题，荣先生有这个需要，我们肯定会照办。"

荣慎宇讲话做事都很直接，他看了一眼校长，从自己的衣服口袋里摸出了一张支票，送到校长的面前，嘴角轻轻一扯，那眼神无比锋锐，甚至透着一种阴沉："我只要一个人，她叫秦美盼。"

"秦……秦美盼？"校长看着支票上面那无数个零，心已经在动了，可为什么偏偏是秦美盼？

秦家的人……也不简单啊。

何况，这个学期，秦美盼刚刚换了专业，本来大二的学生就是不能再改专业的，她是通过秦家的关系才这么轻易地就换了摄影这个专业，但现在她刚换了专业，荣慎宇就紧跟着上门，点名要让她在他投资举办的摄影展里成为冠军。

这……倒真是让他意外。如果秦美盼有这方面的天赋，说实话，秦家有的是资本让她成为业中佼佼者，可她才大二，就已经有人点名要她了，校长这种人当然也会察言观色，这中间，恐怕是不简单。

眼前的这尊大佛他得罪不起，但是秦家那边，他同样也得罪不起啊。

荣慎宇见校长那犹豫不决的样子，精明如他，当然知道校长在考虑什么，他嘴角的弧度更是明显了一些，那双幽暗的眸子里，冷然的光也跟着收敛了些。男人交换了一下叠着的长腿："校长是担心我意图不轨？"

校长被他这么一说，脸上的表情就有些勉强了："……荣先生，您这话……当然不是，荣先生鼎鼎大名，或许别人不认识，可我知道，荣先生是正经商人，哪还能对女学生意图不轨。"即便会，那也不需要这么大费周章。当然，这后半句话，他没敢说出口。

"既然你都明白，那我就不用多解释了。"荣慎宇满意地点点头，弹了弹手中的烟，嗓音越发低沉，"秦小姐的作品我无意中看到过，我认为她很有潜力，摄影的风格和手法都是我欣赏的，我很想签下她。当然，我明白她的身份和地位都不单纯，所以只是希望校长稍稍帮个忙，暂时不要让人知道这一次学校的摄影展是我投资搞的，我会安排好一切的后续工作，只需要校长稍稍帮我一下就行……当然，我荣某人肯定不会亏待校长的。"

金钱的诱惑力永远都是最大的，人性也许有很多的弱点，但是金钱永远都是最致命的弱点。

那张支票，还是被校长收下了。

荣慎宇出了校长办公室，戴上墨镜之后，朝着教学楼的方向走去。

上午9点，美盼有一节专业课。她以前学的是广告设计，摄影毕竟只是选修课，虽然她对这个感兴趣，但是学到的东西自然不如人家专业课来得透彻，所以现在换了专业，说实话她还是挺吃力的，尤其是前期。

荣慎宇就站在教室的后门口，透过玻璃窗看着不远处坐在角落里的那个长发披肩的女孩儿。

墨镜下，那双幽暗的眸子里有什么东西闪闪烁烁的，他双手插在西裤的口袋里，挺拔的身躯戳在那边，无形中就有一种生人勿近的气场散发出来。

美盼总觉得不远处好像有人一直盯着自己，她下意识地转过脸去，教室的窗口没有任何人，又往后门口看了一眼，也是空无一人。

美盼拿着笔杆往自己的脑袋上戳了戳，又摇摇头，想太多了吧。她深吸一口气，重新抬起头来，认真听讲。

第二十三章
我给你的独家宠爱

苏晋庭这段时间在秦氏的时间就不多。

秦媛今天刚到公司，秘书就匆匆跑过来了："秦总，苏总……苏晋庭来公司了。"

秦媛秀眉一扬，抬起头来："是吗？那估计是把林梅那边的合约签下来了。"她说着这个话，明显带着几分讥讽的口吻。

谁不知道林梅那个大作家是有多么难搞。

秦氏去年年底就已经有意思要投资电影行业，成立自己的电影公司，所以开个好头是非常重要的。他们敲定了林梅的书来改编成电影，但是最难搞定的还是林梅本人。

他年轻的时候就成名了，作品很多，本本都是经典，只是这样的人个性比较孤僻，未必就能够让他心甘情愿地签合约，所以当初秦媛是故意当着公司高层的面，把这个烫手山芋丢给了苏晋庭。他这几天人都没怎么来过公司，今天突然来了，她自然是不可能放过这么好的奚落他的机会。

秦媛整理了一下手头的资料，吩咐秘书："通知一下，马上开会。"

"是，秦总。"

十五分钟之后，会议室里。

秦媛是真以为苏晋庭绝对不可能那么干脆地拿出那份她需要的合约的，可她没有想到的是，自己还没有提出来，苏晋庭的助手郑元林就已经把合约送了过来。

苏晋庭双手闲适地搭成半圆形，修长的手指相触轻弹着，看着秦媛拿着那份合同所表现出来的难以掩盖的吃惊表情。他其实也没多少感觉，自己的目标从来都不是秦媛，也不屑和一个女人计较什么。

项目敲定下来，公司的高层对苏晋庭这种雷厉风行的手段显然是赞赏有加，完全肯定了他的能力。秦媛的脸色更难看了。

会议散了之后，其他的人都走了，苏晋庭依旧坐在大班椅上，秦媛就坐在他的对面，将合约往面前一摔，语气很冲："现在是不是很享受这种成功的感觉？苏晋庭，别得意得太早。"

苏晋庭转动着手中的名贵钢笔，闻言头也不抬，等长指上那飞快转动的笔转了几圈之后，男人手指一压，钢笔顿住，才沉声说："我不需要对你得意什么，既然是工作，做不做得到，只关乎个人的能力问题。"

秦媛被他一句话堵得有些说不出话来。

苏晋庭并不想浪费时间，他将钢笔往桌面上一丢，直接站起身来，以一种居高临下的姿态俯视着对面的女人，不怒自威："我对秦氏没什么兴趣，所以你没有必要再为了对付我，想方设法地把美盼推出去送给别人作为巩固自己地位的筹码。"

秦媛也不是不懂男女之间的那点儿事，她之前就已经怀疑了，现在苏晋庭这么直白的一句话，透着对美盼的势在必得，其实就是在侧面告诉自己：秦氏他不稀罕，可他不允许自己再打美盼的主意。

这话听在秦媛的耳中，那何止是挑衅！

她不可能允许苏晋庭对美盼有别的想法！双手往会议桌上一撑，她冷笑着站起身来："苏晋庭，这话我不是第一次说了，秦家的事，你还真没有资格管，我要把美盼嫁给谁，那都是我的权利，你以为你是谁？"

"我是谁，你不也挺清楚的吗？"苏晋庭不怒反笑，他始终都能够控制住对方的气场，秦媛的那种嚣张跋扈，在他的面前根本就起不到任何作用，"这段时间，你没少花精力来打听我的底细吧？怎么样，问过秦齐林没有？"

秦媛的脸色瞬息万变。

她看着苏晋庭的眼神带着一种前所未有的惊惧，大概是没有想到他会突然说出这样的话来。其实从苏晋庭刚进秦家开始她就一直在怀疑一件事，毕竟自己是在秦齐林膝下长大的女儿，妈妈去世的时候，也的确是和自己提过一件事，不过有些事她并不想去调查，这么多年过去了，秦家一直都是风平浪静的，直到前一段时间苏晋庭出现在了秦家，她才有所怀疑。

可始终都是怀疑，不能肯定。

因为苏晋庭一进秦家，当时秦齐林就让美盼喊他苏大哥。

这中间还是暗藏玄机的。

现在他却是这么直接和自己扯出这样一个话题来，秦媛心惊肉跳地看着他，如果自己怀疑的成了事实，那么……

她捏紧了撑在桌面上的十指，有一股寒意从脚底升上来："你这话什么意思？"

"就是你理解的那种意思。"苏晋庭点了一根烟，单手插进裤袋，吞吐云雾的时候，夹着烟的手指指了指秦媛面前的那份合同，悠悠出声，"如果让你去搞定这个合约，我可以肯定的是，你绝对拿不下，可是我苏晋庭就可以。"

他的声音沉稳如山，可言辞间的那种气场越发锋锐、霸气："这就是区别，如果你能做到五分，那么我苏晋庭在后面加个零也不为过，所以秦媛，知道吗？你知道一点儿皮毛的事，我基本就已经掌握了全部。我奉劝你一句，别再打美盼的主意，也别再来挑衅我，你还可以有安逸的日子过，所谓的相亲、谈恋爱，再有下一次，我就不会这么好说话了。明白我的意思吗？我不喜欢绕着圈子讲废话。"

他顿了顿，眯着深邃的眸子，吸了一口烟，食指轻轻地敲了敲桌面，有烟灰随之落下来。空气仿佛都是静止的，他身上的那种气场太过强大，足以震慑住对面的女人："现在，我告诉你，美盼不会成为你的工具，如果你还想让秦家平静一些，那么就让她安稳度过大学的日子。"他吸了一口气，蹙眉将烟蒂摁灭在边上的烟灰缸里，长指拨弄了一下领口，那见血封喉一样的眼神直逼秦媛，毫不留情，"记住，别让我不高兴，我最讨厌别人打我的人的主意。"

足足有二十分钟的时间，秦媛一直都坐在办公室里，她还没有从刚刚的事中缓过神来。

吃惊、恐惧、难以置信……什么样的情绪都有。

苏晋庭……他究竟是怎么样的存在？

他刚刚的那些话就是在警告自己，他什么都知道，他的目的只有一个美盼，他就是为了美盼，自己不可以再动美盼……从他的眼神之中，她可以体会出来，他对美盼的执着和霸道是任何人都阻止不了的。

秦媛头疼地捏着自己的太阳穴，事情的发展远远超过了她的预期，她知道自己不是苏晋庭的对手，这个男人出招的手法根本就让她始料未及。她想了想，还是拿出手机，给秦齐林打了个电话。

这两天秦齐林人并不在C市，他走之前和秦媛要出门一趟，秦媛也没有多问，这会儿打电话过去，那边过了很久才接起。

接电话的人却不是秦齐林，而是他身边的助手。助手认识秦媛，恭敬地喊她小姐："……老爷现在有点儿事，所以我接了电话。"

秦媛一手摁着隐隐作疼的太阳穴，低声问："我爸什么时候回来？"

"还得三天的样子。"

"他在哪里？"

"老爷在庙里。"这两年，秦齐林的确是经常会上山去寺庙，年纪大的人总好这一口。

秦媛不耐烦地说："一会儿你让他给我回个电话，就说我有重要的事要和他说。"

"好的。"

挂了电话，秦媛才起身，她有一种前所未有的慌乱，总是会想着苏晋庭刚刚说的话——

"……你知道一点儿皮毛的事，我基本就已经掌握了全部。"

他到底知道了多少事？

离开会议室之前，她又给黎展明打了个电话，让他在家里等着，自己马上回去。

"有什么事？我一会儿要出一趟门。"

"关于美盼的，还有苏晋庭，你要是不爱听，我就不回去了。"秦媛拉开了会议室的门，秘书迎上来，似乎想要说什么，她摆了摆手，听到黎展明说在家里等着她，她吩咐秘书："给我准备车子，我要回家一趟。"

美盼一上午连续上了四节课，等到中午吃饭的时候她就有了睡意，昨天晚上本来就没怎么休息，这会儿眼皮直打架。看着下午有两节课，不过是在2点过后，她就准备休息一下，就在同学的宿舍借宿。不过人刚躺下去没多久，感觉到都要入睡了，忽然有人摇着她的肩膀。

美盼一下子就惊醒了，边上站着的人是徐倩。

"倩倩……"美盼揉了揉眼睛，困得直打哈欠，"什么事啊？让我睡两个小时吧，我真的好困。"

"你竟然还有时间睡觉，刚刚学校出了一个新通知。"徐倩激动地将刚刚拿过来的宣传单送到美盼的面前，"你运气还挺好的啊，刚刚换了专业，这就有人来投资搞摄影展了，机会难得，赶紧去报名。"

美盼精神一振，拿过宣传页看了几眼，竟是C市鼎鼎大名的《途中人》杂志社投资搞的，上面写着，本次摄影大赛的冠军可以与杂志社签约，等到毕业之后直接进杂志社实习，顺利的话，就可以留在那边上班了。

《途中人》是旅行类杂志，美盼以前喜欢拍风景，其实就是心中渴望着一份自由，如果可以拿着相机满世界地跑，她觉得没有比这更完美的事了，没想到现在他们杂志社竟会在自己的学校投资搞摄影展。

"在哪儿报名？"美盼没了困意，跳下床，拿着宣传单拉着徐倩就去报名。

这个消息让美盼的精神振奋了很久，以至于下午根本就没有任何的睡意，上课也是认认真真的，好心情一直持续到放学。快5点的时候，她接到了苏晋庭的电话。

大概是真开心，接电话的时候美盼的声音都透着几分愉悦，苏晋庭此刻坐在办公室里，听到手机那边欢快的声音，嘴角一勾："有什么好事吗？"

"学校有人投资搞摄影展，我报名了。"她嘴角弯着，其实在得知这个消息的第一时间她就想要告诉他，不知道为什么，就是想要和他分享这个让自己非常振奋的好消息。

"唔，就这样？"苏晋庭倒是挺寡淡的反应，甚至还有些失落，"没想到让你满足开心的是这样的方式，早知道的话，我应该来投资搞这样的摄影展。"

他那种"只要我的宝贝儿开心，天上的月亮我都可以摘下来给你"的口吻，对于女孩儿来说，其实就是无限膨胀了她的虚荣心，没有一个女孩子不喜欢听到这样让人悸动的甜言蜜语。

美盼咬着唇，心都有些飘飘然，可还是哼了一声："别说这种不切实际的话，你以为摄影展是那么容易投资的吗？你果然就是一个市侩商人。"

她说到市侩商人的时候，忽然就想到昨天晚上，那个男人将她抵在墙上面，吻着她的胸，低声呢喃着"我就是一个市侩商人"，脸色火速涨红。

苏晋庭不知是不是微妙地感觉到了她透过手机电波的那种气息的停顿，一时心痒难耐，语气更是温柔低沉："想到什么了？"

美盼抿着唇，没接话。

"没课了是不是？我现在让元林去接你。"美盼是走读生，这当然也是秦家的功劳，她从大一下半学期开始就不在学校住，重要的原因还是大一的时候刚刚住校非常不习惯，她多少还是有些小姐脾气，毕竟是在秦家那样的环境之中长大的，所以后来，秦齐林就直接让她每天回家，因为学校距离秦家也不远。

"接我做什么啊？"

"做……嗯，你说做什么就做什么。"苏晋庭刻意咬重了字眼儿，美盼的脸更烫了，"或者可以按照我的方式来。"

"无耻！"

"你想什么了，就觉得我无耻了？我只是想和你吃顿饭。"

美盼和苏晋庭讲电话的时候是沿着学校附近的马路走的，走了几个街口，就到了一个大型的商场门口，这个时间商场门口竟然是人山人海，原来是有活动。美盼看了一下大屏幕，上面竟然是文静怡的照片和相关介绍，而她本人正站在商场临时搭建的舞台上。美盼没有想到自己听说过无数次的文静怡，也介意了很久的文静怡，竟然是在这样的情况之下遇到的。

文静怡的确长得漂亮，能够称得上是最有气质的名模，美盼看到她的时候，才知道什么叫作名不虚传。

文静怡粉丝挺多的，之前网络上的一次评选更是把她封为了"宅男女神"，这会儿商场门口人山人海，美盼远远地望着她，竟觉得有些遥远。

手机那边的苏晋庭没等到美盼的回答，还以为是信号不好，叫了她两声。美盼一想到文静怡和苏晋庭之间闹过好几次绯闻，心里就有些涩涩的，哪怕他和自己解释过，可当真见到了文静怡，再低头瞧瞧自己。

咳，好像真是不能比。

"不了，我晚上还要完成老师留给我们的作业，还要拍几张照片，可以用来参赛。"这是实话，她今天的确是有作业要做，更何况，拍风景这种，选择时间和光线是最重要的，清早或者是傍晚、破晓和黄昏都是最佳的拍摄时间。

等她挂了电话，看一下时间，刚过5点。冬天天黑得比较早，这个时间光线已经很差了，要拍到比较好的照片估计有难度。

　　台上一群保安这会儿正簇拥着文静怡下台，大概是活动要结束了，底下一群粉丝疯狂地喊着她的名字，闪光灯不断地打在她的脸上。美盼挑了挑眉，中肯的评价，文静怡皮肤不错。

　　不过她再好，也和自己没有关系。

　　她拿着相机，看了一下天色还不算很暗，打开相机之后，她对着不远处调了一下光，这个时候可以随便抓拍几张。

　　美盼一侧身，身后忽然跑上来一个穿着运动装的女孩儿，看上去也就是二十三四岁的样子，扎着马尾辫，挺清纯的，没想到她是冲着自己来的。

　　"秦小姐是吗？"

　　美盼将相机关了，点头："请问你是？"

　　"秦小姐你好，我是文静怡的助理，你肯定认识文静怡吧？"

　　"我知道她，不过我和她不认识。"美盼实话实说。

　　那助理马上就说："是这样的，静怡想要见你，秦小姐方便跟我一起过去吗？她就在商场的休息室。"

　　美盼又不傻，估计是刚刚文静怡瞧见自己了，不过没有想到她竟然会让助手来找她，因为苏晋庭？

　　倒也只有这个可能了，能和一个男人闹上报纸传绯闻的，不是双方有意，那单方面肯定是很有意思了。文静怡出道也有些年了，其实爬得也挺快的，现在好像都要拍电视剧了。她偶尔逛贴吧什么的都会瞄上几眼，年轻女孩儿嘛，哪有不爱八卦的。

　　条件这么好的女人，从来不和圈子里的其他男星炒绯闻，倒是和苏晋庭隔三岔五地传，如果这不是经纪公司的安排，那就是她本人的意愿了。

　　美盼的这群密友之中，小优是最喜欢娱乐圈八卦的，以前就经常围着她们几个讲，所以美盼多少知道一些娱乐圈的黑幕。

　　现在一想，苏晋庭都和自己解释两回了，说只当她是妹妹，那么问题就出在这个文静怡身上了。

　　她为什么要见自己？

　　她打算和自己说什么？让她离开苏晋庭，表明苏晋庭是她文静怡的吗？

　　美盼挑了挑眉，摇头："可是我并不认识文静怡小姐，我知道她是很有名的模特，但是不知道她找我有什么事？"

　　那助手大概以为美盼一听说文静怡就会忙不迭地点头答应跟着自己进去见人，没想到她竟还不情愿的样子，一时脸上有些挂不住，轻咳了一声，说："静怡应该是有些话想要和秦小姐说，你放心吧，静怡也是名人，肯定不会对你做什么事的，秦小姐不用担心。"

美盼还真是禁不起刺激，她有什么好怕的？

既然人家非得要见她，她就去见见那所谓的大牌名模到底是怎么样的，所以直接就说："行，你前面带路吧。"

美盼进了商场的休息室，文静怡这会儿正在补妆，一见到美盼进来，她马上就让边上给她化妆的小助手离开了。等到两人出去之后关上了门，文静怡站起身来，客客气气地对美盼微笑："秦小姐，请坐。"

美盼看得出来，文静怡素质修养都很高，美盼也不是小家庭出来的，自然不是那种伸手就打笑脸人的人，所以也不矫情，直接就坐下了。文静怡等她坐下之后，整理了一下衣裙，这才重新跟着坐下，见到美盼肩上挂着一个黑色的单反相机，文静怡问："秦小姐是学摄影的吗？"

美盼见她的视线落在自己的相机上，微笑着反问："为什么文小姐不认为我拿着相机是为了拍你呢？你是名模，在整个圈子里都是备受追捧的明星，喜欢你的粉丝很多。"

"那秦小姐是我的粉丝吗？"

"我已经过了追星的年纪了，不过文小姐你气质很好，我相信将来一定会越走越好。"

文静怡依旧是弯唇看着美盼，那双大大的眼睛因为有着精致妆容而显得很有神，笑起来的时候，五官都是灵气逼人的。

之前因为苏晋庭的关系，文静怡特地关注过秦美盼这个人，知道她是秦家的公主，身份地位都与众不同，以为她身上会有一般千金小姐所特有的刁蛮跋扈，可见到她的那一刹那，文静怡就知道自己想错了。

刚刚在台上的时候，如同美盼一眼就认出了她一样，她也是一眼就认出了美盼。

其实美盼身上有一种很特别的气质，骨子里分明透着骄傲，可外表又实在低调。

文静怡以前觉得，一个刚刚21岁的小丫头，和晋庭认识也不过就两个月不到，她根本就不需要担心什么，晋庭也不可能是因为她才疏远了自己，可现在看着她，她心里竟隐隐觉得害怕。

因为美盼和自己预想之中的完全不一样，她好像很冷静，也很懂事，还很聪明。

"秦小姐和我想象中的真是有些不一样。"文静怡拿过一旁助手给她准备好的柠檬水，浅浅地抿了一口，心里所想的，完全没有暴露在脸上。

"你以前就知道我吗？"美盼直接就问。

"以前不知道，不过我是因为晋庭……"她刻意停顿了一下，说到苏晋庭的名字时，有些百转千回的味儿，很快她又不好意思地笑了笑，"我想秦小姐肯定知道晋庭的，他现在住在你们秦家，所以我听他说起过你。"

美盼眼角轻轻跳了跳，只觉得自己屁股还没有坐热呢，就有些坐不住了。

"是吗？"她一脸原来如此的表情。

文静怡见她接话也是挺平淡的，想了想，才说："秦小姐不用觉得太拘谨的，我和晋庭是认识很多年的好朋友，说实话，他在意的人，我同样也会在意，所以刚刚人山人海的，我一眼就认出了你。之所以叫你过来，也没有别的意思，就是想和秦小姐随便聊几句。"

其实女人都是挺敏感的，美盼年纪小，可不代表连这种最基本的直觉都不存在。

文静怡把话说得特别含蓄，可她还是能够听出来，她这是在表明她自己的立场呢。

文静怡是想告诉她，她和苏晋庭关系匪浅，甚至是连美盼的信息，他都愿意和她分享。

美盼性子倔，这一刻，她脑子里的确是闪过一句话——那我和他上过床，你知道吗？

可这样的话她不可能说出来，因为那是住在她心底深处的一个小恶魔，并不会轻易暴露在人的面前。

她还要脸面。

"文小姐想和我聊什么？"美盼眨了眨大大的眼睛，"是关于苏晋庭吗？"

"算是吧。"文静怡叹息一声，声音低落了不少，"他来了C市，我也来了C市，不过都是各自忙于各自的事，最近联系也少了，前几天我在片场不小心出了点儿意外，他才匆匆赶来医院陪了我一晚上，这两天可能又忙上了，不知道他这几天是不是有回秦家？"

"这个我还真不知道。"美盼摇摇头，没有察觉到她捏着衣角的力道在不由自主地加大，说话的时候，只有她自己清楚她的口是心非，语气都有些急切了，"我这两天开学了，不知道他在做什么。其实听你说的意思，苏晋庭应该是你的男朋友吧？你何不自己打电话问问？我其实私下和他关系不怎么样。"

她说完，站起身来，脸色已有些勉强："我还有重要的事呢，文小姐，我就不陪你聊天了。"

美盼拿着相机转身就要走，文静怡见状，站起身来追到了门口："秦小姐……"

她没什么诚意地喊了一声，看着美盼急切离开的背影，嘴角几不可见地勾了勾。

到底还是，年轻了一些呢。

晚上苏晋庭本来是准备和美盼一起吃饭的，他现在想想，好像还没有和她坐在哪个富有情调的地方好好吃顿饭呢。不过美盼挂了他的电话之后，他才想起自己还需要见一见林梅先生。

秦媛以为用一个林梅就能够为难他，她自然不会知道，林梅以前就认识简姨，因为简姨的关系，他私底下还要喊林梅一声林叔叔。不过就是一本小说的电影改编权，他张了嘴，林叔叔肯定会同意。

不过为了表示感谢，他还是亲自登门造访，和林梅一起吃了一顿饭，回来的时候已经快10点了。

他没有回自己在C市的房子，而是回了一趟秦家，却发现美盼竟然不在家里，而他进屋的时候，正好见到从楼梯口下来的秦齐林，还有秦媛。

没想到这个点苏晋庭会回秦家来，秦齐林脸上的表情还算是淡然，不过秦媛就有些两样了，上午在公司两人剑拔弩张地才对峙过，这会儿突然见到，秦媛脸上多少有些僵硬。

"晋庭回来了？"秦齐林率先出声，看着苏晋庭，冲他招了招手，"晚饭吃了吗？"

苏晋庭的眼神压根儿就没有落在秦媛身上，对着秦齐林的表情也是淡淡的："吃了。"

"回来正好，我也有点儿事要和你私下说说。"他也是下午才回到家的，当然，这些苏晋庭并不关心，只是他这种语气，让人一听就知道不是什么好事。

苏晋庭是多么聪明的人，哪会不知道秦齐林要和自己说什么。

不过既然已经和秦媛挑明，秦齐林这里，他自然不会选择隐瞒。

他想要的是人，他想要做的事从来都是光明正大的，旁人想要指手画脚，那得看那个人是否有资格。

苏晋庭将外套挂在手腕上，闻言不过略一挑眉，点头。

秦媛这次一句话都没有说，就这么看着苏晋庭和秦齐林上了楼，等两人都消失在楼梯口时，她这才有些不耐烦地拿出手机，拨了黎展明的号码。

可电话就是没有人接，她气得扬手就想把手机摔出去，正好有电话进来，秦媛手指一滑，就给接通了。

"秦总。"是她的私人助手打过来的。

秦媛之前就联系了黎展明，说了是美盼的事，让他赶紧回家一趟，可她都到家了，他却一直都没有回来，等到秦齐林都回来了，黎展明还是连影子都没有见着。

或许别人的事他不会放在心上，可美盼不是他的心肝宝贝儿吗，竟然也可以抛诸脑后？这个世界上，还有谁能够让黎展明这么舍不得？

秦媛心中隐隐有些感觉，却又不敢肯定，这种隐隐的感觉就像一团乌云飘浮在自己的头顶，黑压压地盖得她透不过气来。

"找到人了吗？"是她让助手去找人的。

助手马上就说："还没有……"顿了顿，助手又小心翼翼地说，"秦总，如果没有估计错误的话，他应该不在C市。"

秦媛心头一沉，又看了一眼楼上，空旷的走道上空无一人，可她就是觉得自己的太阳穴跳着叫嚣着疼，难以忍受般。

"算了，不用找了。"她把电话给挂了，上楼之前，又不甘心地给黎展明发了一条短信。

"你继续折腾吧，我知道你在做什么，也知道你想找谁，不过我告诉你，你再这么折腾下去，连女儿都保不住了。"

楼上书房。

苏晋庭跟着秦齐林进去之后，秦齐林说："晋庭，刚刚你也见到秦媛了，我想你应该知道我要和你说什么。"

苏晋庭将外套丢在了一旁的沙发上，俊容沉静，那双深邃的眸子里映着灯光，像是一片深不见底的海。他看着秦齐林的时候，带给对方的大概也是这种深不可测的感觉："我不喜欢去猜，所以如果您想和我说什么，直接点更好。"

秦齐林深深地看了他两眼。说实话，秦媛刚刚和他说的时候他是有些震惊，但是也不觉得有多少意外，毕竟是在一个屋檐下，之前美盼出走的那一次，他就已经得到了消息说美盼和他在一起，只是那时候他还不能完全肯定两人之间的关系，只是猜测。这种事情也是要有证据的，所以他也没怎么提过，可秦媛今天回家告诉了他苏晋庭和她说的那些话，这无疑就是在向他挑明所有的一切。

哪怕秦齐林已经猜到他对美盼的感觉不单纯，可他以为苏晋庭这样性子的人，美盼如何去驾驭？

苏晋庭必然也不会是认真的。

秦齐林也是个男人，也年轻过，有时候男女之间的那种事，越是压制越是压不住，但未必就是一动念头就成了真的。

所以用一句话来说……当初他怀疑的时候的确是想过，就算是真的估计也就是闹着玩的，两个人相差太远，一个城府如此深，一个又天真单纯得什么都不知道，中间还夹着那么多的阻碍，他们想玩玩也就算了，毕竟都是年轻人。

可是现在，事情明显已经超出了他的预料。

苏晋庭竟然会挑明，那就说明，他是认真的。

"我也不喜欢拐弯抹角，你应该是知道不少的事，我也没有想过要瞒着你，可是晋庭，美盼始终都是秦家的人，兔子不吃窝边草，你……"

"这话说得有些过了。"苏晋庭蹙眉，淡声截断了秦齐林的话，他完全是单刀直入，句句都能够刺入对方的要害，"我又不是秦家的人，不是吗？何况美盼她……是不是秦家的人，和我对她是怎样的想法，应该也没有绝对的关系。"

"晋庭……"

秦齐林有些头疼地看着他。想他秦齐林也算是在商场上戎马一生，年轻的时候那些商业手腕也是让人退避三舍的，可以说他在C市到了现在也依旧有着很高的地位。现在的秦氏大部分的股权都掌控在他的手上，只是可惜了这一辈子膝下无子。

膝下无子……

苏晋庭想到这个成语，肺腑有点儿胀痛，有种很想要嘲讽冷笑却又无法表现出来的懊恼。

苏晋庭再看向他，他如今看着自己的这种眼神，算是什么？

妥协？

乞求？

还是……警告？

"年少轻狂总有时，我也年轻过，我知道男人在你这个年纪，要是碰到了自己喜欢的，总觉得天下无双一般，可我们是做大事的人，以后你也许会遇到更多的天下无双。美盼她……始终都是我的孙女……还有，可能你也看不惯秦媛对她的那些要求，这些事，我多少是考虑过，我想过了，小丫头既然喜欢摄影，我可以考虑让她出国，好好地在这方面深造一下。"

苏晋庭眸光沉沉，对于秦齐林说的那些话他直接选择了无视，转身就在一旁的沙发上坐了下来，长腿优雅地交叠着，手指轻轻地敲着沙发的边缘扶手处，一直都没有开口说话，明显就是在晾着秦齐林，直到秦齐林心里有些上了火，他才淡淡出声："我苏晋庭没什么别的优点，就是对女人这回事很死心眼儿，我要是认准了，她好还是不好，都是我的人。我把话说得很清楚，其实换句话，我真想要，谁能阻止？"

秦齐林面色瞬息万变，语气不由得低沉了一些："我不允许。"

"为什么不允许？"苏晋庭却是轻笑出声，"她是您的孙女不错，可您不是一开始就让她喊我一声苏大哥吗？又不是真大哥，我是姓苏的，她是姓秦的……"

他顿了顿，长眉一挑，那英俊逼人的脸庞在头顶灯光的映照下透着冰冷的寒气，眼底亦是有着刀锋出鞘一般的凌厉："我们没有血缘关系，我不过就是给秦氏打个工，这完全不能影响我要她的决心。"

"你是认真的？"

"您也说她才21岁，我就算是再衣冠禽兽，也不会玩弄一个21岁的女孩儿。"

不知为何，听到苏晋庭这句话，秦齐林脸色一变，眼中有复杂的情绪闪过。

良久过后，他才重新出声，嗓音已不如刚刚那般有气势，大概是真的在一种复杂的情绪之中，夹着几分无奈："我老了，我知道你心思不单纯，当初我让你来秦家……的确是有私心的。只是我以为你应该是什么都不知道的……晋庭，你到底知道多少？"

苏晋庭波澜不惊地说："可能您认为我不应该知道的，我都知道得一清二楚。"

他说完这句意味深长的话就站起身来，顺手将外套也拿了起来，重新挂在手腕上："我现在还不想破坏这种平衡，我希望您也可以维持这种平衡，这对于谁来说都是一件好事。"

苏晋庭晚上没有离开，因为美盼一直都没有回来。

他在秦家这边洗了个澡，下身就围了一条浴巾，精壮的身躯上还有未擦干的水渍顺着胸口慢慢滑落。男人出浴室的时候拿了一条毛巾，随意地擦了两下头发就丢在了一旁。床头柜上放着的手机一闪一闪在震动，他拿起来一看，接起。

"什么事？"

郑元林说："苏总，明天上午10点钟，吴木说会亲自来找您。"

苏晋庭想到那个宋薇薇，长指轻轻屈起，弹了弹桌面："就去承易那边的餐厅，你安排一下就行。"

他挂了电话，又点了一根烟，慵懒地半坐在床上，长腿叠着，俊容沉稳得没有任何的表情，可只有他自己知道，他的思绪已经飘得很远。

"晋庭……我会这样怨不得任何人，你也别怨。"

"晋庭，你得答应我，这辈子都不要想着回去，别报复，你不属于那样狭隘的世界。"

"……我就算是不情愿的，可上天把你给了我，就是最好的回报。"

头疼，苏晋庭重重地吸了一口烟，这些太久太久没有在他耳边回响过的话，今天竟然是如此清晰。

等到抽了一半的时候，他听到楼下似乎有声音，男人将半截烟摁灭，丢进烟灰缸里，伸手扯了扯腰间的浴巾，走到窗口往下一看，本就深沉冷峻的五官，这会儿完全全黑了下来。

美盼也不是故意不回家，只是见了文静怡之后，她心情不好，就在外头转悠了一圈，也是想等着光线最柔和的时候抓紧时间拍几张照片，她并不愿意多想关于文静怡的事。

说白了，那人和自己又没多少关系，想她浪费脑细胞。

后来是因为晚饭的时候接到崔惜梦的电话，她又陪梦梦吃了个饭。

崔惜梦心情不好，美盼见到她的时候就瞧出来了。男女之间的那些事，有时候真的是当局者迷，旁观者清，美盼这个从来没有真正谈过一场恋爱的门外人，见到梦梦的时候，也已经十有八九地相信，被人下药的晚上，梦梦碰到的那个男人是历承易。

在美盼的心中，对历承易虽然不太了解，可历教授的的确确是经常抱怨自己的儿子，那种嫌弃的语气，怎么听都让人觉得，这个男人真是不怎么好。

他虽然和苏晋庭关系不错，可美盼还是有一种先入为主的观念，认为历承易就是那种好吃懒做的花花公子哥，这种人，怎么配得上梦梦？

梦梦又是因为自己才倒霉的，所以她心里真的挺愧疚。

晚上吃饭的时候，崔惜梦也没多说什么，美盼好几次话都到了嗓子眼儿了，就是想要确定一下，那天晚上到底是不是历承易，可看到梦梦的面色透着几分憔悴，眉宇间又有些焦躁的样子，她就什么都问不出口了。

两人在大学对面的小餐馆里坐下来之后，吃了点儿东西，崔惜梦还叫了几罐啤酒，她对美盼说："就是想要喝酒才让你来陪我的，你之前不是拿到驾照了吗？最近都没怎么摸方向盘吧？今天开我的车送我回家。"

"那要是撞了怎么办？"

"你不把我撞死就行了，这条路回去，边上都是商业区，出不了大车祸。"

"……"

崔惜梦真没打算让美盼沾酒，因为知道美盼醉酒的样子，那简直就是一个磨人精，关键是美盼的酒量还差。

　　刚进大学那会儿，小优她们就经常吵着要去酒吧，去了几次之后，她们就再也不带美盼一起去了，因为只要美盼一醉酒，周围的几个人一晚上就得被她反反复复地折腾。而且美盼这人还是第二天就完全断片的那种，记不清自己的"罪恶"，让她们真是恨得牙痒痒。

　　可崔惜梦没有想到的是，美盼看着她喝了两口，心里被那份愧疚占据着理智，只想和崔惜梦一起承担，脑袋一热，拍着大掌就说要陪着她喝，开车可以找代驾。

　　于是晚上11点左右，完全清醒的崔惜梦把已经醉得不知东南西北的美盼扛回了家。

　　秦媛从公司回来后就一直没有出门，心烦意乱的她刚刚下来喝了杯水，就见大门口似乎有人，她走到花园里一看，见到的就是一个醉得晕乎乎的美盼。

　　本来这一天都是因为她的事，秦媛心里已经非常不舒服了，之前她让美盼去见个人，美盼嘴上答应了，照片也看了，一转身却不见了踪影。虽然秦媛以前也知道她的脾气挺倔的，可从来没有像现在这样隔三岔五就搞消失，就是因为苏晋庭？

　　她是不是觉得自己翅膀够硬了，所以可以完全脱离秦家的掌控？

　　她到底知道不知道，她能够有今天如此安逸又让人羡慕的生活，都是她秦媛给的？

　　崔惜梦知道秦媛这人是个厉害角色，没想到还没进秦家的大门就见到了她，见秦媛的脸色那么难看，崔惜梦也不想让美盼为难，就把事情都揽到了自己的头上："……秦阿姨，不好意思，盼盼今天是因为我才……"

　　"谢谢你把盼盼送回来，你可以回去了。"

　　秦媛瞧都不瞧崔惜梦一眼，伸手就将美盼拽到了自己这一边，她只用了一只手，大力地扣着美盼的手腕。美盼本来人就站不稳，晃来晃去的，秦媛更是不耐烦，伸手就啪的一声，重重地落在了她的背上。崔惜梦站在一旁，吓了一跳："……阿姨，今天晚上盼盼真不是故意喝酒，就是因为我，希望您不要怪她。"

　　秦媛倒是挺勉强地笑了一声："美盼的身份和你们还是不太一样的，我平常是不太管她的这些私生活，但她到底是秦家出来的人，我可不希望她这种上不了台面的行为，有一天不小心就被多事的媒体抓到，这是对我们整个秦家门面的损害。"

　　崔惜梦骨子里可是比美盼都要傲气的小姑娘，秦媛这么几句话甩过来，让她的脸色也跟着瞬息万变。秦媛这话明显是在数落她们这群和美盼做朋友的人，根本就配不上秦家的高门了？

　　"秦阿姨，我挺尊重您的，因为您是美盼的妈妈，可能您常年都在商场打拼，也没多少时间关心盼盼的私生活，不过您完全可以放心，我们一群人之中，盼盼是最低调、最乖的。"崔惜梦挺直脊背，对着秦媛微微一笑，她本就长得漂亮，笑起来的时候，眉目舒展开来，更能够给人一种极致的感觉，"以前我没见过阿姨，现在见到了，我觉得阿姨您能够教出来盼盼这么好的女儿，应该庆幸。"

　　她说完，对着秦媛微微颔首，转身离开。

　　秦媛哪能听不出来刚刚那个小丫头是在捧着美盼，踩着自己。

秦媛是真生气了，最近走哪儿都碰壁，和谁说话都占下风，连美盼的一个同学都可以奚落她几句，怎么人人都帮着这个臭丫头？

　　秦媛一时怒上心头，把所有的气都撒在了美盼的身上，见她神志不清，摇摇晃晃地倒在自己的身上，她气得连形象都不顾了，伸手重重地推开了美盼……

　　结果是可想而知的，美盼站不稳，被人这么一推，一屁股就跌坐在了铺满小碎石的路上，疼得她闷哼了一声。大概还是因为喝醉了，所有的感官都好似麻木了，不过她倒是本能地记着要从地上爬起来。

　　"秦美盼！我养你这么多年，到了现在，你要做白眼狼是不是？"秦媛的太阳穴疼得厉害，所有的情绪都涌上来，关于黎展明的，关于苏晋庭的，当然也关于她秦美盼的，涨得她整个脑袋都要爆炸了，指着美盼就怒骂，"还是因为有苏晋庭给你撑腰了，你现在高兴得都快忘记自己是秦家的人了？你真以为他是什么好东西？你以为他对你有几分认真？我让你去和人家见面，你跑去哪儿了？现在喝成这样回来，有本事你就别回来！"

第二十四章
上帝关闭了你的一扇门，
就会为你开一扇窗

美盼倒是有听到嗡嗡的声音，可太不真切了。

好像是妈妈的声音……

妈妈？

那估计就是在骂她吧？

她是不是喝醉酒了？脑袋有点儿疼，眼前的世界特别模糊，好多影子一个一个地叠加起来，她想要看清楚，可不管她多努力地睁大眼睛，还是看不清楚。美盼烦透了这种感觉，索性一伸手，想要扒开这样一层迷蒙的世界。

可美盼不知道，她伸手的时候，正好挥在了秦媛的发顶上，啪的一声，倒也没什么力气，不过还是打在了秦媛的头顶上。

秦媛："……"

美盼唔了一声，觉得头有点儿疼，哼哼道："……我……有点儿口渴，想喝水，你……给我倒水……倒水。"

秦媛气得眼眶一红，扬手就要一个耳光落下去，可手在半空中的时候直接被人给拦住了。

秦媛一脸愤怒地转过脸去，看到的是苏晋庭那张英气逼人的俊容，他一手捏住秦媛的手腕，往边上甩开的瞬间，另外一只手就直接掐住了美盼的细腰，将那个要再度倒地的人拥入怀里，又托住了她的后脑，让她靠在了自己的肩上。

"我和你说过什么话？我不喜欢任何人动我的人。"美盼在苏晋庭的怀里长长地嗯了一声，酥彻肺腑的那种软绵绵的音调让苏晋庭心尖微微一动，但视线对上秦媛的时候，他的眸光依旧是冷的，"别总是张口闭口就拿秦家来压她，她不过才21岁……你也别总认为她好像是欠了你，她欠你什么？秦媛，别再来挑衅我的底线，对你而言，底线就是我现在抱着的这个人。"

苏晋庭说完，打横将美盼抱起来，看着秦媛那张难看万分的脸，他冷漠得没有一丝表情，转身就要走。

可一抬头，却又见到了门口站着的秦齐林。

见秦齐林那表情，显然是将刚刚的事情都收入眼底了，但苏晋庭别说是神色不变了，就连心跳的节奏都是正常的。

他身上就穿了一件白色的衬衣，冬天毕竟是冷，他也没打算留在秦家，所以就准备上楼拿个车钥匙就带美盼离开。

经过秦齐林身边的时候，苏晋庭脚步不停。秦齐林脸色难看地叫住了他："晋庭，我自认为已经对你很忍让了，可你做出这样的事来，是不是准备和我对着干？"

"我以为您一直都知道，我始终都是身在曹营心在汉。"苏晋庭讥讽一笑，"不过现在不是说我，而是说盼盼。既然你们都不待见她，何必把她留在秦家？秦家的秦大小姐有一个女儿的事实，谁都知道不是吗？我现在带她走，不会影响秦氏任何事情。"

这话简直比刚刚在书房的时候更加直接，苏晋庭长眸微敛着，视线的重点始终在怀里那个醉醺醺的人身上。

她醉得不轻，关键是在自己的怀里还很不老实，那双柔软的手一下没一下地，像是有知觉，又像是无意识一般揪着他衬衣的领口，时轻时重地拉扯着他，真像是一只小猫咪。苏晋庭眼角动了动，手臂收紧了一些，抱着她就准备进去。

秦齐林这个时候，哪还忍得住不出声！

"晋庭。"他喊了一声他的名字。

苏晋庭脚步顿了顿，似乎也不打算多做纠缠，眉峰微微一蹙，直接就说："我的意思很明白，我不喜欢别人拦着我做我想做的事，这种感觉很糟糕。"

秦齐林的脸色已经不只是难看了，苏晋庭从头到尾，在美盼的事上，根本就是不给他留一点点的后路，每一句话里面的言辞都是咄咄逼人的，秦齐林平常就算是再忌惮苏晋庭，这种时候也有些忍不下去了，那张老脸上的表情已是精彩绝伦："你知道你自己在说什么、做什么吗？就算再肆无忌惮，你也要知道，这里是秦家，秦家还是我做主……你把美盼放下！"

苏晋庭置若罔闻，微蹙着的眉峰里此刻都是不耐烦，他一句话都没说，越过秦齐林就要走。

"你给我站住!"秦齐林低吼一声。

苏晋庭脚步不停,可说出口的话已经濒临爆发的边缘:"其实这些话,您真的完全不需要在我面前说,因为您心里很清楚,这起不到任何作用,如果您还不死心的话……"

男人顿了顿,低沉的嗓音格外浑厚迷人,却又有着掌控全局的气势,以及对于自己面前的这个老人十足的压迫力:"我完全可以给您证明很多东西,比如说,盼盼,再比如说,我。"

秦齐林如同被人当头一棒,刹那间,整个人一下子萎靡了下来,脸色无比惨白地站在那里,一动不动。

美盼虽是醉醺醺的,不知自己身在何处,但她只是醉了,又不是晕了,苏晋庭说话的时候,她其实是有听到一些的,只是分辨不清楚他到底在说什么,可那熟悉低沉的嗓音,在她的脑海里,就像生根了一样,哪怕是神志不清,她也分得清楚。

所以,现在是……苏晋庭在她身边?

他怎么会在她身边?

不对啊,她明明记得,自己是和梦梦在饭馆喝酒的,这个男人是什么时候冒出来的?

美盼哼了一声,本来抓着男人衣领的双手忽然一甩,说的话虽是含糊不清,没什么气势,可还是让在场的每一个人都听得一清二楚:"苏……苏晋庭……你倒是给我说说看,到底是你骗我,还是……还是那个文静怡骗我?嗯……嗯?"

眼前这个人影显得好模糊,不过好像真的是苏晋庭,这眉毛、这眼睛,还有这样硬挺的鼻梁……肯定是他,错不了,不过他干吗来的?是来和她解释的吗?

切……

他都已经和自己解释过两回了,自己和他又没有什么关系,有什么好解释的?

美盼一个劲地自说自话,心里还住着两个小人儿,此刻就在她的脑海里唱大戏呢。等到了最后,她伸手用力地捏住了男人的脸颊,又是哼了一声:"别解释……别解释了……谁相信你!我才不会相信你这个谎话精……好想喝水哦,你……去给我倒水喝!"

本是紧绷压抑的气氛,因为美盼的几句话,更是微妙起来。

可绝对不是让秦齐林松了一口气的感觉,因为他清清楚楚地看到苏晋庭和美盼之间的那些转变。

一个男人能够用这样的眼神去注视着一个女人,而一个女人在醉到连自己的母亲和自己的爷爷都认不出来的时候,却能够叫出那个男人的名字,这代表了什么?

当初让晋庭来秦家,他的确是有私心的,可他的私心自然不可能是和美盼挂上钩的,这两人……要是真的闹出什么事来的话,自己这么多年来经营起来的一切,必然都会轰然倒塌……

他心里很清楚秦媛是什么料儿,如果是在商场上和晋庭斗的话,秦媛永远都会是手下败将。所以这个风险,他想都不敢想,因为他绝对是冒不起的。

老爷子的视线在两人的身上来回扫视，心头有些乱。秦媛只能眼睁睁地看着苏晋庭堂而皇之地抱着美盼就上了楼。大概过了十分钟的样子，他穿了一件黑色外套，重新把人抱下来，直接去了车库。

一直等到车子开出了秦家，秦媛才冷笑一声，看着秦齐林，问："爸，您现在后悔吗？"

秦齐林满脸都是掩盖不住的忧心忡忡，也知道秦媛嘴里的"后悔"指的是什么，他轻叹了一口气："这事，你暂时就别插手了，你应该很清楚他的能耐，事已至此，不要从他的身上下手了。"

"那从谁的身上下手？"秦媛反倒是不急了，双手环胸，"爸，您不会是想从美盼的身上下手吧？"

"她是秦家的人。"头是真疼，秦齐林伸手按了按太阳穴，觉得自己的胸口堵得慌，他走进客厅，坐在沙发上，让用人倒了一杯茶，喝了两口之后，才说，"媛媛，你听爸爸一句话，这事你暂时不要再插手，你应该听得出来，晋庭他什么事都知道，有些风险，你也冒不起。"

秦媛心里不服气是肯定的，但只能嗤笑道："什么都知道……呵呵，好一个什么都知道！我现在就在想，他当初到底是因为什么来的秦家？还有，您不回答我刚刚的问题吗？您到底后悔不后悔？"

她居高临下地看着沙发上的父亲："您总是觉得我有很多的缺点、有很多的问题……这么多年来，您也总是在感叹，为什么我就不能是个儿子，而且我还不能……现在这么多的事，明明谁都知道，可您又装模作样地当成一个秘密，殊不知，这个秘密早就已经不算什么秘密了，我现在只想到了一个成语——引狼入室。"

秦齐林握着茶杯的手抖了抖："够了，不要再说了。"

"为什么不能说？"秦媛冷笑着，摇头，最后那句话，绝望之中又带着浓浓的恨意，"这个时候，您知道我有多恨吗？爸，您可能会认为您是因为我在克制，可您心里更清楚，那是因为您自己的荒唐，所以才害得自己的女儿到今天这个地步，这般不成气候！"

我不是没有努力过，可我努力了，还是达不到。

我也不是一生下来就这样，可我所有的悲剧，竟然是因为我的姓氏造成的！

苏晋庭带着美盼直接回了自己的住所。

躺在车厢座位上面还挺老实的美盼，刚一下车，还没有让苏晋庭回过神来，她就蛮横地推开了面前的男人。

男人踉跄了几步，在公寓门口伸手拽住了她的手腕，蹙眉看着她。

苏晋庭不知道她喝了多少，可她身上的酒味儿其实也不重，估计是酒量太差，酒量这么差还敢喝酒？

"上楼。"他伸手压着美盼的肩膀，打开了大门。美盼的身子本是软绵绵地贴在门板上的，此刻他一开门，她就直直地往下跌去。苏晋庭心头一慌，连忙将她给稳住："小心点儿。"

美盼感觉自己又听到苏晋庭的声音了，嗡嗡嗡的，在自己的耳边，可她现在就想一个人，谁都不想见，苏晋庭更是她头一号不愿意见的人。

他不是有文静怡吗？

那个文静怡多讨厌，竟然还在她的面前说那些话，这不是给自己添堵是什么？

"……嗯，你……你给我让开，别碰我！"

美盼用力摇了摇头，本来就扎着的马尾这会儿已经松松垮垮的，马上要掉下来一般。她面色酡红，眼睛微微眯着，发丝虽显得凌乱，可又会给人一种性感妩媚的感觉。

苏晋庭的呼吸渐渐粗重起来，长腿踢了一下房门，公寓的大门一关上，他就将人抱起来，让她坐在了玄关处的台面上。

那台面不高，美盼被人抱起来的时候，下意识地圈住了苏晋庭的颈项，这会儿坐在上面，也就稍稍比他高出了一些。苏晋庭伸手捏在了她的腿根部，健壮的身躯挤进去，伸手扣住了她的后颈，让她低下头来看着自己的眼睛。

"看清楚我是谁没？就你这样的酒量还敢随便出去喝酒？"

苏晋庭压根儿就没指望这个连脖子都是摇摇晃晃的人会给自己答复，谁知道美盼竟是哼了一声，纤细的手指直接捏住了他的鼻子。苏晋庭唔了一声，她咯咯一笑，又恶狠狠地说："你横什么，我喝酒不喝酒你管得着吗？你又不是我的谁……哈哈，你肯定马上就会说，秦美盼，你敢说我不是你的谁？那要我给你证明一下吗？真是……我告诉你，这种台词真是太太太……烂透了，小说言情剧我都看了无数本了，男人都喜欢这样吗？嗯？……当然了，好像女生的确是吃这一套……嗯……胃不太舒服，头也晕……我要喝水……"

她一个人自言自语地还挺带劲，因为身体软绵绵的，坐不住，苏晋庭的大掌就贴着她的后背，一手扶着她的后脑，帮她稳定着身子，避免掉下来。小女人说话的时候，有一下没一下地用纤细的手指指点着什么，有时会戳到他的鼻尖，其实真的是碰一下马上就挪开的，可这种感觉，实在太微妙。

苏晋庭稳着她的身体，坐在玄关处，暖色系的灯光落在男人头顶上面的时候，也落在了美盼那酡红色的脸上，暖色的点点亮光落在那红红粉粉的颜色之中，说不出的让人心动。

世界上也许比她好看的人多得数不过来，可这一刻，苏晋庭觉得自己一辈子都忘不掉了。那种甜软的感觉，真的很像是嘴里含着棉花糖一样，却又舍不得让棉花糖融化了。

他本来这一晚上的心情都不是很好，后来见她醉成这样回来，还被秦媛打了两下，他就更不高兴了，她是他苏晋庭的人，谁有资格动她一下？

可现在看她坐在自己的面前，苏晋庭就感觉到，自己心尖上的那些阴霾，正在被她带着一些轻微酒气的呼吸吹开。

他挑起眉头，拖着她后脑的手掌撑开，上下抚摸了两下："胃不舒服？"

美盼打了个酒嗝，前面说完的话，马上又抛诸脑后，忘得一干二净了，她双手在苏晋庭的胸前用力推了两下。男人这个时候倒是非常顺着她，看她想要下来，他将身子往后面移了移，一手还是扶着她的腰，带着她下来之后，她摇摇晃晃着就往客厅里走去，嘴里还嘀咕了两句："……嗯，这个地方，有点儿眼熟，水呢？"

苏晋庭怕她是真的口渴了，让她坐在了沙发上，低声说："我去给你倒水，宝宝乖乖地坐在这里。"

美盼呼了一声，头一歪，身子也跟着倾斜，顺势就躺在了沙发上。

苏晋庭见她已经闭上了眼睛，但还是起身去厨房给她倒水，可等他回到客厅的时候，却发现沙发上的人不翼而飞了。

"盼盼？"男人蹙眉，将水杯放在茶几上之后，环顾四周。

知道她也不可能出去，刚刚也没有听到开门声音，现在公寓的大门也是关着的，他知道美盼肯定还在屋子里，于是首先去了主卧："盼盼？"

喊了两声，意料之中，没有人回应他。

苏晋庭站在主卧门口的时候，发现主卧的门的确是被人打开了，他伸手捏了捏太阳穴，将门完全推开之后，走进去，正好就看到不远处的角落里，站着一抹娇小的身躯，她双手撑着自己的脑袋一下一下往墙上撞去。

苏晋庭："……"

他快步上前，一把扯过那个自虐的小女人，首先将开了她额头的碎发，仔细检查后，没有看到什么伤痕，这才松了一口气，不过本能地，他就沉着脸对她说："真喝醉了是不是？还知道拿头去撞墙，疼不疼？"

"哈哈！"

美盼忽然睁大了眼睛，双手用力击掌，小小的身子还跳了起来。苏晋庭哪知道她喝醉了会这样，一时真是有些措手不及。她却是咯咯笑着，指着他说："笨蛋啊，哈哈，笨蛋啊，我骗你的，我才不会撞墙呢。"

"……"

"水呢？"

苏晋庭一脸的黑线，听到美盼喷喷了两声，他又严肃地说："你现在就去床上坐着，哪儿都不能去，我去给你拿水。"

美盼没有接话，黑黝黝的眸子转了两圈，乖乖地倚在了男人的肩上，暖暖的呼吸喷洒在他的颈项上，苏晋庭又有些心猿意马。将她带到床上，让她坐好之后，他就出去给她拿水，可等到他回来，床上的人又不翼而飞了。

苏晋庭无比头疼地蹙眉，这丫头，喝醉了就是这样的？

他将水杯放在床头柜上，深吸了一口气："盼盼？"

那语气，分明已经有些无奈。

喝醉了的人，都是这么折腾清醒的人的？

苏晋庭当然不可能亲自去照料醉酒的人，在他的身边从来没有这样的人出现过，而他自己，别说是酒品不错，就连酒量也是不错，在商场上打拼出来之后，又有谁敢灌醉他？

所以现在美盼的这种情况，的确是让他有些束手无策。

找了一圈，苏晋庭终于在书房找到了她。

苏晋庭推门进去的时候，美盼不知道怎么从书架上抽下了一本《论语》，正拿在手中，先是敲了敲脑袋，又一屁股坐在了地上，幸亏下面是厚厚的地毯。苏晋庭走过去，索性也提了提西裤，蹲在了她的身边，伸手要去抽走她手中的书，美盼却用力抓着，还怒目而视："干什么？我的！"

苏晋庭："……"

"嗯，这是……什么字？"她竟然很认真地看了起来，可那双眼睛如同打枪似的，分明就是一只睁开着，一只闭上了，手指也是乱晃，时不时往左边，时不时往右边，"……什么字？边上的人，告诉我。"

口气还挺有意思的。

苏晋庭弯了弯唇，竟真是有耐性，长臂一伸，按在了她的肩膀上，将她往自己的怀里拢了拢，沉沉的嗓音好似染上了夜的魅惑，迷人而性感："宝宝要认哪个字？"

"子……日？嗯……唔，不对，这个是读日吧？可是我记得这个好像不是这么读的，是子……日……横看竖看都是……日啊。"

苏晋庭真是哭笑不得，还大学生呢，醉了之后连字都不认识了吗？

"宝宝，这是曰。"

"不是，是日。"

"是子曰。"

"约什么约啊，我和你不约。"

苏晋庭先是一愣，五秒钟之后他才恍然大悟，自己说的"曰"，竟然成了她嘴里的"约"……

他现在已经不是哭笑不得那么简单了。

"你说什么？"

"什么什么，我要喝水！"她忽然就将手中的书往外一丢，直接躺在了地毯上。

苏晋庭无奈，本来是要去抱她的，结果被她用力一扯，力道还挺大的，他整个人就失控地压在了她的身上。男人怕压伤她，所以下意识地撑起了自己的双臂，只是这样，就成了他悬浮在她身上的那种暧昧姿态。

而身下的女人，此刻除了脸是红的，那双眼睛也是直勾勾的，似乎能撞入人的灵魂深处。

330

苏晋庭性感的喉结上下滑动，眸色沉沉，呼吸都有些粗重起来："要玩火？"

"火又不好玩。"真不知道她到底是真的醉了，还是似醉非醉。

可看着她的眼神，苏晋庭就知道，她是真醉了，只是醉了，好像比平常更能够快速地接上自己的话来："玩你吧，从刚刚开始我就想玩你了……"

一打酒嗝，美盼那双黑黝黝的眸子，瞬间就给人一种媚眼如丝的感觉。

苏晋庭更是心神激荡起来，顺着她的话接下来："宝宝，那你要怎么玩我？"

"怎么玩都可以吗？"

"都可以。"

"那我要你把衣服和裤子都脱了。"

"嗯？"

"嗯什么？脱不脱？你撒谎骗我，谎话精，刚刚还说怎么玩都可以。"

苏晋庭听着她那如同撒娇一样的娇媚口吻，气血一阵阵地翻涌上来，难不成小丫头喝醉了，更放得开？

对于这种事，他当然是求之不得，不过显然，精明的男人还不是那种色欲熏心就会忘记东南西北的人。他伸出一只手来，抓着她的小手就往自己皮带的金属扣上放，语气越发低沉："脱了我的裤子之后，那宝宝你的呢？是不是也要脱掉？这样才公平不是吗？"

"游戏规则是我来定的，你为什么这么多废话？"她脸色一唬，竟然不高兴了。

苏晋庭这会儿只想着，她还能跑哪儿去！

所以他倒是挺干脆地哄着她："好，那我先脱了。"反正等一下她还是得脱。

把黑色的长裤脱掉之后，苏晋庭直接就丢在了一旁，刚要俯身下去，美盼忽然就坐起身来，小手儿抓着他的内裤，呵呵笑着："那你把这个也脱了吧。"

苏晋庭："……"

他沉着气息："宝宝，你确定吗？"

"确定呀。"她天真无邪地眨了眨眼睛，很肯定地点头。

苏晋庭的嗓子眼儿如同冒火了似的，本来同处一室就避免不了想要对她做点儿什么，现在她这是直接地撩拨他，他哪还能够忍得住。

看来她喝醉了，还是挺可爱的。

苏晋庭眸光深邃，似笑非笑："还敢撩拨我，那估计是真醉了……不过宝宝，你喝醉的样子太迷人了……我再问你一次，确定要脱？"

"废话好多哦。"美盼努了努小嘴儿，反手啪的一声打在了男人的手背上，"不想脱就算了，嘴巴好渴，我去喝水……"

"逃哪儿去？"苏晋庭整个人扑上去就把她压在了身下。他覆上去的时候，气血一热，因为美盼的双手已经顺势勾住了他的内裤。

"盼盼……"苏晋庭的眸光一片猩红，现在的他只想着，以后有机会就让她多喝点儿酒，这个效果真是太好了，"……嗯，宝宝是在帮我脱内裤吗？"

美盼没有说话，非常专注地做着自己想要做的事。

苏晋庭当然会配合她的举动，两条长腿轻轻一动，内裤顺势就被她给脱去了。

"脱了。"苏晋庭的嗓音已浓郁得可怕，他一眨不眨地凝视着美盼那依旧酡红的脸颊。

下一秒，苏晋庭整个人猛然僵住。

眼前，似乎是被什么东西给遮住了。

然后就有咯咯咯如同银铃一样的笑声传来，苏晋庭所有的情欲如同被当头浇了一桶冷水，熄灭了三分之二——

"秦……美……盼！"刚刚还饱含欲望的嗓音，此刻却满是咬牙切齿，"你干什么？！"

这个丫头，她竟然……把内裤罩在了自己的头上，苏晋庭一翻身，直接就扯下来，丢在一旁，俊逸的脸上，除了那些还没有来得及退去的欲望，这会儿还夹着几分不悦，融合在一起，给人一种邪佞的感觉。

可美盼平常就不怕他，更别说现在喝醉了完全不清醒的情况之下，她反倒是动作利索地翻滚了两圈，指着他说："不许动！"

苏晋庭："……"

美盼从地毯上爬起来，双手叉腰，片刻之后，又伸展开来，对着苏晋庭做了两下动作，红艳艳的唇一张一合："哔哔哔！你现在是超人了……superman！我命令你，马上把你身上那硬硬的怪物给打死！打死！太危险了！"

……

所以这一晚上，苏晋庭是完完全全地见证了什么叫作醉酒，什么叫作酒品差，什么叫作折腾。

前面他还有点儿脾气，好几次都揪着美盼，将她丢在床上，压着她问："是不是欠收拾了？"

可美盼就是有办法从他的怀里跳出来，每次都会弄得他哭笑不得。做出了那么出格的事，偏偏他又舍不得对她动怒，一直到了后半夜，苏晋庭还是第一次感觉到自己是真的完全没有了脾气。美盼一整晚都在不停地折腾，各种花样，各种奇招，让他不得不投降。

具体是几点睡着的，美盼是不可能知道的，连苏晋庭都有些迷迷糊糊的。第二天上午10点，美盼被手机铃声吵醒，一下子惊醒过来，她翻身坐起，却发现这里好像不是自己的房间，而是……

苏晋庭的？

她在这张床上醒来已经不是第一次，所以很清楚这周围的摆设，分明就是苏晋庭的房间。

可她怎么会在苏晋庭这儿？

不对……

美盼伸手揉了揉太阳穴，大脑还钝钝地疼着，胃部也不舒服，有一种轻微灼烧的感觉，让她慢慢地想起了一些。

昨天晚上，她是和梦梦在一起的，然后陪着梦梦喝酒了？

她是不是喝醉了？

美盼摇了摇脑袋，一想到自己喝醉了，就完全没有冲动去回忆昨天晚上的事了，因为她不是第一次醉酒了，所以很清楚地知道自己一醉酒会干出什么伤天害理的事，而第二天，她就算是想破脑袋也不会有多少头绪。

她放弃了，就是不知道自己怎么又会在苏晋庭这儿醒来。低头看了一眼自己的身上，衣衫还算是完整，这套衣服就是昨天她穿的，要是苏晋庭昨天晚上和她发生过什么，她现在肯定是一丝不挂。

想到这个，美盼的脸庞不由自主地红了红，一个人坐在床上呆愣了有五分钟的样子，卧室的门忽然砰的一声被人从外面推开。

美盼大概还有些恍惚，猛地抬起头来，见到一个身材挺拔的男人顶着精致的五官，可那五官上的表情都是不悦和隐忍。

"醒了？"苏晋庭双手插在宽松的家居裤裤袋里走进来，居高临下地看着床上的美盼，挑起眉头，"头疼？"

美盼没有接话，总觉得苏晋庭似乎是很不高兴的样子，可具体又找不出来那种真生气的感觉。

她以前喝醉了酒不是没有闯过祸，当时小优她们几个连续好几天给她复述她醉酒之后干的事是有多么离谱，简直就是前无古人、后无来者，现在再一看苏晋庭这脸色，美盼当即就明白了——估计昨天晚上自己对他闯祸了。

"头疼不疼？"苏晋庭见她也不说话，只是直勾勾地凝视着自己，看得人有些心痒难耐，索性直接上了床，坐在她的边上，伸手捏住了她的下颌，拇指就轻轻地摩挲着她的下巴。美盼挣扎了一下，刚要说什么，苏晋庭比她更快地出声："知道自己昨天晚上闯祸了吗？"

美盼心头一沉，任由他又揉又捏地折腾着自己的唇，也不反抗了，不过她还是有些好奇自己到底做了什么事，难道真的很出格？

她沉了沉气，低声说："我……好像是喝醉了，我其实喝醉了说过什么、做过什么都没什么印象了，所以……"

"不记得了？"苏晋庭眸光一闪，反问。

"不记得了。"美盼摇摇头，一脸的真诚。

"那就不用想了。"男人松开了她的下颌，将她从床上拖起来，"你是喝醉了，我顺手就把你带到这儿了，宿醉头不疼吗？去洗漱一下，我给你准备了吃的。"

美盼觉得他情绪转变得还挺快的，刚刚好像是在压抑着什么，现在又什么事都没有，是她的错觉吗？还是……和昨天晚上自己喝醉有关？

可她真是什么都想不起来了啊。

进洗手间之前，她还是云里雾里的有些分不清状况，等用凉水洗了个脸之后，倒真是精神了不少，这个时候，美盼看着镜子里的自己，不是想起了什么，而是想到了一个问题！

她为什么会在这里？

不是应该在家里吗？她好像是有记得，自己应该是回家了吧？

美盼也没有可以换洗的衣服，梳了一下头发，就仍旧穿着那套衣服出去。餐厅里，苏晋庭正端着一杯牛奶放在餐桌上，见她出来，对她招了招手。

美盼走过去，坐下之后直接就问："昨天晚上，我好像记得我在家里的，为什么会在你这里？"

苏晋庭替她拿了一块吐司，平常在秦家她就喜欢吃这个："记得？你能想起来自己是在秦家？"

美盼的胃不舒服，也不矫情，接过吐司就咬了一口，又喝了两口牛奶，觉得舒服了不少，这才点头："对，这个我有点儿印象，我明明是回家了的。"

"唔。"苏晋庭也不含糊，点头承认，"我把你从秦家带出来了。"

"是……秦家没人？"不然他怎么可能带着自己出来。

"有人。"

"……用人？"

"秦齐林和秦媛都在秦家。"苏晋庭早上习惯性地会喝一杯咖啡，加上昨天晚上，他是真被这个丫头折腾了一晚上，现在喝的还是黑咖啡——为了提神——所以这个时候他也不和她含糊其辞，有些事，既然在自己这里因为她开了一个头，那么她早晚都是要知道的，"我们的事，你以为瞒得住他们？"

看着美盼的脸色渐渐变了，苏晋庭蹙眉，看向她："很担心？怕他们会吃了你吗？不过就是和我在一起，不是多见不得人的事，男欢女爱，本来就是人之常情。"

他说得多么轻巧，美盼却有一种如临深渊的感觉。

爷爷和妈妈……都知道了？

这都是什么时候发生的事？是在她醉酒的时候吗？

她手一抖，差点儿把牛奶杯给打翻，可真是什么都顾不上了，站起身来就说："你……你这样也太自作主张了，你都没有问过我的意见，而且我也没有答应做你女朋友啊，你怎么可以这样？"

她大概是真的急了，埋怨的口吻中又透着撒娇的意味儿，说到最后，还有些恼羞成怒地跺了跺脚："苏晋庭，你真可恶！你自己的后院还没有管好，就去秦家给我捅娄子，你过分！"

"后院？"苏晋庭听出了点儿什么，修长的手指在咖啡杯的边缘轻轻一转，挑眉，"我什么时候还有后院了？"

　　哼！

　　谁知道小丫头片子丢下了这么一句话，嘴噘得老高，一上午再也没有理过苏晋庭。

　　其实美盼不需要说什么，苏晋庭哪能不知道这个"后院"到底指的是谁。

第二十五章
喜欢是乍见之欢，爱是久处不厌

文静怡病好之后休息了半个月的时间，因为现在正当红，工作很多，光是拍摄就堆积了不少，但是考虑到她刚刚恢复，经纪公司还是将她的工作量压缩了。

她上午才拍了几张杂志照，就接到自己经纪人的电话，原来是洽谈拍摄电影的事。文静怡从出道开始运气就好，走的路线不一样，现在她要拍电影，一张嘴就要选很好的剧本。

"……静怡，这次是林梅的剧本，还是他亲自改编的，我可以向你保证，这次你要是能够出演个角色，必定会成功地打入影视圈的。"

文静怡将手中的杯子放在台面上，一听到林梅，也是眼前一亮："张姐，你说真的？林梅？"

"当然，我还能骗你不成，不过目前还在甄选女主角、女配角，还有女三号。我是这么想的，静怡，我们也是第一次挑战大银幕，可以的话，来个女配……"张姐顿了顿，忽然又调转了话锋，"不过静怡，你知道吗？这次和林梅合作的就是秦氏，我有打听到，合约还是秦氏的苏晋庭亲手拿下的，你不是和他私下关系很好吗？你回头和他说说，这事肯定不成问题，其他的，我会帮你打点好。"

文静怡一听到苏晋庭的名字，眼神都不一样了，她这边刚收线，助手就匆匆进来："静怡，外面有人找你。"

她这是在拍摄现场，一般不会有什么粉丝能够直接进来的，文静怡站起身来，问："是谁？"

助手暧昧地笑了笑。自己伺候的对象动什么心思，她多少是有点儿数的，她那手机上的屏保都是那个鼎鼎大名的苏晋庭，而且之前报纸上也总有他们之间的暧昧八卦，两人私下肯定是很有戏，所以助手这会儿笑眯眯地说："肯定是静怡姐你心里最期盼的那个人，就在外面哦，可帅了。"

文静怡心头一跳，很快就知道是苏晋庭了。

她嘴角忍不住勾了勾，脑海里的第一个念头就是——难道他也是因为林梅的那个电影来找自己的吗？

不管是不是公事，他亲自来找她，她都开心得不知东南西北了。

"这样可以吗？"她马上转过身去，对着镜子照了照。因为刚刚拍摄的关系，她今天的妆很浓，不过她五官好，精致，什么妆容都能够驾驭。

"很好，静怡姐，你怎么样都好看，要我说，是苏先生的福气，外面多少男人喜欢你，可你就是对他死心塌地。"

文静怡心情好，助手的几句话让她嘴角更是笑开了花，她穿了件外套就跑了出去。

苏晋庭人坐在车子里，一手的手指有一下没一下地敲着方向盘，一手夹着烟，手肘撑在车窗外。文静怡过来的时候他不知在想什么，那白色烟雾中若隐若现的半边俊脸一如既往的深邃立体，可此刻表情却是无比柔和。

文静怡从来没有见过他这样的表情，这个男人长得太好看，可给人的感觉通常就是冷，现在他竟然有这样的表情，瞬间就撞入了文静怡的心灵深处，她嗓子眼儿里都是沙沙哑哑的，被情绪感染的。

"晋庭……"

苏晋庭回过神来，见文静怡站在车外，挑眉指了指边上的位子，语气平静，脸上那种柔和的表情也在瞬间收敛了："上车再说。"

文静怡心中的失落感扑面而来，可她似乎已经习惯了……有些东西，就算是不属于她的，也不会是属于别人的。

她在心中暗暗给自己打气、找借口，因为这么多年来，在他的身边，她必须要这样安慰自己才可以一直坚持下来。人有时候很奇怪，坚持得时间长了，就会把这种坚持看成是一种理所当然。

其实，也不过就是自己心中的一个魔障。

得不到，越是想要得到，想得太多了，渐渐地，就连自己那颗平稳完整的心脏也开始变得扭曲。

"你怎么突然来找我了？"文静怡上了车，还以为苏晋庭是要开车带她走的，很自然地伸手去系安全带。

正在抽烟的男人看了她一眼，长眉微微一挑："就坐在车里说几句，你不还有工作吗？"

文静怡动作一顿，脸色很是尴尬。

苏晋庭也不和她浪费时间，他本来就喜欢单刀直入，对于女人，更是如此。这个世界上，所有他不放在心上的人，大概都会认为他就是一个冷漠寡淡的男人，却不知道，其实亲情的那些依赖和信任，他都给了简姨，而在男人对女人的那种情感上，男人所有的柔情蜜意，都给了秦美盼。

"你找我有什么事吗？"文静怡手一松，安全带自动回去了，她问得有些小心翼翼。

这一刻文静怡自己都觉得有些可悲，她在苏晋庭面前越来越卑微了，可她知道，那是因为自己越来越紧张，越来越害怕，害怕真的是连等待的机会都没有了。

"美盼的事。"苏晋庭手肘撑在车窗外，说话的时候眼睛是看着外面的街景的，文静怡就这样看着他的侧脸，见他姿态随意地抖了抖烟灰，说出口的话却一点儿都不随意，"你是不是单独见过她？"

文静不敢在他面前隐瞒什么，反正也隐瞒不了："之前是有见过，很偶然的机会，我那天正好在商场站台，我见到她了，所以……"

"静怡，我是不是和你说过，我的事，你别插手？"苏晋庭打断了她的解释，终于转过脸来。半截烟含在男人的薄唇上，他眸光看似平静，里面却是藏着锋锐，一字一句，不留任何的余地："你之前根本就不认识她，我知道你是因为我才找上的她。不管你和她说过什么，我只想告诉你，这是第一次，也是唯一的一次，不要让我不高兴。"

见了一面而已，她也没有说多过分的话，难道那个秦美盼一转身就和晋庭告状了？

文静怡捏紧了一侧的五指，再浓的妆也盖不住她脸上那僵硬又勉强的表情："……我是不是不能见她？我并没有和她说什么，我知道你很维护她，我只是……我只是因为你很久没有见过我了，所以顺便问了一下你的近况。"

苏晋庭蹙眉："如果是因为我的事，你完全可以打电话给我，联系我本人；如果是她，静怡，你和她有几分熟？"

文静怡嚅动着唇瓣，嗓子眼儿里就像是堵着什么东西，一句话都说不出来。她觉得十分委屈，现在只想掉眼泪，却只能死死地忍着。

苏晋庭却没有多看她一眼，只低沉着声音道："她才21岁，涉世未深，我不希望她受到任何外界的无形压力，当然，如果是和我有关的话，那我就更不希望看到了。静怡，你能明白我的话，是吗？"

明白，怎么会不明白？

以前她是觉得，苏晋庭似乎对那个秦美盼挺上心，而现在，他却清清楚楚地告诉了她，美盼在他心中是多么与众不同。

21岁……

我也是21岁的时候遇到的你，而且对你一见倾心，可我21岁的时候，你却没有在任何人面前说过……文静怡她才21岁，涉世未深。

晋庭，你知道你有多偏心吗？

下午2点的时候，苏晋庭一身正装走进餐厅。在里面等了不少时间的吴木见到来人，连忙站起身来，脸上堆着谄媚的笑，可眉宇间还是染着几分担忧。

吴木没有想到，苏晋庭竟然会让他的助手主动联系自己，并且要求见面。最近W集团的财政出现了很多的问题，他一直在想办法，希望可以渡过这一次的劫难，可商场上都是唯利是图的人，他落魄的时候，平常那些大哥长大哥短地称呼他的人，这会儿只拿着冰冷的后脑勺对着他。

苏晋庭这个时候要见他，是为了什么？

"……苏先生，您好，赶快请坐。"吴木点头哈腰地说话。

苏晋庭面色寡淡，一身深色系的西装衬得他整个人越发冷峻。吴木站在一旁，还不敢入座，男人指了指对面的位子，开口："吴先生，你也请坐。"

吴木尴尬地笑了笑，然后入座。

苏晋庭见他这般不自在，唇角勾了勾："吴先生是不是很好奇我苏某人为什么要找你？算起来，我们也没有过任何的合作。"

吴木一愣，连忙说："不不不，苏先生，您能够见我，我真是有一种三生有幸的感觉，就是我不知道苏先生找我到底有什么事。苏先生，不管有什么事，您都可以直接说。"

"吴先生太客气。"

苏晋庭给自己点了一根烟，本是气场冷峻的男人，抽烟的时候那慵懒的姿态又透出另一种邪气。吴木其实不太敢对上他的眼睛，自己在商场打滚也有那么多年了，W集团可是他的心血，算起来，自己的年纪都比他大一轮了，可这种气场，他还真是驾驭不了。

吴木惴惴不安地等了一会儿，苏晋庭这才出声，嗓音平稳，却又不怒自威："吴先生，大家都时间宝贵，我就不和你客套什么了，我知道W集团最近的财政有了很大的问题，这些日子你不断奔波也没有能够找到很好的解决方案，是吗？"

吴木咽了咽唾液，点头："是，苏先生，我的确是有难处。"

"商场上做生意就是这样，谁都不可能一帆风顺。"

吴木听出了点儿什么，心头一喜，难道苏晋庭是为了W集团的事而来？

苏晋庭也没时间和他兜圈子，弹了弹烟灰，直接就说："吴先生，我也不喜欢含糊其辞，我知道W集团目前遇到的问题还是很棘手的，这样，资金方面的问题，吴先生你可以不用那么操心了，我苏某人既然找上你了，肯定能帮你解决，不过我也有点儿小小的要求……"

吴木虽然为自己集团有了新的出路松了一口气，可到底还是个聪明人。

这苏晋庭是谁？

先不说他们之前压根儿就没有打过什么交道，就说现在，他哪怕是站在商人的立场上看待W集团的财政问题，也绝对是有所图谋的。

吴木沉了沉气，问："苏先生，我知道您是很有能力的人，不如您直接告诉我，您想要什么？"

苏晋庭夹着烟的手背过来，手指在桌面上轻轻敲了两下，薄唇稍弯："我就是喜欢和明白事理的人打交道，吴先生放心，我不会要了你的命。"

男人的手指在桌面上打圈，最后拇指压入圈内，接着抬起头来，说："听说贵公子好像和宋氏的小千金有婚约？"

吴木总算是体会出了什么，马上就说："是，不过这次宋氏也没有能够帮我，苏先生，这事我也瞒不住您。"

"W集团很快就能够复活，宋氏的实力还是不错的，吴先生，我给你提个建议……既然都是嘴边的肥肉了，何不把它咽下肚子？早点儿把事儿给办了，以后才是真正的一家人不是吗？"

吴木有些胆战心惊地看了两眼面前的男人。

苏晋庭还是那种不急不躁、让人看不出任何表情的样子，吴木心里真是有十八个弯不断地绕着，可始终都绕不出来，到了最后，他唯一可以确定的是——苏晋庭的目标应该不是自己，或者说不是一个区区的W集团。宋氏目前在C市，算是可以和秦氏对抗的家族企业之一，所以，他的目的，其实是宋氏？

吴木离开之后，苏晋庭还坐在原来的位子上，烟灰缸里已经有了四五个烟头，他看了看腕表，不过才3点。

美盼今天的课程结束应该是在4点过后，还有一个小时。

"这么大费周章的，就是为了帮你的女人出口气？"历承易的声音忽然从后面传来。苏晋庭头也不回，很快又听到历承易切了一声，嗤之以鼻："我和你说，晋庭，女人真他妈的不能宠，一个秦美盼有什么魅力？你现在为了她，我看都快魔怔了……要我说，她除了年轻点儿，屁股翘了点儿，胸脯大了点儿，脸蛋白嫩了点儿，其他还有什么？这个世界上多得是这样的女人！"

苏晋庭蹙眉。

历承易这人一向口没遮拦，尤其是在女人方面，不过他刚刚那些话，含沙射影的，可不是在说他的美盼。

见历承易一脸颓然地坐在自己的对面，苏晋庭倾身，手指关节在他面前的桌面上敲了敲："你说的应该不是我的女人，而是你自己的女人……搞不定？"

历承易对于"搞不定"这三个字，显得很有情绪。

说得好像他对那个秦美盼很搞得定似的，在他看来，堂堂一个苏晋庭，以前是让人忌惮的，现在则是忌惮某人吧？

还是一个比他小了十岁、乳臭未干的小丫头。

这年头，女孩儿难道是专门来对付男人的？

"别说得好像你很厉害，不一样乖乖臣服在人家小丫头的石榴裙下？"历承易精神不佳，这几天光是想着怎么样对付那个崔惜梦了。

以前都是女人前赴后继地往他怀里扑，现在他想要一个比自己小了那么多的大学生，竟然绞尽脑汁还不行，他开始重新考虑女人这种生物，到底自己了解不了解。

苏晋庭想到今天上午送美盼去学校之前，她被自己几句话调戏得面红耳赤、想要辩驳却无力的样子，心情别提有多好。他重新给自己点了一根烟，抽烟的姿态越发慵懒邪魅，眸光微敛："男人和女人不都一样？你拜倒在对方的裙底下的时候，只要同时也让对方心甘情愿地脱了你的西装裤，谁说不是双赢？"

历承易俊眉一扬："怎么，你家国宝把你裤子脱了？"

苏晋庭蹙眉，夹着烟的手指指了指对面没骨头一样坐着的历承易："以后不要在盼盼面前说没有尺度的话，你管住自己的嘴最重要，不然就靠你这么一张嘴，还想搞定那个崔惜梦，我看是真难。"

崔惜梦，的确是难搞。

历承易想着昨天晚上，自己用威胁的方法把她引到了自己的公寓，箭在弦上的时候她还冷静得很，甚至一而再再而三地告诉自己，她有喜欢的人，是深爱。

他还真是从来没有嫉妒过哪个男人，优秀如同苏晋庭，也不过就是和他平起平坐。崔惜梦心里藏着的那个人到底是谁？他非得搞清楚不可。

历承易打了个响指，也不在意苏晋庭的挖苦，直接就问："你改天帮我问问，崔惜梦和哪个兔崽子关系好。"

"我不是情报员。"

"喂喂喂，你这不是已经搞定了秦美盼嘛，行了，我答应你，以后在你家心肝宝贝儿面前，我保准毕恭毕敬，绝对把嘴给封上，行了吧？崔惜梦和你家宝贝儿关系好，肯定知道。"

苏晋庭看了历承易两眼，见他倒是一脸认真的样子，笑了一声："出息。"

历承易伸手摸了摸脑袋，没有接话。

心里却是咬牙切齿……不搞定这个女人，他就枉为男人。

美盼觉得自己今天上课的时候都是心不在焉的，没有办法认真听课。3点多的时候，她看着光线挺好的，索性就拿着相机准备去拍点儿照片。她已经报名参赛了，下个礼拜一就需要把自己拍摄的作品上交。

到了学校门口的时候，她意外地发现，秦家有车子停在学校门口。

秦家车子很多，不过每一辆车的车牌都是挺有规律的，所以美盼一眼就能够认出来。她觉得奇怪，刚要走过去，却见车门推开，下来的人是黎展明。

美盼一见到自己的父亲，立即大步上前："爸，你怎么在这儿？"

黎展明神色略显疲惫，看样子不是刚刚到的，而且车子也是处于熄火的状态，好像是等了不少时间了，美盼心中越发诧异："爸，你是一直都在这里？为什么不联系我？我手机……"

美盼边说边拿出手机，才发现竟然没电了，也不知道关机多久了。

她昨天晚上喝醉了，人又在苏晋庭那边，没电自动关机也正常，不过她想不起来昨天晚上的事，早上被苏晋庭的话说得心乱如麻，就匆匆出了门，直接到了学校，也忘记了问他，自己昨天晚上到底是怎么去了他那边的。

这会儿见到黎展明，美盼很自然就想到，可能是因为昨天晚上的事……

她知道爸爸一直都反对自己和苏晋庭走太近，这么一想，她就有些心虚，支支吾吾地刚要解释，黎展明倒开了口："盼盼，你午饭吃了吗？"

"爸，这都3点多了，当然吃了。"

黎展明一愣，仿佛是连时间都不记得了，茫然了一会儿，才说："……我估计是饿得有些糊涂了，我还没有吃东西，囡囡，你下午要是没有课的话，陪我吃顿饭吧。"

美盼总觉得黎展明是有什么事想要告诉自己，既然他说要一起吃饭，她就答应了。

父女俩没有上车，就在学校附近找了一个小餐馆。这个点了，餐馆也没什么人，他们选了一个靠窗的位置坐下，点了几个平常都喜欢吃的小菜。等着上菜的时候，美盼先拿出自己的充电宝，把手机充上电，看着手机开机之后，她才问黎展明："爸，你有什么事吗？"

最近总是不在家里，以前他很少这样。

黎展明却是眸光沉沉地看着对面的女儿，那种眼神，真是有说不出的复杂。美盼被黎展明看得越发好奇，这么多年来，父亲似乎从来没有用这样的眼神看过她，复杂难辨，里面像是压抑着无数要翻滚出来的情绪，可挣扎了很久，还是被压抑了下去。这一瞬间，美盼却是看出来，父亲苍老了很多。

他最近是不是真的有什么难以解决的事？

因为秦家？还是因为妈妈？

"爸……"

"番茄炒蛋。"

美盼刚要张嘴问什么，小餐馆的老板忽然送了一盘菜上来，放在桌子中间，客气地说："两位慢用。"

美盼只得把话给咽回去。黎展明已经垂下了眼帘，拿起筷子，夹了一块红艳艳的番茄放进了美盼的碗里，低沉的嗓音之中透着几分沙哑："囡囡，先吃点儿东西。"

美盼却张嘴就说："爸，我不喜欢吃番茄的，你怎么又忘记了？"

她说着，拿起筷子就将那番茄夹出来丢在了一旁，脸上的表情是厌恶。

黎展明心头一沉，脸上的表情更是僵硬了。

美盼的确是不喜欢吃番茄，不过他一直都挺喜欢，有时候他总会忘记。家里很少会做这样的菜，秦媛和秦齐林对吃的都很讲究，每天家里吃的菜都是营养师专门开下来的菜单，所以以前也是他们父女俩约个时间，出来吃一些。

美盼用筷子夹了一块金灿灿的鸡蛋，笑了笑："我只吃鸡蛋啊。"

黎展明这会儿笑得比哭都难看："……是，是……估计是真老了，老忘记我的小宝贝就喜欢吃鸡蛋，不爱吃番茄。"

"爸，你脸色怎么那么奇怪？"美盼咽下了鸡蛋，也没多少食欲，她中午就是在食堂随便吃的，此刻也不饿。

餐馆老板又上了几盘菜，黎展明却始终都没有动筷子，等那老板走开之后，他沉吟着，终于试探性地开口："盼盼，爸爸想和你商量一件事。"

"什么事啊？"

黎展明又沉默了下来，似乎真的难以启齿。

他越是这样，美盼越是诧异，到底是什么事？爸爸什么时候会出现这样的表情？难道真的是和妈妈有关系？

可没有理由啊，这么多年来，他们的相处模式一直没有改变，不一样过来了吗？

美盼等了一会儿，黎展明却始终都不出声，她心里一急，就追着问："爸，到底是怎么了？是不是你又和妈吵架了？还是……"

"盼盼，爸爸想要和你妈妈离婚，你同意吗？"黎展明说这话的时候，慢慢抬起头来，看着美盼，"……其实很多年了，你以前也和我提过，真的过不下去的话，不如分开。我还记得你当初说这话的时候，不过才十八岁。盼盼，你一直都是我心里的骄傲，爸爸有时候会觉得，让你做了我的女儿，就是委屈了你……"

美盼怔住了："爸，你干吗说这样的话？"

可突然要和妈妈离婚，她是真意外，这么多年了，她虽然知道父母感情不好，而且自己也的确是长大了，有些事情都可以理解，但是离婚……是真的离婚……她还是有些难以消化。

"……我只是，一时有些意外，为什么你突然就要和妈离婚？这事……我是第一个知道的，还是最后一个知道的？"美盼深吸了两口气，对于这样的事，她接受的能力还是比较强的，因为他们的婚姻早就已经不具备任何意义，所以她完全可以理解，只是一想到以后，多少会有些茫然。

有谁不渴望一个完美的家庭？

"爸爸这是先和你商量。"黎展明说，"囡囡，其实你也知道，我和你妈的感情……早已经被磨得一干二净了，她和我从来都不是一个方向的……这些年来，我一直希望你过得好，所以始终都在坚持，只是感情这种东西，破碎了就难以再重圆，现在你也21岁了，之前的一段时间我一直在外面跑，其实是在打听你出国的事，我想过了，你喜欢摄影，爸爸带你出国进修好不好？"

出国？

这么突然就提出让她出国，美盼的太阳穴重重地跳着，有些接不上话来："……爸，你是说……出国？为什么……为什么突然要出国？"

她有些混乱，有些话就不由自主地脱口而出："……而且，你就算和妈离婚了，我觉得我未必可以出国……爸爸，我不是不愿意跟着你，只是我们都知道，这是秦家，我……"

黎展明伸手握住了美盼的手，轻轻拍了拍她的手背："不用担心，我知道你在秦家一直都很压抑……爸爸把老家的那块地皮卖了，现在有一定积蓄，爸爸能让你离开秦家，只要你愿意。盼盼，爸爸就是希望你好，这些年，我生活得很压抑，可你也一样压抑啊……"

美盼呆住了，忽然不知道该说什么才好。心头五味杂陈，脑海里却偏偏闪过苏晋庭那张邪魅霸道的俊容，一时，她更是觉得心尖酸楚。

怎么办？

为什么这个时候，她会想到那个男人？

黎展明刚刚走进秦家的大门，就有车子从外面开进来，他站住了脚，侧身一看，是秦媛的车子。

秦媛坐在后车座，也看到了外面的黎展明，这两天她一直都在找他，他现在倒是知道回来了！

让司机停车之后，秦媛怒气冲冲地下车，见黎展明竟然转身若无其事地朝着里面走去，她张嘴就喊："黎展明，你给我站住！"

黎展明的脚步再度顿住。

司机把车子开进了车库，秦媛走过去："你还知道回来？这几天你都干什么去了？"

黎展明看了她一眼，眸光复杂，也不知是不是因为他的眼神太过深沉，秦媛心头微微一颤。这么多年来，他很少用这样的眼神看着她，这段时间他有些不太寻常。她轻咳了一声："你这么看着我做什么？"

"上楼再说。"黎展明说，"下面这么多用人看着。"

秦媛心高气傲得很，黎展明这么一说，她还就偏不配合："用人？你还怕被用人听到什么？你要敢做什么，就别怕别人知道。"

黎展明看着眼前这个和自己勉强在一起二十几年的女人，这个是他的妻子，有时候他也不知道自己到底哪里值得让她这样折磨他，又折磨她自己，每天都是恶言相向，却是真的从未提出过离婚。

也许秦家的面子、公司，还有她秦媛的完美婚姻，一切的一切都比其他事情重要。

"秦媛，我在楼上等你。"黎展明丢下这句话，转身就朝楼上走去。

秦媛在身后追着喊了几声，他就是不肯停下脚步，她也不好意思当着家里那么多用人的面真的做出多出格的事，最后还是丢下手中的一份文件，跟着上了楼。

她一进房间，发现黎展明已经站在主卧的正中央，她刚刚没有发现，现在却见他脸上的表情极其疲倦，整个人有一种说不出的阴郁。

其实黎展明这个人性子比较温和，所以他的脸上出现了这种表情，还是挺让秦媛意外的。

"你想和我说什么？"她出声，问。

黎展明说："想和你谈谈我和你的事，还有美盼的。"

秦媛笑了一声，语带讥讽："你现在倒是会和我谈美盼的事了？那你早干什么去了？那天我打电话给你的时候，你为什么不回来？你这两天人在哪里？"

黎展明对她那种连珠炮似的尖锐提问置若罔闻，他伸手揉了揉太阳穴，低声说："秦媛，我们已经争了二十几年，吵了二十几年，也一起生活了二十几年，有时候想想，我们的缘分未必不是一段孽缘，可我依旧很感谢你……我知道你其实根本就不想这样生活，你也是无可奈何，你变成了现在这般模样，不管对我有多么刻薄尖锐，也不管你是如何看待美盼的，我从来没有真的怪过你什么，但是我们已经越走越远了。"

秦媛不笨，黎展明这么几句话，她已经听出了点儿什么，一时间一种说不出的滋味儿在她的心尖散开，可她依旧不容许自己的脸上有太多不应该出现的表情，脊背挺直，一字一句地问："你想和我说什么？"

黎展明沉吟了片刻，终于说："我们离婚吧。"

第二十六章
找到属于自己的位置

我们离婚吧。

这五个字，她竟然也不觉得意外，好像真是意料之中他会说出口的话。他忍了这么多年，现在，他竟然真的说出来了。

秦媛先是短促地笑了几声，慢慢的笑声就越发夸张，到了最后她指着黎展明，摇头："你说什么？你要和我离婚？黎展明，你确定你没有发烧吗？"

黎展明以前总觉得，他们之间再相互折磨着，那一辈子也会纠缠在一起，现在想来，这个世界上真是没有什么绝对的事，自己的初衷，或许从来都不是她。

说到底，他也不过就是一个自私的人。

"秦媛，我说的每一个字都是认真的，我们离婚吧。"黎展明重复，"我们离婚吧，我们不需要再这样下去，你不舒服，我也不痛快，更会让美盼觉得累。我知道你现在肯定会生气，但是……毕竟美盼这么大了，她是你的女儿，这事，谁都改变不了不是吗？你所担心的问题也不会出现，你想要和一个苏晋庭还是两个苏晋庭斗，我们父女都不会对你造成任何的影响，你只需要对我们放手。"

"你在说什么鬼话？"秦媛不可置信地怒视着黎展明，刚才她只觉得他的说法是多么的天方夜谭，而现在她更是有了一种——他和美盼的翅膀硬了就想一脚踹开自己的感觉："黎展明，你是想做白眼狼了？呵，我们秦家把你们父女俩养成这样，这么多年了，吃秦家的，用秦家的，拿的还是秦家的，现在小的见到个男人就发浪、发春，一转身就跟着男人跑了。

你倒是好了，现在竟然说和我离婚！怎么，你想带着那个小贱人净身出户，是不是？"

"秦媛，你嘴巴放干净点儿！你骂谁呢？"

他终于动怒了。秦媛的笑声显得更刺耳："我说她你就心疼了，真不愧是你的女儿啊！我骂她怎么了？我养了她那么多年，现在你们父女两人拍拍屁股就要走，是不是？你当我们秦家是什么？五星级酒店吗？高兴住了就住，不高兴住了就走人？"

黎展明头疼，太阳穴都在重重地跳着，秦媛的几句话像尖锐无比的刺刀，一下一下地刺着他的心脏，带来一种难以言喻的疼痛，还有一种羞愤的感觉，可他不敢表现出来。

秦媛还是火上浇油："……真不愧是你的女儿啊……"

黎展明气息稍显急促："你够了，有必要这样恶言相向吗？这么多年来，你越来越肆无忌惮，你真是不可救药。"

"我不可救药？哈哈，黎展明，你别说我不可救药，我会变成这样，你以为你能脱得了干系？我有时候想想，我不是不可救药，我是蠢得无可救药！"

黎展明眸光微闪，秦媛却如同开了闸的水龙头，怎么都关不住："你当年是怎么和我说的？当年你没有求着我是吗？现在你竟然说要离婚！如果我没有猜错的话，你应该还准备把美盼带走，对不对？"

黎展明不否认："是。"

秦媛怒上心头，上前两步，伸手就狠狠地给了黎展明两个耳光。

她力气很大，饶是黎展明这个有175cm以上的男人，也是猝不及防地跟跄了一下身躯。秦媛指着他，手指不知道是因为生气，还是因为打疼的关系，隐隐在颤抖："你做梦，我告诉你，这个世界上就没有这么便宜的事！当年是你自己要这样的，现在你想带她走？呵，黎展明，我告诉你，少做你的春秋大梦！"

她眼眶酸胀，感觉有什么东西要落下来，有些僵硬地别开脸去，后面那句话，语气不如刚刚那般决绝，透出来更多的是她的另一种绝望："你别以为我什么都不知道，这段时间你总不在家里，你在找谁？黎展明，你是我见过最无耻自私的人！"

荣惊挂了电话，就见到荣慎宇敲门进来，他将手机放回抽屉里，听到荣慎宇说："父亲，事情都办妥了。"

荣惊点了点头，看向荣慎宇："刚刚接到电话，说A市那边有消息。"

荣慎宇知道他说的A市有消息具体是谁有消息："那需要我过去一趟吗？"

"不用了。"他摆了摆手，身体闲适地靠在大班椅上，手指互相轻敲着指腹，完全是一副胜券在握的样子，可此刻那些张狂又好似意气风发的言辞之中，多少还是带了一些压抑在心中多年的情绪，"我找了她那么多年，她始终都躲着，自己躲不过，就找个臭小子来干涉我。也罢，现在我不高兴找了，我会等着她自动送上门来。"

他说话的时候，眸光暗沉之中透着一种让人望而生畏的狠戾，一字一句，如同从齿缝之中挤压出来的："到时候我应该如何对她，才可以抚平这么多年来那个心狠手辣的女人施加在我身上的痛？"

荣慎宇没有出声。

这种时候，他一般都只会站在一旁，不会随便开口，因为他太清楚荣惊说这些话的时候是何种心情，他不需要别人的回应，他不过就是沉浸在自己的世界里，反复提醒着那些让他难以启齿又难以面对，却每天都要去面对的过往，然后让自己痛恨。

室内寂静了有整整十分钟。荣惊的脸色有一半是隐匿在黑暗之中的，荣慎宇在他身边多年，当然还是可以感觉得到，那脸色虽依旧阴霾，不过情绪已经完全平静下来。

他沉吟，然后才开口："父亲，黎展明给我的感觉并不是很可靠。"

"嗯？"

"按照您之前说的，我把应该告诉他的都告诉了他，我给了他三天的时间让他联系我，不过我感觉他不是那种会掀起风浪的人，因为我上午就收到了消息，他似乎准备和秦媛离婚。"

"离婚？"荣惊挑眉，嗤笑，"那美盼呢？"

"如果他能够顺利离婚，美盼估计他会带走。之前我要收购的那块地皮，一开始他死活都不同意，那天我找他的时候，他竟然拿那块地皮来和我谈条件，既不想白拿我的钱，却又希望我能够给他一大笔钱，所以他把地皮卖给了我，从我这里拿走的那笔钱，我没有猜错的话，他不是像当时和我说的那样为了自保，而是为了带美盼离开C市。那么一大笔钱，带着去国外的话，下半辈子也的确是不用愁了。"

"黎展明。"荣惊念着那三个字，眼底影影绰绰的那些光全都是不屑，"知道了一切，还想要带美盼走？"

"他对美盼一直都很好，只是我和他说的时候，我发现他很平静，并不像之前毫不知情，突然知道了后有些难以接受的样子。"

"呵，心胸够大。"荣惊将把玩在指间的钢笔丢在桌面上，啪的一声脆响，他语气更阴沉了一些，"想在我眼皮底下玩手段，我看他是活腻了。帮人养孩子而已，倒真以为是他自己的了？"

荣慎宇没有出声接话，荣惊抬起眼帘，片刻之后又吩咐："你安排一下，我要见一见美盼。"

"是。"

因为黎展明忽然说要和秦媛离婚，搞得秦美盼都有些心神不宁。

倒是苏晋庭今天没有给她打电话发短信，让她一颗心七上八下的，更是有些说不出的酸楚。

下午，有人传话，让美盼去校长办公室。

本来她以为是因为换专业的事，没想到进去之后才被告知，之前她参加《途中人》那个摄影比赛的结果出来了，她竟然得了一等奖。

美盼是真意外，虽然她喜欢摄影，可这种大型的比赛，她竟然可以拿到一等奖？

校长笑呵呵地对她说："这是好事啊，秦小姐，回去你就可以去一趟《途中人》那边，他们副总编会亲自接待你。"

她担心苏晋庭一会儿又会直接来学校堵自己，所以逃了一节课，直接就离开学校回家了。她总不能这样一直躲着，总是要回家的，不管家是怎么样的。

美盼回去的路上还是挺忐忑的，因为爸爸才和自己说过的那些话，多多少少影响了她，可不管怎么样还是要面对的，美盼也知道，自己躲不掉。

到了秦家的门口，她给了车费，下车，走进大门的时候，正好看到后花园长期打理花木的园丁。园丁一见到她倒是有些意外，平常美盼对下人都是客客气气的，所以家里大部分的用人都还是挺喜欢她的。

"孙小姐，您回来了？"

"敏叔。"美盼笑了笑。

那被称为敏叔的男人上前，环顾四周，见没什么人，这才对美盼说："孙小姐，昨天晚上是苏先生带您走的，您喝醉了，应该是记不清了吧？现在小姐就在楼上，刚刚回来的时候，我见她脸色不太好，您一会儿上去了，还是要小心点儿。"

她和秦媛是怎么样的相处模式，家里的用人当然是最清楚的。

美盼平常没事干的时候就喜欢往后花园跑，拿着相机拍过很多花花草草，以前还经常和这个敏叔说，没准哪一天自己拍下来的一张花木就是他培养出来的，然后得奖的话，一定会注上他的名字。

当时也不过是开开玩笑，但是美盼和这个敏叔私下的关系也的确不错，因此他现在才敢这么和她说话。

美盼很是感激地看了他一眼，想到昨天晚上的事，她问："敏叔，你知道昨天晚上发生了什么事吗？你也知道的，我要是喝醉了，估计什么都想不起来了。"

"我当时正好经过前院，所以有听到声音。"敏叔不隐瞒，不过还是拉着美盼往边上走远了一些，压低嗓音说，"孙小姐，我不知道您什么时候和苏先生在一起了，不过看得出来，苏先生是真很重视您。昨天晚上，他好像是比您先一步回到秦家的，之后您回来的时候，正好被小姐堵在门口了。她知道您喝多了，情绪也不太好，后来还是苏先生下来帮您解围的。不过……苏先生当时和老爷说了几句比较过火的话。"

美盼心头一沉，想到苏晋庭已经不是第一次告诉自己不用再回秦家，此刻连忙追问："敏叔，苏晋庭说什么了？"

敏叔上了年纪，男女情爱的事情，对于年轻时候的他来说都比较保守，现在还是会有些不自然，不过他还是一五一十地把自己听到的、能够说出来的话都说了出来，最后还叹了一口气，似乎犹豫了很久才低声说："……小姐，您可能不知道，我在秦家已经有三十多年了，老爷还挺年轻的时候我就在这里打工，这么多年来，我也是看着老爷一路走过来的。您平常对我们这些下人从来都不是那种颐指气使的样子，我是真的很喜欢您。有些话，我这个当下人的知道不该说，可我真怕小姐您会出什么事……其实苏先生第一次来秦家的时候我就觉得他面熟，他长得很好看，眉宇间给我的感觉，就好像很早之前见过。"

美盼这会儿手心都渗出了汗来，她知道敏叔是不会欺骗自己的，也不会平白无故和自己说这些。昨天晚上苏晋庭原来是和爷爷摊牌了，他怎么可以不问问自己的意思，就这么直接和爷爷把话说得那么死？

就算他不为自己考虑，那也得站在她的立场想一想问题啊。

这些暂时不说，敏叔刚刚又说，觉得苏晋庭眼熟，这话又是什么意思？美盼暂时还不能想透彻，可就算再想不透彻，她也知道，不是严重的问题，敏叔肯定不会这么直接和自己说的。

她刚要追问，谁知道秦媛正好下楼来，一眼就见到了站在不远处的两个人，她秀眉一拧，喊了一声："秦美盼，你在做什么？"

敏叔吓得脸色一白，他到底是用人，虽然平常和美盼关系不错，可对秦媛，是真的正眼都不敢瞧一下，刚刚他说的那些话……应该是没有被小姐给听到吧。

他弯腰拿起了刚刚放在边上的水壶，对美盼说："孙小姐，我先去忙了。"听到身后秦媛的脚步声，他一口气卡在嗓子眼儿里，又对着她颔首，恭恭敬敬地喊了一声："小姐。"然后才跌跌撞撞地快步走开。

美盼看着那几乎是落荒而逃的僵硬背影，还没有回过神来，秦媛伸手就打了一下她的手背："你刚刚在和下人叽叽歪歪什么？"

"我没有。"她自然是不会多说，别开脸，伸手捂着自己的手背。

秦媛见她面色冷漠，本来苏晋庭的事就挺让她上火的，但是她知道自己养了那么多年的小丫头是什么样的性子，断定了她肯定会回家的，所以今天她愣是没有去公司，就在家里等着她，这不，的确让她等到了。

"你昨天晚上不是挺能耐的吗，还跟着苏晋庭走了，那现在回来干什么？我还以为你依上了一个苏晋庭，就不把自己的父母和爷爷放在眼里了。"

美盼忍不住蹙眉，看着秦媛那尖酸刻薄的样子，又想到黎展明和自己说过想要离婚的事，一时真是悲从心来。

这个就是她的母亲。美盼是真的不知道，这么多年来，在母亲的心中，自己和爸爸到底是处于何种地位。

她每天在外面受气，回家就必定拿他们来出气，这就是家庭吗？

美盼不想说什么，其实她也想得差不多了，秦家待着会让她索然无味，可又不能和苏晋庭同居。爸爸说是要离婚，这事也不是一时半会儿可以做到的，所以她准备自己搬出去住，或者直接住在学校里，反正本来就有一张床位是她的，只是之前她保留着床位，一直都没有住校。

秦媛一个人嚷嚷了半天，也不见美盼有任何的反应，她更是上火。

又见美盼绕过了自己就要走，秦媛伸手一把拽住了她："我在和你说话，你眼睛长在头顶上了是不是？"

美盼在心中叹息，挣扎了一下，秦媛却是不肯放。

其实美盼心中有种不属于她这个年纪才会有的疲倦不堪，有时候她是真的很想很想逃离这个牢笼。客厅里来来去去的有几个用人在打扫卫生，这会儿都一个个地往这边瞄，美盼心里非常不舒服，皱着眉头看了一眼秦媛："妈，能不这样吗？我回家拿点儿东西，我……"

"拿点儿东西准备和苏晋庭同居了？"秦媛声线拔高了几分。反正是在秦家，她怕什么？怕用人听到？那天晚上苏晋庭那目中无人的样子，谁还没有见到？

"我看你现在是真的翅膀够硬了，能飞了，也不想想自己这么飞出去，会不会撞破了头！那苏晋庭……"

"妈，昨天晚上我是喝醉了，我根本就不知道发生了什么事，至于前天我没有回家，是因为我……有点儿事，你能不能别总是把我和谁谁谁同居的话挂在嘴边？这话也不好听吧？"

秦媛冷笑："知道不好听，那你还去做？"

"你这样，会让我很烦。"这句话，美盼终于说出口了。

是的，她很烦，烦透了这样的生活模式，所以很小的时候，看到电视上有人背着相机满世界跑，哪怕收入不高，可身上那些洒脱，仿佛是透过荧屏深深地感染到了她，她不知道自己到底想了多少次，梦过多少次，就是想要逃离。

可秦媛的话她一直都不敢大声反驳，更不敢说她烦。

可她现在说出口了，忽然就感觉，压在心尖的那块石头被她自己给搬开了。

可秦媛不是这么想的，她现在感觉自己是在被美盼嫌烦，一时脸色很是扭曲："你说什么？"

"我说你总是这样，我很烦！"反正都说出口了，还怕什么？美盼深吸了一口气，一鼓作气地大声说："别说我不懂什么叫作自爱，我今年已经21岁了，你能不能别总是拿着你是我母亲、养育了我二十一年的事情来羞辱我？难道这样你就很好受吗？我心里也不舒服，这么多年来，别人的妈妈从来都不是这么对待自己的女儿的，可你的眼里只看到利益，我想要什么，我渴望得到什么，你从来都不关心不是吗？我现在长大了，不是你说的我可以谈恋爱的吗？我的人生有太多限制的事不能做，那我总可以选择在这个年纪做点儿自己想做的事吧？"

说到最后，美盼的眼眶有些泛红，想到黎展明说的那些话，一时真是觉得之前悬在自己心尖上的那个五味瓶已经被完全打碎了，现在她的心里五味杂陈，什么样的滋味儿都有。

"妈，就当是我求你了，你能不能不要这样对我？这样会让我怀疑……我到底是不是你亲生的？"

秦媛本是气得发抖的身体，所有的怒斥声都已经在嗓子眼儿里了，这会儿却因为美盼那最后一句话，整张因为愤怒而有些扭曲的脸，瞬间苍白下来。

不过这次她倒是真来不及再说什么，因为门口忽然又传来汽车的引擎声。她气息还没有平复下来，余光扫到那开进来的车子，是黎展明平常在用的那辆。美盼也看到了，又看了一眼秦媛，最后还是转身，往里面走去。

黎展明下车过来的时候，秦媛还脸色阴沉地站在门口。

黎展明问："刚刚上去的不是盼盼吗？"

秦媛这会儿正是一肚子的火憋得慌，黎展明站在自己的身边，她更是觉得那怒火如同被浇了油一样。她冷哼一声："是你的心肝宝贝啊……黎展明，你们还真是如出一辙的父女啊，不行的时候知道要依靠别人，这不自己还没有怎么长本事呢，却已经知道当白眼狼了。现在她会反问我是不是她的亲生母亲了，你知道了有什么感想？"

黎展明没料到秦媛会说这话，心头重重地跳着，也不知道是因为秦媛反问自己的那最后一句话，还是因为她刚刚说到的——"你们还真是如出一辙的父女"这句话，等到他反应过来嗫动唇瓣的时候，却发现秦媛早已走远了。

黎展明定了定神，伸手抹了把脸，还是抬脚朝着楼梯口走去。

上了楼，他却发现美盼在整理着行李，一副真的准备离家出走的样子，要换作以前，黎展明估计还会劝她几句，可现在，他只是就这么看着她忙忙碌碌的背影，并没有上前，胸口翻江倒海，耳边不断回响着不久之前某个男人和自己说的那些话。

——"你把秦美盼当成了自己的女儿，宝贝一样宠着，可事实情况是怎么样的，你知道吗？"

——"黎先生也不见得是个愚蠢之人，这么多年来，你一直都在找一个女人吧？她不是不在，而是不敢见你。"

——"你说她为什么不敢见你？因为她害怕……当年她把自己的包袱甩给了你，如今无法面对。"

——"秦美盼，就算不是秦家的孩子，也不是你黎展明的女儿，你要是不相信，你可以去验一下DNA，相信这对于你而言是再简单不过的事了，对不对？"

……

黎展明整个人是心不在焉的，他走到了他和秦媛的房间门口，却又不敢推门进去，最后又重新下了楼。家里用人见他脸色苍白得像鬼一样，照例询问了一句："姑爷，您身体不舒服吗？"

黎展明一听"姑爷"这个称呼，浑身一僵，如同有人举着手，对着他的脸，啪啪啪扇耳光。

疼啊，羞耻啊，后悔啊，全部都是欺骗，都是欺骗！

美盼就这样搬离了秦家。

尽管这事一直都是她很想做却又不敢做的，但真的离家出走的时候，她真的有种松了一口气的感觉。

她本来就有一定的积蓄，都是这些年秦齐林给她的红包之类，足够支撑她一段时间的生活开销。

一搬出秦家，她就忙着找住的地方——都是梦梦忙前忙后陪她找房子。所以，彻底安顿好之后，她打算请梦梦吃饭。

两人找了一家经常光顾的西餐厅。7点多的时候，美盼刚埋完单，梦梦就接到了电话，她家里有点儿事，于是匆匆忙忙走了。

美盼在餐厅喝了一杯水，坐了不到五分钟也准备走人，不想在餐厅门口碰到了过来吃饭的吴舜华和宋薇薇。

其实，谁都没有想到会在这里碰面。

所以，别说吴舜华感到意外了，宋薇薇也愣了一下，不过她很快反应过来，随即迅速挽上吴舜华的手臂。男人大概是挣扎了一下，有些不配合，宋薇薇看着美盼的眼神一瞬就充满了敌意。

美盼觉得挺无聊的，她以前的确对吴舜华有点儿意思，可那只是她一个人的事。要说表白这回事，她还把信送错了人。两人从来没有开始过，不知道宋薇薇吃的是哪门子醋。

相反，宋薇薇之前那样卑鄙无耻地设计自己，还连累了梦梦，这笔账美盼可是一直都记在心里。

她并不想和宋薇薇这种人有太多交集，至于吴舜华，她觉得还是应该打个招呼。

"学长，这么巧。"

"盼盼……"

美盼有段时间没见他了，他消瘦了不少，不过气质一贯都好，温柔干净的模样。

宋薇薇一听到自己的男人张嘴就喊秦美盼"盼盼"这么亲昵的称呼，心中的醋意已是翻天——这段时间他和自己躺在一起时，偶尔在梦里都会喊这两个字。不过，碍于身处公共场合，又有吴舜华在，她多少还是会克制一些，可那张嘴就忍不住了："秦小姐，真是巧合吗？吃个饭都能碰到你。"

美盼看都懒得看宋薇薇一眼，只对吴舜华笑了笑："学长，那你们用餐吧，我吃完了，准备回家。"

"回家？我听说你让秦家赶出来了吧？你现在还是秦家的千金小姐吗？还是一个和男人同居、靠身体来赚钱、再来这种高档地方吃东西的女人？"宋薇薇的嘴真是臭得可以。

美盼心态再好，也不可能容许她这样侮辱自己。本来还想无视，这会儿无视都不行了，她拧了一下秀眉，终于将视线转向宋薇薇那满是敌意和挑衅的眸子。也不知是怎么回事，看到宋薇薇那斗鸡般的模样，美盼反倒笑了一声："我怎么样都好，不需要和你解释什么，因为我对得起自己的良心。倒是你，宋薇薇，你问问你自己，你在学长的生日宴上对我做过什么见不得人的事？你别真以为我秦美盼是好欺负的，对于那件事，我迟早会找你算账。"

宋薇薇脸色一变，大概是怕吴舜华怀疑自己，张嘴就否认："你血口喷人！谁陷害你了？"

美盼嗤笑："我也没有说你陷害我，你这么着急要对号入座吗？"

"你——秦美盼，你……"

"够了！宋薇薇，你对盼盼做过什么？"吴舜华一把甩开宋薇薇的手，这种时候，他第一反应就是维护美盼。

宋薇薇瞠目结舌地看着他，脸上都是伤心和不甘："吴舜华，我才是你的未婚妻，你现在为了这个女人的几句话就来针对我？你对得起我吗？"

"盼盼是不会无缘无故诬赖你的。"吴舜华当然不傻，关键他的确比较相信美盼。宋薇薇是个什么样的人，他相处了这么久，心里也是有数的。至于美盼提到的生日宴上发生的事……那天他后来一直都找不到美盼，难不成真的出了什么事？

"她不会诬赖我？哈哈，哈哈哈哈……好一个她不会诬赖我！所以她说什么就是什么吗？"宋薇薇指着美盼，都快疯了。

本来餐厅这个时间进进出出的人就挺多，这下三个人都戳在门口，太引人注意了，何况这三个人都不是什么默默无闻的小人物。美盼算是曝光率最低的了，秦家在这方面对她的保护做得不错，所以，很少有媒体写关于她的东西。可吴舜华和宋薇薇就不一样了，这两人最近正好又因为订婚处于风头上，现在要闹出点儿什么来肯定很难堪。

美盼不想蹚这浑水。看到围观的人越来越多，她想了想，对吴舜华说："学长，下回再说吧，这里不方便讲太多，我先回家……"

"你回什么家？今天不把话说清楚，谁都别想走！"

没想到宋薇薇竟然撒泼了，见美盼丢下一颗炸弹就要走，她觉得与其她自己遭殃，还不如大家都被炸得粉身碎骨。

美盼没料到宋薇薇这么泼辣。其实，她真的没想出风头，刚刚那几句话也是被逼急了才冲口而出，要是早知道宋薇薇如此没有分寸，她宁可什么也不说。

这会儿被宋薇薇拽着衣袖死活不肯松手，她心里懊恼极了，忍不住用力推了两下。谁知道宋薇薇力气挺大的，用力之猛，恨不得撕碎美盼的外套。美盼心头一急，说："宋薇薇，你赶紧放手！你这样像什么样子？边儿上的人都看着呢，你想干什么？你想打架吗？"

吴舜华眼看着自己的未婚妻发疯一样撒泼，当然不能干戳着，他上前想拉开宋薇薇的手。

可宋薇薇见他这样，本能地认为他是在帮美盼。他刚刚帮着这个女人说话，现在还对自己动手！秦美盼这个小贱货到底有什么好的，让吴舜华一见到她就连她宋薇薇都不想瞧了？她放个屁都比自己讲的话香吗？

心中的醋意已经扭曲不堪，现在她宁可同归于尽，也要毁了秦美盼。

美盼能够感觉到宋薇薇的怨恨，她心里想着：狗咬了自己一口，总不至于自己也当场去咬狗一口吧？所以，她只是挣扎。

吴舜华到底是个男人，力气比两人都大了很多。宋薇薇本是紧紧揿着美盼的衣袖不肯松手，吴舜华用力一扯，虽然把美盼的衣袖扯坏了，但她也总算逃脱了魔爪。

宋薇薇以为美盼就要跑了，气得扬手就对着吴舜华挥过去一个耳光："吴舜华，我算是看清楚了，你是不是喜欢秦美盼？为了她，你都恨不得对我下重手？今天的事我不会就这么算了的！"

"那你想怎么样？"吴舜华却不怕她，似乎已经烦透了她蛮横的性子，他用力将宋薇薇揿住，警告她，"这里是公共场所，你还要不要脸？你这样闹，你说我是应该帮着你一起闹腾，还是息事宁人？拜托你，薇薇，你好歹是宋家的千金，别张嘴闭嘴都是瞧不上人的话。你看看周围多少人在看好戏，你就这么不要脸？"

宋薇薇被他最后一句话刺激得面红耳赤，心里怒火更盛。她咬牙切齿地想甩开吴舜华，却甩不开，不由得尖叫了一声："哈，我不要脸？那也绝对比不上这个秦美盼！"

美盼这儿还没缓过神来，她就已经对着美盼再度开炮，这次真是来势汹汹："你知道她都干过什么事吗？别以为你能瞒得住全天下的人！在这里装什么白莲花啊？你说你得罪了谁，那天晚上被人设计陷害？别诬赖在我的身上！不过，我这儿还真有情报，说你被男人给玩了一晚上！你那犯贱的样子，你别以为穿上衣服别人就不知道了！"

美盼心头一惊，没想到宋薇薇能说出这样的话来，这人是不是有病？

美盼是人又不是圣母，哪能听到这样的话还没脾气？从小到大，秦媛虽也经常对她指手画脚，但那始终是她的母亲。宋薇薇是个什么东西，有什么资格这么说自己？

美盼面色一沉，怒目而视，刚要反驳，围观的人群之中忽然响起一道低沉的男声，那是美盼无比熟悉的声音，以至于她已经冲到嗓子眼儿的话刹那就咽了回去。

"宋小姐，东西可以乱吃，话可不能乱讲。"

美盼本能地转过脸去，这时才发现周围已经站了不少人。她不知道苏晋庭是什么时候出现在这里的，但男人穿着一套浅蓝色的西装，很休闲的味道，而双手插在西裤口袋里，五官冷峻迫人，站在人群之中，鹤立鸡群一般耀眼。

胸口那样多的郁愤，好像只需要他的一个眼神，就会消散。

苏晋庭刚刚那句话是对宋薇薇说的，可他的视线始终停在美盼的脸上。他一步一步穿过人群朝她走过去的时候，目光从最初的冷然渐渐染上只给她的特有温度。美盼心头微微一动，什么脾气也没有了。

有人尖锐刻薄，是因为她的身边没有一个让她温柔对待这个世界的人，而她不是有苏晋庭吗？她为什么要跟宋薇薇那种女人计较？

可她不想计较不代表苏晋庭不计较。

刚刚宋薇薇讲的话，他可是听得清楚。

走到美盼身边，苏晋庭很自然地将她拥入怀里。要换成以前，美盼肯定会不好意思、会挣扎，可现在，她就像一只被驯服的小猫，乖顺地躲在男人的怀里，双手下意识地拽紧了他腰侧的外套。

苏晋庭看到她破损的衣袖，眉峰一蹙，看着宋薇薇："你的父亲没有教过你做人吗？"

宋薇薇还记得自己第一次见到苏晋庭是在吴舜华家酒店的电梯里。

那时候他也是站在秦美盼的身边，只是那时候他们还不是这种亲密的样子，她怎么都没有想到苏晋庭竟然会对秦美盼……

她的确忌惮苏晋庭，她知道自己的父亲也是一提到苏晋庭脸色就会变。她刚刚那股嚣张跋扈的劲头如同放了气的球，连声音都有些干瘪："苏……苏先生，我……我刚刚只是实话实说，而且是秦美盼先挑事的。"

"不需要和我讲道理，我苏晋庭这里没有道理可以讲，不管是不是我的女人挑事，你只需要记住：秦美盼既然是我苏晋庭的人，那么，别说她有资格挑事，哪怕她动手打了你，你也该对她说一句对不起。"

美盼的心重重地跳起来。

耳边的男声低沉，他并不是在开玩笑，每一个字都讲得极慢，伴随着他好闻的男人气息，一点点渗到了她心里去。

也许他的话很没有道理，可他是苏晋庭啊！好像"苏晋庭"这三个字就可以概括所有的蛮不讲理、霸道强势，因为是他，所有一切不合理的话似乎都变成了最动人的甜言蜜语。

吴舜华面色惨白地站在一旁。他不是没有听说美盼和苏晋庭关系匪浅，当初父亲提出让他娶宋薇薇的时候他的确反对过，因为虽然他和宋薇薇在一起很多年，可到了现在，他才知道自己喜欢的人并不是宋薇薇。

再说，家里的酒店不是遇到了财政问题吗？秦家不比宋家差，为什么一定是宋薇薇？他承认自己的想法很自私，可美盼一直对他有意思，而他也喜欢她啊。

他不要宋薇薇，他要秦美盼。

这句话他亲口对父亲说了，结果得到了一个耳光。父亲告诉他："秦美盼那不是你能想的人！秦家有一个苏晋庭，你拿什么去和人家抢女人？"

那时候他才知道苏晋庭是真的对美盼有意思。

这个世界上，再不可一世的人也掩盖不掉自己想要拥有一个人的那颗心。苏晋庭也是这样的人。

所以……美盼现在和苏晋庭在一起了？

宋薇薇这一刻的落魄，吴舜华仿佛也感觉到了，他从来没觉得自己这么丢人，可他真的无能为力。

苏晋庭气场本就强，这会儿他拥着美盼，眸光直视着宋薇薇，看着她憋红了脸却仍咬着唇不肯妥协，他笑了一声，语气却是不耐烦："我没有兴趣和外人浪费宝贵的时间，当然，宋小姐的这张嘴可真是价值千金，那三个字不好开口，对吗？没关系，会有人帮你说的。"

说完，他低头看了一眼美盼，她那乖顺的模样让他无比欢喜，他低声问："回去了？"

美盼点点头。

不想继续站在这里，也不敢看学长的脸，并不是觉得对不起他，而是因为宋薇薇——她的确不想对宋薇薇抱着一份什么平常心，宋薇薇太过分了，可她到底是学长的人，所以不如眼不见为净。

苏晋庭护着美盼转身要走，不经意间看到人群中有人举着手机似乎在拍视频。他当下眸色一沉，指着那人说："把刚刚拍的东西都删了！"

那举着手机的男人偏不信邪，初生牛犊不怕虎一般瞪了苏晋庭一眼，晃了晃手机，说："拍这个可是我的自由，况且手机是我的，我也没有编造什么，只是她们讲了什么，我就拍什么。"

苏晋庭的神色一瞬间就变得锋利无比，他让美盼站在原地，自己则大步走下台阶。那人大概没有想到他会冲过来，惊得倒退了两步。苏晋庭捏住他的肩膀，一把夺走了他的手机，狠狠掼在了地上，机身顿时四分五裂。

旁边的人都倒抽了一口凉气，那人嘴里大喊："我的手机……你赔我手机……"

苏晋庭从口袋里拿出钱夹，抽出厚厚一沓百元大钞，往那人脸上摔去，红色的百元大钞纷纷落在地上。他身上的阴冷气场冻得人一个个直发抖。

美盼从没见过他这般阴鸷的样子，一时也有些吓住——原来他展现给自己的是那样温柔的一面。

郑元林刚刚一直在车里，这会儿才看到这里出事了，连忙跑过来。苏晋庭见他过来，拉着美盼往车子走去，吩咐郑元林："把这里处理一下，我不希望看到明天的报纸上有任何关于盼盼的报道。"

毕竟时间不长，还没有什么记者出现，所以要解决这个问题还是很容易的。

郑元林联系了餐厅的工作人员，很快就驱散了围观人群，并高价收买了几位偷偷拍照、拍视频的群众。

宋薇薇站在原处，整个人何止是失态，那张脸上真是什么样的表情都有。吴舜华就站在她旁边，看着她这般模样突然心生厌恶：自己竟然和她在一起那么多年！

今后，如果他和她结婚了，那就是一辈子的事……

吴舜华一时只觉得如鲠在喉，难以忍受。

"还有胃口吃饭吗？"他低声问了一句，拢了拢外套，再也不愿多看宋薇薇一眼，转身朝自己车子的方向走去。

宋薇薇见吴舜华走了，心里更多的委屈和不甘涌上来，伴随着浓浓的嫉妒、怨恨。

大概人们说的"可怜之人必有可恨之处"用在这样的人身上，最能体现语言的精辟。她现在模样这般可怜，却始终不觉得问题出在自己身上，只是一味抱怨别人。

……

同一时间，马路的对街口，一辆宝蓝色的车子始终停在那里没有动。

等到人们走得差不多了，郑元林也已上车离开，刚刚那个被苏晋庭摔坏了手机的男人才拿出包里的帽子和墨镜戴上。他压了压帽檐，朝着那辆蓝色车子走去。

他小心翼翼地环顾四周，确定没有人留意他，这才拉开车门上车。

后车厢坐着一个男人，暗色的衣服显得他整个人气场格外冷峻，以致狭小的车厢里气温更低。男人指间夹着一根烟，抽了三分之二，猩红的一点光芒在他的膝盖上忽明忽暗。已是华灯初上，车内没开内置灯，光线很暗，上车的人看了一眼男人，后者深刻的五官有一半隐匿在暗色之中，让人看不清楚他脸上的表情。这种神秘的感觉，带给人的是无形的压迫。

"我要的东西呢？"男人开口，嗓音暗沉无比，像是外面所有的黑暗都在一瞬间融进了他的声音之中，"刚刚你似乎是惹怒了他。"语气中夹着几分讥讽的惬意。

对方挠了挠头，嘿嘿一笑："我没有想到他会那样做，不过也没影响我的工作。"顿了顿，把刚刚拍下来的东西交给男人，恭敬地颔首，"荣先生，这是您要的东西。都在这里了，从他出现开始，什么都没有漏下。"

荣慎宇隐匿在黑暗之中的眉角微微一动，他将膝盖上的烟送到口中吸了一口："嗯，把东西留下，钱在两个小时之内就会转到你的账户。"

那人谄媚地笑道："是是是，那我就不打扰荣先生了。"

等人走后，荣慎宇吩咐司机开车。他把刚刚那人给他的小型U盘捏在指尖把玩，唇角勾起的弧度在阴冷之中写满算计。

这次倒真是得来全不费工夫。

苏晋庭，很感激你如此配合。没有你和秦美盼来这么一出大戏，我就得想法子把事情给端上台面，现在好了，台阶都给我准备好了。

美盼能够感觉出来苏晋庭非常不高兴。

回去时，车子是他亲自开的。刚刚郑元林过来的时候，苏晋庭和他交代了几句，就离开了。

美盼坐在副驾驶的位子上，时不时偷偷瞄两眼边上开车的男人。苏晋庭侧脸线条显得很重，他双手握着方向盘，一言不发，车厢内的温度都因此拉低了好几度。

美盼轻咳了好几声，边上的男人始终无动于衷。她其实也不知道自己这算不算是心虚，就是觉得，自己虽然委屈，可苏晋庭这么个霸道的人，估计心里更不舒服。

搞得好像她和宋薇薇在为了吴舜华争风吃醋似的。

以前就听徐倩说过，男人有时候也是需要哄的。

所以……她现在是不是应该开口说点儿什么？

哎，可是说什么好呢？

美盼伸出手指，轻轻点了点自己的眼角，思来想去地纠结着应该说点儿什么。就在这时候，边上的男人忽然踩了刹车，美盼的身体由于惯性往前一倾，双手下意识地拉住了安全带。

"想了十几分钟了，还没有想好要和我说什么？"这诡异的气氛竟然还是被苏晋庭改变的。

美盼愣了一下，下意识地抬起眼帘，眼底还有一些慌乱的情绪在蹿，不过看着苏晋庭那一脸不满意却又像是在和自己讨要什么解释的样子，不知怎么的，她忍不住笑了一声："……你，在等我解释啊？"

苏晋庭脸上难得闪过一丝尴尬，眉头蹙了蹙："你不应该和我解释解释？"

"是要和你解释啊。"美盼也是个会顺杆而下的主儿，她抓着苏晋庭的大掌，轻轻揉了揉，声音放低了一些，显得更加软绵，"可我不是在想应该如何开口吗？事情不是你想的那样，我其实不想理会宋薇薇，可她就像斗鸡一样，见到我就咬着不放。不过，说真的，真不是你想的那样——好像我和她是为了一个男人争风吃醋。"

苏晋庭挑眉。

不能否认的是，美盼这种以柔克刚的表现让他非常满意，他很吃这一套。

其实他也没有真生气，他哪舍得跟她生气？只是心里也确实不舒服。吴舜华、宋薇薇算什么东西？他有的是办法让他们求生不得求死不能。可只要一想到美盼曾经喜欢过吴舜华，他心里更多的不是怒气，而是醋意。

"你知道我心里在想什么？"苏晋庭单手撑在方向盘上，另一只抓着挡位的手被美盼那双柔软的小手捏在掌心之中，十指连心一般，他感觉所有浮躁的情绪都跟着消弭了。

美盼大大的眼睛一眨不眨地凝视着他，感觉到他好像不太生气了，拇指轻轻摩挲着他的手背，轻声说："我不太清楚你到底在想什么，不过……刚刚的事，谢谢你。"

苏晋庭垂眸，看着她的指腹有一下没一下地触着他的手背，酥麻的感觉直击心脏，他喉结上下滑动，看着她的眸光开始转变，有深沉的东西在里面忽明忽暗："想要用什么方式谢我？"

美盼一抬头，就撞入了那双饱含着感情的黑眸之中。对于男人传递出来的信息，她感受到得特别快，她脸庞红了红，刚要缩回自己的手，就被苏晋庭反手一把拽住。他将她拉入自己怀里，美盼的额头撞在了他的锁骨处，两人都是闷哼一声。苏晋庭抱着她，贴上去，身体的温度渐渐升高，说出口的话却始终是对吴舜华的耿耿于怀。

"不是和你生气，明白吗？只是想到那种男人是你曾经想着法子传情表白的，心里就不舒服。你是我的，没有我的允许，谁让你那么做的？如果当初那个人真的是他，你是不是就会把避孕套送给他，早成了他的女人了？"

"苏晋庭，我和你说过很多次了，当初不是要送避孕套，是送表白信！"

"表白成功之后呢？那是在酒店，你对他有意思的话，他不会想办法把你骗上床？"苏晋庭闷声闷气地说。

这种压根儿就不可能存在的事，他现在却这般斤斤计较，美盼有些头疼，又纳闷：他一贯都是那样冷静沉稳的男人，怎么现在反而这么幼稚、不可理喻了？

不过转念一想，他这样的人，原来也有这般模样——只是因为她。她能够感受到他把她放在了最重要的那个位置——他的心脏。

美盼忍不住弯了弯嘴角，任由他抓着自己的手腕。她将另一只手环上男人的脖子，凑过去，在他的嘴角亲了一下。

苏晋庭身体僵硬片刻。美盼在他耳边低声说："那时候不是还没有认识你嘛。现在是你的了，我对学长早就没有那份心思了，你可以别这么小气吗？老说我吃醋，你也在吃醋啊。"

"我是在吃醋，那你要怎么办？"

熟悉的灼热的男性气息就在耳蜗处，美盼心跳很快，接话的速度也依旧是很快："我吃醋的时候，也没见你心肝宝贝似的哄着啊，难道要我哄……"

"怎么没哄？"苏晋庭笑了一声，心头的阴霾尽数消弭，只剩下怎么都搅拌不匀的浓情蜜意。他将怀里的女人团团抱住，想了想，索性伸手穿过她的腋下将她整个人抱起来。美盼低呼一声。两人位置的中间有手刹，十分不方便，可苏晋庭力气大，轻松将她整个人拖过来坐在自己的大腿上。

"苏晋庭，你……别乱来啊。"

"宝贝，我对你任何时候都不是乱来，而是很认真。"苏晋庭额头抵着她的，说话时薄唇有一下没一下地擦着她的唇瓣，暧昧无比，"就是想告诉我的宝宝，你吃醋的时候我怎么哄你的，你也用同样方法哄我一次，嗯？"

"这里是在外面，唔……"

"乖了，又不是第一次……现在你可以用这样的方法来哄我。"

"不要……"

"现在喊不要太早了。"

晚上又是一番折腾，美盼却在半夜突然醒了过来，她翻了个身，发现身边没有人，枕头的温度也不是暖的。她揉了揉眼睛，翻身坐起来，穿上拖鞋，走出房间。客厅里黑漆漆的，她没把灯打开，就直接朝书房走去，果然见苏晋庭在里面。

书房的门没有关上，美盼穿着棉质的拖鞋走在光洁的地板上，几乎没有声音。所以，她站在书房外时，坐在大班椅上的男人并没有被惊动。

书房里只开着一盏护眼灯，虽然光线不是很好，可从美盼这个角度望过去，还是可以看清楚。苏晋庭面容有些沉寂，半张脸完全隐匿在暗色之中，他的手边就是护眼灯，他的手指时不时在那触控开关的边上打圈，偶尔碰到了开关，护眼灯就会立即熄灭，整个空间陷入一片暗色之中，不过片刻又重新亮起来。在这样光明和黑暗的交替之中，美盼觉得苏晋庭的神色也在一明一暗交替着，只是恨不得将那暗色完全吸入他的瞳仁深处。

她没有见过他这般神色凝重的样子，整个世界都随着他那种气场沉寂下来。

这个时候，她才觉得自己是真的不够了解他，根本不知道他到底在想什么。

美盼深吸了两口气，终于推门进去。

苏晋庭从烟盒里抽出一根烟。他点烟的姿态慵懒随性，带着一种难以言喻的魅力，让人怦然心动。

吸引力这种东西，虚无缥缈的，美盼以前总认为，不管是多有魅力的一个人，时间长了，魅力总会失效。

可也会有例外，眼前这个男人就是。他不需要刻意表现什么，举手投足之间却总带着一种魔力，让人的心跟着悸动的魔力。

"怎么起来了？"苏晋庭听到脚步声，一侧头就看到朝自己走来的美盼，他指间的烟已经点燃，吸了一口，"睡不着？"

美盼走过去，很自然地把男人指间的烟拿过来。她纤细的手指夹着烟的时候显得有些搞笑，苏晋庭抬头看着她。美盼轻咳了一声，低声说："这么晚了为什么还要抽烟？对身体不好。"

苏晋庭伸手抱住她，将她放在膝盖上。美盼只穿了一条睡裙，双腿张开坐在男人的腿上，尴尬又暧昧。她手上还夹着烟，想要去圈住他的脖子，手又不知道应该往哪儿放，低呼了一声，"别……小心点儿，把烟拿掉啊，小心烫到。"

苏晋庭弯了弯嘴角，顺手捏住了她拿着烟的手的手腕，幽暗的眸子一眨不眨地凝视着美盼那些娇羞又有些担忧的小脸蛋儿，就着这样的姿势，将烟送到了自己的嘴上。

美盼手一抖，这个男人怎么这样？

这种姿势就像是她夹着烟送到他嘴边让他抽一样，看起来很普通的行为，可不知为何，他的眼神因而变得灼热又浓烈，那里面有让人沉入其中就不能自拔的情愫，美盼的心跳忍不住加快。

"会管我了？"苏晋庭轻笑一声，护眼灯的光线笼罩在两人身上，映衬得男人的俊容如玉一般，他勾唇笑的样子邪魅放肆，"夹着你男人抽过的烟是什么样的感觉？"

美盼一愣，不知是被他的眼神烫的，还是被他那听上去很正经却有一种让人心痒难耐的暧昧的话语刺激的，脸更红了一些："自己拿着，我嫌熏人。"

苏晋庭笑了笑，指着自己微凉的薄唇低声说："宝宝，把烟放这儿来。"

美盼手指动了动，不过还是顺着他的意思把烟放在了他的嘴里。苏晋庭的眼神几乎要黏在她的身上，美盼避不开，颤颤地和他对视。他用力吸了两口之后，就将半截烟丢在了一旁的烟灰缸里，然后俯身吻住了美盼的唇。

苏晋庭舌尖探进去的时候，美盼觉得有一种很淡的辛辣味，所以忍不住唔唔了两声。男人扣着她的后脑，手指穿过她的黑发，吻得格外用力，恨不得将她紧紧嵌入他的身体里。

"咳，苏晋庭，你……弄疼我了。"

"哪里疼？"苏晋庭沉沉地看着她，心中有一种不安的感觉在扩散，连她在自己的怀里这件事都感觉不太真实。他轻叹一口气，凑过去又吻了吻她的鼻尖，"想让你的身上都是我的味道。"

"你怎么了？"美盼觉得他今天有些不太正常，她伸手圈住他的脖子，"你是不是有心事？我刚刚看到你好像是在想什么。可以和我说吗？"

"想你。"苏晋庭迅速回答，说话的时候，他的手指轻轻捋着她耳郭处细碎的头发，"想让你永远留在我的身边，你不是搬出去自己住了吗？"

"你是在和我扯开话题吗？"美盼倒也不傻，眨了眨眼睛，很认真地说，"苏晋庭，有时候我觉得我不够了解你，或者说我真的一点儿都不了解你。我不知道你在想什么，不知道你是做什么的，更不知道你……到底喜欢我什么。因为我是秦美盼？我知道我这样想是不对的，可我就是忍不住。我其实藏不住什么话，如果心里有什么事，始终都会如鲠在喉。我记得我问过你，你到底是做什么的，你告诉我你就是一个市侩商人，你不知道这让我心里有多不舒服。刚刚我看到你一个人坐在这里，寂寥落寞，像是被全世界遗弃了一样，我心里很酸，可我更难过的是我始终都不知道你到底在想什么。"

美盼一口气说了这么多，终于觉得胸口的一口郁气给吐出来了。

这些一直都是她想对他说的话。

她之前挣扎了很久，终于学会接受他。虽然谈不上是为了他离开秦家，可他也是其中一个因素。她从来没有正式和哪个男人谈过恋爱，这是第一次，她很认真。这个男人虽然比她大了十岁，甚至连身份什么的对她来说都是谜，可这些不重要，重要的是两人今后的相处。

美盼咬了咬唇，黑眸凝视着苏晋庭，问："是不是真的不能告诉我？"

"原来你很在意这些？"苏晋庭反问。

美盼想了想，然后点头。

苏晋庭将刚刚搁在烟灰缸边上的烟拿起来吸了一口，烟已经燃烧完了，他将其重新丢在烟灰缸里，这才看向美盼："告诉你我是市侩商人，是因为我的确是做生意的。盼盼，以前我不在C市，所以你肯定不会知道我的事。我认为那些都不重要，就没有仔细跟你说过。我是做金融的，公司不在国内，以前在A市收购、合并过几家公司，在那边可能……声名狼藉。至于C市这边，知道我的人并不是很多。唔，如果你还是不相信，等你有时间了，我带你去一趟总公司，证明一下你男人我不是商业骗子。"

"至于你说的我喜欢你什么……"他顿了顿，轻啄了一下她的嘴角，不胜唏嘘又好像是对命运完全的俯首称臣，"谁知道呢，就是不知道你哪儿好，却偏偏想把你藏起来，不管是藏在哪儿都好，不想让别人看到你，只想让你属于我。讲不出所以然来，只知道我想要这样。"

其实哪个小姑娘不喜欢听甜言蜜语？

苏晋庭说的话往往都是直白的言辞，可每一个普通的字眼儿组合在一起就如同在蜜罐子里浸过一样。

美盼忍不住双手在他的锁骨上轻轻摩挲了一下，又问："那你为什么要来秦家？"

她低着头，所以没有看到苏晋庭在听到她这个问题时眸光的明显变化。

"当初是你爷爷让我过来的。"他有些漫不经心地回了一句，忽然又转了话锋，"宝宝。"

美盼抬起头。苏晋庭说："如果有一天你发现很多事都和你想象中的不一样，我希望你记住，至少我苏晋庭在你的身边是真实的。嗯？"

美盼不知他为何会突然说这样的话，总觉得他话中有话，可她又体会不出来。已经是凌晨3点了，她哈欠连连，身体已经很累，眼皮又开始打架，只好放弃。

苏晋庭站起身直接抱着她朝卧室走去，走到门口的时候，美盼才想到了什么，抱着他低声说："明天就开始布置新家了。"

"唔，房子找好了？"心知肚明的某个男人拍了拍她的翘臀，将她放在床上，自己也一并躺上去。

"找好了，在城东那一块。等我都弄好了，再告诉你地址。"她窝在他的怀里，打了个哈欠，想到了什么，又问，"你真的不知道？那个房东一开始说要三千，后来要我一千五，还要给我家具，我就说给她两千。我怎么觉得你好像知道……"

苏晋庭吻了吻她的额头，却是答非所问："你不是想要一个人住吗？达到这个目的就行了，住得舒服最重要，别的不要多想，两千还是三千有什么关系，你不是还有我吗？好了，睡觉，明天不是还有课？"

美盼哼哼了两声，也不知有没有听清楚他说的话，眼皮越来越重，很快就睡着了。

这晚的一个多小时交谈里，美盼认为他们是开诚布公了，因为感觉到苏晋庭跟自己说了不少的事，所以哪怕后来他顾左右而言他，她也没有生气——像他这样的人，也许心里藏了不少的事，她需要时间，等着他慢慢告诉自己。

她睡得很安心，可这种安心只从凌晨3点维持到上午8点。

五个小时，外面已经有人掀起一场腥风血雨。

美盼醒来的时候已是翌日的上午8点20分，她9点有课，想着快要迟到了，手忙脚乱地起床洗漱。还以为苏晋庭会在餐厅给她准备早餐，没想到等她跑到餐厅，才发现苏晋庭不在，倒真是有人等在那边，不过是郑元林。

"秦小姐。"郑元林见到美盼,微微颔首示意。

美盼点了点头。没有见到苏晋庭,只见到了郑元林,她心里已经有些诧异了,平常家里都是苏晋庭亲自上菜,今天竟是一个阿姨端着早餐出来,她更是惊讶不已。

"苏晋庭呢?"美盼坐在餐桌前,问站在对面的郑元林,"他不在家里吗?那个……郑先生,你是……有事?"

苏晋庭在秦家住过一段时间,之后经常住在这边,这个美盼是知道的。她跟着住进来之后,别说是用人了,郑元林都很少出现在这里,美盼还问过这件事,苏晋庭只淡淡表示不喜欢太多人进进出出,所以打扫卫生之类的都是一个礼拜一次的钟点工。

今天的情况明显有些不对劲。

"苏总临时有重要事情,所以提前离开了,让我照顾一下秦小姐。"郑元林说。

说得轻巧,可美盼又不是三岁小孩,哪会听不出来这个"照顾"根本就不是普通的照顾?她又不是生活不能自理的人,哪需要别人照顾,还是苏晋庭最得力的贴身助手。想着昨天晚上他那神色凝重却始终不愿意多说的样子,美盼心尖一纠,早餐也顾不上吃了,站起身来就问:"是不是出什么事了?"

郑元林知道这事肯定瞒不住,只是事情发生得太突然,别说自己了,就连苏总那边都有些措手不及,一时间找不到应对的办法。因为担心秦小姐受到伤害,所以在一个小时前事情刚发生,苏晋庭就匆匆离开,让他过来看着秦小姐。

郑元林沉吟片刻,见美盼面前的早餐也没有动,他上前一手压着自己胸前的外套,一手将那杯牛奶推到美盼的面前:"秦小姐,先把早餐吃了吧。"

美盼想说,现在哪有什么心思吃早餐。

"郑……郑助理,你还是告诉我到底发生了什么事吧,不然,我根本就吃不下什么早餐。"

郑元林说:"秦小姐,你直接喊我的名字就可以。苏总说了,让你不要担心,如果你担心课程跟不上的话,苏总会想办法帮你找个私人教师,让你这两天别去学校了,已经给你请假了。"

"那你总得告诉我到底发生了什么事吧?"

郑元林索性沉默了。美盼气得不行,发泄一般把盘子里的吐司吃完,然后一口气喝掉了牛奶,抹了一把嘴角,问:"现在可以说了吗?"

美盼或许不知道,郑元林第一次知晓她的名字的时候,她还完全不知道有他郑元林这号人。

那时候,郑元林看着资料照片上的她,只是觉得这个青涩可人的女孩儿就是一个从小生活在象牙塔里的孩子,哪知道外面的世道险恶。

可有时候老天爷就是喜欢和人开玩笑,因为她的身上隐藏着太多秘密,就注定她必须从象牙塔里面走出来。

仿佛是一场电影，主角必定会慢慢地成长。

她也在成长，不过很幸运，能够让苏总对她伸出双手。

苏晋庭会对她产生男女之情，这让郑元林感到意外。他跟着苏总已经很久了，说实话，苏总的身边根本就不存在让他另眼相待的女性。一个成功的男人，一个时时刻刻都在算计着各种数据的男人，情爱于他而言，并不是奢侈，而是软肋。

在商场上杀伐决断的人，很多时候的确是不能有软肋的。这个世界已经变成了没有硝烟的战场。不管是以前拿着刀枪战斗，还是现在靠着手段和脑袋战斗，拼的往往都是谁的手段更阴狠毒辣。

苏总今天的成功，不是建立在任何家庭背景上，他一路走过来的辛苦不是别人可以体会到的。

有时候想想，也不知道为什么是这个女孩儿。看不到她身上有多少发光点，只是长得漂亮了一些，很年轻，很有活力，让人看了不免觉得心情好。大概强大的男人都想守护这样的小女生？

……

郑元林一直不说话，就这样带着一种审视的目光看着美盼。

美盼没有被异性这样看过——除了苏晋庭。可郑元林的目光和苏晋庭的完全不一样，她一时不习惯，心里别扭得要命，拧着秀眉，道："郑助理，如果你不方便说的话，那就别说了，我相信要是真的发生了什么事，我肯定迟早会知道的，我不为难你。"

郑元林一愣，有些意外美盼会说出这样的话。

他知道她并不是那种一般千金小姐的脾气，但是在这样的情况下，心里多少还想着她会闹腾一下，可她很冷静，很会控制自己的情绪。

"秦小姐，其实也不是多大的事，就是昨天在餐厅门口，您和宋家小千金的视频不知被谁拍了下来，没有经过任何渠道沟通，今天就直接发布在网上了。"郑元林忽然说。

美盼心头诧异。她明明记得昨天苏晋庭吩咐郑元林处理干净，现在怎么会被人爆出来？如果是真的，估计中间还有其他问题，可如果只是这个视频的话，需要这样谨慎吗？还不让自己去上学。

在这种关键时刻，美盼竟然格外冷静。她的思维逻辑一贯很强，细细想来，其实这些天她碰到的事都挺奇怪，之前在医院撞见爷爷和爸爸的事就让她心中卡了一根刺，现在郑元林这么一说，她更是不能理解。

沉了沉心思，她追问："就是这件事？"

郑元林今天第二次意外，他没有想到，她听到这样的话，竟然还能平静地反问。

看着她那双黑色的眸子，里面没有他原本预料的惊慌失措，反而是镇定。

她这种心理承受能力，难不成还是秦家给她的？

不过转念一想，倒也是，在秦家那样的环境之中，没点儿心理素质的人估计也受不住秦媛。

郑元林最初的确有些紧张，不是害怕，是担心美盼会闹脾气而他又不知应该如何应付，不过现在他慢慢放松了下来。放松下来之后，话也变得多了。

"差不多是这样。不过因为当时苏总也出现了，所以事情就变得比较麻烦。放视频的人对秦家的内部比较了解，现在重点并不是秦小姐和宋薇薇之间的那点儿小矛盾，而是针对整个秦家和苏总。"

郑元林说到这里，又顿了顿。

美盼听着他的话，云里雾里的，她敲了敲自己的太阳穴，实在不愿意这么累地交谈，索性说："你就直接和我说，针对秦家和苏晋庭，拿什么去针对。我？我和苏晋庭有关系，能对秦家有什么打击？我爷爷和我爸妈都是知道这件事的，虽然他们不同意，当然这另当别论了。我就是不能理解，这么点儿事，至于吗？"

郑元林点头，认真地、一字一句地说："至于。"

"什么？"

"秦小姐，我也瞒不住什么，因为现在网络科技发达。苏总也没有让我瞒着你什么，这肯定是你迟早要知道的事。现在外面都在传苏总和秦家关系不寻常。"

美盼眼角重重一跳，她本就聪明得很，郑元林这话终于让她听出了点儿什么。

"什么？什么不寻常？"

郑元林拿出了自己的手机，对美盼说："秦小姐，不如你自己看一下网上的新闻内容，有些事我不知道应该如何解释。还有就是，苏总吩咐了我，他回来之前，你就暂时留在这里，外面肯定有很多记者。"

郑元林的神情很严肃，美盼咬了咬唇，终于接过手机看了一下他说的新闻内容。

一看才知道这都是多么荒唐的新闻。

是真的荒唐，不是吗？

可为什么她拿着手机的手慢慢地就开始颤抖？心底深处涌上来的那一股惧怕又算是怎么回事？

美盼将手机丢在一旁，都不知道自己是如何张嘴说话的，之前还保持着的那份最基本的冷静早已不翼而飞，她听到自己的声音很是喑哑，"苏晋庭人呢？他在哪里？我要见他！"

A市。

苏晋庭下车之前，坐在前面的秘书恭敬地对他说："苏总，我们的行踪应该都被人曝光了，刚刚接到电话，医院那边也有不少人蹲点，现在过去未必合适。"

苏晋庭不耐烦地合上膝盖上的笔记本电脑，捏了捏英挺的鼻梁，沉声道："把车子停在外面，我下车后，你当着那些记者的面绕一圈然后原路返回，我自己去医院。"

"是。"

十分钟后，苏晋庭在医院附近的街口下车，他今天穿了一套黑色休闲服，下车的时候戴上帽子，将帽檐压低，低着头往前走，只露出线条完美的下颌。那辆刚刚载他过来的黑色车子在医院门口绕了一圈，见到车子，有人喊了一声："就是这辆，这是苏晋庭的车子！"

一群人儿乎蜂拥而上，追着那车子跑了。

苏晋庭就趁着这个时候快步走进了医院大门。

进了医院，他直接上了电梯，到了住院部最高级的病房，这是这所医院里设备最先进、守卫最森严的病房。

两个穿着黑色衣服的男人笔挺地站在门口，见到苏晋庭，两人摘下头上的帽子，刚要上前阻拦，认出是苏晋庭，都恭敬地颔首。

苏晋庭将帽子丢给其中一个男人，低声问："韦斯利医生在吗？"

"五分钟之前到的。"

苏晋庭解开外套的扣子，沉了沉气，这才推门进去。

病房里，中间放着一张大床，周围放着各种仪器，床上躺着一个中年女人，脸色有些苍白，她所处的位置一抬眼就能够看到进来的人。

"晋庭，怎么突然过来了？"

又看向站在对面的医生，叹息："是你告诉他的吧？"

韦斯利是一个纯正的外国人，不过年轻的时候就来到中国，所以完全可以用中文和人交流——虽然不太标准，但是要听懂不难。

他挑起眉头，合上病例的同时耸了耸肩："我也是情势所逼。简，你的情况不是很乐观。"

简姨闻言，微微一笑，她还是那么美丽，风韵犹存，哪怕病入膏肓，笑起来的时候依旧是知性大方："我知道自己的情况。好了，既然晋庭来了，你们先回去吧，我和他单独聊一聊。"

韦斯利走到门口的时候，让护士先离开。苏晋庭站在玄关处，问："简姨怎么样？"

"正如我刚刚说的，简的情况不是很好，不要让她受到太大的刺激。本来她这个情况是可以在家里静养的，我也知道苏你并不是很想让她一直留在医院，不过昨天晚上她病情突然恶化，我也没有办法，只能带她来这里。"

"我明白。"

韦斯利想了想，他难以用中文长篇大论，所以，和苏晋庭交流，他通常都会操着一口流利的美式英文。他说："另外就是，她最近是否有什么心事？如果心态不能放平的话，会对病情有很大的影响。当初我就说了，手术未必可以根除，因为癌细胞已经扩散。不断地做化疗加重了她的痛苦，好在她意志坚强。这段时间总感觉她很消极。不管怎么样，我能够保她十年的寿命，可已经过去一半了，晋庭，你要做好心理准备。"

十年……

是的，五年前，简姨被送进医院，当时就检查出来是胃癌，所幸是早期。她从那时开始做化疗，当年的手术是韦斯利亲自做的，可这种病很难根除，毕竟她也上了年纪。韦斯利在癌症方面是全球权威，他是苏晋庭秘密请来的，一直都在调理简姨的身体，之前简姨的情况一直挺好的，不过最近却反反复复，经常跑医院。

她的身份比较敏感，苏晋庭不放心让她这么跑来跑去，基本是把医生往家里带，可毕竟这里才是医院，昨天晚上她突然胃痛，情况发生得很突然。当时韦斯利接到电话就赶去简姨的住处，她面色苍白，满身都是汗。

不过现在她倒是平静多了。苏晋庭其实总是担心简姨的身体状况，当初医生动完手术之后，的确是保守地和他说过存活的时间。

十年，最长了。

可他私心里总是希望可以多十年，简姨不过才四十几岁，而且她前半辈子的时间都不属于她自己。多活几年而已，老天爷不应该对她这么残忍。

"又辛苦你了。"苏晋庭对韦斯利发自肺腑地感激。

等所有的人都走了，苏晋庭坐在病床边上。

简姨穿着松松的家居服，其实她真的一点儿都不显老，哪怕现在带着病态的脸，看上去还是很恬静。她说："这么跑来跑去的，还要应付外边……晋庭，简姨想过很多次了，如果可以的话，你回来吧。"

"就是因为这些事，所以你心理负担很大，昨天晚上才会胃痛，是吗？"苏晋庭不答反问。

简姨摇了摇头："心理负担一直都很大，你知道的，像我这样的人，有时候也不知道活着到底是为了什么。以前总是希望可以见她一面，现在我也算是达成了夙愿，她过得很好，不是吗？倒是我，总是给你添麻烦。"

"简姨，您这话不应该说。"苏晋庭满脸都是认真，有些不悦。

简姨轻笑了一声："报道A市比C市出得快，因为你是这边出来的。我估计是那个人做的，我就知道会有这么一天，没有想到的是会拉着你和她一起下水。"

"所以，你是看到了报道才……"

苏晋庭压了压太阳穴，低声说："简姨，您别担心，我承诺您的事我会做到的，我不会让她受到伤害，但是您别这样，顾好自己的身体，我不希望您太早离开我，您还有很多事没有做。"

"我没事，我要知道自己这样，跑一趟医院就让你过来一趟，那我肯定不来。"她半开玩笑地说。

苏晋庭沉默。

一时间谁都没有开口说话，最后还是简姨先打破了僵局，问了最想问的："庭，你告诉我，你准备怎么办？你……我知道以你的性子，肯定已经和美盼在一起了。我知道这件事情其实我没有资格阻拦，虽然我心里的的确确是不同意的，不是因为我觉得你不行，而是形势不允许。可我知道，你想要的谁都阻拦不了。我最怕的就是会发生这次这样的事。你有想过应对措施吗？"

苏晋庭的太阳穴跳得厉害，头实在是疼。

本来昨天晚上就休息得不好，这一连串的事又发生得太过突然，看来他还是小瞧了姓荣的，怎么都没想到他会突然来这么一招。

"您没事的话，我准备下午就回C市，这件事情是瞒不住美盼的，我迟早都要和她说清楚。"苏晋庭顿了顿，说，"简姨，如果我没有猜错的话，他应该就在C市。不管怎么样，您一定要答应我，这件事情您要听我的，自己绝对不要做任何事，我会找人一直都守着您，希望您不要怪我。"

"你是怕我会去找他？"简姨笑了笑，摇头，拍了拍苏晋庭的肩膀，"还不是时候。我知道他这次这么做的目的是为了让我知道，不管我躲在什么地方，他都有办法让我不痛快。谁让我多年前让他不痛快了呢。不过你放心，我暂时还不会送上门去。我现在更担心美盼，你打算和她说什么？"

"我会权衡。"苏晋庭只说了这么四个字，因为他自己现在也不清楚这件事情到底应该怎么说，深入到何种程度。

他是下午的飞机，从A市到C市两个小时左右。下了飞机，司机已经等在机场门口，苏晋庭几乎是马不停蹄——如果不是简姨身体突然出了问题的话，他也不会临时回一趟A市，毕竟在这个节骨眼儿上，他更怕美盼会胡思乱想。

他在A市上飞机之前特地问了郑元林美盼的情况。郑元林说，秦小姐一直把自己关在房间里，报道看过了，但是不吵不闹的，只是问苏晋庭人在哪里。他告诉她，苏总人在A市，今天就回来。她就再也没有说过一句话。

苏晋庭本来想给她打电话，可是转念一想，这种事情在电话里根本就说不清楚，反而可能让她胡思乱想，所以最后发了一条短信给她，只有6个字：

"宝宝，等我回去。"

短信如同石沉大海，没有回应。

苏晋庭下了飞机就直接回了公寓，可他并不知道，在收到他的短信之前，美盼接到了荣慎宇的电话。

美盼并不知道荣慎宇的号码，这个陌生的号码连续打了三次电话她都没有接，第四次锲而不舍地打来的时候，她终于忍不住接了起来。

荣慎宇的声音她竟然一下就听出来了。

"秦小姐有兴趣和荣某人见个面吗？"

美盼对这号人实在没有任何好感。他的声音不难听，相反，有一种磁性的魅惑，透过电波，给人的感觉很神秘。可美盼就是觉得阴森可怕，她握紧了手机，咽了咽唾液，刚要说没有兴趣，荣慎宇却在那边笑了一声，语气温和，却仍给人一种压迫感："我知道秦小姐要说没有兴趣，是吗？不过我认为秦小姐还是应该见见我，你看现在出了这么大的事，你肯定是什么都不知道。有时候身边的人未必会对你讲真话，倒是像我这种外人最容易坦诚相待。秦小姐，你和我处一处就知道我这人其实不比苏晋庭差。"

他有什么资格和苏晋庭比？

不，美盼从未拿苏晋庭和任何一个人比较过，因为她知道任何一个人都及不上苏晋庭。

不过就是一则报道而已，这种八卦报道简直离谱得可笑，她怎么可能轻易相信？

说苏晋庭是……爷爷的儿子？

不可能！绝对不可能！

这种天方夜谭的事竟也能够搬上报纸头条，简直就是可笑。她当然不会轻易相信。

至于荣慎宇，他现在是过来挑拨离间的吧？

美盼深吸了一口气，控制着自己的语气，缓慢地开口，语气冰凉："如果你是看好戏，我劝你省省，这种连捕风捉影都谈不上的报道，你以为我会相信？如果你是来我这里找存在感的，那就更是省省，你平常估计没少输给晋庭吧？所以，现在倒是会想着从我这里找胜利的滋味儿了。荣慎宇，也许外面的人都很怕你，但我正好就是那种天真无邪又没有什么脑子的，所以我还真不怕你。以后别再打这个电话了，我会把你存入黑名单。"

美盼一口气说完，只有她自己知道，说是说了，心里并没有舒畅的感觉，可她不会在外人面前表现出软弱来。

美盼刚要挂电话，荣慎宇忽然沉沉地说道："不想知道你父亲最近在谋划着什么吗？你以为你父亲和你那个所谓的母亲要离婚是因为什么？生活不如意？呵，当然不是！你真以为苏晋庭会什么都跟你说？秦小姐，你倒是真说对了，你天真无邪又没什么脑子。所以，怕是那个躺在你身边的男人到底瞒着你多少事你都不知道吧？"

苏晋庭从机场直接回了公寓，一路上，为了避开记者，他特地让司机绕了路。从C市到A市，再从A市到C市，因为不喜欢飞机餐，他就喝了几口水，下了飞机就有些饿，不过什么都顾不上吃直接就回了公寓。进了门，郑元林正在客厅等着他。"苏总。"

"盼盼呢？"苏晋庭一边问，一边大步朝厨房走去。他拿一个杯子，倒了杯水，一口饮尽，然后撑开了修长的手指在唇角轻轻压了压。

郑元林说："秦小姐一直都在房间里。"

男人点了点头，知道他一直都在这边守着，就吩咐他："你先回去，报道的事现在不需要沾手了，问题比较敏感，我晚点儿会和你联系。"

郑元林说好，收拾了一下就离开了公寓。

苏晋庭在卧室门口站了很长时间，好几次手已经握住了门把儿，很快松开手，又握住，之后又松开了，如此反复好几次，却始终没有打开门。

男人深吸了一口气，一手叉着腰，一手手指撑开时轻时重地压着太阳穴，头疼欲裂的感觉让他心情更加沉闷。身上还弥漫着肃杀之气，他花了很长时间慢慢将其收敛——其实，他压根儿就不知道应该和她说什么。

他回来之前简姨就对他说："谁都没有想到事情会演变成这样，也许他的目的就是为了让我们方寸大乱，因为他知道我们现在不可能把一切都说出来。晋庭，我当初不同意你和盼盼在一起，最怕的就是这样的局面。"

确实是他疏忽了。

口袋里的手机忽然震动起来，苏晋庭盯着房门良久，终于还是倒退了两步，拿出手机，一看，竟是秦齐林的号码。

他会联系自己倒也正常，现在外面漫天的报道都是关于秦家的。在这个科技发达的时代，没有什么事可以堵得住悠悠众口，尤其是这样的新闻，只要送上了网络，神奇的网友就会想着法子把你的一切翻出来。

这一切发展得太过迅速，他当然知道是有人在推波助澜，否则事情曝出才几个小时，他完全有能力压下去。

只不过现在……为时已晚。

对苏晋庭来说，最重要的不是外面的人如何议论自己，那些他从不在意，他在意的不过是这扇门后面的那个小女人。

沉吟了片刻，他还是接了电话。

秦齐林的声音像是一下子苍老了不少，哪怕是隔着手机的电波："你现在在哪里？我需要见你一面。"

苏晋庭丝毫不意外他会说这样的话。

有时候他会想，对秦齐林，他到底是恨，还是毫不在意？

当初秦齐林联系他的时候，他同意过来，真的只是因为简姨吗？他知道，不完全是。总有个声音在耳边告诉他：不要只想着过往，要往前看。这么多年来，他觉得自己已经站在了商业顶端，他对秦氏确实没有任何想法，他过来的原因只有他自己心里清楚——不过是为了证明点儿什么，为了让他可以看着自己却始终如鲠在喉。

"我不认为现在我们有见面的必要。"苏晋庭开口，走远了一些，嗓音压得很低。

秦齐林静默了片刻，接话："我知道你肯定是怨我的，我之前就已经发现了，你一直都知道这件事，对吗？"

"我宁可什么都不知道。"苏晋庭蹙眉，心烦的时候他总是想抽烟，这会儿伸手摸出一根，却忘记了点燃，"现在外面是什么情况不用我说你也清楚，可我有更重要的事要解决。我没有别的要求，有些事以前我不愿意说，以后我同样不愿意说。既然你打电话给我了，那么我就告诉你一句：之前觉得不可以公开的，以后永远都不要公开。你知道我这么做是想守护谁，别让我失望，好好管好你身边的人，暂时不要再联系我。"

他干脆地挂了电话，幽暗的眸子里却有猩红的血丝。

不知是不是累，眼睛真是酸胀得难受。

苏晋庭揉了揉眉心，将手机放进裤袋里。

这一次他没有太多犹豫，推门进去。里面一室的黑暗，这是他的主卧，之前几天美盼一直住在这里，所以进这个房间的时候总是可以感受到一种柔软的气息，那都是属于她的。此刻，那些柔软的气息却是全无，窗帘拉得严严实实，借着走廊上的光线，苏晋庭发现床上空无一人，不过靠近窗口的床沿边上有一颗小脑袋。

他心头一沉，紧跟着又放松下来。

他开了灯，一室的黑暗瞬间就被光明取代。美盼双手抱着膝盖坐在地毯上，整个人安静得仿佛连呼吸都捕捉不到。

苏晋庭解开外套的扣子，将外套脱了直接丢在床铺上，走过去。美盼还维持着原来的姿势没有动弹，苏晋庭提了提裤腿，蹲在她的身边。

熟悉的气息倾入鼻端，好似整个安静无比的世界一下就被打破了，美盼这才回过神来，转过脸，看到那张她无比熟悉的俊容就在面前。她手指一动，苏晋庭就已经将她拥入了怀里。

"盼盼，对不起，上午有点儿事，临时去了一趟A市，是不是吓坏了？"她现在的样子让苏晋庭心里很不安，他心里很没有把握，不知道现在美盼是怎么想的。

原本以为自己一回来，她就会拿着报纸或者手机质问他到底是怎么回事，又或者因为选择相信新闻所言，开始回避自己。可哪种都不是，她如此安静。当苏晋庭感觉到她的手慢慢抱住自己的腰的时候，男人全身的肌肉都跟着僵硬了一下，他能够感觉到她的害怕和勇敢，他听到她的声音很低，有些沙哑，"你可以给我一个解释吗？"

苏晋庭心尖重重一颤。

美盼没有等到他的回答，很快吸了吸鼻子，轻声说："我谁都不愿意相信，不管别人和我说什么，我都不相信，我只相信你。苏晋庭，你曾经告诉过我好几次，你说你永远都不会骗我。我记得不久之前你还对我说，如果有一天发生了让我难以接受的事，我要相信只有在我面前的苏晋庭是最真实的。我应该相信你的，对不对？"

美盼根本就不清楚自己到底在说什么。

最初看到新闻的时候，她只觉得大脑发蒙，等看到所谓的"乱伦"两个字的时候，她简直就像被人一掌击中了太阳穴，何止脑袋快要炸掉，连胃都丝丝拉拉地疼着。渐渐地，变成了五脏六腑都在疼，难以言喻。

她当然觉得新闻说的事情不可能，怎么可能？就算秦家的人的确反对她和苏晋庭在一起，可爷爷和妈妈也没有真的反对到惊天动地的地步。如果苏晋庭真的是爷爷的……儿子，那他们现在这样，爷爷能无动于衷吗？

不，她第一个念头就是否认，这简直太离谱了。

那些人为了博取观众的眼球，就可以借着她和宋薇薇之间的闹剧，抓住苏晋庭出现这一点，顺水推舟地"揭露"豪门的淫乱，说苏晋庭的真实身份是秦齐林的私生子，却和秦齐林的孙女暗度陈仓……

这些恶心的字眼儿刺激着她，让她没法冷静下来，就在这时荣慎宇的电话来了。

对于他说的那些话，美盼告诉自己：一个字都不相信。

什么爸爸和妈妈要离婚，什么爸爸在谋划什么，什么苏晋庭瞒着她很多事，她不相信！

她和苏晋庭认识的时间是不长，可他到底对自己怎么样她能够感受到，她身上没什么值得让他花那么多心思的，他接近自己只能是因为喜欢。

是，一定是这样。

美盼就是这样告诉自己的。

这种信念支撑着她。终于等到他回来了，她现在急切地需要他给自己一个肯定的答案，告诉她她的选择是对的。

"苏晋庭，你告诉我，我应该相信你，那些报道什么的都是乱写的，对不对？你不可能是爷爷的儿子，你……你怎么可能是我的舅舅？你快点儿告诉我，我不相信，我不愿意相信！"

美盼紧紧拽着男人衬衣的腰侧，力道很大，说话的时候一直晃着他的身体。

苏晋庭任由她摇晃着自己，他能够感觉到她的情绪非常不稳定。有些话他必然不能说，至少现在不行。他知道自己现在对她说"不"可以让很多事都掩盖下来，但他同样也知道那只是暂时的。

可现在发生的一切太突然，哪怕是暂时的，他也已经没有其他的选择。或许将来她会怪他，可现在能够预料到的将来的种种，他都甘之如饴。

至少给他时间，让他可以将所有的事安排妥当，也让她再勇敢一些、坚强一点儿，让她有足够的能力慢慢消化真相。

"宝贝儿，相信我，我们很正常，没有天理难容的关系，嗯？相信我，没事的，一切都会过去，不要害怕，我会一直在你身边。"

"相信我，我们很正常。"

"相信我，没有天理难容的关系。"

……

在过去的短短几个小时之中，美盼真的经历着前所未有的煎熬。从郑元林给她看那则新闻报道开始，她就感觉自己像是油锅里的蚂蚁，被翻来覆去地煎炸，还不肯给她一个痛快，她在垂死挣扎的时候想到的只是苏晋庭。

可他不在身边，她一遍一遍告诉自己：他绝对不是那种会做出让世人不能容忍的事的人，就算不为他自己考虑，他至少也会为她秦美盼考虑，不是吗？

他怎么可能是那样残忍的人？

他对自己这样好，哪怕两人相处的时间不长，可他对自己的那份心意，美盼能很清楚地感觉到。

只是荣慎宇的那个电话，简直是将一个已站在悬崖边上摇摇欲坠的人瞬间推入无底深渊。尽管她一直在奋力挣扎，想要爬出来，可耳边始终回响着荣慎宇那些话。

——"不想知道你父亲最近在谋划着什么吗？"

——"你以为你父亲和你那个所谓的母亲要离婚是因为什么？"

——"你真以为苏晋庭会什么都跟你说？秦小姐，你倒是真说对了，你天真无邪又没什么脑子。所以，怕是那个躺在你身边的男人到底瞒着你多少事你都不知道吧？"

她告诉自己，喜欢一个人，最基本的就是信任。就算她没有谈过恋爱，可她不见得不知道信任对于两个人是多么重要。她从小就是在父母的相互折磨下生活。对于苏晋庭，她真的鼓起很大勇气才接受。这个人既然是她心甘情愿选择的，那么再多的疑惑，她都要等苏晋庭亲自为她解答。

现在他对自己说"相信他"，她就会相信他。

美盼吸了吸鼻子，双手更用力地环着苏晋庭的腰，将脸在他的胸口蹭了蹭，声音有些蔫蔫的："我相信你，苏晋庭。只要是你说的，我就相信你，我知道你不会骗我的。"

她将一颗心完完全全袒露在他的面前。苏晋庭抓着她的小手，掌心慢慢有些湿润，这么一份难能可贵的信任，却让他觉得非常沉重。

只有他自己知道，她现在所讲的一字一句，对于他来说，是这一场战争之中怎样珍贵的东西。

他知道，事情已经完全超越了他的掌控，一切都在分崩离析。他明明知道自己这一步走的是错的，偏偏无能为力。

情势所逼，他只能这样选择，然后尽力让一切回到原位。

"累了吗？午饭还没有吃，是不是？我做点儿东西给你吃？"苏晋庭将她抱起来。两人坐在床上，美盼双手紧紧环着他的脖子，窝在他的颈项处摇头。

片刻之后，才听到她说："我想见我爸爸。"

这两天黎展明不在C市。

"黎先生是吧？真的不是我不告诉你，而是我的的确确不知道。我住在这里已经一年多了，之前卖给我房子的人并不是照片上的这个女人。"

"这个月都已经是第二次了，之前也有人过来找这个女的，我不知道你们有什么渊源，以后请别再来打扰我们了，这样也会给我们造成困扰。"

……

空姐甜美的声音透过广播传来，告诉乘客飞机就要降落。黎展明捏着照片的手微微一顿，这才从恍惚之中回过神来。

他将照片放进边上的书籍之中，再把那本书放进公文袋里，等到飞机降落的时候，他已经将情绪控制得差不多了。

走出通道口，他把手机开机，有未接电话跳进来，其中有一个是苏晋庭的。

黎展明忽然想到了什么，走到角落里，看看四下无人，回拨过去。

手机响了两声就被人接起，是苏晋庭的声音，低沉内敛，不轻易显露情绪。

黎展明压根儿不知道C市出事了。因为美盼的关系，他现在对苏晋庭不见得有多客气。

"苏先生有什么事？"

苏晋庭没打算和他兜圈子，直接就说："现在在机场？"

黎展明一愣，轻咳了一声："我是在机场，你找人跟踪我？"

"我不需要跟踪你，没那个必要。盼盼要见你，你现在不要走正常出口，外面有很多记者，在机场待着，我会让人来接你。"

苏晋庭简单交代，黎展明却是一头雾水，完全不明白到底发生了什么事，他下意识地追问："什么记者？出了什么事？"

苏晋庭找人查过黎展明，知道他这几天人不在C市，心里更清楚这段时间他到处奔波是在找谁。他没打算细说，言简意赅："有时间在车上关注一下新闻，如果你的手机能够联网。"

苏晋庭说完直接挂了电话。黎展明想了想，打开了热点，立马弹出来一个新闻页面，头条就是秦家和苏晋庭之间的事情。对于这件事，他之前的确一无所知。当然，当初苏晋庭来秦家，他的确怀疑过，而且秦媛对他那态度，简直如同对待肉中刺一样。这也是他之前一直反对盼盼和苏晋庭在一起的原因之一。

秦家本来就不是多太平的豪门，多了一个苏晋庭，每天日子都过得让人心惊肉跳，他怎么忍心让美盼卷入其中。

新闻的每一个字都是针对苏晋庭的，可事实上，美盼才是最大的受害者。如果一切都坐实了，那么美盼简直要在名义上背负一个"和舅舅乱伦"的罪名。

黎展明一头冷汗，这个时候怪苏晋庭没有用，他的确需要见一见美盼，也的确需要绕开记者。

……

在机场等了不到十分钟，就有人过来接他。

黎展明以为下车能够见到女儿，不想先见到的是苏晋庭。

这是一座环境清幽的别院，黎展明在C市生活了这么多年，还不知道城东竟然有这样一个地方。车子开进来的时候，一路畅通无阻，周围人烟稀少，等到进了院子的大铁门，又给人一种别有洞天的感觉。

院子里种满了满天星，一条碎石铺成的小道从中穿过。黎展明光是看着那满天星，心头就跳得厉害了，而就在这时有人对他说苏总在里面等他，他紧了紧手中的公文袋，快步走进去。

苏晋庭果然坐在里面。这地方就像一个花场，不过里面只培植了一种植物——满天星。

黎展明脸色并不是很好，他一秒钟都忍不住，张口就问："为什么这里到处都是满天星？苏晋庭，我以前就怀疑你和秦家关系匪浅，你到底是谁？满天星……"

"满天星不代表什么。"苏晋庭站起身来，伸手拨弄了一下一旁的植物。他指间夹着烟，抽了一半，整个人姿态放松，可周身的气场给人一种压迫的感觉："就是一种植物，你想到什么地方去了？"

黎展明动了动唇，有什么话要脱口而出了，又不敢乱说，想了想，还是咽了回去，他问："盼盼呢？我要见盼盼。"

"她不在这里。"苏晋庭抽了一口烟，吞吐云雾的时候他眯起锋锐的眸子，问，"黎先生，我会让你见盼盼。我以前就和你说过，只要是真心待盼盼好的人，不管有多十恶不赦，我都会给予宽恕。所以，你不用担心我会对你怎么样，你应该感激。这二十几年来你对盼盼的这份好、给予她的这份父爱，不管是建立在什么之上，你始终都是她的父亲，是她精神上的一种寄托，我不会和你计较什么。"

黎展明身体完全紧绷着，苏晋庭这人太高深莫测，他当然不是他的对手，这一点他一直以来都深知。但是，他一直认为，他们之间是不可能有什么冲突的，除了盼盼的事。

想到盼盼的遭遇，黎展明心头忍不住燃起一股怒火，他深吸了一口气，那些压抑的怒气就变成了指责："苏晋庭，我知道你手段是一套一套的，很厉害，我黎展明自问不是你的对手，但是你不用对我这样。我对盼盼好是因为她是我的女儿，父亲对女儿的好需要建立在什么之上？我问心无愧。这么多年来，我做的每一件事都是为了盼盼。我反对你们在一起，我有错吗？你看看现在外面都闹成什么样了！这一切都是你的错！你有什么资格和我计较？"

对于他的厉声指责，苏晋庭置若罔闻，不过他最后那句话却让苏晋庭不着痕迹地弯起嘴角，唇畔勾起的弧度略带讽刺。他垂下拿烟的手，姿态随意地弹了弹，问："问心无愧吗？那么，你私下会见荣慎宇的事，我应该没有污蔑你吧？"

黎展明心头一惊，怎么都没有想到苏晋庭会突然提到荣慎宇。

其实，还是因为他太过慌乱，自乱阵脚了。

之前荣慎宇见自己的时候，说到苏晋庭和秦家的关系，当时他就隐约猜到这中间的复杂关系。荣慎宇绝对是比苏晋庭更危险的人物，他是真的每说一个字都要思量许久，就是怕自己嘴快说错什么。

所以，黎展明一直觉得，至少自己和秦媛离婚之前，自己都不会被牵扯进去。

这些人都非池中物，他不想蹚浑水，更不想让盼盼的处境变得不安全。

可是……苏晋庭是怎么知道的？

"你是在想我为什么会知道？"苏晋庭抽出插在裤袋里的手，长指夹着一旁玻璃桌上的烟灰缸，将烟蒂摁灭在里面。他垂下眼帘，长长的睫毛掩盖掉了那瞳仁深处所有的锋芒，可一字一句依旧带着凌厉："想知道这些并不难，我还知道他要你做什么事。你沉不住气，所以才想和秦媛离婚，带着盼盼离开C市，对吗？"

黎展明脸色一片惨白，嚅动唇瓣，却半天说不出一句完整的话。

苏晋庭缓缓抬起头，眸光直视着对面眼神四处闪躲的男人："你既然知道荣慎宇是你惹不起的人，那你以为你躲得起？"

"你……苏晋庭，你到底是什么人？你为什么会知道这一切？"黎展明被他几句话逼得没有一点儿退路，索性豁出去了，指着周围的满天星，眼中泛起一丝猩红，"对，我是怀疑过你，我也确实找过医生，我需要一份证据证明你是秦家的儿子。秦媛对你的态度太明显了，秦齐林那只老狐狸可不简单，我从来不认为他会让一个外人随随便便住进秦家，还让他进秦氏。只要是有点儿脑子的人，都知道这中间必有蹊跷。所以，我不同意你和盼盼在一起。苏晋庭，你自己心里清楚，你这么做根本是在害盼盼。你现在来怪我没有告诉你荣慎宇私下找过我吗？你以什么立场让我和你说？你们这些人斗来斗去的，为什么要拉盼盼下水？你什么样的女人没有，非得找盼盼？"

"的确有很多女人任我挑，可秦美盼不是独一无二的吗？"这个刚毅的男人提到"秦美盼"三个字的时候，那深邃的眸子里有一丝柔软滑过，哪怕是稍纵即逝，让人来不及扑捉到，可同样的柔软亦滑过了他的心尖，"我今天找你来不是为了和你讨论美盼的事，我只是想告诉你，只要你不被荣慎宇利用，你以前是怎么过的，以后还是怎么过。秦媛不愿意和你离婚就不离呗；当然，你不可能带着盼盼离开C市。至于这些满天星——"

说到这里，他顿了顿，蹙眉又继续道："你要找的就在这里，这么多年一直都很好，这个时候何必要去打扰她？你见她一面又能如何？还记得你自己当年说过的话吗？做人最负责任的，就是对自己讲过的话负责。因为那是从你的嘴里讲出来的，时间过去多久，都不可能从别人心里消弭。"

黎展明震惊地看着苏晋庭，脑袋嗡嗡的，一脸的难以置信。

好半晌，他才像回了魂一样，说出口的话却仍词不达意："你……苏晋庭……你是……你认识……你认识简……你认识她？你是不是知道她在哪里？你……"

"收起你的这份好奇心。"苏晋庭沉声打断了他，抬起手腕看了看表，"时间差不多了。我给你三十分钟，把你的心情收拾一下，然后我会让人带你去见美盼。今天我们的谈话，我希望你可以藏在心里。你也知道荣慎宇不可信，那么你就只能相信我了，我也许会伤害很多人，但是我绝对不会伤害美盼。"

之后，苏晋庭直接就离开了。

黎展明还留在花圃之中，周围异常安静，他失魂落魄地坐在那里，目力所及全部是满天星，白色的小花长在绿色的花茎上，整个世界仿佛也陷入一片白茫茫之中。

他的呼吸越来越急促，耳边有声音越来越清晰。

"展明，我们认识很多年了，我知道你现在有这个需要，我愿意。"

"这次过后，我会把她给你，你给我找个地方住，十个月之后我就会离开，我保证永远都不会来打扰你们。"

"我只有一个要求，你好好待她，她也是你的孩子，不是吗？在那样的家庭之中，我知道生活未必如意，但是我乞求你，让她好好的，生活简单就好。你要教育好她，不能让她的人生偏离了正常的轨道。"

"我相信你，展明，我一直都相信你，我知道……你以前对我有过别的想法，可你也知道，我身份不单纯，对不起，你就当是我自私吧，我只是突然很想留点儿什么在这个世界上……"

"……"

为什么呢？

黎展明坐在凳子上，忽然抬起头看着玻璃房的上方，今天阳光刺眼得很，他眼眶发涩。这么多年来，所有压抑在胸口的情绪都在慢慢膨胀，到了最后，却都变成了让他难以容忍的怨恨，因为耳边同样还有别的声音在不断摧残着他的灵魂——

"黎先生，做人最可悲的并不是在家里没有地位，或者被人说成小白脸。对于一个男人来说，我认为最可悲的莫过于帮人养孩子。"

"黎先生头上的这一顶绿帽，说真的，可是戴了二十几年了。你大概一直以为自己戴着的是一顶黑色的帽子，现在突然给你一面镜子，告诉你，不是黑色的，是绿色的，有点儿难以接受吧？没关系，我们可以帮你，帮你把一切讨回来，你只要点个头就行了。先从这个让你始终压抑着喘不过气来的秦家开始怎么样？"

"……"

黎展明视线渐渐模糊起来。

其实真的不怨不恨，不管秦嫒这么多年来有多讨厌美盼，可他知道秦嫒同样不容易，这个世界上没有多少女人愿意这样……可他没有想到，原来自己才是那个彻头彻尾的大傻瓜。

所以，他一直在寻找。以前只是抱着再见她一面的念头，现在，他就是想问一问为什么。

为什么呢？

简莉瑶，简莉瑶，为什么呢？我始终不曾辜负你当年对我说的每一个字，可到头来，你如此骗我。到了今天，还不愿意见我。

所以，苏晋庭从头到尾都知道这一切，这周围的满天星不就说明了一切吗？

她喜欢满天星，自己从未忘记过。有时候经过花店，她都忍不住多看几眼，哪怕是不买。他始终都记得最初认识的时候，她穿着一条满天星印花的裙子，对他微微一笑。

还有必要去见那个孩子吗？

这辈子所有的羞辱好像都在这几天爆发了，此刻达到了顶点。

原来真的是自欺欺人。

说什么女儿像父亲比较多，他一直觉得美盼不像自己，而是像极了简莉瑶。

现在真相大白了，美盼根本不是他的女儿，当然不会像他了。当初他就给自己敲过警钟，却还是傻乎乎地当了这么多年的便宜爸爸。

哈哈！

黎展明有些扭曲地大笑起来，笑到最后，竟满脸泪水。

美盼这两天根本就不能出门。

课是别想上了，她没有想到刚换专业就出这样的事。不过，今天她心情好了不少，苏晋庭给她的保证像一颗定心丸，让她有一种"外面吵得再凶、再热闹，一切也不过是空穴来风，总会过去"的感觉。

苏晋庭离开公寓之前，怕她无聊，特地打电话给崔惜梦，确认她下午没有课，就让她过来陪美盼。

崔惜梦这几天总被历承易缠着，她也觉得透不过气来，所以苏晋庭提出让她过来的时候，她欣然同意。

"感觉怎么样？"崔惜梦出现时，美盼正在吃东西，她在餐厅里坐下来，见美盼脸色还不错，松了一口气，"那些都是乱传的吧？不过宋薇薇可开心死了，我听说有不少记者找上了她，她毕竟是那天的女主角之一，这次简直就是落井下石，把你批得一文不值。"

美盼咽下嘴里的东西，喝了一口水，满不在乎地摇头："她如何指责我没什么兴趣，狗嘴里吐不出象牙。"

崔惜梦点头，表示同意："你那天为什么和她吵？我看吴舜华也在场。"

"我见到她就一肚子的火。"美盼拿着筷子，在盘子上重重一戳，又想到什么，问，"那个，梦梦，你没事了吧？历承易他……那个，你喜欢的那个人……顾情深……好像他父母都在C市？那他也在这里吗？"

"他主修的是医科，成绩很好，医术也很精湛，不过毕业之后他就满世界跑，当志愿者。"

美盼感觉得到，崔惜梦提到顾情深的时候眼底的光是不一样的。她想到之前苏晋庭和自己说过的话——一个男人围着一个女人转，这代表了什么？

可梦梦似乎真的对他没什么意思，他那么毒舌又霸道，男人的霸道用在喜欢他的女人身上会很man，可用在别的女人身上，那会是怎么样的一种蛮横？

这么一想，倒是替历承易觉得悲哀。

"所以，你才要休学去当什么志愿者？"

"和他没有关系。"崔惜梦并不愿意多谈顾情深，他敲了敲桌子，"这事你可别和苏晋庭说，顾情深一点儿都不知道我对他有意思，这么多年来我始终都不说，是因为我知道他有喜欢的女孩儿。我不想和他做不成朋友。倒是你，现在外面简直是腥风血雨，我估计你爷爷都不敢随便出门了，你真的一点儿都不担心？"

美盼撇了撇嘴："担心什么？"

"你和苏晋庭啊。苏晋庭和秦家啊。"崔惜梦没把住口，张嘴就说，"要是苏晋庭真是秦家的私生子，不就成了你舅舅？你……"

"当然不可能是真的。"

美盼拧起秀眉，眉宇间的神色已经明显不悦，她将面前的盘子往桌子中间推了推，看向崔惜梦："你觉得有可能吗？"

崔惜梦动了动唇，大概是没有想到美盼的反应这么激烈。她心里有数，其实不管真假，对于美盼来说，她和苏晋庭木已成舟，潜意识里就根本不愿意相信这一切。这是人之常情，谁会希望自己喜欢的男人和自己有血缘关系呢？这根本就是天理难容的事。更何况美盼这人，其实骨子里还是很保守的小丫头。现在对于她来说，必定是连外面的传言都觉得厌恶。

崔惜梦有些歉意，刚想说什么，美盼已经快她一步，自己接了话茬儿："这一切都不是真的，我不知道炒出这样八卦新闻的人是何居心，但是我知道那个人是谁。这年头，为了做生意真的会不择手段吧。我不会被这种可笑的传言影响，苏晋庭他绝对不可能是我的……我的……"

那两个字一时竟卡在了嗓子眼儿里，怎么都说不出口来。

崔惜梦了解自己的朋友，见美盼面色已是十分勉强，知道她心里不好受。其实美盼的心理承受能力并不是很强，年纪摆着呢，可她也的确和一般的女孩儿有所不同——别的豪门出身的女孩都娇贵得很，她却是在母亲的毒舌之下存活下来的。她的确从未和自己讲过她和苏晋庭之间的种种，但是崔惜梦算是一群朋友之中和她认识最久也最了解她的人，当然看得出美盼对苏晋庭的用情之深。

美盼的家庭环境不简单，她以前喜欢吴舜华的时候都不敢过多地表现出来，那是一种和自己完全不一样的压抑。其实，美盼看人做事都很谨慎，那次要不是被她们一群人起哄，也许到现在她都不敢做出给吴舜华送情书表白的事。所以，可以想象得出，她现在选择和苏晋庭在一起需要多大的勇气。

大概就是这份勇气让她在发生这种事的时候还可以极力保持镇定。

"国宝，你别太紧张了，就像你说的，根本就不可能是真的，都是空穴来风、瞎传的。我看你精神压力很大。"她顿了顿，终于还是问，"苏晋庭呢，他有和你直接说过什么吗？这种事，其实……"

"他说让我相信他。"

朋友的安抚让美盼的心稍稍暖了一些。不好受那是肯定的，她现在根本不敢打开任何社交软件。在这个网络暴力的时代，这样的事简直就像是翻天覆地一样，太容易引起骚乱。她不知道外面怎么样了，也不知道秦家怎么样了，更不知道苏晋庭到底处理到什么程度了。她承认自己现在更像一只鸵鸟，只是躲在这里，哪儿都不敢去，什么都不愿意想、不敢看。

"我相信他……"美盼的嗓子喑哑，双手十指紧紧扣在一起，深吸了两口气，然后抬起头来看着崔惜梦，"梦梦，我相信他。他说了，我们没有不正常的关系，那我就会相信他。其实我知道你会想，人心隔肚皮，我又是秦家的孩子，苏晋庭和秦家的这种微妙关系，我夹在中间，肯定会让人浮想联翩。我的确不够了解他，但是我知道他一定不是一个坏人，更不可能是一个为了达到目的不择手段的人。我不是选择了他吗？我应该相信他的，你说对不对？"

崔惜梦忽然不知应该说什么。

以前总觉得，美盼是她们一群人之中最随性、对爱情最不上心的一个，大概是她的家庭直接影响了她对于爱情的态度。

可她遇到了苏晋庭，真的一切都不一样了。

只是心理稍微成熟一些的崔惜梦还是忍不住想，这样的改变，不知是福还是祸。

她似乎是对苏晋庭很轻易地打开了心门。如果那真是一个良人，那是她运气好，如果相反，那她……

"盼盼，其实我想和你说……"

崔惜梦犹豫了一下，正要开口说什么，忽然听到有人进门，玄关处的声响直接打断了她的话。两人转过脸去，看到的是从外面进来的苏晋庭。

苏晋庭还在打电话。进来之后，他随意拉扯了几下领结。不知电话那头的人说了什么，他稍稍蹙眉，带着几分不怒自威的气场："这些就不需要和我说了，我要看到结果。"

他挂了电话，看到崔惜梦，礼貌含蓄地点头，随即目光落在美盼的脸上。他脱掉外套，将其丢在客厅的沙发上，迈开长腿朝餐厅走来。

"吃了什么？"

在厨房准备东西的用人阿姨一见老板回来了，赶紧出来："先生，我看小姐胃口不是很好，就随便弄了点儿她喜欢吃的，比较清淡的东西。先生吃过了吗？"

"给我也来一份。"苏晋庭手指利索地解开衬衣的袖口，挽起袖子，露出一截小麦色的结实手臂，看上去健康又有男人味道。

他坐在美盼的对面，很是随意的姿态，问崔惜梦："崔小姐吃了吗？"

"不用客气，我已经吃过了。"

苏晋庭挑了挑眉，重新把视线落在美盼的脸上，目光难掩柔软。崔惜梦也算是个过来人，一个男人看一个女人的那种眼神她不可能看不出来。她心里微微一动，陷入沉思。

等用人阿姨端上午餐，男人才说："盼盼，等下你爸会过来，你现在还是不要出门，让他来这里和你见一面，嗯？"

美盼一听说黎展明要来，自然说好："我爸几点过来？"

苏晋庭说："半个小时之后吧。"见她头发乱糟糟的，身上还穿着家居服，他笑了一声，轻声说："进去换一下衣服，再把头发梳一下，否则一会儿你爸看到，还以为我没有好好照顾你。"

美盼脸红了红，又看了一眼崔惜梦。苏晋庭知道她什么意思："崔小姐再坐一会儿吧，等下我让人送你。现在外面不太平，你和美盼关系比较好，那些记者要是见到你，估计也会咬着不放。"

刚刚接她来的就是苏晋庭的助手郑元林，想必送她的也还是他。崔惜梦想也不想，欣然同意。

美盼进屋去换衣服了。

一时间，餐厅只剩下苏晋庭和崔惜梦两个人。男人吃了点儿东西，拿过一旁的水杯喝了一口水，放下杯子的时候垂着眼帘，忽然开口："崔小姐，你应该是有什么话想要对苏某人说吧？"

崔惜梦心里暗暗感叹：苏晋庭真不简单。

其实，她觉得自己是一个比较善于隐藏情绪的人。要知道，和自己深爱的男人在一起却始终未表现出对他有任何非分之想是一件多么艰难的事，更何况，顾情深那伙一点儿都不简单，瞒过他绝非易事。所以，这么长时间的交锋下来，崔惜梦渐渐很会隐藏真实情绪。

她刚刚看苏晋庭的眼神的确有所不同，没想到，只是这么一眼，他竟然就能够瞧出深意来。

这男人的察言观色能力到底有多强？心思有多深？这个男人……美盼怎么可能是他的对手？

这么一想，崔惜梦心里有一种瘆人的感觉。

她深吸了一口气，挺直脊背，看着苏晋庭。男人始终低垂着眼帘，额前的碎发很是随性地遮住了前额，有几缕落下来，长度正好到睫毛。一个男人的睫毛也能长得这样好看，崔惜梦心里轻叹。

真是一个祸害。

可同一时间，她的脑海里竟然不受控制地闪过另一张深沉俊逸的男性脸庞。

那是一张一笑起来就会给人一种邪气放荡感觉的脸。

崔惜梦蹙眉，连忙掐断自己的念想，直接开口："既然你这么说了，那么我也没有什么好躲躲闪闪的了。我确实有话想对你说，希望苏先生不要觉得我唐突——美盼是我很好的朋友。"

苏晋庭点头："唔，所以，我允许你进了这个家的大门，你才有资格坐在我的对面和我讲话。"

崔惜梦心说：还真是狂妄霸道，这种讲话的姿态，根本就是目中无人。可他周身那种沉稳的气场又将这种目中无人压得极好，竟只会让人觉得一切是那样自然，仿佛他天生就是这样的人：掌控全局，不可一世，亦深不可测。

她稳了稳心绪，很快又开口："不管你怎么想，我知道你不是一个单纯的人。对美盼来说，你太不简单了。美盼这个人没有什么心思，她很简单，可能在你看来一眼就能看透了。我不知道你为什么喜欢她，以正常的眼光来看，任何人都会觉得你们不合适……"

"那么，崔小姐，你认为什么样的女人合适我？"

"和苏先生传过不少绯闻的文静怡，看上去比盼盼更合适。"

苏晋庭嗤笑一声："看上去？崔小姐也会说看上去更合适，至于两个人合适不合适，其实旁人哪能看得到？当事人才最清楚。我知道崔小姐在担心什么，我可以很负责地告诉你，你所担心的事不会发生。我苏晋庭并非无聊之人，如果你认为盼盼身上没有足够吸引我的地方，那么你可能会认为是因为秦家。我可以告诉你，就算是十个秦家，也抵不上一个秦美盼。我所爱的也许并非世界上最耀眼的那个，毕竟人外有人，可在我苏晋庭可以掌控的世界里，她必定会成为最幸运的那个。"

……

这个男人，在讲这些话的时候，那双深邃的眸子里流露出来的光是炙热的，"秦美盼"这三个字好像从他那张性感的薄唇之中溢出来就变得与众不同了。

崔惜梦失笑，觉得自己真的多虑了。

苏晋庭是谁？

昨天晚上，她和顾情深在MSN上聊天，当时她多嘴问了一句是否有听过苏晋庭这个名字，顾情深很吃惊，随后恍然大悟道："苏大哥在C市吧？怪不得你会知道他。他可不简单，至于不简单到何种地步嘛，你就想吧，我爸那种老狐狸都要忌惮他三分。以他这个年纪，能让我爸刮目相看，可想而知他有多么不简单了。你没事别去招惹这号人。"

就是这样一个连顾家的人都觉得不简单的男人，能图美盼什么？

也许他真的看上了美盼，爱情能有什么因为所以？就像她，喜欢顾情深的这么多年里，无数次问自己：他是很好，但未必自己就找不到比他更好的，为什么就是不肯放手？

其实爱情很多时候就是一个魔障，让人中了毒，不知道那个人哪里好，可就是谁都解不了这个人下的毒。

"是我多心了，苏先生。"崔惜梦落落大方地笑了笑，"我只是关心朋友，希望苏先生不要介意。"

"当然不会介意。"苏晋庭眼角稍稍一挑，将手中的筷子放在桌上，拿过一旁的纸巾轻拭了下嘴角。那样随意从容的姿态，却透出一种别具风情的优雅，这个男人哪怕不是刻意而为，仍无时无刻不散发着一种让异性怦然心动的魅惑。

饶是崔惜梦对他没有任何想法，也得承认这个男人太迷人。当然，有时候这未必是好事，估计他烂桃花一大堆。

"我刚刚就说了，既然是盼盼的朋友，我自然会尊重你。是不是真心待盼盼的，我有眼睛，完全看得出来。"

崔惜梦笑了笑，没有接话。

苏晋庭看着她，沉吟了片刻，忽然又开口："崔小姐，既然你都这么直接了，不介意苏某人也直接一次吧？"

崔惜梦可比美盼聪明，她的思维和想法比美盼灵活多了，尤其是在男女这方面。苏晋庭这句话一丢出来，她大概就知道他要问的是什么。

不过，要是连问都不让问，那就是她有问题了。

她告诉自己，没什么了不起的，这个世界上，最软弱的人才会想着躲避，既然无动于衷，自然不需要害怕面对。

"苏先生可以直接问。"

"崔小姐是否有喜欢的人？"

"……"

"是不是太唐突了？"

崔惜梦沉思了片刻，轻声反问："是美盼和你说过什么？"

"她不是一个会告密的人，你应该相信你的朋友，但是你不可以低估你朋友身边的男人。"苏晋庭这种居高临下的姿态，说实话，真是挺傲然的。不过人家的确有傲然的资本，举手投足都是让人高攀不上的感觉，就是不知道平常他和盼盼在一起是不是也这样。

"苏先生，你对自己可真不是一般的自信。"

"男人应该对自己有信心。"

"嗯，这话我赞同。苏先生问我有没有喜欢的人，目的是？"

"作为厉承易的朋友，对他的一点小小的关心而已。"

"……"

他不仅自信心爆棚，强势又霸道，还十分直接。不过，这种直接大概可以称为"八卦"了。

苏晋庭说到厉承易的时候，目光始终停留在对面女孩儿的脸上。如果崔惜梦真的表现出什么不一样的情绪，他必定能够捕捉到。但那一瞬间，她的脸色的确很平静，要真说有什么不同的话，她的眼底滑过的情绪应该可以称为"讨厌"。

男人点了一根烟，抽了两口，心中暗叹，这叫什么呢？

大概真的是在河边走多了会湿鞋，女人玩多了，终有一天被女人折腾。

啧，突然觉得还挺有意思的。

苏晋庭不等崔惜梦回答，站起身来，十分绅士："崔小姐，你再坐一会儿吧。今天苏某是唐突了一些，崔小姐不必放在心上。我让用人再给你上一杯咖啡。我进去看看盼盼。"

崔惜梦自然不好多说什么，这会儿她对苏晋庭其实已经很是忌惮。

他是厉承易的朋友，为人狡猾就不用说了，自己完全不是他的对手。他和顾家关系匪浅，情深都喊他一声大哥，再多交谈下去，她怕自己会露底。他说要进去，她简直求之不得。

384

"苏先生不用客气。"

苏晋庭走出餐厅，站在卧室门口的时候，拿出手机给厉承易打了个电话。

手机响了好几声才被接起，估计昨天晚上又去纸醉金迷了，这会儿声音都有些闷。苏晋庭不等那头说话，直接开口："人给你留在我这儿了，你要是想见她，现在过来还来得及。"

劈头盖脸地来这么一句，厉承易一时没有反应过来。

苏晋庭打开房门，美盼正好从洗手间出来。她刚刚觉得身体不太舒服，就洗了个澡，这会儿围着一条浴巾站在衣帽间，踮着湿漉漉的脚尖找衣服。

苏晋庭喉头一动，目光慢慢变得深邃，声音也低沉了不少："崔惜梦在我这里。"

不出两秒，就听到那边一阵不大不小的动静，大概是厉承易起床了。厉承易急急忙忙道："苏晋庭，我也帮过你不少次吧？我昨天晚上研究了一个新菜式，过几天就会推广出去，到时候让你家小祖宗第一个试吃，今天你必须把人给我留住。"

苏晋庭解开了衬衣的扣子，结实的胸口暴露在空气之中，他的注意力已经完全在衣帽间那个妙曼身姿上，漫不经心地接了一句："我家门口有很多记者，你记得走后门，或者和郑元林打个招呼。给你二十分钟，否则留不住别怪我。"

"行，十五分钟我一定到。"

"哦，对了，你瞧上的这个女人，她似乎有喜欢的人。"

"你知道是谁？"

"不是太确定。"

"不确定也告诉我，是谁？他妈的，我倒是要知道知道，哪个男人能比我厉承易更出色！"

苏晋庭嗤笑一声："顾情深那小子，年纪是比你小，不过的确比你出色。"

城市的另一头，因为昨天晚上彻夜在厨房研究新菜式此时还没睡醒的厉大主厨，睡意蒙眬的俊脸上带着几分难以置信。

刚刚他听到的是谁？

顾……顾情深？

美盼已经好几天没见到爸爸了，今天，她得精神奕奕的，不能让爸爸担心。当然，关于苏晋庭的事，她觉得需要和爸爸好好解释一下。

其实在秦家，除了黎展明，其他人她已经不是那么在意了。

人和人的感情，多在相处，而并非血缘。

血缘或许是奇妙的，相处带给人的亲密感却是什么都比不了的。

这两天出了这样的事，她能够想象爷爷和妈妈多么焦头烂额，但他们一次都没给她打过电话，她不想再去想他们了。

但不知道为什么，爸爸迟迟没有出现，她给他打了几十通电话，爸爸的手机一直关机。

这段时间发生了这么多事，黎展明破天荒地没有和她联系，现在手机也关机了。美盼联系不到黎展明，心里有些不安。她本来想联系秦家，后来一想，事情都闹成这样了，估计他也不在秦家。

只是一直联系不到黎展明，让美盼越来越焦躁，过了两天，她还是联系了秦媛。

秦媛得知她是来询问黎展明的去向，冷嘲热讽："你的好爸爸不是要和我离婚了吗，你竟然还来问我？怎么，二十四孝好爸爸也不要你这个女儿了？呵，也不是不可能，说不准他知道自己头顶绿了这么多年呢。"

美盼知道秦媛一张嘴就没一句好听的，她气呼呼地挂了电话，对于秦媛说的最后那句话，丝毫没往心里去。

第二十七章
你颠覆了我的世界

A市。

韦斯利医生将最新的检查报告看了一遍之后，伸手揉了揉眉心，对床上的简姨用一口并不很标准的中文交代："情况目前还算稳定，但是你一定要注意自己的心情，这种时候不要多操心别人的事……嗯，9点过后还有一瓶水，然后就可以休息了。"

简姨笑了笑："辛苦了。"

"这是我的分内事，你休息，我先走了。"

等到医生一走，很快就有护士拿着新的点滴进来。简姨躺在床上，闭着眼睛，那护士为她打完点滴之后，还以为她睡着了，帮她把房间的灯光调暗了一些，轻手轻脚地出去了。

床上紧闭双眼的简姨，却在这个时候缓缓睁开眼睛。

她刚刚做完了一个疗程，所以目前状态还可以，自己的身体，全世界没有人比她更清楚了，医生不过就是靠着那一堆生硬的数据来分析，可她却是能够清清楚楚地感觉到自己的状态是好是坏。

她知道，自己的时间不多了。

这么多年了，一眨眼都这么多年了，她以为自己可以一辈子都这样不去想任何事情地躲着，过完余生，却不想，老天爷还是要让她承担一些她必须承担的责任。

她深吸一口气，拔掉手背上的针头，用手指重重压着静脉处，调整片刻之后，起身，走向洗手间。

"……荣惊，你涉嫌洗黑钱……不，不是涉嫌，现在已经是证据确凿……做了那么多年，虽然你一直都很小心谨慎，这一次你是真栽了，我奉劝你还是老老实实交代吧。有句话是怎么说的——坦白从宽。"

"……你还不承认？呵，找首席律师给你开罪也没有用，我说了，现在，证据确凿。"

"你一定没有想到这些证据最后会落在我们的手上吧？有一句话讲得好，天网恢恢，疏而不漏，你只要犯罪了，那就一定跑不掉！"

"……荣先生，真的很抱歉，我已经尽了全力，可对方掌握的一切，对您的打击太大，现在真的是无力回天……我认识一些上面的人，会尽全力帮您打点一下，争取可以少判几年。"

"对不起，荣先生，这次……真的是对不起……最少判十五年，我已经尽力了……"

……

太久没有做过这个梦了，刚刚开始的那几年，只要一闭上眼睛，耳边就会回响着这些声音，还有那些仿佛要将自己置身黑暗之中的画面。

不管是现在还是以前，他都不能接受自己在监狱里度过那么多年。

简莉瑶……

白色大床上的男人陡然撑开双臂坐起身来，在那一刹那，他同时睁开了眼睛，气息显得有些急促，脸上的表情无比阴暗，丝毫不像一个刚刚从睡梦之中惊醒的人，倒像是在鬼门关转了一圈，重新回来之后，那身上全是来自地狱的一种煞气。

沉寂了几分钟，荣惊从抽屉里拿出一个盒子，里面放着几盒药，他直接抠了一颗，就着口水吞了下去，又坐了会儿，才轻轻伸手压了压胸口处。

以前他身体好，但人到底是肉长的，在监狱里一下子没有适应，双重刺激下，他郁郁寡欢，出来之后，心脏就莫名不好。

如今他已年过半百，身体自然不能和当年比，有时候做个噩梦胸口就疼得厉害。

当然，这所有的一切，都是某个女人赐予他的。

从床上翻身下来，荣惊随手拿起了床尾放着的外套，刚披上，卧室的房门就被人敲响了。

他面色沉寂得可怕，本来五官就很是凌厉，从监狱出来之后，他的个性就越发孤僻，晚上守在他住所的人从来不下五个，这几个人算是他最信任的，但其实他谁都不信。

人都有那种一朝被蛇咬、十年怕井绳的心态，被自己身边的人出卖，那种感觉，对于他这样的人来说，比死都难受。

可他没有死，就这么一直等待着机会，当年他所承受的一切，怎么能不一一还给那个人？

这个时间？

荣惊抬头看了一下墙上挂着的时钟，都已经半夜了，他直接走到房间设置的吧台边上，倒了一杯酒，喝了一口之后，才让人进来。

"对不起，荣爷，打扰您了。"

"什么事？"荣惊的神智已有些清明，这些年来他晚上睡得很浅，噩梦的折磨已经消失了很多年，但是晚上他依旧睡不好，他贴身的几个人也是知道他的习惯的，大半夜的，真是有什么重要的事，都可以来敲门。

"外面来人了。"门口站着的人说。

荣惊晃了晃手中的红酒杯，蹙眉："谁？"

门口的人顿了顿，他一直都是跟着荣惊的，包括他坐牢之前的那段时间。虽然他现在是一个很难让人接近的人，可很多年前，他也的确是轻易地就让一个女人进入了他的世界，最后却是输得惨不忍睹。

这些年来，荣惊可没少在那个女人身上花时间，他倒是没有想到，她之前明明躲得无影无踪，现在竟然主动找上了门。

对方沉默了片刻，荣惊已是不耐烦："问你话，是谁？"

"荣爷，是她，简莉瑶。"

荣惊食指不着痕迹地颤了颤，仿佛是意料之外——竟会是现在，可又是意料之中——她终于还是会来。

当然会来！自从确定了美盼和自己的关系之后，他就一直在琢磨，就这样一个狠心的女人，对自己狠心，对亲生骨肉狠心，他轻易要了她的命都显得便宜她了，不是吗？

所以这几年来他一直都没有太大的举动，也没有想过直接和美盼公开关系，毕竟她的名字上还挂着一个"秦"的姓氏。

荣惊这人做事向来谨慎稳重，简莉瑶是他人生之中最大的意外和败笔。

他当然不会再在女人的身上碰壁，如今拥有了这个位子，他什么人都不想公然得罪，更别说是秦家这样一个在C市有着很大影响力的企业。

当然，隐忍只是为了更好地赢。

现在，他知道，自己已经站在了赢的一面。

男人缓缓收回自己的手指，唇角一勾，片刻之后才开口："我现在需要休息。"

门口的人丝毫不意外荣惊对简莉瑶的为难，领命，带上了房门，离开。

房门关上的一刹那，荣惊脸上的表情又是风起云涌，他索性拿过对面柜子上的红酒，又倒满，喝了两口，那颗已经死寂了二十几年的心脏，竟又开始跳着一种他好似熟悉又好似陌生的节奏。

楼下，简姨站在客厅之中，环顾四周的布局，从最初过来的时候那种如同赴死一样的心情，变成了现在的复杂。

当年她在他身边的时候，他的住所就是这样的摆设，这么多年过去了，任何东西都会有所改变，当然也包括这里。此刻自己目力所及的装饰品，大概就是这个社会在进步、时代在改变的最好证明。可是改变的只是外貌，那种熟悉的感觉依旧是扑面而来，只是她认为，所有的一切，也不过就是物是人非。

听到楼梯口的脚步声，简姨抬起头来，发现是一直跟在荣惊身边的一个心腹。

今天她出来的时候特地化了个妆，盖住了她那病恹恹的脸色，所以她现在的气色看上去哪怕不是那么好，却还是衬出一种带着病态的韵味儿。

她年轻的时候就是一个美人，要不然当年荣先生何必对她这样一个来路不明的女人倾心？结果搞得自己差点儿把命都给丢了。

这一晃都二十几年了，她老是老了，却还是有着可以让人多看几眼的魅力。

没想到，简莉瑶却是一下子叫出了他的名字："小郭，不好意思，这么晚了还打扰你们，荣先生肯见我吗？"

那叫小郭的中年男人比简莉瑶稍显年轻，脸上有几分惊讶之色，不过这种时候，他的心自然是向着荣惊的，哪会因为简莉瑶喊出了他的名字，就一下子心软了，想想她以前把荣爷害成什么样了！

"简……"小郭收敛了一下情绪，想习惯性地喊她一声"简小姐"，却又觉得不合适，索性直接就说，"荣爷说他现在需要休息，没时间见你。"

"好，我会等他有时间见我，客厅方便让我坐一下吗？"

小郭有一种伸手难打笑脸人的感觉，大老爷们儿自然也是大老粗，一时被简姨的笑容迷惑得半天没有反应过来。其实当初她刚刚来到荣爷身边的时候，那时候兄弟几个都在私底下夸她好看，他们不是没有见过女人，不过这女人身上的味道是别人没有的。

"……随……随便你。"反正荣爷也没有说让她走，再说了，荣爷找了她那么多年，既然她自己送上门来了，能不为难一下？

她爱等不等！

简姨还真是等了下来。她是从A市的医院直接出来的，到了C市的时候已经是半夜2点。当然，要找到荣惊在哪里一点儿都不难，因为他一直在等着自己上门主动找他，所以3点的时候，她到了荣惊所在的地方，然后就一直坐在沙发上等着，一直等到了早上7点。

她本是一个刚刚做了化疗的病人，身体的虚弱程度可想而知，这么干坐着几个小时，正常人都会觉得累，何况还是她这个年纪，又处于癌症晚期的病人。

等到荣惊下来的时候，沙发上的简姨已经是摇摇欲坠，脸色格外苍白，不过因为后半夜这里的人都去休息了，所以谁都没有发现。

荣惊下来的时候就看到她坐在沙发上，那个背影依旧是那么熟悉。一晃那么多年，他不记得自己这么多年来做的多少个梦里面都有她的影子，可却不是那些良辰美景，而是她对自己欺骗和背叛的深深痛楚。

想了那么多年，此刻她真的坐在了自己的面前！

他的眸光渐渐暗沉下来，伸手的时候，竟发现自己的十指在颤抖。

他寻觅那么多年，真的得到了自己想要的，为什么却没有痛快淋漓的感觉？

他这是怎么了？

荣惊蹙眉，这种不同寻常的反应让他非常反感，他深吸了一口气，迈开脚。

沙发上的人就在这个时候忽然动了动身体，缓缓站起身来。

简姨是听到了身后的脚步声。

整整一晚上她都紧绷着神经，那种身体的不舒服，让她全身有一种灼烧的感觉，似是疼痛麻木，又似是让人十分地清醒，所以这会儿稍有动静，她很快就听到了。

她撑着一口气起身，转过身去，见到了那个从楼梯口下来的男人。

两人的眼神在相触的那一刻都有片刻的怔忪，彼此的眼底闪烁着多少的情绪起伏，又被压下去多少，大概只有自己心里最清楚。可简莉瑶知道，她自己的情绪波动比他来得还要多。荣惊向来是一个非常内敛的人，因为太能隐忍，所以身边的人也未必知道他到底在想什么。

当年在他的身边，她就总是在想，他对自己到底是一种怎么样的感觉？

好像是挺纵容她的，可却从来不会给她太过温暖的表情，有时候因为她身负使命，总是希望他可以对自己放松戒心，但他好像始终都不曾真的敞开过心扉，导致那时候她迟迟不敢下手。本来的计划是一年，但她最后在他身边待了足足三年，这额外的两年时间，让很多事都脱离了轨道。

人心都是肉长的，习惯，会变得很可怕，人和人之间，可以从第一眼的厌恶，第二眼的排斥，转变成慢慢相处之中的可以接受，到最后就成了依赖和眷恋。

简姨神色恍惚的时候，荣惊已经从楼梯口下来，这个时候她才发现，他脸上竟有一道疤，她心头一跳，似乎想到了什么。

难道是那天晚上……可那天晚上的人……她明明记得是黎展明……受伤的，也不可能是他啊……

"我当是谁呢……"

静默的空间里，简姨还没有彻底从当年那件事情之中回过神来，荣惊忽然出声，打破了这个略显尴尬又好像让人无法喘息的诡异氛围，他语气染着的那种讥讽，她竟还觉得熟悉："躲了那么多年，现在倒是敢来找我了？"

到了这个时候，简莉瑶反倒放松下来。

也许过来之前需要做很久的挣扎，过来的时候，她的心情也是忐忑的——当年是她亲手将他送进监狱的，他现在见到自己，一定是恨不得将她抽筋剥皮。

等待的过程才是最煎熬的，只是所有的感情在时间的推动下，都会变得麻木。

她现在反倒是没有那种忐忑不安的心情了，也不过就是这么一条命，还是一条时日无多的命。

"荣先生。"

简莉瑶出声，女人的声音因为年纪的关系稍稍显得有些粗哑，可荣惊看着她嘴角缓缓勾起的弧度，却是忍不住眯起了眸子。

她说："我知道你就是在等着这么一天，这场战役我打得太累，所以现在，我是来向你认输的……我知道当年的事你是不可能释怀的，这些年来我躲着你，你心里更是痛恨。现在我就在你的面前，要杀要剐，悉听尊便，只是希望你手下留情……你知道的，盼盼，她是无辜的。"

荣惊眼角重重一跳，简莉瑶的几句话显然一下子戳中了他最不能接受的底线，他眼底几乎是毁天灭地一样的阴鸷，不过片刻后却又收敛了，最后他只是冷笑一声，反问："她无辜？有多无辜？"

"……你已经知道了，不是吗？他到底是你的女儿，你放任不管就好，不要再找她了。"

"简莉瑶，你真是我见过的最自私的女人！"不知什么时候，荣惊已经站在了她的面前，咬牙切齿地吐出这句话的时候，他手臂一伸，难以控制的怒火让他一下子掐住了简莉瑶的颈项。

他眼中翻滚着的情绪全都是暴戾肃杀："你想死是不是？你别以为我不会把你怎么样。你不是挺会找人的吗？找了一个苏晋庭来给你挡枪子？我倒要看他有几条命……"

"不，你不要牵扯到任何人，你只是恨我不是吗？"

"我是恨你。"

"那你冲我来……"

他的力道很大，到底是个男人，哪怕是已经老了，但依旧是身强力壮得很。简莉瑶的身体本来就虚弱，被他这么一弄，一时间呼吸困难，脸色越发苍白。本来她极少化妆，这次为了掩盖自己的病态，化了点儿淡妆，可折腾了一晚上，脸上的皮肤就显得很差，状态更差。

荣惊掐着她的脖子，感觉到她呼吸都快没有了，仿佛手中真的捏着一只蚂蚁，随时都可以将她置于死地。

时隔二十一年，她为什么突然出现在自己的面前？

他紧紧抿着唇，好像自己一用力，她就会像一缕风一样，从自己的指缝之中消失不见……

他手指微动，忽然松开了她。

简莉瑶整个身体踉跄了几步，跌在了一旁的沙发上，脸色已十分地勉强，一手压着自己的小腹，一手抚着自己的胃部。疼痛，突如其来，让她连呼吸都困难，声音几近微弱……

"……我知道，对你而言，我对不起你……可盼盼……我瞒不住你，也没有准备瞒你，我知道只要你有心，总有一天会知道的……她的确是你的女儿，所以就算是我求你了，所有的一切都是我一个人造成的，你怎么样我都会受着，你不要为难盼盼，她已经很不容易……"

"她是不容易。"荣惊逼近一步，居高临下地俯视着奄奄一息的女人，言辞更是咄咄逼人，"难道不是你这个当妈的狠心？你有资格来和我说这样的话？"

"……我知道，我对不起她。"因为当年，她别无选择。

"那你没有觉得对不起我吗？"

简莉瑶垂下眼帘，半晌，她才缓缓道："……荣惊，你当年确实犯法了，我当年是个警察，我知道背叛你，你会恨我，但是站在我的立场，我不可能知法犯法。所以我不觉得有对不起你的地方，还有……其实对于你而言，我已经遭到了报应……"

她又抬起头来，一字一顿："我胃癌复发，活不过今年，你打算如何折磨我以泄你心头之恨？请趁早。"

荣惊瞳仁陡然一缩："……你说什么？"

那个女人竟是凄惨一笑，仿佛下一秒就会彻底从自己的眼前消失，任凭他再反反复复等第二个二十一年，她也不会回来了……

她说："我要死了，我要死了啊。"

荣慎宇来到荣惊住处的时候，还不到上午9点。

他以前每天都会过来这边，或者是陪荣惊下下棋，有什么事，荣惊本人也很少出面，都是他领命办事。他已经三天没有过来，荣慎宇心里倒是明白这和谁有关系。不过荣惊做事太过小心谨慎，到现在为止，他还不能肯定简莉瑶是不是真的在他身边。

没有十足的证据他当然不敢贸然行动，不过今天他人过来了，却不料被荣惊身边的贴身保镖给拦了下来。

荣慎宇这人在荣惊身边太多年，当年是因为走投无路，最后跟了荣惊，之后又改姓，成了他名义上的儿子。这些年来，他看似尽心尽力地给荣惊办事，可荣惊是谁？什么样的人没有碰到过，也许一个简莉瑶让他碰了壁，但世界上只有一个简莉瑶。

荣惊其实并不太相信荣慎宇，不过像今天这样直接被拦在门外的情况，荣慎宇倒也是第一次经历。

荣慎宇知道，自己面前站着的这个男人叫李斛，他在荣惊身边的时间可比自己要久，荣惊很是信任他，当然了，他也是荣惊的左右手，很忠心。

"荣少，今天荣爷说了，谁都不见。"

"李叔。"荣慎宇对荣惊身边的人都挺客气的，"我好几天没见父亲了，而且我有点儿事要亲自和他交代一下，他是有事出门了，还是……"

"荣爷说了，最近都不方便见人。"李斛面不改色，丝毫不会因为自己喊了对方一声少爷，就真的把对方当成少爷看。荣惊身边的人都是如此，荣慎宇这些年来，喊着一声父亲，但谁都知道，他不是他真正的父亲。

"李叔，父亲他出了什么事吗？"荣慎宇试探性地问了一句。

李斛看了他一眼，眉峰稍稍动了动："荣少，您应该知道，荣爷他要是不愿意说的事，不喜欢别人在他背后嚼舌根。我是荣爷身边的人，荣爷没有吩咐我，我就什么都不知道。"

荣慎宇那算得上是外貌上等的男性五官，表情纹丝不动，那眼底却是渐渐凝聚着狂风骤雨。只是李斛也不是那种会忌惮他的人，两人僵持几秒过后，荣慎宇的手机铃声正好响起来，他接起电话的同时，朝着李斛稍一颔首，礼貌客套做得非常到位，转身走远了一些，他才喂了一声："说，什么事？"

那边的人马上就说："荣先生，有黎展明的消息。"

荣慎宇拉开车门，听到这句话的时候，侧目看了一眼依旧站在门口一动不动的李斛，当下薄唇浅浅一勾，眸光冷然，不由吐出三个字："看门狗。"

手机那边的人还不知道是什么情况，听到荣慎宇骂了一句"看门狗"，吓得差点儿把手机给弄丢，大气都不敢喘："……荣……荣先生，我们找到了黎展明之后，第一时间通知您了，只是目前的情况……"

"黎展明在哪儿？"荣慎宇坐进车厢，不着急开车，点了一根烟，夹在指间。

对方顿了顿，然后才回答："我们找到了黎展明失踪之前穿的鞋子，还有他之前提在手中的包。他失踪已经快七天了，因为他的鞋子和手袋都是在海边找到的，所以我们怀疑，他应该是失足坠海。"

荣慎宇皱着眉头，仿佛是在听一件无关痛痒的事。在他的观念中，黎展明是生是死，的确是事不关己，毕竟那人和自己没有任何的关系，冷血无情的人总是不能够想到，当初黎展明是被他的人拐骗着带走的。他不耐烦地哼了一声："人呢？死还是活？"

"……应该是死了。"对方的言辞有些犹豫。

"应该？"

"荣先生，我们从海里捞起来一个人，因为被海水浸泡的时间太长，全身都腐烂了，面目也不能一下子分辨出来……这边的环境很恶劣，之前污染特别严重，如果黎展明真的是在失踪那天就已经坠海，那么很有可能，他就是被捞上来的这个尸体。"对方权衡了一下，为了增加说服力，又说，"荣先生，这边很少有人过来，主要是这里不是很太平，种种迹象都表明，这人极有可能就是黎展明。"

荣慎宇沉吟片刻之后吩咐："再去确定，我要百分百的保证，懂吗？"

"是。"

挂了电话，他还是坐在车子里，淡定自若地抽烟，又看了一眼那扇紧闭着的大门，嘴角缓缓勾起一抹讥讽的笑。

为了一个女人，一个个的，都是为了女人。

呵，真是无趣。

美盼昏昏沉沉地睡了不知道多久，醒来的时候发现已经是下午了，她神智还有些不够清明，睡意蒙眬地拿过手机，看了一眼，发现是周五，又想了想自己的课程表，这才稍稍松了一口气。

她之前都缺了好几节课了，这段时间事情太多，以前她去学校可是很勤快的。

她下床的时候，发现自己脚上连袜子都穿好了，昨天睡觉的时候，她记得是没有穿袜子的，看来是苏晋庭给她穿的。美盼穿上拖鞋，进了洗手间，洗漱完之后，走到客厅就见到苏晋庭坐在沙发上，面前有一个烟灰缸，还是之前郑元林特地拿过来的，大概就是为了让他抽烟用的，这会儿里面竟然丢满了烟蒂。

美盼伸手拍了拍脸，上前，走近了才发现他似乎没有休息好："你怎么了？"

昨天晚上她睡之前他还好好的，这会儿见他倒是心事重重的样子。

苏晋庭还真是有些心神恍惚，这会儿才发现美盼已经起来了，他对着她招了招手："过来。"

美盼乖乖地走过去，被他拉着，坐在了他的腿上，她扭了两下。苏晋庭抓着她的小手，往自己的太阳穴上按了按，因为抽烟太多，嗓音难免喑哑："帮我按按，头疼。"

美盼见他脸色真不好，有些心疼，柔软的指腹稍稍用力地摁下去，苏晋庭的眉目就缓缓舒展开来。见他这样，她心里有一种小小的骄傲，感觉自己的力度起了作用，不禁又稍稍加重了一些力道，一边摁着一边问他："你是不是有什么心事？能和我说吗？"

不知是不是自己敏感，美盼就是觉得他好像藏着太多的事，但又难以启齿。美盼能够感觉到他特别保护自己，可她也不是什么陶瓷娃娃，如果所有的一切都和自己有关的话，为什么不尝试着说出来？

她不知道那所谓的可怕到底是有多可怕，但这个世界上哪有什么不透风的墙？

"有没有和你爸爸联系上？"苏晋庭忽然问。

美盼压着他太阳穴的动作一顿，有些失落，还有些担心："没有，不知道为什么突然就失去了消息。"其实也就是两三天的时间，但她心里就是有些不安，她又想到了什么，说："我今天还有点儿事，下午要出去一趟。"

"什么事？"

"之前在学校参加了《途中人》举办的摄影比赛，我得了一等奖，说是可以签合约，在那边上班。"

苏晋庭蹙眉，反手抓着她的手腕："《途中人》？"

"嗯。"美盼还以为他也知道，笑吟吟地道，"挺有名的一个杂志社，没准以后我可以在那边成为一个正式的摄影师。"

"之前怎么都没有听你说起过？"

其实他还真是没听说过什么《途中人》杂志，但是美盼突然提到这件事，苏晋庭还是稍稍留了点儿心，只不过此刻他并没有多说什么，顿了顿，说："这几天去学校请几天假，至于那个杂志社，晚点儿再去，我想带你去个地方。"

"去看看我的亲人。"苏晋庭的薄唇移到了她的鼻尖上，"我的宝宝已经接受我了是不是？所以哪能让你就这么跟着我，怎么着也应该让你见见我的父母。"

如果你碰到了一个优秀到能让八成女性都为之心动的男人，堂堂正正地告诉你，你既然接受了我，就应该去见见我的家长，你会不会感动？

还管什么工作还是学校的，美盼连学校都没有去，直接打了个电话请了一周假。

以前她觉得苏晋庭这人……轻浮放荡，现在，她好像才看到，他对自己而言，根本就不存在所谓的轻浮放荡，她现在感受到的，都是他的真诚。

美盼根本就不知道苏晋庭的父母在哪儿，一直都在问，苏晋庭却始终都笑着说："到了不就知道？"

她不知道苏晋庭要带自己去哪儿，不过出门之前，她换鞋子的时候，男人却给她挑了一双运动鞋。

"我要穿这个，我怕脚冷。"美盼指了指边上的那双黑色雪地靴，"我就喜欢穿这个。"

苏晋庭说："走得多了，会不方便，这个鞋子比较方便一点儿，要是一直在运动的话，当然也不会觉得脚冷。"

他蹲下身来，把鞋子的鞋带给解开了，直接放在美盼的面前，手指轻轻弹了弹她的脚踝处："来，穿上。"

美盼低头看着那颗黑乎乎的头颅，想到苏晋庭这会儿竟然纡尊降贵地蹲在她的身边为她穿鞋子，心里就美滋滋的。女人这种虚荣的动物啊，真是最经受不起这样的诱惑。她动了动脚趾，终于还是乖乖地伸出脚来，套上之后，苏晋庭还耐心地帮她系好了鞋带。

进了电梯，美盼拉了拉男人的衣角："去哪儿啊？可以先告诉我吗？"

"不是很远，也不是太近，就是想带你出去走走，东西都带齐了吗？"美盼掂了掂手袋，刚刚出门的时候，她带了好几包卫生棉。

"带齐了，要过夜？"

"嗯，带你到处看看。"

"哦。"

出了电梯，美盼还是没有忍住，又问："那到底是去哪儿啊？"

苏晋庭瞧她那一脸好奇宝宝的样子，忍不住笑了："放心，不管你有多值钱，我都舍不得把你卖掉。你的腿还疼吗？"

"不疼了。"

"嗯。"他发动引擎，一边开车，一边拨了司机的号码，又对美盼解释，"这几天一直都在来回奔波，这段路程我要是自己开的话，就是疲劳驾驶了，我自己倒是不怕，就是担心会连累你，所以我开到高速路口，让司机在那边等着。"

美盼对于他的这种安排没有任何的异议，苏晋庭把车子开出了停车场的时候，坐在副驾驶位子上的美盼侧脸看着男人开车的样子。刚刚出门之前他洗了个澡，换了套衣服，本来冬天他就穿得不多，这会儿也就一件浅蓝色的针织衫，下面是一条白色的裤子，男人的腿好长，所以任何的裤子穿在这男人的腿上都只能到脚踝，但就是这种感觉，却有着一种说不出来的迷人味道。

少了平常西装革履给人的那种沉稳之中带着几分压迫的气场，多的那种感觉，就是游走在沉稳和阳光朝气之间的那种韵味儿。

今天阳光很好，苏晋庭开了空调，美盼很快就觉得暖暖的，她也顺手脱掉了外套，结果男人就伸手过来，直接扯过她的外套，盖在她的小腹上。

"这里不是应该保暖吗？"

美盼一愣，反应过来他是说自己肚子不舒服，她心里甜滋滋的，其实他真的很细心。

"苏……苏。"美盼心神一晃，忽而开口。

苏晋庭一时没有听清楚，侧目看向她："什么？"

"喊你苏苏好不好？"

苏晋庭："……"

"之前有一部很火的电视剧，那个男主角就是姓苏的，女主角就喊他苏苏，我觉得很好听啊。你看多有缘分，我也可以喊你苏苏，你不是一直嫌我喊你名字不好吗？"

前面路口需要转弯，男人打了转向灯，一并控制着方向盘："那男女主角最后在一起没有？"

美盼叹息了一声，其实当初她还真是挺喜欢看《古剑奇谭》的，不过结局就是不太如意："没有，男主角好像死了。"

苏晋庭这才蹙眉："那就别效仿人家了。"

"为什么？"

"我们肯定是要喜剧收尾的。"他很笃定地说。

美盼忍不住抿着唇咯咯笑出声来："哪有你这样的逻辑，难不成全天下喊苏苏的人，就因为那部电视剧，都要遭殃吗？"

苏晋庭却是一本正经："我不喜欢有任何不好的结局和我们联系起来。"

美盼扁了扁嘴角，嘀咕了两句："要是别人听到你苏晋庭说这样的话，肯定会以为你这个人很迷信。"

苏晋庭只是笑了笑，正好司机的电话打来，他没有再继续这个话题，接通了电话。司机告诉他，人已经等在高速路口了。苏晋庭挂了电话之后，美盼忽然又问："对了，你之前和我说过你的公司在美国，可我看你一直在这边，公司那边没问题吗？"

她记得，苏晋庭说过几次，虽然他这几年一直在A市发展，但公司总部在美国。

苏晋庭平常是不太和美盼聊自己的工作的，毕竟她也不懂，不过她既然问了，他自然也会说，毕竟这都不是能够隐瞒的事。他简单组织了一下语言，前面正好红灯，男人顺势踩下刹车，侧过脸颊，看着美盼，轻声说："以后应该都不会再去那边，我拥有那个公司大部分的股权，我决定都出售了，现在应该可以卖到一个最好的价位，公司的前景很不错。"

美盼啊了一声，显然非常意外："……你……你是说你不干了？不对……也不能这么形容，就是说，你准备拱手让人吗？那不是……你自己的公司吗？"

苏晋庭笑了笑："谈不上自己的公司，一个大型的企业，有很多千丝万缕的关系……我不可能长期都不在那边，何况我有其他的打算。"

他说到这里顿了顿，手指轻柔地拂过美盼耳边的碎发，眸光柔软又深切："宝宝，我就是想留在你的身边，只是暂时你男人可能要成为无业游民，你还要我吗？"

美盼脸庞一红，工作上的事她可能不太清楚，但是苏晋庭这样的人，她要他，又不是因为他的工作。

可转念一想，是不是男人在这方面都比较在意呢？

以前总会听小优讲起她的一个哥哥和嫂嫂的事，据说她的哥哥因为没有工作在家里毫无地位，还每天都被妻子数落的，再一想自己身边的事，比如说爸爸……他也是没有自己的事业，这一辈子都被秦家的人看不起。

所以……苏晋庭是在担心，自己会看不起他吗？

也对，他这样一个一贯都是高高在上的男人，习惯了别人对他的奉承和听命，自然是承受不起这样大的悬殊的，可能一时，心里的确是会有些不安吧。但是他为什么好好地要放弃美国那边的事业？

为了她吗？

想到这个，美盼还是会忍不住心跳加快，当然，她现在也想不到别的原因，于是一把拉住了苏晋庭的手腕，非常认真地表示："我当然会要你。"

苏晋庭眼角轻轻一挑，美盼还怕自己表达得不够清楚，又说："苏晋庭，不管你变成什么样子，我都要你，所以你不要担心，你肯定不会一无所有的，从现在开始，我会把我银行卡里的钱都取出来，我……"

"想什么呢？"苏晋庭屈指弹了弹虽然是在胡言乱语、可每一个字都让他觉得甜的小丫头的脑袋，轻笑，"我是你的男人，我会需要你的钱？别这样想我。宝宝，你可以把我想象得再厉害一些……当然，你一辈子都不用担心物质上的问题。秦家能够给你的，我同样可以给你，秦家不能给你的，我也可以给你。"

美盼听得一愣一愣的，说实话，苏晋庭讲这话时，眉宇间全都是那种成功男人会有的意气风发，要是换作别人，这样的姿态，大概只会让人觉得显摆，可在他的身上恰到好处，因为他天生就是这样的人，他完全有驾驭这一切的资本。

以前总觉得"情人眼里出西施"这话有些不太靠谱。

现在想想，倒是真的。

她看着苏晋庭，冬日清晨的阳光透过挡风玻璃洒进来，落在了男人的五官上，影影绰绰，像是透着一种让人向往的光，金灿灿的，又十分柔软，而他弯唇浅笑的样子更是让人神醉。

他长得真好看。

车子到了高速路口的时候，司机果然已经等候多时。

苏晋庭拉着美盼下了车，坐在后车座上。司机上车之后就问："苏先生，去哪儿？"

苏晋庭指了指导航："已经给你输好了地址，可以开得慢一些，我们有的是时间。"

司机看了一眼，路程还不近，全神贯注地开始上高速。

"盼盼，把你的手机给我。"

美盼唔了一声，还以为他要用，很自然地给了他，谁知道苏晋庭接过之后却是直接关机，连带着他自己的那个手机也一并关机。

美盼有些诧异："关机做什么？万一有事……"

"把这几天的时间都给我，宝贝儿，我不想让任何人打扰到我们，嗯？没什么太重要的事，能交代的我都交代了元林，你也就是上课那点儿事。"

美盼想了想，还是问了一句："那万一我爸爸有消息了呢？我一直都联系不上他，他去了哪儿？"

突然提到了黎展明，苏晋庭的脸色瞬间僵硬下来，不过男人向来都能够藏得住心事，也不过就是一瞬间，等到美盼看着他的时候，他已神色如常，轻轻揉了揉她的发顶："放心，不会有事的。我也会让人去找的。"

美盼听苏晋庭这么一说，心里还是担忧的，毕竟黎展明已经失联很多天，可现在苏晋庭都这么说了，她也不知道自己还能说什么。

担心肯定是有的，不过想想，她又觉得，可能爸爸真的是需要清净。毕竟他在秦家的这么多年里，始终都被一个身份压得喘不过气来，他的那些不甘，美盼觉得自己可以体会。

"……他应该是安全的吧？"片刻的静默之后，美盼还是问了一句，"也不知道为什么，我最近心里总是有些不安，总觉得会发生什么事。"

苏晋庭转头看着车窗外飞逝的景物，车子在高速公路上飞快地行驶着，刚刚关了机的手机还在他的掌心之中，他不由捏紧了，耳边不禁响起了之前接到的那个电话——

"……苏总，我们找到黎展明了。"

"在哪儿？"

"……现在我们初步断定，他应该是失足坠海，因为这段时间一直都找不到他，目前找到了和他体型非常相似的男性尸体，捞上来的时候，因为被有毒的海水浸泡太久，面目全非，不能断定是不是黎展明，我们正在进一步确认。"

"需要多长时间能够确定？"

"这边很多资源都是缺乏的，而且现在最重要的是当初带黎展明来的那个人已经找不到人影了，我们是担心有人从中作梗。"

　　"不管用什么方法，用最快的速度确定一下。"

　　"苏先生，给我们一个礼拜的时间，我一定尽快把死者的身份确定了。"

　　"不会。"苏晋庭那深邃的眸子里翻滚着的情绪在转过脸来的一瞬间完全收敛起来，手机在男人修长的手指间转了一圈，被他顺势放进了衣服口袋里。他笑了笑，"都是成年人了，以为还是小孩子吗？可能就是想出去散散心。"

　　美盼点了点头。苏晋庭见她眉宇间还带着几分担忧，顺势就扯开了话题："累不累？等到了之后，车子开不进去，还需要走一段路，先休息一下。"

　　女孩儿来了例假的时候总是会比较困乏，加上昨天晚上她休息的时间也不算很充足，苏晋庭伸手将她搂在了怀里。美盼在车子稳稳的前进之中，慢慢就闭上了眼睛。

　　苏晋庭感觉到她的气息渐渐平稳，知道她是睡着了，搭在她肩上的手指轻轻动了动，不曾在她面前展现过的担忧流露了出来，可看着她的时候，那种深切的眸光还是霸道强势，最后又渐渐融在了复杂难辨的情绪之中。

　　他紧了紧她的肩，熟睡之中的美盼觉得有些不舒服，哼哼两声，侧过身，整个人都趴在了他的怀里。苏晋庭见她在睡梦之中如此依赖自己的样子，心头那烦躁的感觉似乎也消弭了大半。

　　拥有着你的那种感觉是如此美好，让我如何放得开手？

　　美盼，不要怪我总是瞒着你太多的事，我只是希望在我力所能及的范围之内，让你受到的伤害减到最小。

　　所以不管发生什么样的事，这辈子，我都不可能对你放手！

　　他俯身，唇在她的额头轻轻贴了贴，那样虔诚的一个吻，不同于以往任何的缠绵，不带一丝一毫的情欲，可却是透着前所未有的坚定——要将她一直一直留在自己身边的坚定。

　　荣惊独自对着一盘棋，局面已经陷入了死局，他手中捏着一颗子，迟迟不能下手。

　　他的心思似乎并不在棋盘上，也不知过了多久，有人敲门进来，荣惊手指轻抚了一下棋子，然后才丢在了一旁，看向来人："怎么了？"

　　来人颔首："荣爷，医生过来了。"

　　荣惊点了点头，起身的时候，不知是因为衣服的一角勾住了棋盘，还是因为他魂不守舍，不小心撞在了棋盘上。

　　只听哗啦一声，整盘棋子都撒在了地板上，噼里啪啦的声音让荣惊不禁蹙起了眉峰，分明也不算是多大的声响，却让他觉得格外心烦意乱。

　　进来的人当然知道，最近荣惊的脾气简直阴晴不定到了极点，原因是什么，他贴身的那几个手下都是心知肚明的。

　　以前的荣惊好像还有人生的目标，可现在，那个目标却已经要彻彻底底地离开他，不管他做多少努力，花多少心思，都不可能再有回旋的余地。这样的感觉才是最糟糕的，好像他的人生突然失去了重心。

……

"荣爷。"

那人上前，想要说点儿什么，荣惊却摆摆手："让人来收拾一下。"

对方点头，等到荣惊走了之后，才蹲下身来，把地板上面的棋子一颗一颗捡起来。

其实这几天简莉瑶的情况还算是稳定，荣惊找了这方面最权威的医生过来，只是他也不过就是一个凡人，可悲的凡人，哪有力量去和死亡抗衡？

医生见到荣惊，恭敬地打个招呼之后，还是那几句话，最后加了一句："……她的时间不多了，其实我的意思就是，勉强这样下去，她会更痛苦，可以让她在剩下的时间里做点儿她最想做的事。"

荣惊看了医生两眼，那种眼神让人心生寒意，那医生还以为自己说错话了，连忙低头，好半晌过后才听到荣惊问："什么事是她最想做的？"

医生一愣："……这个……得问问病人。"

"你走吧。"

等到医生走了之后，荣惊在门口站了好一会儿，浮躁的情绪依旧难以平复，他反反复复地深呼吸，却始终都压抑不了，最后直接推门进去，正好看到简莉瑶撑着一只手，另一只手在吃力地够着床头柜上的水杯，估计是想喝水。

听到开门的声音，她动作一僵，没撑住，整个人往床铺上跌了一下，一时更是气喘吁吁。

荣惊见状，心里五味杂陈，什么样的滋味儿都有，可他的肢体动作还是比心里的想法要来得更快——他迈开脚步朝着那边走去，直接给她倒了一杯水，送到她的嘴边。

简莉瑶看了两眼，然后才接过，喝了两口，忽然笑了一声："我真是没有想到，原来我简莉瑶躲了那么多年，死之前，还是要在你的身边。"

荣惊居高临下地看着那个坐在床上、脸上满是绝望之色的女人，不由捏紧了拳头："你认为我拿你没有办法了？"

"你不需要再找医生给我看病。"简莉瑶低声说，"我知道自己的身体情况。"

"不找医生给你看？"荣惊嗤笑了一声，身体陡然上前，屈膝跪在了床沿儿边上，他伸手，恼怒地掐住了简莉瑶的肩膀，声音带着浓浓的恨意和无奈，"你想这样一死了之是吗？那你欠我的呢？你打算怎么偿还？"

"我的命。"

"笑话！你这样一条贱命，你认为我会稀罕？"

"人之将死，其言也善。"简莉瑶摇了摇头，对荣惊的嗤之以鼻她没有多少情绪，只轻声说，"我知道，可能你现在做事也是越来越小心了，再也不会有人能够抓住你的把柄，但你也是为自己的行为付出过代价的人。我不知道你什么时候知道盼盼是你的女儿的，但是到现在为止，她都是安全的。我就知道，你不是丧心病狂的人……虎毒不食子，我不求你别的，我只是希望你可以继续这样，继续这样无视所有的一切，让盼盼好好走完这一辈子……"

"简莉瑶！"荣惊低吼了一声，怒火和不甘全都写在那张饱经沧桑的脸上，他狠狠地瞪着她，"你真是个自私的女人！既然这样，你当年为什么要生下盼盼？你为什么要生下她？你生下了她到底算是怎么回事？你以为现在你死了就可以一了百了？这个世界上你真以为有什么不透风的墙吗？你死了，你如何和你自己生的女儿交代这所有的一切？既然你决定不和她相认，你为什么要让苏晋庭去秦家？"

"晋庭要去秦家不是我能阻拦的。"

"可你也推波助澜了。"

简莉瑶点头："是我太自私了，渴望让自己身边最相信的人去接近自己的女儿，我想知道她到底好不好，想知道，她到底缺了什么，也想知道，秦家的人对她好不好。我不甘心只在冰冷的相片之中看到她的容貌，我为了能够见她一面，大费周章……是的，我就是这样自私的一个女人，所以我现在遭到了报应，我活该……"

她的眼泪掉下来，大大一颗，狠狠砸在荣惊的手背上。这个坚硬如铁一样的男人，从来都不知道，原来一个女人的眼泪竟真的是比硫酸还要厉害，能够腐蚀人的皮肤，再慢慢渗透到心里，那种滋味儿，大概是真的比死都要难受。

荣惊忽然就觉得没有任何的意思。

他颓然松开了掐着她肩膀的手，倒退两步之后，问了一句："你为什么要生下她？"

当年处心积虑接近我的人，恨不得让我毁灭的人，为什么还要生下我的女儿？

知道这些年我有多么痛苦吗？

从知道她是我的女儿开始，我也是远远望着，不断地提醒着自己，这个女儿是我的耻辱，却还是在心底深处渴望着，是不是你生下她，也是因为你对我有不一样的感觉？

不去接近她，只是为了克制着这样的冲动，我想要一直都痛恨你，连同痛恨着你生下的女儿，哪怕她的身体里流着的血是属于我的，我还是要告诉自己，有一半，也是你的，只要是和你有关的，我都想要毁灭。

……

简莉瑶的眼泪更多了，是啊，为什么要生下盼盼？

因为舍不得。

那是唯一和他有联系的人，哪怕是想尽办法，哪怕是伤害了善良的人，她也想要留住，让她好好地，延续着他的生命。

美盼是被苏晋庭叫醒的。

其实她中途醒过一次，但当时还没有到，她就又昏昏沉沉地睡了，好像是在车子里面摇摇晃晃地睡了几个小时，觉得一下子把这几天的睡眠都给补了回来。

因为车厢的空调很暖，她的脸蛋儿红红的，像是一个苹果。

苏晋庭用指腹弹了弹她圆滚滚的脸蛋儿，笑了笑："脸上可以再长点儿肉，会让人想要一口咬掉。"

美盼刚刚醒来，脑袋还有些胀痛，苏晋庭这话一说，她往男人的胸口处捶了两下，一副睡眼惺忪的模样，说话也有些慵懒："到了吗？"

"到了。"

苏晋庭拿过她的外套，让她穿上，又吩咐司机："你在这里等着。"

出了车子，美盼才发现是在山区，因为是下午，阳光明显弱了不少。她突然从温暖的车子里面出来，此刻觉得冷，忍不住打了个冷战。苏晋庭见她脸上的红晕渐渐消弭，问她："冷？"

"有点儿。"

"我的外套给你。"

"不用了，走起来就不冷了，你自己穿着。"他今天穿的是黑色的羽绒服，搭配着下面那条白色的裤子，怎么看都觉得赏心悦目，最简单的色彩却可以衬托出他身上另一种儒雅的气质。

美盼仰着脖子看着男人刚毅的下巴线条，忍不住心跳加快。她伸手主动挽着他的手腕，又和他十指紧扣，然后放进了他的外套口袋里，笑了笑："这样就不冷了……到底带我去哪儿啊？"

"就是这里。"苏晋庭带着她往前面走过去。美盼发现，这半山腰竟然还有墓碑。以前的人家，有人去世了，都会埋葬在这样的地方，苏晋庭带她来这里做什么？

"我还没有带你见过我父母，所以今天带你来见见他们。就在前面那一块……"苏晋庭说。

美盼这才了然："那你早说嘛，搞得神秘兮兮的，怕我不跟你过来吗？"

苏晋庭笑了笑："嗯，丑媳妇虽是要见公婆，不过我怕你胆子小，不敢来见公婆，所以把你骗到门口，估计就没有办法后悔了。"

"喂，谁是丑媳妇啊？"美盼又捶了苏晋庭两下，噘着小嘴儿的样子很是可爱，"苏晋庭，你讲话真不实在。"

"喊我什么呢？"

"苏晋庭！"

"在我爸妈面前，你喊我苏晋庭是不是太生疏了？"男人抿了抿唇，很是认真地纠正她，"我爸妈都是很实在的人，要是听到你喊我全名，可能他们会认为，你和我并不是那么亲密。"

美盼哼了一声："那喊你苏苏。"

苏晋庭宠溺地看了她一眼，伸手捏住她的小鼻尖，弯唇："晋庭或者是庭，都可以，或者你可以喊我……唔，老公？"

美盼的心跳陡然漏了一拍，那样的称呼从他的嘴里说出来，两个字都像染上了一种磁性，让人无法抗拒，可她真的从未想过。

也许现在的年轻人一谈恋爱，总是会以老公老婆自居，可她觉得，那样的称呼太过神圣，只有将来那个真的可以牵着她的手不松开的男人，才能配得上这样的称谓。

美盼红着脸，低下了头，也许她现在也不知道他们将来会怎么样，她在感情上是一个挺固执的人，可她知道自己有多喜欢他。

她深吸了一口气，抬起头来的时候，澄澈的眸子正好映衬在那些从树叶的细缝之中落下来的金色光线之下，星星点点，让人忍不住想要捧在掌心珍藏着："那个，可不能乱喊，我可是一个很保守的人，等有一天你真的在我的无名指上戴上戒指时，才有资格让我喊老公。"

苏晋庭心神激荡起来，因为身高的关系，他这会儿看着她亦是需要俯视，可那种视线，满满的都是珍惜："宝宝是让我向你求婚？我可以做到。只要你愿意，马上就可以成为苏太太。"

美盼耳根一红："我才没有这个意思。"

"没有这个意思也不要紧，你一定会是我的苏太太。"男人笃定地接话。

美盼忍不住弯起唇角，却还是嘴硬着："哪有像你这样的。"

结果苏晋庭还恬不知耻地顺杆而下："不像我这样的，未必能够拥有你这样的。因为我是苏晋庭，因为你是秦美盼。你有勇气跟我在一起，我怎么舍得让将来的你认为你现在的这份勇气是盲目？"

这种霸道又自负的语气，为什么让她觉得比甜言蜜语更好听呢？

美盼的心尖开出了一朵花，一朵叫作苏晋庭的花，只要有他在，花永远都不会凋零。

苏晋庭的父母，美盼还是第一次见到，墓碑上面的照片看上去就是那种很朴实的人。苏晋庭的母亲长得非常漂亮，美盼忍不住对照了一下，终于肯定了，苏晋庭是遗传了他母亲的外貌。

"爸爸、妈妈。"苏晋庭蹲下身来，随意地伸手扫了扫墓碑前的泥土和杂草，开口，"对不起，有段时间没有来见你们了，今天带了个人过来给你们瞧瞧。"

美盼这么点儿礼貌还是有的，苏晋庭提到了自己，她马上就上前，跪在了墓碑前，自我介绍："叔叔阿姨，你们好，我叫秦美盼，今天来看你们真的是非常仓促，都怪苏晋……都怪晋庭，他都没有提前和我说一声，我就这么空手来了。"

苏晋庭笑了笑，听她有些不太顺口地喊着自己"晋庭"，他心头柔软无比，顺势侧身就坐在了边上，手指探过去，轻轻拂过相片上面女人的五官。冬日傍晚的风，因为是山里的关系，多少带着几分寒意，这会儿扑面而来，吹散了他那句莫名其妙的低语："妈，您不会生气吧？"

美盼真觉得自己好像是幻听，刚刚苏晋庭是不是说了什么话？

可她看向身边男人的时候，他却已经收回了手指，也在看向自己："你过来，我爸妈就很开心，来，现在告诉他们，你什么时候会和我结婚，给我生孩子，让他们可以安心。"

美盼："……"

她咬着唇，瞪了苏晋庭一眼，怪他胡言乱语，但是出于对死者的敬重，她认为自己现在不好当着长辈的面冲苏晋庭说什么，只是红着脸，支支吾吾不说话。

苏晋庭笑了笑，拉着美盼的手，又对照片上面的两位说："爸、妈，这就是我想要告诉你们的，我身边的这个，肯定是逃不出我的手掌心的，我希望你们在天堂也可以祝福我们。"

"嗯？盼盼，来，鞠个躬，差不多就走了。"

美盼："……"

这一次的"见家长"还真是被苏晋庭牵着鼻子走的，美盼对此深表不满，所以下山的时候，尽是数落苏晋庭的不是，还怪他自作主张，并且美盼非常认真地表示："以后的事谁都说不定的，所以你怎么可以这样和你爸妈说呢？要是以后出现了什么变数的话，我……"

"什么变数？"

苏晋庭挑起眉头，打断了她，两人此刻站在半山腰上，他大概是有些烟瘾，所以拿了一根烟出来，刚要点燃，美盼劈手就拿过了他的打火机，义愤填膺："不许抽烟！"

苏晋庭倒也不生气，温和地笑了笑，烟捏在长指之中打转，饶有兴致地看着她："我的老婆肯定有资格命令我不许这个，不许那个。"

美盼："……"

苏晋庭直接就将烟送到了薄唇边，含着，也不点燃。美盼见他如此叼着烟的样子，真是说不出的邪魅不羁，一时又忍不住心神荡漾，却忽然听他低语："总是想要告诉你很多的事，但是又不知道应该从何说起。宝贝儿，现在我想告诉你第一件事……"

他的神色忽而就严肃起来。美盼见他这样，忍不住挺直了脊背，心里暗暗思量，这个男人摆出这样神色的时候，多半说的事也是非同小可的。

他要告诉自己什么？

这段时间，两人折腾来折腾去的，始终都是因为她对他的不了解，信任一触即破，他现在是要告诉自己点儿什么吗？

苏晋庭见她不说话，只是眸光复杂地看着自己，他重新将烟拿下来，这些毫无意义的动作之中，其实只有他自己知道，包含着多少的挣扎和不安。

他低声说："你刚刚见到的，我妈，是我的亲妈，但是我爸，并不是我的亲生父亲。"

美盼先是一愣，随即脸上有震惊之色："……什……什么？那个……叔叔不是你的亲生父亲？"

她彻底慌了，因为有一个呼之欲出的答案就在她的脑海里冲撞着，可她不敢去想，下意识地要挤退那个可怕又荒唐的念头。

苏晋庭发现自己真的说出口了也没有想象中那么困难，这样的话题一旦打开了，反而让他觉得，心头悬着的众多石头之中，有那么一块，悄然落地。

他动了动手指，拿过美盼手中的打火机，挑起眉头，神色竟然很是淡然："让我抽一根？"

美盼承认，自己的确是被震住了，所以手指一松，打火机已经易主。苏晋庭点烟的姿态慵懒随意，带着一种很成熟的男人味儿。他身上没有一样不会闪着让人悸动的男性荷尔蒙，可现在美盼却来不及去欣赏这些，大脑有些空白。

男人点了烟，抽了两口，忽然伸手过来揉了揉她的发顶，笑了笑："怎么了？吓住了？"

美盼诚实地点头。

他怎么可以如此轻松地把这样一个话题说出口来？如果那个墓碑上的叔叔并不是他的亲生父亲，那么谁是？

心脏咚咚跳起来，那个荒唐的念头为什么越发明显起来？是因为所谓的……无风不起浪吗？

之前他和爷爷之间那微妙的关系……

美盼捏紧了双手，却不知道自己的手一直都拽着苏晋庭的手腕，这会儿下意识地捏紧的时候，苏晋庭感受到了那种紧张的力道，他拿下了唇上的烟，背过手去，轻轻拍了拍她的手背。

"别紧张，怎么搞得好像是听到了什么惊天骇闻似的？"

这对于她来说，难道还不够惊骇吗？

美盼好半晌才找到自己的声音："……我只是在想，如果那个叔叔不是你的父亲，那谁才是？你知道吗？"

她问得很小心翼翼，每个字都带着自己不能控制的颤音。苏晋庭是多么精明的人，自己面前的这个小丫头其实很聪明，思维灵活得很，有些事，怕是自己只是挑个头，她就能够融会贯通了。

不过……现在还不是告诉她那些的时候。

苏晋庭避重就轻，却也不会刻意对她撒谎，他答应过她的，永远都不会欺骗她："知道。"

美盼的一颗心骤然揪紧了："……是……是谁？"

"我并不想认。"苏晋庭清清冷冷地开口，"如果时间倒回到三十一年前，那么我的降临对于他来说，也许算不上是多么光彩的事。我的母亲当年是他身边的人，但不是那种女人，男人控制不住自己的欲望，垂涎我母亲的美色，于是做了一件禽兽不如的事。后来我母亲发现有了我，明知道不能留下来，却还是舍不得抛弃一个鲜活的生命，所以她咬牙带着我离开他的时候，也一并决定，一定要独自将我抚养长大。"

苏晋庭说到这里顿了顿，长指轻轻弹了弹烟灰，又是深吸一口，吞吐云雾的时候，缓声继续道："一个未婚的女人带着一个儿子，其实是一件很辛苦的事，不过我母亲年轻的时候长得就漂亮，所以有不少的追求者，哪怕明明有一个拖油瓶。"

美盼听得一愣一愣的，还没有做好心理准备，他就突然和自己说了这些，她除了意外，还有一种，对于他此刻这般云淡风轻的语气的心疼。

要经历多少事，才能够做到像现在这般？

怕是没有一个人能够接受，自己的出生，是在那样的情况之下吧？当初他刚刚知道的时候是不是也很痛苦？他如今这样光鲜亮丽地站在自己的面前，又是付出了多少？

在美国那样的地方，他要站在众人之上，是挣扎了多久？

她认识很多的富二代，上一辈给了他们那样好的条件，也不过是靠着大树好乘凉。她也是一个富二代，但是她却很讨厌那种奢靡的生活，想来想去，其实她不是在那个圈子里格格不入，而是因为……她在等着他。

"……再后来，我妈就选了我爸，其实她嫁给我爸的时候我刚刚过1周岁，我那时候不知道这些，不过15岁的时候，我就已经知道了。"

美盼不知道该说什么，想了想，伸手轻轻摩挲了一下男人的手背。

苏晋庭感受到她的动作，知道她在想什么，忍不住笑了："傻瓜，我没事，如果这点儿事都过不去，现在我就不会和你讲这些。"

"那你为什么要告诉我？"美盼仰着脖子问。

苏晋庭眼睛一眨不眨地凝视着她，然后一字一句地说："我想一点点告诉你，让你知道真正的我，然后让你完完全全地相信我，相信在你身边的我是最真实的。不管我曾经做过什么、对旁人如何，可我对你的真诚，你能记住吗？"

美盼眸光闪烁，伸手环住了他的腰身，在他怀里点头，闷声道："能记住，你认真对我的样子。"

下山的时候，美盼的嗓子眼儿里始终都徘徊着一个问题，来来回回的，想要问，却又不敢，最后快上车的时候她还是没有忍住，拉住了苏晋庭："我可以再问你一个问题吗？"

苏晋庭丢掉了指间的烟蒂："你可以问任何问题。"

美盼咬着唇："……我想问，你之前去秦家的时候，告诉我，是因为你的父亲救了我爷爷的命，所以我爷爷才会……这是真的吗？"

苏晋庭并不意外她会问到这个，面色坦然："是真的。"

美盼确实奇怪："可我刚刚想了很久，我好像从来没有见过那个叔叔……如果是他的话，为什么我丝毫没有印象？"

苏晋庭的眼神是一如既往的平静，可是刚毅的下巴不由紧绷起来。其实他有些情绪还是强自压抑着，美盼可能不如他有那样好的察言观色的能力，但也不是瞎子，何况她还和自己如此亲密，他的一举一动代表着他是一种什么样的心情，她还是能够了解的。

当你用心去感受你身边的人的时候，你一定能够知道他在想什么，他需要什么。

"其实我爸爸是在一次意外之中救了你爷爷，不过当时有媒体是冲着你爷爷去的，结果就有点儿断章取义。"

美盼总觉得他话里面像是藏着什么玄机，但自己又不能够读出来，又不觉得他像是在刻意隐瞒着自己什么。她还没有完全弄明白，苏晋庭就推了推她："很晚了，一会儿天黑了不好下去，先上车。"

她点了点头，弯腰坐进了车厢，苏晋庭随即也上车。司机刚刚估计是打了个盹儿，这会儿眼睛都有些红红的，苏晋庭说了一个地址，司机输入了导航之后，很快就驱车前往。

路上的时候，美盼不知是因为还没有完全消化刚刚苏晋庭和自己说的那些事，还是因为别的，总之，心里有一种很怪异的感觉，她就是控制不住地将苏晋庭说的话和之前自己发现的蛛丝马迹联系起来。

可再想想爷爷……

其实秦家就妈妈一个女儿，这对于爷爷来说，始终都是遗憾。因为奶奶去世得早，美盼都已经没有多少印象了，之后爷爷就一直没有再娶。当然，美盼心里还是挺清楚的，以妈妈那个性子，不是什么女人都可以进秦家的门、来做她的后妈的。

她不太清楚在爷爷那一代出过什么事，但是也知道，奶奶是因为郁郁寡欢死的，大概也是和爷爷年轻时候的一些风流债有关系。

这样的情况之下，如果……苏晋庭真的是爷爷的私生子的话，事到如今，他应该不会无动于衷吧。

美盼被自己的念头吓了一跳。

她在想什么？

苏晋庭当然不可能是爷爷的私生子了，他刚刚不是说了吗，他知道自己的亲生父亲是谁，只是不想去认，如果真的是爷爷……那他当初应该不会进秦家的。

是的，一定是这样的。

美盼觉得自己想多了，退一万步来说，要真的是这样，那他不就成了自己的舅舅？

苏晋庭虽然霸道强势了一些，可他不是那种明知天理难容却还是要一意孤行的人。美盼非常坚定地相信，苏晋庭的心理再不正常，也不会拉着一个才21岁的女孩儿做乱伦的事。

可她的心跳为什么这么快，连呼吸都是这么急促？

美盼下意识地转过脸去，气息却陡然顿住了。

身旁的男人闭着眼睛已经睡着了，他的呼吸均匀，因为上了车，也没有来得及脱掉外套，只敞开着，美盼就见到他胸口一下一下，很有节奏地起伏着。

她突然就发现，自己还没有这样近距离地看过他的睡颜。

其实他睡着的时候神色很是平和，五官出色，但是少了几分凌厉的神色，给人的感觉特别温和……

这个男人的睫毛怎么能这么长？

是不是比她的还要长？而且还有些卷翘。

还有他的唇，很薄，很性感。

以前好像听人讲过，男人的唇长成这样的，多半是薄情，他是不是呢？

美盼原先那些复杂混乱的想法早已被抛诸脑后，苏晋庭睡着的样子对她来说有着莫大的吸引力，她忍不住一点点地靠近他。

车厢本来就小，气息并不是太流通，加上空调的暖风，吹得人皮肤有些干，美盼在距离他很近的时候顿了顿，轻轻眨了眨眼睛，下意识地屏息，却仍旧可以感觉到他热热的气息轻抚过自己的脸颊，她感觉到自己身上的每一个毛孔都打开了，一点点摄取着属于他的味道。

伸手，轻轻地落在他的睫毛上，然后轻轻一刷，像是一把刷子一样，她忍不住弯唇，刚准备将手指落在他饱满的额头上的时候，原本紧闭双眼的男人猛地睁开眼睛。

四目相对，美盼只觉得尴尬。

美盼吓了一跳，想要退开，苏晋庭抓着她的手腕往自己的怀里轻轻一拉，她闷哼了一声，下一秒，所有的声音都被男人吞没了。

男人的舌头缠绵却又强势地侵入，找到了那不断乱窜的小舌头，动情却又霸道地吮吸。美盼最是受不住他这样的吻，可现在感受着他的热情，她才恍然想到，好像已经有一段时间没有被他这样吻着了。

美盼心头一软，渐渐放松下来，整个人趴在苏晋庭的胸口。前面开车的司机此刻于他们而言就像是空气。司机倒也是个老实巴交的人，不过这会儿感觉到车厢内不断上升的温度，他透过后视镜扫了一眼那缠绵得忘我的两个人，面红耳赤，却又不敢发出一点儿声音来。

美盼真是忘了车厢里还有第三者。

苏晋庭的吻像是带着魔力，一寸寸侵蚀着她的理智，也一丝丝勾缠出她体内的那些本能的欲念，她只觉得浑身酥麻，这种滋味儿既让人神往，又折磨得人欲罢不能。美盼忍不住哼哼两声，苏晋庭双手托住她的臀部，将她整个人抱起来，然后一手扣着她的后脑，一手不轻不重地捏着她的腰身，他的身体斜靠在坐垫上，这会儿美盼就像趴在一个人肉垫子上一样。

"想我了？"男人贴着她的唇，舌尖暧昧又动情地扫过她的，低沉的嗓音因为染着几分明显的情欲，显得格外性感。

美盼的大脑嗡嗡的，鼻端能够感受到的全都是属于他的气息，她不知应该怎么接话。偷看他睡觉的样子，被他当场抓住，现在身体又被他完全控制着，她整个人都是滚烫的，一张脸红得能够滴出血来，而那双澄澈的眸子里，却又有着让男人渴望占有的那种似清纯又似妖媚妖娆的光，一闪一烁间，媚眼如丝。

苏晋庭受不住她这样的眼神，却执意伸手勾起她的下颌，深邃的眸子直勾勾地凝视着她的眼睛。两人靠得太近，他在她的瞳仁深处看到的都是自己的倒影，就像他和她完全融合在了一起，这种感觉非常好。

男人勾唇，语气越发低柔："嗯？宝宝是不是想我了？"

谁说他不会调情？男人这种样子，她完全不是对手，一时身体都颤抖起来，语不成调："……不是，我……刚刚就是见你睡着了，我……"

她磕磕巴巴地想要解释什么，苏晋庭挑眉，似笑非笑地看着她："怎么话都说不清楚了？这么单纯的丫头，紧张什么呢？"

"……苏晋庭！"

"刚在我爸妈面前不是喊我晋庭了？再喊一次我听听。"

她现在就像一只被驯服的小兽，任由他抱着，那温暖的男声对她来说有着莫大的吸引力，她只是想要顺着他，顺着他，他开心了，她似乎会更满足。

"……晋庭。"

苏晋庭眼神颤了颤，仔细回想一下，似乎除了刚刚在墓碑前的时候她有些生硬地喊了他一声"晋庭"，这还是她第一次叫他的名字呢。很是普通的两个字，为什么从她的嘴里喊出来，就像是柔情万千，让人欲罢不能？

他低低嗯了一声，唇再贴上去的时候，低语："宝宝好乖，有奖励。"

然后美盼就感觉到自己再一次被攻城略地了。相比于之前的那个吻，这次男人要动情得多，也更是强势。她感觉到自己的舌尖被他用力地吮吸，整个人都没法控制地轻颤起来。苏晋庭的手指在她的臀部来来回回地摩挲着，美盼越发受不住，哼哼唧唧的，有声音从齿缝溢出。

可怜前面开车的司机，一边要控制着方向盘，一边还要眼观鼻、鼻观心，将自己完全当成透明的，可那后面两人越来越不知收敛，他应该怎么办？

当下唯一想到的，就是加快速度，赶紧开到目的地吧。

四十分钟后，他们到了目的地。

天已经有些黑了，车子停在一个度假村酒店门口，苏晋庭拉着美盼下了车，她环顾了一下四周，发现这里的环境特别好，这里属于C市？她怎么好像从来都没有听说过C市还有这么一个世外桃源啊。

更让她好奇的是，苏晋庭带着她一路走进去的时候，酒店的工作人员都是认识他的，而且经理收到了消息匆匆赶过来，见到了苏晋庭，简直就是点头哈腰，脸上的笑容格外地谄媚。

"苏先生，您有时间过来，应该通知我们一声，让我们准备一下。"

苏晋庭一手牵着美盼，一手插在裤袋里，他那件平易近人的羽绒服微微敞开着，对于边上那个亦步亦趋的经理表情寡淡，语气有些懒洋洋的："正好路过，不需要太在意，给我准备一个房间就好。"

经理连连点头，马上就有工作人员送上了房卡。苏晋庭接过之后，只吩咐经理可以忙自己的事去了。等经理一走，他带着美盼进了电梯，一直都忍着好奇的小女人这会儿终于可以开口了。

"这里是什么地方？为什么他们好像都认识你？而且那个经理很怕你的样子。"

"不是好像，的确是认识我。"不同于刚刚给人的那种清冷疏远的模样，苏晋庭笑着，伸手捏了捏美盼的鼻尖，"至于怕我，盼盼，在你的周围有很多人都怕我，只是正好你不怕我。"

后来苏晋庭就告诉美盼，这个度假村早期建造的时候，他就是投资人之一，因为占据的股份比较多，所以度假村的工作人员之中，职位较高的都是认识他的，不过他平常不太过来，倒是历承易来得多。

美盼这会儿正坐在酒店阳台的摇椅上，看着不远处那星光闪闪的一片，应该是沙滩上有人在搞篝火晚会，气氛很是热络，她随口问了一句："历承易？他也有投资？"

苏晋庭点头，这个度假村大部分的股份都在他和历承易的手上，不过当年因为地皮的关系，还有另外一个合伙人，建起来之后经营得很不错，不过他很多年没有过来了。

听苏晋庭这么一说，美盼反倒是好奇了，其实她一直都觉得历承易那人一直游手好闲的，貌似也没有什么正当的职业，要说他们历家的话，也算不上是那种豪门世家。自己就是在秦家那样的环境之中长大的，所以她还是很能分辨清楚豪门的等级在哪里。

苏晋庭此刻是和美盼躺在一起的，他抱着她，感觉到她柔顺地靠在自己的怀里，心情大好。男人有时候似乎也跟女人差不多，平常从未主动提起过的话题，心情好的时候也会说出来，和边上的心肝宝贝儿分享一下。

"你是怎么看历承易的？"

美盼当时脑海里唯一闪过的就是崔惜梦给历承易的那些评价——游手好闲，不务正业，只知道玩女人，嘴还特别地贱……

啧啧，真是不堪入耳。

她吐了吐舌头，觉得在背后讲人坏话也不好，索性给了一个委婉的说法："梦梦对他的评价不是很好，但是我真没有见过他有什么工作，可又好像是不缺钱，他是做什么的？"

苏晋庭笑了笑，非常大方地帮好友洗白："听说过C市那个很高档的连锁餐厅，叫食总监的吗？"

食总监？

美盼一愣，随即点头："当然知道，在C市挺有名的，虽说是连锁的，不过店面也不是很多，好像是东南西北各一家，主要是档次比较高。我还记得我妈特别喜欢去那里吃东西，据说主厨手艺非凡，主打的是法国菜。因为我不喜欢吃法国菜，所以不太关注这些，但是的确有听说过。"

苏晋庭拿过一旁的红酒，倒了一杯，长腿叠起来，拿着酒杯浅浅抿了一口，挑眉："唔，解释得基本正确。"

美盼还是有所不解："这有关系吗？为什么你突然提到食总监？"

"那你有听说过，食总监的主厨到底是谁吗？"

美盼摇头："不是说很神秘吗？从来都不让媒体报道，尽管这样，餐厅的生意还是很好。"说到这里，她倒是有些叹息，"我觉得现在的人也真是挺奇怪的，有些人就是喜欢炒作，你看那些个明星之类的，哪个不是在找话题凸显自己的存在感？可也有人是越炒越让人觉得反感，偶尔要出来那么一个神秘的人，大家伙儿就更是好奇了，可能那个食总监的主厨玩的就是这一套吧，把人的好奇心都勾出来了，自己就成功了。"

苏晋庭失笑："也是也不是。"

"啊？"

美盼见他这样，忽然想到了什么，不过还不能确定，小心翼翼地追问："……你和我说这个，是……和历承易有关？"

苏晋庭说："我的宝贝儿就是聪明。那你能够猜出来食总监的主厨到底是谁吗？"

美盼："……"

真是觉得头顶一道惊雷劈过，美盼难以置信，苏晋庭这意思分明就是——那个食总监的主厨，就是……历承易？

虽说人不能太现实，但是对于一个大男人来说，要真的是没有事业还一天到晚只知道流连花丛，那肯定是不被人待见。以前美盼对历承易的看法也比较一般，不过多少还是会想着，能够和苏晋庭站在一起，应该也不至于真的一无是处吧。可能她是有些"情人眼里出西施"，可现在在骤然知道了历承易背后还有这样一个称谓，说实话，她还是挺替梦梦开心的。

如果一个男人够低调，那么就足够沉稳。

历承易也许真不是自己所想的那一类人。想到他对梦梦的那种态度，美盼心里又有些期待起来，梦梦如果知道了历承易背后的那些事，会不会对他另眼相看？

美盼看着苏晋庭起身朝里面走去，也赶紧爬起来，屁颠屁颠跟上去，抓着他的手腕晃了晃，"既然都说了那么多了，不如再多透露一点儿嘛，梦梦喜欢的那个人……叫什么……顾情深？他是不是有喜欢的人了？"

苏晋庭斜睨了一眼边上一脸八卦的小女人，莞尔："别人的事，你操心那么多？"

"梦梦不是别人呀，她是我最好的朋友。"

"顾情深的确有喜欢的人。"苏晋庭也不藏着掖着，只要心肝宝贝开心，他说点儿自己知道的事，无伤大雅。他走到酒柜前，将刚刚那瓶红酒放进去，又拿过边上的另外一瓶，那只被美盼抓着的手腕反手一抓，捏住了她的小手，有些心不在焉地说："顾情深的老爸顾彦深以前有一个要好的兄弟，后来那人生了个女儿，他们两家早就说好要联姻。"

美盼听出来了，恍然大悟的样子："青梅竹马吗？"

"可以这么说。"

"那他为什么还总是满世界跑？"

"这个我就不清楚了，没准他的青梅也是在满世界跑呢。"

"好了，时间不早了，肚子饿不饿？"

被他这么一说，美盼还真觉得有点儿饿了。苏晋庭推着她往衣帽间走，他带来了一些必备品，自然也给她带了换洗的衣物，刚刚让人拿了上来："换身简单轻便的衣服，马上带你去吃点儿东西。"

美盼点点头，独自换衣服去了，换完衣服又上了个洗手间，而这中间的二十几分钟时间里，苏晋庭打开了自己的手机，等到信号畅通之后，发现手机进来好几个未接电话和短信，他没有看，只盯着邮箱，果然，不一会儿，邮箱也有一封邮件进来。

苏晋庭点击打开，上面只有两句简短的话：苏先生，确定了这件事情从中作梗的是荣慎宇。另，章蔺并没有直接接触到荣慎宇，不过目前已消失不见，我们虽然查不到他的具体信息，但是可以肯定，黎展明的事，是他中间倒戈的关系。

苏晋庭将邮件删了，然后准备关机。

只是手机摁了关机键三秒过后，他马上又松开，男人黑眸凝视着手机的屏幕，一直等到屏幕自动变暗了，这么短短一分钟的时间里，他低垂的眼帘里却是有巨浪在翻滚，等他重新触动手机屏幕的时候，眼底闪过一丝狠戾。

荣慎宇是吗？

既然你这么咄咄逼人，那就别怪我不客气。

他见美盼还没有出来，重新走到了阳台上，顺手关上移门，拨了一组号码。

美盼换了一身衣服出来的时候，苏晋庭已站在了玄关处，她上前，兴致勃勃地问："晚上吃什么？"

苏晋庭让她换好鞋子："你想吃什么？"

美盼对吃的一向挺随意的，于是就说了一句："随便。"

苏晋庭伸手弹了弹她的鼻尖："随便是这个世界上最难找出来的东西。喜欢吃海鲜吗？这里靠海，很多海鲜，都比较新鲜。"

美盼对海鲜感觉一般般，不过偶尔吃一顿自然也是欢喜的，欣然同意。

他们出去吃东西的时候已经是7点左右，回到酒店就差不多9点了，美盼觉得有点儿累，说是洗个澡就要休息。

他们回来的时候，发现那个经理就在电梯口等着，大概是有事要找苏晋庭，所以他把美盼送到房间后，又下去了。

美盼洗了个澡，躺到床上。她本来就准备来例假，今天又走了很多路，比较累，所以刚躺上床就有些昏昏欲睡了，但是忽然又想到之前苏晋庭和自己讲过的关于历承易的事，她想着是不是应该和梦梦说一声。

美盼找到自己的手机，开机，等到手机接到了信号，她刚找到崔惜梦的号码，准备拨出去时，正好有电话进来。

美盼诧异，因为那个号码是秦媛的。

说实话，秦媛基本是不会主动联系她的，因为两人根本不亲，大概也是习惯成了自然，美盼这次是正式离开了秦家，她也没有打个电话过来，所以现在美盼很是吃惊，而且这个时间点……

不过电话肯定是要接的，美盼深吸一口气，按下了通话键，犹豫了一下，将手机放在了耳边。

"……妈？"

"你做什么去了？"秦媛劈头盖脸就问，语气很不善，"我打了你多少个电话，手机一直都是关机。我问了司机，你在城东那边租房子的地方我也去找过，学校那边又说你请假了……你不在C市？"

美盼觉得也没有必要隐瞒什么，大方承认："我在外面。"

"在哪儿？"

"……我也不是太清楚，我……"

"你和苏晋庭在一起是不是？"秦媛直接打断她。

美盼不否认："是。"

"现在立刻回家。"秦媛那语气完全就是不容抗拒，"如果你不方便的话，我就让司机来接你。"

"妈……这都已经几点了，你让我现在如何回去？怕是让司机过来也需要好几个小时。我过两天就会回去的，你有什么事的话，电话里……"

"家里出事了。"秦媛说这句话的时候语气有些急躁，也带着几分难以压抑的痛苦和无奈，甚至还有来不及掩盖的惊慌失措，"盼盼，是你爸出事了。"

苏晋庭回来的时候，美盼正好换好了衣服，手里抓着一把马尾，正在到处找扎头发的皮筋。也不知道是不是因为太急切的关系，她额头上有汗渗出来，眼角余光扫到了进来的男人，她的脸色变了变。

"怎么了？"苏晋庭见她这样，就知道肯定是有什么事发生了。

美盼看到男人朝自己走过来，没有出声，却是转身走进了洗手间，终于在洗脸盆上发现了一根黑色的头绳，她伸手去拿，这个时候才发现自己的手指竟在颤抖，好不容易拿起来，扎好了头发，苏晋庭也紧跟着走了进来。

"盼盼？"现在外面是什么情况，苏晋庭是最清楚的人。其实把她带到这里，还让她关机，他是有些私心的，但他同样也知道，有太多的事，并不是他努力就可以掩盖的，就是因为藏着暂时不能让她知道的事，所以总是会惴惴不安。

美盼感觉到苏晋庭的手落在了自己的肩上，扑面而来的都是彼此之间的那种甜腻的味道，她看着他的眼神却不由得变冷了，想到刚刚秦媛在电话里说的那些话，她一时竟有种毛骨悚然的感觉。

　　苏晋庭不可能看不出来面前这个小女人眼底渗出来的情绪，男人心头一沉，不容许她如此看待自己，捏着她的肩膀就逼近她。

　　美盼倒退一步，苏晋庭将她抵在了洗脸盆边上，居高临下地看着怀里无处可躲的人，问："出了什么事？别用这样的眼神看着我，我不喜欢。"

　　美盼的脸色很难看，其实她是真的不愿意把所有的事都和苏晋庭联系起来，每一次她都告诉自己，要相信他，一定要相信他，但每一次都还是抵挡不住流言蜚语。

　　有时候她也在想，到底是自己的问题，还是他的问题？

　　其实，归根结底，也不过就是彼此之间树立起来的信任太过脆弱，一碰就碎，才会让人如此不安。

　　也许现在她不应该和他冷战，不应该和他闹脾气，她应该和他说清楚。

　　"我刚刚接了一个电话。"好半晌，美盼终于找到了自己的声音，将这个她不敢开场的话题打开，"是我妈的。"

　　苏晋庭如此精明的人，这样一句话，他就已经猜到了什么。

　　如果说荣慎宇真的插手了黎展明的事，那么现在黎展明在国外生死未卜，对荣慎宇来说绝对是最好的机会，可以造成苏晋庭和美盼之间的误会。当然，这件事，苏晋庭深知自己难辞其咎，所以这两天他才想着办法，要带美盼暂时逃离那个是非之地，同时也让自己手下的人尽快找到最有利的线索。

　　虽然他本人不太欣赏黎展明这一类人，可不能否认的是，他的确是美盼在秦家最为亲近的人，这些年来，他大概就是那个唯一真心待美盼的人，而美盼从小在秦家的环境中成长，缺少的就是亲人的关爱。

　　就凭这一点，他还是感激黎展明的。

　　当初让他离开C市，不过就是希望他不要搅乱了全局，却不想事情会演变成今天这样。

　　"……你需要给我一个解释吗？"美盼看着苏晋庭那越发暗沉的俊容——那是他身上暖色调的衣服和裤子都掩盖不了的一种戾气，她的心就一直沉下去，她知道，秦媛平常虽是比较尖锐刻薄，但是在大是大非上并不会胡言乱语。

　　苏晋庭蹙眉，片刻之后又伸手强硬捏住了她的手腕。美盼也不挣扎，只听到他问："秦媛和你说了什么？"

　　美盼看了他一眼，眼眶有些酸胀，她也不回答，只是问道："我就是想问你，为什么这个时候带我来这里？为什么要让我关机？我爸到底在哪儿？你不是说你不会骗我吗？那么现在，你不要骗我……我很冷静，不是我不相信你，我在给你解释的机会，如果你解释不了，我现在就回C市，我相信一定会有人替你解释。只是到时候，你认为我会如何看你？"

苏晋庭看着她，那双近在咫尺的眸子依旧是澄澈的，所以里面的情绪一览无余，那些挣扎和矛盾让他心疼又无奈，可掩盖在底下的质疑，如同点点锋芒，刺着他的眼睛。

他叹息一声："你爸未必是真出事了。盼盼，我也许是故意瞒着你，但是你要知道，我这么做，只是不希望你担心，我一直都在尽力查找他的下落。"

美盼身体一颤，满眼都是痛楚和懊恼。

她多希望他说的不是这样的话，这么说来，妈妈和自己说的，都是真的？

——"虽然我不知道是谁放出来的消息，但是现在你爸的事都差不多要上头条了，说是在国外遇难了。"

——"你一直都和苏晋庭在一起，苏晋庭就没有和你说过当初是他让你爸离开C市的？他倒是好手段，为难你那个没有出息的爸做什么？"

——"你问问清楚，还有，立刻回来！美盼，我可能以前对你不算多好，但是你要知道，你爸一直都把你当成他的心肝宝贝。这些年来他是如何待你的？现在为了一个男人，你想想你都做了什么事？如果我没有猜错，你爸离开C市，和你也脱不了干系。"

……

久久的沉默。

美盼最后伸手推在了苏晋庭的胸口，哽咽着说："我要回C市，现在。"

"你回去也没用。"苏晋庭马上接话，"你爸不在C市，你现在回去，是准备去秦家？那么你准备和你爷爷还有秦媛说点儿什么？我不希望你在这种时候遭遇到任何的质问，我答应过你，你爸会安全回来，你不能相信我一次吗？"

"我还不够相信你吗？我觉得我爸现在这样，完全是因为我！苏晋庭，你为什么要让他去国外？理由是什么？"

苏晋庭抿唇，并没有回答这个问题。美盼觉得疲累，好像之前两人之间的矛盾细缝好不容易有了缝补上的痕迹，现在却又在原来的缝上割开一刀，她到底应该怎么办才好？

"不管会不会被质问，我都应该回去，现在这样躲着算是什么意思？我不是遇到事情只会躲起来的人。"美盼态度坚定，"如果你不送我回去，我可以自己回去。"

苏晋庭的心就像一部失去了控制的电梯，咯噔咯噔直线下降，那种惊心动魄的感觉，大概也只有他自己最清楚。

人真的是不能有软肋，有了软肋，就会处处错。

他最后还是同意带美盼回C市，因为他深知自己的女人是个什么样的性子，她一向吃软不吃硬。

大半夜的，开车过来的司机刚刚躺下就接到了老板的电话，让他立刻起来，开车回C市。

既然是给人打工，还是个司机，那自然是随叫随到，哪怕是半夜，司机倒是怕自己精神不振，喝了一杯咖啡才出的门。

只是上了车之后，却明显能感觉到气氛有些不对劲。

来的时候这两人可甜蜜了，怎么半夜走了，完全是冷若冰霜的样子？

这种尴尬又诡异的氛围充斥在狭小的车厢里，司机都忍不住提心吊胆的，心里倒自言自语着，这么迫人的气氛，还不如让他们腻在一起呢。

车子无声地在路上疾驰。

两人都没有说话，不过两人都已经开了手机，刚上高速，苏晋庭的手机铃声响了起来。

这几天一直都有未接电话，苏晋庭没什么心思接，这会儿有电话进来，他扫了一眼，发现是韦斯利医生的。和简姨有关的，他自然不会忽视，不过美盼就坐在自己的身边……沉吟片刻，男人还是接了起来。

"这么晚了，有什么事？"怕就怕简姨突然情况不稳，但是之前韦斯利和自己说过，目前情况还算是稳定。

手机那边的韦斯利大概是太着急了，一口英文都说得有些磕磕巴巴的："……天、庭，实在是非常抱歉！但是我必须要申明，这件事我真的不是故意瞒着你的，我也是刚刚才发现的，简不见了！"

"你说什么？"男人的声音陡然拔高，美盼坐在边上，吓了一跳。

其实他讲的是英文，刚开始的时候美盼以为就是工作上的事，毕竟以前他的舞台就是在美国，只不过她是第一次听他说一口正宗的美式英文，非常流利，刚刚她还是忍不住在心中给他打了一个高分。一码归一码，他身上的那些闪光点，她从来都不否认，他永远都会有让异性怦然心动的魅力。

只是美盼倒很少见他这般焦躁，忍不住侧目，因为是晚上，后车座光线可想而知有多暗，加上高速两边也只有反光带，这会儿在前进的途中，美盼只能够看到那张英俊的侧脸，线条紧绷着，若隐若现之中，全都是刀光剑影。

不知那边的人又说了些什么，美盼的英文一般般，何况隔着手机，听得也不是太清晰，但是隐约能够听到是个男人的声音。

苏晋庭咒骂了一句，挂了电话就直接吩咐司机："看一下前面的路标，中途转个方向，去A市。"

美盼心里一惊，下意识地开口："去A市做什么？我要回C市。"

苏晋庭的面色很是深沉，那双深邃的黑色瞳仁里有风暴在升腾，脸上的表情似是阴骛又好像是担心，美盼还没有见过他这样子，一时心里竟打起鼓来，是不是出了什么事？

A市……

他的父母已经不在，和他最亲近的亲人大概就是简姨了，她见过那个温婉的女人一次，也是打心眼儿里喜欢她，而且美盼也知道她身体似乎不是很好……难道是简姨？

她刚刚听到手机里，的确是有"简"这么一个称谓。

美盼正思量的时候，苏晋庭伸手捏了捏太阳穴，低声说："先去A市，简姨出了点儿事，我必须要回去一趟。"

美盼动了动唇，终于还是选择了让步。

虽然她很担心爸爸，但是爸爸毕竟人不在C市，她得承认，苏晋庭这话说得对，哪怕她现在就在C市也于事无补，或许还会成为妈妈的泄愤对象，可简姨……

算了，简姨于她而言，不也是一个温柔慈祥的长辈吗？她要是真出了点儿事的话，她心里也会不好受。

美盼没有再出声，大概三十分钟后，司机找到了出口，下了高速之后，重新导航，往A市的方向开。

路上，苏晋庭一直都在打电话，美盼不敢吵他，只是见他越发紧绷的侧脸，她就知道，情况不是那么乐观。

车子从这个地方开往A市，是比去C市要近很多，所以大概晚上10点的样子他们就已经下了高速，司机问苏晋庭去哪儿。

苏晋庭揉了揉眉心，说了一个地址。

美盼见他很是疲惫又担忧的模样，其实是想要安慰他几句的，可是那些好听的话到了嗓子眼儿里，她脱口而出的竟是另外一句："……你现在能够感受到我的心情吗？简姨对你来说有多重要？她是你的再生父母，是你的恩人，也是你的亲人，所以她要是出点儿什么事，你就担心成这样。对我而言，爸爸在我心中的地位，不会比你心中的简姨低，如果现在有人和你说，简姨的失踪和我秦美盼有关系，你还能冷静吗？"

苏晋庭眼底的温度越来越低，可只有他自己知道，他的这些戾气并不是因为美盼，而是因为那些无法说出口的事实。

"这种对比在我这里是不成立的。"良久之后，男人开口，声线有些冷，压抑着太多复杂难辨的情绪，"简姨对我来说很重要，但是你对我来说更重要。"

美盼心尖一颤，意外地看着他，苏晋庭却是因为心烦，还是忍不住点了一根烟。

现在都快半夜了，他又抽烟。

美盼咬着唇，在他吸了一口之后，忽然伸手拿走了他唇上的烟蒂，可烟被点燃了，她有些茫然无措地夹在手指上，只低声说："别抽烟了，对身体不好。"

苏晋庭眸光深深地看着她，之前眼底堆积着的阴沉渐渐消弭，取而代之的是另外一种难得的温暖，片刻之后，他掀动薄唇，只说了一个字："好。"

气氛似乎又有些微妙起来，前面的司机作为第三者，可以清楚地感觉到两个人之间的那种氛围，不过终于到了目的地，他也算是松了一口气。

两人下了车，苏晋庭带着美盼直接进了自己之前给简姨特地找的一个类似于私人诊所的地方。一进去，就见到一个穿着白衣黑裤的外国男人，正在和一个护士一样的小姑娘对话，美盼进去的时候，就听到那个外国男人骂了一句："shit！"那小护士低着头，都快要哭的样子。

两人听到脚步声，抬头就见到了面色沉沉的苏晋庭，小护士这下更是吓得脸色都有些泛白，冲上来就说："对不起，苏先生……我……我真的……我刚开始以为她就是出去走走，因为之前几天，她也说比较闷，想要出去走走，而且那两天她……她气色也不错。所以我害怕……害怕你们会责怪，就打算自己先找一找的，谁知道找了好几天都没有消息……"

美盼见这个小护士真的是吧嗒吧嗒掉眼泪，脸色还很苍白，虽然不知道具体的情况，不过人家这样，她也有些于心不忍，刚要帮她说话，那个外国医生就上前一步。作为负责人，他倒还是挺有担当的："抱歉，庭，这件事情我得负全部的责，之前我和你说了简的情况还算是稳定，所以我就回了一趟家里，看了一下我的两个孩子，以至于这几天一直都不在这里，才会出现这个情况。"

他这几句话语速不快，美盼基本听懂了。

美盼环顾四周，发现这里的装修很是考究，不过地方并不大，光是看着周边的配套设施就知道是上等的，简姨竟然住在这里？

而且还有医生，有护士……难道是她的身体出了问题吗？

美盼独自思量着，没有开口，苏晋庭这个时候低声对她说："在这里等我一会儿。"

美盼是个懂事的女孩儿，这种时候也不愿意给苏晋庭添堵，点点头。

苏晋庭和韦斯利医生一起走进了其中一个房间。美盼看着边上那个护士哭得一抽一抽的，心里挺同情她的，想了想，往包里一摸，找出了一包纸巾，她抽了一张，递给那护士，主动开腔："别哭了，我刚刚听懂那个医生的话了，也不能全怪你。"

那护士刚刚是一门心思都在担忧自己的过失之中，苏晋庭和美盼进来的时候，她也只看到了苏晋庭，这会儿人走了，她才抬起眼帘来，透过哭得都有些红肿的眼睛看了一眼美盼，突然脸上的表情有些古怪。

美盼眼角轻轻一动，也看出来了，有些诧异地指了指自己："怎么了？"

那护士接过纸巾说了一句谢谢，随后才吸了吸鼻子，低声问："请问你是……秦小姐？"

美盼吃惊："你认识我？"

护士点点头，说："我知道你，是因为简女士。"

美盼刚才只是吃惊，这会儿已经感觉是不可思议了，她头顶上浮现一个大大的问号，连忙追问："简女士？简姨？"

平常苏晋庭来了，也会叫简女士"简姨"，所以这个护士对美盼说到的这个"简姨"也不陌生："原来你是苏先生的女朋友啊，怪不得简女士总是念叨你……不好意思秦小姐，我也不是八卦，就是我是一直以来照顾简女士的全职护士，苏先生其实给我的待遇非常地好，简女士人也很好，所以偶尔她会和我聊几句，当然是在她心情和病情都比较好的时候，只是我有点儿奇怪，原来你是苏先生的女朋友，我还以为……"

护士说到这里，顿了顿，吞吞吐吐的，没有了下文。

美盼看了她两眼，等着她继续说下去，她倒是不说了，美盼不由得问了一句："还以为什么？"

那护士情绪倒是来得快，去得也快，刚刚还哭哭啼啼的，这会儿就破涕为笑了，还有些不好意思的样子。她伸手拉了拉衣角，轻声说："……每次听简女士说到你，那种口吻就像是一个长辈对晚辈的味道，就是……我以为你是简女士的女儿来着，而且她的床头还放着你的照片，所以我觉得她应该是非常想念你……"

美盼只觉得呼吸一顿，明明是一句不着边际的话，可这会儿听在耳中，她竟然觉得……自己心脏和气息都被人一下子攫住了。

那小护士见美盼的脸色变得有些怪异，当下自然是以为自己说错话了，连忙道歉："秦小姐，不好意思，你别听我乱说，我这人……就是管不住自己的嘴，有点儿事，非得说出来才痛快，对不起啊，我现在知道了，你就是苏先生的女朋友，而且简女士和苏先生的关系也非常地好，苏先生非常尊重她，大概在简女士的心中，苏先生就是儿子，你是女朋友，就是儿媳妇了。"

美盼勉强笑了笑，正好苏晋庭和韦斯利从房间里出来，她下意识地抬头望过去。两人边走边交谈着，苏晋庭眉峰紧蹙着，韦斯利说了几句什么，他点了点头，又交代了几句。正好走到美盼的身边，他头疼地叹了一口气，有些抱歉地看着美盼："今天晚上能不能留在A市？我有点儿急事要处理。"

美盼其实一直都归心似箭，可不知道为什么，当苏晋庭说这句话的时候，她鬼使神差地，脑海里就出现了一种很怪异的情绪，张嘴就说："好，明天再回C市，但是晚上我不想再奔波了，就在这边休息一下吧。"

苏晋庭没有想到她这么好说话，自然是松了一口气，伸手揉了揉她的黑发，尽量用一种安抚的口吻对她说："给我一点儿时间，嗯？我答应你的，一定让你爸爸平安，现在一切都是未知数，先不要担心，好不好？"

美盼只是点了点头，忽然问："简姨之前住哪个房间？"

苏晋庭看了她一眼，美盼心头咯噔了下，几乎是本能地解释道："我就是选个房间休息一下，这是私人诊所吗？"她这就是有意扯开话题，其实表情已经挺僵硬，不过苏晋庭现在的状态也确实不是太好，这样听上去显得随意的话题，加上从美盼的嘴里说出来，他并没有太放在心上。

"算也不算。"他现在似乎也没有多少心情解释，"下次和你详说。简姨的房间仪器比较多，不适合人休息，边上还有其他的房间。"

他要是过来看简姨了，有时候回不去，就自然会在这边过一晚，所以这里的确给他准备了可以休息的干净房间。苏晋庭一边说着，一边吩咐边上的小护士："你去收拾一下，一会儿带秦小姐去休息。"

那护士点头，马上就走了。

美盼看着那个护士走远了，想了想，问："简姨还好吗？"

那个韦斯利肯定是听得懂中文的，这会儿也是将眼神停留在美盼的脸上有几秒，然后对苏晋庭说，自己先离开了，要是有了简姨的消息第一时间通知他，并且又加重了一些语气，表示这么长时间不做检查，有些事，他未必能够控制。

美盼听得很认真，大致的意思都能够理解。

等医生一走，苏晋庭就对她说："去休息吧，奔波了一晚上了，身体有没有什么不舒服的地方？"

美盼看他还在关怀着自己是否舒服，可他的脸上却是掩盖不住的倦态和担忧，她到底还是心疼他，无关其他，只因他站在自己的面前，只因他是苏晋庭，是她秦美盼喜欢的男人，虽然他心里不知道藏着多少事。美盼深吸了一口气，还是把之前的质疑暂时抛诸脑后，问他："简姨到底是什么情况？"

"盼盼……"

"你其实不用什么事都瞒着我，哪怕你认为那是为了我好，但我也未必就不能承受，不是吗？"美盼似乎知道苏晋庭并不打算和自己说太多，但他的脸色是真不好，难以形容的感觉，总让她觉得，就像在一种焦躁和不安之中还隐匿着暴戾，一触即发。

美盼打断了他，低声说："刚刚那个医生的话我听得懂，我知道他说了，简姨情况不是很好。"

苏晋庭揉了揉眉心，嗓音有些喑哑："她有胃癌……"美盼呼吸一窒，大概是怎么都没有想到，竟然会是要人命的癌症，接着又听到苏晋庭说："几年前，情况已经稳定下来，当时医生断定了，如果调养得好，可以再活十年，可不到十年，她竟然又复发了。"

说到这里，他顿住。其实他再强大也不过就是一个凡人，但凡是个人，都会有七情六欲，都会生气高兴，他就算再能够隐藏自己的情绪，控制自己的悲伤快乐，在大喜大悲之前，终究还是会泄露自己的真实情绪。

比如说现在，美盼看着那双黑色的眸子里，不是以往的意气风发、深邃迷人，里面有着浓浓的悲伤，是一种即将失去亲人却又无能为力的感觉。

哪怕你拥有了全世界，拥有了无数的金钱，拥有了至高无上的地位，可人，在生死面前，是多么渺小无能！

大概在这种时候，心里的反差最大的，还是苏晋庭这样的人。

因为始终都觉得，所有的一切尽在掌控，但突然有一天至亲要离去，自己想抓都抓不住。

这一刻，美盼什么都不想计较，只是心疼他："我不知道怎么和你说，安慰的话，我不是不会讲，只是目前这种情况，说真的，我安慰你了，靠近你了，我都觉得会对不起联系不上的爸爸。我可能就是这样奇怪又爱计较的小女人，可是没有办法，我希望简姨吉人自有天相，我也希望我爸吉人自有天相。如果他有什么意外，我怕自己更不能原谅你。"

苏晋庭静静听着她的这些话，忽然就觉得，自己拥有的这个小女人，其实是真的很懂事，在大是大非面前，她似乎很能够站得住脚。情绪是很容易影响一个人的，但她拥有更多的是理智、善良、体谅。

想要拥有她的感觉越发地强烈，以前不知道世界上还有这么个人，很柔软，很小，可站在自己身边的时候，却可以真心诚意地关心着自己的情绪，分明几个小时之前，她还在怨恨自己对黎展明做出的事，害得他现在失去联系，生死未卜。其实她就算是在这个时候和自己无理取闹，又打又骂，他认为自己都可以忍受，反倒是这种，分明是体贴关心自己的情绪，却又因为那点儿小纠结非得克制着的真性情，让他心里破天荒地有了一种很强烈的悔意。

很多事，也许从一开始他就做错了。

唯一没有做错的，就是不管一切地走进她那颗纯净的心。

苏晋庭沉了沉心思，说："她时间不多了，我现在不知道她人在哪里，担心是肯定有的，不过也无济于事……你先去休息？"

苏晋庭是多么精明的人，其实不是真的不知道她在哪里。毕竟简姨在这种时候突然消失，明显就是已经提前做好了准备，去见了那个人。

如果她真的已经在荣惊那边，才是让他更头疼的。

"我没有想到简姨的情况这么严重。"美盼低声说，"我想去她的房间看看，你有看过吗？也许会有点儿线索。"

苏晋庭心里是很清楚的，简姨现在十有八九就是在荣惊那边，他当然不认为简姨会留下什么线索，正好有郑元林的电话进来，他拿着手机对美盼说："左边第二间就是，你进去小心点儿，灯的开关就在玄关处的右边。我去接个电话。"

美盼点头，看着苏晋庭拿着手机走远了，她又看了看那扇紧闭的房门，想到之前护士说的那些话，她哪怕是觉得自己有些疑神疑鬼，可能根本就是多此一举，却还是控制不住。

走进房间的时候，美盼看到的的确都是各种设备仪器，想到苏晋庭说的那些，她心里也有些惋惜难受，哪怕是和简姨就见了一面，也不知算不算是爱屋及乌，她总觉得自己对简姨有着一种很亲切的感觉，没想到那个人就快要离开这个世界了。

不过护士说什么？

有她的照片？

是不是看错了？

可那个护士又是看一眼就喊出自己的名字……

美盼没有多犹豫，既然都进来了，她直接就朝着大床走去。床铺整理得很干净，床头柜上放着一瓶花，应该刚刚换上的，所以空气并不显得沉闷。美盼居高临下地俯视着床头柜上的花瓶，侧目又看向抽屉口，手指动了动，她还是稍稍弯腰，拉开了抽屉。

里面却没什么东西，就放着一个眼镜盒，估计是简姨用的。

她也没有刻意去打开，又看了一眼另一边的床头柜，想要过去，脚步还是顿住，突然觉得自己是不是真的想多了。

那是简姨……和自己根本就不算是多亲，怎么可能留着她的照片？

犹豫的时候，她下意识地坐在了床沿上，两手撑着边沿，没一会儿就摇了摇头，认为自己是真有点儿神经质。美盼准备起身，但外套的拉链正好勾住了床单的一角，所以床单被她拉过来一些。美盼刚要伸手去抚平，眼角余光却意外地扫到了那个因为床单移动也跟着移动的枕头下面露出来的一张照片。

不，她这会儿看到的是半张，却已经足够清楚地看到那照片里的人是谁。

她的心脏咯噔了下，整个人有种踩着楼梯骤然踩空的惊慌，一脚踏下去，连想要收住都已经来不及，因为身边没有任何的楼梯扶手。

不管是不是好奇心，已经看到了，她就不可能当成没有见到。

美盼的心脏强烈又快速地跳着，俯身从枕头底下抽出了那张照片，照片上，不就是她秦美盼吗？

这张照片还是近期的，因为照片里的人穿着的衣服是羽绒服，地点……好像是学校，她笑得很灿烂……美盼心思大乱，想不清楚自己这张照片是什么时候被人拍下的，但她也是学过摄影的，光是看着镜头里的自己，她就可以断定，这个照片，百分百是被人偷拍的，而且拍的人很专业，拍摄的工具应该也是价格不菲，照片非常清晰，镜头感十足。如果这个人不是她自己，光是看着这样灿烂甜美的笑容，她估计也会被渲染上美好的心情，跟着嘴角上翘吧。

可是为什么，为什么简姨这里会有一张偷拍的自己的照片？

美盼咬着唇，简直不敢多想，有些时候，女人总是有一种很敏锐的第六感，她不笨，相反还很聪明，最近发生了那么多的事，苏晋庭始终都尽力在维持着一层表象，这些都说明了什么？

而且……简姨和他关系是那样亲密。

他是不是知道简姨这里有自己的照片？他为什么不告诉她？简姨又为什么要留着她的照片？

美盼心慌意乱地将照片捏在指间，忽然发现照片的中间似乎有什么痕迹，她下意识地翻过照片，后面竟写着四个字，一时让她脸上的血色瞬间消失：

吾爱宝贝。

第二十八章
原来被爱情撞了一下腰

苏晋庭接了郑元林的电话，那边只是向他汇报了两件事……

第一，黎展明那边还是没有什么确切的消息，但是C市这边的确是出了报道，他们之前找到的线索已经全部都呈现在媒体上，而且媒体的言辞比较难听，基本都是偏向于认定他已经死亡。

郑元林没有说这件事情之所以如此恶化的原因，但苏晋庭可以肯定，事情发展到现在，就是荣慎宇在背后操控着，不过他倒是真按捺不住，黎展明是否真的死亡还是不能确定的事，他已经急不可耐地将这件事搬上台面来，无非就是想要牵扯其中的人自乱阵脚。

C市传媒这一块始终都让他头疼，之前他从来没有想过要在C市长居下来，所以他始终没有跟媒体这块打好交道，哪怕有过他和文静怡的一些八卦传闻，他也都是睁一只眼，闭一只眼，至于现在……

他让郑元林马上去打听一下C市传媒这一块现在是谁在做主。郑元林心知肚明苏晋庭是什么意思。这件事完了之后，郑元林又说："确定简姨是在C市，肯定是在荣惊那边，但是因为人在那边，实在是不好见，荣惊应该不会放人。"

苏晋庭看着时间，都已经是深夜了，最近他心理上的压力很大，是人都会觉得疲倦不堪，这会儿听到这些话，他更是焦躁。但是郑元林也说了，他调查了一下，荣惊有找过在那方面比较权威的医生，这么说来，他应该不是光顾着所谓的"报仇"了。

苏晋庭人还在A市，也是鞭长莫及，最后只是吩咐了郑元林，让他先盯着，明天他就回

C市。

挂了电话之后，他的心情久久不能平静，最后点了一根烟，站在长廊的尽头，沉默地抽完，想到之前下车的时候刚答应了美盼不抽烟，他推开了窗口，任由夜风迎面打在脸上，等到身上的烟味儿消散得差不多了，这才往回走。

不过美盼人已经不在原处了，苏晋庭想着她刚刚一直在问简姨的房间，可能就在里面。走到门口的时候，发现房门是虚掩着的，里面开着灯，苏晋庭伸手推了一下门，绕过玄关，果然见到美盼站在床边，不过因为是背对着门口的，所以他只能看到她低着头，也不知道在看什么。

苏晋庭没有出声，就是很自然地朝着美盼的方向走去，因为房间范围不小，他走了几步之后，站在床边的美盼才后知后觉地听到了身后的声音，那种熟悉的气场渐渐逼近自己，她下意识地捏紧了照片，本能地转过身来，见到了苏晋庭精致的五官，似乎是有瞬间的怔忪，然后更是用力地捏住了那张照片。这所有的动作几乎是一气呵成，等到苏晋庭站在她的面前，她脸上的表情还是没有来得及掩盖，不过那张照片已经被她悄然放入了裤子后面的口袋里。

"怎么了？脸色这么难看。"苏晋庭伸手，想要落在她的脸上，美盼却是咬着唇，往边上闪了一下。

男人的手有些僵硬地停在半空，片刻之后，他眼角微微动了动，然后放下手，似乎也没有想太多，只是对她说："很晚了，早点儿休息吧。不过这里不方便睡人，边上的房间已经整理好了。"

美盼只觉得自己的心脏还在剧烈地跳着，她想要张嘴说话，可所有的声音到了嘴边又都咽回去，因为她怕一张嘴，那颗心就会从嗓子眼儿里蹦出来。她咽了咽唾液，只是点点头。

苏晋庭见她的脸色是真不好，不过今天晚上接二连三的事也多，他并没有想太多，何况还有黎展明的事在前。只是这一次，男人伸手去拽她的手腕，美盼挣扎了一下，他却没有松，蹙眉看着她，沉声说："我也觉得很累，所以我希望你可以再多体谅我一些，现在不要闹脾气，乖乖在我身边，晚上你需要和我睡在一起。"

美盼本就有些混乱的思绪，因为苏晋庭的这句话，身体更是紧绷了起来，几乎是本能地，她张嘴就说："这儿不是很多房间吗？我不方便……"

"你想哪儿去了？"苏晋庭叹息，"我知道你不方便，不会碰你，只是单纯睡觉。"

美盼也觉得自己好像有些反应过度了，脸上的表情红一下白一下的，很是尴尬，不过她还是坚持："我想一个人睡。"

苏晋庭看着她："我保证不会碰你。"

她知道自己说再多也没用，而且见到他的神色特别疲倦。其实这几天，他是真的比自己睡得还要少吧。心头一松，人已经被苏晋庭拉进了边上的房间。躺在床上的时候，美盼说，自己不太习惯躺在陌生的床上，所以裤子也没有脱。

苏晋庭说："明天起来会觉得冷。"

美盼其实是担心自己裤子口袋里放着的那张照片被苏晋庭发现："可是我……"

"别可是了，哪有睡觉的时候还穿着这种厚厚的裤子的？"苏晋庭似乎有些不耐烦，不过还是控制着自己的语气，"脱了，我说过不会碰你，你到底在担心什么？"

她根本就不是担心他会不会碰自己，加上她例假还不算完全干净，他当然不会碰她了。

也没有表现得太过强势，美盼还是小心翼翼地脱了裤子，然后躺在床上，男人也自然地脱掉了身上的衣服，一并躺了上来。

感觉到他健壮的身躯贴上来的一瞬间，美盼的身体颤抖了下，苏晋庭沉沉的呼吸尽在耳蜗处，热热的，亦有些痒。刚一躺下，他的气息就明显稳定下来，不过两分钟的时间，美盼就感觉到苏晋庭已经睡着了。

他大概是真的累了，她试探性地动了动身体，却可以感觉到男人很用力地抱着她，所以她就没了动作。那均匀的呼吸声像是有着一种魔力，让心绪紊乱的她也渐渐有了困意。

美盼也不知道自己是什么时候睡着的，不过她就知道，自己睡得非常不踏实，梦里反反复复地闪过很多的面孔，还有那张照片，以及照片后面的四个字……她快要被这种好像可以抓到，但不管怎么用力都只差最后一步的感觉给折磨疯了，她在梦里追逐着这样一个虚无缥缈的影子，追得特别累，可她太想要看一看事情的真相到底是什么样。

早上是苏晋庭叫醒她的，大概是9点左右，男人已经穿戴整齐，站在床边。美盼伸手揉了揉睡眼惺忪的眸子，苏晋庭这才发现她的眼睛都是肿的，就是没有休息好的关系。

"是不是有什么事没和我说？"苏晋庭这样精明的人，不可能丝毫感觉不出自己身边人的异样，昨天晚上她睡得就不算是多踏实，凌晨他起来去洗手间回来的时候，还发现她睡梦中满头大汗，呼吸急促，两只手却是紧紧拽着被子。

美盼心头一惊，摇头："……没有。"顿了顿，又说："我就是担心我爸。"

苏晋庭蹙眉，沉默了半晌，说："今天回C市，可能会有媒体在你家门口，到时候我会联系一下你爷爷和你妈，尽量避开媒体。"

美盼没接话，苏晋庭看了她两眼，嘴角线条越发下沉，那深邃的眸光影影绰绰，带着几分探究。

他总觉得她藏着心事，而且不是只关于黎展明的。

荣惊将报纸摔在了对面荣慎宇的身上，站起身来，阴恻恻地看着他："没有我的吩咐，是谁让你做这些事的？"

荣慎宇非常淡定从容，伸手轻轻拉了一下西装外套，俯身捡起了报纸，那上面的头条内容让他很是满意，那几张照片还是他昨天亲自挑选出来的，此刻看着，竟也会有一种自豪的感觉。

他勾唇，对于荣惊的怒火视若无睹："父亲，我认为这样做对我们来说有利无害，不是吗？现在阵脚大乱的，那必定是秦家和苏晋庭，我们只需要观战就可以了。我不明白您为什么要生气。"

荣惊眸光一闪，不过就是片刻，他神色已经恢复如常，如果不是因为荣慎宇那双尖锐又锋利的眸子很是敏锐，又特意留神，未必能够看到他眼底那些一闪而过的情绪。

荣慎宇此刻就更是确定了——简莉瑶那个女人，肯定是在他的身边。

自己跟在荣惊身边多少年了，哪里会不知道他的软肋？说是恨这个那个女人，不过按照荣惊心狠手辣的性子，要真是恨不得弄死她，何必等到今天？苏晋庭固然厉害，荣惊也不是省油的灯，这些年来，和那个女人玩着猫捉老鼠的游戏，不过就是在和她比耐心，最后还是要让她乖乖送上门来。这么坚韧的心态，无非就是他对她，有着非同寻常却又极度压抑的感情。

人这种贱东西，因为有了感情，就会有软肋，这个时候，就不仅仅只是贱，还会让人觉得可怜可悲。

瞧瞧面前的这个男人，曾经自己也是忌惮他的，喊他一声"父亲"，也不过是因为打心眼儿里对他为人处世的那种手腕的佩服。

可他现在，身上还有什么能够让自己害怕的底气？他现在就是一个可怜之人。

"我说了，有任何的情况都应该先问过我，谁让你自作主张的？"

荣慎宇的表情还是淡淡的，这个时候却不出声接话。

荣惊是老江湖了，自己身边留着什么人，他心里很是清楚，现在看着荣慎宇这样，就知道他在打什么主意。视线再度落在他手中的那张报纸上，荣惊阴沉的面容慢慢就放松了下来，最后反倒是笑了笑，一脸了然的样子："慎宇，知道你以前叫什么名字吗？"

不出意外，荣慎宇的面色发生了巨变。

荣惊坐下来，点了一根雪茄，叠着两条腿，抽了两口之后，低声说："人都说了，滴水之恩应当涌泉相报。我当然不指望你来涌泉相报我，也许你心中始终都是愤愤不平，自己有的是想法，有的是主见，我却一直都压制着你，那么你知道你自己的问题在哪儿吗？或者这么说吧——"

荣惊的声音忽然顿住，转动了一圈手中的雪茄，缓缓抬起头来，看着荣慎宇，一字一句直击他的软肋："这么多年来，知道为什么总是输给苏晋庭吗？"

荣慎宇一脸寒霜，其实眉宇间已经暴露了他此刻的焦躁情绪，甚至还有不甘和不耐，但是他长年在荣惊的身边，最基本的隐忍还是有的。

"从来没有真正较量过，何来输赢一说？"言下之意已经很明显了，以前我和他之间所有的较量，那也不过就是因为我听命于你，而你的手段从来不代表我的，加上你在那个简莉瑶身上浪费了多少精力！我要对付的人只是苏晋庭，我才不会管别人，更不会在意用什么手段对付他。

荣惊点点头，对于荣慎宇会说出这样的话来，他丝毫不奇怪。

荣慎宇是个怎样的人呢?

荣惊收养他的时候他不过才10岁,那时候荣惊就知道,这个孩子不简单。10岁的孩子,养狗就选择养藏獒,可养了五年的藏獒,却因为在喂食的过程中不小心被咬了一口,他就直接将那只狗给毒死了。

选择毒死,对于当年只有10岁的孩子来说,是最快捷又最安全的方法。

那时候荣惊就知道,荣慎宇这个人,心思不仅是深,更多的还是狠。但那不代表自己不能够控制他,毕竟只要知道他想要的是什么就可以了。

"你最近是不是见过白家的人?"打蛇打七寸,对付人也是一样的道理,荣惊到底还是老姜,荣慎宇的那点儿心思和动作,暂时还逃不过他的眼。

荣慎宇一愣,脸上的表情似乎有些来不及掩盖的惊慌失措,随后才承认:"知道瞒不住父亲您,我见过。"

荣惊对于他的坦白倒还算是满意,他指间的雪茄燃了一半,这会儿缓缓勾过一旁的烟灰缸,将半截烟搁在烟灰缸的边沿处,低声说:"这么多年来,我知道你最想要的是什么,我一直都不给你,并不是因为真的瞧不上你,而是觉得时候未到。现在,我依旧还是这么一句话……慎宇,不要操之过急,你还年轻,说实话,我不希望你走我以前的那条路,出来之后,我想明白了不少的事。"

最后那句话,荣惊似乎有些不胜唏嘘的样子,可听在荣慎宇的耳中,更多的却是虚伪和装腔作势。

荣惊不管他听没听进去,继续说:"这话我就只对你说一次,就算是毫无血缘关系的人,在一起的时间长了,终究还是有感情的。为了坐在白家当家人的位置上,我的确用了不少的手段,做了不少的事,现如今我得到了,也未必就过上了自己最想过的日子。我准备退下来,但是我不准备让你上位,毕竟白家这一口饭不好吃……你其实很有能力,我可以给你资金,做点儿正当生意。"

荣慎宇没有想到荣惊竟然还能对自己说出这样的话来,这算是什么意思?

现在弃暗投明?还准备拉着自己去做点儿正经生意?他被这个念头给震惊到了。

不能怪他这样想,因为荣惊是谁?

要说和黑色有染的,那就是荣惊。他这一辈子做不了英雄,就只是一个枭雄。

年轻的时候,他配合很多的地下组织专门洗黑钱,那时候荣惊猖狂得很,虽然那时候荣慎宇还没有在他的身边,但是他的那些"英雄事迹"荣慎宇可是听说过不少,而且网上曾经有一个帖子,就是专门分析荣惊的,只是后来他竟然败在一个女人的手上,想想也是可笑。

任何组织都找不到他的犯罪证据,那是因为他够小心,做事十分谨慎,可最后让他失败的,不是百密一疏,而是色字头上一把刀!

他坐牢的那些年,刚开始对简莉瑶那是恨得咬牙切齿。在监狱里那么多年,出来之后,他只是换了一种方法活着,更是低调,以前人人知道的荣惊,到了后来,仿佛销声匿迹了,却是摇身一变，成了白家的掌门人。

荣慎宇静了静，忽然问："父亲，最近几天很少见到您，是因为身体不好？"他也知道，荣惊叫了不少的医生过来，为的当然是那个女人，当然也不排除他上了年纪，身体不好。

荣惊看了他一眼，重新拿过一旁的雪茄，抽了一口："做一下例行检查而已，你知道我对这些一直都很重视，想要多活几年，总得照顾好自己的身体，这是本钱。"

荣慎宇没有接话，荣惊垂下了眼帘。

两人一时心思各异，只是荣惊不由得想到了躺在床上的某个女人，忽然就觉得，那雪茄抽进肺腑的滋味儿都有些涩涩的，格外难受。

苏晋庭说得不错，秦家门口确实围堵着不少的记者。

黎展明本人对任何人都起不了什么作用，但是他和秦家有关，那作用就大了，现在记者最好奇的就是，他为什么会突然离开C市，而且还是去缅甸那样的地方？他是不是真的死了？连同之前黎展明想要和秦媛离婚的那个念头，竟然都能够让人揣摩出来，所以这些记者的问题很是尖锐，大概能够想到，一个上门女婿，在豪门这样的家庭之中，有多么地寸步难行，是不是坚持了二十一年，终于还是要放弃？

又或者……他的死，和秦媛有直接的关系？

……

种种说法，其实无非就是想要借机攻击一下秦氏，也无非就是因为有了这么一个秦氏，才会让人对分明就是生死未卜的人这样感兴趣。

他们的车子是从后门开进去的。

苏晋庭已经联系了秦齐林，所以秦家的人也已经做好了准备，两人下车之后，用人急急忙忙迎出来，就怕被外面的记者看到，拥着美盼就快步走进了家里。

苏晋庭随后也走进了屋里。

秦齐林站在客厅之中，秦媛坐在沙发上，知道是苏晋庭和美盼回来了，父女俩的表情却是完全不一样的。

这是苏晋庭和美盼自从那天离开秦家之后，第一次一起回来。

秦齐林看着面前的两个人，一时内心是五味杂陈。秦媛站起身来看了一眼美盼，又将视线落在了苏晋庭的身上，只见他手臂上挂着一件羽绒服，面容很是沉寂，透着几分锋利。

秦媛先开的口："既然都回来了，那就好，都坐下吧，你们也知道发生了什么事，今天必须要说清楚。"

美盼不说话，苏晋庭能够感觉到，自己的小女人在走进这栋豪华别墅大门的时候，身上就习惯性地散发出一种畏惧。他将外套交给一旁的用人，上前轻轻拉住了美盼的手。感觉到男人温热的掌心贴上来，美盼不适应地挣扎了一下，不过苏晋庭拽着不松，她没有任何的办法，只能被他牵着往客厅正中间走去。

秦齐林和秦媛都瞧见了，秦齐林眸光复杂，秦媛冷笑了一声，毫不客气地开炮："苏晋庭，虽然展明这人可能你是瞧不上的，但是我可以很明确地告诉你，那也是我秦媛的丈夫！是美盼的父亲！你凭什么让他离开C市？我现在就需要你给我一个解释！"

"还有你！"她脾气急躁，越说越气愤，一下就把矛头指向美盼，"你能有点儿出息吗？还真是恋爱大过天了？你爸现在是生是死都不确定，你倒是已经光明正大地和这个男人在一起了，现在还有心情秀恩爱！"

美盼面色一白，心里很不是滋味儿。

可她知道，自己并不是因为秦媛的那几句话不是滋味儿，而是……这一路上，她始终都想着自己裤子口袋里的那张照片，如鲠在喉。

这张照片，让她控制不住地胡思乱想，又紧张，还害怕。

而秦媛现在的话，无非也就是导火线而已。

苏晋庭最是见不得秦媛用这种颐指气使的口吻对美盼，本来就阴沉的俊容这会儿已完全是冷若寒霜，他感觉到美盼的手又开始挣扎起来，心里的不悦丝毫不掩盖，完全展露在那精致的五官上。

男人虽是有着几分倦容，却越发地阴沉骇人，他将美盼往自己的身后一拉，看向秦媛："你也说了是生死不明，何必对着一个孩子撒气？如果不是他想要离开C市，我苏晋庭就算是有翻天的本事，也不可能顺利让他离开。"

秦媛面色一变。

苏晋庭挑起眉头，有些话，他或许不好和美盼说，但不代表不能和秦媛说，不能侧面让美盼明白一点儿什么。

"秦家是这么有地位的豪门世家，留住一个人能有多难？心凉不是一朝一夕的事，他要是把这个富丽堂皇的家当成了自己的家，你认为还会有今天这样的局面？"

秦媛被苏晋庭这几句话打得有些不知所措，更多的还是恼羞成怒："苏晋庭，你什么意思？推卸责任是不是？就是你让展明离开C市的，你现在倒怪我们秦家不好好待他了，真是笑掉大牙！我们秦家没有好好待他？这些年来，他哪里来的风光无限？"秦媛狠狠剜了一眼那个被苏晋庭保护得极好的美盼，更是怒火中烧，"秦家，不过就是养了一头白眼狼！"

美盼有些受不住，秦媛骂自己是白眼狼就算了，她也不是第一次听到，早就已经麻木了，但是现在在爸爸生死未卜，她还这样说爸爸。美盼没有忍住，甩不开苏晋庭的手，也侧身上前，压抑着嗓子，低声反驳："妈，你能别这样说爸吗？"

"我说一句怎么了？不是白眼狼是什么？我们秦家就是养了……"

"够了！"

秦齐林痛心疾首，打断了秦媛的话，不胜其烦："不要再说了，我让他们回来不是让你们吵架的，有什么话不能坐下来好好说？都是一家人……"

最后那五个字，竟是包含着说不尽的沧桑和懊悔。

只是这样的感觉，大概也就苏晋庭能够体会出来，他看了一眼秦齐林，薄唇微微一勾……

要问他心里对秦齐林是如何想的，那是各种情绪都有，就是不会有同情。

人这一辈子，都是种什么因，得什么果。

你今天得到了什么，那就是你曾经种了什么。

秦媛一副郁郁寡欢的样子，不过倒也没有再多说什么，多少还是忌惮着秦齐林几分。美盼这个时候上前，问秦媛："妈，报纸在哪里？我想看一看。"

秦媛哼了一声，没出声，边上的用人及时救场，马上就拿过了一旁的报纸，递给美盼。

美盼拿着报纸看了看，虽然知道上面的言辞颇为偏激，也并非事实，可光是看着照片上的公文袋和那双鞋子，她的心就揪着难受。

苏晋庭见状，伸手就拿过了报纸，在她耳边低声说："不需要关注这些。"

她嚅动唇瓣，似乎想要说什么，只是秦齐林快她一步开口，对苏晋庭说："你方便和我上来一趟吗？我有些话想对你说。"

苏晋庭将报纸重新交给用人，蹙眉吩咐："把这些都收了。"

用人自然不敢有异议，点头，很快就去收拾了。秦媛见用人那狗腿的样子，冷嘲热讽："都快忘记是谁给你们发工资了吧？一个个都不知道谁才是主子吗？呵，就算是把报纸都收掉又能如何？舆论在，这事情就没完！到时候只怕会有更难听的出来……美盼，你觉得很可惜吧？当初那么努力要换专业，结果摊上了一个男人，这学期是上学都不得太平。"

美盼脸色难看，苏晋庭刚要上楼，闻言阴恻恻的眸光停在秦媛的脸上。秦媛正好抬起头来，接触到了男人的视线，脊背一凉，这男人的瞳仁深处像是藏着一头野兽，就要冲出来撕碎她！她咽了咽唾液，觉得自己没有说错，勉强站着和他对视。

结果苏晋庭也不过就是轻飘飘的一句话："舆论是人为掌控的，你管好自己的嘴，我能够管好整个C市人的嘴。"

一句话，霸气外露。

秦媛看着他那种淡然沉稳的模样，一时竟无言以对。

等到秦齐林和苏晋庭上楼之后，秦媛才看着美盼，似乎还想要再说几句，美盼忍无可忍，在她前面开口："妈，当我求你了，其实我宁可不要见到你的脸……之前我在电话里听到你说爸爸出事了，我都可以感觉到你是真的在担心我爸，但是我回来之后，你总是忍不住句句针对我，连正经事都可以抛诸脑后。我经常在想，这到底为什么？我是你生的吗？"

最后那句话说出口的时候，两个人都是一愣。

秦媛没有来得及说什么，美盼却像是一下子被自己的话给触到了什么。其实以前她恼怒的时候也问过秦媛这样的问题——我还是你亲生的吗？

只是这一次，问出口之后，她只觉得惊慌。

她深吸了一口气，甩掉脑海里那些乱七八糟的念头，转身就朝楼梯口跑去。

美盼也上了楼，装修考究的客厅里只剩下她一个人，站在奢侈的水晶灯下，女人身侧的双手不由得捏紧。

是啊，为什么见到你就这样忍不住针锋相对？

因为你不是我生的！秦美盼，你不是我的女儿！我看着你的时候，就像是在看一个笑话，却又无法摆脱你带给我的羞耻……我有时候觉得，你就是老天爷派来惩罚我的，一定是我上辈子造孽深重，这辈子才要这样活着。

黎展明……

你以为你活得有多压抑痛苦？

我却是比你痛苦一万倍。

楼上书房。

苏晋庭一进去，秦齐林就从抽屉里拿出一份文件，送到他面前，也不拐弯抹角，直接就说："这是我要给你的东西。"

苏晋庭并没有接，凭自己的直觉，他就可以猜出来文件上写着什么。

他看着秦齐林，摇头，嗤笑："我不需要秦氏的股份。"

"这是我欠你的。"

秦齐林语气低沉，最近家里和公司的事都比较多，家里是黎展明和美盼的事，而公司则是秦媛又不小心捅了个娄子，之前不让她触碰的一个项目，她偏偏要做，现在被有心人的皮包公司给套住，如果这个难关过不去，秦氏就会元气大伤。

但他也不是特意在这个时候给苏晋庭股份，只是因为这件事，突然就让他明白，其实很多时候，成败大概就是一念之差，自己这一辈子处心积虑建立起来的事业，没准就会被秦媛一眨眼之间给败光，秦媛终究不是经商的料。之前他总是在两个孩子中间权衡，多少还是对秦媛的母亲抱着一丝愧疚，也总是认为秦媛这一辈子已是有太多的得不到，只是想着要把公司留给她，是理所当然。

至于苏晋庭……

他承认自己就是一个自私的小人，那时候是真以为他不知道实情……

想到这里，秦齐林不禁苦笑，调转话锋问苏晋庭："你一直都知道我是你的……亲生父亲，你应该很恨我，为什么当初你会心甘情愿来这里？我知道你手中握着的资金不会比整个秦氏少，可你当初来了秦家，难道不是为了秦氏？可你现在又不要秦氏。"

苏晋庭双手缓缓插入西裤口袋，长腿勾了一旁的凳子，侧身坐下来，静默了几秒才开口："其实你应该庆幸，当年你在我身上造孽了，却在另一个孩子身上，勉强弥补了。"

秦齐林也是个聪明人，当然能够听得出来，这所谓的另一个孩子，就是美盼。

他都已经说到这个份儿上了，他联想着前因后果，也知道了苏晋庭是冲着美盼来的。

"你早就已经知道了她的身份？"

对于美盼的身世，秦齐林知道的也许还不如秦媛和黎展明知道的多，当年只是因为秦媛不能生育，那时候黎展明和她的婚姻关系也不像现在这样连粉饰太平都不能，其实年轻的时候，他们也相爱过。

所以知道秦媛不能生育后，他们夫妻就商量着找人代孕。

这件事情，一开始秦齐林是反对的，毕竟黎展明对于他来说也不算是秦家的人，一个入赘的女婿，再找一个外面的女人来代孕，说来说去，这个血脉始终都不是秦家的。那时候他虽然谈不上年轻气盛，但是心态没有现在这样平和。

只是当时夫妻俩都已经决定的事，他也没有办法改变，但是这事，他的确是没有深入了解过什么，他当然也知道自己的女儿是个什么性子的人，当初她护黎展明护得很紧，肯定也不会找什么乱七八糟的女人。

后来孩子是带来了，她终于还是后悔了。

带着一个别的女人生的孩子，一个心胸本来就不够宽的女人，能给多少母爱？

美盼长大之后越发亭亭玉立，却是和她的五官有很大的区别。人家都说了，养的女儿也会随着人的外貌有所变化，但可能是因为她从来就没有怎么带过美盼，所以美盼的长相一点儿都不像她。美盼小时候，她嫌吵嫌闹，不耐烦，不带，但看着黎展明对女儿那般疼爱，两人感情就有了很大的分歧，慢慢地，争吵越来越多，都是围绕美盼。

所以那几年，秦齐林对美盼的关心也很少，毕竟不是自己的血脉——人其实都是自私的动物。

后来他年纪大了，也慢慢看开了，虽是自私的动物，却也是感情的动物。

不过这么多年来，秦媛虽是嘴毒，但在物质上没有亏待过美盼。

"所以，你是为了美盼来的。"秦齐林这话是肯定的语气，"你一直都知道她的身世，难怪你始终都护着她。"

苏晋庭没有接话，拿了一根烟出来，却只是把玩在指间，没有打算点燃。其实他的烟瘾挺大，最初创业的时候太累，烟就成了他必不可少的好伙伴，以至于后来形成了一种习惯，几乎到了烟不离手的地步，现在他倒是想戒烟。

自己总抽烟，对美盼也不太好。

"展明到底在哪儿？"秦齐林见苏晋庭那一副心不在焉的样子，心里有些不悦，他当然看得出来，其实苏晋庭压根儿就没有把他当回事。当然他也明白，美盼的事，苏晋庭肯定是不会多说的。心下不高兴的同时，秦齐林也在暗暗感叹，对于苏晋庭他根本就无法掌控。当初让他来秦家，本是抱着试探他能力的想法，当然也知道他在金融那一块做得相当出色，必定也会对秦氏有所帮助，却不想现在所有的一切都与初衷背道而驰。

苏晋庭还真是没有把秦齐林当回事，他来秦家虽然有自己的身世的原因，毕竟他为此耿耿于怀多年，也曾经有过偏激的想法，可绝大部分，还是因为美盼。

等到了后来，他确定了自己的心意，更是不会把秦氏当回事。

"我现在不知道。"他实话实说，想到楼下美盼还要面对一个秦媛，他有些坐不住了，收起了烟就站起身来。

秦齐林又问："那你当初为什么要让他离开C市？和美盼有关？是不是有我不知道的事？"

苏晋庭嗤笑了一声："这么多的问题，可我却觉得我没有必要回答你任何一个。秦……老爷子，我是不是应该这样喊你，怎么都比以前你让我和盼盼一样，喊你一声荒唐的爷爷要好。"

秦齐林只觉得被扇了耳光一般，脸色很是难看。

其实苏晋庭喊过他没两回，当时他以为苏晋庭不知道，自然也不好太过出格地表现出来什么，加上他年纪的关系，所以就让他喊了一声"爷爷"，现在想来，确实荒唐得很。

"我知道你心里怨我，你妈的事……"

"别说我妈。"苏晋庭蹙眉打断了他的话，也不和他兜圈子，直截了当就说，"我知道你让我上来的目的是什么，第一，秦氏目前有困难，你希望我出手帮忙，但是我要告诉你，如果好的时候不想着别人，等到不好的时候就不要再想着别人，因为谁都不傻，对吗？你现在给我的秦氏股份，对我而言，应该就是一个烫手山芋吧？"

"你非得这么想我？"

"秦媛那边，我以前就提醒过她，不要轻易去触碰那个项目，但是她信誓旦旦，现在有什么结果，也是她当初自己种下的因。"

苏晋庭顿了顿，又继续道："第二，你想知道黎展明在哪儿，知道我为什么要让他离开C市，我可以这么和你说，的确是我提议让他先离开一段时间的，但也是他自己想走，其实这些年来，他过得也很压抑。至于他现在在哪儿，我的确是不知道，不过他是生还是死，你们可能也不是那么在意，但我很在意，因为她还是盼盼的父亲。"

苏晋庭说完就要走，秦齐林还是喊住了他，叹息了一声："我已经老了，很多事怕是真的力不从心。我知道你怪我自私，没办法，秦氏是家族企业，也不是我一手创出来的，上一代的人交到了我的手上，我不能看着它有任何的偏差，我所做的一切，都是为了守住这个家。"

他最后那句话，语气一变，已是坚定："我也会为了守住这个企业，做任何事。"

苏晋庭还真没有将这句话放在心上，因为他很了解秦齐林。

秦齐林这人，怎么说呢？

商业手段是有的，年轻的时候在商场上也是很圆滑的。他会做人，人脉很广，所以秦氏一时半会儿不会真的走投无路，只是在资金方面肯定会有难以周转的时候。秦媛现在是秦氏的一把手，她一贯都骄傲自负，苏晋庭确实不想出手帮忙。他的目标从头到尾都不是秦氏，这么个公司，他还瞧不上眼。

不过目前C市的舆论风向不对，而且他也知道，有些事将来是肯定要发生的，所以他要提前把媒体这一块拿下来。

他要掌控好整个C市的舆论，要在一个月之内，让偌大的传媒市场重新洗牌。

也许他以后的重心也可以放在这一块，那些舆论总是能够干扰到美盼的生活，这段时间已经接二连三发生很多事，严重影响了美盼的日常生活，这是他最不想看到的。

苏晋庭在着手这一块的时候，却想不到，秦齐林已经悄然将那些股份转到了美盼的名下。

他的目的很直接——只要是和美盼有关的，苏晋庭就绝对不会弃之不管。

苏晋庭知晓这件事，还是秦齐林将股份转让之后，特地让记者公布了一下，美盼成了继秦媛之后，秦氏年纪最小的股东。

然而在秦齐林将股份转给美盼的新闻发布之后，关于黎展明的死亡谣传也越发激烈起来。

这几天美盼根本就是足不出户，每天都在自己租的房子里。苏晋庭一开始并不让她一个人待着，不过她坚持，加上他最近确实也有不少的事要处理，最后也只是多派了几个人在小区周围守着。她住在这里，很多人都不知道，所以她暂时还是安全的。

晚上美盼正愁着吃点儿什么，公寓的门就被人敲响了，她知道是苏晋庭，这边除了他，不会有第二个人过来。她跑去开门，果然见男人站在门口。

他身上穿着一套正式的西装，不过外套挂在手臂上。最近天气明显转暖，她在家里只穿一套薄薄的睡衣，苏晋庭更是只有白色的衬衣，一条黑色的裤子，进屋之前就脱了鞋子。

美盼自然地递过一旁的男士拖鞋，因为还没有来得及换，那拖鞋还是棉的。

苏晋庭套上之后，顺手带上门，问她："吃过东西了？"

美盼摇头。

"这两天秦家有人找过你？"

美盼不知道外面的风风雨雨，但股份转让这事她是知道的，只是并不清楚其中内情。前两天家里的司机送来了一份文件，是她亲自签的，不过她也没有细看，所以这会儿苏晋庭问她秦家是否有人找过她，她心里就已经有所怀疑了。

"怎么了？"

苏晋庭知道美盼对于商业上的一些决策是丝毫不懂，和秦家的关系虽然冷淡，但是她是打心眼儿里把秦家的人当成自己的至亲的，秦齐林要真让她签字什么的，她肯定是不会有所怀疑的。

秦齐林当真还是一只老狐狸，为了让自己救秦氏，不择手段。

"前两天我签过一份文件……"

美盼见苏晋庭也不讲话，心里咯噔一下，下意识地解释："那是股份转让书，我一开始不想要的，不过爷爷和我说了，因为这次我爸的事，秦氏上上下下都有些动荡，董事局也不是爷爷一个人的。他退休的时间到了，本来是打算全都给我妈的，大概也是和我爸有关，所以说，就先划到我的名下。"

苏晋庭面色并不好看："你知道具体的细节吗？"

"不知道。"美盼实话实说，"我对那些一窍不通。"

苏晋庭虽然能够理解美盼的立场，但是这种时候，他心里不免有些恼火："既然一窍不通，你还敢随便签字？"

美盼看得出来苏晋庭有些生气，但是她不理解他为什么要生气。

她很严肃地表示："为什么不能签字？我的确是不想要那些股份，股份对我来说没有什么用，但是我认为爷爷既然要让我签字，应该有他的理由，而且我看得出来，他很需要我的签字。秦氏虽是我们秦家的，但是秦家还有多少旁亲？你也许不知道，可我知道！"

美盼说到这里，深吸了一口气，将刚刚拿在手中的一本书放在桌子上，继续说："我是对商业上的很多问题都一窍不通，但是我知道，我爷爷当初为了得到秦氏，也算是众叛亲离，可站在商业的角度来说，我相信他也是有自己的理由的。可能我们也不算特别地亲，可他至少是我为数不多的亲人。还有就是，这些年来，我的那些舅公叔伯们一直都在和我爷爷打官司，有很多人都对秦氏虎视眈眈。我是在秦家成长起来的，所以，不管爷爷的目的是什么，我现在能做的也就是签个字而已，总不至于坐牢吧？"

苏晋庭倒没想到这小丫头懂得还挺多，竟然还知道秦齐林一直都在和他的那些兄弟姐妹打官司的事。估计让她签字之前，秦齐林那只老狐狸没少在这方面下功夫。

罢了。

其实他不是真的不能帮秦氏，只是始终是意难平。

或许美盼就是出来克他的，亦是救赎他。

最不想去碰的，也许是他内心深处最想碰的，只是少了那么一个借口。

他只是很不喜欢秦家的人从美盼的身上下手来钳制他。

他知道问题还是在自己的身上，有时候人还真是防不胜防，但是在情感上，他不允许再有任何人打他的女人的主意。

美盼的心思并不在这个股份转让上，她到现在都不会想到爷爷还能拿股份来对自己做点儿什么。秦氏那么大的一个企业，她作为秦家的人，有那么点儿股份也是合情合理的，所以她心里很坦荡。

"要真能让你坐牢呢？怕不怕？"苏晋庭忽然笑了一声，顺势拉开餐桌边上的椅子，坐下来。

美盼看了他两眼："你是认真的？"

苏晋庭点头。

"那就怪我自己笨好了。"她也很是认真地回答，"别人怎么看我不重要，重要的是我自己是怎么想的。他们是我的亲人，如果亲人都需要这样算计，那你说我还能说什么？但是我需要对得起自己的良心，就像我爷爷以前经常对我说的那句话——秦家把你养了这么大，也都是秦氏的功劳，你今天所得到的一切，都是秦氏给你的，你不为秦氏牺牲点儿什么，你觉得有那么便宜的事？我可以如此安慰自己，我问心无愧就行。"

苏晋庭挑眉，看着她的那双深邃的眸子里，闪过一丝赞许。

他的宝贝儿有着如此宽阔的胸襟，却是自己不能比的。有时候也许你会怀疑一个21岁的女孩儿能说出这样的话来，未必真的能够做到，但是苏晋庭看着她那双澄澈的眸子，却是坚定地相信，她可以。

好一句问心无愧。

这世间又有多少人，能够在做每一件事的时候，都做到问心无愧？

他伸手揉了揉美盼的头发，却被她拽住了手腕。

"不说这些了，我爸有消息了吗？"已经过去十来天了，美盼是真的担心。

苏晋庭就知道她会问这个问题，回答的时候表情很是淡然，只是说："宝贝，你爸没事，报道是不实的，但是现在他可能是想一个人静一静，不想和我们联系，我会尽快派人去找他。"

美盼心里装着太多的事，并不是善于掩盖自己的真实表情，只不过此刻的苏晋庭，将她的心事重重完全理解成是因为黎展明。

"你说的我都相信，你说我爸没事，我就相信你，但你尽快联系上他，我真的很担心他。"半晌过后，美盼轻声说。

苏晋庭伸手揉了揉她的黑发，笑一笑："当然，放心。"

男人在拥她入怀的瞬间，深邃的瞳仁闪过一丝阴霾。

没过几天，苏晋庭就告诉美盼，他需要出差去一趟美国。美盼一直都担心着黎展明的情况，几乎每天都会问，苏晋庭只是告诉她不用担心，黎展明没有生命危险，让她乖乖在家里等他。

美盼觉得这种事，自己哪怕是追着人问也没用，所以就耐着性子等消息。

苏晋庭一离开，美盼就更是无所事事，每天去学校报到，上几节课，剩下的时间也就是无聊地在家里看看书、上上网，或者是浏览一下关于黎展明的新闻。

但是，她明显能感觉到，之前的那些报道似乎一下子就被清空了，她心里估摸着，如果不是苏晋庭的关系，那就是秦家的关系。

这个念头刚一闪过自己的脑海，手机就有短信进来。

美盼拿起来看了一眼，是崔惜梦的，问她："在家吗？"

她回："在。"

"苏晋庭和你在一起？"

"我一个人，怎么了？"

"我在你小区的楼下，我现在上来。"

美盼没有再回短信，丢下手机就跑到阳台看了一眼，果然见到崔惜梦的车子正在小区楼下找车位。她开车时间长了，车技还是不错，不过几十秒时间车子就停好了，然后就见她推开车门下来。

不过几分钟，崔惜梦就上了楼。美盼打开门，站在玄关处，踢过一旁多余的女式拖鞋，看着她换鞋子："出什么事了，大晚上的还往我这里跑？"

崔惜梦换好鞋子，顺手带上了公寓大门，不答反问："晚上你男人来这里过夜吗？"

"他最近不在，出差了。这里有两个房间，你想留宿也有地方，不过我就是好奇，你为什么不住在自己家里？"其实美盼能猜出来，十有八九是和那个历承易有关系。

崔惜梦神色有些疲倦，坐在客厅的沙发上，伸手抱着脸颊，太难得的是在美盼面前竟然还能唉声叹气："我觉得累，就是想找个地方安静安静。"

"因为历承易？"

崔惜梦停顿片刻，点头。

"你不喜欢他？"美盼顺势在她的边上坐下。突然来了朋友，两人就这样聊着天，似乎也可以把她心中那些疑惑和纠结暂且抛诸脑后，她已经太久没有这样正常地和朋友来往了。

美盼不知道的是，对于崔惜梦来说，她亦是太久没有过上正常的日子了。

崔惜梦不知道自己是从什么时候开始，就被那个男人给缠上了。他为了达到自己的私欲，对她简直就是软硬兼施，什么样的手段都用过。有时候她也纳闷，就算自己不丑，但也绝对谈不上有多么惊艳，像他那种一天到晚都在换女人的男人，怎么可能被她给迷住？

何况，他想要做的时候，她就没有一次是配合的，她想不通，他为什么宁可在自己身边磕磕碰碰地找不痛快，也不让她舒坦？

"我以前是讨厌他，现在我连讨厌他的心情都没有了。"崔惜梦有气无力地接了一句，整个人靠在了美盼的肩上，然后顺势慢慢滑下去，最后躺在沙发上，闷声道，"我不知道他是怎么想的，但是我很烦，他现在得寸进尺，我根本就没有办法，我打算离开C市一段时间。"

美盼一惊："离开？你要去哪儿？"

"你放心啦，我不去东非。"

"……梦梦，其实你讨厌历承易，是不是因为你认为他是一个游手好闲、不务正业，又对女人喜新厌旧的人？"

崔惜梦今天似乎特别地感性，平常她都不太喜欢提到历承易，但今天她显然没有那么多的抵触情绪，剩下更多的，竟是一种美盼从未在这个向来清冷高傲的好友脸上见到过的茫然无措："……以前我觉得，喜欢一个人不需要什么理由，看对眼就是了；讨厌一个人也不需要理由，看不对眼那就是气场不和。我不知道我为什么讨厌他，但是国宝，我肯定不是那么现实的人，如果我能够接受对方，不管他是做什么的，我都可以接受。"

"喜欢可是无条件，可我认为，讨厌其实是要有原因的，如果他刚刚出现在你生活中的时候并非这种吊儿郎当的形象，也许你会对他改观。"

"他本来就是吊儿郎当的形象。"

美盼眨了眨眼，这么说来，历承易始终都不曾和梦梦说过自己的事业？其实她还专门在苏晋庭面前问过关于历承易的事，按照苏晋庭的那种认知，大概就是——历承易对梦梦挺上心的。

"梦梦，其实你有想过吗？历承易这人，或许也不是你所看到的那样，唔，我的意思是，也许他并不是那种游手好闲的人，而且我觉得……可能他对你挺认真的。"美盼斟酌着措辞。

崔惜梦本来是双手抱着自己的后脑躺在沙发上的，闻言她睁开眼睛看着美盼，似乎是犹豫了一下，才问："历承易是做什么的？"

美盼心念动了动，嘴角忍不住上翘。其实人心都是肉长的，梦梦这人，平常虽是清清冷冷的，可她其实很执着。能够对顾情深钟情那么多年，当然不是轻易可以改变的事，但是历承易不能说对她完全没有影响。

两个人，不管是以什么样的方式相处，时间久了，都会慢慢改变彼此。

就像曾经的她和苏晋庭。

恍然间她就觉得，自己和苏晋庭在一起之后，学会了很多东西。

美盼想了想，也不瞒着崔惜梦，这事，她本来就是想要告诉她的，要不是因为那天在度假村的时候突然接到秦媛的电话，打乱了所有的一切，她或许就已经给她说了。

"……梦梦，其实我听苏晋庭讲过，历承易是有自己的事业的，他是不是很喜欢进厨房？"

崔惜梦秀眉一扬："这个你怎么知道的？"

历承易的确是喜欢进厨房，而且做的菜味道不错，不……不应该是不错，而是非常美味。

想到这些，她才意识到自己是和历承易吵了一架出来的，还没有吃饭。

这个时候，想到他之前恬不知耻地过来，非得给自己下厨做东西吃的那种画面，她就忍不住咽了咽唾液。

其实这个男人，大概唯一的可取之处，就是能做菜。

"食总监，是历承易的。"美盼直接给出了答案，"你别不信，这是千真万确的，是苏晋庭和我说的。"

食总监在C市大名鼎鼎，是没有VIP都不可能订到位子的一个高级餐厅，主厨神秘，只知道是个年轻的男人。这些信息倒是吸引着更多的女性在好奇心的驱使下去尝试，而且有了第一次，就会忍不住去第二次。

那是……历承易的？

看着崔惜梦那一脸吃惊的样子，美盼伸手拍了拍她的肩膀，笑道："吃惊吧？我刚知道的时候也很吃惊，不过我以为他会和你坦白呢，毕竟对于一个事业有成的男人来说，站在女人面前，这都是最大的发光点不是吗？不过我后来才想起来，好像你曾经和我说过，顾情深第一次请你吃饭的时候就是在食总监。现在想想，真是一段剪不断理还乱的关系。"

最后那句话倒有些调侃的味道，不过美盼接下来说的话却是由衷的："你自己好好想想吧，你一直都比我更聪明，也更冷静。梦梦，希望你不要在浪费青春和时间的时候，一并失去自己真正想要的。可能我不够了解，但是我相信所谓的旁观者清——不要愧对每一份热情，也不要讨好任何的冷漠。"

最近一段时间美盼的生活已经够糟心的了，此刻她反而会安慰崔惜梦。

美盼也是觉得自己有时候心大得很，不过崔惜梦也不是那种十分纠结的人，很快两个姑娘就开始八卦各种话题，结果，许久没有一起彻夜谈天的两个姑娘，竟是聊到深夜。

然而直到深夜，苏晋庭也没有给美盼打过来电话，这可真是破天荒了。就在美盼以为他在忙的时候，第二天早上接到了他的电话。

"昨天有个会议延迟了，怎么样，现在刚刚醒来？"她虽然不需要他每天都在固定时间向自己汇报行踪，但不得不说，没有一个女人不会喜欢男人这样事无巨细地体贴着自己。

"嗯，你那边是不是很晚了？你早点儿休息吧，我没事的。"美盼顿了一下，又问，"你什么时候回来？"

那句"爸爸有消息吗"已经在嗓子眼儿里了，但美盼想着，要是苏晋庭有消息，难道还不会第一时间告诉自己吗？

他工作忙，她不想再给他添事儿，所以又将这句话咽了回去。

"有点儿棘手的事要处理。"苏晋庭说，"你乖乖的，好好休息，这几天不要乱跑，外面风声虽然小了，不过暂时没什么事，你就别外出了。"

美盼没有表态，追问："你在美国吗？"

"……嗯，等我回去。"

美盼心里一暖，故作镇定回了一句"自己照顾好自己"，倒是让那边的苏晋庭烦躁压抑的情绪之中流淌过一丝暖流。

"想我了，给我打电话。"苏晋庭说。

美盼低低嗯了一声，本来想问他几天才能回来，正好听到那边似乎有交谈的声音，可她还没有听清楚，杂乱的声音就戛然而止。

美盼心中诧异……刚刚她听到的，好像不是英文，是一种类似于……

"宝贝儿，我有事要处理，先挂了。"苏晋庭忽然又出声，直接就切断了电话。

美盼盯着那黑掉的手机屏幕，愣愣出神。

刚刚她听到的，真不是英文吧？就算有别的国家的人不讲英文，但是如果是和苏晋庭交谈，不是英文也应该是中文啊？那个怪异的语言，是哪个国家的？

美盼本来想弄点儿吐司当早餐，今天过来给她做饭的阿姨还挺早的，一见到她出来就送上了新的早餐，嘴里还念叨着："秦小姐，这是先生吩咐的，说是总吃一样也会腻，所以我想了想，给您准备了这个……这种营养麦片挺好吃的，要不要试试？要是您不喜欢，我再给您弄吐司和牛奶。"

美盼虽然是在秦家长大，不过对于吃的还真不是那么讲究，习惯有人伺候是一回事，但她在这方面丝毫不存在小姐脾气，一顿早餐而已，她也不喜欢折腾，说了谢谢之后就坐了下来。

看到边上的房间还关着门，美盼随意问了一句："我朋友还没有起来吗？"

话音刚落，边上紧闭的房门忽然被人从里面拉开，崔惜梦出来的时候已经穿戴整齐，不过神色不是很好。

"今天不是周日吗？"美盼以为崔惜梦是忘记日子了，要去学校，所以才起那么早呢，"你可以多休息一会儿。"

"我想出去走走。"阿姨又送上一份早餐，崔惜梦接过了谢谢，对美盼说："今天反正也没什么事，出去逛街？"

美盼："……"

她诧异地看了两眼崔惜梦，意外她还能说出让自己陪着她出去逛街的话，她不是不太喜欢逛街吗？以前小优、徐倩她们每次说到逛街，梦梦都不会参与。

"你没事儿吧？"

"能有什么事？除了昨天晚上认床的关系，睡得不是那么好。"崔惜梦挑了挑眉，拿过一旁的牛奶，"对了，苏晋庭没有回来？"

"他有事，最近都不会在C市。"

"那我是不是可以多住几天？本来我还怕昨天晚上会不适应隔壁的动静呢……"

美盼愣了一下才反应过来崔惜梦是在调侃自己，脸上飞上一朵不自然的红晕："……你现在也会开这种玩笑了是吧？以前你可从来都不会说这样的话。"

美盼顿了顿，又一脸认真地看着崔惜梦："不过说真的，难道你自己不觉得吗？你和以前有了很大的区别，其实梦梦，你一直都在改变，能够改变你的人是谁？"

以前崔惜梦总是清清冷冷的，哪怕是和她们这群密友在一起，也是讲话最少的那个。如果说美盼的家庭带给她对婚姻的恐惧，那么崔惜梦的家庭带给她的，其实就是一种对社交的恐惧。

别人所看到的崔惜梦是美丽、聪明又冷静的，但美盼看到的崔惜梦，其内心柔软，而且还有些自卑，这大概也是她这么多年来喜欢一个顾情深，却始终都不敢跨出一步的原因之一。

话题一时陷入了静默。

崔惜梦一笑了之，不否认，也不承认，美盼不好再多说什么，心中却也是隐隐有所触动，也许真的就是当局者迷、旁观者清，她所看到的梦梦在因为历承易慢慢改变着，而崔惜梦却浑然不知。

但也未必真的是当局者迷，梦梦也许自己心里也清楚，只是不想去面对吧？

吃完东西，崔惜梦还是拉着美盼出了门，不过楼下有人守着，美盼坚持坐在崔惜梦的车上，其中一个司机就只能自己开车跟着前面的车子。

等红灯的时候，崔惜梦拿出手机，点开一个软件，问美盼："不如我们去看电影吧？"

美盼一愣："看电影？"

"今天是20号吧？有一部不错的大片上映了，去看看？反正也没什么事。"

美盼对看电影倒也不抵触，上高中那会儿还挺喜欢看那种美国大片的，反而对于文艺小清新的爱情国产片不是那么喜欢，大概那时候就是受了黎展明和秦媛的婚姻的影响，她青春最懵懂的时候，对爱情是很嗤之以鼻的，不过现在……也可以说完全是两种极端了。

只是苏晋庭不在她的身边，她还是会有一种很不安的感觉。

尤其是最近……发生了那么多的事，接二连三地。

"……喂，盼盼？怎么魂不守舍的？"崔惜梦拿手推了她一下，美盼才恍然回过神来。

"什么？"

"你想什么呢？问你呢，看几点场？"

"……随便吧，你决定就好。"

"你抱着手机看什么？"

"……没什么。"

"最近很八卦吗？刚刚听到你刷微博的声音了。"

"……"

红灯跳转绿灯，崔惜梦控制着方向盘，车子缓缓前进的时候，她将手机丢在了仪表盘上。刚刚那个话题，美盼没有继续，崔惜梦却是不肯放过她："你是不是有什么事？我看你这两天脸色也不好，是因为你爸的事吗？"

美盼摇摇头："之前苏晋庭找人查过了，新闻上被人爆出来的，的确不是我爸。"

"他没事，你还瞎操心什么。"崔惜梦只当她是担心黎展明，安慰她，"你爸都是成年人了，也许就是自己突然想要一个人出去看看，只要不去缅甸就没事的，那边战争比较多，前段时间不是出新闻，说云南都遭殃了。"

"……应该不在缅甸，但是我不知道到底在哪儿……我相信他现在是安全的。"

"那你还担心什么？"

"我不是全担心我爸，我……"

美盼张嘴就接话，可话到了嗓子眼儿里她忽然又顿住，应该怎么说呢？她想要说什么？有太多事憋在她的心里，她都觉得自己快要承受不住了。每天都在胡思乱想，辗转难眠，总觉得自己好像是踩着一条似可以看到尽头的路，可其实她早已经迷失其中，连找到来时的路都很难了。

"梦梦，如果有一天，你对于你的人生有了很大的质疑，你是会任由这种质疑存在于你的人生之中，还是会想办法去把所有的一切都弄清楚，哪怕你知道……或者真相很有可能会让你更加痛苦？"

"那得看，这个人是什么样的性格。"

"有关系吗？"

"怎么会没有关系？"崔惜梦笑了笑，一手握着方向盘，一手忽然伸过去，轻轻拍了拍美盼放在大腿上的手背，轻声说，"人的个性是能够决定很多事的，如果你要问我，这种情况之下我会如何，那么我肯定会告诉你，不死不罢休。既然是我自己的人生，为什么会有不能让我知道的事？只要是和我崔惜梦有关的，我必定会弄清楚，哪怕最后的结果是让我痛苦，那也是我该。人嘛，有得到总是会有失去的，也许在痛苦的时候，我也会有一种拨开云雾之后的豁然开朗。"

她说到这儿，看了一眼美盼，又说："不过也有人可能就是很害怕痛苦，不想承受那些，安于现状，所以可以选择自欺欺人。这世界上没有人是相同的，关键还是看你自己是如何想的。"

荣惊放下医生刚刚送上来的报告，其实他也看不懂，不过主治医生有在边上解释，大概的意思就是，目前还算是稳定，病人最近的情绪也不错，但大势已去，唯一可以做的就是让她在仅存的时间里，可以维持这种状态。

等到医生一走，荣惊就将病历放进抽屉里，上了锁。他点了一根雪茄，坐在书房里抽了两口，有人敲门进来，恭敬地对他说："荣爷，刚刚收到的消息，苏晋庭应该是亲自前往缅甸了。"

荣惊背对着书房的门口坐着。最近这段时间他越发地沉默，连白家那边都很少过去，很多事都被搁置了，码头还有好几批货物，他让荣慎宇去盯着了。对此，白家那三个老东西还挺有意见，不过荣惊目前还是手握大权，重要的是，他有钱，所以也不是什么人都敢随便动他的。

他缓缓转过身来，看了一眼来人，问："他去缅甸做什么？找到黎展明了？"

说到苏晋庭，竟是让他心头闪过一丝不爽。就算是得知自己的亲生女儿生活在他所在的城市整整二十一年的时候，他还没有这样强烈的感觉，倒是现在，提到苏晋庭，他就觉得很不舒服。

当然他绝对不会承认，那是因为，三天前，医生过来给简莉瑶检查身体的时候，她忽然抓着他的手，用一种近乎柔软恳切的语调对他说："……我看了新闻，才知道展明好像出事了，不知道盼盼知道不知道……我也很担心，你能不能帮我查一查？我知道你肯定能够查到，我只是想知道他是不是安全的，他是这个世界上对盼盼最好的人了。"

所以……

他现在还需要去操心黎展明的生死问题？

荣惊不由得蹙眉，夹着雪茄的手指慢慢收紧。他心里非常清楚，此刻在他心尖上膨胀出来的，似乎是一种从未有过的酸涩味道，就像是，一个自己控制着的玩具，竟突然萌生了一种能够选主人，而且把心思放在外人身上的感觉。

"……我凭什么要帮你？简莉瑶，你是不是认为，我现在找了那么多的医生帮你调理身体，让你舒坦地躺在这张床上，就表示我对你是同情的？"

"……呵呵，你怎么可能会同情人？如果你会同情我，那么你就不是荣惊了。"

"你不要以为我真的不会把你怎么样！"

"你当然不会把我怎么样，我现在才是最痛苦的，每一次做化疗的那种生不如死的感觉你懂吗？就觉得自己身上仅存的力气都在一点点被抽离……我会死，但是我知道，在你面前，我一定会生不如死。"

"你知道就好！你竟然还敢对我提出要求？"

"……我不敢，但是盼盼也是你的女儿，你不为我考虑，难道真不能为了你自己唯一的骨肉考虑？"

"唯一？你知道为什么这么多年来，我始终都不认她吗？那是因为她在我心中丝毫没有分量。你瞧不上我荣惊吧？觉得我就是一个罪犯是吗？真可惜，外面瞧得上我的人多了去了，你以为我没有孩子？"

"你有孩子？你有孩子也很正常不是吗……毕竟谁都希望自己有后代，可盼盼终究是你的女儿……"

那张苍白之中难得染几丝血色的脸庞划过荣惊的脑海，他竟莫名地觉得烦躁。

最近总是会想到很多的事，他越来越觉得自己是真的老了。原来一晃竟过去了那么多年，自己心心念念的事，好像已经都在掌控之中了，可一眨眼，就会发现却完全不是那么回事。

"……荣爷。"

对方忽然出声，荣惊有些仓促地回过神来，抬起眼帘，那双沧桑之中难掩阴鸷的眸子，竟然有着几分茫然的痛楚，不过只是一瞬间就又消逝了。边上站着的人自然不敢过多揣摩面前这个男人的心思，他只是恭敬地回道："关于黎展明的事，我让人调查过，苏晋庭最先应该是送他离开了C市，这肯定是和我们接触过他有关，但是之后我们没有再找过黎展明，他是在缅甸失踪的。按照他那种软弱的性子，在缅甸那种经常会有内战的国家，还不至于到处乱跑，毕竟他很怕死。而且我听说，苏晋庭最初也不打算带他去缅甸。"

荣惊觉得那雪茄的味道都有些怪异了，直接摁灭在烟灰缸里，手指快速敲了敲桌面，挑眉："说具体点儿，现在他是生还是死？"

"我们得到的消息是——他死了。"

"死了？"荣惊的眉头挑得更高了，眼底闪过不少复杂的情绪。

死了？

黎展明竟然死了。

荣惊拿着那份资料半晌，忽然失控地大笑起来——

"……干吗？又去洗手间？"

黑漆漆的电影院里，边上的崔惜梦忽然站起身来的时候，美盼忍不住压低声音嘀咕："都去第二次了。"

"我吃坏东西了，是不是刚刚那杯该死的奶茶有问题？肚子好痛……"崔惜梦捂着小腹，再也忍不住，推开了美盼的手，就猫着身子从边上快速穿行，走出去之后，直奔洗手间。

美盼无奈，看了看边上放着的两杯奶茶，她也喝了一杯，不过她肠胃比较好，梦梦都跑了两趟了，她却没什么反应。大屏幕上忽然响起砰的一声巨响，边上有女孩子不知是真怕还是假怕，惊呼一声，就扑进了边上男友的怀里。对于这样小鸟依人的女朋友，男朋友当然是很受用，长臂一伸就将她护在了怀里。因为距离不远，所以那个男人说的话，美盼都听得清楚。

"……别怕，不过就是战争，还是电影里的，不过前段时间缅甸不是还打内战吗？和这还真是有点儿像，当初我一哥们就在那边，说是差点儿没命回来。看看看，镜头到缅甸了。"

美盼以前从未关心过这些国家大事，更别说什么缅甸不缅甸的，缅甸她就知道是在金三角那一块，本来就是一个挺危险的地方，和她亦是八竿子都打不着。这会儿骤然听到"缅甸"两个字，她心头咯噔一下，连忙看向大屏幕——

这是一部战争片，所以有很多枪杀的镜头。美盼刚刚没有注意看，这会儿却上了心，电影里的主角抓住了两个缅甸的难民，似乎在逼问什么，那两个缅甸人摆摆手，叽里咕噜地说了一通，美盼反正是没听懂。大屏幕下自然是有翻译的，可那些对照着的中文字，却完全不能让美盼留神片刻，因为她的心思，全然地，都在银幕上那两个缅甸人的脸上。

……

他们刚刚说的那些话，为什么她觉得很耳熟？

是不能听懂，可对方讲的不是英文，而是一种地道的缅甸语吧？她分明什么时候听过……

是在……苏晋庭的那个电话里。

美盼的心脏重重地跳了跳，意识到这个的时候，她猛地站起身来，却不小心打翻了放在边上的奶茶杯子，一瞬间，奶茶飞溅出去，边上正看得起劲的观众自然是不高兴了，不过碍于在电影院里，也不能发飙，但还是埋怨地道："你怎么搞的？"

美盼却置若罔闻，脑袋里反反复复的，都是刚刚那叽里咕噜的声音，和苏晋庭上午打电话给自己的那个背景声音重叠起来，她呼吸一窒——

他不是在美国。

他不可能在美国，如果他在美国，为什么她能够听到缅甸人的说话声？

缅甸？

他在缅甸？

一时，美盼竟有一种醍醐灌顶的感觉，可随之而来的是惊慌失措，难以置信。

他为什么要骗她？如果他真的在缅甸，那是去干什么？是为了爸爸吗？

"……喂，前面那个，你是不是有病？站着一直不动，有没有一点儿素质？"

"……对啊，前面那个人，到底干什么的？赶紧坐下，要么滚蛋。"

"我说这人怎么这样？回魂了没有？傻了是不是？"

"喂，我再说一次，你再这样站着，别怪我不客气了，你知不知道挡着人看电影了？靠！"

美盼的位置是在中间一排，后面自然还有很多观众，她这会儿傻乎乎地站在中间一动不动，整个身体都挡住了后面不少人的视线，其余的人都炸开了锅，可美盼真像灵魂出窍一样，竟一点儿动静都没有。

崔惜梦捂着小腹回来的时候，就发现电影院的气氛有些不对劲，大老远见到美盼傻愣愣地站着，也不知道在做什么，而且她身后那个人骂骂咧咧的，似乎准备动手的样子。崔惜梦赶紧跑过去，大喊一声："住手！"

整个电影院一下子就如同炸开了锅，当然不可能所有人的视线都被挡住了，但是这里这么闹腾起来，其他的人又有意见了。

崔惜梦拉着美盼赶紧道歉，想着电影也看不成了，只能拿着自己和美盼的包包，拖着面色苍白的美盼走出了电影院。

"盼盼？盼盼你到底怎么了？想什么呢？"

出了电影院之后，崔惜梦发现美盼的脸色越发苍白，她这才意识到事情有些不对劲："国宝？国宝你怎么了？"

"梦梦。"美盼忽然抓住了崔惜梦的手。崔惜梦这才发现，美盼的手竟是冰凉的，这个商场里面的温度很高，她的手怎么能凉成这样？

"梦梦……你能不能帮我个忙，你把手机拿出来，快点儿……给历承易打个电话行不行？"

美盼虽是询问的口吻，可说话的时候，手却已经迫不及待地往崔惜梦的口袋里伸，很快就拿到了她的手机。因为动作太过急促的关系，手机在美盼的掌心之中打滑了一下，差点儿摔在地上，幸亏崔惜梦手疾眼快，一把抓住："你干什么？给历承易打什么电话？"

崔惜梦直觉认为和苏晋庭有关，因为她很少这样方寸大乱。

"盼盼，你镇定点儿。"崔惜梦将手机交给了美盼，双手捏着她的肩膀。这个时候，电影院门口几乎没有什么人，因为电影已经开场了，大家都进去得差不多了，不过电梯口有不少人，因为是双休日，商场特别热闹。崔惜梦不打算带着美盼去人多的地方，索性就往里面走了走："你告诉我到底是怎么回事？你找历承易是因为什么？苏晋庭？"

美盼的大脑晕乎乎的，说实话，其实不过就是苏晋庭"不诚实，不坦白"的这一点，让她的心中有了一个极大的阴影，现在稍稍有点儿问题，她就感觉自己像是一只惊弓之鸟。

可如果只是因为欺瞒着他的行踪，美盼深知自己不至于紧张成这样，她知道更多的问题还是因为她想到苏晋庭有可能在缅甸，就会想到自己的爸爸。

为什么心里会这样不安？

好多的事，如同蔓藤缠绕在她的心尖上，一开始是爸爸生死未卜的事，随后又是简姨的事，而现在……

美盼觉得自己都快喘不过气来了，那些蔓藤也会随之更加缠紧自己的心脏，这种感觉真的很不好。因为没有任何一个人愿意当那个明知道一切被人蒙在鼓里，却还是丝毫不能反抗的傻瓜。

她总是那样努力地想要拨开眼前的层层迷雾，可迷雾越发重重。

不顾一切地想要去爱的那个男人，为什么她总是看不清楚他心里到底在想什么？为什么她现在会觉得极度不安，整个人就像被人强硬地逼到了悬崖边上，摇摇欲坠，稍稍一动必定就是粉身碎骨的下场？

苏晋庭……

"盼盼？"

崔惜梦见美盼一直都不出声，可脸色沉沉，也不知在想什么，眼底时而有悲伤情绪，时而又有无奈，而美盼以前并不是这样多愁善感的人……爱情真是可怕，可以让铁汉绕指柔，谁说不能改变一个女人？

"盼盼……"

"对，因为苏晋庭。"美盼忽然出声，崔惜梦那些已经到了嗓子眼儿里的话连忙顿住，等着她继续说。

美盼的嗓音有些暗哑，激动的情绪散退不少，但还是带着不安："梦梦，苏晋庭和我说，他人在美国，因为工作上的事，所以要留在那边处理。可你知道吗，我上午接到他的电话，就觉得背景音很不正常，挂断之前，我听到了一种很陌生的语言，一开始我想不出来到底是哪国的语言，但是我可以肯定，一定不是英文，英文我还是听得懂的。"

崔惜梦脸上却有惑色："这个我觉得也正常，我们中国也会有国外的友人，不讲中文不代表什么。"

"不，我知道我的感觉不会有错，梦梦，你难道不相信你的第六感吗？直觉，有时候真是准得可怕。"

"那你现在知道了什么？"

"刚刚看电影的时候，我听到了其中两个跑龙套的演员正好是缅甸人，他们讲了缅甸语。我终于想起来了，原来我上午在电话里听到的那个声音，就是缅甸语。"

崔惜梦脸上的惑色终于慢慢变成了恍然大悟："……你爸，是在缅甸不见的吗？"

到了现在，把所有的怀疑说出了口，美盼似乎有些镇定下来，可镇定下来的结果，是让她感觉到了一种前所未有的疲倦。她从来没有想过要将这些事和自己的好友分享，毕竟不是那么好启齿的，可一旦开了个头，她发现，其实倾诉也不是特别地难。

她已太茫然。

美盼心中的那些无助如同潮涌一般，每天都在脑海里翻滚着，现在想想，自己的爱情，自己所坚信的人，到底是什么样的？

大概就像一个水晶球一样，里面有着童话一般的美好，是她每天都无比向往的一个世界，从外面的角度望过去，那些她所憧憬的一切，都被一层坚韧的玻璃给罩着，当你买下这个水晶球的时候，你满心欢喜，却在不小心的时候轻轻一碰，摔在地上，四分五裂。

她已是惴惴难安，到底要自欺欺人到什么地步？

为什么拿了照片，心中有所疑惑却不敢和苏晋庭直说？是不是真的怕那些真相？也许是的，但她心里更清楚地知道，其实她最怕的，还是他的欺瞒。

善意的谎言，也是谎言。

美盼似乎还想说什么，可最终没有说出口来。崔惜梦见美盼这样疲乏，眼角眉梢都是失落，她心里也替好友担忧。想了想，崔惜梦拿过了美盼手中那个自己的手机，低声说："我帮你打。"

号码是拨出去了，响了两声，美盼却忽然说："不用问了，我自己打电话问苏晋庭。"

崔惜梦恍惚了一下，下意识地又摁掉了这个已经处于通话中的电话。

结果历承易在那边喂了好几声，才有一种被当头泼冷水的感觉，要知道崔惜梦是从来不会主动打电话给他的，刚刚他正在做一个新菜，看到她的电话，连一次性的手套都来不及摘就直接接了电话，却不想那头竟然又挂了。

历承易盯着手机看了半响，想要回拨过去，但想了想，还是作罢。

在边上帮忙的餐厅另一个厨师和历承易关系还不错，刚刚就见他一看到来电显示那眼睛发亮的样子，现在倒是傻愣愣地站着，他刚要问是怎么回事，历承易已经摘掉手套丢进了垃圾桶里，然后快速穿上外套："我有事，这个东西你先收拾一下，明天我再来弄。"

"不……不是……历承易？我靠，明天有什么客人来你忘记了吗？历承易？妈的，你还要不要做生意了？"

"晚上我会过来弄，你先收拾吧。"

美盼没让崔惜梦送她回公寓，因为商场门口本来就有司机等着。崔惜梦不放心她一个人，但美盼只是说："……我有很多事，我需要好好想一想。你放心吧，这个司机是苏晋庭的人，你认为他会让我出什么事？"

她都这么说了，崔惜梦一想也有道理，不好再勉强。

结果美盼也没有让司机开车送她回家，而是让他开到了海边。

C市是一个沿海城市，码头也比较多，小时候爸爸经常会带她来这里。她恍然间想到，自己前段时间才来过，只不过当时……来找她的那个人，一开始是学长，后来是苏晋庭……

苏晋庭……

美盼在唇齿间慢慢回味着这三个字，竟有一种难以形容的滋味儿。

不过现在，她并不容许自己想太多，对着蔚蓝的海面深吸了一口气，一鼓作气就拿出了自己的手机，找到苏晋庭的号码，马上拨了过去。

电话响了几声之后才被人接起，美盼喂了一声，抬起手腕看了看表，现在是下午2点，那么她没有估算错误的话，纽约那边就是凌晨1点，可缅甸的时差和中国大概只有一个半小时，所以必定也是下午。

"盼盼？"

男人的嗓音低沉，说话的时候，美盼屏息，非常用心地听着他的手机背景音，不过特别安静，什么都听不到。

美盼沉吟片刻，马上开口："你在哪儿？"

"……不是说了在美国吗？"苏晋庭的口吻很是平静，说到这里倒是顿了顿，语气婉转又深邃，是她熟悉的那种柔情，"怎么了？想我了？"

美盼忍着心尖上那种让她仿佛习以为常，却又会在每一次的习惯之中产生悸动的感觉，忽然直击要害："晋庭，你是在美国吗？可现在美国不应该是凌晨吗？你还没有休息？"

那边只是片刻的怔忪，苏晋庭很快就接上了话，还是那样沉稳的语气："……我有事要做，想要尽快做完回C市。"

美盼觉得自己的心都提到了嗓子眼儿里，却始终感觉不到他的心。

她忽然觉得很没有意思，气馁，伸出另一只手来轻轻掩面，语气疲倦："我知道你不在美国，别骗我了，我已经知道了。"

这一次，手机那边再度沉默，时间明显比刚刚要长。美盼不想等苏晋庭找出任何的借口或是任何解释，她又问："你告诉我吧，我爸是不是在缅甸出事了？"

因为不能当面看到男人，美盼也想象不出来此刻苏晋庭是什么样的表情，他会心虚吗？

他骗了自己不是吗？

但她会直接打电话去把这个话题摊开来说，那就说明，其实她内心深处还是希望他直接否定自己的猜测的。

只要他说——不是，没有。

她想，自己还是会选择相信他吧？

她觉得自己已经无可救药了，那么多的破绽摆在自己的面前，她却始终愿意当自己暂时瞎了，什么都不愿意去想。

"盼盼，你等我回去……"手机那边长久的静默之后，男人终于说了这么一句话。

只是这次，他话音未落，美盼就觉得眼前黑影一闪，她恍惚了几秒钟，耳边的手机就被人直接拿了过去。

她愣住，抬起眼帘，发现面前站着一个身材笔挺的中年男人，眸光如炬，气场沉稳。

这人是……美盼有些反应不过来，但又觉得这人很眼熟。

荣惊垂眸看了一眼手中捏着的手机，没有丝毫犹豫，直接就给她关机了，然后一把丢给了身边的人。他只使了一个眼色，边上跟着的两个人就立刻上前，一左一右地站在了美盼的身边。

美盼愣住，似乎感觉到了周围的气场是和自己相冲的，他们似乎都是不怀好意，这人……这人好像是……

人在危急的关头就会下意识地去搜肠刮肚，美盼当然也不例外。

她本来就觉得眼熟，在对方眸色沉沉地看着她几分钟之后，美盼恍然大悟，这人好像是自己在《途中人》见过的那个老板，叫什么荣惊的。

对，就是他！

他怎么……突然拿走了自己的手机？而且带了几个人过来，这个气氛，似乎有些不太对劲。

美盼有些警惕，荣惊挑起眉头看着她脸部的表情变化，笑了笑："秦小姐算是想起来了？"

"你……你是那个《途中人》的荣先生？"

"很荣幸，秦小姐还一直记得荣某人。"荣惊双手负背，眼睛一眨不眨地凝视着美盼，能够看出来小丫头眼底的惊慌和迷茫。他眼神平静，掩盖在平静之下的，却是别人所不能看到的更多的复杂情绪，荣惊最后终于出声："带秦小姐上车。"

美盼愣了下，还没有反应过来，就见刚才一左一右站在自己身边的人有了动作。

这是要……干什么？

她立刻挣扎起来，不过两个男人想要制住她简直就是轻而易举的事，美盼动了两下，并没有感觉到对方对她的恶意，只是强制性地将她禁锢住，可以控制着她的力道，却并不至于弄伤她。

美盼没有大喊大叫，而是尽量让自己镇定下来。两人带着她往前走的时候，她一侧身就看向荣惊："你要带我去哪儿？荣先生，我和你似乎并不熟悉，你这样做是违法的，让你的人放开我。"

"难得你这个时候还能这样镇定。"荣惊竟然笑了笑。美盼清楚地看到他眼角眉梢有欣赏的表情闪过，她心里更是诧异，这人自己也就见过一面而已，连泛泛之交都谈不上，他现在要做什么？因为那份合约？

不，美盼很快就理智地否认。

《途中人》杂志社之后再也没有联系过她，现在突然这么找上她，不可能是因为什么合约，而且她第一次见荣惊的时候，就觉得这个男人身上压根儿就不存在那种搞旅行杂志的人的气质，相反，他脸上的那道疤痕，会让人打心眼儿里忌惮。

"不用怕，我不会伤害你，只是需要你配合一下，带你去个地方。"

美盼当然不可能轻易相信这个只是第二次见面的中年男人，她挣扎起来，接话："我不想去，荣先生，我不知道你是什么目的，但是你不能这样，还有……你把手机还给我，你……唔……"

站在美盼左边的那个黑衣男子突然自作主张，伸手捂住了美盼喋喋不休的唇，荣惊见状，眸光陡然一暗，脸上已有杀意。

"干什么？松开她的嘴。"

男子吓了一跳，赶紧放手。荣惊已不耐烦，冷声道："带上车去。"顿了顿，又补充一句："不要伤害到她。"

美盼不知道这人到底是什么意思，但是她现在很清楚自己的处境，挣扎喊叫都没有任何的用处，尤其是看到了开车带她来这里的那个苏晋庭的司机现在已经晕在车子的引擎盖上的时候，她更是吓得一声不吭。

这人到底是谁？

直觉告诉她，绝对不是什么《途中人》杂志社的老板那么简单。

上车之后，美盼还是面色苍白，荣惊和她坐在后车座里。美盼只觉得那狭小的车厢里气氛沉闷得可怕，隐隐之中，更是带着让人难以喘息的压抑，美盼好几次都想要开口问点儿什么，可那些话冲到了她的嗓子眼儿里，她竟然没有办法说出口来。

车子稳稳前进，美盼的心跳越来越快，在中途的时候，她忍不住偷偷伸手摸上了一旁的车门扶手，有一种想要推开车门一跃而出的冲动。

可这个念头才闪过脑海，边上的荣惊就突然出声："想跳车？别拿自己的生命开玩笑，我说了，我不会伤害你。"

美盼惊恐地看着边上的男人，那眼底的情绪大概可以解释为——你怎么知道我在想什么？

荣惊亦是看着她，那双澄澈的眸子里总是会让他有一种错觉，当年他见到简莉瑶的时候，她虽不是这样害怕自己，但那时候的她就有着一双会说话的眼睛，当时他最先迷上了她那双眼睛——

"简莉瑶，喊我名字。"

"荣惊。"

"再喊一次。"

"荣惊。"

451

"再喊。"

"……荣惊，荣惊，荣惊，荣惊……"

"以后你可以这样喊我，不要再喊先生。"

"为什么要让我喊你的名字？"

"因为你只有喊我名字的时候，我才能知道自己到底在哪里。"

"……"

尘封已久的往事竟是瞬间涌上心尖，难以掩盖的痛楚亦是扑面而来。原来所有的一切，他竟是如此清楚地记着，不知道自己当年到底是如何把那些忘得一干二净的，只记住了最深切的痛，他却不知，这个世界上根本没有无缘无故的恨。

"你可以相信我，我说话算话。"荣惊压下了脑海里的那些思绪，看着美盼，忽然调转了话锋，"平常喜欢吃点儿什么？"

美盼："……"

她还以为自己听错了，可车厢里一共只有三个人，除了前面开车的司机，就剩下自己和边上的这个男人，他刚刚说的话……确定是和她说的？

"你没有听错，我在问你，你平常喜欢吃什么。"

美盼这下是真的吓得脸色僵硬，她无法形容这种惊恐的感觉……有一个男人突然出现在她面前，没收了她的手机，脸上的表情是那样的奇怪，可他那双眼睛，竟然有着可以穿透她内心的能力。

"……你……你到底是谁？"她好半晌才稍稍镇定了一下情绪，找到了自己的声音，"你为什么这样对我？因为苏晋庭？还是因为秦家？"

说到这里，美盼感觉自己就像是忽然找到了一个缺口，终于有了可以去思考的方向，她唯一能够联想到的，似乎也就是苏晋庭，或者秦家。

荣惊却是眯着眸子："怎么不可能是因为你？"

"我？我不认为我和你能够有怎么样的牵扯，而且我们之前只见过一次不是吗？你之前也没有对我这样……"

"你好歹也是上大学的年轻人，就是这样自我轻贱？"

"自我轻贱？"

"不管是苏晋庭，还是整个秦家，在你的心中，他们的地位，竟然比你本人都要高？"

美盼一愣，眨了眨眼："我不懂你到底要说什么，但是你必须告诉我，你到底想怎么样？"

"我也说了，带你去见个人而已，你不要害怕，同样的话，我不会再重复，我说了，你可以相信我。"荣惊说这句话时目视前方，却又咄咄逼人地追问，"回答我刚刚的问题，你平常喜欢吃什么？"

美盼只觉得这个人很是莫名其妙。

什么都不肯说，却让她别担心，有哪个人被人这样强行押上了一辆陌生的车子，还可以不紧张，而傻乎乎地去相信对方？他这是在和自己开国际玩笑吧？

不过美盼并没有大吵大闹，她清楚自己目前的处境，知道自己即使是喊救命也没有用，而且边上的荣惊已经开始闭目养神了。美盼偷偷看了他好几次，这个男人估计四十好几了，其实是和爸爸差不多的年纪，可是和黎展明完全相反的两种性格，他的五官带给人的，绝对不是那种一眼就会让人想要靠近的气质。

可哪怕是这样，美盼看着他的时候，还是会觉得，他似乎不如表面看到的那样可怕。

一路上再也没有人开口说话。

车厢里始终都有压抑的气氛，等到车子开进了一栋豪宅的时候，美盼才惊觉，这里的地段似乎是整个C市最昂贵的，不，不仅仅是昂贵，这个地方应该是有钱也买不到的。

他住在这里？

车子停下来，有人迎上来开门，荣惊睁开眼睛，弯腰下车。美盼咬了咬唇，等到自己这一边的车门被人打开之后，她无奈，也只能跟着下车。

荣惊见她下来，蹙眉说了一句："跟我进来。"

美盼站着没动，荣惊走了两步，大概是没有听到身后的脚步声，转过头来一看，果然见美盼还站在原地没有动静："没有听到我说什么？"

"听到了。"

"跟我进来，我不会再重复第三遍。"

"第二遍你都不需要重复，你要让我跟你进去，总得给我一个理由，还有……"美盼伸手，一字一句地道，"把手机还给我。"

荣惊忽然笑了："你认为你现在有资格和我谈这些条件？"

"我有人权，你凭什么这么对我？因为我无能为力？还是因为你这儿周围有那么多的保镖，时时刻刻保护着你，所以就可以对我这样一个手无缚鸡之力的女性动手？"

"人权？小丫头，我并没有把你怎么样，不要在我面前谈什么权利和道德的问题，我只是让你跟着我进来。你难道真不好奇，我这么大费周章的，是要带你去见谁？"荣惊挑起眉头，说话的语气听上去有些凌厉，可那些言辞带着一丝前所未有的耐性。

美盼不知道的是——这是一个父亲，本能地，对自己孩子的耐性。

带她去见谁？

美盼愣了愣，说不好奇肯定是假的，他到底要带自己去见谁？

不过这种时候她肯定是不会多问的，只是坚持道："我人都在你这里了，你还怕我在你面前翻天不成？最起码你应该把手机还给我。"

"既然在我面前翻不了天，手机给你就是多生事端。"荣惊已经背过身去，他走路的时候习惯性地会将双手负背，这个时候，粗粝的手指轻轻动了动，也不再和美盼废什么话，只是吩咐身后的保镖："把人给我带上来。"

美盼再一次被人强行带往楼梯口，她气呼呼地挣扎了两下，边上的黑衣男子开口了："小姐，我们不想伤害你，希望你配合。"

美盼无语，这种时候，还让人配合？

这说话做事的方式，还真是和自己的主人一个德行。

"我自己会上去，你们放手！"

美盼上了二楼，才发现荣惊站在一个房间门口，还是那种姿态。听到她的脚步声，他才侧过身来，并没有出声，只是用眼神示意美盼过来。

抿了抿唇，美盼心中即使是有一万个不愿意，但人都已经走到这里了，再磨磨叽叽也没什么意义，她索性挺直脊背，一副要杀要剐悉听尊便的样子，大步朝着前面走去。

站在荣惊的边上，美盼看着他，问："见谁？在里面是吗？是我认识的？"

"你问题还挺多的。"这么多年来，自己的身边，女性大概也就是一个简莉瑶，而现在自己身边的美盼叽叽喳喳的样子，和当年简莉瑶出现在自己身边的时候太过相似，他忽然就觉得，只要看着美盼，那些沉寂太久的画面就会在他的脑海中一一重现。

荣惊深吸一口气，伸手指了指门把手，对美盼说："自己开门进去吧，里面是个病人，也没有什么意思，就是想让你陪陪她……好了，我走了。记住不要想着逃跑，这个地方，没有我的允许，苍蝇都不可能飞进来，更别说出去一只蚂蚁。"

美盼还没有反应过来，荣惊就已经越过她，直接离开了。

她刚要出声喊住荣惊，那扇紧闭着的白色橡木门突然就被人从里面拉开了，美盼听到开门的声音，嗓子眼儿里的话自动就被打了回去。她转过脸去，见到一个身穿护士服的女孩子从里面出来。护士很年轻，看上去也不过就是25岁左右，见到美盼，那小护士先是愣了一下，随后才对着美盼恭敬颔首，什么话都没有说，只是推开了门，往边上侧了侧身体，意思是让美盼进去。

美盼也没有再犹豫，不管里面的人是谁，也不管这扇门隔开的是什么，要真是个鬼门关，她现在两只脚都已经踩在门口了，踏不踏进去，估计也不是任由她选择的了。

这么一想，她甩了甩头，迈开腿就朝着里面走进去。

护士在她进去之后轻轻关上了门。美盼站在房间的玄关处，环顾了一下四周，发现这个房间特别大，周围的装修亦是透着低调的奢华，她也是豪门出身，格局布置好不好，这些还是看得出来的。

房间里特别安静，美盼定了定神，朝着里面走去，因为安静的关系，她迈开脚步朝里面走的时候，都几乎数着自己的步数，走到第十步的时候，美盼就见到了房间中间的大床上正半坐着，一手打着点滴、一手拿着一杯水正在喝的人。

四目相对，两人都是一愣。

美盼只觉得周围的气流瞬间都静止了，她怎么都没有想到，荣惊带她来见的人，竟然是……简姨？

怎么回事？

为什么会是简姨？

怎么可能是……简姨？

荣惊和简姨是什么关系？简姨为什么会在这里？

美盼满脑子都是这样的问题，一个个的问号悬在她脑袋上，让她震惊得无以复加，好半响都没有回过神来。

然而，同样意外的，何止是美盼！

简莉瑶亦是不敢相信自己的眼睛。

有那么一瞬间，她都怀疑自己可能是思念太多，都快入魔了。简莉瑶也不是没有在做梦的时候梦见过美盼，实际上，自从见过美盼之后，她经常会做这样的梦……可是眼前的这个……真的是梦？

简莉瑶晃动着手中的水杯，还记得要放在床头柜上，她眨了眨眼睛，面前的人还是没有消失，反而还在慢慢靠近自己……

简莉瑶深吸了一口气，掀动着干涩的唇瓣，终于颤抖着音调发出声音来："……你……盼盼？你是盼盼？"

"简姨？真的是你？"美盼瞪大眼睛，叫了两声，这个时候，她满脑子想到的并不是别的，而是眼前的这个女人竟然是简姨。简姨竟然在这里，她竟然在这里！自从听医生说简姨不见了之后，美盼其实一直都很担心，没有想到，简姨竟然会在这里。

美盼跑到床边，坐下来。简莉瑶伸手就抓住了她，那种人体的温暖让她真真切切地感觉到了，在自己面前的这个就是美盼，是她心心念念的丫头。

"盼盼，真的是你，你怎么会在这里？你……"她本能地问出这个问题来，才让美盼恍惚间想到了最关键的。

"简姨，你为什么会和荣惊在一起？"

被问到荣惊，简莉瑶心头闪过一个可怕的念头，然后这个念头很快就被坐实了，因为美盼继续拧着秀眉问："我其实都不认识荣惊，但是他突然就出现在我面前，然后就带我来了这里。见到您之前，他和我说，带我来见一个人，也没有说是谁，刚刚站在房门口的时候，他又说，是一个病人，让我陪陪她。"

美盼在自己的解说之中，似乎也找到了一条清晰的线索，她慢慢抬起头来，澄澈的瞳仁一闪一闪，里面却都是疑惑："简姨，您怎么会在荣惊这里？我从来不曾听晋庭讲起过荣惊，我一直都不知道C市有一个荣惊……而且这里的一切都能够让人看出来，他并不是一个普通人。"

她实在是有太多的疑惑，那种急于得到答案的心情，让她说话的语气也变得急躁起来。

简莉瑶能够想象得到，在这样的地方，能把美盼送进来的，除了荣惊就不会有第二个人了，可现在看着美盼还一口一个简姨地叫着，她倒是松了一口气，至少他应该什么都没有说。

她知道自己很自私，可更多的还是害怕。人家都说人要死了就会无惧无怕，但她多怕，多怕她闭上眼睛离开这个世界之前，得到的不是她连奢望都不敢有的谅解，而是一种深切的怨恨。在这件事上，其实她还是在选择做鸵鸟。

"……他带你来的？"简莉瑶稳了稳心神，不答反问。

美盼点点头。

简莉瑶知道自己必须要说点儿什么，光是看着美盼那种急切的眼神她就心疼，其实她原本是不用承受这一切的……当初自己真的不应该同意让晋庭走进秦家，到了现在，所有的一切都已经脱离了既定轨道，怕是晋庭也无法力挽狂澜。

"他算是我的旧识。"这样的答案也不算是欺骗，简莉瑶继续说，"之前我就来了这边……我身体不太好，所以这段时间不方便移动，一直都住在这里。晋庭他……也是知道的。"

苏晋庭肯定知道，否则不会这么多天也不找她。荣惊这人是不好对付，但是晋庭自然会有晋庭的方法。简莉瑶在这里，不但没有得到非人对待，说实话，荣惊的态度更是让她觉得诧异，她以为他会报复，必定也会折磨自己，可结果，他还是找了医生……

只是现在，他为什么要让美盼来？

这……才是真正的报复吗？

"嗯，他的确知道，也和我讲过，说是你在一个朋友身边。"苏晋庭之前确实是这么说的，只是那时候他也暗示了自己，这个所谓的朋友，应该就是简姨年轻时候的恋人，所以他才放心，不来打扰。

而现在，简姨也不多说，美盼就觉得，这是一个成年人的隐私，她没有权利多过问什么。

可也是在这样的情况之下，美盼自然会想到之前相片的事，包括那背后的四个字……只是，有好几次都是话到了嘴边，想要问点儿什么，可结果，还是被她咽了回去。

美盼的确是犹豫，不好开口，她斟酌着应该如何做开场白的时候，简姨却已经丢了一个问题过来："……盼盼，这几天我人虽然在这里，不过也有看新闻，听说你爸出事了，现在确定了吗？"

"……简姨，您还认识我爸？"

简莉瑶心头一慌，勉强笑了笑："谈不上认识，我不是知道你吗？何况秦家也是大户人家，有点儿风吹草动，那些记者就喜欢乱写，那天我看到报道的时候，第一个想到的就是你。你爸没事吧？"

她这么一解释，美盼又觉得，似乎也没有什么说不通的，何况苏晋庭在秦家，她也是知道的，照道理来说，苏晋庭的父亲救过爷爷，是爷爷的恩人，而简姨又和苏晋庭的母亲是好友，还帮忙带大了苏晋庭，那么也有可能，简姨会知道爷爷吧？

美盼想了想，认真回答："谢谢简姨关心，之前爸爸的确是离开了C市，不过外面传言他已经去世的消息，不是真的。"

简莉瑶多日来始终悬着的那颗心，终于悄然落下。

虽是多年不见的一个人，可简莉瑶知道，黎展明对于自己而言就是一个最大的恩人，如果没有他的话，现在美盼也不会长得这么好，而且……对于黎展明，她是有所亏欠的。

"没事就好，没事就好。"这话是由衷而发的。简莉瑶看着美盼那欲言又止的模样，心里只想着，美盼应该是想问自己一点儿什么，可简莉瑶目前所想到的当然不是相片，而是荣惊。

人在心虚的时候心里是最没底的，任何一句话都容易触动到她心虚的那一个弱点上。因为面对的是美盼，所以简莉瑶更怕自己对着美盼连撒谎都不会，到最后溃不成军，所有的一切都会付诸东流。

这绝对不是她期望的结果。

可荣惊把美盼送到自己的面前，到底是为了什么？这事……晋庭知道吗？

简莉瑶想到这个，马上又问："盼盼，你来这里，晋庭知道吗？"

"他人不在C市。"

"去哪儿了？"

"……国外，有工作要忙。"美盼说到这里，语气已是有些勉强。她不喜欢撒谎，当然更不喜欢被人欺骗，不管出于什么目的。她现在完全可以肯定苏晋庭不在美国，而在缅甸，但是在简姨面前，她自然不可能说到那些。

只是一想到之前她一针见血的话换来的并不是他的解释，而是一句"等我回去再说"，美盼心里还是有一种难以言喻的失落。

失落归失落，要是一个人不愿意被人欺骗，自然更不愿意被人禁锢。

美盼看向简莉瑶："简姨，您有手机吗？我的手机被那个荣惊没收了，我想打电话给苏晋庭。"

"没有。"简姨摇头，其实丝毫不担心荣惊会对美盼怎么样，她的人身安全肯定不会有问题。荣惊这人，哪怕是冷血无情，也不会伤害自己的亲生骨肉。至于他会不会把真相说出来，那就另当别论了。

她沉了沉气，伸手扶着美盼的肩膀，眼睛却是往右上方的一个墙角边上扫了一下，很快就说："盼盼，别害怕，这里有简姨在，简姨不会让别人欺负你。晋庭他知道了，会来找你的。"

美盼的脑袋灵活得很，这个时候似乎是听出了点儿什么："为什么我觉得简姨您好像是……很忌惮荣惊，您不是他的朋友吗？"

简莉瑶心头一沉，脸上的表情更是僵硬、勉强："……是朋友。"

"简姨，有件事，其实我真的真的很想要问问您，只是从进这个房间见到您开始，我就一直都在踌躇着我到底应该如何开口，您又会给我一个怎样的答案。"

美盼意识到自己说了什么的时候，这句话已经脱口而出。

美盼心头竟隐隐感觉到了如释重负，因为那个疑惑压抑自己心头太久，她兜兜转转想要问苏晋庭，现在能够给予自己最正确答案的人就在自己的面前，何必再去勉强别人？

她不是藏得住疑问的人。

简莉瑶心中警铃大作，却不得不硬着头皮问："盼盼想问我什么？"

"一张照片的事。"

"……什么照片？"

美盼其实一直都把那张照片夹在一本画册中，然后又把画册放在自己的包里，这样她才能确保不会被苏晋庭发现，但是那个包，她并没有带过来，因为之前下车的时候，她直接放在了车子里，过来的时候，那司机都晕在了引擎盖上，包就更不得而知了。

可那照片是她自己，她完全可以形容出来。

"这张照片是我之前在A市阴错阳差的情况之下发现的。"美盼终于彻底将这个话题给打开了。她看着简莉瑶那些憔悴苍白的面容，知道她身体不好，可现在，她已经顾不上那么多了，想要得知答案的急躁心情，让她一旦开了口就关不住，"简姨，那是您在A市医院病床的枕头下放着的照片，而那张照片上的人是我，背后还写着四个字，我相信简姨您肯定是知道的，对吗？"

简莉瑶的脸色瞬息万变，终于，那种心虚的感觉被一击即中，她本是捏着美盼肩膀的双手忍不住也跟着抖了抖，一时却只是颤抖着唇，不知应该如何接话。

她这样明显的表情，美盼要是还看不出点儿什么，那就证明她眼睛有问题了。心中有什么东西想要呼啸而出，可还是被体内的慌乱给强行压住，美盼等了半晌也等不到简莉瑶的回答，那种急躁的感觉越发浓烈……

为什么不回答？

有什么事，是让她难以启齿的？

"吾爱宝贝"到底是什么意思？真的是她写的吗？为什么要写在她的照片背后？

她这么一想，更多的疑惑扑面而来，一个接着一个，简直让她没有办法喘息。

比如说荣惊为什么要带自己来见她？

因为她身体不好，现在需要长时间治疗，之前苏晋庭也和自己说过她时日不多了，可这些，怎么会和自己牵扯上？

"……简姨，您为什么不回答我？"美盼急了，等不到她的回答，又问，"那照片后面的字是您写的吗？您以前就认识我，还是因为我……"

"不是。"简莉瑶终于出声，直接打断了美盼的话，僵硬却又无比坚定地重复，"不是。"

"……"

"盼盼，不是你想的那样。照片是我从晋庭那边要来的，晋庭喜欢你，我把晋庭当成儿子一样，一开始我也挺怀疑你们是否可以在一起，毕竟你还小，不过和你接触过之后，我就很喜欢你。照片是我自己留着的，说实话，我这一辈子……都把晋庭当成自己的儿子，当母亲的，看到自己的孩子有了喜欢的女人，打心眼儿里也是喜欢的，至于那几个字……不是我写的。"

她否认了。

简莉瑶的心，在说到"不是我写的"那五个字的时候，简直如同是被凌厉的刀子给划过一样，抽搐地疼着。

她不配，她这一辈子都不配得到谅解，更不可能拥有面前的这个孩子。

所以她一定要把这个秘密带到棺材里。

"真相虽然很残忍，但并不是用来隐瞒的。"

那个念头才刚闪过简莉瑶的脑海，门口就传来了另一道低沉的男声，简莉瑶脸色瞬间就不对劲了，她抬起头来，看向门口的男人。

这个在荣惊面前从来不会轻易说一句"我错了"的倔强女人，此刻眸光颤抖地看着荣惊。

这种眸光，叫作害怕。

荣惊的心被她的这种眸光给撕扯着，怎么，事到如今，她还认为他会藏着掖着？

美盼应该知道，美盼有权利知道，美盼也必须知道。

"我把美盼带过来是为了什么，你应该是清楚的。这事，是你亲自说，还是我来说？"荣惊垂下眼帘，回避简莉瑶的视线，言辞却是咄咄逼人。

简莉瑶果然方寸大乱，连声音都不一样了："荣惊，你住嘴！"

"住嘴？"荣惊失笑，看着她这副样子，想到自己这么一辈子的时间几乎都耗在了这个女人的身上，就烦躁不安，仿佛带着泄愤一样的情绪，沉声道，"为什么要住嘴？是美盼没有资格知道真相，还是你觉得你自己的谎言说得滴水不漏，这么多年来都没有出过什么问题，就可以心安理得地去死了？"

美盼虽然也知道这情况当然不可能是所谓的"偶然"，但可怕的念头有很多，大概最可怕和荒唐的，她还没有想到，也许是不敢想。

简莉瑶忽然拽住了美盼的手腕，用力晃了晃："盼盼，你先去休息休息，你……你先出去。"

美盼愣住了，有些诧异于简莉瑶此刻的表情。

她气息紊乱，身上满满的都是久病未愈的虚弱，可此刻她的眼神却透着惊慌，仿佛是歇斯底里地想要阻止点儿什么。

"盼盼，你先出去——"简莉瑶还是执意要让美盼先出去。

美盼却没有动弹，好像隐约已察觉到接下来发生的事可能会颠覆自己认定的世界，但她站不起身来。

荣惊看着美盼，那种眼神带着几分探究，仿佛在衡量着她到底有多大的决心留下来继续听自己说出那些真相。

一秒，两秒，三秒……

美盼始终都没有起身，简莉瑶脸上的慌乱越发明显，荣惊却在这个时候笑了笑。

"到了现在，你依旧想瞒着她，你是不是真的以为只要你不说、我不说，她一辈子都不会知道？"

简莉瑶的脸色已十分勉强，荣惊这个人的性子如何，她一清二楚。

其实在这个地方见到美盼，她就已经猜到了最坏的结果，当年她做了那么多的努力，还是避免不了这样的结局吗？

人之将死，却还要留这样一个重磅炸弹给自己最想要守护的人。

简莉瑶甚至想着，这就是荣惊对自己的惩罚，也是老天爷给自己的惩罚。

"你们……想要告诉我什么？"最后还是美盼先开的口，这种僵硬的局面让她无法再淡然下去，她又不是没有知觉的人，话说到了这个份儿上，她大概也能猜出来这个中年男人和简莉瑶跟自己之间应该有什么牵扯。

之前的《途中人》摄影大赛，她获得了一等奖，难道真的是她的实力加上运气？

在简莉瑶枕头下找到的自己的照片，是不是真的如她刚刚给自己解释的那样？

为什么她没有办法相信这些自己所看到的？为什么她就是觉得，即将让自己知道的，好像是一个隐藏多年的秘密？

一定不会是她太过敏感了。

荣惊看了她一眼，笑了笑，在边上坐了下来。

"看来还是得由我来开口。美盼，你说我为什么要让你过来呢？你现在肯定在想，我们三个人好像是完全陌生的，现在又坐在一起，是不是真的有什么关系？你猜对了，我们的确是有关系。这样，先来说说苏晋庭吧，在说苏晋庭之前，我们得说到另一个重要的人物——你爷爷。你爷爷这个人，也算是睁眼说瞎话的佼佼者，他让苏晋庭去秦家，你说到底是什么目的？还有，苏晋庭他心甘情愿去秦家又是什么目的？"

"……"

"我这么说你可能不能理解吧？那我们就说得通俗一点儿。美盼，苏晋庭就是你爷爷的私生子，是你妈，哦，不对，是你的养母，秦媛的亲弟弟，如果按照辈分来的话，其实你应该喊他一声舅舅……不过你别觉得自己恶心，他就算是碰过你，那也不是乱伦，我刚刚说了，秦媛不过就是你的养母而已，因为你的亲生母亲，是她……"

"够了，差不多的你都说了。"简莉瑶看着美盼额头已经有细细密密的冷汗渗出来，心疼无比。

一个当妈的人，哪会不渴望自己的孩子陪伴左右？

在这么多孤单寂寞的日子里，在她奄奄一息的时候，她做梦都在想着，有一天美盼知道了真相，哪怕是不喊自己一声妈妈，至少也可以在她离开这个世界的时候，让美盼知道，她秦美盼……不，她不是叫秦美盼，她是自己的孩子啊，当年，她也是为了保全她的性命，才会选择那样的下下策。

后悔吗？

也许后悔过。

可见她过得好，她就知道，后悔不后悔不重要，重要的是她好。

"不要再说了！"简莉瑶本来身体就不稳定，情绪翻滚的时候，更显得气虚，撑着床沿儿的双手都在发抖，"……不要再说了，你出去！你出去……"

"事到如今，你想的还是逃避？"荣惊皱着眉头，见生命之中和自己有关系的两个女人，此刻一个脸色苍白毫无血色，一个摇摇欲坠几乎立刻就会倒地不起，可他却不打算停下来。

只有他自己心里清楚，他现在说的这一切，不是为了报复。

如果他要报复，就不会选择这样的方法。

因为医生告诉他，简莉瑶已经时日不多了，哪怕这样的方式是最残酷的，但也是能最快解决问题的。真相永远都不能够被掩盖起来，她不说，那是代表她已经在日积月累之中磨掉了那份勇气，那么这张黑脸，由他来唱又何妨？

反正，他从未演过正义的角色。

美盼感觉自己就像进入了一个极端的世界里，如果说原本她接触到的一切都是白的、暖的，那么在这个世界里，她现在所能够感受到的，就是黑的、冷的。

她一定是在地狱的边缘徘徊吧？可怕的感觉如同一双张着利爪的手，紧紧扣着她的颈项。她无法喘息，却又有着人类最本能的求生欲望，所以一直都在垂死挣扎着，却是不想，那双手，现在更用力地掐着她的脖子，必定是要将她置于死地——

"我说的一切都是事实，美盼已是成年人，没什么可不可以接受的问题。简莉瑶，我不知道你到底是怎么想的，你故意让苏晋庭去秦家，接近美盼，目的是什么？别告诉我你只是想知道她过得好不好，你既然想认她，为什么还想着把这个秘密带进棺材？"

简莉瑶咬着唇，浑身发抖，只狠狠地瞪着荣惊："说够了吗？你说够了吗？"

美盼现在已经感觉不到自己的心跳，她只觉得脑袋里轰的一声炸开了，什么声音都听不见了，因为占据着她的听力的，反反复复都是那么几句话……

她觉得好可怕，所有的一切来得太过迅猛，就算之前她已经有所防备，到现在却还是被这些声音击得溃不成军，整个人如同被强行地压着后颈，浸在海水之中，扑面而来的都是那些海水，何止是呛人，简直就是生不如死。

好像周围还有声音，但她已经听不清楚了，太过可怕的真相如同凶猛的潮水肆无忌惮地扑向自己，她嗓子眼儿里的那口气就只能卡着而无法喘息，眼前一黑，美盼彻底晕了过去。

晕过去之前，她好像听到有人在喊她的名字——

"盼盼……盼盼……"

这个声音，低沉性感，因为焦躁而透出不安。

这是苏晋庭的声音吗？

苏晋庭……

管他是谁呢，反正没有一个人是值得信任的，大家都在骗她，全世界都在欺骗她！这么可怕的事，为什么会发生在她身上呢？

她就想这样，睡一觉醒过来，然后告诉自己，其实不过就是做了一个噩梦而已。

美盼做了很多的梦，光怪陆离，什么样的画面都有，仿佛是前世今生都走了一遭，可痛苦的滋味儿在梦中都是如影随形，她想要摆脱这一切，但不管如何用力，依旧是徒劳。

她不知道自己在梦境之中走了多久，走着走着，就走进了一片树林，地上放着一本书——《兔子什么都知道》，她这才想起来，自己似乎看过这本书。

美盼翻开书，才知道自己是真的看过，可以前觉得温暖的故事，为什么现在看到，却只想掉眼泪？

"小灰，我最近发现人类真的很笨哎！"

"怎么啦？"

"我常常听到人类说'月亮代表我的心'，可那些对着月亮起誓的人难道不知道月亮是善变的吗？他们难道都看不见吗？"

"小白，有一种看不见叫作'视而不见'。"

"还有，我常听到男孩说要为女孩摘星星，可如果一个男孩连星星都答应为你去摘，那他的话还有什么值得相信的呢？人类的女孩难道都听不出来这是谎话吗？"

"有一种听不懂是故意听不懂。人类的恋爱说到底就是一种修辞术罢了，哪有我们兔子的爱情真挚！"

"嗯，所以说人类的爱情果然是盲目的，幸亏我们兔子的不是。"

"对，我们当然不是。"

"那，小灰，你喜欢我吗？"

"我当然喜欢你啊！"

"有多喜欢？"

"喜欢到全世界所有的向日葵都不再朝向太阳为止。"

"还有呢？"

"喜欢到全世界所有的卷心菜都开了心。"

……

美盼忽然就笑了，以前看过的这本书，当时只是能够想到，爱情真是一场可怕的笑话，可现在她才知道，不管是兔子还是人类，在爱情面前，都是盲目的、可怕的。

喜欢到全世界所有的向日葵都不再朝向太阳为止……这是永远都不可能发生的事吧？

喜欢到全世界所有的卷心菜都开了心……这有可能吗？

所以他抱着她说，我这一辈子都不会骗你，其实也不过就是一种修辞术。

可笑的人类、可笑的兔子，到头来，不过就是爱情手下的棋子，想尽办法，却也逃不过爱情带来的酸甜苦辣咸，说着那些甜言蜜语、海誓山盟，一转身，却极有可能已物是人非。

美盼笑着笑着就哭了。

她一直处在似醒非醒的状态之中，反反复复咀嚼着苏晋庭这个名字，一时，恍惚得只剩下怎么都控制不了的悲伤。

苏晋庭下了飞机，直接走了VIP通道，这里是C市，郑元林一早就等在机场门口。见到苏晋庭手臂上挂着外套，一脸风尘仆仆地从通道口出来的时候，郑元林马上就迎了上去。

一路上，苏晋庭人都是心神不宁，现在一下飞机，见到了自己的助手，他第一个问题就是："盼盼呢？"

郑元林知道苏总第一个肯定是要问秦小姐，可现在他是真的找不到秦小姐，因此只能小心翼翼地说："苏总，目前没有消息。"

苏晋庭人已经弯腰坐进了车厢，郑元林也正好拉开了驾驶位。刚一坐上来，苏晋庭就阴恻恻地反问："你说什么？没有消息？"

郑元林小心翼翼地扣好安全带，但是没有得到吩咐他现在也不敢开车，只能尽量避重就轻："……之前，一个司机带她出去了一趟，回来的途中出了点儿事，那司机被人弄晕了，也不知道是被谁弄晕的……我已经在查了，目前能够确定的是，秦小姐还在C市。"

苏晋庭的太阳穴一跳一跳的，让他有点儿头晕。

美盼还在C市？

既然是在C市，元林都找不到，那么这个下手的人，不是荣惊就是荣慎宇，可他还是觉得，荣惊的可能性更大一些。

他忧心忡忡，还是吩咐开车，目的地自然是荣惊的别墅。

一路上，苏晋庭也没有再问无关紧要的问题，就见他打了几个电话。到了别墅门口的时候，正好看到不远处有人竟从围栏上跳下来，郑元林下意识地踩下了刹车，而只是一眼，苏晋庭就已经认出那人是谁。

荣惊身边有四大护法，他为了简姨的事，和荣惊暗地里交手多年，自然不可能不知道他身边最得力的四个助手，眼前的这个就是其中之一，扬升。

美盼真的是被荣惊带走了。

结合这段时间找不到的简姨，现在是盼盼，这么多年的猫捉老鼠下来，他对荣惊已经很熟悉了。看来，荣惊应该是想把所有的事都公之于众了。

他虽然也料定了虎毒不食子，可美盼真的是丝毫不知情，这样翻天覆地的秘密直接冲向她，到底会有多严重，他心里一清二楚。

一想到这个，苏晋庭就觉得自己的心脏如同被一双无形的大掌给捏住了样，完全不能喘息。

他不是刻意要隐瞒什么，这么长时间以来，他也是无数次想过要开口，却始终找不到一个最合适的机会。

可最终，这样的事实，还是从荣惊的嘴里说了出来。

他想，自己的小丫头，肯定会承受不住这般打击。

美盼醒来的时候，发现自己是躺在床上的，陌生的环境让她有瞬间的恍惚。她觉得自己好像是做了一场噩梦，之前所有的一切都显得那样不真实。她下意识地咽了咽唾液，伸手往自己的额头一摸，这才惊觉，竟是一手心的汗。

原来是真的做噩梦了？

美盼眨了眨眼睛，恍恍惚惚的，耳边总是有声音不断地提醒着她什么，她感觉到自己的身体特别冰凉，双手撑在床上刚要下来，忽然卧室的门被人从外面推开，有人走了进来。

那是男人的脚步声，虽然地板上铺着厚厚的地毯，可美盼此刻是格外地谨慎敏感，所以还是听出来了，当下心头一沉，因为她同样听出来了，那脚步声不是她熟悉的。

她现在如同惊弓之鸟，整个人陡然一颤，双手死死地拽着身下的床垫。见到来人的庐山真面目的一刹那，美盼只听到自己的大脑轰的一声，凶猛涌上来的都是让她想要遗忘的画面和言辞，简直就像一部激烈无比的动作片，唰唰地闪过她的脑海。

荣惊看着美盼，她的脸色已经苍白得不剩任何的血色，他心里很不是滋味儿，这么多年来，他始终都知道她的存在，却是第一次感受到一个父亲应该承担的责任。他刚刚说了那么多，现在才是应该让彼此沉淀的时候。

"盼盼。"荣惊开口。

美盼惊恐地瞪着他的眼睛，像看着一个陌生人。他们当然是陌生人，可这个陌生人，他怎么会成为自己的……

其实哪怕荣惊没有说出那句话，美盼也已经可以猜到——他才是自己的亲生父亲啊。

他和简莉瑶……

怎么会这样呢？！

她无法相信，不管是给自己多少理由、多少借口，她都没有办法相信，也不可能说服自己去相信。

"我知道你现在无法接受这样的事实，我说的每一个字，在你听来虽然是残酷的，却都是事实，我无意伤害到你。她时间不多了，我来不及用更委婉的方法告诉你这个隐藏了多年的事实，只是希望你可以尽快接受、消化。"

原来，就是因为"她"的时间不多了，所以他就在这样仓促的情况之下，把这些足以颠覆她整个世界的"事实"告诉她吗？

对，没错，她是成年人了，的确应该懂得如何去接受事实、消化事实了，但为什么没人替她想一想？

她虽然成年了，但也不是刀枪不入的人啊。

"不要再说了！"美盼忽然出声，嗓音低哑得可怕，连她自己都惊讶，这声音竟是她发出的，这个时候她才发现自己的嗓子很疼，"……你能不能出去？"

荣惊蹙眉，搁在膝盖上的双手微微动了动。他是真不适合和人沟通，尤其是面对美盼，他完全不知道自己应该说些什么，更何况还是在这样的情况之下。但美盼对他的抵触情绪太大了，这又让他有一种急于求成的心态。他忍不住说："事实就是如此，我说话做事一贯都会偏向于单刀直入，我……"

"我叫你不要再说了，不要再说了！"美盼忍无可忍，一下子从床上站起身来，呼吸急促，说话的时候浑身都是紧绷的，这么大的打击，将她心底所有的负面情绪都挑了起来，"为什么现在才说？为什么你们都要瞒着我？就算是……就算是要说出来这样的事实，是不是也应该让我消化一下？你现在是不是想让我跑去喊她一声吗？你有想过我的感受吗？我以前甚至都不知道你是谁！你现在告诉我，你是我的……我的父亲？不，我没有办法接受。你走，你出去，我不想见到你，你出去，我叫你出去！"

没有办法接受的事情太多了，可现在最重要的，并不是她不能接受这样的事，而是所有的事都像尖锐的利刃，不顾一切地落在她的心头上，她应该如何去消化？

荣惊还没有被人这样指责过，但关键是，对于美盼的这种迁怒，他似乎也没有动怒的迹象，他想，也许血缘是真的奇妙，因为自己是她的父亲，所以这个从未换位思考过的男人，此刻也会顾念到她的情绪波动。

"荣爷，苏先生来了。"长久的静默之后，外面忽然传来一阵男声。

美盼浑身一抖，因为听到了"苏先生"，她呼吸一窒的瞬间，很快又听到了脚步声传来，这一次，的确是她熟悉的。她已经知道来人是谁，不过就是隔了三十六个小时，却像隔了整整一个世纪那样，因为她的世界已经被彻底颠覆了。

她缓缓抬起眼帘，看着那个从外面大步走进来的男人，看着那副让她迷恋到不能自拔的精致的五官，可以想到他触碰着自己的温度，想到自己躺在他怀里的时候，还能够听到他的心跳声。其实一直以来，她都认为他距离自己这样近，近得触手可及，但一转身才知道，那是他戴着一张面具，面具下面所有的一切，都是她陌生的。

是的，都是陌生的、可怕的。

苏晋庭从来没有想过，这个世界上还会存在人和事，让他前进的时候，停住脚步。

现在他看着美盼那双猩红又酸胀的眸子，就是生生顿住了脚。

想要进来并不见得有多难，之前他已经从扬升那边得知，她知道了所有的事，这才是他最担心的。

一直以来，他更害怕的，就是她的反应。

可她现在这样看着自己，他才知道，他是真的完了。

她似乎给了自己太多的解释机会，可他始终都选择缄口不言，事到如今，机会终于从自己的指缝之中悄然溜走，剩下的，都是她的难以释怀。

苏晋庭抿唇，知道自己不可能这样一直站着，她怎么样想都好，但他首先要做的，还是带着她先离开这里。只要人在自己的身边，他愿意花费更多的时间，让她慢慢消化这所有的一切。

寂静的空间里，荣惊已经和自己的手下退出了房间，这种时候，大概连荣惊也是束手无策的，只能够交给苏晋庭。离开的时候，荣惊愧疚地想着，自己是真的一点儿都不够了解这个分明就在自己的眼皮底下存在了那么多年的女儿。

"盼盼。"苏晋庭开口，对她招了招手，"过来，到我身边来。"

美盼整个人都僵硬着，因为晕倒过后的几个小时里，她一直都在做着各种各样的梦，一头乌黑的长发已经被汗水给浸透了，白皙的脸蛋儿亦是。她此刻看上去比一个重度患者更虚弱，让苏晋庭根本就不敢轻举妄动，只能够试探性地先开口。

美盼死死地盯着眼前的这个男人，眼神有着太多的变化。苏晋庭心慌地看着她的神色变幻，到了最后，她眼神中几乎就是一种陌生和疏远，他忍不住上前一步："……盼盼，我可以和你解释，所有的事，我都可以和你解释。"

解释？

又是解释。

一个个讲得可真是好听啊，所有的人都在和她说，我可以和你解释，可为什么这么一句话，却要等到现在才说？

她是没有给人时间解释？

不，来不及了。

如果什么事都可以用解释来挽救，世界上估计就不存在怨恨这种情绪了吧？

苏晋庭的确是没有做错什么，但他倒是真的带着目的接近自己，这么长的时间里，他有无数的解释机会，他却从不用。美盼很想知道，当他一遍遍对自己说着甜言蜜语的时候，想的到底是什么？

他是真的……喜欢她吗？

还是，为了那个目的？为了有一天，让自己乖乖听话，变相地，喊简莉瑶一声母亲？

因为他把简莉瑶当成自己的亲生母亲一样尊重，所以如果他们之间真的有将来的话，应该就算是最迂回和完美的结局了吧？

真是……下得好大一盘棋。

她还需要这些人的解释做什么？

心中那些震惊已经慢慢变成了恨意，她一直都耿耿于怀那些被人欺瞒的事，可现在她赫然发现，住在自己心脏深处的那个人，从未对自己展露过最真实的一面——

苏晋庭，原来他是爷爷的私生子。

他们之间的确是没有任何的血缘关系，但他们之间已经有了一层让人无法摆脱的宿命纠葛。

而这种纠葛，在这一系列事情的催化之下，足以让他们之间的感情全都成为泡影。

胸口陡然多出了一个大窟窿，汩汩的血液在逆流着，满世界的血腥味儿，他闻得到吗？

其实她需要的真的不多，如果那可怕的一切，是他用温柔的方式摊开在她的面前的，那她或许就不会这样。而现在，她感觉到仿佛自己从飞机上跳下来的时候，他无情地撤掉了降落伞……

她现在还需要什么？

恨意从脚底升上来，她再也忍不住，胸口翻江倒海的情绪在叫嚣着，她脸上竟是越发平静："你的解释还管用吗？你要和我解释什么？解释你其实是我名义上的舅舅，还是解释，其实你靠近我，是蓄意的？"

苏晋庭就知道，荣惊这么多年都没有动过盼盼，那就代表，他是"虎毒不食子"的类型，还不至于真的会对盼盼怎么样，而他选在这个时间，把一切都毫不保留地说出来，无非也是因为简姨的身体情况——看来他已经做了最坏的打算。

这个男人，在这个时候，选择的还是让简姨可以真正瞑目。

站在苏晋庭的立场来说，他没有资格怪荣惊，何况这些本来就是事实。她曾经给过他机会，是他一直都没有说出口，现在终于还是通过荣惊揭开了一切。

在事实面前，他才惊觉，原来自己最害怕的，是她这种拒自己于千里之外的态度。

他们之间，终于还是回到了最初，不，比最初都不如。

苏晋庭的心脏被那双无形的大掌掐得更狠，那是一种难以言说的疼痛。但她越是这样，他越是忍不住想要靠近她："我说了，现在我就可以解释给你听。"

"你有的是机会和我解释，为什么要等到现在？"

"盼盼，我和你说过，我也有我的情非得已。"

"你的情非得已就是对我的欺骗？"

"这不算是欺骗。"

"哈，这不是欺骗？那么，你是我爷爷的私生子，这件事情算不算？"美盼的心已经充满愤怒和怨恨，真的觉得所有的一切都太过荒唐可笑，而她就是那个笑话之中的重点。她在震惊晕倒之后再度清醒过来，就已经没有了任何的理智，悲伤和绝望侵蚀了她的一切，她脑袋就像是有尖锐的锤子一下一下地敲着，因为太难过，所以只能用一种极端的方式来发泄自己心中的那些不能接受——

"当初你带我去你父母的坟前，你的目的是什么？我就是想知道，你当时是不是差点儿就告诉我了？不，苏晋庭，你其实从未想过要把一切都告诉我，你一直都在用一种冠冕堂皇的理由回避着这所有的一切！我就是讨厌你这样的嘴脸，你口口声声说不会欺骗我，永远都不会，但是你从一开始靠近我，就是带着目的的！"

"我的确是带着目的，你现在已经知道了，简姨就是你的亲生母亲。"

"知道又能如何？这一切是你告诉我的吗？什么叫作不见棺材不掉泪，说的就是你，如果不是荣惊说出了这一切，你打算瞒我到什么时候？到死？"

"我不许你这么说。"苏晋庭冷静地道。"死"这个字眼，于他而言，显得太过敏感，她面色苍白、态度尖锐的样子，给他的感觉就像下一秒就会消失不见，这种感觉让他忍不住又朝她靠近一步："盼盼，你会好好的，你现在情绪太激动，不适合说任何话，也不适合想别的，你……先休息一下吧。"

"对，我现在的确是不想见到你，你出去！"

"盼盼，事实就是事实，我不告诉你，有很多的原因，我承认我有不对，但你不能因为这样就判我死刑。现在简姨这样了，其实大家都不好过，我知道你难以接受，但我不会允许你这样推开我……你别忘记了，你是我的女人！"

最后那句话，是完完全全的霸道，不，不只是霸道，根本就是蛮不讲理。

美盼胸口怒气翻滚，眼眶涨得通红，再也不能忍受——

"苏晋庭，你算什么？好，就算你瞒着我的这一切是为了我好，反正这些本来就是事实，而你不过就是知情不报。那么，我现在问你，我爸呢？"美盼一说到这个称呼，只觉得心尖燃烧着的爱和恨就像是瞬间消失殆尽，只留下一种让她根本就无力抓住的感觉，她的声音亦是绝望，"……你别以为我什么都不知道！我爸是不是出事了？你这次不是出差对不对？你根本就不是在美国！"

荣惊出去之后并没有离开，就一直站在门口，此刻听到里面那个女孩儿喊着"我爸"的时候，他知道，她喊的并不是自己，心里到底还是有些硌硬，他皱了皱眉头，离开了。

他的离开，却根本就不能让里面的争执消停。

美盼的眼泪不断地落下来，看着苏晋庭竟然也不反驳，她就知道事情远远比自己猜测的要可怕得多。她声音哽咽："……我爸呢？我爸呢？他……死了吗？真的死了吗……苏晋庭，你当初为什么要送他离开？你为什么要这么做？如果他真的死了，我不会原谅你的，我一定不会原谅你的！"

她终于还是说出来了！

这一刻她才明白过来自己之前有多傻，他不管说什么她都选择无条件相信，总是告诉自己，因为他是苏晋庭，自己当初那样义无反顾地选择打开心门接受他，就想要给他一次解释的机会……可到头来，她相信的男人，却害死了她的爸爸。

不管摆在自己眼前的所谓的身世问题是不是真的，不管她是不是秦家的孩子，从她有记忆开始，黎展明就是她的爸爸。她也许在青春叛逆的时候有想过，那个总是不为自己考虑的妈妈是不是她的亲妈，可她真的从来不会怀疑黎展明给自己的父爱。

如果没有黎展明，这么多年来，她在秦家享受过的亲情算什么？

就算全世界的人告诉她，黎展明不是她的亲生父亲，那又能如何？她是一个有血有肉的人，不管事实的真相到底如何，她心中，永远都认定了黎展明就是自己的父亲。

可他现在竟然……死了。

她无法形容这种喊天天不灵、叫地地不应的感觉，只是恨，她是真的恨极了，为什么要用这样的方式让她知道？她宁可是苏晋庭亲口告诉她的……

"苏晋庭，如果可以的话，我现在也想把你杀了，你害死了我爸，你还指望我会相信你？异想天开！"

苏晋庭只觉得太阳穴跳得厉害，那深邃的眸子逐渐变得猩红："我和你说了，黎展明只是生死不定。我这次出差的确是借口，但我还没有找到十足的证据，现在只能证明，黎展明他是失踪，而不是死亡。"

"现在变成生死不定了，如果我没有得失忆症的话，在你离开C市之前，你就是信誓旦旦地告诉我，我爸爸没有死！"

"盼盼，黎展明并不是你的亲生父亲。"苏晋庭其实真的不想这么说，不过他得承认，她这种对自己充满敌意的眼神让他有些乱了阵脚，所以才会口不择言。此刻，他那张英气逼人的脸上是掩盖不住的戾气，可心里更多的是害怕她会就此彻底消失，这种无力的感觉让他非常焦躁。

美盼瞪大了眼睛："你说什么？他是不是我的亲生父亲，和他是生是死有关吗？"

美盼摇头，一脸的不敢置信："我真是没有想到你竟然还是这样的人，难道就因为他不是我的亲生父亲，他就该死？"

"我不是这个意思。"

两人这边争得翻天覆地的时候，房门再一次被人推开，这次进来的不是荣惊，而是一个小护士，她脸色苍白地告诉苏晋庭和美盼——

"简女士那边可能是……医生让我来通知你们，她可能不行了。"

苏晋庭呼吸一窒，眉峰紧蹙，所有的事都堆积在了一起，导致这最坏的结果发生了……这种感觉，连他都有些无法承受，他无法想象这个时候的美盼会是一种怎么样的心态。

"盼盼……"苏晋庭知道自己才是理亏的那个人，事情发展到现在这样的地步，虽然不是他所期待着的，可简姨已经成这样了，他觉得什么都不重要了，作为孩子，送长辈最后一程，才是最重要的。

他上前两步想要去抱美盼，结果却被美盼直接躲开。她周身没有了刚刚那种如同是浑身长着刺儿一样的气场，却已经完完全全地对旁人树起了屏障。

就算是苏晋庭，似乎也已经被她关在了心门之外。

苏晋庭心疼，却又无奈，他深吸了一口气，尽量克制着自己："盼盼，你听到刚刚那个人说什么了，对不对？简姨快不行了，你和我一起过去看看她好不好？"

美盼却什么话都没有接，只缓缓屈膝，伸手抱着自己的膝盖，将脸埋在了自己的膝盖之中。

苏晋庭知道她一时半会儿没有办法消化这么多事实，对于她来说，这等于颠覆了这个她一直都认同的世界。

其实现在最关键的人还是黎展明，偏偏这个男人却……

因为真的担心简姨挺不住，苏晋庭等了两分钟，也不见美盼有什么反应，他终于还是说："我去看看简姨，你就在这里，不要乱跑。"

他一步三回头，可那缩在床头的小丫头，此刻望过去，却如同被全世界抛弃了一样可怜。

苏晋庭的心脏被一双有力的大掌给捏住了，疼到喘不过气来，却又生平第一次体会到了什么叫作无能为力。

真的是，无能为力。

明明知道她的痛苦和软弱，可现在想想，走到这一步，他却有推卸不掉的责任。

简莉瑶的情况，比想象之中来得还要恶劣。

她就已经做过一次手术，癌细胞得到了很好的控制，医生也表示，只要不复发，再过几年应该是没有问题的。

这些年，苏晋庭找了最好的医生，定期照顾着简莉瑶。

没有想到，竟然连五年都没有熬到。

其实刚刚美盼有一句话还是说对了，他的确是想过有一天自己和美盼结婚了，变相地，会让美盼喊简姨一声"妈"。

只是这个秘密，通过简姨的嘴，是不可能说出来了。

人一旦有了情感的束缚，就不能够任意妄为，再是能耐的人，也会变得畏首畏尾，包括他苏晋庭。

所以他没有办法说出口，即便他明明知道是人都讨厌被欺骗，可他依旧是一手促成了这个错误。

苏晋庭进去的时候，发现荣惊就坐在简莉瑶的床头。他们两人之间的恩怨牵扯，苏晋庭知道得一清二楚，没有想到简姨最后还是回到了荣惊的身边。

荣惊不知和她说了什么，简莉瑶的情绪显然有些激动。医生站在边上一脸焦急，简莉瑶这个情况，情绪是不能够再有起伏的。

"……你，走，出去。我要见晋庭……"简莉瑶忍不住咳了两声，说话都有些使不上劲来的感觉，"荣惊，我要见晋庭……你知道我时间不多了，我要见他……"

"他已经来了。"荣惊缓缓起身，也许他不想承认，但必须要承认，这个女人，一直一直都在自己的心坎上。

他以为这些年，自己如同一个孩子一样执拗得不肯放手的行为是报复，现在才发现，根本就不是。

其实不过就是自我折磨。

等到她终于愿意重新回到自己的身边时，却已是命不久矣。

简莉瑶这个女人多狠心啊，她永远都是这样自私自利，她想来就来，想走就走，可到头来，她最放不下的人，竟然还是他荣惊。

荣惊带着医生先离开了简莉瑶的病房。之前苏晋庭和他有过再多的纠葛，其实也不过就是因为简莉瑶，现在简莉瑶危在旦夕，两人似乎也没多少敌对的立场。苏晋庭上前，简莉瑶见到他，才像是松了一口气。

"晋庭。"简莉瑶声音虚弱，唇也是苍白的，"你终于来了，我一直都在等你。晋庭，盼盼都知道了，这可怎么办？你见过她了吗？我怕她会受不了这个打击……晋庭，都是我的错，所有的一切发展成这样，都是我的错，盼盼是最无辜的……我知道，我时间不多了，你一定要答应我，不管怎么样，你都要保护好她，不要让她伤心……"

"如果，实在不行的话，就带她离开这个是非之地。"

"简姨……"苏晋庭抿唇，"现在不要说这些，您的身体是最重要的，您为什么就是不听话？我让您不要管这些事，我让您好好调养身体，我告诉过您的，一定会有那么一天，盼盼会喊您一声母亲的，可您就是不听。"

"我自己的身体，我自己最清楚，我要是不做这些，我怕自己进了棺材也会后悔。"简莉瑶咳了两声，苏晋庭给她倒水的时候她却摆摆手，等气息稍稍平复一些，她才继续说："我知道黎展明出事了，这些事，不能都让你一个人来承受。晋庭，我知道你很喜欢盼盼，你是一个好孩子，我是看着你长大的，所以我能够看出来，其实你很早就对盼盼上了心，只不过你顾忌我，一直都不说而已……简姨，已是很对不起盼盼了，不想再对不起你。我想要让你们年轻人，幸福地在一起，不需要承受任何的压力……其实我来找荣惊，就已经料定了这个结果，但我还是这么做了，我就是想让整件事有一个很好的了断……"

"简姨，别说了，好好休息。"

简莉瑶说的这些话，苏晋庭哪会不知道！

"盼盼呢？"简莉瑶的胸口疼得厉害，却还是死死忍着，眼睛一直朝门口看着，那种期盼殷切的眼光，无疑就是在诉说着自己心底最深处的渴望，可门口空荡荡的，没有人进来，她又自嘲地笑，"也是，盼盼现在估计最不想见到我。"

"晋庭啊，有些事，我还是希望你亲口告诉她，等她平静一些之后，你告诉她，我其实……很爱她。把她给了秦家，是我这辈子最后悔的事。"

苏晋庭喉头酸胀，一时说不上话来。

美盼的情绪在几个小时之后的确是平复了不少，可她依旧对身边的人充满了抵触的敌意。不过，半夜的时候，趁着所有的人都没有注意，美盼还是去了简莉瑶的房间。

有护士二十四小时陪同，这会儿正坐在沙发上打瞌睡，听到有脚步声惊醒过来。美盼比了一个手势，示意对方不要出声，又让对方先出去。

这房子里的人都知道美盼是谁，也都知道简莉瑶是谁，所以护士当然不会阻拦，出去之后还带上了房门。

等护士一走，美盼就走到了床边站着。

病床上躺着的那个人面容憔悴，整个人都是消瘦的，仿佛皮包骨头。

而她，是自己的亲生母亲。

美盼想着，所谓人心是肉长的，到底还是真理。

不然这会儿，她又怎么可能光是看着，就会觉得心脏抽搐一般疼痛？

病床上本是紧闭着双眼的简莉瑶仿佛感应到了美盼一样，忽然就缓缓睁开了眼睛。

突然的四目相对，在光线幽暗的房间里，反倒让美盼有些不太自然。

简莉瑶好像是知道她会过来，但又好像是意料之外，所以在看到美盼的瞬间，她眼底的眸光显然很是复杂，却还是在怔忪不过五秒过后，立刻就挣扎着要坐起来。

"盼盼……"简莉瑶一出声，嗓音无比虚弱。

说实话，美盼这会儿真的想转身就走，偏偏看着面前的这个女人如此痛苦地挣扎着，那双已经没多少神采的瞳仁里，都是对自己的渴望和倾诉的欲望，她脚底就像长了钉子一样，无法挪动。

简莉瑶真怕美盼转身就离开了，所以她特别着急，一开始以为自己在做梦，再仔细看看，真的是美盼，她迫不及待地想要坐起身来，奈何身体真的已经是奄奄一息的状态，根本就使不上什么力气来，但她还是咬着牙，伸手，想要去抓美盼。

"盼盼，盼盼你过来……盼盼……"

美盼的心尖酸到有些发疼，因为她从未见过这样可怜的人。

简莉瑶现在，真的像在垂死挣扎着，她只是想抓住美盼的手。她浑身冰凉，僵着，却一动都动不了。

到底是为什么，要让她变成这样可怕的人？

如果是以前的话，哪怕是不认识的人，美盼都会心生怜悯吧？

可美盼明明知道，这个人是自己的亲生母亲，现在看她这样，美盼却连上前的勇气都没有。

美盼再也看不下去，终于转过身去，简莉瑶以为她要走，几乎是用了全身的余力，直接就朝着美盼扑了过去……

只是，虽然她的双手抱住了美盼的腰部，可身体也随之失去平衡，狼狈地跌在了地板上。

美盼吓了一跳，虽然没有出声，却还是第一时间去扶简莉瑶起来。

简莉瑶虚弱得不行，美盼这会儿靠近她之后，才闻到她身上的味道，仿佛都是那种久病难愈的味道。

美盼心里更是难受。

"你……你能不能别这样了？"美盼终于还是出声，她不敢看简莉瑶的眼睛，因为简莉瑶那双眸子里都是愧疚，这一刻，美盼竟是觉得自己无法承受，"我……只是正好经过，你早点儿休息吧，我扶你上床。"

"盼盼，你是个好孩子。"简莉瑶却阻止了她的动作，她就这样坐在地上，甚至还笑了笑，"你不要有任何的心理负担，你是一个很好的孩子，善良、温柔、懂事……你要知道，如果人生出现了让你无法预料的三岔路口，那不是你当初的方向选择错了，而是有人在你人生的起点上动过手脚……一切都是我的错，我曾经想过，这个秘密我要一辈子都藏起来，然后带进棺材里。盼盼，你既然来了，可不可以听我说最后几句话？我已经……咳，我已经没多少时间了。"

美盼嚅动唇瓣，明明是想要说什么，嗓子眼儿里却像堵着石头，怎么都发不出声音来。

"本来我想着，如果你不愿意再见我，我也希望晋庭亲口把这些告诉你。"

简莉瑶沉了沉气，也不再兜着什么，开始说出那段几乎是颠覆了美盼整个人生的过往——

"我当初是个卧底，接到任务后才接近荣惊，我在他身边待了不少的时间，他慢慢开始相信我，当然我也付出了很多……当年的我，可以说是年轻好胜，其实把自己真的交给他的时候，我得承认自己也是心甘情愿的。所以后来他落网，我发现自己怀了你，一切仿佛是意料之中的事。我一开始的确是不准备要你，可我到底还是没舍得，只是以我那时候的身份，根本就不可能光明正大地生下你……为了留住你，我才找了黎展明，只是我对他撒了谎。当时秦家需要找人代孕，而黎展明以前就和我认识，他在认识秦媛之前，和我是高中同学，那时候他还暗恋过我，这些我都知道，所以后面的事情才会那么顺利。盼盼，你可能会认为我这个人太自私了，可我那时候是真没办法，警察那边是不可能让我生下荣惊的孩子的，而荣惊这边，当年他锒铛入狱都是因为我，他那些忠心的手下也一直都在找我，我完全是处于一种前有狼后有虎的状态，只能欺骗了黎展明……"

简简单单的几句话，竟是道尽了这二十几年来的恩怨情仇，简莉瑶忽然就觉得释怀了。

有时候隐瞒着一个秘密，让秘密沉重地压在自己的心头，会夜不能寐，可要想放下，又得付出多少的代价？

"……所以，我爸一直都不知道，他一直以为我是他亲生的。"美盼终于开口了，声音低哑得很。

在这件事上，简莉瑶的确是做得不太厚道，不过当时她也是没有办法。黎展明这人，其实站在人性上来看，就是一个挺自私的人，是他的，很护短，要和他没什么关系的，那他绝对不可能多操一份心，不然一个大男人在秦家这样的环境之中，也是撑不住这么多年的。

"他这些年来一直都在找我，但我觉得自己没有什么脸面去面对他，所以避而不见。"简莉瑶低声说，"不过这几年来，我知道你过得也不算多好，心里也一直都在后悔。但是物质上，我始终都不操心，何况黎展明也对你不错。盼盼，我终究是对不起你，我没有资格得到你的谅解……有很多事，都是有因有果，我没有种好因，自然是得不到好果，所以我从未想过要得到你的谅解，但是你不要怪晋庭，他同样是一个不容易的孩子……"

美盼一直都是沉默，简莉瑶的气息似乎越来越弱了，美盼又不是什么冷血动物，现在都已经知道简莉瑶是自己的亲生母亲了，哪还可能真的无动于衷？

美盼把简莉瑶从地上扶起来，让她躺上床，虽然她一直都不出声，但还是动作妥帖地帮简莉瑶盖好了被子，随后才低声说了句："……你，好好休息。"

然后就离开了病房。

走的时候，她并没有听到简莉瑶的声音，美盼以为她一下子说了那么多的话，估计是真的累了，只是她哪里知道，简莉瑶现在不是累，而是已经……连最后一点儿灯油都耗尽的感觉。

她始终没有听到美盼喊她一声"妈妈"。

可她还是可以闭上眼睛，还是可以觉得安心。

原来一个人背负着秘密是这么艰难和痛苦的事。谢谢你，我的女儿，这辈子到了最后，还是你亲手把我肩上的这个重担给卸了下来。

黑暗之中，简莉瑶嘴角带着温柔的弧度，缓缓闭上眼睛。

眼角，却有一滴泪滑落，慢慢渗到了绸缎的枕头里。

终章
曾经太美好，想要一辈子拥有

八个月之后。

秦氏的高层会议，在座的每一个人都战战兢兢的，经过了长达八个月之久的大换血，现在的秦氏已完全被苏晋庭一手掌控着。

其实这也算是秦齐林授权下来的。

美盼的身世被荣惊彻底公开之后，虽然在媒体那边隐瞒得滴水不漏，可之后秦氏却开始大动荡。

秦媛心里始终都认定了，自己的丈夫突然命丧他乡，就是苏晋庭一手造成的，所以在公司更是寸步不让，可她情急之下做出的几个大项目的决定，最后却赔得血本无归。

秦氏虽是树大根深的家族企业，但如果让秦媛继续这么闹腾下去，到时候恐怕是真的不能收拾。

秦齐林无奈之下，还是把希望寄托在了苏晋庭的身上。

当时正好就是美盼的身世被揭开的时候，秦齐林找上了苏晋庭，而苏晋庭只说了一个要求："我知道你想让我挽救秦氏，但我为什么会来秦家，你应该也知道。现在盼盼知道了一切，可最需要的人不在她的身边，我希望你可以当好爷爷这个角色，好好和她说说……你让她释怀了，我就会帮你守住秦家的一切。"

秦齐林当时的确是不知道美盼的情况。

因为从最初，他就始终对女儿抱着一线希望，结果招了一个上门女婿，却是糊不上墙的，最后连孙女儿都出了问题。

不过，秦家看似后继无人，却还有一个苏晋庭。

到了秦齐林这个年纪，会觉得自己随时都有可能离开这个世界，自己一辈子的心血，当然不可能落在别人的手上。

而对于苏晋庭，他很清楚地知道，苏晋庭是一个姓苏的秦家人。

虽然关系复杂，但如果晋庭就这么一直都放不下美盼的话，他觉得也可以顺水推舟。

至少外面的人会认同美盼是秦家的小姐，而他也知道，苏晋庭是不会让他公开他的身世的。

那么，最后就只能是由着这么一场狗血又复杂的闹剧继续下去，并且，永远埋藏在时光之下。

秦齐林找到美盼，不知道和她说了什么。

一个礼拜之后，简莉瑶去世，美盼一声不吭，却在深夜躲在被窝里偷偷哭泣。

一个月之后，她第一次张嘴对苏晋庭说了句话——

"放我走。"

其实那会儿苏晋庭已经开始忙秦氏的事，但每天依旧会抽出点儿时间，回家陪美盼，尽管她那段时间一直沉默无语，一句话都不愿意和他说。

没想到最后，她主动开口说的一句话，竟是——让自己放她走。

"苏总。"

有人忽然凑过来，压低嗓音叫了他一声。

苏晋庭面容沉寂，整个会议室就显得气压极低，因为这几个月以来，秦氏本来就是腥风血雨的，现在是该换的都已经换得差不多了，苏晋庭手握大权，人却好像变得更为锋利和沉默。

所以在他身边的人，和他说话都是格外地小心翼翼。

只不过这个电话，苏总不能不接。

果然，苏晋庭一看到那个来电号码，脸上的表情就变得很是微妙，他示意下面的人暂时先不要再继续会议。

他拿着手机起身，直接离开了会议室。

"喂，是我。"

大概是秘书都鲜少见到苏总有这样的表情——像是特别渴望接到这个电话，所以才会这般重视，却好像又在期待之中，隐藏了几分让人难以揣摩的情绪，类似于担忧，又怕会听到什么不好的消息。

其实苏总几乎每天都会接到一个固定的来电，没有人知道到底是谁打的。他只知道，偶尔，苏总一接到那个电话，就会露出难得的笑容，偶尔，苏总的脾气就会更不好，也有时候，在接完了之后，他就会手足无措，沉默地坐上整整一下午。

可今天不一样。

苏总接到那个电话之后，出现了一种类似于惊慌的表情，然后直接中断了会议，连外套都忘记拿了，匆匆忙忙就朝着电梯走去。秘书本来还想妥帖地送上外套，毕竟现在天气有点儿凉意，但一转身，苏总早已不见了。

……

这个世界上，能让苏晋庭这个沉稳内敛的男人谈之色变的，大概就只有一个女人。

电话是每天都会在固定时间向苏晋庭汇报美盼情况的助手打过来的，今天却提前了两个小时，苏晋庭已经料想到会有什么特殊的情况发生，果然……

电话那边的人战战兢兢地告诉他说："苏先生，秦小姐今天自己出去散步的时候，不小心被路过的人撞了一下，一开始还没有什么问题，但回去的时候就晕倒了，现在人已经送往医院……"

后面的话，苏晋庭并没有听清楚，因为他已经没有心情再去听其他的。

估计盼盼是要生了。

她已经怀孕九个月了，本来预产期就是这个月的月底，现在相差也就十来天的时间。

到了医院的时候苏晋庭才发现，自己一路竟是以120码的车速开过来的，幸亏那条路上这个时间点的车子相当少。他下车的时候脚没有踩稳，差点儿就狼狈摔倒。

这个男人，对外永远都是冷漠疏远，高傲又显矜贵，而现在，他那张俊容上是掩盖不住的焦躁和不安。

盼盼要生了。

这么久了，对他来说，这几个月的每一天，都是度日如年。

虽然知道她就在自己的眼皮底下，可美盼并不愿意见到他，所以可想而知这几个月以来，苏晋庭过的那叫什么日子。

医院门口早已有人在等着，这会儿一见到苏晋庭匆匆忙忙地从车上下来，连忙迎上来——

"苏先生，秦小姐已经到了，现在就在里面。"对方是产科的医生，专门在门口等着苏晋庭的。

男人伸手扯了扯领口，深吸了一口气，才沉声问："现在是什么情况？盼盼怎么样了？"

对方就知道，这男人最关心的，永远都是产妇，而不是产妇肚子里的那个孩子。现在是突发状况，本来胎儿的位置就不是太好，他们当时就提议过剖宫产，可是秦小姐并不同意，坚持要顺产，当然女人如果可以顺产，自然是要顺产。现在预产期不到，只是因为美盼在路上受到了惊吓和刺激，突然就要分娩，这会儿已经被送往手术室，里面不少的医生守着。

"孩子是肯定要生了，但是现在宫口还没有开到……"

"不要和我说这些我听不懂的，我就想知道，需要多久？"苏晋庭越发不耐烦，那些关于产妇生孩子的资料，他之前就抽时间看过不少，不想再听医生说那么多起不到实际作用的话。他自然知道女人生孩子等于是在鬼门关走一圈，一想到这个，他的心情更是无法平复："用最安全的方法，不要让盼盼太疼。"

医生有些无奈，这女人生孩子能不疼吗？

不过他也知道苏晋庭一贯都是紧张里面那位的，两人闹矛盾估计也有八个多月了，反正每次里面那位来产检的时候，他都是坐在隔壁的房间里的，事后再让医院的人完完整整、一字不落地和他说一遍。

第一次拿到孩子的B超单子的时候，他是那种欣喜若狂又强自克制着的表情，结果就是坐在那个房间里整整四个小时，一直都在拿着那张黑白照看。

现在的年轻人谈恋爱，真是让人……匪夷所思。

女人生孩子，有顺利的，也有不顺利的。

美盼就正好卡在了顺利和不顺利的关口。

她年轻，身体底子不错，所以肯定不会出什么大事，但偏偏胎儿的位置不太好。

她如果选择剖宫产的话，也就个把小时的事，可进产房之前美盼就清清楚楚地告诉医生她要顺产。

结果就是——

在苏晋庭来之前，她已经被疼痛折磨了一个多小时，而这还没完……

苏晋庭来了之后，在外面等了一个多小时。

这过程，对于一般的产妇来说，也算是比较正常的。

可对苏晋庭来说，这完全就不正常。

平常在生意场上的冷静睿智，这会儿都已经离家出走，手术室里时不时传来那撕心裂肺的叫喊声，如同尖锐的刀子一下一下扎在他的心窝，如果不是因为之前看过无数关于生孩子的资料，也让最权威的医生给他科普过的话，苏晋庭未必可以在门口等上一个多小时，周围的人都已经被他身上的阴冷气场吓得退避三舍。

最后是真等不住了，苏晋庭思量许久，还是提出要求，要进去陪同。

他这样的身份地位，要陪同自己的女人生产，当然不是多难的事儿，医院大概也是早有准备，加上里面的产妇的确是挺困难，医生也同意让苏晋庭进去。

以前总有人说，应该让一个男人见一见自己老婆生产的画面，那样他就会知道，她是这个世界上多么伟大和神奇的存在。

她为你生儿育女，为你延续生命的意义，她就是不可思议的那个人。

可从产房推出来的时候，你只能见到她生产之后苍白憔悴的脸，你却无法体会到这个女人从面色红润到面色苍白的过程。

这漫长的九个月时间里，苏晋庭是被秦美盼拒之门外的那个人，可他同样还是用了他那套霸道的手法，让她继续生活在自己的眼皮底下，只不过没有再这样近距离地看过她。

怕她还是会生气。

现在她躺在产床上，周围有不少的医生在忙碌着，苏晋庭看着她几乎可以用奄奄一息来形容的状态，心疼到连迈开脚步上前的勇气都没有。

原来女人生孩子是……这样的吗？

她好好的一个人，现在躺在那张床上，仿佛连最后一丝力气都用尽了，可她是在给自己生孩子。

苏晋庭想到这些，复杂的情绪涌上心头，酸涩也有，甜蜜也有，这么长时间没有这样面对面见她，隔着镜头和照片见到的人，自然是不可能如此刻这样真实。

他难得地手足无措起来，一边担心她不高兴，一边又想多看她两眼。

可苏晋庭哪里知道，其实现在的美盼，根本就没有力气多看他一眼。

那些汗水已完全遮住了自己的眼睛，她只看到有一个模糊的身影在自己的面前晃动着。

其实他来了，她知道。

将近一年的时间里，她一直都封闭着自己，如果不是因为那时候她突然发现自己怀孕了……也许她无法继续留在这个城市。

有时候觉得，老天爷就是在和她开玩笑。

开了一个好大的玩笑。

在她以为自己已经感受到幸福的时候，老天就将她原本以为的世界彻底颠覆，在她以为自己最不幸的时候，老天却又赐给她一个生命的延续。

那时候简莉瑶刚刚过世不过一个月，美盼发现自己怀孕了。

这个世界上，还有比自己更可笑的人吗？

她那时候心灰意冷，觉得苏晋庭这个男人可恶至极，隐瞒了自己那么多的事，居心叵测地接近了她，用尽手段让自己爱上了他，最后却一手将她拽入了那个无尽的深渊里，不能自拔。

可她怀孕了。

那时候她就觉得，好像是随着这个孩子的到来，所有的一切又被重新洗牌了。

她不可能不要自己的孩子。

所以现在才会躺在这里，忍受撕心裂肺一样的疼痛。

因为是顺产的关系，完全需要美盼自己努力。苏晋庭进来的时候，医生就已经在边上轻声和他说了，孩子的父亲要尽量帮助孩子的母亲，那就是一种精神上的支持。

苏晋庭走过去，伸手帮美盼擦了擦脸上的汗水，小心翼翼地拨开了她脸上的碎发，再多的心疼，他也知道自己此刻最应该说的话是什么。

有太长的时间，他没有像现在这样静静地看着她的脸，尽管因为怀孕的关系她胖了不少，但皮肤更显得白嫩柔滑。

其实在苏晋庭的眼里，秦美盼不就是那个最完美的女人吗？

何况她现在是在给自己生孩子。

这世界上的女人为自己所爱的男人生儿育女是幸福的事，男人等着自己心爱的女人为自己延续生命又何尝不是？

美盼现在已经看清了这个站在自己身边的男人，大概也知道，这么长时间以来，自己一直都活在他的眼皮底下，她一次次告诉自己，不过就是因为孩子……

可现在再看到他那张脸，她才确定，自己朝思暮想的，是这个男人。

她忽然就觉得委屈，一阵阵辛酸涌上来，腹部的绞痛仿佛更甚。

眼泪混着自己身上的汗水，又模糊了自己的眼睛，美盼没有力气说话，却能够听到男人低沉的嗓音，他温柔地在自己的耳边说着话——

"宝贝，你很勇敢。"

"现在就只差最后一步了，我知道你不想见到我，这么长时间以来，我没有出现在你面前，是因为我担心会影响你的情绪。我知道我错了，我之前瞒着你太多的事，我欠你的不只是一句对不起，而是你在今后的日子里，对我的终身惩罚。所以你要加油，嗯？不然你咬着我，咬着我的手。"

苏晋庭说着，还真把自己的手凑到了美盼的嘴边。

美盼意识模糊，却也能分辨得清楚苏晋庭说的那些话。

她现在是真想骂他，这个浑蛋，当初她要走，他就用蛮横的方法将她留下来，可自己怀孕之后的这几个月时间里，他竟然还真的是那么听话，说不出现在自己面前，就真的不出现在自己的面前。

不让他做的事，他偏偏要做，真的想要让他出现在自己面前的时候，他还就可以忍住。

美盼真是恨死他了！

他要让自己咬他是吗？

别以为她真的不敢咬下去！

美盼那份委屈不满，憋在心里已经有八九个月，现在他终于出现在自己面前了，因为她生的孩子是他的吗？

苏晋庭！你多可恶！

她深吸了一口气，听到医生在耳边鼓励着她再加油、再用力，她一张嘴就狠狠咬住了男人的手腕。

疼是真的疼。

可苏晋庭还是高兴，因为她至少对自己还是有情绪的，很快就听到医生说："再加油一点儿，已经能看到头了！"

然后医生又对苏晋庭说："苏先生，麻烦您继续和苏太太说话。"

美盼从刚刚开始，除了"嗯""啊""好痛"之外，也没了别的言辞，这会儿一听到医院的工作人员说什么苏太太，她竟是一下子就仰起头来，铆足劲儿为自己辩解，虽依旧是气若游丝——

"我……我不是苏太太,我不是……孩子是我的……和他……没有关系。"

……

手术室的氛围一瞬间就染上了尴尬。

秦家的小姐是苏晋庭的女人,这是本市人人都知道的公开秘密,不过大家也都知道,现在产妇也就是在赌气而已。尴尬过后,医生还是在边上鼓励着美盼继续用力,给她说"马上就出来了"之类的话。

苏晋庭却一点儿都不生气,反而是宠溺地看着她和自己赌气的小样子,都这个时候了,她还没有忘记摆正自己的身份,这倒是对的,毕竟,他还没有和她结婚呢。

的确,不是苏太太啊。

男人笑了笑,用另一只手帮她擦了擦额头的汗水,温柔地说:"宝贝说的都是对的,等你把孩子生下来之后,我们就结婚。"

"谁……谁要嫁给你?你别做梦了……你……我不会嫁给你……"

"那可不行,我们的孩子不能是黑户。"

"我……又不是给你生孩子……"

"这孩子铁定就是我的。"男人笃定的口吻,还有些得意。

"……你,苏晋庭,你讨厌!"

……

这大概是与众不同的产房气氛,孩子的父亲和孩子的母亲竟还在相互斗嘴,不过幸运的是,好像这样的刺激,对已没有力气的产妇而言十分有帮助,她那倔强的小性子,就是不愿意在苏晋庭的面前有低了一等的感觉,不管苏晋庭说什么,她都要咬牙反驳才会觉得痛快一些。

这种执拗的情绪,忽然被哇哇啼哭的婴儿声给打破。

那稚嫩的嗓音,对于苏晋庭和美盼来说,却是这个世界上最动听的声音——

其实真的无法用言语来形容那种感觉,如果非要说出来,那就是自己人生所缺的那一块空格,被这婴儿的哭声给填补上了。

从此,他就知道,不管未来的路有多难走,不管将来她是否愿意原谅自己,不管她是不是一辈子都要和他保持着这样的关系,都不要紧。

他拥有的,就是她送给他的,最美好、最温柔的礼物。

举世无双。

苏晋庭觉得,自己的小宝贝是真勇敢。

因为他也有孩子了,是个儿子。大概就是在妈妈的肚子里吃得太好了,呱呱落地的时候,竟有八斤重,也难怪美盼生得那么吃力。不过孩子非常健康,等护士做完了一切检查,把孩子送到苏晋庭的怀里后，这个从来对任何人和事都秉持着绝对淡定从容态度的男人，脸上的表情是相当奇妙的。

现在，能让他苏晋庭出现这种情绪的，除了美盼这个小女人，似乎又多了一团小东西。

让他紧张，也让他有了一种前所未有的，对未来生活的期盼。

没有为人父母的人哪能知道，当你怀里抱着那个属于你生命延续的孩子的时候，你会是一种如何充实的感觉。

他小小的、嫩嫩的，那张小脸蛋儿皱巴巴的，真的一点儿都不好看。

可神韵里，却已有了一些美盼的韵味。

人家说，生的儿子随母亲，生的女儿随父亲，看来这话还是不假。苏晋庭看着怀里的小宝贝儿，眼神都恨不得要溺出蜜糖来。

不过比较让苏晋庭头疼的是——

孩子的母亲，似乎始终都不愿意真的原谅他。

美盼还年轻，生了孩子之后恢复得很好，加上她是顺产，当时孩子一出生，她就抵不住体能的大量消耗，直接晕了过去，但第二天就已经慢慢恢复过来，第三天的时候，她更是精神了不少。

期间自然是有朋友陆陆续续地来看她，不过美盼这两年发生了太多的事，也就是之前那一群比较要好的同学朋友知道她现在生了孩子。她的身份地位从来都是与众不同的那种，人生之路走得也是与众不同，对旁人而言，其实多的还是羡慕。

秦家的人，却只来了秦齐林。

这才是最搞笑的吧。

亲情对美盼而言，已是寡淡到这种地步，但她也已经不稀罕了。直到老爷子来看美盼，美盼才恍惚想到，自己已经有许久没见过爷爷了……她还应该叫爷爷吗？

自从上一次的事，不算是落幕地落幕了之后，美盼就一直都是一个人住，加上后来怀孕，照顾她的人也都是苏晋庭派过来的。他其实无时无刻不在自己的生活之中，让她讨厌的是，他就只是精神在，本人永远都那么"配合"，绝对不会出现在她的面前。

但秦齐林不一样，他是真的像销声匿迹一样。

所以这次美盼在医院见到秦齐林，只觉得局促又有些尴尬，曾经是最亲密的亲人，现在却是连面对面都局促。老天爷就是喜欢捉弄人，还专门喜欢捉弄她秦美盼。

可一想自己还是姓秦的，不管他们上一代有着什么样的恩怨纠葛，到了现在，所有的一切都已成了定局。

"盼盼，很久没见了，我这次是正好回来，听说你生了孩子，我就过来看看你。恭喜你，也是当妈的人了。"

美盼发现，秦齐林好像苍老了不少，但是美盼又觉得他的神韵比起以前，显得温和慈爱多了，眉宇间少了几分戾气和对得失的计较。

美盼想着，她的确是没什么好太过计较的，有些事，发生了，过去了，就是昨日种种，譬如昨日死。

只不过美盼始终都不知道应该开口叫他什么好，所以反倒是显得僵硬："我挺好的，您……您还好吗？"

秦齐林这种人，自然是可以看穿做了自己那么多年孙女的美盼到底在想什么、介意什么，他今天过来，也就是为了解开最后的一个结。

所以他也不含糊什么，直接就说："盼盼，我知道前段时间你怀孕了，我其实一直都有很多话想要对你讲，可你怀孕了，情绪也不适宜有太大的波动，加上那时候很多事都一起发生了，我知道你一时半会儿也不会想要见到我……现在已经过去了快一年的时间，你也是当母亲的人了，我相信现在和你说，会更合适。"

美盼没有出声。

秦齐林继续说："对于你父母的事，我一直都觉得，其实，秦家不算是亏欠你，只不过……后来发生的事，也不是我能控制的……我想，可能是展明也不知道后来会闹出那么多的事。其实人生最重要的是经历，经历过了，再回过头去想一想，有些事也不过如此。当年因为秦媛不能生育的关系，我才妥协了，后来是秦媛找到了展明，那时候她是真心对待展明的，后来也有一部分是我对她的要求太高，她才开始抱怨，开始变得充满戾气，对你也不算是多好。但你要知道，其实秦媛一直都以为，你是展明和……简莉瑶的女儿。"

"……总之，盼盼，事已至此，所有的一切都已经成为定局，我作为你……曾经的一个长辈，也没什么资格对你说什么，只是希望你可以真正放下。只要你愿意，你始终都是秦家的人。你和晋庭他，肯定是要结婚的，到时候爷爷……当然了，如果你愿意把我当爷爷的话，爷爷也会在秦家为你做好出嫁的准备。"

美盼不知道应该如何接话。

这么长时间以来，她也不知道黎展明到底是生还是死，再也没有了他的消息。据说秦媛在公司也处境不好，因为营业不善，加上苏晋庭的关系，她根本就毫无地位，后来美盼也有耳闻，说秦媛早些时间离开了C市。秦齐林退休之后本来就不太露面，出了荣惊和简莉瑶的事之后，他越发低调。

现在他忽然对自己说了这么一番话，美盼有些不知所措。

可她也不是太过计较的人，更何况秦齐林作为长辈已把话说到这个份儿上。她静了静，才低声说："过去的事我不怨谁了，但是我想知道，爸爸他……"她顿了顿，才又说，"我说的是黎展明，我想知道他到底是在哪儿。虽然之前你们和我说他已经不在世上，但是我始终都不相信，爷爷……您始终都是我的爷爷，如果可以的话，请您告诉我。"

"这个，我真的不清楚。"秦齐林叹息，"展明当初也是受了不小的刺激。盼盼，其实你不要怪晋庭，当初他让展明离开C市，是为了他好。"

美盼抿着唇，虽然嘴里说着不再怨恨谁，但真的提到了苏晋庭，她还是挺在意的。

这个就是所谓的，越是在乎，才越是计较。

从孩子出生到现在，她一直都没有和苏晋庭说话，他倒是也很能耐，每天都可以淡然自若地对着一个沉默的自己，反而是抱着孩子的时候，一张笑脸比阳光都灿烂。

美盼想到这个，更是心酸。

"如果有爸爸的消息，请您一定要告诉我。"

秦齐林点头，看着美盼："你关心的，就只有展明吗？我也知道你可能会觉得欠了他很多，但其实每个人的选择都不一样，他可能是真的未必想要再回来。"

美盼没有说话，其实她不是一定要见到黎展明，而是她内心深处有一个声音在告诉自己，她不想让自己认为，黎展明是真的这样，不明不白就不在世上了。

他在自己的心中才是一个合格的父亲，而她对苏晋庭最后的一个心结，也不过就是因为黎展明。

秦齐林之后又和美盼说了不少，尽管只字不提苏晋庭，但从他的言辞之间，美盼也能够体会出一个事实——苏晋庭是秦家的孩子。

最初在网上看到这样狗血荒谬的帖子时，美盼还有些震惊和意外，慢慢地，在将所有的事前前后后地串起来之后，她才体会到，其实……你越是觉得不可能发生的事，才越有可能是真的。

不然为什么苏晋庭当初会来到秦家呢？真的只是因为她吗？

美盼也不算是不灵光的人，自己从小到大喊着爷爷的人，还会不了解他什么个性吗？哪怕秦媛再无能，如果不是自己的子嗣，他绝对不会就这样放手把公司交给苏晋庭的。

所以后来，当荣惊揭穿苏晋庭的身世之谜，她并没有太过惊讶。

秦齐林恐怕到死也想不到她早就知道真相，他估计就是打算把这个秘密带进棺材，反正她和苏晋庭连孩子都有了，他过来说这么几句话，不过从侧面帮苏晋庭说话而已，等她和苏晋庭真的结婚了，苏晋庭不过就是换了一个方式在秦家。

结婚？

这种事，现在美盼当然不会多想，她现在每天都可以见到苏晋庭，但只要是自己沉着脸不和他说话，这个男人也可以做到无动于衷。

就这样，美盼在医院休养的这段时间，苏晋庭每天来报到，在美盼眼前晃悠。一个礼拜之后，美盼的身体调养得差不多了，可以出院在家里坐月子，所以办好手续之后，美盼是被苏晋庭亲自接回家的。

不过美盼终于忍不住爆发了。

"东西不需要你拿，孩子也不需要你抱，我自己有住的地方。"这算是整整九个月之后，她在清醒状态下，和苏晋庭说的第一句话。

苏晋庭面容沉寂，胸口却是有翻江倒海的情绪。

这个久违的声音啊，依旧是柔软甜美，现在对他来说，还多了一份难以言喻的温柔。苏晋庭大概就是等着她主动开口和自己说话了，这一场冷战对他来说，时间太长，如同酷刑，不过现在，他找到了突破口，终于可以结束了。

他有太多的话想要对她说，其实更想抱一抱她，不过男人也知道，现在还不是时候，因为她和自己闹脾气太久，导致他想要哄她都得费点儿精力。

他静了静心，低声说："我送你回去。"

"不需要。"

孩子不在病房里，之前苏晋庭就找了专业的护士专门照顾孩子，现在孩子估计是在护士那边。

美盼的眼神就是不愿意对上他的："你把孩子带过来。"

这小东西的语气可不算是多好，但这种不好的语气听在苏晋庭的耳中，大概可以理解为，因为不得劲的那种别扭。

再用通俗一点儿的言辞来形容，那就是，她心里在意。

苏晋庭一想到这些更是心花怒放，他忍了那么长的时间，现在再也克制不住，上前就把人抱了怀里："宝贝……"

美盼身体一僵，男人灼热的气息，伴随着低沉的嗓音，在自己的耳蜗处徘徊，真的是太过久违的感觉，原来自己内心深处是这样渴望着。不过，她更是有些讨厌自己的不够坚定，不是已经想好了，生下孩子也都是自己的事吗？不是想好了，以后都不理这个讨人厌的家伙了吗？

为什么现在，她竟是想要掉眼泪呢？

明明他还没说什么呢，她竟然满腹委屈，所以她没有忍住那奔腾叫嚣着想要发泄出来的欲望，先是用力挣扎。苏晋庭用一定的力道禁锢着她，但也不敢太过用力，她现在的身体还没有完全恢复，他之前仔仔细细地问过医生，女人坐月子那是很重要的，情绪自然也不能太过激动，不能掉眼泪。苏晋庭一见她红着眼眶都要哭了，连忙出声哄她。

"别哭，是我错了，是我不好，我和你道歉，都是我的错。可你之前不想见到我，我怕影响到你的情绪，所以也不敢去找你……现在你愿意和我说话了，能不能让我解释一下当初的事？"

他一开口就把自己的姿态放得极低，过往种种，几乎如潮涌一般飞快地袭到自己的脑海之中。美盼能够想到他曾经给过她的宠溺、包容，他曾经为她做的一切，她不是冷血动物，也不是感觉不到他的付出，只不过心里的那道坎儿依旧在。

苏晋庭现在是好不容易有了机会，当然不会干等着让这个倔强又执拗的小丫头来点头才解释了，抓住了机会就说："宝贝，当初的事，我知道你一直都在怪我，是我让黎展明离开C市的，我知道你最在意的就是这个，你怪我那时候不和你商量，结果还让他出了事。但我那时候没有选择的余地，因为那时候，荣慎宇打了他的主意，想要通过黎展明来对付我们，当初让他离开这个城市，是我唯一可以做到的保全他的办法。"

美盼也没想到，原来还有荣慎宇的问题，现在苏晋庭这么一提，她仿佛是隐约回忆起了以前所忽略的种种。

但其实现在就算是想到了再多，也已经不具备什么挽回的力量。

破镜重圆都是有裂痕的——对美盼来说。

对苏晋庭来说，自己能不能争取到这个女人的一辈子，就看能不能打赢这最后一场战役了，他不能输了。

"如果你不想说话，那你就听我说好吗？"

她还是不出声，苏晋庭双手摁在她的肩膀上，让她面对着自己。男人眼睛一眨不眨地凝视着她，片刻之后，才将这么长时间以来，在自己心里早就已经理清楚的一切，缓缓诉说出来——

"我最初去秦家的目的，有一大部分的确是因为你。我一直都知道你是简姨的女儿，我也知道，你的亲生父亲并不是黎展明，但我亲眼所见他对你还算是可以的，所以我并没有打算为难黎展明，只不过后来很多事的发展都脱离了最初我可以掌控的轨道，我才会让他离开。事实上，黎展明并不知道你的身世，这么多年以来，他一直都认为你是他的亲生女儿，后来他知道了真相……盼盼，你应该很清楚黎展明的性格，他当时的确是无法接受。"

他说完这个开头，就耐心等着，过了一会儿，美盼果然开口接下了这个话茬儿，声音也平静了不少："他知道得比我早，是谁告诉他的？你？"

"我最初其实没什么计划，回秦家，大概也就是想要知道你过得好不好，因为简姨很想知道……毕竟她当年也是迫不得已。"

"苏晋庭，你到现在还是不愿告诉我吗？你说你当初来秦家一大半的原因是为了我，那么剩下的一小部分是不是就是因为秦家本来就和你有渊源？"

苏晋庭也知道，这丫头一点儿都不笨，他也没真的打算瞒着她一辈子，现在她既然提到了，他沉默了片刻，道："是，也有一部分是因为我自己。"

"你既然问了，那肯定就是知道了，我当初带你去我父母的墓碑前，我和你说的，我并不是想找到我的亲生父亲，这话是真的，我知道他是谁，但我并不打算认。盼盼，我一开始接近你的目的确实不是很单纯，我只是想要让你和简姨见一面。"

"见一面就够了？你难道不是想让我喊她一声妈吗？"

"我是想过。"

"那你为什么不和我说真相？你不告诉我，我会喊她吗？"

"我打算娶你。"

美盼心尖一颤。

苏晋庭眸光灼灼地看向她："这不是多难理解的事，我很小的时候就知道你是简姨的女儿……不，应该说，我很小的时候，就知道简姨有一个特别牵挂的孩子，我看过你的照片，也听说过你的事，我比你年长，以前偶尔过来这个城市谈工作的时候，我也有让人打听过你，那时候你还只是高中生，简姨和我说，不要打扰到你，你的生活很安逸。可后来她的身体越来越不好，我知道她有多渴望可以见你一面，哪怕是和你说说话都好。我不想让她带着那么大的遗憾离开这个世界，所以我就过来找你。"

"你第一次见到我的时候，就认出我来了？"

"近几年，我并没有太过频繁地打听过你，当初在酒店，第一眼我也没一下子认出来，但你自报家门，我就知道了。"

美盼心想着，她还真是从一开始就出丑了。现在回想当初，又是一种难以言喻的感觉，她咬了咬唇，问："所以你是故意撩拨我的对吗？你就是要让我对你动心，然后乖乖地嫁给你？这样就顺了你的计划，可以让我喊简姨一声妈？"

"我当初的确是这么想的。不过我承认我是蓄谋想要让你对我动心，可情爱谁说不是双面的？盼盼，我很早就注意到了你，你知道和你相处的每一天、每一个细节，对我来说有多特别吗？我能不能让你动心我不知道，但你一直都让我很动情。"

"你也一直都知道荣惊的存在？"

"他一直都知道你，但他大概也没想过要认你，他的心思一直都在简姨的身上，后来也是因为我接近了你，他才开始让荣慎宇去接近你父亲。"

"荣慎宇难道不是听他的命令吗？既然最后他也没把我怎么样，你为什么要说我爸……我是说黎展明，会有危险？"

"荣慎宇的确是听荣惊的，但后面有很多事你没有看清楚而已，荣慎宇的野心不止这么一点儿，他想要掌控的，是荣惊背后的势力。"

"你现在说什么都是对的，因为我什么都不知道。"

苏晋庭叹息："你觉得我有必要欺骗你吗？荣惊背后的势力，是一个姓白的家族……简姨走了之后，他放弃了手上的一切权力，简姨的后事都是他办的，后来他放弃了，荣慎宇就直接上位了。你如果真的不相信，我可以给你找资料。"

"不需要，我对那些没有任何兴趣。你告诉我，我爸爸到底在哪儿？"美盼还是习惯性地会喊黎展明一声爸爸，就算荣惊是她的亲生父亲，可黎展明不管懦弱不懦弱，都是养了她二十几年，并且给予她父爱的那个男人，"我不相信他真的死了，你难道从来没有找过吗？"

苏晋庭说："我怎么可能不找？我一直都在找他，但的确是没有任何消息。盼盼，我也不希望他真的已经不在这个世上了，但每个人都有属于自己的选择权利。黎展明他无法面对你，才会想要躲着熟悉他的人，你相信我，如果你坚信他是平安的，我相信他一定是平安的，至于他愿不愿意再来见你，也许只有等他自己彻底放下的那一天。"

美盼动了动唇，其实是想要说几句反对他的话，或者冷嘲热讽都可以，只不过所有的言辞到了自己的嗓子眼儿里，还是卡住了。

因为她心里明白，他说的一切都是对的。

他虽然从头到尾都对自己有所隐瞒，却不是十恶不赦的。

因为他从一开始就跳进了一个很烂的选择题里，不管做出任何的选择，对他还是对自己来说，大概都不是完美的结局。

她是在知道真相的那一刻才觉得无法接受、无法消化的，为此和他冷战了整整一个孕期，但其实他却是从和自己相处开始，就在挣扎，在纠结，在犹豫了。

仔细想想，他好像也没有做其他对不起她的事。

相反，美盼却是真的知道，苏晋庭不可能接受秦齐林，可他现在已经是秦氏的掌权人了，她如果没有猜错的话，这个男人应该也是为了她在妥协。

因为在某种程度上，他们是同病相怜的，所以她才能够体会到，不想接受上天安排给自己的身世，明明是可以避开的，最后却不得不接受的那种感觉，到底是有多难受。

苏晋庭的这些解释对美盼来说，也不过就是把之前所有的事都串联了起来，然后让她将这几个月的时间里不能释怀的那些怨愤都给发泄出来。

她无法形容自己现在的心情到底是怎么样的。

也许就是爱恨交加。

正好护士抱着孩子进来，这个孩子从出生到现在，连个名字都没有取，因为自己不想和苏晋庭说话，每一次见他都没什么好脸色，他好像也有些手足无措。

再想想他在外是多么不可一世，但在她的面前，也不过就是任由她为所欲为。

美盼心头一软，这会儿真是咬牙切齿，却又觉得酸，为什么要一直一直跟他说话？为什么要一直一直给他找借口？

护士怀里的孩子，不知是不是感应到了妈妈就在病房里，忽然哇的一声就哭了。

美盼一把推开了边上的苏晋庭，走过去把孩子抱在了怀里。

那小家伙还真是配合，妈妈一抱，他就不哭了，护士笑着说了句：“小宝宝现在就开始认妈妈了呢。”

美盼礼貌地对护士说了一声谢谢，她刚准备走，苏晋庭立刻就跟了上去，门外还站着两个拎着美盼东西的助手，这会儿见苏晋庭和美盼抱着宝宝出来了，个个都恭敬颔首，随后有人问苏晋庭：“苏先生，现在就回去吗？”

苏晋庭眉峰微微蹙着，也不说话，只跟着美盼到了电梯门口的时候，终于还是忍不住伸手拦住了她，他沉静片刻，也不管边上有自己的手下在，这个对着旁人都是冷若冰霜的男人，此刻看着抱着一个嗷嗷待哺的孩子的女人的眸光，却都是满满的柔情和无限的耐心：“盼盼，和我回去，好不好？你一个人照顾孩子，我也不放心，你想怎么样都行，但现在孩子还这么小，名字都没取，你至少得让我照顾得到你。”

“我怀孕的时候同样就一个人，有什么关系？至于照顾，我可以请专业的阿姨帮我照顾，就不劳烦苏先生费心了。”

“我是孩子的父亲。”苏晋庭无奈，依旧迁就着她的口是心非，边上还有人看着呢，他却是笑得宠溺，连带着孩子一起抱在怀里，也不管美盼如何挣扎。苏晋庭咬着她的耳朵，低声说："宝贝，别闹了，好吗？不然我们回家你再和我算账，我保证知无不言言无不尽，保证不会再对你有任何的隐瞒，现在你带着我儿子呢，你觉得我能让你离开我吗？"

之前他还对美盼规规矩矩的，这两天美盼不出声，他也是进进出出都是一张冷漠脸，这会儿竟是会耍无赖了！

美盼当然要挣扎了，可只有她自己心里最清楚，现在的她，不过就是鼓着最后的一口酸酸的气，当初是真的恨得咬牙切齿的那种情绪，在漫长的几个月时间里，早就已经被磨平了。在产房疼得撕心裂肺的时候，他进来的那一刻，美盼就已经是绕过了一个轮回般。其实不是不能原谅，因为已经可以理解，所以最后，她也就是那么一股不服输的小脾气在作祟。

何况，现在孩子都生了。

想到这个，美盼又是气得直想踹他，而她也的确这么做了。

苏晋庭挨了打，还笑得很开心："好了，你想怎么样都行，你现在不是坐月子吗，我们先回去，好不好？有什么事，来日方长，有的是时间和我算账，可你先得把身体照顾好。"

"你现在就是软磨硬泡也要拿我的孩子来威胁我是吗？我怀他辛苦的时候，你怎么就不见了？现在我把孩子生下来了，你倒是会做现成爸爸。"

边上跟着的几个人，这会儿都是噤若寒蝉。

苏晋庭正式接管秦氏之后，身边的人都跟着大换血了，加上美盼从那之后再也没有正式出现在公共场合，偶尔出去逛街买东西，也都是有很多人暗中保护着，就算是有媒体拍到了什么照片，没有苏晋庭点头，谁敢放出来？

所以这些人还真的这一刻才恍然大悟，这个目前在这座城市完全可以呼风唤雨的男人，原来是金屋藏娇。怪不得这么长时间以来从未听闻过苏总的桃色绯闻，身边也没任何女性，原来孩子都有了。

加上现在美盼对苏晋庭说话的这种口吻，更是让大家大跌眼镜。

偏偏苏总还如此宠溺她，平常对人那样冷冰冰的，原来是把所有的热情和耐心都给了这个女人。

"宝贝，我和你道歉，不过你怀孕的时候，我很担心我的出现会影响你的情绪，害怕影响到你肚子里的孩子……所以……"

"苏晋庭，原来你做的一切都是因为这个孩子是吗？"

"因为孩子是你生的，所以我才这么在意。"苏晋庭禁欲许久，连带着甜言蜜语也禁了许久，这会儿一开口，真是挡也挡不住，"宝贝你不知道，你有了我的孩子，我有多开心，我觉得全世界都是我的，因为你是我的。"

美盼只觉得心尖被什么柔软的东西撞了一下，因为怀孕还没有退下去的那点儿肥胖，导致她的脸蛋儿也是肥嘟嘟的，这会儿却已是绷不住表情。

苏晋庭是不在意边上有人瞧着，但美盼在意。

她面色是难言的羞赧，最后还是抱着儿子，用力推了他一下："你别距离我太近，我还没有原谅你！你站在角落里去。"

外面站着的两个保镖满头冷汗，苏晋庭竟还妥协了，十分听话地点头："好。"

……

最后还是回了苏晋庭安排的地方。

美盼到了之后才发现，他带自己过来的地方是以前没有来过的一处别墅，进去之后，发现装修都是新的，家里已经有不少用人在等着他们，一见到美盼抱着孩子，有个长得慈眉善目的中年阿姨立刻就上前，非常有规矩地和苏晋庭打了招呼之后，又笑眯眯地看向美盼："苏太太，您刚刚出院，不适宜一直抱着孩子，现在还是月子期间，您放心把孩子交给我，您先上去休息休息吧。"

美盼是刚刚做妈妈的人，的确是有些不太习惯一直都抱着这个儿子，因为小家伙还挺胖的。

她知道苏晋庭找的人是不会有什么问题的，说了谢谢之后，就把孩子交给了那个阿姨，随后苏晋庭带她上了楼，一直到了主卧室。美盼知道自己现在应该好好休息，只不过这种时候，她难免会想到自己的长辈，人家生孩子，多少都会有父母的陪同，可她好像孤孤单单的——也不对，她还有苏晋庭……

还有他们的孩子。

就是因为是她和苏晋庭的孩子，所以她当初才会在最恨的时候，也没有动过不想要这个孩子的念头吧。

美盼自然知道破碎的家庭以及不完整的亲情会给孩子带来太多的阴影，所以她出了医院，上了苏晋庭的车子的时候，就已经是妥协了。

不，她愿意生下这个孩子的时候，就已经选择原谅了。

这就是最好的结局，她可以容忍自己的人生不完美，但哪舍得让自己的孩子重蹈覆辙呢？

她从小没有体会过什么叫作母爱，以后，她会慢慢学，把最好的一切都给她的孩子。

"盼盼……"身后的男人忽然贴上来，从背后抱着她，蹭着她的脖子，"喜欢吗？你怀孕的时候我就让人准备这个别墅了，以后我们一家人就住在这里，好不好？"

"我说不喜欢，你就会换地方吗？"美盼还梗着最后一点点的不甘心，就是嘴上要和他作对。

没想到苏晋庭竟是毫不犹豫："你不喜欢的话，当然要换到你喜欢。宝贝，你想怎么样都行，以前我有太多不得已，但不管是多么不得已的问题，我最终都伤害了你，所以我用我的一辈子向你赎罪，好不好？只要我有，只要你要，我都会给。"

只要我有，只要你要，我都会给。

多么好听的话，也许换个人来说，你还会质疑别人的这个"我有"，到底是有多少的能耐。可这个人是苏晋庭，美盼竟是毫不犹豫地就会选择相信。

有些爱意，根深蒂固，早就已经在她心里生根发芽。时间会消磨很多的东西，但未必可以消磨掉那样炽热缠绵的一段情。

她爱他。

爱到恨的时候，都不舍得伤到他们的爱情结晶。

不过就是等着他给自己一个台阶下，下来了，她才看得清楚自己，这辈子所拥有的亲情、爱情，都不过只是一个苏晋庭。

放下了，才能够享受到真正的自由，不是吗？

她始终都坚信黎展明一定活着，在世界上的某一个角落，她会等着他有一天真的放下了，来找她。

所以，几个月的沉寂之后，她也渴望得到这个温暖的怀抱，她不想再活在那段颠覆的过去之中，她也渴望着一个圆满的结局。

……

"你为什么会喜欢我？"很久之后，美盼靠在他的怀里，低声问。

男人的手掌温柔地抚着她的黑发，似乎是想了想，才说："喜欢这个东西，真是无法解释。应该说，我很爱你。有一句话是这样形容的，喜欢，是乍见之欢，爱，是久处不厌。可我从第一眼见到你的时候开始，就已经有了乍见之欢的喜欢，相处之后，更是有了久处不厌的爱。"

她嘴角忍不住翘起来："甜言蜜语你最会说了。"

"我不止会说，还会做。"

"哼，你现在说什么都是对的。"

"老婆说什么才是对的。儿子的名字想好了吗？"

"没有。"

"我来取？"

"叫什么？"

"莫失莫忘，叫苏莫好不好？"

苏莫，苏莫……莫失莫忘。

我爱你的这份心，莫失莫忘。

苏莫五个月大的时候，苏晋庭给自己的妻子准备好了一场婚礼。

一直都想弥补给美盼一个盛大的婚礼，结果兜兜转转的，总会有事耽搁，这次是等着美盼的身形完全恢复了，也等着所有的杂事都解决了，他总算是准备好了一切，当然也把儿子的满月酒给办了。

五个月的小莫莫，已经咿咿呀呀地特别会嚷嚷了，依旧是每天都霸占着美盼，依旧是无故地和爸爸作对，依旧是让苏晋庭每天都很头疼——却觉得这个世界因为有这么一个小不点儿，而变得更是多彩多姿。

因为最近一直都在筹备婚礼的事，苏晋庭忙得真是脚不沾地，这倒是让苏莫同学非常开心，爸爸不在，就不会总是背着妈妈来教训自己了。

嗯，妈妈的胸口软软的，压着好舒服，妈妈的手指柔柔的，抱着自己的时候也特别地温柔。他的妈妈就是好，哪儿都好。

所以家里的阿姨发现，这几个月以来，太太抱着小少爷的时间是越来越长了，其实先生私下总是会吩咐自己，不能让太太总是抱着小少爷，怕是会有依赖，也担心太太的身体吃不消，可小少爷认人了，根本就不要别人，就只要太太，她们也没有办法。

这天中午小莫莫吃完了奶，刚躺下，苏晋庭就要拉着美盼出门。

美盼都来不及换套衣服，就被苏晋庭推着上了车，不过她心里也有点儿数，大概就是因为婚礼的事，戒指什么的都已经准备好了，现在也就是她的婚纱。

路上的时候，她还是忍不住说：“……其实我现在觉得也不需要那么麻烦，而且我感觉你最近好忙，还要筹备婚礼……”

“说什么傻话。”苏晋庭一手握着方向盘，一手捏着美盼的小手，深邃的眸子里倾注了全部的温柔，“每个男人都应该给自己深爱的女人一个完美的婚礼。”

“会不会太累？”他最近回来也晚，她偶尔看着他的眼睛，都能够见到红血丝。

因为婚礼的事全部都是他一手操办的，丝毫不让美盼插手，就是怕美盼会累着，可真看到他这样费心费力的，美盼自然也会心疼。

“老公很好。”他执起她的手，温柔地吻了吻，“马上就到了。”

十几分钟的路程，转眼之间就到了。是一家婚纱店，里边早已有人恭候多时，见到苏晋庭带着美盼过来，很快就迎了上来：“苏先生、苏太太好。”

“婚纱到了吗？”

“已经到了。”店员在前面引路，苏晋庭拉着美盼的手往里走。

那店员一边走，一边微笑着解说道：“按照苏先生之前的吩咐，婚纱是从巴黎那边空运过来的，上午才到，尺寸都是苏太太的尺寸……苏先生、苏太太这边请。”

其实美盼之前也不太清楚婚纱的设计是什么样的，总是觉得苏晋庭这样的人，应该不至于连婚纱的设计都了如指掌吧，不过当她看到那件婚纱的时候，的确是被惊艳到了。

一个女人，一辈子最完美的时刻，除了当妈妈，剩下的，大概就是穿上婚纱的这一刻了。

有谁不渴望自己的婚纱是独一无二的？

而她自己现在所见的这件婚纱，大概真的是独一无二的吧！

纯白之中融入了一种淡紫色，让人乍一眼看过就觉得很清爽，又太过唯美。裙摆那里有一朵朵细小的花，那店员在边上介绍说：“这些花全部都是设计师亲自一针一针缝上去的。"

"……其实我们设计师本来是不做这些的，但是这个花是苏先生亲手绘制出来的，他说这是太太您的幸运花，三色紫罗兰，所以这婚纱的裙摆上面有999朵紫罗兰，全都是设计师手工缝制的。这样的婚纱，我们设计师都说了，这辈子也只会做这么一件，而且全世界都不可能有赝品。"

美盼忽然不知自己能说什么了。

因为这个时候，已经不能只是用感动来形容了，其实这个男人对自己有多好，连她都已经说不清楚。生活中无微不至地照顾她，她分明已经是一个孩子的母亲，却依旧生活在一个童话一样的世界里，永远都不用操心外面的世界，她醒来睁开眼，一定能够第一个见到他，晚上再晚，他也一定会回来，抱着自己睡。

原来最动听的情话从来都不是我爱你，她现在明白，陪伴是最长情的告白。而她始终都坚信，他可以陪着自己一辈子。

有一次电视里有一个真人秀节目，主持人问嘉宾，你认为最美的事是什么？

当时那个嘉宾回答了什么她已经记不清了，但是晚上苏晋庭回来的时候，她突发奇想，问了他这个问题——

"晋庭，你觉得你人生之中，最美的事是什么？"

当时他正埋首在文件堆里，闻言似乎顿了顿，轻轻转动着指间的钢笔，片刻之后，才拿过一旁的纸，然后对她说："我认为我人生之中最美的，是需要用笔写下来的。"

用笔写下来？

当时她更是好奇，推着他的手臂，一直催促着。

等到他在纸上写下了自己的名字的时候，美盼才恍然大悟。

我人生之中最美的，莫过于拥有你。

那一晚，她是枕着这样一句甜到发腻的情话睡着的，后来无数次她都想要告诉他，老公，其实我人生之中最美的，一样是你苏晋庭。

但是她始终都有些羞涩，所以一直都没有对他说。

她穿上这件婚纱，店员又帮她简单地弄了一下发型，她皮肤好，因为年轻，所以也不需要化妆，在这件婚纱的衬托下，整个人都透着一种甜的味道，连一旁的店员都感叹，是真的漂亮，又完美。

白色的帘子被人拉开的时候，外面站着的西装笔挺的男人，见到她的一刹那，分明是一张他已经无比熟悉的脸，却依旧是有被惊艳到的表情。

边上的店员都忍不住笑了，美盼却知道，他的表情，对自己做的任何一个，都是真诚的，发自内心的。

这是她深爱的男人，多好，老天爷到底还是对她不薄，送这样一个男人来到自己的身边，从此不管风风雨雨，她永远都只需要感受到阳光的温暖。

他宠着她，她就一直都是公主。

看着他朝着自己走来，神采奕奕，眸光灼灼，美盼的心尖忍不住颤抖着，融化着，等到他站在自己面前的时候，她就感觉到整个人仿佛置身云端，可他的手却一直都牵着她的。

苏晋庭抱她在怀里，美盼只听到他压抑又性感的男声，撩人无比："宝贝，你怎么可以这样美？让我控制不住。"

她到底还是害羞，却伸手反抱住了他："你也很帅，让我心动。"

还有——谢谢你，老公，给了我一份最好的爱情。

她心中默念的这句话刚刚落下，却听到他温柔地说："盼盼，谢谢你爱我。"

谢谢你来到我的身边，从此圆满我一生。

番外一
爸爸，我和国宝一样，是珍贵的动物

　　小莫莫上幼儿园的时候，学校组织春游，老师就带着小朋友们去了动物园。苏家小少爷在动物园里见到了很多的动物，虽然他什么都不缺，但说真的，他觉得自己有些缺少关爱——爸爸比较忙，妈妈嘛，最近怀了小妹妹，爸爸就更是宝贝得不行了，简直就是捧在手心要化了一样，所以他稍稍缠着妈妈一会儿，就会被爸爸的魔爪拉开。

　　一想到这些，苏家小少爷表示非常烦躁。不过一想到妈妈肚子里的小妹妹，他还是很期待的。

　　以后他就是哥哥了，可以保护好自己的妹妹，太好了！

　　言归正传，他今天真的在动物园里面见到了好多好多的动物啊，有些在电视上也经常能见到，但有些就不太能够见到了。

　　等到老师带着小朋友们进了熊猫殿堂的时候，苏莫同学简直惊讶得咋舌了。

　　熊猫……

　　边上有个扎着马尾的小朋友跳着指着那只圆滚滚的熊猫，兴奋地说："哇，这是熊猫啊，是我们国家的国宝，我妈妈说了，熊猫是最珍贵的，我们国家要好好保护熊猫国宝，因为它太可爱了，而且太太太珍贵了，我们都只能够这样看看呢。"

　　国宝？很珍贵……

　　苏莫同学眨了眨眼睛，一张已透出几分苏晋庭神韵的小脸上写着若有所思。

　　晚上回家的时候，一家人坐下来吃饭，中途历叔叔带着梦梦干妈来家里串门了。他当然认识梦梦干妈了，现在梦梦干妈肚子里已经怀了自己的小老婆了，嘿嘿，他现在就只管等着两个妈妈肚子里的小人快点儿出来，这样妹妹和老婆就都有了。

梦梦阿姨一进门就喊了一声："国宝。"

苏莫同学脑袋里第一时间想到的就是下午在动物园见到的那只抱着竹子只知道吃，对于他来说，目前只能用庞然大物来形容的熊猫，他小小的脑袋上顶着一个大大的问号。

妈妈是国宝？妈妈是熊猫？那么他就是小熊猫吗？可是为什么动物园里的熊猫吃的是竹子，自己和妈妈吃的却是米饭？

等到阿姨送上水果的时候，苏莫同学天真无邪地眨了眨眼睛，似模似样地吩咐阿姨："我有竹子吗？"

众人惊愕。

美盼不知道儿子怎么了，挺着大肚子上前，满脸忧虑："莫莫，你刚刚说什么？"

"妈妈，我也想吃一下竹子。"

"……竹……竹子？"有什么零食的名字叫竹子吗？

美盼一头雾水，看向坐在一旁和历承易聊天的丈夫，起身过去问他："儿子说想吃竹子，到底是个什么东西？"

苏晋庭觉得自己的儿子天资聪颖，比别人家的孩子都要好，本来压根儿就不打算让他上现在的这种民办幼儿园的，但是美盼坚持，他也没有办法。这不，他才上了一段时间，嘴里都冒出竹子的说法了，看来真是拖后腿。

不过这些想法他可不敢和美盼抱怨，对儿子招了招手，让他过来。

苏莫乖乖地走过去，苏晋庭就问儿子："你刚和你妈说什么？"

苏莫却神秘地笑了笑："爸爸，我觉得我和你不一定可以好好沟通，我现在终于明白了为什么你总是嫉妒我！因为你不是那么珍贵，而我就不一样了。"

小家伙昂首挺胸，满脸都是你不如我的表情。

苏晋庭更是莫名其妙，这孩子没发烧吧？他需要嫉妒他？

"昨天让你认的那几个字都认识了吗？会写了？"苏晋庭摆明就是没事找事，但他只是觉得自己应该树立一下当父亲的威严。

谁知道苏莫哈哈大笑，指着苏晋庭就说："大胆！我可是国家一级保护动物！我可是国宝，爸爸，你总是这样虐待小国宝，是触犯了法律！"

苏晋庭："……"

美盼："……"

崔惜梦第一个反应过来，跟着捧腹大笑，眼泪都要出来了。

历承易却是后知后觉，好像也随着晋庭和美盼两人，处于石化中！

番外二
黎展明

入夜时分，这个城市就退去了白日里的喧闹和浮躁，多了几分深沉的感觉。

这个城市有最豪华的地段，也会有最偏僻的地段。

都说从简入奢易，从奢入俭难，还真是这样，当你尝过什么叫作真正的山珍海味之后，清粥小菜就不可能再让你念念不忘。

这一块到处都是违章建筑，都是这里的居民临时搭建起来的那种小房子，专门出租给来这个城市打工的外地人居住。

房租便宜，住的人当然也多，却十分杂乱。

门前就有一条都是死水的河，每天早上，居住在这里的人就将垃圾朝着河里一丢，越发臭气熏天。

这么一个环境里，居住着的也都是外来的打工仔，晚上10点过后，这里依旧是闹哄哄的。

中年男人背着画夹走进这条充斥着各个地方方言的小胡同的时候，就发现不远处停着一辆黑色的车子。

这种地方，车是有，但真正的好车却没有，所以那辆车打着双闪停在那边的时候，男人脚步一顿，心头就跟着沉了沉。

躲了这么久，最后还是难逃命运吗?

车灯对着他闪了两下，中年男人捏紧了手中的画夹肩带，大概也知道了，这车主就是来找自己的,现在是让他过去的意思。

他沉静了片刻,最后还是上前。

该来的终究还是要来,怎么都避不开。

黎展明上了车,苏晋庭就坐在里面,这个男人对人一贯都是冷漠疏远的,他所有的热情和缠绵,都给了那个叫秦美盼的女人。

他们的婚礼,黎展明也从新闻上看到了,其实他很放心,至少盼盼的身边,还有苏晋庭在。

他也知道,自己没有死的消息,瞒得过全天下的人,但瞒不过苏晋庭。

所以他找上门来,只是时间问题。

黎展明忽然开口:"苏先生,有烟吗?"

苏晋庭看了他一眼:"我已经戒烟了。"

"也对,盼盼也生了儿子,你作为父亲,的确是应该戒烟了。"他眸光骤然拉得悠远,仿佛一下子就深陷在那段过往之中。因为知道苏晋庭找自己的目的,所以他并不打算周旋,"我知道,我就在这个城市,你总有一天会找到我的,只不过没有想到会这么快。但我一辈子都不想出现在盼盼的面前了,就当我死了吧。如果有一天她突然问起我,你可以把这些话告诉她——

"……我很早之前就认识她妈妈,简莉瑶,我很喜欢她,她是我的初恋。但是她的家庭很复杂,她的父亲是个警察,后来去世了……大学毕业的时候,我一直都在找她,但她就像人间蒸发一样,杳无音信,再后来,我在C市遇到了她,虽然那时候我已经和秦媛在一起了,但当时她受了伤,晕倒在小胡同里。我其实当时就知道,应该是之前就有人救了她,只是那人离开了。我就把她带走了。她醒来之后以为是我救她的,很感激我……当时我看得出来她有点儿走投无路的样子,其实男人有时候心思很多,尤其是对自己的初恋……我一直都很喜欢她,对她的感觉就是,越是得不到,越是想要得到。再后来,因为秦媛不能生孩子,才有了莉瑶和我的事,但我真的以为美盼是我亲生的,是我和简莉瑶的女儿。这些年来,我看着美盼就心软,因为那是我心中的挚爱跟我生的孩子……虽然这么多年来她一直都躲着我,不让我见到她,可我从来不怪她,我知道她的身份比较特殊……谁知道……"

苏晋庭没有出声,其实很多事,简姨也不见得都会告诉他,他也没有问过。

"这大概就是报应。"黎展明摇头,叹息,"我想在莉瑶面前充当英雄,让她以身相许,其实我后来找人打听过,那天晚上她遭遇了那样的情况,也是有人救了她,那个人就是荣惊。再之后,荣惊就被判刑……听说是被人出卖的……后来的事我虽然了解不多,但我也不傻,我知道肯定和莉瑶有关。其实那时候我就应该想到,如果一个男人不是真的那么爱一个女人,在当时那样的情况之下,又如何会出手相救?虽然我不知道当时的具体情况,可我现在明白,荣惊一直都很爱莉瑶,在他们的感情面前,我认输也是应该的。"

说到最后,黎展明才觉得豁然开朗,这些事一直都压在自己的心里,现在换了一种方法说出来，也未尝不是真正的释然。

挺好的，所有的一切都已经过去，所幸的是，他也把莉瑶的女儿抚养成人了。

"你不想见盼盼，是因为你一直都无法原谅你自己。"苏晋庭转过头去，看向车窗外，声音低沉，"这是你的选择。就像当初我让你离开一样，你选择用假的死亡消息来告诉全世界的人……我知道你现在改名换姓了，如果你觉得这就是最好的状态，那么你请继续。但有些话我必须要告诉你，盼盼一直都很想你，当然也一直都坚信你没有死。"

黎展明没有说话。

苏晋庭重新看了他一眼，最后只留下了一句话："你可以好好想一想，只要是我妻子渴望见到的人，我苏晋庭永远都会为他敞开大门。以前的事，我有能力可以替你抹掉，包括你的身份。当然，如果你觉得你没有必要再出现，我也会照顾好你的后半生，希望你不要拒绝，就当我替我的女人，偿还这么多年你对她的养育之恩。"

番外三
找到你，是我最伟大的成功

美盼放下了手中的遥控器，感觉无聊透顶，这个点都没什么泡沫剧可以打发时间，各种综艺节目，还都是真人秀充斥着荧屏，她自己又不喜欢看这类型的节目。最后关了电视机，就躺在宽大的沙发上，但不到五分钟她又爬了起来，终于还是忍不住朝着厨房走去。

苏晋庭就在厨房里，只是不让她进去，说是油烟重。

他们回来的路上特地去了一趟超市，买了不少的食材，苏晋庭说要亲自下厨做点儿东西给她吃，因为这段时间一直在医院的关系，虽然每次都是苏晋庭让人特别准备吃的，不过到底不如自己亲手做的好，美盼只觉得那千篇一律的口味，让她的舌头都快失去味觉了。

她穿着拖鞋，轻手轻脚地打开了门，看着那个在外人面前永远都是一丝不苟又气场沉稳的男人，此刻他健壮的腰上系着围裙，灰色的衬衣袖子被他卷起了一截，露出肌肉线条非常完美的手腕，他身体微微倾斜着，正在洗着什么东西。

头顶是暖黄色的灯光，男人的背影看上去挺拔威武。都说君子远庖厨，可美盼现在深深为苏晋庭这样的背影所吸引，一个成熟的男人在厨房忙碌着，只为了给她准备吃的，这样一种非常幸福又温暖的场景，可以真真实实地让她感觉到家的温暖。

以前在秦家，她几乎看不到自己至亲的人在厨房里为自己忙碌的样子，哪怕黎展明有这样的心思，不过碍于身份，也很少下厨。

而现在这种感觉实在很微妙，又很美好。

她有些痴痴地看着，苏晋庭忽然侧脸，本是给人一种凌厉又透着几分疏远的侧脸，此刻在光线的折射下，却如玉一般剔透，让人神醉。

"唔？怎么进来了？"苏晋庭看到门口站着的那抹小身影，挑眉问。

美盼没有直接对上他的视线，不过一想到每次偷看他总忍不住脸红心跳的，她有些心虚，索性就大方上前，双手撑在了他的肩上，踮着脚尖问："做什么吃？"

"你喜欢的。"

嗯，她看了一下，都是一些家常菜的食材，买东西的时候她只是坐在车子里等着，所以并不清楚他买了这么多。美盼以前也尝过他的手艺，知道苏晋庭在这方面还是挺让她满意的……

美盼问："需要我帮忙吗？"

"你会做什么？"

苏晋庭打开了油烟机，顿时有轰轰的声音响起，他侧脸，忽然倾身在她白皙的脸蛋儿上落下一吻，如蜻蜓点水："乖乖去外面等着就行，一会儿吃了午饭我要出去一趟，你下午在家里睡午觉，有事的话，打电话给元林。"

美盼伸手就圈住了他的腰："那我帮你洗菜吧。"

"都差不多了，水也是凉的，你刚刚出院，别碰这些了。"

"我以前从来没有下过厨。"美盼说话的语气忽然变得低落起来，脸埋在了他的颈项里，"家里也不会有人为我下厨，我爸爸倒是做过，但是很少，到了现在，我几乎都要忘记厨房的味道是怎样的了。"

苏晋庭听她这么一说，眸光柔软，唇角弯了弯，眼底深处都是宠溺："好，宝宝想做什么就做什么，这里，洗干净。"他指了指水槽里还没有洗干净的一些东西，不过还是很细心妥帖地叮嘱，"用温水吧。"

美盼乖乖地将水龙头调成了温水，试了试，刚刚好，这才开始动手。

厨房里一时乒乒乓乓的，那些声音听上去非常的普通，可慢慢渗到美盼的心中，就像是这个世界上最美妙的声音。有一种难以言喻的满足感流淌在她的心中，那温热的水从她的指缝中缓缓流淌而过，感觉竟也是这样地好。

边上还有浑厚低沉的男声，性感又好听："……以前在外面上学的时候没有条件雇人做饭，我就经常会买来，自己做着吃，手艺就是在那些年月里练出来的。我还记得我刚刚开始下厨的时候，锅底都让我烧穿了，后来认识了历承易——说实话，他和我认识的时候在这方面就有天赋了，我的不少手艺还是从他那里偷师的。"

他从来不和自己讲过去的事，美盼一直都以为他对那些过去始终耿耿于怀，以前也是因为自己的关系，导致他和秦齐林那样……他应该是过得很辛苦吧？

所以她也从来不细问，而现在，听他讲起来那些过往，虽然是轻描淡写地只字片语带过，仿佛是真的已经过去太久，褪色荒芜，剩下的大概就是连一声唏嘘都不会有的灰白。

可那些年的酸涩和艰辛，美盼却仿佛能够感同身受。

她有些怔忪地维持着原来的姿态，忍不住侧目，看向边上的男人。

苏晋庭接收到她的视线，她那瞳仁里的情绪从来都掩藏不住，男人挑眉轻笑："怎么这样看着我？"

"你以前，过得很辛苦吗？"

苏晋庭眸光微闪，边上的油锅开了，他拿过准备好的食材倒进去，身体往美盼的身前挡了挡，然后一边继续着手上的忙碌，一边低声说："也不算多辛苦，简姨对我一直都很好，能够给我的都给我了。只是那些年，在经历的时候，多少还是会有些愤愤不平，最叛逆的那几年，简姨应该也很头疼。"

他忽然很想要点根烟，舌尖轻轻抵在了自己的上颚，但他转念又想到，自己的宝贝儿都怀孕了，他是不是也应该把烟戒了？

苏晋庭手中动作不停，脑海里却是想起了一个小插曲。

美盼全副心思都在他刚刚说的那些话上，简姨——他们之间很少有提到简莉瑶，当然她知道，是苏晋庭一直都在顾及她的感受。

有时候他是霸道，是强势，还不可理喻，但美盼同样不会忘记他对自己的好，生活中的细节，没有一处，他不是真的在为她考虑的。

她的心尖柔软了下来，其实简姨已经去世许久了，也已经不存在所谓的接受不接受了，也许她依旧是难以理解当初简姨放弃自己的那个决定——毕竟对于她来说，当母亲的，哪怕是世界末日了，都不会轻易放弃自己的孩子吧——但她也已经放下了。

今年清明的时候，她亲自去了简莉瑶所在的墓园，没有说一句话，却买了她最喜欢的满天星。

那一声"妈妈"，也许她这辈子都无法喊出口了，可现在，她却一点儿都不觉得孤单寂寞，因为身边已经有了这个男人的陪伴。

他们从最初的开始，就已经彻彻底底捆绑在了一起吧？

这算不算是注定的？

"很早的时候我就知道了你的存在。"那段他以为自己也不太可能会对她提起的年少冲动时代，没想到现在竟然就这样轻轻松松地脱口而出了。

美盼是真的好奇，当然也不是太意外，毕竟他很小的时候就跟着简姨了。

她甩了一下手，将刚刚洗好的东西放在一旁的盘子里，然后凑过去问："什么时候啊？"

"应该是16岁的时候吧。"锅里的东西已经好了，男人伸手关了火，因为不想在她面前抽烟，他手指拂过自己的唇角，放下来之后，食指轻轻敲了敲一旁的台面，眸光柔和地看着美盼，"那时候你才几岁，嗯？"

"……6岁？"

"你6岁的时候，我就知道你了，其实我能有今天，也不能否认，有一部分就是你秦美盼的功劳。只不过我16岁的时候，还没有想过要娶你做我苏晋庭的妻子。"

美盼脸庞一红。两人几乎从来没有过这样的交流，开诚布公之后，两颗心就靠得更近了。她贝齿轻咬着下嘴唇，问："是从简……是从她那边知道的吗？"

"嗯，简姨一直对我很好，我16岁的时候才知道，她其实有一个女儿，但是出于很多原因，不能留在她的身边，她其实一直都把亏欠你的那份母爱用在了我的身上。18岁的时候，我自己稍微有了一点儿人脉关系，我就开始调查你，不过那几年想要知道你的消息可不是那么容易的事。那时候秦氏正处于最巅峰，关于你的消息，秦齐林和秦媛都不喜欢对外公布，加上我不过就是一个刚刚18岁、即将高中毕业的学生。也是从那个时候开始，我才知道了这个社会的生存规则。我知道简姨很想要得到你的消息，当然，一个做母亲的，哪会不想让自己的女儿留在自己的身边？就算不能在一起生活，相认也是她的梦想。所以那时候我就暗暗发誓，一定要让她的人生真正圆满。"

美盼从未想过，原来在自己还懵懂未知的年月里，苏晋庭却已知晓了她所有的一切。甚至，从那之后，他做的很多事，都是因为她。

因为他要足够强大，才可以堂堂正正地站在她的身边，他的出发点是那个养育他成人的简姨，可他的目的，却是自己。

有什么东西，好像变得特别不一样了。

如果说以前喜欢他，只是因为在彼此的接触之中。有了男女之情，那么现在，这种感情好像是瞬间就找到了一种最根本的归属地一样。

原来他们之间一直以来都有这样的渊源，一直以来都是纠缠不清的……他比自己早出生十年，不过就是在等待着自己。这种微妙又让人心跳加快的念头让美盼的身体阵阵发软，一颗心里装满的，自此都是苏晋庭。

男人忽然上前，长臂环住了她的腰，将她拉入怀里，手指扣住她的下颌，眸光全都是温柔似水，流转着让人无法不悸动的光。

美盼只觉得心跳咚咚的，然后听到他低声说："宝贝，我一直都是因你而在前进，你其实是我的执念，找到你是我最伟大的成功。"

美盼心里，好像是连最后那点儿因为他对自己身世的隐瞒，所积压的耿耿于怀也都消失不见。其实，人和人在一起，坦诚交流才是最重要的。

所以美盼犹豫了许久，还是问："那现在……他在哪儿？"

苏晋庭这般精明的人，当然知道自己的心肝宝贝支支吾吾地说着"他"的时候，基本就是指荣惊。

他笑着说："当初荣慎宇一直都想对你下手，他虽然算是荣惊的义子，但其实一直对荣惊背后的白家虎视眈眈。在简姨去世之后，荣惊就带着简姨的骨灰去了苏黎世，因为简姨一直都很喜欢苏黎世。他把自己之前积累的那点儿人脉全都交给了荣慎宇，条件是，荣慎宇绝对不能再打你的主意，也不能再靠近你。"

"……"

美盼有些意外。

大概在美盼的心中，荣惊始终都是那种事业至上，甚至会为了权势可以不择手段的人吧。到了现在，一想到荣惊她还是觉得不真实，他怎么可能会是自己的父亲？

但听了苏晋庭这么一说，她似是触到了一点儿真实的感觉。

原来这个世界上她不只是拥有这个男人和自己的孩子，原来在世界的另一头，还有一个给予自己生命的男人。

大概是三天过后，美盼打电话给正在公司开会的苏晋庭，嘿嘿笑着说："老公，我在机场了，你现在过来吧。"

苏晋庭愣住了："机场？"

"对呀，我们去苏黎世吧。只给你半个小时，否则我就不去了……"

苏晋庭："……"

爱情，是你看向我的时候，我也看向你。当年我偷偷看向你的时候，你并不知道我的存在，后来我努力让你看向我的时候，我才知道，其实爱情里，还有坦诚，有包容，有理解，有原谅。

谢谢你爱我。